DEAN KOONTZ
WINTER MOND

Unheimlicher Roman

Ins Deutsche übertragen
von Uwe Anton

BASTEI-LÜBBE-TASCHENBUCH
Band 13 601

Erste Auflage:
December 1994
Zweite Auflage:
Januar 1995
Dritte Auflage:
November 1995

© Copyright 1994
by Dean Koontz
All rights reserved
Deutsche Lizenzausgabe 1994
by Bastei-Verlag Gustav H Lübbe
GmbH, & Co., Bergisch Gladbach
Originaltitel: Winter Moon
Lektorat: Dr. Edgar Bracht
Titelfoto:
Headline Book Publishing
Umschlaggestaltung:
Quadro Grafik, Bensberg
Satz: KCS GmbH,
Buchholz/Hamburg
Druck und Verarbeitung:
Brodard & Taupin, La Flèche,
Frankreich
Printed in France

ISBN 3-404-13601-2

Der Preis dieses Bandes
versteht sich einschließlich der
gesetzlichen Mehrwertsteuer.

*Für Gerda,
die tausend Gründe dafür kennt,
mit großer Liebe*

ERSTER TEIL

DIE STADT DES STERBENDEN TAGES

Strände, Surfer, kalifornische Mädchen.
Wind, geschwängert von schönen Träumen.
Bougainvillea, Orangenhaine.
Alles strahlt, nichts versäumen.

Wetterwechsel. Schatten kommen.
Neuer Geruch im Wind — Verfall.
Kokain, Uzis, Schüsse, nur so.
Der Tod kassiert allüberall.

— Das Buch der gezählten Leiden

ERSTES KAPITEL

Der Tod fuhr einen smaragdgrünen Lexus. Er bog von der Straße ab, fuhr an den vier Selbstbedienungs-Tanksäulen vorbei und blieb vor einer der beiden Säulen mit voller Bedienung stehen.

Jack McGarvey stand vor der Tankstelle und sah zwar den Wagen, aber nicht den Fahrer. Selbst unter dem dunklen, bedeckten Himmel, der die Sonne verbarg, funkelte der Lexus wie ein Juwel, eine glänzende und schimmernde Maschine. Die Fenster waren dunkel getönt, so daß er den Fahrer auch nicht hätte ausmachen können, wenn er es versucht hätte.

Als zweiunddreißigjähriger Cop mit Frau, Kind und einer hohen Hypothek hatte Jack nicht die geringsten Aussichten, sich demnächst einen teuren Luxuswagen leisten zu können, doch er beneidete den Besitzer des Lexus nicht. Er erinnerte sich oft an die Ermahnung seines Vaters, daß Neid geistiger Diebstahl war. Wenn man die Besitztümer eines anderen Menschen begehrte, hatte Dad immer gesagt, mußte man auch bereit sein, mit seinem Geld seine Verantwortung, seinen Kummer und seine Sorgen auf sich zu nehmen.

Jack McGarvey betrachtete den Wagen einen Augenblick lang und bewunderte ihn, wie er ein unbezahlbares Gemälde im Getty Museum oder die Erstausgabe eines Romans von James M. Cain mit makellos erhaltenem Schutzumschlag bewundern würde — ohne den starken Drang, sie sogleich besitzen zu wollen. Er erfreute sich einfach nur an ihrer Existenz.

In einer Gesellschaft, die oft auf die Anarchie zuzusteuern schien, in der Häßlichkeit und Verfall jeden Tag neue Vorstöße unternahmen, wurde seine Stimmung von jedem Beweis gehoben, daß die Hände von Männern und Frauen noch imstande waren, schöne und gute Dinge zu schaffen. Der Lexus war natürlich ein Import, an fremden Ufern entworfen und hergestellt; doch die gesamte menschliche Spezies schien verloren zu sein, nicht nur seine Landsleute, und ein deutlich sichtbarer Beweis für Niveau und Hingabe war ermutigend, ganz gleich, wo man ihn fand.

Ein Tankwart in grauer Uniform eilte aus dem Büro und näherte sich dem funkelnden Wagen, und Jack richtete seine volle Aufmerksamkeit wieder auf Hassam Arkadian.

»Meine Tankstelle ist eine Insel der Sauberkeit in einem schmutzigen Meer, ein Auge der Vernunft in einem Sturm des Wahnsinns«, sagte Arkadian. Er sprach ganz ernst und merkte nicht, wie melodramatisch es klang.

Er war schlank, etwa vierzig Jahre alt, hatte dunkles Haar und einen gepflegten, kurzgeschnittenen Schnurrbart. Die Bügelfalten seiner grauen Arbeitshosen aus Baumwolle waren messerscharf, das dazu passende Hemd und die Jacke makellos.

»Ich habe die Aluminiumverkleidung und die Ziegel mit einer neuen Versiegelung behandeln lassen«, sagte er und deutete mit einer schwungvollen Armbewegung auf die Fassade der Tankstelle. »Da bleibt keine Farbe darauf haften. Nicht einmal Metallicfarbe. War nicht billig. Aber wenn jetzt des Nachts diese jungen Bandenmitglieder oder die blöden, verrückten Sprayer kommen und ihren Dreck auf Wände sprühen, waschen wir ihn einfach ab, waschen wir ihn sofort am nächsten Morgen ab.«

Mit seinem peinlich genauen Ordnungssinn und den schnellen, schlanken Händen hätte Arkadian ein Chirurg sein können, der nun seinen Arbeitstag in einem OP antreten wollte. Statt dessen war er der Besitzer und Betreiber der Tankstelle.

»Wissen Sie«, sagte er ungläubig, »daß es Professoren gibt, die Bücher über den Wert von Graffiti geschrieben haben? Den *Wert* von Graffiti? Den *Wert*?«

»Sie nennen es Straßenkunst«, sagte Luther Bryson, Jacks Partner.

Arkadian sah skeptisch zu dem riesigen schwarzen Cop hoch. »Sie halten das, was diese Punks machen, für *Kunst*?«

»He, nein, ich doch nicht«, sagte Luther.

Mit fast einem Meter neunzig war er an die zehn Zentimeter größer als Jack, er wog auch zwanzig Kilo mehr als dieser, nämlich stattliche hundert Kilo! Arkadian war er vielleicht zwanzig Zentimeter und dreißig Kilo voraus. Obwohl er ein guter Partner und ein guter Mensch war, schien sein steinernes Gesicht zu unbeweglich zu sein, als daß er es zu einem Lächeln verziehen konnte. Seine tiefliegenden Augen sahen stur geradeaus. Mein Malcolm-X-Blick, sagte er immer. Ob mit oder ohne Uniform, Luther Bryson schüchterte einfach jeden ein, vom Papst bis zu einem Handtaschendieb.

Aber jetzt setzte er diesen Blick nicht ein, er versuchte nicht, Arkadian einzuschüchtern, war er doch einer Meinung mit ihm. »Ich doch nicht. Ich sage doch nur, daß diese beschissenen Feiglinge es so nennen. Straßenkunst.«

»Das sind *Professoren*«, sagte der Tankstellenbesitzer. »Gebildete Männer und Frauen. Doktoren der Kunst und Literatur. Sie sind in den Genuß einer Ausbildung gekommen, die meine Eltern mir nicht bieten konnten, aber sie sind *dumm*. Es gibt kein anderes Wort dafür. Dumm, dumm, dumm.« Sein ausdrucksvolles Gesicht enthüllte jene Frustration und Wut, auf die Jack in der Stadt der Engel immer häufiger stieß. »Was bringen die Universitäten heutzutage nur für Narren hervor?«

Arkadian hatte schwer geschuftet, um seine Tankstelle zu etwas ganz Besonderem zu machen. Das Grundstück wurde von keilförmigen Blumenbehältern aus Ziegeln gesäumt, in denen hohe Palmen, mit Büscheln roter Blüten besetzte Azaleen und rosa und purpurnes Springkraut wuchsen. Nirgendwo war Schmutz oder Abfall zu sehen. Der Bereich, auf dem sich die Tanksäulen befanden, war von Säulen aus Ziegelsteinen umgeben, und die Bauweise der Tankstelle erinnerte an den Kolonialstil.

Schon in dessen Blütezeit hätte die Tankstelle in Los Angeles fehl am Platz gewirkt. Frisch gestrichen und makellos sauber, wirkte sie nun in dem Schmutz, der sich in den neunziger Jahren wie ein Geschwür über die Stadt ausgebreitet hatte, doppelt fehl am Platz.

»Kommen Sie, sehen Sie sich alles an, sehen Sie sich um«, sagte Arkadian und ging zur rechten Seite des Gebäudes.

»Dem armen Hund wird deshalb eines Tages noch 'ne Ader im Gehirn platzen«, sagte Luther.

»Jemand müßte ihm mal sagen, daß man sich heutzutage einen Dreck darum schert«, sagte Jack.

Ein leises, aber bedrohliches Donnergrollen zog in der Ferne durch den Himmel.

Luther sah zu den dunklen Wolken hinauf. »Der Wetterbericht hat für heute keinen Regen vorhergesagt.«

»Vielleicht war es kein Donner. Vielleicht hat endlich jemand das Rathaus in die Luft gejagt.«

»Meinst du? Tja, wenn nur genug Politiker in den heiligen Hallen waren«, sagte Luther, »können wir uns ja den Rest des Tages freinehmen, 'ne Bar suchen und etwas feiern.«

»Kommen Sie, Officers«, rief Arkadian ihnen zu. Er hatte die rechte Seite des Gebäudes, vor der sie ihren Wagen abgestellt hatten, erreicht. »Sehen sie sich das an, Sie müssen es sich ansehen, sehen Sie sich meine Toiletten an.«

»Seine Toiletten?« fragte Luther.

Jack lachte. »Verdammt, hast du etwa was Besseres zu tun?«

»Ist viel sicherer, als böse Buben zu jagen«, sagte Luther und folgte Arkadian.

Jack warf noch einen Blick auf den Lexus. Schöner Wagen. Von null auf hundert in wie vielen Sekunden? Acht? Sieben? Nur Fliegen war schöner.

Der Fahrer war ausgestiegen und stand neben dem Wagen. Jack fiel nichts Besonderes an ihm auf, nur, daß er einen weiten, zweireihigen Anzug von Armani trug.

Der Lexus verfügte über verchromte Sportfelgen. Spiegelbilder der Sturmwolken zogen langsam über seine Windschutzscheibe und warfen geheimnisvolle, rauchige Muster auf die smaragdgrüne Lackierung.

Seufzend folgte Jack seinem Partner an den beiden offenen Buchten der Werkstatt vorbei. Die erste war noch leer, aber auf der hydraulischen Hebebühne der zweiten stand ein grauer BMW. Ein junger Asiate in dem Overall eines Mechanikers arbeitete an dem Wagen. An den Wänden stapelten sich vom Boden bis zur Decke säuberlich Werkzeuge und Ersatzteile, und die beiden Buchten sahen sauberer aus als eine Küche in einem Vier-Sterne-Restaurant.

An der Ecke des Gebäudes standen zwei Getränkeautomaten. Sie schnurrten und klimperten, als würden sie die Getränke in ihrem Inneren selbst mischen und abfüllen.

Um die Ecke lagen die Damen- und Herrentoiletten. Arkadian hatte beide Türen geöffnet. »Nur zu, sehen Sie sich um — sehen Sie sich meine Toiletten an.«

Beide kleinen Räume waren mit weißen Keramikfliesen auf den Böden und an den Wänden ausgelegt und verfügten über weiße Schränkchen, weiße Abfalleimer mit Schwingklappen, weiße Waschbecken, blitzende Chromarmaturen und große Spiegel über den Waschbänken.

»Makellos«, sagte Arkadian. Er sprach schnell, wie von einem geheimen Zorn gehetzt. »Keine Streifen auf den Spiegeln, keine Flecken in den Waschbecken, wir überprüfen sie, sobald ein Kunde sie benutzt hat, und desinfizieren sie jeden Tag. Sie könnten von diesen Böden essen, das wäre nicht gefährlicher, als würden Sie von den Tellern in der Küche Ihrer Mutter essen.«

Luther sah über Arkadians Kopf zu Jack und lächelte. »Dann nehme ich ein Steak mit Folienkartoffel«, sagte er. »Und du?«

»Nur einen Salat«, sagte Jack. »Ich muß ein paar Pfund abnehmen.«

Selbst wenn er ihnen zugehört hätte, hätte der Witz Mr. Arkadian nicht aus seiner trüben Stimmung reißen können. Er ließ einen Schlüsselbund klimpern.

»Sie sind immer abgeschlossen, ich gebe die Schlüssel nur Kunden. Neulich kam jemand vom Ordnungsamt und hat gesagt, es gäbe eine neue Vorschrift, die Toiletten wären öffentliche Einrichtungen, und man müßte jeden hereinlassen, ob er bei mir nun was kauft oder nicht.«

Er klimperte wieder mit den Schlüsseln, lauter, wütender, noch heftiger. Weder Jack noch Luther versuchten, das anhaltende Klingeln und Scheppern zu übertönen.

»Sollen Sie mich doch mit einer Geldbuße belegen. Die zahle ich. Wenn ich die Türen nicht abschließen würde, würden die Betrunkenen und Drogensüchtigen, die auf der Straße und in den Parks wohnen, meine Toiletten benutzen, auf den Boden urinieren, sich in die Waschbecken übergeben. Sie können sich nicht vorstellen, was die für eine Schweinerei machen, abscheulich, es wäre mir peinlich, darüber zu sprechen.«

Arkadian errötete tatsächlich bei dem Gedanken daran, was er ihnen erzählen könnte. Er klimperte weiterhin mit den Schlüsseln vor den geöffneten Türen und erinnerte Jack fast an einen Voodoo-Priester, der einen Zauberspruch aufsagte – in diesem Fall einen, der den Abschaum fernhalten sollte, der seine Toiletten ruinieren würde. Sein Gesicht war so gefleckt und aufgewühlt wie der stürmische Himmel.

»Ich will Ihnen was sagen. Hassam Arkadian arbeitet sechzig oder siebzig Stunden die Woche, Hassam Arkadian gibt acht Leuten Brot und Arbeit, und Hassam Arkadian gibt die Hälfte von dem, was er verdient, wieder als Steuern ab, aber Hassam Arkadian wird *nicht* sein Leben damit verbringen, Erbrochenes wegzuputzen, weil ein Haufen dummer Bürokraten mehr Mitleid mit ein paar faulen, betrunkenen, verrückten, drogensüchtigen Taugenichtsen hat als mit Leuten, die, verdammt noch mal, versuchen, ein anständiges Leben zu führen.«

Erschöpft und außer Atem beendete er seine Rede. Er hatte aufgehört, mit den Schlüsseln zu scheppern, und seufzte. Zog die Türen zu und schloß sie ab. Jack kam sich überflüssig vor. Er merkte, daß auch Luther sich unbehaglich fühlte. Manchmal konnte ein Cop für ein Opfer nicht viel mehr tun, als mitfühlend zu nicken und mit bedauerndem Ausdruck den Kopf darüber zu schütteln, was aus der Stadt geworden war. Das war eins der schlimmsten Dinge an ihrem Job.

Mr. Arkadian ging wieder um die Ecke, zurück zu den Zapfsäulen. Er schritt nicht mehr so schnell aus wie zuvor. Er ließ die Schultern hängen und wirkte nun eher niedergeschlagen als wütend, als hätte er, vielleicht auf einer unterbewußten Ebene, den Entschluß gefaßt, den Kampf aufzugeben.

Jack hoffte, daß dies nicht der Fall war. Hassam versuchte

Tag für Tag, den Traum von einer besseren Zukunft, einer besseren Welt zu verwirklichen. Er war einer der wenigen Menschen, deren Zahl konstant abnahm –, die noch den Mumm hatten, sich der Entropie zu widersetzen. Die Soldaten der Zivilisation, die auf der Seite der Hoffnung stritten, waren bereits zu wenige, um noch ein zufriedenstellendes Heer zu bilden.

Jack und Luther rückten ihre Halfter zurecht und folgten Arkadian vorbei an den Getränkeautomaten.

Der Mann in dem Anzug von Armani stand am zweiten Automaten und studierte die Getränkeauswahl. Er war etwa in Jacks Alter, groß, blond, glattrasiert und hatte eine goldbronzene Hautfarbe, die er sich zu dieser Jahreszeit hier in der Gegend nur unter einer Sonnenbank erworben haben konnte. Als sie an ihm vorbeigingen, holte er gerade eine Handvoll Münzen aus einer Tasche seiner weiten Hosen und suchte sie nach der richtigen ab.

Draußen bei den Zapfsäulen reinigte der Angestellte die Windschutzscheibe des Lexus, obwohl der Wagen blitzblank gewesen war, als er auf die Tankstelle gefahren war.

Arkadian blieb an der Panzerglasscheibe stehen, die die Hälfte der vorderen Wand des Büros der Tankstelle beanspruchte. »Straßenkunst«, sagte er leise und traurig, als Jack und Luther zu ihm traten. »Nur ein Narr würde etwas anderes als Vandalismus dazu sagen. Die Barbaren laufen frei herum.«

In letzter Zeit hatten einige Vandalen ihre Spraydosen gegen Schablonen und Säurepasten eingetauscht. Sie ätzten ihre Symbole und Sprüche auf das Glas geparkter Wagen und die Schaufenster von Geschäften, die des Nachts nicht von Sicherheitsschlagläden geschützt wurden.

Arkadians Panzerglasscheibe war für immer von einem halben Dutzend persönlicher Beleidigungen entweiht worden, die Mitglieder derselben Gang eingeätzt hatten, manche davon zwei- oder dreimal. Mit zehn Zentimeter hohen Buchstaben hatten sie auch eine Drohung eingeätzt: DAS BLUTBAD STEHT BEVOR.

Diese asozialen Akte erinnerten Jack oft an ein Ereignis im Nazideutschland, von dem er einmal gelesen hatte. Noch vor

Kriegsanfang waren psychopathische Schläger in einer langen Nacht, der Reichskristallnacht, durch die Straßen gezogen, hatten Wände mit haßerfüllten Worten beschmiert und Scheiben von Häusern und Geschäften eingeschlagen, die Juden gehörten, bis die Straßen funkelten, als wären sie mit Kristall gepflastert. Manchmal hatte es für ihn den Anschein, daß die Barbaren, auf die Arkadian sich bezog, die neuen Faschisten waren, die diesmal von beiden Enden des politischen Spektrums kamen und nicht nur die Juden haßten, sondern jeden, der seinen Platz in der sozialen Ordnung und Höflichkeit gefunden hatte. Ihr Vandalismus war eine Kristallnacht in Zeitlupe, die sich nicht über Stunden, sondern über Jahre hinzog.

»Auf der nächsten Scheibe ist es noch schlimmer«, sagte Arkadian und führte sie um die Ecke auf die andere Seite der Tankstelle.

Diese Mauer des Kassenraums verfügte über eine weitere große Glasscheibe, auf der neben den Bandensymbolen große, eingeätzte Blockbuchstaben verkündeten: ARMENISCHES ARSCHLOCH.

Selbst der Anblick der rassistischen Verunglimpfung konnte Hassam Arkadians Zorn nicht neu entfachen. Er betrachtete die beleidigenden Worte mit einem traurigen Blick. »Ich habe immer versucht, die Leute anständig zu behandeln«, sagte er. »Ich bin sicher nicht vollkommen, nicht frei von Sünden. Wer ist das schon? Aber ich habe wirklich versucht, ein guter Mensch zu sein, anständig, ehrlich – und nun das.«

»Es wird Ihnen nur ein schwacher Trost sein«, sagte Luther, »aber wenn es nach mir ginge, hätten wir ein Gesetz, das uns erlaubt, den Mistkerlen, die das getan haben, das zweite Wort direkt über ihren Augen einzuätzen. Arschloch. Mit Säure in die Haut, genau, wie Sie es mit Ihrem Fenster gemacht haben. Dann könnten die ein paar Jahre lang so herumlaufen, und wenn sie sich dann gebessert haben, dürfen sie vielleicht zu einem plastischen Chirurgen.«

»Glauben Sie, Sie finden die Täter?« fragte Arkadian, obwohl er die Antwort bestimmt schon kannte.

Luther schüttelte den Kopf, und Jack sagte: »Keine Chance.

Wir schreiben natürlich einen Bericht, aber wir haben nicht genug Leute, um uns um ein so kleines Verbrechen kümmern zu können. Das Beste wäre, wenn Sie an dem Tag, da Sie die Scheiben erneuern, Metallrolläden einbauen lassen, die Sie des Nachts dann hinablassen.«

»Sonst werden Sie bald jede Woche den Glaser bestellen können«, sagte Luther, »und dann wird Ihre Versicherung Sie ziemlich schnell fallenlassen.«

»Die hat meine Vandalismus-Deckung bereits nach dem ersten Schaden auslaufen lassen«, sagte Hassam Arkadian. »Jetzt bin ich nur noch gegen Erdbeben, Wasser- und Feuerschäden abgedeckt. Und nicht mal Feuer, wenn es während Unruhen zu einem Brand kommt.«

Sie standen schweigend da, betrachteten das Fenster und dachten über ihre Machtlosigkeit nach.

Ein kühler Märzwind kam auf. In den Blumentöpfen raschelten die Palmen, und dort, wo die Stiele der großen Blätter aus den Stämmen ragten, war ein leises Knarren zu vernehmen.

»Na ja«, sagte Jack schließlich, »es hätte schlimmer kommen können, Mr. Arkadian. Ich meine, hier auf der West Side sind Sie wenigstens in einem ziemlich guten Stadtteil.«

»Wie sieht es dann erst in einem schlechten Stadtteil aus!« sagte Arkadian.

Jack wagte nicht einmal daran zu denken.

Luther wollte etwas sagen, wurde aber von einem lauten Knall und einem Wutschrei unterbrochen. Die Geräusche waren vom vorderen Teil der Tankstelle gekommen. Als die drei um die Ecke bogen, drückte ein heftiger Windstoß gegen die Scheiben.

Fünfzehn Meter von ihnen entfernt trat der Mann in dem Armani-Anzug erneut gegen den Getränkeautomaten. Hinter ihm lag eine Pepsidose auf dem Boden, und ihr Inhalt schäumte auf den Asphaltbelag.

»Gift«, schrie der Mann den Automaten an, »Gift, verdammt, blödes Ding, Scheißding, Gift!«

Arkadian lief zu dem Kunden. »Sir, bitte, es tut mir leid, wenn die Maschine das falsche Getränk ausgegeben hat...«

»He, Augenblick mal«, sagte Luther und meinte damit sowohl den Tankstellenbesitzer als auch den wütenden Fremden.

Vor der Tür zum Kassen- und Verkaufsraum trat Jack neben Arkadian, legte eine Hand auf seine Schulter und unterbrach ihn. »Wir kümmern uns darum«, sagte er.

»Verdammtes Gift«, sagte der Kunde wütend und ballte die Hand zur Faust, als wolle er auf den Getränkeautomaten einschlagen.

»Es liegt nur an dem Automaten«, sagte Arkadian zu Jack und Luther. »Der Mechaniker behauptet immer, er hätte ihn repariert, aber er gibt ständig Pepsi aus, wenn man auf den Knopf für den Orangensaft drückt.«

So schlimm, wie die Dinge heutzutage in der Stadt der Engel standen, konnte Jack kaum glauben, daß Arkadian daran gewöhnt war, die Leute jedesmal durchdrehen zu sehen, wenn eine nicht verlangte Dose Pepsi aus dem Automaten rollte.

Der Kunde wandte sich von der Maschine und von ihnen ab, als wolle er zu seinem Lexus gehen und davonfahren. Er schien vor Wut zu zittern, doch das lag hauptsächlich am brausenden Wind, der an dem weit sitzenden Anzug zerrte.

»Was ist hier los?« fragte Luther und ging auf den Burschen zu, während ein Donner durch den tiefhängenden Himmel rollte und ein paar Tropfen aus den schwarzen Wolken auf die Blumentöpfe prasselten.

Jack wollte Luther folgen, doch dann sah er, daß sich die Anzugjacke des Blonden auf dem Rücken ausbeulte, als steckten Fledermausflügel darunter. Aber vor einem Augenblick war die Jacke noch zugeknöpft gewesen. Ein Zweireiher, zweimal zugeknöpft.

Der wütende Mann kehrte ihnen immer noch den Rücken zu, die Schultern eingezogen, den Kopf gesenkt. Wegen des weit sitzenden und aufgebauschten Anzugs kam er Jack kaum wie ein Mensch, sondern eher wie ein buckliger Troll vor. Der Bursche drehte sich nun langsam zu ihnen um, und Jack wäre nicht überrascht gewesen, hätte er die deformierte Schnauze eines Tiers gesehen, doch er hatte noch dasselbe gebräunte und glattrasierte Gesicht wie zuvor.

Warum hatte das Arschloch das Jackett aufgeknöpft, wenn sich nicht etwas darunter befand, das er benötigte, und welchen Gegenstand würde ein unvernünftiger und wütender Mann schon unter seinem Jackett verbergen, der weitsitzenden Jacke seines Anzugs, der gottverdammten weiten Jacke?

Jack rief Luther eine Warnung zu.

Doch Luther schien den Ärger auch schon gespürt zu haben. Seine rechte Hand bewegte sich zu dem Halfter an seiner Hüfte.

Der seltsame Typ war im Vorteil, weil er die Initiative ergriffen hatte. Niemand konnte ahnen, daß es zu einer Gewalttat kommen würde, bis er sie entfesselte. Jetzt hatte er sich ganz zu ihnen umgedreht. Er hielt seine Waffe mit beiden Händen, noch bevor Luther und Jack ihre Revolver auch nur berührt hatten.

Die Schüsse einer Automatik hämmerten in den Tag. Kugeln schlugen in Luthers Brust, rissen den großen Mann von den Füßen und schleuderten ihn zurück, und Hassam Arkadian wurde von der Einwirkung von zwei, drei Schüssen herumgerissen und stürzte, vor Schmerz schreiend, zu Boden.

Jack warf sich gegen die Glastür des Kassenraums. Er hätte es fast geschafft, sich in Deckung zu rollen, doch dann bekam er einen Schuß ins linke Bein ab. Er hatte das Gefühl, als hätte man ihm mit einer Brechstange auf den Schenkel geschlagen, doch es war eine Kugel, kein Schlag.

Er warf sich bäuchlings auf den Boden des Verkaufsraums. Die Tür fiel hinter ihm zu, Schüsse zerschmetterten sie, und zahlreiche Scherben des gehärteten Glases regneten auf seinen Rücken hinab.

Der Schmerz trieb heißen Schweiß aus seiner Haut.

Ein Radio plärrte. Oldies but Goldies. Dionne Warwick. Sie sang darüber, daß die Welt Liebe brauchte, süße Liebe.

Draußen schrie Arkadian noch immer, aber von Luther Bryson kam kein Laut mehr.

Luther war tot. Jack konnte nicht daran denken. Tot. Wagte nicht daran zu denken. Tot.

Das Bellen weiterer Schüsse.

Eine andere Person schrie auf. Wahrscheinlich der Angestellte, der sich um den Lexus gekümmert hatte. Es war kein langer Schrei. Kurz, sofort wieder abgewürgt.

Draußen schrie auch Arkadian nicht mehr. Er schluchzte und rief Gott um Beistand.

Der harte, kalte Wind ließ die Scheiben aus Panzerglas vibrieren. Er heulte durch die zerschmetterte Tür.

Der Schütze würde kommen.

ZWEITES
KAPITEL

Jack war erstaunt über die Menge seines eigenen Blutes, das sich auf den Bodenfliesen aus Vinyl um ihn ausbreitete. Übelkeit stieg in ihm empor, und öliger Schweiß strömte sein Gesicht hinab. Er konnte den Blick nicht von dem immer größer werdenden Fleck abwenden, der seine Hosen dunkel färbte.

Er war noch nie angeschossen worden. Der Schmerz war schrecklich, aber nicht so schlimm, wie er es erwartet hätte. Schlimmer als der Schmerz war das Gefühl, verletzt worden und verletzbar zu sein, eine schreckliche, hektische Klarheit, wie zerbrechlich der menschliche Körper in Wirklichkeit doch war.

Er würde nicht mehr lange bei Bewußtsein bleiben. Schon nagte eine hungrige Dunkelheit die Ränder seines Blickfelds ab.

Wahrscheinlich konnte er das linke Bein nicht mehr belasten, und ihm blieb keine Zeit, sich allein mit Hilfe des rechten aufzurichten, nicht in so einer ungeschützten Position. Glassplitter abwerfend, wie eine Schlange mit hellen Schuppen ihre Haut abwerfen würde, und unabsichtlich eine Blutspur hinterlassend, kroch er auf dem Bauch den L-förmigen Tresen entlang, hinter dem Arkadians Registrierkasse stand.

Der Schütze würde kommen.

Den Geräuschen, die die Waffe erzeugt hatte, und dem Blick zufolge, den er hatte auf sie werfen können, handelte es sich um eine Maschinenpistole — vielleicht um eine Micro Uzi. Die Micro war keine dreißig Zentimeter lang, wenn man den Griff hochklappte, aber viel schwerer als eine Pistole. Sie wog etwa zwei Kilo, wenn man sie nur mit einem Magazin, und einiges mehr, wenn man sie mit zwei Magazinen versehen hatte, die im rechten Winkel zusammengesteckt wurden. Jedes Magazin verfügte über zwanzig Schuß. Genausogut hätte man eine Großpackung Mehl in einer Schlinge tragen können. Irgendwann bekam man in der Schulter chronische Schmerzen, doch das übergroße Schulterhalfter konnte man problemlos unter einem weitsitzenden Armani-Anzug verbergen. Und es war der Mühe wert, wenn man hinterhältige Feinde hatte. Es konnte auch eine FN P90 sein, oder vielleicht eine englische Bushman 2, aber wahrscheinlich keine tschechische Skorpion, weil man mit der nur Munition vom Kaliber .32 abfeuern konnte. Wenn man in Betracht zog, wie schnell Luther zu Boden gegangen war, mußte es sich um eine Waffe mit mehr Durchschlagskraft handeln, als eine Skorpion aufweisen konnte, und die bot die Neun-Millimeter-Micro-Uzi. Vierzig Schuß, ohne das Magazin zu wechseln, und das Arschloch hatte zwölf, höchstens sechzehn Schüsse abgegeben, also hatte er noch mindestens vierundzwanzig, und vielleicht hielt er ja eine Tasche voller Ersatzmagazine bereit. Es donnerte, und in der Luft schien der Regen sich aufzustauen. Windstöße kreischten durch die zersplitterte Tür, und die Pistole ratterte erneut auf. Draußen fanden Hassam Arkadians Hilfegesuche an Gott ein abruptes Ende.

Jack rollte sich verzweifelt um das Ende des Tresens herum und dachte das Undenkbare. Luther Bryson tot. Arkadian tot. Der Angestellte tot. Höchstwahrscheinlich der junge asiatische Mechaniker ebenfalls. Sie alle eines sinnlosen Todes gestorben. Die Welt war in weniger als einer Minute auf den Kopf gestellt worden.

Nun hieß es Mann gegen Mann, das Überleben des Stärksten, und vor diesem Spiel hatte Jack keine Angst. Obwohl der Darwinismus dazu neigte, denjenigen mit der größten Knarre und der meisten Munition zu bevorzugen, konnte man mit Intelligenz bloße Bewaffnung überwinden. Sein Verstand hatte ihn schon mehr als einmal gerettet, und vielleicht gelang es ihm auch diesmal wieder.

Das Überleben konnte leichter gelingen, wenn man mit dem Rücken an der Wand stand, wenn alles gegen einen sprach und man sich nur um sich selbst Sorgen machen mußte. Da es nur um seinen eigenen elenden Arsch ging, konnte er sich besser konzentrieren, und stand es ihm frei, passiv zu bleiben oder rücksichtslos vorzugehen, ein Feigling oder ein törichter Kamikaze zu sein, was auch immer die Situation erforderte.

Dann schleppte er sich vollends hinter die Deckung der Theke und stellte fest, daß er nicht in den Genuß der Freiheit kam, der einzige Überlebende zu sein. Eine Frau kauerte dort: hübsch, langes, dunkles Haar, attraktiv. Graue Bluse, Arbeitshosen, weiße Socken, schwarze Schuhe mit dicken Gummisohlen. Sie war Mitte Dreißig, vielleicht fünf oder sechs Jahre jünger als Arkadian. Könnte seine Frau sein. Nein, nicht mehr Ehefrau. Witwe. Sie saß auf dem Boden, die Knie vor die Brust gezogen, die Arme fest um die Beine geschlungen, versuchte, sich so klein wie möglich, ja unsichtbar zu machen.

Ihre Anwesenheit veränderte alles für Jack, nahm ihn in die Pflicht und reduzierte seine Überlebenschancen. Nun stand ihm die Möglichkeit, sich zu verstecken, nicht mehr offen, und er konnte sich nicht mal mehr für ein rücksichtsloses Vorgehen entscheiden. Er mußte angestrengt und klar denken, das beste Vorgehen bestimmen und das Richtige tun. Er war für sie verantwortlich. Er hatte einen Eid geschworen, dem Volk zu dienen und es zu schützen, und er war so altmodisch, daß er solche Versprechen ernst nahm.

Die Augen der Frau waren groß vor Entsetzen und feucht vor nicht vergossenen Tränen. Trotz der Angst um ihr eigenes Leben schien sie die Bedeutung der Tatsache zu begreifen, daß Arkadian plötzlich verstummt war.

Jack zog seinen Revolver.

Dienen und schützen. Er zitterte unbeherrscht. Sein linkes Bein brannte, doch der Rest von ihm war eiskalt, als sickere seine gesamte Körperwärme durch die Wunde hinaus.

Draußen endete ein anhaltendes Rattern der automatischen

Waffe mit einer Explosion, die die Tankstelle erbeben ließ, im Verkaufsraum einen Automaten mit Süßigkeiten umstürzte und die beiden großen Scheiben sprengte, in welche die Gang ihre Symbole geätzt hatte. Die sitzende Frau bedeckte das Gesicht mit den Händen, Jack kniff die Augen zu, und Glas ergoß sich über den Tresen, hinter dem sie Deckung gesucht hatten.

Als er die Augen öffnete, stürmten endlose Schlachtreihen von Schatten und Licht durch das Büro. Der Wind, der durch die zertrümmerte Tür stob, war nicht mehr frostig, sondern heiß, und die Erscheinungen, die über die Wände glitten, waren Spiegelungen von Feuer. Der Verrückte mit der Uzi hatte eine oder mehrere Zapfsäulen in die Luft gejagt.

Vorsichtig zog Jack sich an dem Tresen hoch, wobei er darauf achtete, das linke Bein nicht zu belasten. Obwohl er bislang nur durch diese Verletzung behindert war, vermutete er, daß seine Lage sich plötzlich und bald verschlimmern würde. Er wollte nicht noch selbst dazu beitragen, indem er irgend etwas unternahm, weil er befürchtete, daß ein weiterer heftiger Schmerz ihn auf der Stelle das Bewußtsein verlieren lassen würde.

Brennendes Benzin spritzte unter beträchtlichem Druck aus einer der durchsiebten Zapfsäulen hoch und fiel wie geschmolzene Lava auf die Teerdecke. Das Gelände der Tankstelle lag etwas höher als die vielbefahrene Straße, und grelle Feuerbäche flossen in deren Richtung hinab.

Die Explosion hatte das Dach des Portikus über den Zapfsäulen in Brand gesetzt. Flammenzungen leckten schnell zum Hauptgebäude hinüber.

Der Lexus brannte. Das verrückte Arschloch hatte seinen eigenen Wagen in Brand gesetzt, und diese Tat rief auf seltsame Art und Weise den Eindruck hervor, daß er völlig die Beherrschung verloren hatte und noch gefährlicher als zuvor war.

In dem Inferno, das mit jeder Sekunde, da das Benzin über die Teerdecke floß, größer wurde, war der Mörder nirgendwo zu sehen. Vielleicht war er endlich wieder zu Verstand gekommen und zu Fuß geflohen.

Aber wahrscheinlicher war, daß er sich in der Werkstatt mit den zwei Reparaturbuchten befand und versuchte, über diesen

Umweg zu ihnen zu gelangen, statt sich kühn durch den zertrümmerten Haupteingang zu nähern. Keine fünf Meter von Jack entfernt verband eine lackierte Metalltür die Werkstatt mit dem Büro. Sie war verschlossen.

Er lehnte sich auf die Theke, umfaßte den Revolver mit beiden Händen und zielte auf die Tür, die Arme weit ausgestreckt, bereit, den Verrückten bei der ersten Gelegenheit in die Hölle zu schicken.

Seine Hände zitterten. Ihm war so kalt. Er versuchte, die Waffe ruhig zu halten, und das half ein wenig, doch er konnte das Zittern nicht völlig unterdrücken.

Die Dunkelheit an den Rändern seines Sichtfelds hatte sich zwischenzeitlich zurückgezogen, doch nun rückte sie wieder näher heran. Er blinzelte heftig, versuchte, die erschreckende periphere Blindheit mit Tränen wegzuspülen, was ihm bei einem Staubkorn vielleicht gelungen wäre, doch in diesem Fall nicht.

Die Luft roch nach Benzin und heißem Teer. Der Wind änderte seine Richtung und blies Rauch in den Raum — nicht viel, gerade genug, daß Jack Hustenreiz verspürte. Er biß die Zähne zusammen und krächzte nur leise in seiner Kehle, weil der Mörder vielleicht auf der anderen Seite der Tür stand und lauschte.

McGarvey hatte den Revolver noch immer genau auf den Durchgang zur Werkstatt gerichtet und warf einen Blick in die Wirbel des ungestümen Feuers und der aufgewühlten schwarzen Rauchwolken hinaus. Er befürchtete, daß er sich irrte. Der Schütze würde vielleicht doch aus dem Feuer auftauchen, wie ein Dämon aus der Hölle.

Wieder die Metalltür. Hellblau lackiert. Wie tiefes, klares Wasser, das man durch eine kristalline Eisschicht sieht.

Die Farbe ließ ihn frösteln. Alles ließ ihn frösteln — das hohle, eisenharte Hämmern seines wie verrückt schlagenden Herzens, das flüsterleise Weinen der Frau, die hinter ihm auf dem Boden kauerte, die funkelnden Glasscherben. Sogar das Tosen und Knistern des Feuers ließ ihn frösteln.

Draußen hatten die sengenden Flammen den Portikus überwunden und die Vorderseite der Tankstelle erreicht. Das Dach mußte mittlerweile in Flammen stehen.

Die hellblaue Tür.

Öffne sie, du verrückter Schweinehund. Komm schon, komm schon, komm schon.

Noch eine Explosion.

Er mußte den Kopf vollständig von der Tür zur Werkstatt abwenden und direkt zur Tankstelle sehen, um ausmachen zu können, was passiert war, denn er hatte seine periphere Sicht fast vollständig verloren.

Der Benzintank des Lexus. Die Flammen hatten das Fahrzeug verschlungen und auf das schwarze Skelett eines Wagens reduziert. Die gierigen Feuerzungen hatten ihn seiner prachtvollen smaragdgrünen Lackierung beraubt, der schönen Lederpolster und der anderen Extras.

Die blaue Tür blieb geschlossen.

Der Revolver schien hundert Pfund zu wiegen. Seine Arme schmerzten. Er konnte die Waffe nicht ruhig halten. Konnte sie kaum noch halten.

Er wollte sich hinlegen und die Augen schließen. Ein wenig schlafen. Etwas träumen: grüne Weiden, wilde Blumen, blauer Himmel, die Stadt längst vergessen.

Als er sein Bein hinabsah, stellte er fest, daß er in einer Blutpfütze stand. Eine Arterie mußte verletzt, vielleicht zerrissen worden sein, und ihm wurde allein von dem Anblick schwindlig und benommen, die Übelkeit stieg wieder empor, ein heftiges Zittern in seinen Eingeweiden.

Feuer auf dem Dach. Er konnte es deutlich hören, es unterschied sich von dem Tosen und Knistern des Feuers vor der Tankstelle, Dachschindeln platzten, Dachsparren knarrten unter der scharfen, trockenen Hitze. Vielleicht blieben ihnen nur noch ein paar Sekunden, bevor die Decke in Flammen aufging oder sie unter sich begrub.

Er begriff nicht, wieso ihm immer kälter wurde, während es überall um ihn herum brannte. Der Schweiß, der sein Gesicht hinabströmte, kam ihm wie Eiswasser vor.

Selbst wenn das Dach noch ein paar Minuten lang halten

sollte, war er vielleicht schon tot oder zu schwach, um den Abzug zu betätigen, wenn der Mörder sie endlich angriff. Er konnte nicht mehr warten.

Und er konnte die Waffe nicht mehr mit beiden Händen halten. Er brauchte die linke Hand, um sich auf der Kunststoffplatte des Tresens abzustützen, als er ihr Ende umkreiste, wobei er nur sein rechtes Bein belastete.

Doch als er das Ende des Tresens erreichte, war ihm zu schwindlig, als daß er die drei oder vier Meter zur blauen Tür hätte hüpfen können. Er mußte die Zehenspitzen des linken Fußes einsetzen, um nicht das Gleichgewicht zu verlieren, belastete sie jedoch nur in dem Ausmaß, das unbedingt nötig war, um aufrecht zu stehen, während er sich durch den Verkaufsraum schleppte.

Zu seiner Überraschung war der Schmerz erträglich. Dann wurde ihm klar, daß dem nur so war, weil sein Bein taub wurde. Von der Hüfte bis zum Knöchel floß ein kühles Prickeln. Auch die Wunde selbst war nicht mehr heiß, nicht einmal mehr warm.

Die Tür. Seine linke Hand auf der Klinke schien so weit entfernt zu sein, als sehe er durch das falsche Ende eines Fernglases.

Der Revolver in der rechten Hand. Er hing an seiner Seite hinab. Wie eine schwere Hantel. Die Anstrengung, die nötig war, um die Waffe zu heben, ließ seinen Magen rebellieren.

Der Mörder wartete vielleicht auf der anderen Seite, beobachtete die Klinke, und deshalb stieß Jack die Tür auf und ging schnell hindurch, den Revolver im ausgestreckten Arm vor sich haltend. Er stolperte, wäre fast gefallen, trat an der Tür vorbei, schwang die Waffe nach rechts und links, während sein Herz so heftig schlug, daß er die geschwächten Arme nicht ruhig halten konnte. Doch er machte kein Ziel aus. Da der BMW auf der Hebebühne stand, konnte er bis zum anderen Ende der Werkstatt sehen. Die einzige Person, die er erblickte, war der asiatische Mechaniker, und der war so tot wie der Beton, auf dem er mit gespreizten Gliedern lag.

Jack drehte sich zu der blauen Tür um. Auf dieser Seite war

sie schwarz, was ihm bedrohlich vorkam, glänzend schwarz, und sie war hinter ihm zugefallen.

Er machte einen Schritt auf sie zu, wollte sie aufziehen. Statt dessen fiel er dagegen.

Von dem sich drehenden Wind getrieben, wurde eine Flutwelle bitterer, teerhaltiger Luft in die Werkstatt getrieben.

Hustend zerrte Jack die Tür auf. Der Kassenraum war mit Rauch gefüllt, eine Vorkammer zur Hölle.

Er rief der Frau zu, zu ihm zu kommen, und war entsetzt, als er hörte, daß sein Rufen kaum mehr als ein dünnes Pfeifen war.

Sie hatte sich jedoch schon in Bewegung gesetzt, und bevor er noch einmal rufen konnte, tauchte sie aus dem wogenden Rauch auf. Nase und Mund hielt sie sich mit einer Hand zu.

Als sie sich gegen ihn lehnte, dachte Jack zuerst, sie suche Halt, Stärke, die er ihr nicht geben konnte, doch dann begriff er, daß sie *ihn* drängte, sich auf sie zu stützen. Er war derjenige, der den Eid geleistet, der geschworen hatte, zu dienen und zu schützen. Er kam sich trostlos unfähig vor, weil er sie nicht hochheben und hier heraustragen konnte, wie ein Kinoheld es getan hätte.

Er stützte sich nur zaghaft auf die Frau und ging mit ihr nach links auf die offene Werkstattür zu, die vom Rauch verdunkelt wurde. Er zog das linke Bein hinter sich her. Jetzt hatte er nicht mehr das geringste Gefühl darin, keinen Schmerz, nicht mal mehr ein Prickeln. Totes Gewicht. Er kniff die Augen zusammen, um sie vor dem beißenden Rauch zu schützen, und Farbexplosionen blitzten auf den Rückseiten seiner Lider auf. Er hielt den Atem an und widerstand dem starken Drang, sich zu übergeben. Jemand schrie, ein schriller und schrecklicher Schrei, der ewig zu währen schien. Nein, kein Schrei. Sirenen. Sie kamen schnell näher. Dann waren er und die Frau im Freien; die Windrichtung hatte sich geändert, und er rang um Atem, der kalt und sauber in seine Lungen strömte.

Als er die Augen öffnete, war die Welt vor Tränen verschwommen, die der beißende Rauch ihnen abgezwungen hatte, und er blinzelte hektisch, bis er wieder etwas klarer sehen konnte. Wegen des Blutverlusts oder Schocks hatte seine Sicht sich auf einen Tunnelblick vermindert. Da die umgebende Dunkelheit so glatt wie ein Stahlrohr war, hatte er den Eindruck, er betrachte die Welt durch zwei Gewehrläufe.

Links von ihm wurde alles von Flammen eingehüllt. Der Lexus. Die Zapfsäulen. Das flache Gebäude. Arkadians Leiche brannte. Luthers noch nicht, aber heiße Glut fiel darauf, brennende Stücke von Dachziegeln und Holz, und seine Uniform würde sich jeden Augenblick entzünden. Noch immer schoß brennendes Benzin in einem Bogen aus der durchlöcherten Zapfsäule und floß zur Straße. In der Nähe der Flammen war der Asphalt geschmolzen, kochte geradezu. Aufgewühlte Massen dicken, schwarzen Qualms hoben sich hoch über die Stadt und verschmolzen mit den tiefhängenden, schwarzen und grauen Sturmwolken.

Jemand fluchte.

Jack drehte den Kopf nach rechts, weg von dem schrecklichen, aber hypnotisch faszinierenden Inferno, und konzentrierte sein schmales Blickfeld auf die Getränkeautomaten an der Ecke der Tankstelle. Dort stand der Killer, als wäre er blind für die Zerstörungen, die er hervorgerufen hatte, und warf Münzen in den ersten der beiden Automaten.

Hinter ihm lagen zwei weitere achtlos weggeworfene Pepsidosen auf dem Asphalt. Die Micro Uzi befand sich in seiner linken Hand, an seiner Seite, die Mündung auf den Boden gerichtet. Er schlug mit der Faust gegen die Knöpfe der Getränkeauswahl.

Jack schob die Frau schwach zurück. »Auf den Boden!« flüsterte er.

Er drehte sich unbeholfen zu dem Killer um, schwankend, kaum imstande, auf den Füßen zu bleiben.

Eine Dose fiel scheppernd in das Ausgabefach. Der Schütze beugte sich vor, kniff die Augen zusammen und fluchte erneut.

Jack zitterte heftig, als er versuchte, seinen Revolver zu heben, der mit einer Kette mit dem Boden verbunden zu sein schien. Wenn Jack die Waffe so hoch bringen wollte, daß er zielen konnte, mußte er die ganze Welt hochheben.

Der Psychopath in dem teuren Anzug bemerkte ihn und reagierte mit arroganter Beiläufigkeit. Er drehte sich zu ihm um, machte ein paar Schritte und hob seine Maschinenpistole.

Jack gab einen Schuß ab. Er war so schwach, daß der Rückstoß ihn nach hinten warf und von den Füßen riß.

Der Killer gab eine Salve von sechs oder acht Schuß ab.

Jack fiel bereits aus der Schußlinie. Als die Kugeln die Luft über seinem Kopf zerschnitten, gab er noch einen Schuß ab, und dann einen dritten, als er auf der Teerdecke zusammenbrach.

Es war unglaublich, doch die dritte Kugel traf den Killer in die Brust und warf ihn gegen den Getränkeautomaten zurück. Er prallte von der Maschine ab und sank auf die Knie. Er war schwer verletzt, vielleicht sogar tödlich verwundet, und sein weißes Seidenhemd färbte sich so schnell rot wie ein Tricktuch unter den geschickten Händen eines Bühnenmagiers, aber er war noch nicht tot, und er hatte noch immer die Micro Uzi.

Die Sirenen waren extrem laut. Hilfe war unterwegs, doch sie würde wahrscheinlich zu spät kommen.

Ein Donnerschlag brach einen Damm im Himmel, und plötzlich fielen Megatonnen von eisigem Regen herab.

Mit einer Anstrengung, die ihn fast das Bewußtsein verlieren ließ, setzte Jack sich auf und umfaßte den Revolver mit beiden Händen. Er drückte ab, doch der Schuß verfehlte sein Ziel weit. Der Rückstoß löste in seinen Armen einen Muskelkrampf aus. Alle Kraft verließ seine Hände, und er mußte den Revolver loslassen, der zwischen seinen gespreizten Beinen auf den Asphalt fiel.

Der Killer gab zwei, drei, vier Schüsse ab, und zwei davon trafen Jack in die Brust. Er wurde flach auf den Boden zurückgeschleudert. Mit dem Hinterkopf prallte er schmerzhaft auf das Pflaster. Die Treffer in die Brust hatten ihn erledigt, aber nicht schnell genug.

Jacks Kopf kippte nach links. Während sein Tunnelblick sich noch stärker zusammenzog, sah er, daß ein schwarzweißer Streifenwagen mit hoher Geschwindigkeit von der Straße auf die Tankstelle bog und schlitternd zum Stehen kam, als der Fahrer auf die Bremse trat.

Jacks Sehvermögen brach endgültig zusammen. Er war völlig blind. Er kam sich so hilflos wie ein Baby vor und fing an zu weinen.

Er hörte, wie Türen geöffnet wurden und Beamte schrien. Es war vorbei.

Luther war tot. Fast ein Jahr nachdem Tommy Fernandez an seiner Seite erschossen worden war. Zuerst Tommy, dann Luther. Zwei gute Partner, gute Freunde, in einem Jahr. Aber es war vorbei.

Stimmen. Sirenen. Ein Knall, vielleicht ausgelöst von dem Dach, das über den Zapfsäulen zusammengebrochen war.

Die Geräusche wurden zunehmend gedämpfter, als stopfe jemand ununterbrochen Baumwolle in seine Ohren. Sein Gehörsinn versagte nun genau so, wie es bei seiner Sehkraft der Fall gewesen war.

Das galt auch für die anderen Sinne. Er schürzte wiederholt die trockenen Lippen, versuchte erfolglos, Speichel in den Mund zu ziehen und irgendeinen Geschmack zu bekommen, und sei es auch nur der von scharfen Benzindämpfen oder von brennendem Teer. Er konnte auch nichts riechen, obwohl die Luft noch vor einem Augenblick voll des üblen Gestanks gewesen war.

Und er fühlte den Beton unter sich nicht mehr. Oder den brausenden Wind. Keine Schmerzen mehr. Nicht einmal ein Prickeln. Nur Kälte. Tiefe, durchdringende Kälte.

Völlige Taubheit legte sich über ihn.

Er klammerte sich verzweifelt an den Funken des Lebens in einem Körper, der zu einem unzureichenden Behälter für seinen Geist geworden war, und fragte sich, ob er Heather und Toby je wiedersehen würde. Als er versuchte, ihre Gesichter aus seinem Gedächtnis aufzurufen, konnte er sich nicht mehr erinnern, wie sie aussahen, seine Frau und sein Sohn, zwei Menschen, die er mehr liebte als sich selbst, konnte er sich nicht einmal mehr an ihre Augen oder ihre Haarfarbe erinnern, und das verängstigte, entsetzte ihn. Er wußte, daß er vor Trauer zitterte, als wären sie gestorben, aber er spürte das Zittern nicht, wußte, daß er weinte, fühlte die Tränen aber nicht, bemühte sich noch heftiger, sich ihre kostbaren Gesichter in Erinnerung zu rufen, Toby und Heather, Heather und Toby, doch seine Vorstellungskraft war so blind wie seine Augen. Seine Innenwelt war kein bodenloser Abgrund aus Dunkelheit, sondern ein leeres, winterhaftes Weiß, wie eine Vision von treibendem Schnee, ein Schneesturm, frostig, eisig, arktisch, unnachgiebig.

DRITTES
KAPITEL

Ein Blitz zuckte auf, gefolgt von einem heftigen Donnerschlag, der die Küchenfenster vibrieren ließ. Der Sturm begann nicht mit einem Sprühregen oder Tröpfeln, sondern mit einem plötzlichen Wolkenbruch, als wären die Wolken hohle Gebilde, die wie Eierschalen aufbrechen und ihren gesamten Inhalt auf einmal verschütten konnten.

Heather stand neben dem Kühlschrank an der Küchenzeile, schaufelte Orangensorbet aus einem Behälter in eine Schüssel und drehte sich zu dem Fenster über dem Abfluß um. Der Regen fiel so heftig, daß es sich fast um Hagel oder Schnee zu handeln schien, um eine weiße Überschwemmung. Die Zweige der Ficus benjamina im Hinterhof hingen unter dem Gewicht dieses vertikalen Sturzbaches hinab, und ihre längsten Ausläufer berührten den Boden.

Sie war froh, daß sie jetzt nicht auf den Autobahnen war, nicht zwischen Arbeitsstätte und Haus hin und her pendelte. Aus Mangel an Erfahrung fuhren die Kalifornier bei Regen ziemlich unsicher; entweder krochen sie nur noch dahin und waren so übervorsichtig, daß der Verkehr praktisch zum Erliegen kam, oder sie rasten wie die Verrückten und krachten mit einer Rücksichtslosigkeit ineinander, die fast schon an Begeisterung grenzte. Die Heimfahrt würde sich heute für viele Pendler von der üblichen Stunde zu einer zweieinhalbstündigen Geduldsprobe ausdehnen.

Also gab es doch eine angenehme Seite der Arbeitslosigkeit. Sie hatte nur noch nicht ausdauernd genug danach gesucht. Wenn sie öfter darüber nachdachte, würde ihr bestimmt eine lange Liste weiterer Vorzüge einfallen. Zum Beispiel, keine Kleidung mehr für die Arbeit kaufen zu müssen. Wieviel hatte sie allein schon in dieser Hinsicht gespart? Und sie mußte sich auch keine Sorgen mehr über die Zuverlässigkeit der Bank machen, bei der sie ihr Sparbuch hatten, denn wenn es so weiterging, würden sie in ein paar Monaten kein Sparbuch mehr haben. Allein mit Jacks Gehalt waren keine Rücklagen mehr möglich, seit er nach der letzten Finanzkrise der Stadt eine Gehaltskürzung hatte hinnehmen müssen. Die Steuern waren auch schon wieder gestiegen, sowohl die staatlichen als auch die des Bundes, und so sparte sie auch das Geld, das die Regierung kassiert und in ihrem Namen verschwendet hätte, stünde sie noch in Brot und Arbeit. Mein Gott, wenn man richtig darüber nachdachte, war es keine Tragödie, nach zehn Jahren bei IBM entlassen worden zu sein, nicht einmal eine Krise, sondern praktisch ein *Fest*, eine Veränderung, die ihr Leben beträchtlich verbesserte.

»Hör auf damit, Heather«, warnte sie sich, verschloß den Behälter mit dem Sorbet wieder und stellte ihn in den Kühlschrank zurück. Jack, der ewig grinsende Optimist, vertrat die Ansicht, daß man nichts damit gewinnen konnte, wenn man ständig über schlechte Nachrichten grübelte, und er hatte natürlich recht. Sein lebensbejahendes Wesen, seine freundliche Persönlichkeit und unverwüstliche Natur hatten es ihm ermöglicht, eine alptraumhafte Kindheit und Pubertät zu überstehen, an der viele andere Menschen zerbrochen wären.

In letzter Zeit hatte seine Philosophie ihm ebenfalls weitergeholfen, als er sich durch das schlimmste Jahr seiner Laufbahn bei der Polizei gekämpft hatte. Nach fast einem Jahrzehnt gemeinsam auf der Straße hatten er und Tommy Fernandez sich fast so nah wie Brüder gestanden. Tommy war jetzt seit über elf Monaten tot, aber wenigstens einmal pro Woche wachte Jack aus lebhaften Alpträumen auf, in denen sein Freund und Partner erneut starb. Er stand dann immer auf und ging in die

Küche, um ein Bier zu trinken, oder ins Wohnzimmer, um eine Weile allein in der Dunkelheit zu sitzen. Meistens bemerkte er gar nicht, daß Heather von den leisen Schreien, die ihm im Schlaf entwichen, aufgewacht war. Schon vor einiger Zeit, vor ein paar Monaten, hatte sie herausbekommen, daß sie nichts tun oder sagen konnte, um ihm zu helfen; er mußte dann einfach allein sein. Nachdem er das Zimmer verlassen hatte, griff sie oft unter die Bettdecke und legte die Hand auf sein Laken, das noch warm von seinem Körper und feucht von dem Schweiß war, den seine Seelenqual ihm ausgetrieben hatte.

Trotz allem war Jack eine wandelnde Werbung für die Kraft des positiven Denkens geblieben. Heather war entschlossen, ihm in seiner fröhlichen und hoffnungsvollen Art in nichts nachzustehen.

Am Abfluß spülte sie den Rückstand des Sorbets vom Löffel.

Ihre Mutter, Sally, war ein erstklassiger Jammerlappen, der jede schlechte Nachricht als persönliche Katastrophe betrachtete, selbst wenn das Ereignis, das sie nun schon wieder betroffen gemacht hatte, sich am anderen Ende der Erde ereignet und ihr völlig fremde Menschen betroffen hatte. Politische Unruhen auf den Philippinen konnten Sally zu einem verzweifelten Monolog über die höheren Preise veranlassen, die sie ihrer Meinung zufolge nun für Zucker und alles, was Zucker enthielt, zahlen mußte, wenn die philippinischen Zuckerrohrfelder bei einem blutigen Bürgerkrieg vernichtet wurden. Ein Nietnagel war für sie so schlimm wie ein gebrochener Arm für einen normalen Menschen, Kopfschmerzen kündigten unausweichlich einen bevorstehenden Schlaganfall an, und ein kleines Geschwür im Mund war ein sicheres Zeichen für Krebs im Endstadium. Diese Frau blühte bei schlechten Nachrichten und Schwermut auf.

Vor elf Jahren, als Heather zwanzig war, hatte sie sich darüber gefreut, keine Beckerman mehr sein zu müssen, sondern eine McGarvey zu werden — im Gegensatz zu einigen Freundinnen, die in diesem Zeitalter des knospenden Feminismus ihren Mädchennamen auch nach der Hochzeit behalten hatten, zumindest als Hälfte eines Doppelnamens. Sie war nicht das erste Kind in der Geschichte, das entschlossen war, niemals so zu werden wie seine Eltern, doch ihr gefiel die Vorstellung, sich mit besonderer Hartnäckigkeit von allen Zügen ihrer Eltern befreit zu haben.

Als Heather einen Löffel aus einer Schublade holte, die Schüssel mit dem Sorbet nahm und damit ins Wohnzimmer ging, wurde ihr klar, daß ein weiterer Vorteil ihrer Arbeitslosigkeit darin bestand, daß sie sich nicht mehr freinehmen oder einen Babysitter für Toby engagieren mußte, wenn er einmal so krank war, daß er nicht zur Schule gehen konnte. Sie war nun für ihn da, wenn er sie brauchte, und litt nicht mehr unter den Schuldgefühlen einer berufstätigen Mutter.

Natürlich hatte ihre Krankenversicherung nur achtzig Prozent der ärztlichen Behandlung am Montag morgen abgedeckt, und die zwanzig Prozent Eigenanteil hatten ihre Aufmerksamkeit erregt wie nie zuvor. Die Summe war ihr hoch vorgekommen. Aber das war das Denken der Beckermans, nicht das der McGarveys.

Toby saß im Schlafanzug in einem Sessel im Wohnzimmer vor dem Fernseher, die Beine auf ein Fußbänkchen ausgestreckt, in Decken gehüllt. Er sah sich auf einem Kabelkanal, der ausschließlich Kindersendungen brachte, Zeichentrickfilme an.

Heather wußte bis auf den Penny genau, wie teuer das Abonnement des Kabelkanals war. Damals im Oktober, als sie noch ihren Job gehabt hatte, hätte sie raten müssen und wäre nicht einmal um fünf Dollar in die Nähe des richtigen Betrages gekommen.

Auf dem Bildschirm jagte eine winzige Maus eine Katze, die anscheinend hypnotisiert worden war und glaubte, die Maus sei zwei Meter groß und habe Fangzähne und blutrote Augen.

»Orangensorbet für Feinschmecker«, sagte sie und gab Toby das Schüsselchen und den Löffel, »das beste auf der ganzen Welt, von mir selbst zubereitet. Ich habe mich stundenlang daran abgeplackt und mußte für die paar Löffel zwei Dutzend Sorbets töten und häuten.«

»Danke, Mom«, sagte er und grinste zuerst sie und dann noch

breiter das Sorbet an, bevor er den Blick wieder zum Fernsehgerät wandte.

Von Sonntag bis Dienstag war er im Bett geblieben, ohne Theater zu machen; es war ihm so elend gegangen, daß er noch nicht einmal hatte fernsehen wollen. Er hatte so viel geschlafen, daß sie sich schließlich Sorgen machte, doch anscheinend war Schlaf genau das, was er brauchte. Gestern abend, zum erstenmal seit Sonntag, hatte er etwas anderes als Flüssigkeit bei sich behalten können. Er hatte um Eiscreme gebeten, und ihm war nicht schlecht davon geworden. An diesem Morgen hatte er es gewagt, zwei Scheiben Toast ohne alles zu essen, und nun das Sorbet. Sein Fieber hatte nachgelassen; die Erkältung schien nun ihren normalen Verlauf zu nehmen.

Heather nahm in einem anderen Sessel Platz. Auf einem Ecktisch neben ihr standen eine kaffeebecherförmige Thermoskanne und ein schwerer, weißer Kaffeebecher mit roten und purpurnen Blumen darauf. Sie schraubte die Thermoskanne auf und schenkte mit Mandeln und Schokolade gewürzten Premium-Kaffee nach, genoß den Wohlgeruch und versuchte, nicht darüber nachzudenken, was ein Becher von dieser Köstlichkeit kostete.

Nachdem sie die Beine auf den Stuhl ausgestreckt, eine Decke über den Schoß gelegt und an dem Kaffee genippt hatte, griff sie nach der Taschenbuchausgabe eines Romans von Dick Francis. Sie schlug sie auf der Seite auf, vor die sie einen Zettel gelegt hatte, und versuchte, in eine Welt der britischen Manieren, Moral und Mysterien zurückzukehren.

Sie kam sich schuldig vor, weil sie ein Buch las, obwohl sie keine ihrer Pflichten vernachlässigte. Der Haushalt war bereits erledigt. Als sie beide noch gearbeitet hatten, hatten sie sich die Hausarbeit geteilt. Sie teilten sie sich noch immer. Als sie entlassen worden war, hatte sie darauf bestanden, seine häuslichen Pflichten zu übernehmen, doch er hatte nichts davon hören wollen. Wahrscheinlich war er der Annahme, wenn er zuließ, daß sie ihre Zeit vollständig mit der Hausarbeit füllte, würde sie zur deprimierenden Ansicht gelangen, nie einen anderen Job zu finden. Er war immer so feinfühlig für das Empfinden anderer Menschen gewesen, wie er optimistisch war, was seine Zukunftsaussichten betraf. Demzufolge war das Haus geputzt und die Wäsche gewaschen, und sie mußte lediglich auf Toby aufpassen, was aber keine besonders schwierige Aufgabe war, da er ein braver Junge war. Ihre Schuld bestand in dem irrationalen, aber unausweichlichen Gefühl, eine Frau zu sein, die von Natur her und aus eigener Entscheidung arbeiten wollte, aber in dieser tiefen ökonomischen Depression nicht arbeiten durfte.

Sie hatte sich bei sechsundzwanzig Firmen beworben. Jetzt konnte sie nur warten. Und Dick Francis lesen.

Die melodramatische Musik und hohen Stimmen des Zeichentrickfilms lenkten sie nicht ab. Ganz im Gegenteil, der wohlriechende Kaffee, die Behaglichkeit des Sessels und das kalte Geräusch des Winterregens taten sich zusammen, lenkten ihre Gedanken von ihren Sorgen ab und ließen sie in den Roman finden.

Heather hatte fünfzehn Minuten gelesen, als Toby sagte: »Mom?«

»Hmm?« machte sie, ohne von dem Buch aufzusehen.

»Warum wollen Katzen immer Mäuse töten?«

Sie legte den Daumen zwischen die Seiten, klappte das Buch zusammen und sah zum Fernsehgerät, auf dem eine andere Katze und eine andere Maus in eine andere Slapstick-Jagd verstrickt waren, bei der diesmal die Katze die Maus verfolgte.

»Warum können sie sich nicht mit Mäusen anfreunden«, fragte der Junge, »anstatt sie ständig umbringen zu wollen?«

»Das liegt einfach in der Natur einer Katze«, sagte sie.

»Aber warum?«

»Weil Gott die Katzen so geschaffen hat.«

»Mag Gott keine Mäuse?«

»Tja, das muß er doch wohl, denn sie hat er ja auch geschaffen.«

»Aber warum hat er dann Katzen geschaffen, um sie zu töten?«

»Wenn Mäuse keine natürlichen Feinde wie Katzen oder Eulen und Kojoten hätten, würden sie die Erde überschwemmen.«

»Warum würden sie die Erde überschwemmen?«

»Weil sie nicht nur immer ein Baby, sondern ganze Würfe bekommen.«

»Und?«

»Und wenn sie keine natürlichen Feinde hätten, die ihre Zahl dezimieren würden, gäbe es eine Billion Milliarde Mäuse, die alle Nahrung auf der ganzen Welt vertilgen würde, und weder für Katzen noch für uns würde etwas übrig bleiben.«

»Wenn Gott nicht will, daß die Mäuse die Welt überschwemmen... warum hat er sie denn nicht so geschaffen, daß sie immer nur ein Baby bekommen?«

Erwachsene verloren das Warum-Spiel stets, weil irgendwann die Fragekette in eine Sackgasse führte, aus der man nicht mehr herauskam.

»Da hast du mich erwischt, Kumpel«, sagte Heather.

»Ich finde es gemein, Mäuse so zu schaffen, daß sie viele Babys bekommen, und dann Katzen zu schaffen, um sie zu töten.«

»Ich fürchte, das mußt du mit Gott besprechen.«

»Du meinst, wenn ich heute abend zu Bett gehe und meine Gebete spreche?«

»Das wäre die beste Zeit dafür«, sagte sie und schenkte sich noch einmal aus der Thermoskanne nach.

»Ich stelle ihm immer Fragen«, sagte Toby, »und dann schlafe ich immer ein, bevor er mir antwortet. Warum läßt er mich einschlafen, bevor ich die Antwort bekomme?«

»So ist Gott nun mal. Er spricht nur zu dir, wenn du schläfst. Wenn du zuhörst, wachst du dann mit der Antwort auf.«

Darauf war sie stolz. Hier schien sie sich behaupten zu können.

Toby runzelte die Stirn. »Aber normalerweise kenne ich die Antwort nicht, wenn ich aufwache. Warum weiß ich nicht, ob Gott es mir erklärt hat?«

Heather trank einen Schluck Kaffee, um Zeit zu gewinnen. »Na ja«, sagte sie, »Gott will dir die Antworten nicht einfach nur geben. Wir sind hier auf dieser Welt, um die Antworten selbst zu finden, um zu lernen und etwas aus eigener Kraft zu verstehen.«

Gut. Sehr gut. Sie fühlte sich mäßig zufrieden, als hätte sie ein Tennismatch gegen einen absoluten Weltklassespieler länger überstanden, als man eigentlich hätte erwarten können.

»Nicht nur Mäuse werden gejagt und getötet«, sagte Toby. »Bei jedem Tier gibt es immer ein anderes, das es in Stücke reißen will.« Er warf einen Blick zum Fernsehgerät. »Da, siehst du, Hunde wollen Katzen ermorden.«

Die Katze, die die Maus gejagt hatte, wurde nun ihrerseits von einer wild aussehenden Bulldogge mit einem Stachelhalsband gejagt.

Toby sah wieder zu seiner Mutter. »Warum hat jedes Tier ein anderes, das es töten will? Würden auch Katzen ohne ihre natürlichen Feinde die Welt überschwemmen?«

Das Warum-Spiel war in eine weitere Sackgasse geraten. Sicher, sie hätte ihm jetzt den Begriff der Erbsünde erklären, ihm erzählen können, wie die Welt ein heiterer Ort des Friedens und Überflusses gewesen war, bevor Adam und Eva in Ungnade gefallen waren und den Tod in die Welt gebracht hatten. Aber das schien ihr für einen Achtjährigen doch ein etwas zu starker Tobak zu sein. Außerdem war sie nicht sicher, ob sie wirklich daran glaubte, obwohl es die Erklärung für das Böse, die Gewalt und den Tod war, mit der sie aufgewachsen war.

Zum Glück ersparte Toby ihr das Eingeständnis, keine Antwort zu haben. »Wenn ich Gott wäre, würde ich von jedem Ding nur eine Mom, einen Dad und ein Kind machen. Klar? Zum Beispiel einen Mutter-Retriever, einen Vater-Retriever und einen Welpen.«

Er wünschte sich schon seit langem einen Golden-Retriever, doch sie hatten bislang davon Abstand genommen, weil ihr Haus mit fünf Zimmern zu klein für einen so großen Hund war.

»Nichts würde je sterben oder alt werden«, sagte Toby und fuhr damit fort, die Welt zu beschreiben, die er geschaffen hätte, »damit der Welpe immer ein Welpe bleiben kann, und es würde nichts mehr geben, was die Welt überschwemmen könnte, und dann müßte nichts mehr etwas anderes töten.«

Das war natürlich das Paradies, das es angeblich einmal gegeben hatte.

»Und ich würde überhaupt keine Bienen oder Spinnen oder Küchenschaben oder Schlangen machen«, sagte er und verzog vor Abscheu das Gesicht. »Die haben doch überhaupt keinen Sinn. Gott muß an diesem Tag wirklich 'ne unheimliche Stimmung gehabt haben.«

Heather lachte. Sie liebte den Jungen über alles.

»Nein, wirklich«, beharrte Toby und richtete seine Aufmerksamkeit wieder auf das Fernsehgerät.

Er ähnelte Jack so sehr. Er hatte Jacks wunderschöne graublaue Augen und sein offenes, argloses Gesicht. Jacks Nase. Aber er hatte ihr blondes Haar, und er war ziemlich klein für sein Alter, und so kam er vielleicht mehr auf ihren Körpertyp hinaus als auf den seines Vaters. Jack war groß und kräftig gebaut; Heather war einssechzig groß und schlank. Toby war offensichtlich ihrer beider Sohn, und manchmal, wie in diesem Augenblick, kam ihr seine Existenz wie ein Wunder vor. Er war das lebende Symbol ihrer Liebe für Jack und Jacks Liebe für sie, und wenn der Tod der Preis für das Wunder der Zeugung war, dann war das Geschäft, das sie im Garten Eden gemacht hatten, vielleicht doch nicht so einseitig, wie es manchmal den Anschein hatte.

Im Fernsehen jagte Kater Sylvester den Kanarienvogel Tweetie, doch im Gegensatz zum wirklichen Leben zeigte der winzige Vogel der fauchenden Katze so richtig, wo es langging.

Das Telefon klingelte.

Heather legte ihr Buch auf die Sessellehne, warf die Decke beiseite und stand auf. Toby hatte das Sorbet aufgegessen, und sie schnappte die leere Schüssel von seinem Schoß und nahm sie mit in die Küche.

Das Telefon hing neben dem Kühlschrank an der Wand. Sie stellte das Schälchen auf die Küchenzeile und nahm den Hörer ab. »Hallo?«

»Heather?«

»Am Apparat.«

»Hier ist Lyle Crawford.«

Crawford war der Police Captain von Jacks Abteilung, sein direkter Vorgesetzter.

Vielleicht lag es daran, daß Crawford noch nie zuvor bei ihnen zu Hause angerufen hatte, vielleicht war es etwas an seinem Tonfall, vielleicht auch nur der Instinkt einer Polizistenfrau, aber sie wußte sofort, daß etwas Schreckliches passiert war. Ihr Herz begann zu rasen, und einen Augenblick lang bekam sie keine Luft. Dann atmete sie plötzlich ganz flach und schnell und stieß mit jedem Atemzug ein und dasselbe Wort aus: »Nein, nein, nein, nein.«

Crawford sagte etwas, aber Heather konnte ihm einfach nicht zuhören, als wäre das, was auch immer Jack zugestoßen war, ihm nicht wirklich passiert, solange sie sich weigerte, die häßlichen Tatsachen in Worte gefaßt aufzunehmen.

Jemand klopfte gegen die Hintertür.

Sie drehte sich um. Durch das Fenster in der Tür sah sie einen Mann in Uniform, von der Regen tropfte, Louie Silverman, einen Kollegen aus Jacks Abteilung, ein guter Freund seit acht, neun Jahren, vielleicht noch länger. Louie mit dem Gesicht wie aus Gummi und dem widerspenstigen roten Haar. Weil er ein Freund war, war er zur Hintertür gekommen, statt vorn zu klingeln, so war es nicht so formell, nicht so verdammt kalt und entsetzlich formell, nur ein Freund an der Hintertür, o Gott, nur ein Freund an der Hintertür, der irgendeine Nachricht brachte.

Louie sagte ihren Namen. Vom Glas gedämpft. So verloren, wie er ihren Namen sagte.

»Warten Sie, warten Sie«, sagte sie zu Lyle Crawford, und sie nahm den Hörer vom Ohr und drückte ihn gegen ihre Brust.

Sie schloß auch die Augen, damit sie nicht das Gesicht des armen Louie sehen mußte, das sich gegen das Fenster in der Tür drückte. So grau, sein Gesicht, so abgespannt und grau. Er konnte Jack ebenfalls gut leiden. Armer Louie.

Sie nagte an ihrer Unterlippe, hielt die Augen fest geschlossen und drückte das Telefon mit beiden Händen gegen ihre Brust, suchte nach der Kraft, die sie brauchen würde, betete um diese Kraft.

Sie hörte, wie sich in der Hintertür ein Schlüssel drehte. Louie wußte, wo sie ihren Ersatzschlüssel auf der Veranda versteckt hatten.

Die Tür öffnete sich. Er kam herein, und das Geräusch des Regens schwoll hinter ihm an. »Heather«, sagte er.

Das Geräusch des Regens. Der Regen. Das kalte, gnadenlose Geräusch des Regens.

VIERTES
KAPITEL

Der Morgenhimmel über Montana war hoch und blau, und Berge ragten in ihn hinein, deren Gipfel so weiß wie Engelskleider waren. Ihre Hänge wurden von grünen Wäldern und den glatten Konturen tiefer liegender Wiesen geziert, die noch unter dem Mantel des Winters schliefen. Die Luft war rein und so klar, daß man den Eindruck haben konnte, bis nach China zu sehen, wären die Berge nicht dazwischen.

Eduardo Fernandez stand auf der Veranda der Ranch und sah über die abfallenden, schneebedeckten Felder zu dem Wald hundert Meter im Osten hinüber. Riesen- und Gelbkiefern drängten sich eng aneinander und warfen pechschwarze Schatten auf den Boden, als wäre die Nacht nie ganz ihrem nadligen Zugriff entkommen, obwohl eine strahlende Sonne hoch in einem wolkenlosen Himmel stand.

Die Stille war tief. Eduardo lebte allein, und sein nächster Nachbar war drei Kilometer entfernt. Der Wind war noch schwach, und abgesehen von zwei Raubvögeln — Falken vielleicht —, die geräuschlos hoch im Himmel kreisten, bewegte sich nichts auf diesem gewaltigen Panorama.

Kurz nach ein Uhr morgens, einer Zeit, da die Nacht sich normalerweise in tiefste Stille hüllte, war Eduardo von einem seltsamen Geräusch geweckt worden. Je länger er gelauscht hatte, desto seltsamer war es ihm vorgekommen. Als er aufgestanden war, um die Quelle des Geräuschs zu suchen, hatte er überrascht festgestellt, daß er Angst hatte. Dabei hatte er geglaubt, nach sieben Jahrzehnten voller unliebsamer Überraschungen einen geistigen Frieden gefunden und die Unausweichlichkeit des Todes akzeptiert zu haben. Er hatte schon seit langem vor nichts mehr Angst empfunden. Um so mehr hatte es ihn genervt, in der vergangenen Nacht feststellen zu müssen, daß ein seltsames Geräusch sein Herz wild hämmern ließ. Seine Gedärme hatten sich vor Furcht zusammengezogen.

Im Gegensatz zu vielen anderen Siebzigjährigen hatte Eduardo nur selten Schwierigkeiten, volle acht Stunden lang tief und fest zu schlafen. Seine Tage waren mit körperlicher Aktivität ausgefüllt, seine Abende mit dem Trost guter Bücher; ein Leben mäßiger Gewohnheiten hatte dafür gesorgt, daß er auch noch im Alter kräftig war, und er war zufrieden, empfand kein bitteres Bedauern. Die Einsamkeit war der einzige Fluch seines Lebens, seit Margarite vor drei Jahren gestorben war, und bei den wenigen Gelegenheiten, bei denen er mitten in der Nacht aufwachte, hatte ihn ein Traum von seiner verstorbenen Frau aus dem Schlaf gerissen.

Das Geräusch war weniger laut als allgegenwärtig gewesen. Ein leises Pochen, das anschwoll wie Wellen, die auf ein Ufer brandeten. Unter diesem Pochen ein fast unterbewußter, zitternder Unterton, ein unheimliches elektronisches Oszillieren. Er hatte es nicht nur gehört, sondern auch *gespürt*, es hatte in seinen Zähnen, seinen Knochen vibriert. Sogar das Fensterglas summte mit diesen Schwingungen. Als er eine Hand flach auf die Wand legte, hätte er schwören können, die Tonwellen wahrzunehmen, die sich durch das Haus selbst hoben, wie der schwache Schlag eines Herzens unter dem Putz.

Dieser Herzschlag wurde von dem Gefühl eines Drucks begleitet, dem Gefühl, er lausche jemandem oder etwas, das sich rhythmisch gegen eine Fessel warf, versuchte, aus einem Gefängnis oder durch eine Barriere zu brechen.

Aber wer?

Oder was?

Nachdem er schließlich aus dem Bett gestiegen war und

Hosen und Schuhe übergestreift hatte, war er auf die Veranda gegangen, von der aus er das Licht im Wald gesehen hatte. Nein, er mußte ehrlicher zu sich selbst sein. Es war nicht nur ein Licht im Wald gewesen, so einfach war das nicht.

Eduardo Fernandez war nicht abergläubisch. Schon als junger Mann hatte er sich seiner nüchternen Vernunft gerühmt, seines gesunden Menschenverstands und der unsentimentalen Sicht der Realität. Die Autoren, deren Bücher die Regale in seinem Arbeitszimmer füllten, waren die mit klarem, einfachem Stil und ohne Geduld für Phantasie, Männer mit einem kalten, klaren Blick, die die Welt so sahen, wie sie war, und nicht, wie sie vielleicht sein konnte: Männer wie Hemingway, Raymond Carver, Ford Madox Ford.

Das Phänomen in den tieferen Bereichen des Waldes hätten seine Lieblingsautoren — jeder einzelne von ihnen ein Realist — niemals in ihre Geschichten aufnehmen können. Das Licht war nicht von einem Gegenstand im Wald gekommen, vor dem die Kiefern sich abgehoben hatten; nein, es stammte von den Bäumen selbst, ein geflecktes, bernsteinfarbiges Strahlen, das seinen Ursprung unter der Rinde zu haben schien, innerhalb der Zweige, als hätten die Baumwurzeln Wasser aus einer unterirdischen Quelle aufgesogen, die von einem höheren Prozentsatz von Radium kontaminiert worden war als die Farbe, mit der man früher einmal, bevor man es besser wußte, die Zifferblätter von Uhren beschichtet hatte, die einem auch in der Dunkelheit verrieten, wie spät es war.

Vielleicht zehn bis zwanzig eng beieinander stehende Kiefern waren davon befallen gewesen. Wie ein leuchtender Schrein in der ansonsten pechschwarzen Festigkeit des Holzes.

Zweifellos war diese geheimnisvolle Lichtquelle auch die Herkunft der Geräusche. Als das Licht zu verbleichen begann, wurden auch die Töne schwächer. Leiser und matter, leiser und matter. Die Märznacht war im selben Augenblick wieder still und dunkel geworden, und es gab nur noch die Geräusche seines eigenen Atems und keine seltsamere Helligkeit mehr als die silberne Sichel eines zunehmenden Viertelmonds und das perlenartige Phosphoreszieren der schneebedeckten Felder.

Das Ereignis hatte etwa sieben Minuten lang gedauert.
Es war ihm viel länger vorgekommen.

Er kehrte ins Haus zurück, trat an die Fenster und wartete ab, was nun geschehen würde. Erst als er den Eindruck gewonnen hatte, daß es vorbei war, kehrte er ins Bett zurück.

Er hatte nicht mehr einschlafen können. Er hatte wachgelegen und... sich den Kopf zerbrochen.

Jeden Morgen saß er um halb sieben beim Frühstück. Sein großes Kurzwellenradio hatte er auf einen Sender in Chicago eingestellt, der rund um die Uhr internationale Nachrichten brachte. Das eigentümliche Erlebnis während der vergangenen Nacht hatte den Rhythmus seines Lebens nicht so sehr gestört, daß er jetzt seine Gewohnheiten änderte. An diesem Morgen hatte er den gesamten Inhalt einer großen Dose mit Grapefruitstücken gegessen, danach zwei Spiegeleier, Bratkartoffeln, ein Viertelpfund Frühstücksspeck und vier Scheiben Toastbrot mit Butter. Er hatte mit dem Alter seinen herzhaften Appetit nicht verloren, und eine lebenslange Vorliebe für jene Nahrungsmittel, die dem Herzen am meisten zu schaffen machten, hatte ihm nur die Konstitution eines zwanzig Jahre jüngeren Mannes eingebracht.

Wenn er mit dem Frühstück fertig war, blieb er gern bei ein paar Tassen schwarzen Kaffees sitzen und lauschte den endlosen Problemen der Welt. Die Nachrichten bestätigten jedesmal die Weisheit der Entscheidung, an einen entlegenen Ort zu ziehen, an dem er keine Nachbarn in Sichtweite hatte.

Doch obwohl er an diesem Morgen länger als üblich bei dem Kaffee sitzen geblieben war und er das Radio eingeschaltet hatte, konnte er sich später, als er den Stuhl zurückschob und sich vom Tisch erhob, an kein Wort der Nachrichten erinnern. Lange Zeit hatte er durch das Fenster neben dem Tisch den Wald betrachtet und darüber nachgedacht, ob er nun auf die Wiese gehen und nach einem Beweis für die rätselhafte Heimsuchung suchen sollte.

Als er nun in kniehohen Stiefeln, Jeans, einem Pulli, einer Jacke mit Schaffellfutter und einer Mütze mit pelzbesetzten und unter dem Kinn zusammengebundenen Ohrenschützern auf der

Veranda stand, wußte er noch immer nicht, was er tun sollte.

Unglaublicherweise war die Furcht noch immer in ihm. So bizarr sie auch gewesen sein mochten, hatten die pulsierende Tonwelle und das Leuchten in den Bäumen ihm keinen Schaden zugefügt. Welche Drohung auch immer er wahrnahm, sie war völlig subjektiv und zweifellos eher eingebildet als real.

Schließlich wurde er so wütend auf sich, daß er die Ketten der Angst brechen konnte. Er stieg die Verandatreppe hinab und schritt über den Hof.

Der Übergang vom Hof zur Wiese war von einem Schneemantel verborgen, der an einigen Stellen fünfzehn bis zwanzig Zentimeter und an anderen nur knietief war, je nachdem, wo der Wind ihn fortgeweht oder aufgetragen hatte. Nach dreißig Jahren auf der Ranch kannte Eduardo die Konturen des Landes und das Verhalten des Windes so gut, daß er, ohne nachzudenken, den Weg des geringsten Widerstandes wählte.

Weiße Atemwolken kondensierten vor seinem Mund. Die bittere Kälte brachte eine angenehme Röte auf seine Wangen. Er beruhigte sich, indem er sich auf die vertrauten Auswirkungen eines Wintertages konzentrierte — und sie genoß.

Er blieb eine Weile am Rand der Wiese stehen und betrachtete genau jene Bäume, die in der letzten Nacht in einer rauchigen Bernsteintönung vor dem schwarzen Hintergrund des tieferen Teils des Waldes geglüht hatten, als wären sie von einer göttlichen Gegenwart durchdrungen, wie Gott in dem Busch, der brannte, ohne von den Flammen verzehrt zu werden. Jetzt, am Morgen, sahen sie nicht anders aus als die Unzahl der anderen grünen Zucker- und Goldkiefern.

Die Kiefern am Rand des Waldes waren jünger als die, die sich hinter ihnen erhoben, und nur etwa neun bis zehn Meter hoch und nicht älter als zwanzig Jahre. Sie waren aus Keimen gewachsen, die auf die Erde gefallen waren, als er schon ein Jahrzehnt auf der Ranch gelebt hatte, und er hatte den Eindruck, sie besser zu kennen als die meisten Menschen, die er in seinem Leben je gekannt hatte.

Der Wald war ihm immer wie eine Kathedrale vorgekommen. Die Stämme der großen Nadelbäume erinnerten ihn an die Granitsäulen eines Kirchenschiffs, die sich hoch erhoben und ein gewölbtes Dach aus grünen Ästen trugen. Die nach Kiefern duftende Ruhe lud zum Meditieren ein. Wenn er die verschlungenen Pfade des Rotwilds entlangwanderte, hatte er oft das Gefühl, an einem heiligen Ort zu weilen und nicht nur ein Mensch aus Fleisch und Blut zu sein, sondern ein Erbe der Ewigkeit.

Er hatte sich im Wald immer sicher gefühlt.

Bis heute.

Als er von der Wiese und über das zufällige Muster von Schatten und Sonnenlicht unter den ineinander verflochtenen Kiefernzweigen trat, fiel ihm nichts Außergewöhnliches auf. Weder die Baumstämme noch die Äste zeigten irgendeinen Schaden aufgrund einer Hitzeeinwirkung; sie waren weder verkohlt, noch wiesen sie auch nur eine einzige versengte Rindenstelle oder Nadelballung auf. Die dünne Schneeschicht unter den Bäumen war nirgendwo geschmolzen, und die einzigen Spuren waren die des Rotwilds, von Waschbären und kleineren Tieren. Er brach ein Stück Rinde von einer Zuckerkiefer ab und zerbröckelte es zwischen Daumen und Zeigefinger der behandschuhten rechten Hand. Er konnte nichts Ungewöhnliches feststellen.

Er drang tiefer in den Wald ein und ging an der Stelle vorbei, die in der Nacht in diesem seltsamen Glanz gestrahlt hatte. Einige der älteren Kiefern waren über sechzig Meter hoch. Die Schatten waren hier, wo die Sonne weniger Möglichkeiten fand, zwischen die Bäume zu dringen, zahlreicher und schwärzer als Eschenknospen im Februar oder März.

Sein Herz schlug heftig und schnell.

Er fand nichts, was nicht schon immer im Wald gewesen war, und trotzdem wollte sein Herzschlag sich nicht beruhigen.

Sein Mund war trocken. Die gesamte Krümmung seiner Wirbelsäule entlang spürte er eine Gänsehaut, die nichts mit der winterkalten Luft zu tun hatte.

Verärgert über sich selbst, wandte Eduardo sich zur Wiese zurück und folgte den Spuren, die er im Schnee und auf dem dicken Teppich der Kiefernnadeln hinterlassen hatte. Das Knirschen seiner Schritte schreckte eine schlafende Eule auf ihrem verborgenen Ast hoch oben in der Baumkrone auf.

Er spürte, daß mit dem Wald etwas nicht stimmte, konnte dieses Gefühl jedoch nicht genauer deuten, was seine Verärgerung nur noch steigerte. Etwas stimmte nicht. Was, zum Teufel, hatte das zu bedeuten?

Die schreiende Eule.

Stachlige, schwarze Kiefernzapfen auf weißem Schnee.

Bleiche Sonnenstrahlen, die durch die Lücken zwischen den graugrünen Ästen fielen.

Alles ganz normal. Friedlich. Und doch stimmte etwas nicht.

Als er zum Waldrand zurückkehrte und zwischen den Stämmen der vor ihm emporragenden Bäume die schneebedeckten Wiesen sichtbar wurden, war er plötzlich davon überzeugt, daß er die freie Fläche nicht mehr erreichen, daß ihn etwas von hinten anfallen würde, ein Geschöpf, das genauso undefinierbar war wie das Gefühl, daß etwas nicht in Ordnung war. Er bewegte sich schneller. Die Angst wurde mit jedem Schritt stärker. Die Schreie der Eule schienen zu einem Kreischen zu verbittern, das genauso fremd war wie das einer Rachegestalt in einem Alptraum. Er stolperte über eine freiliegende Wurzel, sein Herz setzte einen Schlag aus, und er wirbelte herum, mit einem Schrei auf den Lippen, mit dem er den Dämon — welcher auch immer ihn hier verfolgte — entgegentreten wollte.

Er war natürlich allein.

Schatten und Sonnenlicht. Der Schrei einer Eule. Ein leises und einsames Geräusch. Wie immer.

Er verfluchte sich und ging zur Wiese weiter. Erreichte sie. Die Bäume lagen hinter ihm. Er war in Sicherheit.

Dann, lieber Gott im Himmel, erneut die Furcht, schlimmer denn je, die absolute Gewißheit, daß *es* — was? — kam, daß es ihn ganz bestimmt erwischen und zu Boden reißen würde, daß es entschlossen war, eine Tat zu begehen, die viel schlimmer als Mord war, daß es eine unmenschliche Absicht und eine unbekannte Verwendung für ihn hatte, die so seltsam war, daß sie sowohl sein Begriffs- als auch sein Vorstellungsvermögen überstieg. Diesmal wurde er von einem so schwarzen und grundlegenden, so rücksichtslosen Entsetzen erfaßt, daß ihn der Mut verließ. Er lief zum Haus, das viel weiter als bloß hundert Meter entfernt zu sein schien, eine Zitadelle außerhalb seiner Reichweite. Er stapfte durch den flachen Schnee, trat in tiefere Verwehungen, lief und stolperte und torkelte und schwankte bergauf, wobei er wortlose Geräusche blinder Panik von sich gab — »Ah, ah, ahhhhh, ah, ah«. Sein Verstand wurde völlig durch den Instinkt unterdrückt, bis er sich schließlich auf der Verandatreppe wiederfand, die er hinaufstieg, um sich dann auf der letzten Stufe umzudrehen und endlich »*Nein!*« in den klaren, frischen, blauen Tag über Montana zu schreien.

Die jungfräuliche Schneedecke über dem breiten Feld war nur von seinen eigenen Spuren zum Wald und wieder zurück aufgewühlt worden.

Er ging ins Haus.

Er verriegelte die Tür.

In der großen Küche stand er lange vor dem steinernen Kamin, noch immer für einen Ausflug ins Freie gekleidet, und badete in der Hitze des Feuers — ohne daß ihm allerdings warm dabei wurde.

Alt. Er war ein alter Mann. Siebzig. Ein alter Mann, der zu lange allein gelebt hatte und seine Frau schmerzlich vermißte. Wer würde es schon merken, wenn die Senilität sich nun an ihn heranmachte? Ein alter, einsamer Mann mit einem Hüttenkoller, der sich nur etwas einbildete.

»Quatsch«, sagte er nach einer Weile.

Er war einsam, allerdings, aber nicht senil.

Nachdem er Hut, Jacke, Handschuhe und Stiefel abgelegt hatte, holte er die Jagd- und Schrotgewehre aus dem verschlossenen Schrank im Arbeitszimmer. Er lud sie alle durch.

FÜNFTES
KAPITEL

Mae Hong, die gegenüber wohnte, kam herüber, um sich um Toby zu kümmern. Ihr Mann war ebenfalls ein Cop, wenn auch nicht in der gleichen Abteilung wie Jack. Da die Hongs noch keine Kinder hatten, konnte Mae so lange bleiben wie nötig, falls Heather für eine längere Nachtwache ins Krankenhaus mußte.

Während Louie Silverman und Mae in der Küche blieben, stellte Heather den Ton des Fernsehgeräts leiser und erklärte Toby, was passiert war. Sie hockte sich auf das Fußbänkchen, und nachdem er die Decken beiseite geworfen hatte, kauerte er sich auf den Sesselrand. Sie hielt seine kleinen Hände in den ihren.

Die schlimmsten Einzelheiten teilte Heather ihrem Sohn nicht mit, einerseits, weil sie selbst sie noch nicht genau kannte, andererseits, weil ein Achtjähriger nicht so einfach damit fertig werden würde. Allerdings konnte sie die Lage auch nicht beschönigen, denn sie waren eine Polizistenfamilie. Sie lebten mit der unterdrückten Erwartung, daß jederzeit so etwas passieren konnte, was an diesem Morgen passiert war, und selbst ein Kind hatte das Bedürfnis und das Recht zu erfahren, daß sein Vater schwer verletzt worden war.

»Kann ich mit dir ins Krankenhaus fahren?« fragte Toby und drückte ihre Hände fester, als er es wahrscheinlich merkte.

»Es ist am besten, wenn du hierbleibst, Schatz.«

»Ich bin nicht mehr krank.«

»Doch, bist du.«

»Ich fühle mich gut.«

»Du willst deinen Dad doch nicht anstecken, oder?«

»Er wird doch wieder gesund?«

Sie konnte ihm nur eine Antwort geben, auch wenn sie nicht genau wußte, ob sie sich als richtig erweisen würde. »Ja, Schätzchen, er wird wieder gesund.«

Sein Blick war direkt. Er wollte die Wahrheit wissen. In diesem Augenblick kam er ihr viel älter vor als seine acht Jahre. Vielleicht wurden Kinder von Polizisten schneller erwachsen als andere, schneller, als es eigentlich der Fall sein sollte.

»Bist du sicher?« fragte er.

»Ja. Da bin ich mir sicher.«

»W-wo wurde er angeschossen?«

»Ins Bein.«

Keine Lüge. Er hatte auch einen Treffer ins Bein abbekommen. Eine Kugel ins Bein und zwei in den Oberkörper, hatte Crawford gesagt. Zwei Kugeln in den Oberkörper. Mein Gott. Was hatte das zu bedeuten? Mußten sie einen Lungenflügel entfernen? Eine Kugel in den Bauch? Ins Herz? Zumindest hatte er keine Kopfverletzungen erlitten. Tommy Fernandez war in den Kopf geschossen worden. Er hatte keine Chance gehabt.

Sie fühlte, daß ein gequältes Schluchzen in ihr emporstieg, und wollte es unbedingt unterdrücken, wagte nicht, sich gehen zu lassen, nicht vor Toby.

»Ins Bein, das ist ja nicht so schlimm«, sagte Toby, aber seine Unterlippe zitterte. »Was ist mit dem Verbrecher?«

»Er ist tot.«

»Daddy hat ihn erwischt?«

»Ja, er hat ihn erwischt.«

»Gut«, sagte Toby ernst.

»Daddy hat das Richtige getan, und jetzt müssen auch wir das Richtige tun. Wir müssen stark sein. Okay?«

»Ja.«

Er war so klein. Es war nicht fair, solch eine Last auf einen so kleinen Jungen zu legen.

»Daddy muß wissen, daß wir in Ordnung sind, daß wir stark sind«, sagte sie, »damit er sich um uns keine Sorgen machen muß und sich darauf konzentrieren kann, wieder gesund zu werden.«

»Klar.«

»Braver Junge.« Sie drückte seine Hände. »Ich bin wirklich stolz auf dich, weißt du das?«

Plötzlich sah er ganz schüchtern zu Boden. »Na ja ... ich bin ... ich bin stolz auf Daddy.«

»Das solltest du auch, Toby. Dein Vater ist ein Held.«

Er nickte, konnte aber nichts sagen. Er verzerrte das Gesicht bei dem Versuch, die Tränen zurückzuhalten.

»Sei lieb zu Mae.«

»Ja.«

»Ich komme so schnell wie möglich zurück.«

»Wann?«

»Sobald ich kann.«

Er sprang vom Sessel auf und in ihre Arme, so schnell und mit solcher Kraft, daß er sie fast von der Fußbank gerissen hätte. Sie drückte ihn heftig an sich. Er zitterte, als hätte er einen Fieberschauer, obwohl dieses Stadium seiner Krankheit seit fast zwei Tagen vorbei war. Heather schloß ganz fest die Augen und biß sich so stark auf die Zunge, daß es fast geblutet hätte. Sei stark, verdammt, sei stark, auch wenn es ungerecht war, daß jemand so stark sein mußte.

»Ich muß los«, sagte sie leise.

Toby löste sich von ihr.

Sie lächelte ihn an und strich sein zerzaustes Haar glatt.

Er setzte sich in den Sessel und legte die Beine wieder auf die Fußbank. Sie zog die Decken bis über seine Schultern und schaltete den Ton des Fernsehgeräts wieder lauter.

Elmer Fudd versuchte, Bugs Bunny umzubringen. Verrücktes Kaninchen. Bumm-bumm, päng-päng, ritsch-ratsch, wumm, klirr, haha, die unaufhörliche Verfolgung hielt ewig an.

In der Küche umarmte Heather ihre Nachbarin. »Achten Sie darauf, daß er keine Nachrichtensendung sieht, vielleicht berichten sie ja kurz darüber.«

Mae Hong nickte. »Wenn er die Zeichentrickfilme leid ist, spielen wir irgendwas.«

»Diese Arschlöcher von den Nachrichtensendungen müssen immer zeigen, wie das Blut fließt, damit sie auf ihre Einschaltquoten kommen. Ich will nicht, daß er das Blut seines Vaters auf dem Boden sieht.«

Der Sturm spülte alle Farbe aus dem Tag. Der Himmel war verkohlt wie ausgebrannte Ruinen, und schon in einem halben Häuserblock Entfernung sahen die Palmen schwarz aus. Windgepeitschter Regen hämmerte, grau wie Eisennägel, auf alle Oberflächen, und in den Rinnsteinen strömte schmutziges Wasser.

Louie Silverman trug Uniform und fuhr einen Streifenwagen, und so schaltete er Blaulicht und Sirene ein, um freie Fahrt zu haben, und hielt sich von den Freeways fern.

Heather saß neben Louie auf dem Beifahrersitz, die Hände zwischen den Schenkeln gefaltet, die Schultern gekrümmt. Sie zitterte am ganzen Leib. »Na schön«, sagte sie, »jetzt sind wir unter uns, Toby kann uns nicht hören, also sag mir die Wahrheit.«

»Es ist schlimm. Das linke Bein, der rechte Unterleib und die rechte Brustseite. Das Arschloch war mit einer Micro Uzi bewaffnet, Neun-Millimeter-Munition, also kein kleines Kaliber. Jack war bewußtlos, als wir am Tatort eintrafen, und die Sanitäter konnten ihn nicht wieder zu sich bringen.«

»Und Luther ist tot.«

»Ja.«

»Luther kam mir immer ...«

»... wie ein Felsen vor.«

»Ja. Als würde es ihn immer geben. Wie ein Berg.«

Sie fuhren einen Häuserblock lang schweigend weiter.

»Wie viele andere?« fragte sie dann.

»Drei. Der Besitzer der Tankstelle, ein Mechaniker und ein Tankwart. Aber dank Jack hat die Miteigentümerin, Mrs. Arkadian, überlebt.«

Sie waren noch gut einen Kilometer vom Krankenhaus entfernt, als ein Pontiac vor ihnen sich weigerte, an den Straßenrand zu fahren und den Streifenwagen vorbeizulassen. Er hatte übergroße Reifen, eine hochgelegte Karosserie und vorn und hinten Luftansaugestutzen. Louie wartete auf eine Lücke im entgegenkommenden Verkehr und fuhr dann über die durchgezogene Linie, um den Wagen zu überholen. Als sie an dem Pontiac vorbeifuhren, machte Heather vier wütend aussehende junge Männer darin aus, die Haare zurückgekämmt und hinten zusammengebunden, die moderne Version der alten Gangsterfrisur, die Gesichter hart vor Feindseligkeit und Trotz.

»Jack wird es schaffen, Heather.«

Die nassen, schwarzen Straßen schimmerten vor verschlungenen Mustern frostkalten Lichts, Reflektionen der Scheinwerfer des entgegenkommenden Verkehrs.

»Er ist zäh«, sagte Louie.

»Das sind wir alle«, sagte sie.

Als Heather um Viertel nach zehn im Westside General Hospital eintraf, war Jack noch im OP. Die Frau am Informationsschalter nannte ihnen den Namen des Chirurgen — Dr. Emil Procnow — und schlug vor, sie sollten nicht in der Hauptlobby, sondern im Besucherraum neben der Intensivstation warten.

In diesem Besucherraum hatte man sich die Theorien über die psychologische Wirkung von Farben zunutze gemacht. Die Wände waren limonengelb gestrichen, und die Vinylpolster und Rückenlehnen der grauen Röhrenstühle waren in einem hellen Orange gehalten — als könne man jeden beliebigen Grad von Besorgnis, Angst oder Trauer durch eine entsprechend fröhliche Einrichtung entscheidend lindern.

Heather war nicht allein in dem grellbunten Raum. Neben Louie waren noch drei andere Cops anwesend — zwei in Uniform, einer in Zivil —, die sie alle kannte. Sie umarmten sie, sagten, Jack würde es schaffen, boten sich an, ihr Kaffee zu holen und versuchten ganz allgemein, ihr Mut zu machen. Sie waren die ersten von zahlreichen Freunden und Kollegen aus der Abteilung, die mit ihr Krankenwache halten würden, nicht nur, weil Jack gut gelitten war, sondern auch, weil in einer zunehmend gewalttätigen Gesellschaft, bei der in einigen Kreisen der Respekt für Polizisten nicht besonders groß war, Cops mehr denn je darauf bedacht waren, sich umeinander zu kümmern.

Trotz der gut gemeinten und aufmunternden Gesellschaft war

das Warten entsetzlich. Heather kam sich genauso allein vor, als wäre niemand bei ihr.

In einen Überfluß von hartem, fluoreszierendem Licht gebadet, schienen die gelben Wände und die grell-orangenen Stühle von Minute zu Minute heller zu werden. Statt ihre Besorgnis zu lindern, machte die Einrichtung sie nervös, und sie mußte immer wieder die Augen schließen.

Um 11 Uhr 15 war sie seit einer Stunde im Krankenhaus und Jack seit anderthalb Stunden im OP. Diejenigen, die mit ihr warteten — mittlerweile sechs an der Zahl — waren übereinstimmend der Meinung, daß eine so lange Zeit unter dem Messer ein gutes Zeichen war. Wäre Jack tödlich verwundet worden, sagten sie, wäre er nur kurz im Operationssaal geblieben, und die Ärzte hätten die schlechte Nachricht bald bekanntgegeben.

Heather war sich dessen nicht so sicher. Sie wollte nicht, daß ihre Hoffnung zu groß wurde, weil sie dann um so tiefer stürzen würde, falls die Ärzte ihr eine schlechte Nachricht bringen würden.

Ein heftiger Regenschwall nach dem anderen schlug gegen die Fenster und strömte das Glas hinab. Durch die verzerrende Linse des Wassers schien die Stadt draußen völlig ohne gerade Linien und scharfe Ränder zu sein, eine surreale Metropole aus geschmolzenen Formen.

Fremde betraten den Raum, einige mit vom Weinen roten Augen, alle gespannt, Freunde und Verwandte anderer Patienten, die auf die Auskunft der Ärzte warteten. Einige von ihnen waren naß vom Sturm und trugen die Gerüche von nasser Wolle und Baumwolle mit sich hinein. Heather schritt auf und ab. Sie sah aus dem Fenster. Sie trank bitteren Kaffee aus einem Automaten. Sie nahm mit einer einen Monat alten Ausgabe von *Newsweek* Platz und versuchte, einen Bericht über die heißeste neue Schauspielerin in Hollywood zu lesen, doch jedesmal, wenn sie das Ende eines Absatzes erreichte, konnte sie sich an kein einziges Wort mehr erinnern.

Als Jack um 12 Uhr 15 seit zweieinhalb Stunden unter dem Messer lag, taten Jacks Kollegen weiterhin so, als wären keine

Nachrichten gute Nachrichten und als würde die Prognose für Jack mit jeder Sekunde besser, die die Ärzte ihn operierten. Einigen, darunter auch Louie, fiel es jedoch immer schwerer, Heathers Blick zu erwidern, und sie sprachen so leise wie bei einem Bestattungsunternehmer. Das Grau des Sturms draußen war in ihre Gesichter und Stimmen gesickert.

Heather betrachtete die *Newsweek*, ohne sie wirklich zu sehen, und fragte sich allmählich, was aus ihr selbst werden sollte, falls Jack es nicht schaffte. Diese Gedanken kamen ihr verräterisch vor, und sie unterdrückte sie zuerst, als würde schon der bloße Gedanke an ein Leben ohne Jack dazu beitragen, daß er starb.

Er durfte nicht sterben. Sie brauchte ihn, und Toby auch.

Der Gedanke, Toby die Nachricht vom Tod seines Vaters mitteilen zu müssen, löste Übelkeit in ihr aus. Auf ihrem Genick bildete sich ein dünner, kalter Schweißfilm. Sie hatte den Eindruck, sich übergeben, den schlechten Kaffee loswerden zu müssen.

Schließlich betrat ein Mann in dem grünen Kittel eines Chirurgen den Wartesaal. »Mrs. McGarvey?«

Alle Köpfe drehten sich zu ihm um, und Heather legte die Zeitschrift auf den Tisch neben ihrem Stuhl und stand auf.

»Ich bin Dr. Procnow«, sagte er, als er zu ihr trat. Der Chirurg, der Jack operiert hatte. Er war in den Vierzigern und schlank und hatte lockiges, schwarzes Haar und dunkle, aber klare Augen, die mitfühlend und klug waren — zumindest bildete sie sich das ein. »Ihr Mann liegt jetzt im Aufwachzimmer. Wir verlegen ihn bald auf die Intensivstation.«

Jack lebte.

»Wird er wieder gesund werden?«

»Er hat gute Chancen«, sagte Procnow.

Seine Kollegen reagierten enthusiastisch, aber Heather war vorsichtiger, wollte sich dem Optimismus nicht so schnell hingeben. Nichtsdestoweniger zitterten ihr vor Erleichterung die Beine. Sie befürchtete, jeden Augenblick zusammenzubrechen. Als hätte Procnow ihre Gedanken gelesen, führte er sie zu einem Stuhl. Er zog einen zweiten heran und nahm ihr gegenüber Platz.

»Zwei der Verletzungen waren besonders schwer«, sagte er. »Die im Bein und die rechts unten im Unterleib. Er hat viel Blut verloren und war in einen tiefen Schock gefallen, als die Sanitäter ihn versorgten.«

»Aber wird er wieder gesund werden?« Sie spürte, daß Procnow zögerte, ihr alles zu sagen.

»Wie ich schon sagte, er hat eine gute Chance. Aber er ist noch nicht über dem Berg.«

Emil Procnows tiefe Sorge war deutlich aus seinem freundlichen Gesicht und den Augen zu lesen, und Heather ertrug es nicht, das Objekt eines so grundlegenden Mitgefühls zu sein, weil es bedeutete, daß es vielleicht Jacks geringste Herausforderung gewesen war, die Operation selbst zu überstehen. Sie konnte dem Chirurgen nicht in die Augen sehen und senkte den Blick.

»Ich mußte seine rechte Niere entfernen«, sagte Procnow, »doch ansonsten hat er bemerkenswert wenige innere Verletzungen erlitten. Ein paar kleinere Probleme mit Blutgefäßen, eine Einkerbung des Dickdarms. Aber wir haben die betreffende Stelle gesäubert, den Schaden repariert, einen künstlichen Darmausgang gelegt und halten ihn unter Antibiotika, um eine Infektion zu verhindern. Da gibt es keine Probleme.«

»Man kann doch mit... mit einer Niere leben, oder?«

»Ja, sicher. Diese Verletzung wird seine Lebensqualität nicht im geringsten beeinträchtigen.«

Aber *was* wird seine Lebensqualität beeinträchtigen, welche andere Verletzung, welcher Schaden? wollte sie fragen, brachte den Mut jedoch nicht auf.

Der Chirurg hatte lange, schmale Finger. Seine Hände schienen schlank, aber kräftig zu sein, wie die eines Konzertpianisten. Sie sagte sich, daß Jack keine bessere Versorgung hätte erhalten können, als diese Hände geleistet hatten.

»Zwei Dinge bereiten uns Sorgen«, fuhr Procnow fort. »Ein schwerer Schock kann im Zusammenhang mit großem Blutverlust manchmal Auswirkungen auf... das Gehirn haben.«

O Gott. Bitte, nicht das.

»Es hängt davon ab«, sagte er, »wie lange die Blutzufuhr zum Gehirn vermindert und wie schwer diese Verminderung war, wie lange das Gewebe ohne Sauerstoffversorgung geblieben ist.«

Sie schloß die Augen. »Sein EEG sieht gut aus, und wenn ich eine Prognose stellen müßte, würde ich sagen, daß kein Gehirnschaden eingetreten ist. Wir haben jeden Grund, optimistisch zu sein. Aber wir werden es erst genau wissen, wenn er das Bewußtsein zurückerlangt hat.«

»Und wann wird das sein?«

»Das kann man nicht sagen. Wir müssen einfach abwarten.«

Vielleicht nie.

Sie öffnete die Augen und kämpfte gegen die Tränen an, doch es gelang ihr nicht ganz. Sie nahm ihre Handtasche vom Tisch und öffnete sie.

»Da ist noch etwas«, sagte der Arzt, während sie sich die Nase putzte und die Augen abtupfte. »Wenn Sie ihn auf der Intensivstation besuchen, werden Sie feststellen, daß wir ihn mit einer Zwangsjacke und Bettgurten unbeweglich gemacht haben.«

Endlich erwiderte Heather wieder seinen Blick.

»Eine Kugel oder ein Kugelfragment hat das Rückenmark verletzt. Das Rückgrat ist geprellt, aber wir haben keine Fraktur feststellen können.«

»Eine Prellung. Ist das etwas Ernstes?«

»Es kommt darauf an, ob Nervenbahnen verletzt wurden.«

»Eine Lähmung?«

»Das können wir erst feststellen, wenn er bei Bewußtsein ist und wir ein paar einfache Tests durchführen können. Falls eine Lähmung vorliegt, müssen wir uns die Sache noch einmal ansehen. Wichtig ist erst einmal, daß die Wirbelsäule nicht durchtrennt wurde, so schlimm ist es also nicht. Falls wir eine Lähmung feststellen und eine Fraktur finden, bekommt er ein Stützkorsett, das seine Beine entlastet, um den Druck vom Kreuzbein zu nehmen. Eine Fraktur können wir behandeln. Sie wäre keine Katastrophe. Es besteht eine ausgezeichnete Chance, daß wir ihn wieder auf die Beine bringen.«

»Aber keine Garantie«, sagte sie leise.

Er zögerte. »Die gibt es nie«, sagte er dann.

SECHSTES KAPITEL

Die Kabine, eine von acht, hatte große Fenster, die einen Blick auf das Schwesternzimmer der Intensivstation boten. Die Vorhänge waren zur Seite gezogen, damit die Schwestern den Patienten auch aus ihrem Zimmer in der Mitte der radnabenförmigen Station unter Beobachtung halten konnten. Jack war an einen Herzmonitor angeschlossen, der ununterbrochen Daten zu einem Terminal an der Zentralkonsole übermittelte, an einen Tropf, über den er mit Glukose und Antibiotika versorgt wurde, und an einen Sauerstoffschlauch, der behutsam an seiner Nasenscheidewand befestigt war.

Heather war darauf vorbereitet, daß Jacks Zustand sie betroffen machen würde — aber er sah noch schlimmer aus, als sie erwartet hatte. Er war bewußtlos, so daß sein Gesicht natürlich schlaff war, doch er machte nicht nur wegen dieser Leblosigkeit einen furchtbaren Eindruck. Seine Haut war knochenweiß, und dunkelblaue Kreise umgaben die eingefallenen Augen. Seine Lippen waren so grau, daß sie unwillkürlich an Asche denken mußte, und mit beunruhigender Resonanz ging ihr ein Zitat aus der Bibel durch den Kopf, als hätte sie es tatsächlich laut ausgesprochen — *Asche zu Asche, Staub zu Staub*. Er schien zehn oder fünfzehn Pfund leichter zu sein als heute morgen, da er das Haus verlassen hatte, als hätte sein Überlebenskampf sich über eine Woche hingezogen und nicht nur über ein paar Stunden.

Ein Kloß in ihrem Hals machte ihr das Schlucken fast unmöglich, als sie neben seinem Bett stand, und sie konnte nicht sprechen. Obwohl er bewußtlos war, wollte sie nicht mit ihm sprechen, bis sie überzeugt war, auch Herrin ihrer Worte zu sein. Sie hatte irgendwo gelesen, daß selbst Patienten, die im Koma lagen, ihre Besucher vielleicht hören konnten; auf irgendeiner tiefen Ebene verstanden sie manchmal deren Worte und konnten von Ermutigungen profitieren. Sie wollte nicht, daß Jack auch nur einen Anflug von Furcht oder Zweifel in ihrer Stimme hörte – oder irgend etwas anderes, das ihn aufregen oder die Angst und Verzweiflung, die ihn erfaßt hatte, vielleicht verschlimmern würde.

In der Kabine war es entnervend still. Der Ton des Herzmonitors war ausgeschaltet worden; die Schwestern verließen sich auf die visuellen Anzeigen. Die sauerstoffreiche Luft, die durch die Naseneinlage entwich, zischte so leise, daß Heather es nur hören konnte, wenn sie sich zu ihm hinunterbeugte, und das Geräusch seines flachen Atems war so schwach wie das eines schlafenden Kindes. Regen trommelte auf die Außenwelt und tippte und klopfte auf das einzige Fenster im Zimmer, doch dieses Geräusch wurde ziemlich schnell grau, nur zu einer anderen Form der Stille. Sie wollte unbedingt seine Hand halten. Doch seine Hände waren unter den langen Ärmeln der Zwangsjacke verborgen. Die Schnur des Tropfes, die wahrscheinlich in einer Ader auf seinem Handrücken steckte, verschwand unter dem Ärmelaufschlag.

Zögernd berührte sie seine Wange. Er sah kalt aus, fühlte sich aber fiebrig an.

Schließlich sagte sie: »Ich bin hier, Baby.«

Er verriet mit keiner Regung, daß er sie gehört hatte. Seine Augen blieben unter den Lidern unbewegt. Seine grauen Lippen blieben leicht geöffnet.

»Dr. Procnow meint, es sieht ziemlich gut aus«, sagte sie. »Du wirst das alles einfach prima überstehen. Wir werden gemeinsam damit fertig, ist doch kein Problem. Verdammt, weißt du noch, als uns vor zwei Jahren meine Eltern eine Woche lang besucht haben? *Das* war eine Katastrophe und eine schwere Prüfung, meine Mutter hat sieben Tage lang ununterbrochen gejammert, mein Vater war ständig betrunken und launisch. Das ist im Vergleich dazu doch nur ein Mückenstich, meinst du nicht auch?«

Keine Reaktion.

»Ich bin hier«, sagte sie. »Ich bleibe hier. Ich gehe nirgendwo hin. Du und ich, okay?«

Über den Bildschirm des Überwachungsgeräts schlängelten sich jetzt Linien aus hellgrünem Licht, deren zackige Ausschläge die Aktivität der Herzvorhöfe und -kammern anzeigten. Sie setzten sich ohne Störung fort, schwach, aber regelmäßig. Falls Jack sie gehört hatte, reagierte sein Herz nicht auf ihre Worte.

In einer Ecke stand ein Stuhl mit gerader Lehne. Sie zog ihn neben das Bett und beobachtete Jack durch die Lücken zwischen dem Bettgeländer.

Besuche in der Intensivstation waren auf zehn Minuten alle zwei Stunden beschränkt, damit die Patienten nicht erschöpft und die Schwestern nicht in der Ausübung ihrer Pflichten gestört wurden.

Doch die Oberschwester der Station, Maria Alicante, war die Tochter eines Polizisten. Sie erteilte Heather eine Ausnahmegenehmigung. »Sie können bei ihm bleiben, so lange Sie wollen«, sagte Maria. »Gott sei Dank ist meinem Dad noch nie so etwas passiert. Wir haben immer damit gerechnet, daß es eines Tages geschehen würde, aber er hat einfach Glück gehabt. Natürlich ist er vor ein paar Jahren pensioniert worden, etwa zu der Zeit, als da draußen alles noch viel verrückter wurde.«

Etwa jede Stunde verließ Heather die Intensivstation, um im Warteraum ein paar Minuten mit den Mitgliedern der Wachmannschaft zu verbringen. Es waren zwar immer andere Gesichter, aber niemals weniger als drei, manchmal sogar sechs oder sieben, männliche und weibliche Officer in Uniform und Detectives in Zivil.

Auch die Frauen anderer Cops schauten vorbei. Jede einzelne umarmte sie. Ständig drohte sie in Tränen auszubrechen. Sie empfanden natürlich Mitgefühl und teilten ihr Leid. Aber Heather wußte, daß jede einzelne froh darüber war, daß Jack und nicht *ihr* Mann zu Arkadians Tankstelle geschickt worden war.

Heather machte ihnen deshalb keine Vorwürfe. Sie hätte ihre Seele für die Möglichkeit hergegeben, daß ein Kollege von Jack und nicht er selbst diesen Einsatz übernommen hätte – und hätte den Unglücklichen dann mit dem gleichen aufrichtigen Leid und Mitgefühl im Krankenhaus besucht.

Jack McGarveys Abteilung war eine eng verknüpfte Gemeinschaft, besonders in diesem Zeitalter der sozialen Auflösung, doch jede Gemeinschaft bestand aus kleineren Einheiten, aus Familien, die gemeinsame Erfahrungen, Bedürfnisse, Werte und Hoffnungen hatten. Ganz gleich, wie engmaschig das Netz der Gemeinschaft verknüpft war, eine jede Familie schützte und behütete zuerst ihre jeweiligen Mitglieder. Ohne die intensive und alles andere ausschließende Liebe einer Ehefrau für ihren Mann, eines Mannes für seine Frau, der Eltern für ihre Kinder, gäbe es kein Mitleid für Menschen in der größeren Gemeinschaft außerhalb der eigenen vier Wände.

Als sie bei Jack in der Intensivstation wachte, sah Heather ihr gemeinsames Leben vor ihrem geistigen Auge Revue passieren, von ihrer ersten Verabredung über die Nacht, in der Toby geboren worden war, bis hin zum Frühstück an diesem Morgen. Über zwölf Jahre. Aber die Zeitspanne kam ihr so kurz vor. Manchmal legte sie den Kopf auf das Bettgeländer und sprach mit ihm, rief einen ganz besonderen Augenblick in Erinnerung zurück oder erinnerte ihn daran, wie oft sie gemeinsam gelacht, wieviel Freude sie miteinander geteilt hatten.

Kurz vor fünf Uhr wurde sie von der plötzlichen Erkenntnis, daß sich etwas verändert hatte, aus ihren Erinnerungen gerissen.

Beunruhigt stand sie auf und beugte sich über das Bett, um sich zu überzeugen, daß Jack noch atmete. Dann wurde ihr klar, daß nichts geschehen war, denn der Herzmonitor zeigte keine Veränderung der Werte auf.

Verändert hatte sich das Geräusch des Regens. Es war nicht mehr da. Der Sturm hatte sich gelegt.

Sie sah zu dem undurchsichtigen Fenster. Die Stadt darunter, die sie nicht sehen konnte, würde aufgrund des Wolkenbruches, der fast den ganzen Tag über angehalten hatte, hell schimmern.

Los Angeles nach Regengüssen hatte ihr schon immer gefallen — funkelnde Wassertropfen flossen die Spitzen der Palmwedel hinab, als würden Juwelen von Bäumen fallen, die Straßen waren sauber, und die Luft war so klar, daß die fernen Berge wieder aus dem üblichen Smog auftauchten. Nach einem Regen kam ihr alles so frisch vor.

Aber ob sie sich auch diesmal, wenn das Fenster durchsichtig gewesen wäre, über den Anblick der Stadt so hätte freuen können? Sie bezweifelte es. Los Angeles würde für sie nie wieder funkeln, selbst wenn der Regen die Häuser vierzig Tage und Nächte lang schrubben würde.

In diesem Augenblick wußte sie, daß ihre Zukunft — Jacks, Tobys und ihre eigene — in irgendeinem fernen Ort lag. Diese Stadt war nicht mehr ihre Heimat. Sobald Jack sich erholt hatte, würden sie das Haus verkaufen und ... irgendwohin ziehen, ganz egal wohin, zu einem neuen Leben, einem neuen Anfang. Diese Entscheidung erfüllte sie mit Trauer, gleichzeitig aber auch mit Hoffnung.

Als sie sich vom Fenster abwandte, stellte sie fest, daß Jack die Augen geöffnet hatte und sie beobachtete.

Ihr Herz setzte einen Schlag lang aus.

Procnows düstere Worte fielen ihr ein. Massiver Blutverlust. Tiefer Schock. Auswirkungen auf das Gehirn. Gehirnschaden.

Sie hatte Angst, etwas zu sagen, weil sie befürchtete, seine Erwiderung würde undeutlich, gequält und bedeutungslos sein.

Er leckte über seine grauen, rissigen Lippen.

Sein Atem ging keuchend.

Sie stützte sich auf dem Bett ab, beugte sich über ihn und faßte allen Mut zusammen. »Schatz?« sagte sie.

Verwirrung und Angst legte sich auf seine Züge, als er den Kopf leicht nach rechts, dann nach links drehte und den Raum betrachtete.

»Jack? Verstehst du mich, Baby?«

Er konzentrierte sich auf den Überwachungsmonitor und schien von der sich bewegenden grünen Linie in den Bann geschlagen zu werden, die nun viel öfter und viel höher ausschlug als zu irgendeiner Zeit, seit Heather die Intensivstation betreten hatte.

Ihr Herz hämmerte so heftig, daß sie am ganzen Leib zitterte. Daß er nicht antwortete, entsetzte sie.

»Jack, bist du in Ordnung, kannst du mich hören?«

Langsam drehte er das Gesicht wieder zu ihr um. Er fuhr sich mit der Zunge über die Lippen und schnitt eine Grimasse. Seine Stimme war schwach, nur ein Flüstern. »Es tut mir leid.«

»Es tut dir leid?« wiederholte sie verblüfft.

»Hab' dich gewarnt. An dem Abend, als ich dir den Antrag machte. Ich hab' schon immer... alles verpatzt.«

Das Lachen, das über ihre Lippen kam, war einem Schluchzen gefährlich nahe. Sie drückte sich so heftig gegen das Bettgeländer, daß es schmerzhaft gegen ihr Zwerchfell preßte, doch es gelang ihr, seine Wange zu küssen, seine bleiche und fiebrige Wange, und dann den Winkel seiner grauen Lippen. »Daran hab' ich mich doch schon längst gewöhnt«, sagte sie.

»Durstig«, sagte er.

»Klar, sicher, ich hole eine Schwester, mal sehen, was du trinken darfst.«

Maria Alicante kam durch die Tür geeilt; die Veränderung von Jacks Telemetriewerten auf der zentralen Überwachungskonsole hatte sie alarmiert.

»Er ist wach, bei Bewußtsein, er sagt, daß er Durst hat«, erklärte Heather ihr, und ihre Worte klangen wie ein leises Jubeln.

»Nach einem harten Tag darf man doch ruhig etwas durstig sein, oder?« sagte Maria zu Jack und ging um das Bett herum zum Nachttisch, auf dem eine abgedeckte Karaffe mit Eiswasser stand.

»Bier«, sagte Jack.

Maria klopfte behutsam auf den Beutel der intravenösen Injektion. »Was glauben Sie denn, was wir schon den ganzen Tag in Ihre Adern tropfen lassen?«

»Aber kein Heineken.«

»Ach, Sie trinken gern Heineken, was? Tja, wir müssen die Kosten der Krankenfürsorge im Griff halten. Dieses importierte

Zeug können wir uns nicht leisten.« Sie goß ein Glas zu einem Drittel mit Wasser aus der Karaffe voll. »Wir verabreichen Budweiser, und wenn Ihnen das nicht paßt, kriegen Sie gar nichts.«

»Besser als nichts.«

Maria öffnete eine Schublade und nahm einen biegsamen Plastikstrohhalm heraus. »Dr. Procnow ist wieder zurück«, sagte sie zu Heather, »er macht gerade die Abendvisite, und Dr. Delaney ist auch gerade eingetroffen. Ich habe sie gerufen, als ich die Veränderung bei Jacks EEG sah.«

Walter Delaney war ihr Hausarzt. Obwohl Procnow nett und offensichtlich kompetent war, wurde Heather bei dem Gedanken, daß unter den Ärzten, die sich um Jack kümmerten, jetzt auch ein vertrautes Gesicht war, einfach wohler zumute.

»Jack«, sagte Maria, »ich kann das Bett nicht hochstellen, weil Sie flach liegen müssen. Und ich möchte nicht, daß Sie versuchen, den Kopf zu heben, klar? Ich halte Ihnen den Kopf hoch.«

Maria legte eine Hand unter seinen Nacken und hob seinen Kopf ein paar Zentimeter von dem flachen Kissen hoch. Mit der anderen Hand hielt sie ihm das Glas hin. Heather griff über das Geländer und schob den Strohhalm zu Jacks Lippen.

»Kleine Schlucke«, warnte Maria ihn. »Sie wollen doch nicht ersticken.«

Nach sechs oder sieben Schlucken — zwischen jedem einzelnen legte er eine Atempause ein — hatte er genug.

Heather war über alle Maßen über die bescheidene Leistung ihres Mannes erfreut. Daß er imstande war, Flüssigkeit zu schlucken, ohne dabei würgen zu müssen, bedeutete wahrscheinlich, daß seine Halsmuskulatur nicht die geringsten Lähmungserscheinungen aufwies. Ihr wurde klar, wie grundlegend ihr Leben sich verändert hatte, wenn schon ein so alltäglicher Vorgang wie das Trinken von Wasser ohne Würgen einen Triumph darstellte, doch diese grimmige Erkenntnis trübte ihre Freude nicht im geringsten.

So lange Jack lebte, gab es die Möglichkeit, daß sie das Leben wieder aufnehmen würden, das sie einmal gekannt hatten. Bis dahin war es ein langer Weg. Ein Schritt nach dem anderen.

Ganz kleine Schritte. Doch dieser Weg stand ihnen offen, und alles andere war im Augenblick unwichtig.

Während Emil Procnow und Walter Delaney den Patienten untersuchten, rief Heather vom Telefon im Schwesternzimmer zu Hause an. Sie sprach zuerst mit Mae Hong und dann mit Toby und sagte ihnen, daß Jack wieder in Ordnung kommen würde. Sie wußte, daß sie die Wirklichkeit allzu rosig färbte, doch ein klein wenig positives Denken war für sie alle nur gut.

»Kann ich ihn besuchen?« fragte Toby.

»In ein paar Tagen, Schatz.«

»Mir geht es schon viel besser. Schon seit heute morgen. Ich bin nicht mehr krank.«

»Das werde ich beurteilen. Aber dein Dad braucht ein paar Tage, um wieder zu Kräften zu kommen.«

»Ich bringe ihm Ernußbutter- und Schokoeis mit. Das mag er am liebsten. In einem Krankenhaus gibt es das doch nicht, oder?«

»Nein, bestimmt nicht.«

»Dann sag Dad, daß ich ihm welches mitbringe.«

»Klar«, sagte sie.

»Ich will es selbst kaufen, von meinem Taschengeld.«

»Du bist ein braver Junge, Toby. Weißt du das?«

Seine Stimme wurde leise und schüchtern. »Wann kommst du nach Hause?«

»Ich weiß es noch nicht, Schatz. Ich bleibe noch eine Weile hier. Wahrscheinlich erst, wenn du schon im Bett bist.«

»Bringst du mir etwas aus Dads Zimmer mit?«

»Was meinst du?«

»Irgend etwas aus seinem Zimmer. Ganz egal, was. Einfach etwas, das in seinem Zimmer war, damit ich es ansehen kann und weiß, daß es ein Zimmer gibt, in dem er ist.«

Die tiefe Unsicherheit und Furcht, die die Bitte des Jungen enthüllte, war fast mehr, als Heather ertragen konnte, ohne die gefühlsmäßige Beherrschung zu verlieren, die sie bislang mit eisernem Willen aufrecht erhalten hatte. Ihre Brust zog sich zusammen, und sie mußte schlucken, bevor sie zu antworten wagte. »Klar, ich bringe dir etwas mit.«

»Wenn ich schon schlafe, weckst du mich.«

»Okay.«

»Versprochen?«

»Ich verspreche es dir, Kleiner. Jetzt muß ich aufhören. Sei lieb zu Mae.«

»Wir spielen Rommé.«

»Aber nicht um Geld, oder?«

»Nur um Salzstangen.«

»Gut. Ich möchte nicht, daß du eine gute Freundin wie Mae bis auf den letzten Heller ausnimmst«, sagte Heather, und das Kichern des Jungen war süße Musik in ihren Ohren.

Um den Schwestern nicht im Weg zu stehen, lehnte Heather sich neben der Tür, die aus der Intensivstation führte, an die Wand. Von dort konnte sie Jacks Kabine sehen. Deren Tür war verschlossen, und die Fenster zum Schwesternzimmer waren mit Vorhängen verhangen.

Die Luft in der Intensivstation roch nach verschiedenen Desinfektionsmitteln. Sie hätte mittlerweile eigentlich an diese adstringierenden und metallischen Gerüche gewöhnt sein müssen. Statt dessen erzeugten sie eine immer stärkere Übelkeit in ihr und hinterließen auch einen bitteren Geschmack.

Als die Ärzte endlich aus Jacks Kabine traten und zu ihr kamen, lächelten sie, doch Heather hatte das beunruhigende Gefühl, daß sie schlechte Nachrichten brachten. Ihr Lächeln endete an ihren Mundwinkeln; in ihren Augen lag etwas Schlimmeres als Kummer – vielleicht Mitleid.

Dr. Walter Delaney war in den Fünfzigern und wäre eine perfekte Besetzung für die Rolle des klugen Vaters in einer TV-Komödie der frühen sechziger Jahre gewesen. Braunes Haar, das an den Schläfen grau wurde. Ein stattliches, wenn auch weiches Gesicht. Er strahlte eine stille Autorität aus und war dabei gleichzeitig so entspannt und freundlich wie Ozzie Nelson oder Robert Young.

»Sind Sie in Ordnung, Heather?« fragte Delaney.
Sie nickte. »Ich stehe es schon durch.«
»Wie geht es Toby?«
»Kinder sind unverwüstlich. Er kommt schon klar, solange er nur in ein paar Tagen seinen Dad sehen kann.«
Delaney seufzte und fuhr mit einer Hand über sein Gesicht. »Mein Gott, ich hasse diese Welt, die wir geschaffen haben.« Heather hatte ihn noch nie zuvor wütend gesehen. »Als ich ein Kind war, haben die Leute sich noch nicht jeden Tag auf der Straße niedergeschossen. Wir hatten Respekt vor der Polizei, haben gewußt, daß sie zwischen uns und den Barbaren stand. Wann hat das alles sich geändert?«
Weder Heather noch Procnow hatten darauf eine Antwort.
»Ich habe mich nur mal kurz umgedreht, und jetzt lebe ich in einer Kloake, einem Irrenhaus. Die Welt wimmelt von Menschen, die vor nichts und niemandem mehr Respekt haben, aber wir sollen *sie* respektieren, sollen Mitleid für die Mörder haben, weil das Leben ihnen so übel mitgespielt hat.« Er seufzte erneut und schüttelte den Kopf. »Es tut mir leid. Ich arbeite einen Tag im Monat unentgeltlich auf der Kinderstation, und heute wurden zwei kleine Kinder eingeliefert, die in einen Bandenkrieg gerieten — das eine ist drei, das andere sechs Jahre alt. Babys, um Gottes willen. Und dann Jack.«
»Ich weiß nicht, ob Sie schon die neuesten Ergebnisse der Ermittlungen erfahren haben«, sagte Emil Procnow, »aber der Mann, der heute morgen auf der Tankstelle um sich geschossen hat, hatte Kokain und PCP in den Taschen. Wenn er beide Drogen gleichzeitig genommen hat ... na ja, das ist schon eine verdammte Mixtur.«
»Wie kann man sich nur das eigene Gehirn auspusten, um Gottes willen?« sagte Delaney angewidert.
Heather wußte, daß sie ehrliche Frustration und Wut empfanden, vermutete aber auch, daß sie die schlechte Nachricht hinauszögern wollten. »Er ist ohne Gehirnschaden aufgewacht«, sagte sie zu dem Chirurgen. »Sie haben sich darüber Sorgen gemacht, aber er hat es überstanden.«
»Er hat das Sprachvermögen nicht verloren«, sagte Procnow.

»Er kann sprechen, lesen, buchstabieren und einfache Kopfrechenaufgaben ausführen. Seine geistigen Fähigkeiten scheinen intakt zu sein.«

»Was bedeutet, daß es wahrscheinlich auch keine zerebral bedingten körperlichen Beeinträchtigungen geben wird«, sagte Walter Delaney, »aber es wird noch einen oder zwei Tage dauern, bevor wir in dieser Hinsicht ganz sicher sein können.«

Emil Procnow fuhr mit einer schlanken Hand durch sein lockiges schwarzes Haar. »Er hat es wirklich sehr gut überstanden, Mrs. McGarvey. Wirklich.«

»Aber?« sagte sie.

Die Ärzte sahen sich an.

»Im Augenblick«, sagte Delaney, »hat er Lähmungserscheinungen in beiden Beinen.«

»Von der Hüfte abwärts«, sagte Procnow.

»Und der Oberkörper?«

»Der ist in Ordnung«, versicherte Delaney ihr. »Voll funktionsfähig.«

»Morgen früh«, sagte Procnow, »suchen wir noch einmal nach einer Fraktur des Rückgrats. Falls wir sie finden, fertigen wir ein Gipsbett an, legen es mit Filz aus, machen Jack von den Schultern bis zu den Oberschenkeln unbeweglich und legen seine Beine in eine Extension.«

»Aber wird er wieder laufen können?«

»Mit fast hundertprozentiger Wahrscheinlichkeit.«

Sie sah von Procnow zu Delaney und wieder zu Procnow, wartete auf den Rest, und sagte dann, als er nicht kam: »Das ist alles?«

Die Ärzte wechselten wieder einen Blick.

»Heather«, sagte Delaney, »ich weiß nicht, ob Sie begreifen, was auf Jack und Sie zukommt.«

»Sagen Sie es mir.«

»Er wird drei bis vier Monate lang in einem Körpergips liegen. Wenn der Gips herunterkommt, wird er von der Hüfte abwärts einen schweren Muskelschwund haben. Er wird nicht mehr kräftig genug sein, um noch gehen zu können. Sein Körper wird sogar vergessen haben, wie man geht, und er wird sich einer wochenlangen physikalischen Therapie in einer Reha-Klinik unterziehen müssen. Es wird frustrierender und schmerzhafter werden, als die meisten Menschen es sich vorstellen können.«

»Das ist alles?« fragte sie.

»Das ist mehr als genug«, sagte Procnow.

»Aber es hätte viel schlimmer kommen können«, erinnerte sie die beiden Männer.

Als sie wieder mit Jack allein war, klappte sie das Bettgeländer an der Seite herunter und strich ihm das feuchte Haar aus der Stirn.

»Du siehst wunderschön aus«, sagte er. Seine Stimme war noch immer schwach und leise.

»Lügner.«

»Wunderschön.«

»Ich sehe fürchterlich aus.«

Er lächelte. »Bevor ich das Bewußtsein verlor, habe ich mich gefragt, ob ich dich je wiedersehen würde.«

»So leicht wirst du mich nicht los.«

»Dazu müßte ich schon sterben, was?«

»Selbst das würde nicht klappen. Ich würde dich finden, ganz gleich, wo du bist.«

»Ich liebe dich, Heather.«

»Ich liebe dich«, sagte sie, »mehr als das Leben.«

Wärme stieg in ihren Augen empor, aber sie war entschlossen, vor ihm nicht zu weinen. Positives Denken. Nie den Mut verlieren.

Seine Lider flatterten. »Ich bin so müde«, sagte er.

»Wovon denn?«

Er lächelte erneut. »Ein schwerer Arbeitstag.«

»Ach was? Ich dachte, ihr Cops sitzt den ganzen Tag nur in Imbißbuden rum, schlagt euch den Wanst voll und kassiert Schutzgeld von Drogenhändlern.«

»Manchmal verprügeln wir auch unschuldige Bürger.«

»Na ja, das kann ziemlich ermüdend sein.«

Seine Augen hatten sich geschlossen.

Sie strich weiterhin über sein Haar. Seine Hände waren noch immer unter den Ärmeln der Zwangsjacke verborgen, und sie wollte gerade die verzweifelt berühren.

Plötzlich riß er die Augen auf. »Luther ist tot?« fragte er.

Sie zögerte. »Ja.«

»Hab' ich mir gedacht, aber... ich hatte gehofft...«

»Du hast die Frau gerettet, Mrs. Arkadian.«

»Immerhin etwas.«

Seine Lider flatterten wieder und fielen zu, und sie sagte: »Du ruhst dich jetzt lieber aus, Schatz.«

»Hast du Alma schon besucht?«

Er meinte Alma Bryson, Luthers Frau.

»Noch nicht, Liebling. Ich kam nicht hier weg, verstehst du?«

»Besuche sie«, flüsterte er.

»Werde ich.«

»Jetzt. Mir geht es gut. Aber sie... braucht dich.«

»In Ordnung.«

»So müde«, sagte er und schlief wieder ein.

Als Heather ihren Mann für diesen Abend allein ließ, befanden sich drei Besucher im Warteraum der Intensivstation — zwei uniformierte Beamte, deren Namen sie nicht kannte, und Gina Tendero, die Frau eines weiteren Polizisten. Sie nahmen begeistert zur Kenntnis, daß Jack zu sich gekommen war, und Heather wußte, daß sie die Nachricht in der Abteilung verbreiten würden. Im Gegensatz zu den Ärzten verstanden sie es, als sie sich verdrossen weigerte, über die Lähmung und die Behandlung zu sprechen, die erforderlich war, um sie zu überwinden.

»Kann mich jemand nach Hause fahren?« fragte Heather. »Damit ich meinen Wagen holen und Alma Bryson besuchen kann?«

»Ich fahre dich zuerst zu Alma und dann nach Hause«, sagte Gina. »Ich will sie ebenfalls besuchen.«

Gina Tendero war eine der auffälligsten Ehefrauen in der Abteilung und vielleicht von der gesamten Polizei von Los

Angeles. Sie war dreiundzwanzig Jahre alt, sah aber aus wie vierzehn. An diesem Abend trug sie Schuhe mit über zehn Zentimeter hohen Absätzen, enge schwarze Lederhosen, einen roten Pulli, eine schwarze Lederjacke, ein riesiges silbernes Medaillon mit einem bunten Emailleporträt von Elvis in der Mitte und diverse Ohrringe mit jeweils mehreren anhängenden Reifen, die dermaßen ineinander verschachtelt waren, daß es sich um Variationen jener Puzzles hätte handeln können, die angeblich für die Entspannung gestreßter Geschäftsleute sorgten. Ihre Fingernägel waren mit einem grellen, purpurnen Neonton lackiert, eine Schattierung, die sich auch — wenn auch etwas dezenter — in ihrem Lidschatten wiederfand. Ihr pechschwarzes Haar war eine üppige Lockenmasse, die bis auf ihre Schultern fiel; es sah aus wie eine Perücke von Dolly Parton, war aber hundertprozentig ihr eigenes.

Obwohl sie ohne Schuhe keine einssechzig groß war und gerade mal fünfzig Kilo wog, schien Gina stets größer als alle anderen in ihrer Umgebung zu sein. Als sie mit Heather durch die Krankenhauskorridore ging, waren ihre Schritte lauter als die eines doppelt so großen Mannes, und einige Schwestern drehten sich mit mißbilligendem Stirnrunzeln zu dem *Tocktock-tock* ihrer hohen Absätze auf dem gekachelten Boden um.

»Bist du in Ordnung, Heth?« fragte Gina, als sie zu dem vierstöckigen Parkhaus gingen, das der Klinik angeschlossen war.

»Ja.«

»Nein, im Ernst.«

»Ich stehe es schon durch.«

Am Ende eines Korridors gingen sie durch eine grüne Metalltür in das Parkhaus. Hier waren sie von kaltem, nacktem, grauem Beton und niedrigen Decken umgeben. Ein Drittel der Leuchtstoffröhren war trotz der Drahtkäfige, die sie schützen sollten, kaputt, und die Schatten zwischen den Wagen boten zahlreiche Stellen, an denen jemand sich verstecken konnte.

Gina fischte eine kleine Spraydose aus ihrer Handtasche und legte den Zeigefinger auf die Düse, und Heather fragte: »Was ist das?«

»Pfefferspray. Hast du keins dabei?«

»Nein.«

»Was glaubst du, wo du wohnst, Mädchen – im Disneyland?«

»Vielleicht sollte ich mir so eine chemische Keule kaufen«, sagte Heather, als sie zwischen den beiden Reihen geparkter Autos die Betonrampe hinaufgingen.

»Kannst du nicht mehr. Die verdammten Politiker haben sie verboten. Wir wollen doch nicht, daß ein armer, fehlgeleiteter Vergewaltiger einen Hautausschlag kriegt, oder? Frag Jack oder einen seiner Kollegen – sie können dir noch eine besorgen.«

Gina fuhr einen billigen blauen Kleinwagen von Ford, der aber mit einer Alarmanlage ausgestattet war, die sie mit einer Fernsteuerung an ihrem Schlüsselbund ausschaltete. Die Scheinwerfer gingen an, der Alarm piepste einmal auf, und die Türen öffneten sich.

Sie sahen sich noch einmal nach den undurchdringlichen Schatten um, stiegen ein und verschlossen die Türen wieder.

Nachdem Gina den Wagen angelassen hatte, zögerte sie noch einen Augenblick, bevor sie den Gang einlegte. »Weißt du, Heth, wenn du dich an meiner Schulter ausweinen willst, meine Klamotten sind bügelfrei.«

»Es geht mir schon wieder ganz gut. Wirklich.«

»Bist du sicher, daß du dir nichts vormachst?«

»Er lebt, Gina. Mit allem anderen werde ich fertig.«

»Jack vierzig Jahre in einem Rollstuhl?«

»Falls es wirklich dazu kommen sollte, stehe ich auch das durch, solange ich mit ihm sprechen und ihn des Nachts umarmen kann.«

Gina sah sie lange Sekunden an. Dann: »Du meinst es ernst. Du weißt, wie es sein wird, aber du meinst es trotzdem ernst. Gut. Ich habe dich immer dafür gehalten, aber es freut mich, daß ich recht gehabt habe.«

»Wofür hast du mich gehalten?«

Gina löste die Handbremse und legte den Rückwärtsgang ein. »Für ein verdammt zähes Miststück«, sagte sie.

Heather lachte. »Ich nehme an, das ist ein Kompliment.«

»Da kannst du Gift drauf nehmen, es ist eins.«

Als Gina am Ausgang die Gebühren bezahlte und aus dem Parkhaus fuhr, färbte ein prachtvoller Sonnenuntergang die Wolkenstreifen im Westen golden und orange. Doch als sie durch immer länger werdende Schatten und eine Dämmerung fuhren, die sich allmählich mit blutrotem Licht füllte, kamen Heather McGarvey die vertrauten Straßen und Gebäude so fremd vor, als befände sie sich auf einem anderen Planeten. Sie hatte ihr gesamtes Leben als Erwachsene in Los Angeles verbracht, kam sich jedoch vor wie eine Fremde in einem fremden Land.

Das zweistöckige, im spanischen Stil errichtete Haus der Brysons lag im Tal, am Rand von Burbank, mit der Glückszahl Siebenhundertsiebenundsiebzig als Hausnummer an einer von Platanen gesäumten Straße. Die blattlosen Zweige der großen Bäume hoben sich als dornige, arachnoide Muster vor dem trüben, gelbschwarzen Nachthimmel ab, der mit zu viel Licht von der großstädtischen Umgebung erfüllt war, um jemals wirklich schwarz zu sein. Mehrere Autos standen auf der Einfahrt und am Bürgersteig des Hauses Siebenhundertsiebenundsiebzig, darunter auch ein Streifenwagen.

Im Haus drängten sich Verwandte und Freunde der Brysons, darunter viele Cops in Uniform oder Zivil. Schwarze, Latinos, Weiße und Asiaten waren zusammengekommen, um Trost und Unterstützung anzubieten, wie es in größeren Gemeinschaften anscheinend nur noch sehr selten möglich war.

Heather fühlte sich in dem Augenblick zu Hause, da sie die Schwelle überschritt, und um vieles sicherer als in der Welt draußen. Auf der Suche nach Alma durchschritt sie das Wohn- und Eßzimmer, unterhielt sich kurz mit alten Freunden — und stellte fest, daß sich die Nachricht über die Besserung von Jacks Zustand bereits herumgesprochen hatte.

In diesen Augenblicken wurde ihr deutlich bewußt, daß sie sich schon lange eher für einen Teil der großen Polizeifamilie hielt als für eine Bewohnerin von Los Angeles oder Kalifornien. So war es nicht immer gewesen. Aber es war schwierig, einer

Stadt die geistige Treue zu halten, die von Drogen und Pornographie überschwemmt, von Bandengewalttätigkeiten verwüstet, von dem für Hollywood typischen Zynismus durchdrungen und von Politikern beherrscht wurde, die genauso korrupt und demagogisch wie unfähig waren. Destruktive soziale Kräfte spalteten die Stadt — und das Land — in Sippen, und obwohl die Polizeifamilie ihr Trost spendete, erkannte sie die Gefahr, sich auf eine Wir-gegen-sie-Sicht des Lebens hinabzulassen.

Alma war mit ihrer Schwester Faye und zwei anderen Frauen in der Küche, und alle waren mit kulinarischen Aufgaben beschäftigt. Sie zerhackten Gemüse, schälten Obst und rieben Käse. Alma rollte auf einer Marmorplatte einen Kuchenteig aus und schien alles um sich herum vergessen zu haben. Die Küche war mit dem köstlichen Duft der Kuchen erfüllt, die sich schon im Ofen befanden.

Als Heather sachte Almas Schulter berührte, sah die Frau von dem Kuchenteig auf, und ihre Augen waren so leer wie die einer Schaufensterpuppe. Dann blinzelte sie und wischte sich die mehlbedeckten Hände an der Schürze ab. »Heather, du hättest nicht kommen müssen — du hättest bei Jack bleiben sollen.«

Sie umarmten sich. »Ich wünschte, ich könnte etwas tun, Alma«, sagte Heather.

»Ich auch, Mädchen, ich auch.«

Als sie sich voneinander lösten, sagte Heather: »Was hat das ganze Backen zu bedeuten?«

»Morgen nachmittag ist die Beerdigung. Keine Verzögerung. Ich will das Schwierigste hinter mich bringen. Nach dem Gottesdienst werden jede Menge Verwandte und Freunde kommen, und ich muß ihnen doch etwas zu essen vorsetzen.«

»Das können doch andere erledigen.«

»Mir ist es lieber, wenn ich ihnen helfe«, sagte Alma. »Was soll ich sonst machen? Dasitzen und nachdenken? Ich will einfach nicht nachdenken. Wenn ich mich nicht beschäftige und meine Gedanken nicht ablenke, drehe ich völlig durch. Weißt du, was ich meine?«

Heather nickte. »Ja. Ich weiß es.«

»Es heißt«, sagte Alma, »daß Jack lange im Krankenhaus und dann in der Reha-Klinik sein wird, vielleicht monatelang. Du und Toby, ihr werdet viel allein sein. Bist du darauf vorbereitet?«

»Wir werden ihn jeden Tag besuchen. Wir stehen die Sache gemeinsam durch.«

»Das habe ich nicht gemeint.«

»Na ja, ich weiß, ich werde allein dastehen, aber...«

»Das habe ich auch nicht gemeint. Komm, ich will dir etwas zeigen.«

Heather folgte Alma ins Schlafzimmer, und Alma schloß die Tür. »Luther hat immer befürchtet, ich könnte allein dastehen, falls ihm etwas zustößt, und deshalb hat er dafür gesorgt, daß ich auf mich aufpassen kann.«

Heather hockte sich auf ein Bänkchen vor einem Toilettentisch und beobachtete erstaunt, wie Alma eine Vielzahl von Waffen aus ihren Verstecken holte.

Unter dem Bett hatte sie eine Schrotflinte mit Pistolengriff verborgen. »Das ist die beste Verteidigungswaffe, die es gibt. Hat genug Durchschlagskraft, um ein Arschloch umzupusten, das sich mit PCP vollgeknallt hat und für Superman hält. Du mußt nicht mal genau zielen, halte einfach drauf und zieh den Abzug durch, die Streuladung wird ihn schon erwischen.« Sie legte das Schrotgewehr auf die Chenille-Steppdecke.

Aus einem Schrank holte Alma ein schweres, gefährlich aussehendes Gewehr mit Zielfernrohr und großem Magazin. »Ein Sturmgewehr, Heckler und Koch HK91«, sagte sie. »Die kann man in Kalifornien nicht mehr so einfach kaufen.« Sie legte es neben der Schrotflinte auf das Bett.

Sie öffnete eine Nachttischschublade und holte eine große Handfeuerwaffe heraus. »Eine Browning-Neun-Millimeter-Halbautomatik. In dem anderen Nachttisch liegt auch eine.«

»Mein Gott«, sagte Heather, »du hast ja ein ganzes Arsenal.«

»Lediglich verschiedene Waffen für verschiedene Zwecke.«

Alma Bryson war einsfünfundsiebzig groß, aber keineswegs eine Amazone. Sie war attraktiv, gertenschlank, hatte feine

Gesichtszüge, einen Schwanenhals und Handgelenke, die fast so dünn und zerbrechlich waren wie die einer Zehnjährigen. Ihre schlanken, grazilen Hände schienen nicht imstande zu sein, auch nur mit einer der schweren Waffen umzugehen, die sie soeben präsentiert hatte, doch anscheinend kannte sie sich mit allen aus.

Heather erhob sich von der Bank. »Ich verstehe ja, daß man zum Schutz eine Pistole hat, vielleicht sogar eine Schrotflinte. Aber ein Sturmgewehr?«

Alma betrachtete die Heckler & Koch. »So zielsicher, daß man auf hundert Meter drei Schuß in ein Feld von einem bis zwei Zentimeter Durchmesser abgeben kann. Schießt NATO-Munition vom Kaliber 7,62 ab, die so durchschlagskräftig ist, daß sie einen Baum, eine Ziegelmauer oder ein Auto durchschlägt und trotzdem den Burschen erledigt, der sich dahinter versteckt. Sehr zuverlässig. Du kannst Hunderte von Schüssen abfeuern, bis das Ding fast zu heiß zum Anfassen ist, aber es klemmt trotzdem nicht. Ich bin der Ansicht, du solltest auch eins haben, Heather. Du solltest bereit sein.«

Heather kam sich vor, als sei sie dem weißen Kaninchen durch seinen Bau in eine seltsame, dunkle Welt gefolgt. »Bereit wofür?«

Almas sanftes Gesicht wurde härter, und ihre Stimme war vor Wut verzerrt. »Luther hat es schon vor Jahren kommen sehen. Er hat gesagt, die Politiker würden tausend Jahre der Zivilisation Stein um Stein niederreißen, aber nichts errichten, das sie ersetzen kann.«

»Das mag zwar stimmen, aber...«

»Er hat gesagt, wenn alles zusammenbricht, würde man von den Cops erwarten, daß sie es zusammenhalten, aber bis dahin hätte man den Cops schon so vieles in die Schuhe geschoben und sie so oft als die Bösen hingestellt, daß niemand sie mehr so sehr respektieren würde, daß sie es zusammenhalten können.«

Zorn war Almas Zuflucht vor der Trauer. Nur der Zorn gab ihr die Kraft, die Tränen zurückzuhalten.

Obwohl Heather befürchtete, daß die Methode ihrer Freundin, mit der Trauer fertig zu werden, nicht besonders gesund war, fiel ihr nichts ein, was sie als Ersatz anbieten könnte. Anteilnahme reichte nicht aus. Alma und Luther waren sechzehn Jahre verheiratet gewesen und hatten sich sehr geliebt. Da sie keine Kinder bekommen konnten, hatten sie sich besonders nah gestanden. Heather konnte sich die Tiefe von Almas Schmerz nicht einmal vorstellen. Es war eine harte Welt. Wirkliche Liebe — wahre und tiefe — fand man nur mit Glück einmal. Sie zweimal zu finden, war fast unmöglich. Obwohl Alma erst achtunddreißig Jahre alt war, mußte sie den Eindruck haben, daß die beste Zeit ihres Lebens vorbei war. Sie brauchte mehr als nur freundliche Worte, mehr als nur eine Schulter, an der sie sich ausweinen konnte. Sie brauchte jemanden oder etwas, worauf sie wütend sein konnte — Politiker, das System.

Vielleicht war ihre Wut doch nicht so ungesund. Vielleicht wäre das Land nicht in ein so gefährliches Fahrwasser geraten, wenn schon vor ein paar Jahrzehnten mehr Leute wütend geworden wären.

»Hast du Waffen?« fragte Alma.
»Eine.«
»Was für eine?«
»Eine Pistole.«
»Kannst du damit umgehen?«
»Ja.«
»Du brauchst mehr als nur eine Pistole.«
»Ich fühle mich in der Gegenwart von Waffen nicht besonders wohl.«
»Jetzt berichten sie im Fernsehen darüber — und morgen wird es in allen Zeitungen stehen —, was auf Arkadians Tankstelle passiert ist. Die Leute werden wissen, daß ihr beide, du und Toby, allein seid, Leute, die Cops oder Polizistenfrauen nicht besonders mögen. Irgendein blöder Reporter wird wahrscheinlich sogar deine Adresse drucken. Heutzutage muß man auf alles vorbereitet sein, auf alles.«

Almas Paranoia, die gar nicht zu ihr zu passen schien und für Heather völlig überraschend kam, jagte Heather eine Gänsehaut über den Rücken. Obwohl sie angesichts des eisigen Funkelns in den Augen ihrer Freundin zitterte, fragte ein Teil von ihr sich, ob Almas Einschätzung der Situation nicht vernünftiger war, als es den Anschein hatte. Daß sie solch eine paranoide Sicht ernsthaft in Betracht ziehen konnte, genügte, um sie erneut erzittern zu lassen, diesmal heftiger als zuvor.

»Du mußt auf das Schlimmste vorbereitet sein«, sagte Alma Bryson, nahm die Schrotflinte und drückte sie ihr in die Hände. »Nicht nur dein Leben steht auf dem Spiel. Du mußt auch an Toby denken.«

Da stand sie, eine schlanke und hübsche Schwarze, ein Jazz- und Opern-Fan, eine Museumsbesucherin, gebildet und kultiviert, so warmherzig und liebevoll wie kaum ein zweiter Mensch, den Heather kannte, mit einem Lächeln begabt, das wilde Tiere zähmen konnte, und zu einem musikalischen Lachen imstande, auf das Engel neidisch gewesen wären, und hielt eine Schrotflinte, die in den Händen einer so hübschen und zarten Frau absurd groß und böse wirkte, einer Frau, die den Zorn willkommen geheißen hatte, weil die einzige Alternative zur selbstmörderischen Verzweiflung war. Alma kam ihr vor wie eine Gestalt auf einem Poster, das zur Revolution aufrief, nicht wie ein wirklicher Mensch, sondern wie ein übertrieben romantisches Symbol. Heather hatte das beunruhigende Gefühl, daß sie nicht nur eine gequälte Frau ansah, die versuchte, sich dem Griff der bitteren Trauer und lebensunfähig machenden Hoffnungslosigkeit zu entziehen, sondern die grimmige Zukunft ihrer gesamten gequälten Gesellschaft, die Botin eines alles auslöschenden Sturms.

»Sie reißen die Schutzmauern unserer Ordnung Stein für Stein nieder«, sagte Alma ernst, »errichten aber nichts, was sie ersetzen kann.«

**SIEBTES
KAPITEL**

Neunundzwanzig ereignislose Nächte lang wurde die Ruhe über Montana nur von gelegentlichen Attacken eines winterlichen Windes, dem Schrei einer jagenden Eule und dem fernen, verlorenen Heulen der Wölfe gestört. Allmählich erlangte Eduardo Fernandez sein übliches Selbstvertrauen zurück und sah nicht mehr jeder sich senkenden Dämmerung mit stillem Entsetzen entgegen.

Er hätte sein Gleichgewicht vielleicht schneller zurückgewonnen, hätte er mehr Arbeit gehabt, die ihn auf Trab halten konnte. Das rauhe Wetter verhinderte, daß er routinemäßige Reparaturen auf der Ranch ausführen konnte; mit elektrischem Strom und genug Feuerholz für die Kamine hatte er in den Wintermonaten kaum mehr zu tun, als herumzulungern und auf den Frühling zu warten.

Seit er sich um die Ranch kümmerte, war auf ihr nie viel zu tun gewesen. Vor vierunddreißig Jahren waren er und Margarite von Stanley Quartermass eingestellt worden, einem wohlhabenden Filmproduzenten, der sich in Montana verliebt hatte und hier einen zweiten Wohnsitz haben wollte. Hier wurde gewerbsmäßig weder Ackerbau noch Viehzucht betrieben; die Ranch war lediglich ein abgeschiedener Zufluchtsort.

Quartermass liebte Pferde, und so hatte er hundert Meter rechts vom Haus einen bequemen, geheizten Stall mit zehn Boxen bauen lassen. Er verbrachte etwa zwei Monate pro Jahr auf der Ranch — verteilt auf mehrere Besuche von einer bis zwei Wochen —, und es war Eduardos Pflicht gewesen, während der Abwesenheit des Produzenten dafür zu sorgen, daß die Pferde erstklassige Pflege und genug körperliche Bewegung erhielten. Sein Job hatte hauptsächlich darin bestanden, sich um die Tiere zu kümmern und den Besitz in gutem Zustand zu halten, während Margarite die Haushälterin gewesen war.

Bis vor acht Jahren hatten Eduardo und Margarite in dem behaglichen, wenn auch kleinen einstöckigen Gebäude des

Hausmeisters gewohnt. Dieses Steinhaus befand sich achtzig oder neunzig Meter rechts von — und, wie es sich geziemt, hinter — dem Haupthaus, ganz in der Nähe der ersten Kiefern am Waldrand. Tommy, ihr einziges Kind, war dort aufgewachsen, bis er achtzehn Jahre alt geworden war und das Stadtleben seine fatale Anziehungskraft auch auf ihn auszuüben begann.

Als Stanley Quartermass beim Absturz seines Privatflugzeugs umgekommen war, hatten Eduardo und Margarite überrascht erfahren, daß er ihnen die Ranch und ausreichende Geldmittel hinterlassen hatte, sich sofort zur Ruhe zu setzen. Der Produzent hatte seine vier Exfrauen noch zu Lebzeiten finanziell abgefunden und mit keiner davon Kinder gezeugt, so daß er den größeren Teil seines Nachlasses einsetzte, gewisse wichtige Angestellte großzügig zu bedenken.

Sie hatten die Pferde verkauft, das Nebengebäude geschlossen und waren in das im viktorianischen Stil errichtete Haupthaus mit seinen Giebeln, dekorativen Schlagläden, ausgebogenen Dachrinnen und breiten Veranden gezogen. Es war seltsam, plötzlich wohlhabend zu sein, doch diese Sicherheit war nicht unwillkommen, auch wenn sie so spät in ihr Leben kam.

Nun war Eduardo ein verwitweter Rentner mit genug Sicherheit, aber zu wenig Arbeit, die ihn beschäftigt halten konnte. Und mit zu vielen seltsamen Gedanken, die ihm durch den Kopf gingen. Leuchtende Bäume ...

Im März fuhr er mit seinem Jeep Cherokee dreimal nach Eagle's Roost, der nächsten Stadt. Er aß in Jasper's Diner, weil ihm dort das Salisbury-Steak, die Pommes frites und der Krautsalat schmeckten. In der High Planin Pharmacy kaufte er Zeitschriften und ein paar Taschenbücher und im einzigen Supermarkt Lebensmittel. Seine Ranch lag nur fünfundzwanzig Kilometer von Eagle's Roost entfernt, so daß er jeden Tag dorthin fahren könnte, wenn er wollte, doch dreimal pro Monat genügte normalerweise. Die Stadt war klein, drei- bis viertausend Seelen; doch selbst in ihrer Abgeschiedenheit war sie zu sehr ein Teil der modernen Welt, um jemandem zu gefallen, der sich so sehr an den ländlichen Frieden gewöhnt hatte, wie es bei ihm der Fall war.

Bei jeder dieser Einkaufsfahrten hatte er überlegt, bei der Zweigstelle des Bezirkssheriffs anzuhalten und den seltsamen Lärm und die ungewöhnlichen Lichter im Wald zu melden. Doch er war überzeugt, daß der Hilfssheriff ihn lediglich für einen alten Narren halten und nichts weiter unternehmen würde, als den Bericht in dem Aktenordner mit der Aufschrift VERRÜCKTE abzulegen.

In der dritten Märzwoche war der offizielle Frühlingsanfang, und am folgenden Tag fielen bei einem Sturm zwanzig Zentimeter Neuschnee. Der Winter gab hier an den östlichen Hängen der Rockies nicht so schnell auf.

Er unternahm täglich Spaziergänge, wie es schon sein ganzes Leben lang seine Gewohnheit war, blieb aber auf dem langen Fahrweg zum Haus, den er nach jedem Schneefall selbst pflügte, oder hielt sich auf den offenen Flächen südlich vom Haus und den Ställen. Er mied den Wald östlich und unter dem Haus, hielt sich aber auch von dem im Norden und sogar von den höher gelegenen Waldstücken im Westen fern.

Seine Feigheit verwirrte ihn, nicht zuletzt, weil er sie einfach nicht begreifen konnte. Er war schon immer ein Verfechter der Vernunft und Logik gewesen und hatte immer gesagt, daß es von beidem zu wenig in der Welt gab. Er verachtete Menschen, die eher aufgrund von Gefühlen als vom Intellekt her handelten. Doch die Vernunft ließ ihn nun im Stich, und die Logik konnte das instinktive Wissen um eine Gefahr nicht überwinden, das ihn veranlaßte, die Bäume und das seltsame Zwielicht unter ihren Ästen zu meiden.

Gegen Ende März kam er allmählich zur Auffassung, daß das Phänomen ein einmaliger Vorfall ohne weitere Konsequenzen gewesen war. Ein seltenes, aber natürliches Ereignis. Vielleicht irgendeine elektromagnetische Störung. Keine größere Bedrohung für ihn als ein Sommergewitter.

Am ersten April entlud er die beiden Flinten und die beiden Schrotgewehre wieder. Nachdem er sie gereinigt hatte, stellte er sie zurück in den Schrank im Arbeitszimmer.

Doch da ihm noch immer etwas unbehaglich zumute war, ließ er die Pistole vom Kaliber .22 auf seinem Nachttisch liegen. Sie war zwar nicht besonders durchschlagskräftig, doch wenn man sie mit Hohlmantelgeschossen lud, konnte sie schon einigen Schaden anrichten.

In den dunklen Morgenstunden des vierten April wurde Eduardo von einem leisen Pochen geweckt, das anschwoll und verblich, anschwoll und verblich. Wie schon Anfang März wurde dieses pulsierende Geräusch von unheimlichen elektronischen Schwingungen begleitet.

Er setzte sich im Bett auf und sah zum Fenster. In den drei Jahren seit Margarites Tod hatte er nicht mehr in dem großen Schlafzimmer vorn im Haus genächtigt, das das ihre gewesen war. Statt dessen hatte er sich in einem der beiden hinteren Schlafzimmer eingerichtet. Demzufolge bot das Fenster einen Blick in westliche Richtung und lag entgegengesetzt von den Bäumen im Osten, wo er das seltsame Licht zum erstenmal gesehen hatte. Der Nachthimmel hinter dem Fenster war tief und schwarz.

Die Stiffel-Lampe auf dem Nachttisch verfügte nicht über einen Schalter, sondern über eine altmodische Kette. Kurz bevor er das Licht einschaltete, hatte er das Gefühl, daß sich etwas bei ihm im Zimmer befand, etwas, das er lieber nicht sehen wollte. Eduardo Fernandez zögerte und umklammerte die Metallglieder der Kette fest mit den Fingern. Aufmerksam suchte er mit den Augen die Dunkelheit ab, und sein Herz hämmerte, als wäre er in einem Alptraum mit einem Ungeheuer. Doch als er schließlich an der Kette zog, enthüllte das Licht, daß er allein war.

Er nahm seine Armbanduhr vom Nachttisch und warf einen Blick darauf. Neunzehn Minuten nach eins.

Er warf die Bettdecke zurück und stand auf. Er trug seine lange Unterwäsche. Die Jeans und ein Flanellhemd lagen über einem Stuhl neben dem Bett, und daneben stand ein Paar Stiefel. Socken trug er bereits, da er des Nachts oft kalte Füße bekam, wenn er ohne sie schlief.

Das Geräusch war lauter als einen Monat zuvor, und es pulsierte auch mit beträchtlich größerer Wirkung durch das Haus. Im März hatte Eduardo im Einklang mit dem rhythmischen Pochen ein Druckgefühl empfunden — das sich, wie das Geräusch, wellenförmig wiederholt hatte. Nun hatte dieser Druck dramatisch zugenommen. Er spürte ihn nicht mehr diffus, sondern deutlich, und dieses Gefühl war auf unbeschreibliche Art und Weise anders als die Wahrnehmung turbulenter Luft, eher wie die unsichtbaren Gezeiten eines kalten Meeres, die über seinen Körper spülten.

Als er sich in aller Schnelle angezogen und die geladene .22er vom Nachttisch genommen hatte, schwang die Kette der Lampe wild hin und her und schepperte gegen das polierte Messing des Leuchtkörpers. Die Fensterscheiben vibrierten. Die Bilder an den Wänden wackelten und legten sich schief.

Er stürmte in die Diele hinab, in der er das Licht nicht einschalten mußte. Die abgeschrägten Ränder der ovalen Bleiglasscheiben in der Tür funkelten hell mit der Spiegelung des geheimnisvollen Leuchtens draußen. Es war viel heller als im Vormonat. Die Scheiben brachen das bernsteinfarbene Strahlen in alle Farben des Spektrums und warfen helle prismatische Muster aus Blau und Grün und Gelb und Rot auf die Decke und Wände, so daß man den Eindruck hatte, sich in einer Kirche mit Buntglasfenstern zu befinden.

In dem dunklen Wohnzimmer links von ihm, in das kein Licht von außen drang, weil die Vorhänge zugezogen waren, schepperten und klapperten auf dem Tisch Briefbeschwerer aus Kristallglas und anderer Nippes. Porzellan vibrierte auf den Glasböden einer Vitrine.

Rechts von ihm, in dem von Regalen gesäumten Arbeitszimmer, sprang das Schreibtischset, das immerhin aus Marmor und Messing bestand, auf der Unterlage auf und ab, eine Schublade mit Kugelschreibern schnappte im Einklang mit den Druckwellen auf und zu, und der große Ledersessel hinter dem Schreibtisch wackelte so heftig, daß seine Rollen ächzten.

Als Eduardo die Haustür öffnete, flogen die meisten Farbpunkte und -speere davon, verschwanden wie in eine andere Dimension, und die restlichen flohen auf die rechte Dielenwand, wo sie sich zu einem vibrierenden Mosaik zusammenfügten.

Der Wald leuchtete genau wie damals, im letzten Monat. Das bernsteinfarbene Glühen ging von derselben Gruppe dicht beieinander stehender Bäume und dem Boden darunter aus, als wären die immergrünen Nadeln und Zapfen, die Rinde und Erde, die Steine und der Schnee weißglühende Bestandteile einer Lampe, die hell leuchteten, ohne verzehrt zu werden. Diesmal war das Licht betörender als zuvor, genau wie das Pochen lauter und die Druckwellen stärker waren.

Er fand sich am Fuß der Treppe wieder, konnte sich aber nicht erinnern, das Haus verlassen oder die Veranda überquert zu haben. Er sah zurück und stellte fest, daß er die Haustür hinter sich zugezogen hatte.

Vielleicht dreißig tiefe Tonwellen pro Minute pochten durch die Nacht, doch sein Herz schlug sechsmal schneller. Er wollte sich umdrehen und ins Haus zurücklaufen.

Er sah auf die Pistole in seiner Hand hinab. Er wünschte, die Schrotflinte hätte geladen neben seinem Bett gelegen.

Als er den Kopf hob und den Blick von der Waffe nahm, stellte er überrascht fest, daß der Wald sich ihm genähert hatte. Die leuchtenden Bäume türmten sich über ihm auf.

Dann begriff er, daß er, und nicht der Wald, sich bewegt hatte. Er warf erneut einen Blick zurück und sah, daß sich das Haus zehn, zwölf Meter hinter ihm befand. Er war die Treppe hinabgestiegen, ohne es mitzubekommen. Im Schnee waren seine Spuren auszumachen.

»Nein«, sagte er mit zitternder Stimme.

Das anschwellende Geräusch war wie eine Brandung mit einem Sog, der ihn gnadenlos von der Sicherheit des Ufers fortzog. Das wehklagende elektronische Heulen kam ihm wie das Lied einer Sirene vor; es durchdrang ihn, sprach ihn auf einer so tiefen Ebene an, daß er die Nachricht zu verstehen schien, ohne die Worte zu hören, eine Musik in seinem Blut, die ihn zu dem kalten Feuer im Wald lockte.

Seine Gedanken zerfaserten. Er blickte zum Sternenhimmel empor und versuchte, seinen Kopf klar zu bekommen. Ein zartes Flitterwerk von Wolken leuchtete vor dem schwarzen Gewölbe; es wurde vom silbernen Licht der Mondsichel erhellt.

Er schloß die Augen. Fand die Kraft, dem Sog der Tonwellen zu widerstehen.

Doch als er die Augen wieder öffnete, stellte er fest, daß er sich diesen Widerstand nur eingebildet hatte. Er war den Bäumen näher als zuvor, nur zehn Meter vom Waldrand entfernt, so nah, daß er die Augen gegen die blendende Helligkeit zusammenkneifen mußte, die von den Zweigen, den Stämmen und dem Boden unter den Kiefern ausging.

Das trübe bernsteinfarbene Licht war nun von roten Fäden durchzogen, wie Blut in einem Eigelb.

Eduardos Angst war in nacktes Entsetzen umgeschlagen. Er kämpfte gegen eine Schwäche in seinen Därmen und der Blase an und zitterte so heftig, daß es ihn nicht überrascht hätte zu hören, wie seine Knochen aneinander schlugen — doch sein Herz raste nicht mehr. Sein Schlag hatte sich drastisch verlangsamt und näherte sich nun den steten dreißig Schlägen pro Minute des pulsierenden Geräusches, das von jeder strahlenden Oberfläche auszugehen schien.

Bei einem so langsamen Herzschlag, einer so verminderten Blutzufuhr zum Gehirn, hätte er sich eigentlich nicht auf den Füßen halten dürfen. Er hätte entweder das Bewußtsein verlieren oder in einen schweren Schockzustand gleiten müssen. Seine Wahrnehmungen mußten unzuverlässig sein. Vielleicht hatte das Pochen sich beschleunigt und dem Schlag seines hämmernden Herzens angepaßt.

Seltsamerweise war er sich nicht mehr der kalten Luft bewußt. Doch keine Wärme ging mit dem rätselhaften Licht einher. Ihm war weder warm noch kalt.

Er spürte die Erde unter seinen Füßen nicht mehr. Kein Gefühl der Schwerkraft, seines Gewichts oder der Ermüdung seiner Muskulatur. Er hätte genausogut schweben können.

Die Gerüche des Winters waren nicht mehr wahrnehmbar. Der schwache, frische, ozonähnliche Geruch des Schnees war verschwunden. Genau wie der frische Duft des Kiefernwaldes, der sich direkt vor ihm erhob. Und wie der schwache, säuerliche Gestank seines eigenen kalten Schweißes.

Kein Geschmack auf der Zunge. Das war am unheimlichsten. Er hatte nie zuvor bemerkt, daß es immer eine endlose und sich leicht verändernde Reihe von Geschmacksnoten in seinem Mund gab, selbst wenn er gerade nichts aß. Nun war da nur Milde. Weder süß noch sauer. Weder salzig noch bitter. Nicht einmal Milde. Noch weniger. Nichts. *Nada.* Er sog die Wangen ein, spürte, wie der Speichel floß, schmeckte aber nichts.

All seine Wahrnehmungsfähigkeiten schienen sich einzig und allein auf das geisterhafte Licht zu konzentrieren, das aus den Bäumen leuchtete, und auf das strafende, beharrliche Geräusch. Er fühlte nicht mehr den pochenden Baß, der kalte Wellen über seinen Körper spülte; statt dessen erklang dieses Geräusch nun in ihm, und es strömte auf dieselbe Weise aus ihm hinaus wie aus den Bäumen.

Plötzlich stand er am Waldrand, auf einem Boden, der genauso ausstrahlte wie geschmolzene Lava. *Innerhalb* des Phänomens. Als er den Kopf senkte, sah er, daß seine Füße auf einer Glasplatte zu stehen schienen, unter der ein Feuersee brodelte, ein See, der so tief war, wie die Sterne hoch am Himmel standen. Die Ausdehnung dieses Abgrunds ließ ihn vor Panik aufschreien, doch nicht das leiseste Flüstern kam über seine Lippen.

Ängstlich und zögernd, aber gleichzeitig auch staunend, betrachtete Eduardo seine Beine und seinen Körper und sah, daß das bernsteinfarbene Licht auch aus *ihm* strahlte und von roten Ausbrüchen durchzogen war. Er schien ein Wesen von einer anderen Welt zu sein, mit einer fremden Energie erfüllt, oder ein heiliger indianischer Geist, der aus den hohen Bergen gekommen war, um nach den uralten Nationen zu suchen, die die gewaltige Wildnis Montanas einst beherrscht hatten, aber schon lange untergegangen waren: Schwarzfüße, Krähen, Sioux, Assiniboin, Cheyenne.

Er hob die linke Hand, um sie genauer zu untersuchen. Seine Haut war durchsichtig, und das Fleisch darunter auch. Zuerst konnte er die Knochen seiner Hand und Finger sehen, deutlich gegliederte graurote Formen in der geschmolzenen bernsteinfarbenen Substanz, aus der er zu bestehen schien. Doch noch während er sie betrachtete, wurden auch seine Knochen durchsichtig, und er wurde vollständig zu einem gläsernen Menschen, hatte nicht die geringste Substanz mehr; er war zu einem Fenster geworden, durch das man ein überirdisches Feuer sehen konnte, genau, wie der Boden unter ihm ein Fenster war, und die Steine und die Bäume Fenster waren.

Die krachenden Tonwellen und das elektronische Piepsen erhoben sich, beharrlicher denn je zuvor, aus diesen Feuerströmen. Wie in jener Nacht im März hatte er eine fast hellseherische Wahrnehmung von etwas, das sich gegen eine Beschränkung warf, versuchte, aus einem Gefängnis auszubrechen oder eine Barriere zu durchstoßen.

Etwas, das versuchte, mit Gewalt eine Tür zu öffnen.

Er stand in einem seltsamen Eingang.

Auf der Schwelle.

Die bizarre Überzeugung überkam ihn, daß er in unverbundene Atome zerschmettert werden würde, als hätte er niemals existiert, falls er in dem Augenblick, da diese Tür sich öffnete, im Weg stand. Er würde zu der Tür werden. Ein unbekannter Besucher würde durch ihn eintreten, aus dem Feuer und durch ihn *hindurch*.

Lieber Gott, hilf mir, betete er, obwohl er nicht religiös war.

Er versuchte, sich zu bewegen.

Gelähmt.

In seiner gehobenen Hand, in seinem gesamten Körper, in den Bäumen und Steinen und der Erde, war das Feuer nun weniger bernsteinfarben, dafür aber um so heißer, tiefrot, scharlachrot, kochendheiß. Abrupt wurde es von blauweißen Adern durchzogen und enthüllte die alles verzehrende Helligkeit im Herzen eines Sterns. Das feindselige Pulsieren schwoll an, explodierte, schwoll an, explodierte, wie das Stoßen riesiger Kolben, es dröhnte, dröhnte fürchterlich, Kolben in den ewigen Maschinen, die das Universum selbst betrieben, härter, immer härter, der Druck nahm zu, sein Glaskörper vibrierte, dehnte sich aus, fordernd, hämmernd, Feuer und Donner, Feuer und Donner. Feuerunddonner...

Schwärze.

Stille.

Kälte.

Als er erwachte, lag er im Licht der Mondsichel am Waldrand. Über ihm erhoben sich die Bäume wachsam, dunkel und still.

Er war wieder im Besitz all seiner Sinne. Er roch die ozonartige Frische des Schnees, die dichte Masse der Kiefern, seinen eigenen Schweiß — und Urin. Er hatte die Herrschaft über seine Blase verloren. Der Geschmack in seinem Mund war unangenehm, aber vertraut: Blut. Als er gestürzt war, mußte er sich in seinem Entsetzen auf die Zunge gebissen haben.

Anscheinend war die Tür in dieser Nacht nicht geöffnet worden.

ACHTES KAPITEL

In derselben Nacht holte Eduardo die Waffen aus dem Schrank im Arbeitszimmer und lud sie wieder durch. Er verteilte sie so im Haus, daß die eine oder andere Feuerwaffe immer greifbar sein würde.

Am folgenden Morgen, dem des vierten April, fuhr er nach Eagle's Roost, aber nicht zur örtlichen Zweigstelle des Sheriffs. Er hatte noch immer keine Beweise für seine Geschichte.

Statt dessen fuhr er zu Custer's Appliance. Das Geschäft befand sich in einem gelben Backsteingebäude aus den zwanziger Jahren, und die glitzernde High-Tech in seinem Schaufenster war so anachronistisch wie Tennisschuhe an einem Neandertaler. Eduardo kaufte einen Videorecorder, eine Videokamera und ein halbes Dutzend Leercassetten.

Der Verkäufer war ein langhaariger junger Mann, der aussah

wie Mozart. Er trug Stiefel, Jeans, ein dekorativ besticktes Cowboyhemd und eine schmale Krawatte mit einer Türkisspange. Er plapperte unaufhörlich über die Vielzahl der Einsatzmöglichkeiten der angebotenen Ware und benutzte dabei so viele Fachbegriffe, daß er sich einer Fremdsprache zu befleißigen schien.

Eduardo wollte lediglich aufzeichnen und die Aufzeichnung abspielen. Sonst nichts. Es war ihm gleichgültig, ob er den einen Sender sehen konnte, während er den anderen aufnahm, oder ob die verdammten Dinger sein Abendessen kochen, sein Bett machen und ihm eine Pediküre verabreichen konnten.

Die Ranch war bereits mit einem Fernsehgerät ausgestattet, das zahlreiche Kanäle empfangen konnte, denn kurz vor seinem Tod hatte Mr. Quartermass hinter den Ställen eine Satellitenschüssel installieren lassen. Eduardo sah nur selten fern, vielleicht drei- oder viermal im Jahr, wußte aber, wie das Gerät funktionierte.

Von dem Elektrogeschäft ging er zur Stadtbibliothek. Er trug einen Stapel von Romanen von Robert A. Heinlein und Arthur C. Clarke und Kurzgeschichtensammlungen von H. P. Lovecraft, Algernon Blackwood und M. R. James zusammen.

Er wäre sich nicht törichter vorgekommen, hätte er schreiendbunten Quatsch ausgeliehen, der sich als populärwissenschaftliche Literatur über den Abscheulichen Schneemenschen, das Ungeheuer von Loch Ness, den Verlorenen Kontinent Atlantis, das Bermuda-Dreieck und die wahre Geschichte von Elvis Presleys vorgetäuschtem Tod und seiner Geschlechtsumwandlung ausgab. Er rechnete damit, daß die Bibliothekarin höhnisch grinsen oder ihn zumindest mit einem bemitleidenden und herablassenden Lächeln bedenken würde, doch sie trug die Bücher ein, als würde sie nicht den geringsten Anstoß an seinem Literaturgeschmack nehmen.

Nachdem er auch im Supermarkt vorbeigeschaut hatte, kehrte er zur Ranch zurück und packte seine Einkäufe aus.

Er brauchte zwei volle Tage und mehr Bier, als er sich normalerweise genehmigt hätte, um das Videosystem in Gang zu bringen. Die verdammten Geräte hatten mehr Knöpfe, Schalter und

Skalen als ein Flugzeugcockpit, und manchmal hatte er den Eindruck, daß die Hersteller ihre Produkte völlig grundlos, aus schierer Liebe zur Komplikation, so kompliziert wie möglich gemacht hatten. Die Gebrauchsanweisungen lasen sich, als wären sie von jemandem verfaßt, für den Englisch eine Fremdsprache war — was höchstwahrscheinlich auch zutraf, da sowohl der Videorecorder als auch die Kamera aus Japan stammten.

»Entweder ich werde senil«, knurrte er in einem Anfall von Frustration, »oder die Welt geht endgültig vor die Hunde.«

Vielleicht auch beides.

Es wurde früher als üblich wärmer. Der April war auf diesem Längengrad und in dieser Höhe oft ein Wintermonat, aber in diesem Jahr stiegen die Temperaturen am Tag auf fünf Grad. Der Schnee, der sich eine Jahreszeit lang angesammelt hatte, schmolz, und gurgelnde Bächlein füllten jeden Gully und Abhang.

Die Nächte blieben ruhig.

Eduardo Fernandez las die meisten Bücher, die er sich geliehen hatte. Blackwood und besonders James schrieben in einem Stil, der für seinen Geschmack viel zu manieriert war, zu viel Atmosphäre und zu wenig Inhalt. Sie waren typische Vertreter von Geistergeschichten, und es bereitete ihm Probleme, seine Zweifel lange genug zu unterdrücken, um sich von ihnen fesseln zu lassen.

Falls es wirklich eine Hölle gab, hätte die unbekannte Wesenheit, die versuchte, in der Struktur der Nacht eine Tür zu öffnen, tatsächlich eine verdammte Seele oder ein Dämon sein können, der sich den Weg aus seinem feurigen Reich erzwingen wollte. Doch das war der springende Punkt: Der alte Mann glaubte nicht, daß es eine Hölle gab, zumindest nicht als das kirmesbunte Königreich des Bösen, als das sie in billigen Filmen und Büchern so oft dargestellt wurde.

Zu seiner Überraschung stellte er fest, daß Heinlein und Clarke sehr unterhaltsam und gedankenanregend waren. Er zog die Bärbeißigkeit des ersteren dem manchmal naiven Humanismus des letzteren vor, doch beide hatten ihre Vorzüge.

Er wußte nicht genau, was er in ihren Büchern zu entdecken hoffte oder wie sie ihm helfen konnten, sich mit dem Phänomen im Wald zu befassen. Hatte er irgendwo in seinem Hinterstübchen die absurde Vorstellung gehegt, einer dieser Autoren hätte eine Geschichte über einen alten Mann geschrieben, der an einem abgelegenen Ort wohnte und mit etwas Kontakt aufnahm, das nicht von dieser Welt kam? Wenn ja, war er so verrückt, daß ihm sowieso nicht mehr zu helfen wäre.

Nichtsdestoweniger war es wahrscheinlicher, daß die Präsenz, die er hinter dem Phantomfeuer und dem pulsierenden Geräusch wahrgenommen hatte, eher außerirdischen Ursprungs war, als daß sie aus der Hölle kam. Das Universum enthielt unendlich viel Sterne. Eine unendliche Anzahl von Planeten, die diese Sterne umkreisten, mochte die richtigen Voraussetzungen für die Entstehung von Leben bieten. Das war eine wissenschaftliche Tatsache und keine phantastische Wunschvorstellung.

Vielleicht hatte er sich die ganze Sache auch nur eingebildet. Eine Verhärtung der Arterien, durch die das Blut zum Gehirn floß. Eine von der Alzheimerschen Krankheit hervorgerufene Illusion. An diese Erklärung konnte er eher glauben als an Dämonen oder Außerirdische.

Er hatte die Videokamera eher gekauft, um seine Selbstzweifel beizulegen, als daß er damit Beweise für die Behörden sammeln wollte. Wenn er das Phänomen auf Band festhalten konnte, war er nicht verrückt und konnte auch weiterhin allein leben. Wenn er nicht von dem umgebracht wurde, was auch immer schließlich dieses Portal in der Nacht öffnen würde.

Am fünfzehnten April fuhr er nach Eagle's Roost, um frische Milch und andere Vorräte zu kaufen — und einen Discman von Sony mit den besten Kopfhörern, die es auf dem Markt gab.

Custer's bot auch eine Auswahl an MCs und CDs. Eduardo

erkundigte sich bei dem Typ, der wie Mozart aussah, nach der lautesten Musik, die Teenager sich heutzutage anhörten.

»Ein Geschenk für Ihr Enkelkind?« fragte der Angestellte.

Es war einfacher, ihm zuzustimmen, als es ihm zu erklären. »Ganz genau.«

»Heavy Metal.«

Eduardo hatte keine Ahnung, wovon der Mann sprach.

»Hier ist eine neue Gruppe, die echt schrill ist«, sagte der Verkäufer und fischte eine CD aus den Verkaufsbehältern heraus. »Sie nennen sich Wormheart.«

Nachdem Eduardo auf der Ranch die Lebensmittel eingeräumt hatte, setzte er sich an den Küchentisch, um sich die CD anzuhören. Er legte Batterien ein, schob die CD in den Discman, setzte den Kopfhörer auf und drückte auf den Abspielknopf. Die Geräuschexplosion hätte fast sein Trommelfell zerrissen, und er drehte die Lautstärke schnell runter.

Er hörte vielleicht eine Minute lang zu und gelangte halbwegs zu der Überzeugung, daß man ihm eine fehlerhafte CD verkauft hatte. Doch die Klarheit des Tons überzeugte ihn schließlich, daß er sich genau das anhörte, was Wormheart hatte aufnehmen wollen. Er lauschte weitere zwei oder drei Minuten und wartete darauf, daß aus der Kakophonie Musik wurde, bis ihm klar wurde, daß es sich der modernen Definition zufolge tatsächlich um Musik handelte.

Er fühlte sich alt.

Er erinnerte sich, daß er als junger Mann mit Margarite zur Musik von Benny Goodman, Frank Sinatra, Mel Torme oder Tommy Dorsey geknutscht hatte. Knutschten die jungen Leute heutzutage überhaupt noch? Wußten sie, was das Wort bedeutete? Schmusten sie? Machten sie Petting? Oder zogen sie sich einfach aus und fielen übereinander her?

Es klang in der Tat nicht wie Musik, die man im Hintergrund spielen ließ, während man miteinander schlief. Zumindest für ihn klang es wie Musik, die man bei einem brutalen Mord im Hintergrund spielen ließ, vielleicht, um die Schreie des Opfers zu übertönen.

Er fühlte sich uralt.

Abgesehen davon, daß er in der Musik keine *Musik* hörte, begriff er nicht, wie eine Gruppe sich Wormheart nennen konnte. Gruppen sollten Namen wie The Four Freshmen, The Andrews Sisters, The Mills Brothers haben. Er kam sogar noch mit The Four Tops oder James Brown and the Famous Flames klar. Er mochte James Brown. Aber Wormheart? Das beschwor ekelhafte Vorstellungen herauf.

Na ja, er war nicht *hip* und wollte es auch nicht sein. Wahrscheinlich gebrauchte man das Wort *hip* heutzutage gar nicht mehr. Eigentlich war er sich dessen sogar sicher. Er hatte nicht die geringste Ahnung, was dieses Wort heutzutage bedeutete.

Älter als der Sand Ägyptens.

Er hörte sich die Musik noch eine Minute lang an, schaltete sie dann aus und nahm den Kopfhörer ab.

Wormheart war genau das, was er brauchte.

Am letzten Apriltag war das Winterkleid bis auf die tieferen Verwehungen geschmolzen, die den Großteil des Tages über im Schutz von Schatten lagen, doch auch sie nahmen schnell ab. Der Boden war feucht, aber nicht mehr schlammig. Totes braunes Gras bedeckte die Hügel und Wiesen, zerquetscht und niedergedrückt vom Gewicht des geschmolzenen Schnees; doch innerhalb von einer Woche würde ein Teppich aus zarten, grünen Sprößlingen jeden Winkel des jetzt öden Lands bedecken.

Eduardos täglicher Spaziergang führte ihn am östlichen Ende der Ställe vorbei zu den freien Flächen südlich vom Haus. Um elf Uhr morgens war der Tag sonnig, und die Temperatur betrug an die zehn Grad. Im Nordhimmel zog sich eine Armada hoher, weißer Wolken zurück. Eduardo trug Khakihosen und ein Flanellhemd, und aufgrund der körperlichen Anstrengung war ihm so warm, daß er die Hemdsärmel aufrollte. Auf dem Rückweg besuchte er die drei Gräber, die im Westen der Ställe lagen. Bis vor kurzem war der Staat Montana recht großzügig gewesen, was die Errichtung von Familienfriedhöfen auf Privatbesitz betraf. Kurz nachdem Stanley Quartermass die Ranch erworben hatte, war er zum Schluß gekommen, daß er dort die

Ewigkeit verbringen wollte, und hatte die Genehmigung beantragt und erhalten, dort bis zu zwölf Grabstätten anzulegen.

Der Friedhof lag auf einem kleinen Grashügel in der Nähe des oberen Teils des Waldes. Die heilige Ruhestätte wurde lediglich von einer dreißig Zentimeter hohen Mauer aus Wackersteinen und zwei je einen Meter hohen Säulen am Eingang kenntlich gemacht. Quartermass hatte sich den herrlichen Ausblick auf das Tal und die Berge nicht verderben wollen — als hätte er gedacht, sein Geist würde auf dem Grab sitzen und den Ausblick genießen, wie der in einem dieser alten, unbeschwerten Filme um *Mr. Topper*.

Lediglich drei steinerne Grabsteine befanden sich auf der Fläche, die für zwölf gedacht war. Quartermass. Tommy. Margarite.

Wie der Produzent es in seinem Testament bestimmt hatte, lautete die Inschrift des ersten Gedenksteins: ›Hier liegt Stanley Quartermass / vor seiner Zeit gestorben / weil er mit / so verdammt vielen / Schauspielern und Drehbuchautoren / arbeiten mußte‹, gefolgt von seinem Geburts- und Todestag. Er war vierundsechzig Jahre alt gewesen, als das Flugzeug abstürzte. Doch selbst, wenn er fünfhundert Jahre alt gewesen wäre, wäre er trotzdem der Ansicht gewesen, daß seine Zeit auf Erden zu kurz bemessen war, denn er hatte das Leben mit großer Energie und Leidenschaft umarmt.

Tommys und Margarites Grabsteine trugen keine humorvollen Inschriften — nur ›geliebter Sohn‹ und ›geliebte Frau‹. Eduardo vermißte sie.

Der schwerste Schlag war der Tod seines Sohnes gewesen, der vor nur gut einem Jahr in Ausübung seiner Pflicht im Alter von zweiunddreißig Jahren getötet worden war. Eduardo und Margarite hatten zumindest ein langes gemeinsames Leben genossen. Es war schrecklich, wenn jemand sein eigenes Kind überlebte.

Er wünschte sich, sie wären wieder bei ihm. Diesen Wunsch hatte er häufig, und die Tatsache, daß er niemals in Erfüllung gehen konnte, stürzte ihn normalerweise in eine melancholische Stimmung, aus der er sich nur schwer wieder befreien konnte.

Bestenfalls trieb er, wenn er Sehnsucht nach seiner Frau und seinem Sohn empfand, in nostalgische Nebel und durchlebte erneut schöne Tage aus vergangenen Jahren.

Diesmal jedoch war ihm der vertraute Wunsch kaum durch den Kopf gegangen, als ihn auch schon ein unerklärliches Entsetzen überkam. Ein eiskalter Wind schien durch sein Rückgrat zu pfeifen, als wäre es von einem Ende bis zum anderen hohl. Als er sich umdrehte, hätte es ihn nicht überrascht, jemanden hinter sich zu sehen. Doch er war allein.

Der Himmel war durch und durch blau, die letzten Wolken waren über den nördlichen Horizont geglitten, und die Luft war so warm wie seit dem letzten Herbst nicht mehr. Trotzdem hielt der Kälteschauer an. Er rollte die Hemdsärmel herunter und knöpfte die Manschetten zu.

Als Eduardo erneut die Grabsteine betrachtete, wurde seine Phantasie plötzlich von ungebetenen Bildern von Tommy und Margarite ausgefüllt, Bilder, die sie nicht zeigten, wie sie im Leben gewesen waren, sondern wie sie vielleicht in ihren Särgen lagen: verfallend, von Würmern durchlöchert, mit leeren Augenhöhlen und zusammengeschrumpften Lippen, die das Grinsen gelber Zähne enthüllten. Er zitterte unkontrolliert und wurde von der absoluten Überzeugung gepackt, daß die Erde vor den Grabsteinen sich heben und dann in sich zusammenbrechen würde, daß die verderbten Hände ihrer Leichen in der zerbröckelnden Erde erscheinen und heftig graben würden, und dann ihre Gesichter, ihre augenlosen Gesichter, wenn sie sich aus dem Erdreich erhoben.

Er trat ein paar Schritte von den Gräbern zurück, floh aber nicht. Er war zu alt, um an lebende Tote oder Geister zu glauben.

Das abgestorbene Gras und die vom Frühling aufgetaute Erde bewegten sich nicht. Nach einer Weile erwartete er auch nicht mehr, daß sich etwas bewegte.

Als er sich wieder voll in der Gewalt hatte, ging er zwischen den Grabsteinen hindurch und verließ den Friedhof. Den gesamten Weg bis zum Haus wollte er sich umdrehen und zurückblicken. Er tat es nicht.

Er betrat das Haus durch die Hintertür und schloß sie ab. Normalerweise sperrte er die Türen nie zu.

Obwohl es Zeit für das Mittagessen war, hatte er keinen Hunger. Statt dessen öffnete er eine Flasche Corona.

Normalerweise trank er höchstens drei Bier pro Tag. Das war sein absolutes Limit und keineswegs das Minimum. Es gab Tage, an denen er überhaupt keinen Alkohol trank. Aber in letzter Zeit nicht mehr. In letzter Zeit hatte er die selbstgesteckte Grenze überschritten und oft mehr als drei Flaschen täglich geköpft. An einigen Tagen sogar wesentlich mehr.

Als er später an diesem Nachmittag in einem Sessel im Wohnzimmer saß, Thomas Wolfe zu lesen versuchte und an der dritten Flasche Corona trank, gelangte er gegen seinen Willen zur Überzeugung, daß die Erfahrung auf dem Friedhof eine lebhafte Warnung gewesen war. Aber eine Warnung wovor?

Als der April verstrich, ohne daß sich das Phänomen im Wald vor dem Haus wiederholte, wurde Eduardo nervöser statt ruhiger. Bislang hatten die Vorfälle sich immer in der gleichen Mondphase ereignet – bei Neumond, wenn der Trabant im ersten Viertel stand. Dieser Vorgang am Himmel kam ihm immer wichtiger vor, während der Aprilmond verblich und ohne weiteren Zwischenfall abnahm. Der Mondzyklus mochte nicht das geringste mit diesen besonderen Ereignissen zu tun haben – aber er bot ihm einen Anhaltspunkt, wann er sie zu erwarten hatte.

Beginnend mit der Nacht zum ersten Mai, in der am Himmel ein Splitter des Neumonds zu sehen war, schlief er zum erstenmal voll bekleidet. Die .22er lag in einem Lederhalfter auf dem Nachttisch. Daneben der Discman mit dem Kopfhörer; die Wormheart-CD hatte er bereits eingelegt. Eine geladene Remington-Schrotflinte lag in Reichweite unter dem Bett. Die Videokamera war mit frischen Batterien und einer neuen Kassette ausgestattet. Er war darauf vorbereitet, schnell zu reagieren.

Er schlief unruhig, doch die Nacht ging ohne Zwischenfall vorüber.

Er erwartete erst in den frühen Morgenstunden des vierten Mai Probleme.

Natürlich war nicht gesagt, daß das seltsame Schauspiel sich je wiederholen würde. Er hoffte sogar, es nie wieder beobachten zu müssen. Doch in seinem Herzen wußte er, was sein Verstand nicht ganz eingestehen konnte: daß bedeutende Ereignisse in Gang gesetzt worden waren, an Schwung gewonnen hatten und er genauso wenig vermeiden konnte, eine Rolle dabei zu spielen, wie ein zum Tode Verurteilter in Ketten den Strang oder die Guillotine vermeiden konnte.

Wie sich herausstellte, mußte er nicht ganz so lange wie vermutet warten. Da er in der Nacht zuvor nur wenig Schlaf bekommen hatte, ging er am zweiten Mai früh zu Bett — und wurde kurz nach Mitternacht, in der ersten Stunde des dritten Mai, von diesem bedrohlichen und rhythmischen Pulsieren geweckt.

Das Geräusch war nicht lauter als die ersten beiden Male, doch die Druckwellen, die jeden Pulsschlag begleiteten, waren anderthalbmal so stark wie die bisherigen. Das Haus erzitterte bis in die Grundmauern, der Schaukelstuhl in der Ecke schwang hin und her, als hätte ein hyperaktiver Geist einen übermenschlich starken Wutanfall erlitten, und ein Bild flog von der Wand und prallte zu Boden.

Als er die Lampe eingeschaltet, die Bettdecke zurückgeworfen hatte und aufgestanden war, spürte Eduardo, daß er in einen tranceähnlichen Zustand gelullt wurde, der dem ähnelte, in den er im Vormonat versetzt worden war. Falls er ihm vollständig erliegen sollte, würde er irgendwann aufwachen und feststellen, daß er das Haus verlassen hatte, ohne sich auch nur eines einzigen Schrittes bewußt geworden zu sein.

Er griff nach dem Discman, schob den Kopfhörer über die Ohren und drückte auf den Abspielknopf. Die Musik der Gruppe Wormheart überfiel ihn.

Er vermutete, daß das überirdische Pochen auf einer Frequenz kam, die einen natürlichen hypnotischen Einfluß ausübte. Deshalb hoffte er, dem tranceähnlichen Einfluß begegnen zu können, indem er das mesmerische Geräusch mit einem genügend chaotischen Lärm abblockte.

Er drehte die Lautstärke der CD auf, bis er weder das tiefe Pochen noch die darunterliegende elektronische Schwingung mehr hören konnte. Er war überzeugt, daß seine Trommelfelle kurz vor dem Zerreißen standen; doch dank des schrillen Gekreisches der Heavy-Metal-Band konnte er die Trance abschütteln, bevor sie ihn völlig in ihren Bann zog.

Er spürte noch immer die über ihm zusammenbrechenden Druckwellen und sah die Auswirkungen, die sie auf Gegenstände in seiner Nähe hatten. Doch wie er vermutet hatte, löste nur der Ton selbst diese lemmingähnliche Reaktion aus; indem er ihn ausschaltete, konnte ihm in dieser Hinsicht nichts mehr passieren.

Nachdem er den Discman an seinem Gürtel befestigt hatte, damit er ihn nicht tragen mußte, schnallte er sich das Halfter mit der .22er um. Er holte die Schrotflinte unter dem Bett hervor, warf sie an ihrem Riemen über seine Schulter, ergriff den Camcorder und stürmte die Treppe hinab und aus dem Haus.

Die Nacht war kühl.

Der Mond glänzte wie eine silberne Sichel.

Das Licht, das von der Baumgruppe und dem Boden am Waldrand ausging, war bereits blutrot; er konnte nicht mehr den geringsten Bernsteinton darin ausmachen.

Eduardo blieb auf der Veranda stehen und filmte das unheimliche Leuchten zuerst einmal aus sicherer Entfernung. Er schwenkte die Kamera hin und her, um das Phänomen in die Perspektive zur Landschaft zu bekommen.

Dann lief er die Verandatreppe hinab, eilte über den braunen Rasen und stürmte auf das Feld. Er befürchtete, daß das Schauspiel von kürzerer Dauer sein könnte als einen Monat zuvor, genau, wie der zweite Vorfall beträchtlich kürzer, aber wesentlich intensiver als der erste gewesen war.

Auf der Wiese blieb er zweimal stehen, um weitere Aufnahmen aus verschiedenen Entfernungen zu machen. Als er dann zehn Meter vor der unheimlichen Strahlung vorsichtig innehielt, fragte er sich, ob der Camcorder überhaupt etwas aufzeichnete oder von der schieren Lichtflut überwältigt wurde. Das wärmelose Feuer war strahlend hell; es schien an einem anderen Ort oder in einer anderen Zeit und Dimension.

Druckwellen schlugen auf Eduardo ein. Sie erinnerten nicht mehr an eine kräftige Brandung, sondern waren hart und strafend, beutelten ihn so heftig, daß er sich darauf konzentrieren mußte, nicht das Gleichgewicht zu verlieren.

Erneut wurde er sich bewußt, daß etwas versuchte, sich von Fesseln zu lösen, aus irgendeiner Beschränkung zu brechen und voll entwickelt über die Welt herzufallen.

Das apokalyptische Tosen von Wormheart war die ideale Begleitung für diese Bewegung, brutal wie ein Schmiedehammer, aber aufregend, atonal, aber zwingend, Hymnen an animalische Bedürfnisse, die die Frustrationen menschlicher Begrenzungen zertrümmerten und befreiend wirkten. Es war die dunkel-ausgelassene Musik des Jüngsten Tages.

Das Pochen und das elektronische Winseln mußten im Einklang mit der Helligkeit des Lichts und der Kraft der sich steigernden Druckwellen lauter und kräftiger geworden sein. Er hörte sie wieder und wurde sich bewußt, daß er allmählich von ihnen verführt wurde.

Er drehte die Lautstärke der Heavy-Metal-Musik höher.

Die Zucker- und Goldkiefern, die vorher so unbewegt wie Bäume auf einer gemalten Bühnenkulisse gewesen waren, schwankten plötzlich, obwohl kein Wind aufgekommen war. Die Luft war voller wirbelnder Nadeln.

Die Druckwellen wurden so stark, daß er zurückgeworfen wurde, stolperte und auf den Hintern fiel. Er unterbrach die Aufnahme und legte die Videokamera neben sich auf den Boden.

Der an seinem Gürtel befestigte Discman vibrierte an seiner linken Hüfte. Das Wehklagen der Gitarren von Wormheart steigerte sich zu einem schrillen elektronischen Kreischen, das genauso schmerzhaft war, als hätte man ihm Nägel in die Ohren getrieben.

Vor Schmerzen aufschreiend, riß er die Kopfhörer herunter.

An seiner Hüfte drang Rauch aus dem vibrierenden Discman. Er riß ihn los und warf ihn zu Boden, wobei er sich an dem heißen Metallgehäuse die Finger verbrannte.

Das Pochen, regelmäßig wie von einem Metronom, umgab ihn, als triebe er in dem schlagenden Herzen eines Riesen.

Eduardo widerstand dem Drang, ins Licht zu gehen und auf ewig ein Teil von ihm zu werden, rappelte sich auf und zerrte das Schrotgewehr von seiner Schulter.

Blendendes Licht zwang ihn, die Augen zusammenzukneifen, und mehrere Schockwellen trieben ihm die Luft aus den Lungen. Immergrüne Zweige peitschten. Ein Zittern war in der Erde, die elektronischen Schwingungen füllten die Luft, und ein hohes Kreischen, wie von der Knochensäge eines Chirurgen, war zu hören. Die ganze Nacht pochte, der Himmel und die Erde hämmerten, als stieße etwas wiederholt und rücksichtslos gegen die Struktur der Wirklichkeit, ein Pochen, ein Pochen ...

Wuuusch!

Das neue Geräusch erinnerte an das Zischen einer vakuumverschlossenen Dose Kaffee oder Erdnüsse, war aber viel, viel lauter. Luft strömte ein, um eine Leere auszufüllen. Unmittelbar nach diesem einzigen, kurzen *Wuuusch* fiel ein Leichentuch aus Stille über die Nacht, und das überirdische Licht verschwand.

Eduardo Fernandez stand in betäubtem Unglauben unter der Mondsichel und starrte eine perfekte Kugel aus reiner Schwärze an, die sich über ihm auftürmte, wie eine riesige Kugel auf einem kosmischen Billardtisch. Sie war so makellos schwarz und hob sich so deutlich von der gewöhnlichen Dunkelheit der Mainacht ab wie das Aufflammen einer Atomexplosion von dem strahlendsten Sommertag. Sie war groß, hatte bestimmt einen Durchmesser von zehn Metern, und füllte den Raum aus, den zuvor die strahlenden Kiefern und der Erdboden eingenommen hatten.

Ein Schiff.

Einen Augenblick lang glaubte er, ein Schiff mit einer fensterlosen Hülle zu betrachten, die so glatt wie raffiniertes Öl war. In gelähmtem Schrecken wartete er darauf, daß eine Lichtnaht erschien, eine Luke geöffnet und eine Rampe ausgefahren wurde.

Trotz der Furcht, die sein Denken beeinträchtigte, wurde Eduardo schnell klar, daß er keinen festen Gegenstand betrachtete. Der Mondschein wurde von der Oberfläche dieses Etwas nicht reflektiert. Das Licht fiel einfach wie in einen Schacht oder in einen Tunnel hinein. Eduardo wußte instinktiv, ohne diese glatte, pechschwarze Oberfläche berühren zu müssen, daß die Kugel kein Gewicht, keine Masse hatte; er hatte nicht die geringste, wenn auch noch so primitive Ahnung, was dort über ihm schwebte, wie es der Fall gewesen wäre, wenn es sich um einen festen Stoff gehandelt hätte.

Der Gegenstand *war kein* Gegenstand; es war keine Kugel, sondern ein Kreis. Nicht drei-, sondern zweidimensional.

Eine Schwelle.

Geöffnet.

Die Dunkelheit hinter der Schwelle wurde von keinem noch so winzigen Schimmer erhellt. Eine so perfekte Schwärze war weder natürlich noch von Menschen voll wahrnehmbar, und Eduardos Augen schmerzten von der Anstrengung, eine Dimension oder eine Einzelheit auszumachen, wo nichts auszumachen war.

Er wollte davonlaufen.

Statt dessen näherte er sich der Schwelle.

Sein Herz pochte, und sein Blutdruck trieb ihn zweifellos einem Schlaganfall entgenen. Er umklammerte die Schrotflinte mit, wie er wußte, pathetischem Vertrauen in ihre Wirksamkeit, stieß sie vor, wie ein primitiver Wilder vielleicht einen mit Runen beschnitzten Talisman schwingen würde, der mit Zähnen wilder Tiere verziert, mit Opferblut befleckt und dem Haarschopf des Stammeszauberers gekrönt war. Doch seine Furcht vor der Tür — und den unbekannten Gefilden und Wesen dahinter — war nicht so lähmend wie die Furcht vor Senilität und dem Zweifel an sich selbst, mit denen er in der letzten Zeit gelebt hatte. Solange die Gelegenheit bestand, einen Beweis für dieses Phänomen zu bekommen, wollte er es so weit und so lange erkunden, wie seine Nerven durchhielten. Er hoffte, nie wieder eines Morgens mit der Befürchtung aufwachen zu müssen, daß seine Gedanken verwirrt und seine Wahrnehmungen nicht mehr vertrauenswürdig waren.

Während er sich vorsichtig über das tote und niedergedrückte Gras der Wiese bewegte, wobei seine Füße leicht in den vom Frühling aufgeweichten Boden einsackten, achtete er aufmerksam auf jede Veränderung in dem Kreis der außergewöhnlichen Dunkelheit: eine nicht so tiefe Schwärze, Schatten innerhalb der Finsternis, ein Funkeln, der Hauch einer Bewegung, alles, was die Annäherung eines... eines Reisenden andeuten könnte. Er blieb einen Meter vor dem Rand dieser in den Augen schmerzenden Verdunkelung stehen, beugte sich leicht vor, verwundert wie ein Märchenheld, der in einen magischen Spiegel schaut, den größten Zauberspiegel, den die Gebrüder Grimm sich je einfallen ließen, einen Spiegel, der keine — verzauberte oder sonstige — Reflexion bot, sondern einen entsetzlichen Blick in die Ewigkeit.

Er hielt das Schrotgewehr mit einer Hand, während er sich bückte und einen apfelsinengroßen Stein aufhob. Er warf ihn sanft zum Portal und rechnete damit, daß er mit einem metallischen Scheppern von der Schwärze abprallte, denn es fiel ihm noch immer einfacher zu glauben, einen Gegenstand zu betrachten als in die Unendlichkeit zu sehen. Doch der Stein überquerte die vertikale Ebene der Schwelle und verschwand geräuschlos.

Eduardo Fernandez beugte sich näher heran.

Versuchsweise schob er den Lauf der Remington über die Schwelle. Er verblaßte nicht in der Dunkelheit. Statt dessen beanspruchte die Schwärze den vorderen Teil der Waffe so vollkommen, daß es den Anschein hatte, jemand habe den Lauf und den vorderen Teil des Schlittens mit einer Hochgeschwindigkeitssäge sauber abgetrennt.

Er zog die Remington zurück, und der vordere Teil des Gewehrs erschien wieder. Er schien intakt zu sein.

Er berührte den stählernen Lauf und den gemaserten Holzgriff des Schlittens. Alles fühlte sich an, wie es der Fall sein sollte.

Tief einatmend und keineswegs sicher, ob er tapfer oder nur verrückt war, hob er eine zitternde Hand, als wolle er jemandem winken, und schob sie vor, tastete nach dem Übergangspunkt zwischen seiner Welt und ... was auch immer hinter der Schwelle lag. Er fühlte ein Prickeln an der Handfläche und den Fingerkuppen. Eine Kühle. Als läge seine Hand auf einer Wasseroberfläche, sei jedoch zu leicht, um die Oberflächenspannung zu durchbrechen.

Er zögerte.

»Du bist siebzig Jahre alt«, murmelte er. »Was hast du zu verlieren?«

Er schluckte heftig und stieß die Hand durch das Portal, und sie verschwand genauso, wie es bei der Schrotflinte der Fall gewesen war. Er stieß auf keinen Widerstand, und seine Hand schien am Gelenk glatt abgetrennt worden zu sein.

»Großer Gott«, sagte er leise.

Er ballte die Hand zur Faust, öffnete und schloß sie wieder, konnte aber nicht sagen, ob sie auf der anderen Seite der Barriere reagierte. Sein Gefühl endete an der Stelle, an der diese höllische Schwärze das Gelenk abgetrennt hatte.

Als er die Hand aus der Schwelle zurückzog, war sie genauso unverändert wie die Schrotflinte. Er öffnete die Faust, schloß sie, öffnete sie wieder. Alles funktionierte, wie es funktionieren sollte, und er hatte wieder volles Gefühl in der Hand.

Eduardo sah sich in der tiefen, friedlichen Mainacht um. Der Wald, der den unmöglichen Kreis aus Dunkelheit flankierte. Die hügelaufwärts verlaufende Wiese, die vom Mondschimmer in ein bleiches Licht getaucht wurde. Das Haus am höheren Ende der Wiese. Einige Fenster dunkel, während hinter anderen Licht brannte. Berggipfel im Westen, auf denen der Schnee sich phosphoreszierend vom Nachthimmel abhob.

Die Szene war zu detailliert, um ein Ort in einem Traum oder Teil der von Halluzinationen heimgesuchten Welt der senilen Dementia zu sein. Er war also kein verrückter alter Narr. Alt, ja. Ein Narr wahrscheinlich auch. Aber nicht verrückt.

Er richtete seine Aufmerksamkeit wieder auf die Schwelle — und fragte sich plötzlich, wie sie von der anderen Seite aussehen mochte. Er stellte sich eine lange Röhre aus perfektem, nicht reflektierendem Ebenholz vor, die direkt in die Nacht hinaus führte, mehr oder weniger wie eine Ölpipeline, die sich über die Tundra Alaskas erstreckte, sich manchmal durch Berge bohrte oder in weniger unwegsamem Gelände ein paar Zentimeter über dem Boden verlief, bis sie die Erdkrümmung erreichte, wo sie gerade weiter verlief, ohne Krümmung, ins All hinaus, ein Tunnel zu den Sternen.

Als er zu einem Ende des zehn Meter durchmessenden Kleckses ging und ihn von der Seite betrachtete, entdeckte er etwas völlig anderes — aber genauso seltsames — wie das Bild der Pipeline, das er sich vorgestellt hatte. Der Wald lag hinter dem riesigen Portal, unverändert, soweit er sehen konnte; der Mond leuchtete auf ihn hinab, die Bäume erhoben sich, als reagierten sie auf die Liebkosung des silbern schimmernden Lichts, und in der Ferne schrie eine Eule. Die Schwelle verschwand, wenn man sie von der Seite betrachtete. Ihre Breite, falls sie überhaupt eine hatte, war so dünn wie ein Faden oder eine gut geschliffene Rasierklinge.

Er ging um das Portal herum auf dessen Rückseite.

Von dem Punkt aus betrachtet, der einhundertundachtzig Grad von seiner ersten Position entfernt lag, war die Schwelle der gleiche zehn Meter durchmessende, eigenschaftslose, rätselhafte Kreis. Von dieser Kehrseite aus betrachtet, schien er nicht einen Teil des Waldes, sondern der Wiese und des Hauses auf dem Hang verschluckt zu haben. Er sah aus wie eine große, papierdünne, auf der Kante stehende Münze.

Eduardo ging herum und betrachtete ihn noch einmal von der Seite. Aus diesem Blickwinkel konnte er nicht einmal mehr den feinsten Faden übernatürlicher Schwärze ausmachen. Er tastete mit der Hand nach dem Rand, stieß jedoch nur auf Luft.

Von der Seite gab es die Schwelle einfach nicht — eine Vorstellung, die ihn benommen machte.

Er suchte nach dem unsichtbaren Rand des verdammten Dings, beugte sich dann nach links und sah das, was er für die ›Vorderseite‹ der Schwelle hielt. Er stieß die linke Hand so tief hinein wie zuvor.

Seine Kühnheit überraschte ihn, und ihm wurde klar, daß er zu schnell zum Schluß gekommen war, das Phänomen sei harmlos. Die Neugier, die so häufig die Katzen umbrachte – und auch nicht wenige Menschen – hatte ihn fest im Griff.

Ohne die linke Hand zurückzuziehen, beugte er sich nach rechts und betrachtete die ›Rückseite‹ der Schwelle. Seine Finger waren auf der anderen Seite nicht zum Vorschein gekommen.

Er stieß die Hand tiefer in die Vorderseite des Portals, doch sie tauchte trotzdem nicht auf der Rückseite auf. Die Schwelle war so dünn wie eine Rasierklinge, und doch hatte er die Hand und den Unterarm fünfunddreißig bis vierzig Zentimeter tief in sie hineingestoßen.

Wo war seine Hand geblieben?

Zitternd zog er sie aus dem rätselhaften Gebilde zurück und trat auf die Wiese, betrachtete erneut die ›Vorderseite‹ des Portals.

Er fragte sich, was mit ihm passierte, wenn er durch die Schwelle treten würde, mit beiden Füßen, vollständig, ohne mit einem Haltestrick mit der Welt verbunden zu sein, die er kannte. Was würde er dahinter entdecken? Würde er imstande sein, wieder zurückzukehren, wenn ihm nicht gefiel, was er dort fand?

Um solch einen verhängnisvollen Schritt zu tun, war er allerdings nicht neugierig genug. Er stand an der Schwelle, machte sich Gedanken – und spürte allmählich, daß etwas kam. Bevor er einen Entschluß fassen konnte, schien diese reine Essenz der Dunkelheit sich aus der Schwelle zu ergießen, ein Ozean der Nacht, der ihn in ein trockenes, aber trotzdem erstickendes Meer zerrte.

Als Eduardo wieder zu Bewußtsein kam, lag er bäuchlings auf dem toten und niedergedrückten Gras, den Kopf nach links gewandt, und blickte die lange Wiese hinauf zum Haus.

Die Dämmerung war noch nicht angebrochen, doch einige

Zeit war verstrichen. Der Mond war untergegangen, und ohne seinen silbernen Glanz war die Nacht stumpf und schwarz.

Anfangs war der alte Mann verwirrt, doch dann klärte sich das Chaos in seinem Kopf. Er erinnerte sich an die Schwelle.

Er rollte sich auf den Rücken und sah zum Wald. Die rasiermesserdünne Münze aus Dunkelheit war verschwunden. Der Wald stand unverändert dort, wo er immer gestanden hatte.

Eduardo Fernandez kroch zu der Stelle, wo die Schwelle erschienen war, fragte sich einfältig, ob sie umgestürzt war und nun flach auf dem Boden lag und sich von einer Schwelle in einen bodenlosen Schacht verwandelt hatte. Aber sie war einfach fort.

Zitternd und schwach und unter Kopfschmerzen zusammenzuckend, die so intensiv waren, als hätte man ihm einen rotglühenden Draht durch das Gehirn gestoßen, rappelte er sich mühsam auf. Er schwankte wie ein Betrunkener, der eine wochenlange Sauftour hinter sich hatte.

Er taumelte zu der Stelle, an der er die Videokamera auf den Boden gelegt hatte.

Sie war nicht mehr da.

Er suchte die Wiese kreisförmig ab und erweiterte das Muster ständig von der Stelle aus, wo der Camcorder eigentlich hätte liegen sollen, bis er sicher war, Stellen erreicht zu haben, die er gar nicht betreten hatte. Die Kamera fand er nicht.

Die Schrotflinte war ebenfalls weg. Und der verschmorte Discman mitsamt den Kopfhörern.

Zögernd kehrte er zum Haus zurück. Er kochte eine Kanne starken Kaffees. Fast so bitter und schwarz wie Espresso. Mit der ersten Tasse spülte er zwei Aspirin hinab.

Normalerweise kochte er einen schwachen Kaffee und beschränkte sich auf zwei oder drei Tassen. Zu viel Koffein konnte Prostatabeschwerden verursachen. An diesem Morgen war ihm scheißegal, ob seine Prostata bis zur Dicke eines Basketballs anschwoll. Er *brauchte* Kaffee.

Er legte das Halfter ab – die Pistole befand sich noch darin – und legte es auf den Küchentisch. Er zog einen Stuhl heran und nahm in Reichweite der Waffe Platz.

Er untersuchte mehrmals seine linke Hand, die er durch die Schwelle gestoßen hatte, als befürchtete er, sie würde sich plötzlich in Staub verwandeln. Und warum auch nicht? Wäre das phantastischer als irgend etwas, das sich an diesem Morgen ereignet hatte?

Beim ersten Tageslicht schnallte er das Halfter wieder um und kehrte zu der Wiese am Waldrand unter dem Haus zurück, wo er erneut nach der Kamera, der Schrotflinte und dem Discman suchte.

Weg.

Er würde ohne die Schrotflinte auskommen. Sie war nicht seine einzige Waffe.

Der Discman hatte seinen Zweck erfüllt. Er brauchte ihn nicht mehr. Außerdem erinnerte er sich nun, daß Rauch aus dem Gerät gequollen und wie heiß das Gehäuse gewesen war, als er es vom Gürtel gelöst hatte. Er war wahrscheinlich sowieso hinüber.

Doch den Camcorder wollte er unbedingt haben, denn ohne ihn hatte er nicht den geringsten Beweis für das, was er gesehen hatte. Vielleicht war er genau aus diesem Grund entfernt worden.

Nachdem er ins Haus zurückgekehrt war, setzte er erneut Kaffee auf. Wofür, zum Teufel, brauchte er schon eine Prostata?

Aus dem Schreibtisch im Arbeitszimmer holte er ein paar Kugelschreiber und einen Notizblock im Format DIN A5 mit gelbem liniertem Papier.

Er setzte sich an den Küchentisch, machte sich über die zweite Kanne Kaffee her und füllte die Seiten mit seiner ordentlichen, kräftigen Handschrift. Auf der ersten Seite begann er mit den Worten:

Mein Name ist Eduardo Fernandez, und ich bin Zeuge einer Reihe seltsamer und beunruhigender Ereignisse geworden. Ich bin kein großer Tagebuchschreiber. Ich habe mir schon oft vorgenommen, mit dem neuen Jahr ein Tagebuch zu führen, habe aber immer vor Ende Januar das

*Interesse daran verloren. Doch ich mache mir so große
Sorgen, daß ich hier alles aufschreiben werde, was ich
gesehen habe und in den nächsten Tagen vielleicht noch
sehen werde, so daß es für den Fall, daß mir etwas zustößt,
eine Aufzeichnung darüber gibt.*

Er bemühte sich, seine Geschichte mit einfachen Worten zu erzählen, mit einem Minimum an Adjektiven und ohne Übertreibungen. Er vermied es sogar, Spekulationen über die Natur des Phänomens oder die Macht hinter der Erschaffung der Schwelle anzustellen. Er zögerte sogar, es eine Schwelle zu nennen, benutzte diesen Begriff schließlich aber doch, da er auf einer Ebene, die tief unterhalb von Sprache und Logik lag, genau wußte, daß es sich eben darum handelte. Falls er starb — nein, falls er getötet wurde —, bevor er Beweise für diese bizarren Vorgänge besorgen konnte, sollte derjenige, der seinen Bericht las, von seinem kühlen, ruhigen Stil beeindruckt sein und ihn nicht als das irre Geschwafel eines verrückten alten Mannes abtun.

Er vertiefte sich so sehr in seine Arbeit, daß er über die Mittagsstunde und tief bis in den Nachmittag weiterschrieb, bevor er eine Pause einlegte und sich einen Happen zu essen zubereitete. Da er auch das Frühstück ausgelassen hatte, war er ziemlich hungrig. Er schnitt eine kalte Hähnchenbrust in Scheiben, die vom vergangenen Abendessen übrig geblieben war, und machte sich ein paar Sandwiches mit Käse, Tomaten, Salat und Senf. Sandwiches und Bier waren die ideale Mahlzeit, weil er sie essen konnte, während er seinen Bericht fortsetzte.

Bei Anbruch der Dämmerung hatte er die Geschichte auf den neuesten Stand gebracht. Er schloß sie mit den Sätzen ab:

*Ich rechne nicht damit, die Schwelle noch einmal zu sehen,
denn ich vermute, sie hat ihren Zweck bereits erfüllt.
Etwas ist hindurchgekommen. Ich wünschte nur, ich
wüßte, worum es sich dabei handelt. Vielleicht aber auch
nicht.*

NEUNTES
KAPITEL

Ein Geräusch weckte Heather. Ein leises Klopfen, dann ein kurzes Scharren. Die Quelle konnte sie nicht ausmachen. Sie war augenblicklich hellwach und setzte sich im Bett auf.

Die Nacht war wieder still.

Sie sah auf die Uhr. Zehn nach zwei.

Vor ein paar Monaten hätte sie ihre Besorgnis einem Alptraum zugeschrieben, an den sie sich nicht mehr erinnerte, und sie hätte sich auf die andere Seite gedreht und wäre wieder eingeschlafen. Jetzt nicht mehr.

Sie war auf den Laken eingeschlafen. Nun mußte sie sich nicht mehr von den Decken befreien, bevor sie aufstand.

Seit Wochen schlief sie schon in Jogginganzügen statt wie früher in T-Shirts und Slips. Selbst in einem Schlafanzug wäre sie sich zu verwundbar vorgekommen. In Jogginganzügen schlief man bequem, und sie war richtig gekleidet, falls mitten in der Nacht etwas passieren sollte.

Wie jetzt.

Trotz der anhaltenden Stille nahm sie den Revolver aus dem Nachttisch. Es war ein Korth .38er, in Deutschland von der Waffenfabrik Korth hergestellt, und vielleicht eine der besten Handfeuerwaffen auf der Welt.

Der Revolver war eine der Waffen, die sie mit Alma Brysons Hilfe seit dem Tag, da Jack angeschossen worden war, erworben hatte. Sie hatte mit ihm zahlreiche Stunden auf dem Polizeischießstand verbracht. Wenn sie ihn ergriff, fühlte er sich an wie eine natürliche Verlängerung ihrer Hand.

Die Größe ihres Arsenals übertraf nun selbst das Almas, was sie manchmal erstaunte. Noch erstaunlicher war, daß sie befürchtete, nicht für jede Überraschung ausreichend bewaffnet zu sein.

Bald würden neue Gesetze in Kraft treten, die den Kauf von Feuerwaffen erschwerten. Sie würde ihre Entscheidung, ob es klug war, einen noch größeren Teil ihres beschränkten Einkommens für Verteidigungsmittel auszugeben, die sie vielleicht nie brauchte, gegen die Möglichkeit abwägen müssen, daß selbst ihr schlimmstes Szenario sich als zu optimistisch erweisen könnte.

Früher hätte sie ihren derzeitigen Geisteszustand als einen klaren Fall von Paranoia angesehen. Doch die Zeiten hatten sich geändert. Was einmal Paranoia gewesen war, war nun nüchterner Realismus.

Sie dachte nicht gern darüber nach. Es deprimierte sie.

Als die Nacht verdächtig still blieb, ging sie durch das Schlafzimmer zur Korridortür. Sie mußte keine Lampen einschalten. In den letzten paar Monaten war sie so viele Nächte ruhelos durch das Haus gewandert, daß sie sich jetzt im Dunkeln so schnell und leise wie eine Katze von Zimmer zu Zimmer bewegen konnte.

Direkt neben der Schlafzimmertür befand sich die Schalttafel der Alarmanlage an der Wand, die sie eine Woche nach den Ereignissen auf der Tankstelle der Arkadians hatte installieren lassen. Der erhellte Digitalmonitorstreifen informierte sie mit grünen Leuchtbuchstaben, daß alles GESICHERT war.

Die Anlage sicherte mit Magnetkontakten alle Außentüren und -fenster, so daß Heather McGarvey sicher sein konnte, daß das Geräusch, das sie geweckt hatte, nicht von einem Eindringling erzeugt worden war, der sich bereits im Haus befand. Ansonsten wäre eine Sirene losgegangen, und die Microchipaufzeichnung einer autoritären Stimme wäre erklungen: *Sie sind in ein geschütztes Gebäude eingedrungen. Die Polizei wurde bereits benachrichtigt. Verlassen Sie sofort das Haus.*

Barfuß trat sie in den dunklen Korridor des Obergeschosses und ging zu Tobys Zimmer. Jeden Abend vergewisserte sie sich, daß sowohl die Tür seines als auch die ihres Zimmers offenstand, damit sie ihn hören konnte, falls er sie rief.

Ein paar Sekunden lang blieb sie neben dem Bett ihres Sohnes stehen und lauschte seinem leisen Schnarchen. Im schwachen Licht der benachbarten Häuser und Straßenlampen, das durch die schmalen Schlitze der Jalousien fiel, war der Körper des Jungen unter den Bettdecken kaum auszumachen. Toby nahm die Welt nicht mehr wahr und konnte nicht die Quelle des Geräusches sein, das sie aus ihren Träumen gerissen hatte.

Heather kehrte in den Korridor zurück. Sie schlich zur Treppe und zum Erdgeschoß hinab.

Zuerst in der kleinen Diele und dann im Wohnzimmer ging sie von einem Fenster zum anderen und sah hinaus, bemerkte jedoch nichts Verdächtiges. Die stille Straße sah so friedlich aus, daß sie in einer Kleinstadt im Mittelwesten statt in Los Angeles hätte liegen können. Niemand stellte auf dem Rasen Unfug an. Auch hinter dem Haus drückte sich keiner herum.

Heather gelangte allmählich zur Auffassung, daß das verdächtige Geräusch doch Teil eines Alptraums gewesen war.

Sie schlief in letzter Zeit nicht mehr besonders gut und hatte heftige Alpträume. Meistens drehten sie sich um die Tankstelle der Arkadians, obwohl sie nur einmal daran vorbeigefahren war, am Tag nach dem Schußwechsel. Die Träume waren opernhafte Spektakel mit Kugeln und Blut und Feuer, in denen Jack manchmal bei lebendigem Leib verbrannte, sie und Toby während der Schießerei oftmals anwesend waren, und dann wurde einer von ihnen oder sie beide wurden mit Jack zusammen niedergeschossen, oder sie verbrannten jämmerlich, und manchmal kniete der gut gekleidete Mann in dem Armani-Anzug neben ihrem von Kugeln durchsiebten Leib, drückte den Mund auf ihre Verletzungen und trank ihr Blut. Der Mörder war oft blind, mit leeren Augenhöhlen, in denen Flammen wüteten. Sein Lächeln enthüllte Zähne, die so scharf wie die einer Viper waren, und einmal hatte er zu ihr gesagt: »Ich nehme Toby mit mir in die Hölle – ich lege das kleine Arschloch an eine Leine und benutze es als Blindenhund.«

Wenn die Alpträume, an die sie sich erinnerte, schon so schlimm waren ... wie fürchterlich mußten dann diejenigen sein, die sie aus dem Gedächtnis verdrängt hatte?

Als sie einmal durchs Wohnzimmer gegangen, zum Türbogen zurückgekehrt und durch die Diele zum Eßzimmer gegangen war, kam sie zum Schluß, daß die Phantasie ihr einen Streich gespielt hatte. Es bestand keine unmittelbare Gefahr. Sie hielt die Hand mit dem Korth-Revolver nicht mehr ausgestreckt vor sich, sondern an der Seite. Die Mündung deutete auf den Boden, und ihr Finger lag nicht mehr auf dem Abzug selbst, sondern auf dem Sicherungshebel.

Der Anblick einer Person, die draußen schnell an einem Fenster des Eßzimmers vorbeihuschte, versetzte sie wieder in Alarmbereitschaft. Zwar waren die Vorhänge nicht zugezogen, wohl aber die weißen Gardinen darunter. Der Eindringling wurde von einer Straßenlampe erhellt und warf einen Schatten, der das Glas durchdrang und sich auf den Falten des lichtdurchlässigen Chiffons kräuselte. Er verschwand schnell wieder, wie der Schatten eines Nachtvogels, aber Heather hatte nicht den geringsten Zweifel, daß es sich um den eines Menschen gehandelt hatte.

Sie eilte in die Küche. Die Bodenfliesen waren unter ihren nackten Füßen kalt.

An der Wand neben der Verbindungstür zur Garage befand sich eine weitere Schalttafel der Alarmanlage. Sie gab den Deaktivierungscode ein.

Da Jack noch für unbestimmte Zeit zur Rekonvaleszenz im Krankenhaus liegen würde, sie selbst arbeitslos und ihre finanzielle Zukunft unsicher war, hatte sie lange gezögert, ihre kostbaren Ersparnisse für diese Anlage auszugeben. Früher hatte sie immer angenommen, solche Sicherheitssysteme wären für herrschaftliche Wohnhäuser in Bel Air und Beverly Hills bestimmt und nicht für Mittelklassefamilien, wie sie eine waren. Dann hatte sie erfahren, daß sich bereits sechs der sechzehn Häuser in ihrem Block auf High-Tech-Schutzmaßnahmen verließen.

Nun veränderten sich die grünen Leuchtbuchstaben auf dem Ablesestreifen von GESICHERT zu BEREIT ZUM SCHÄRFEN.

Sie hätte Alarm auslösen und damit die Polizei rufen können. Doch wenn sie so vorging, würden die Mistkerle draußen davonlaufen. Wenn dann endlich der Streifenwagen kam, würde niemand mehr dort sein, den die Beamten festnehmen konnten. Sie glaubte ziemlich sicher zu wissen, um *was* für Leute es sich handelte – wenn auch nicht, um *wen* – und was sie vorhatten. Sie wollte sie überraschen und notfalls mit der Waffe zwingen, bis zum Eintreffen der Polizei zu warten.

Als sie so leise wie möglich den federlosen Schließriegel und dann die Tür öffnete – NICHT BEREIT ZUM SCHÄRFEN, warnte das System – und in die Garage trat, wußte sie, daß sie die Beherrschung verloren hatte. Eigentlich hätte die Furcht sie in ihren Bann schlagen müssen. Ja, sie hatte Angst, aber nicht deshalb schlug ihr Herz so schnell und heftig. Der Zorn trieb sie an. Sie war wütend, weil sie wiederholt schikaniert worden war, und entschlossen, es ihren Peinigern ungeachtet des Risikos heimzuzahlen.

Der Zementboden der Garage war noch kälter als die Küchenfliesen.

Sie umrundete das Heck des ersten Wagens, blieb dann zwischen den Kotflügeln der beiden Fahrzeuge stehen, wartete und lauschte.

Das einzige Licht, das kränkliche, gelbe Glühen von Straßenlampen, fiel durch mehrere eckige Fenster von jeweils fünfzehn Zentimeter Durchmesser hoch oben in der Doppelgaragentür. Die tiefen Schatten schienen es nicht wahrnehmen und sich einfach nicht zurückziehen zu wollen.

Da. Ein Flüstern draußen. Leise Schritte auf dem Weg zur Hintertür. Dann das verräterische Zischen, auf das sie gewartet hatte.

Mistkerle.

Heather ging schnell zwischen den Wagen zur hinteren Garagentür. Das Schloß ließ sich von innen durch das Drehen des Riegels öffnen. Sie drehte ihn langsam und schob den Bolzen ohne das typische Klicken zurück, das entstand, wenn man die Tür auf normale Weise öffnete. Sie drückte die Klinke hinab, zog die Tür vorsichtig nach innen auf und trat auf den Gang hinter dem Haus.

Die Mainacht war mild. Der Vollmond wurde auf seinem Weg gen Westen größtenteils von Wolken verdeckt.

Sie handelte verantwortungslos. Sie tat dies nicht, um Toby zu schützen. Wenn überhaupt, brachte sie ihn in größere Gefahr. Sie ging zu weit. Hatte die Kontrolle verloren. Sie wußte es, kam aber nicht dagegen an. Sie hatte genug. Konnte es nicht mehr ertragen. Konnte jetzt nicht aufhören. Zu ihrer

Rechten lag die überdachte Veranda, davor der Patio. Der Hinterhof wurde nur stückweise von dem spärlichen Mondschein erhellt, der durch die aufgerissene Wolkendecke fiel. Große Eukalyptus-, kleinere Benzoesträucher und noch niedrigere Büsche wurden vom Silber des Mondes scheckig gefärbt.

Heather war auf der westlichen Seite des Hauses. Jetzt wandte sie sich nach links.

An der Ecke blieb sie stehen und lauschte. Da kein Wind ging, konnte sie das bösartige Zischen deutlich wahrnehmen, ein Geräusch, das ihre Wut nur noch anstachelte.

Gemurmelte Gesprächsfetzen. Worte konnte sie nicht verstehen.

Verstohlene Schritte, die hinter das Haus eilten. Ein leises, unterdrücktes Lachen, fast ein Kichern. Ihr Spielchen mußte ihnen einen wahnsinnigen Spaß machen.

Anhand der sich schnell nähernden Schritte schätzte Heather ab, wann die Person um die Ecke biegen würde. Sie hatte vor, ihr einen fürchterlichen Schrecken einzujagen, und trat ihr genau im richtigen Moment in den Weg.

Überrascht stellte sie fest, daß es sich um einen Jungen handelte, der größer war als sie. Sie hatte damit gerechnet, daß sie zehn, elf Jahre alt waren, höchstens zwölf.

Der Eindringling stieß ein schwaches »Ah!« aus.

Da sie älter als erwartet waren, würde es ihr schwerer fallen, ihnen etwas Anstand einzubleuen. Aber jetzt gab es kein Zurück mehr. Wenn sie Schwäche zeigte, würden sie sie angreifen. Und dann...

Sie ging weiter, prallte mit ihm zusammen und stieß ihn zwei Meter zurück gegen die mit Efeu bedeckte Mauer aus Betonplatten, welche die südliche Grundstücksgrenze markierte. Die Farbdose flog aus seiner Hand und schepperte auf den Bürgersteig.

Der Aufprall trieb ihm die Luft aus den Lungen. Sein Mund klaffte auf, und er rang nach Atem.

Schritte. Der zweite. Er lief auf sie zu.

Als sie sich eng gegen den ersten Jungen drückte, sah sie, daß er sechzehn oder siebzehn Jahre alt war, vielleicht noch etwas älter. Auf jeden Fall alt genug, um es besser zu wissen.

Sie rammte das rechte Knie zwischen seine gespreizten Beine und wandte sich von ihm ab, als er keuchend und würgend auf das Blumenbeet vor der Mauer fiel.

Der zweite Junge näherte sich schnell. Er sah ihre Waffe nicht, und ihr blieb keine Zeit, um ihn mit einer Warnung aufzuhalten. Sie trat auf ihn zu, statt sich abzuwenden, wirbelte auf dem linken Fuß herum und trat ihm mit dem rechten in den Schritt. Da sie sich auf ihn zu bewegt hatte, war es ein harter Tritt. Sie erwischte ihn nicht mit den Zehen, sondern mit dem Knöchel und dem Oberteil des Spanns.

Er taumelte an ihr vorbei, prallte auf den Bürgersteig und rollte gegen den ersten Jungen, während er sich ebenfalls würgend übergab.

Ein dritter Junge kam auf dem Bürgersteig aus der Richtung des Hauses auf sie zu, blieb aber fünf Meter vor ihr rutschend stehen und wollte zurückweichen.

»Keine Bewegung«, sagte sie. »Ich bin bewaffnet.« Obwohl sie den Korth hob und mit beiden Händen hielt, sprach sie ganz leise, und ihre ruhige Beherrschung ließ den Befehl bedrohlicher klingen, als hätte sie ihn laut gerufen.

Er blieb stehen, doch vielleicht konnte er den Revolver im Dunkeln nicht sehen. Seine Körpersprache deutete an, daß er noch immer in Erwägung zog, sie tätlich anzugreifen.

»So wahr mir Gott helfe«, sagte sie, wobei sie noch immer nicht lauter als bei einem ganz gewöhnlichen Gespräch redete, »ich puste dir das Gehirn aus dem Kopf.« Der kalte Haß in ihrer Stimme überraschte sie. Sie hätte nicht auf ihn geschossen. Dessen war sie sicher. Doch der Klang ihrer Stimme erschreckte sie ... und machte sie nachdenklich.

Er ließ die Schultern hängen. Seine gesamte Körperhaltung veränderte sich. Er nahm ihre Drohung ernst.

Ein dunkler Triumph erfüllte sie. Fast drei Monate des intensiven Unterrichts in Taekwondo und Selbstverteidigung für Frauen — dreimal wöchentlich in der Turnhalle der Abteilung, kostenlos für Angehörige von Polizisten — hatten sich ausgezahlt. Ihr rechter Fuß tat fürchterlich weh, wahrscheinlich fast so schlimm wie die Hoden des zweiten Jungen. Vielleicht hatte sie sich einen Knochen gebrochen; auf jeden Fall würde sie eine Woche lang humpeln, selbst wenn nichts gebrochen war, doch sie freute sich so sehr, die drei Vandalen festgenagelt zu haben, daß sie den Schmerz dafür gern in Kauf nahm.

»Komm her«, sagte sie. »Mach schon, komm her, sofort.«

Der dritte Junge hob beide Hände. In jeder hielt er eine Spraydose.

»Setz dich zu deinen Kumpeln auf den Boden«, verlangte sie, und er tat wie geheißen.

Der Mond segelte hinter den Wolken hervor, was den Eindruck hervorrief, als würde man auf einer Bühne die Beleuchtung langsam zu einem Viertel ihrer vollen Stärke hochfahren. Sie konnte nun deutlich drei ältere Teenager zwischen sechzehn und achtzehn Jahren ausmachen.

Außerdem sah sie, daß sie keineswegs den üblichen Stereotypen von Graffiti-Schmierern entsprachen. Es waren keine Schwarze oder Latinos. Es waren Weiße. Und sie schienen auch nicht arm zu sein. Einer von ihnen trug eine gut geschnittene Lederjacke, ein anderer einen Designer-Pulli aus Baumwolle mit einem komplizierten und wunderschönen Strickmuster.

Die nächtliche Stille wurde nur von dem elenden Stöhnen und Würgen der beiden Jungen gestört, die Heather kampfunfähig gemacht hatte. Der Kampf hatte sich so schnell und leise auf der zwei Meter breiten Fläche zwischen dem Haus und der Begrenzungsmauer abgespielt, daß noch nicht einmal die Nachbarn aufgeweckt worden waren.

Heather richtete die Waffe auf die Eindringlinge. »Wart ihr schon mal hier?« fragte sie.

Zwei von ihnen hätten nicht antworten können, selbst wenn sie es gewollt hätten, und der dritte war auch nicht besonders redselig.

»Ich habe euch gefragt, ob ihr schon mal hier wart«, sagte sie scharf, »und schon mal so einen Scheiß gemacht habt.«

»Miststück«, sagte der dritte Junge.

Ihr wurde klar, daß sie trotz Waffe schon bald die Kontrolle über die Situation verlieren konnte, vor allem, wenn die beiden, denen sie zwischen die Beine getreten hatte, sich schneller erholten als erwartet. Sie nahm Zuflucht bei einer Lüge, die die Jungs davon überzeugen sollte, daß sie mehr als nur eine einigermaßen durchtrainierte Polizistenehefrau war. »Hört mal zu, ihr kleinen Rotzlöffel – ich kann euch alle töten, ins Haus gehen, ein paar Messer holen und sie euch in die Hände drücken, bevor der erste Streifenwagen hier ist. Vielleicht schleppen sie mich vor Gericht, vielleicht aber auch nicht. Aber welche Geschworenen werden schon die Frau eines heldenhaften Polizisten und die Mutter eines achtjährigen Jungen ins Gefängnis stecken?«

»Das würden Sie nicht tun«, sagte der dritte Junge, wenn auch erst nach beträchtlichem Zögern. In seiner Stimme schwang eine Spur von Unsicherheit mit.

Es überraschte sie, daß sie mit einer Eindringlichkeit und Verbitterung fortfuhr, die sie nicht vortäuschen mußte. »Ach nein? Das würde ich nicht tun? Jacks Partner wurden innerhalb von knapp einem Jahr erschossen, und er selbst liegt seit dem ersten März im Krankenhaus, wird noch wochen-, vielleicht monatelang drinbleiben müssen, und Gott allein weiß, welche Schmerzen er vielleicht den Rest seines Lebens ertragen muß, ob er je wieder gehen kann, und ich bin seit Oktober arbeitslos, unsere Ersparnisse sind fast aufgebraucht, ich kann vor Sorgen nicht schlafen und werde von Abschaum wie euch belästigt. Glaubt ihr nicht, mir würde es gefallen, zur Abwechslung mal andere leiden zu sehen, glaubt ihr nicht, es würde mir Spaß machen, euch was zu tun, und das nicht zu knapp? Meint ihr nicht? Was? Na los, antwortet, ihr kleinen Rotznasen!«

Großer Gott. Sie zitterte. Sie hatte nicht gewußt, daß so etwas Dunkles in ihr war. Sie spürte, daß sich ein Kloß in ihrem Hals bildete, und bemühte sich, ihn unten zu halten.

Allem Anschein nach hatte sie den drei Graffiti-Schmierern noch mehr Angst eingejagt als sich selbst. Ihre Augen leuchteten im Mondschein hell vor Furcht.

»Wir... wir waren schon mal hier«, keuchte der Junge, den sie getreten hatte. »Wie oft?«

»Z-zweimal.«

Das Haus war zweimal heimgesucht worden, einmal Ende März, einmal Mitte April.

Sie sah wütend zu ihnen hinab. »Woher kommt ihr?« fragte sie.

»Von hier«, sagte der Junge, den sie nicht verletzt hatte.

»Nicht aus diesem Viertel, erzählt mir nichts.«

»L. A.«, sagte er.

»Die Stadt ist groß«, erwiderte sie.

»Die Hills.«

»Beverly Hills?«

»Ja.«

»Alle drei?«

»Ja.«

»Erzählt mir keinen Quatsch!«

»Es stimmt, wir kommen aus Beverly Hills — warum sollte das nicht stimmen?«

Der Junge, dem sie nichts getan hatte, legte die Hände auf die Schläfen, als wären ihm gerade Gewissensbisse gekommen, obwohl wesentlich wahrscheinlicher war, daß er gerade Kopfschmerzen bekommen hatte. Das Mondlicht funkelte auf seiner Armbanduhr und den abgeschrägten Kanten des Metallbandes.

»Was ist das für eine Uhr?« fragte sie.

»Was?«

»Was für eine Marke?«

»Eine Rolex«, sagte er.

Das hatte sie auch vermutet, aber trotzdem brachte sie unwillkürlich ihr Erstaunen zum Ausdruck: »Eine Rolex?«

»Ich lüge nicht. Ich habe sie zu Weihnachten geschenkt bekommen.«

»Mein Gott.«

Er wollte sie abnehmen. »Hier, Sie können sie haben.«

»Laß das«, sagte sie verächtlich.

»Nein, wirklich.«

»Von wem hast du sie bekommen?«

»Von meinen Eltern. Es ist die goldene.« Er hatte sie abgenommen und hielt sie ihr hin, bot sie ihr an. »Keine Diamanten, aber echt Gold, die Uhr und das Armband.«

»Was kostet die«, fragte sie ungläubig, »fünfzehntausend Eier, zwanzigtausend?«

»So in der Art«, sagte einer der verletzten Jungen. »Es ist nicht das teuerste Modell.«

»Sie können Sie haben«, wiederholte der Besitzer der Uhr.

»Wie alt bist du?« fragte Heather.

»Siebzehn.«

»Du bist noch auf der High-School?«

»Im letzten Jahr. Hier, nehmen Sie die Uhr.«

»Du bist noch auf der High-School und bekommst eine Uhr für fünfzehntausend Dollar zu Weihnachten geschenkt?«

»Sie gehört Ihnen.«

Sie kauerte vor dem zusammengedrängten Trio nieder, weigerte sich, den Schmerz in ihrem rechten Fuß zur Kenntnis zu nehmen und richtete den Korth-Revolver auf das Gesicht des Jungen mit der Uhr. Alle drei krochen verängstigt zurück.

»Ich puste euch vielleicht das Gehirn raus, ihr verzogenen kleinen Scheißkerle, darauf könnt ihr euch verlassen, aber ich würde dir nicht die Uhr stehlen, und wenn sie eine Million wert wäre. Zieh sie wieder über.«

Die goldenen Kettenglieder der Rolex klapperten, als er sie nervös über sein Handgelenk zog und an dem Verschluß herumfummelte.

Sie wollte wissen, warum bei all den Privilegien und Vorteilen, die ihre Familien ihnen bieten konnten, drei Jungs aus Beverly Hills des Nachts herumschlichen und den mühsam erarbeiteten Besitz eines Polizisten entstellten, der fast bei dem Versuch erschossen worden war, genau die soziale Stabilität zu bewahren, die es ihnen ermöglichte, immer genug zu essen zu haben, ganz zu schweigen von Rolex-Uhren. Woher kamen ihre Gemeinheit, ihre verzerrten Werte, ihr Nihilismus? Auf Armut konnten sie es nicht schieben. Auf wen oder was denn dann?

»Gebt mir eure Portemonnaies«, sagte sie barsch. Sie fummelten sie aus ihren Hüfttaschen und hielten sie ihr hin. Sie sahen immer wieder von ihr zu dem Revolver. Die Mündung des .38ers mußte für sie wie die einer Kanone aussehen.

»Nehmt alles Bargeld heraus, das ihr dabei habt«, sagte sie.

Vielleicht war das Problem dieser Burschen darin zu suchen, daß sie in einer Zeit aufgewachsen waren, in der die Medien ständig auf sie eingeschlagen hatten, zuerst mit endlosen Prophezeiungen über den Atomkrieg und dann, nach dem Fall der Sowjetunion, mit endlosen Warnungen vor einer sich schnell nähernden Umweltkatastrophe. Vielleicht hatten die unablässig, aber elegant produzierten Schreckensnachrichten der elektronischen Nachrichten, die die hohen Nielsen-Quoten bekamen, sie überzeugt, daß sie keine Zukunft hatten. Und schwarzen Kindern erging es noch schlechter, weil man ihnen darüber hinaus noch weismachte, daß sie es nicht schaffen würden, daß das System gegen sie war, unfair, ohne Gerechtigkeit, daß es nicht einmal lohnte, es auch nur zu versuchen.

Vielleicht hatte aber auch nichts von alledem etwas damit zu tun.

Sie wußte es nicht. Sie wußte nicht einmal, ob es sie überhaupt interessierte. Nichts, was sie tat oder sagte, würde bewirken, daß diese Kinder sich änderten.

Alle drei hielten das Bargeld in der einen und das Portemonnaie in der anderen Hand und warteten gespannt.

Die nächste Frage hätte sie beinah nicht gestellt, doch dann überlegte sie es sich anders: »Hat einer von euch Kreditkarten?«

Unglaublicherweise war dies bei zweien der Fall. Sie gingen noch auf die High-School und hatten Kreditkarten. Der Junge, den Heather gegen die Mauer geworfen hatte, hatte Karten von American Express und Visa. Der mit der Rolex hatte eine MasterCard.

Während sie die Burschen musterte und ihre besorgten Blicke im Mondschein erwiderte, fand sie lediglich in der Gewißheit Trost, daß die meisten Kinder nicht wie diese drei waren. Die meisten bemühten sich, auf moralische Art und Weise mit einer unmoralischen Welt klarzukommen, und würden als Erwachsene gute Menschen sein. Vielleicht würde auch aus diesen verzogenen Bälgern noch etwas Anständiges werden, zumindest aus einem oder zwei von ihnen. Aber wie hoch war der Prozentsatz derer, die heutzutage die moralische Orientierung verloren, nicht nur bei Teenagern, sondern in jeder Altersgruppe? Zehn Prozent? Sicherlich mehr. So viel Straßen- und Wirtschaftskriminalität, so viel Lug und Betrug, Gier und Neid. Zwanzig Prozent? Und welchen Prozentsatz konnte eine Demokratie verkraften, bevor sie zusammenbrach?

Sie deutete auf eine Stelle hinter ihr. »Werft eure Portemonnaies auf den Bürgersteig«, sagte sie.

Sie taten wie geheißen.

»Steckt das Geld und die Kreditkarten in eure Taschen.«

Sie schauten verblüfft drein, gehorchten aber.

»Ich will euer Geld nicht. Im Gegensatz zu euch bin ich kein kleiner, mieser Verbrecher.«

Sie umfaßte den Revolver mit der rechten Hand, während sie mit der linken die Portemonnaies einsammelte. Sie stand auf und trat von ihnen zurück, wobei sie den rechten Fuß genauso wie den linken belastete, bis sie mit dem Rücken an der Garagenmauer stand.

Sie stellte ihnen keine der Fragen, die ihr durch den Kopf gegangen waren. Ihre Antworten — falls sie welche hatten — würden schlagfertig ausfallen. Sie war der Schlagfertigkeit überdrüssig. Die moderne Welt knarrte auf einem Schmiermittel aus oberflächlichen Lügen, öligen Ausflüchten und glatten Rechtfertigungen dahin.

»Ich will nur wissen, wer ihr seid«, sagte Heather und hob die Hand, in der sie die Portemonnaies hielt. »Jetzt weiß ich, wie ihr heißt und wo ich euch finden kann. Wenn ihr uns noch einmal zu schaffen macht, wenn ihr auch nur am Haus vorbeifahrt und auf den Rasen spuckt, werde ich euch alle zur Strecke bringen. Ich lasse mir Zeit, warte den richtigen Augenblick ab.« Sie spannte den Hammer des Korth, und die Jungs sahen von ihr zu dem Revolver. »Mit einer größeren Knarre als der hier, ein großes Kaliber, Hohlmantelgeschosse. Ein Schuß ins Bein, und der Knochen ist so übel zersplittert, daß sie amputieren müssen. Ich schieße euch in beide Beine, und ihr sitzt den Rest eures

Lebens im Rollstuhl. Vielleicht schieße ich auch einen von euch in die Eier, damit ihr nicht noch mehr von eurer Sorte in die Welt setzen könnt.«

Wolken glitten über den Mond.

Die Nacht war dunkel.

Vom Hinterhof kam das heisere Krächzen von Kröten.

Die drei Jungen starrten die Frau an. Sie wußten nicht genau, ob die Ansprache bedeutete, daß sie jetzt gehen durften. Sie hatten damit gerechnet, der Polizei überstellt zu werden.

Das kam natürlich nicht in Frage. Die Frau hatte zwei von ihnen verletzt. Beide Verletzte hielten noch die Hände behutsam zwischen die Beine gedrückt, und ihre Gesichter waren schmerzverzerrt. Außerdem hatte die Frau sie *außerhalb* ihres Hauses mit einer Waffe bedroht. Man würde gegen sie anführen, daß die Jungen keine echte Bedrohung dargestellt hatten, weil sie ihre Schwelle nicht überschritten hatten. Obwohl sie ihr Haus bei drei verschiedenen Gelegenheiten mit haßerfüllten und obszönen Graffiti besprüht hatten, obwohl sie ihr und ihrem Kind finanziellen und gefühlsmäßigen Schaden zugefügt hatten, wußte sie, daß der Umstand, die Frau eines heldenhaften Polizisten zu sein, keine Garantie gegen eine strafrechtliche Verfolgung wegen einer Vielzahl von Beschuldigungen war, die unausweichlich zu einer Haftstrafe für *sie* und nicht für die drei Rotzlümmel führen würde.

»Und jetzt verschwindet«, sagte sie.

Die Jungen erhoben sich, zögerten aber, als befürchteten sie, daß die Frau sie von hinten erschießen würde.

»Geht«, sagte sie. »*Sofort!*«

Schließlich eilten sie zwischen ihr und der Hauswand hindurch, und die Frau folgte ihnen noch ein Stück, um sich zu vergewissern, daß sie tatsächlich abhauten. Sie warfen mehrmals Blicke zu ihr zurück.

Als sie auf dem vom Tau feuchten Gras des Rasens vor dem Haus stand, bekam sie einen Eindruck davon, was die Jungen mit mindestens zwei, möglicherweise sogar drei Wänden des Hauses angestellt hatten. Die rote, gelbe und kräftiggrüne Farbe schien im Licht der Straßenlampen zu leuchten. Sie hatten überall ihre persönlichen Signaturen gesprayt und ansonsten das Wort ›Sch...‹ mit allen möglichen Vor- und Nachsilben und in allen möglichen Variationen als Substantiv, Verb und Adjektiv bevorzugt. Doch die Kernaussage war dieselbe wie bei ihren beiden vorherigen Besuchen: MÖRDERBULLE.

Die drei Jungen – von denen zwei humpelten – erreichten ihren Wagen, der einen Häuserblock weiter abgestellt war. Ein schwarzer Infiniti. Sie fuhren mit durchdrehenden und laut kreischenden Reifen los und hinterließen blaue Qualmwolken in ihrem Kielwasser.

MÖRDERBULLE.
WITWENMACHER.
WAISENMACHER.

Die absurde Aussage dieser Graffiti setzte Heather mehr zu als die Konfrontation mit den drei Jungen. Jack traf keine Schuld. Er hatte seine Pflicht getan. Wie hätte er denn auf das Maschinenpistolenfeuer eines mordlüsternen Verrückten reagieren sollen, ohne auf tödliche Gewalt zurückzugreifen? Sie wurde von dem Gefühl überwältigt, daß die Zivilisation in einem Meer des rücksichtslosen Hasses versank.

ANSON OLIVER LEBT!

Anson Oliver war der Verrückte mit der Micro Uzi, ein vielversprechender junger Regisseur, der in den letzten vier Jahren drei Spielfilme gedreht hatte. Es konnte kaum überraschen, daß er wütende Filme über wütende Menschen gedreht hatte. Nach dem Schußwechsel hatte Heather sich alle drei Filme angesehen. Oliver hatte die Kamera hervorragend eingesetzt und einen eindringlichen Erzählstil gepflegt. Einige seiner Szenen waren geradezu atemberaubend. In ihm steckte ein genialer Zug, und mit der Zeit wäre er mit Oscars und anderen Preisen geehrt worden. Doch sein Werk wurde von einer beunruhigenden moralischen Arroganz durchzogen, einer Selbstgefälligkeit und Brutalität, die man im nachhinein als frühes Zeichen viel tiefer liegender Probleme sehen konnte, die durch maßlosen Drogenkonsum hervorgerufen worden waren.

MÖRDER.

Sie wünschte, Toby müßte nicht sehen, daß man seinen Vater

so bezeichnete. Nun ja, er hatte es schon zuvor gesehen. Zweimal, überall auf dem Haus, in dem er wohnte. Er hatte es auch in der Schule hören müssen und sich deshalb zweimal geprügelt. Er war zwar klein, hatte aber Mumm. Obwohl er beide Prügeleien verloren hatte, würde er ihren Ratschlag, seinen Feinden auch die andere Wange hinzuhalten, zweifellos mißachten und sich auf weitere Raufereien einlassen.

Nachdem sie ihn am Morgen zur Schule gefahren hatte, würde sie die Graffiti überstreichen. Wie auch schon zuvor, würden ihr wahrscheinlich einige Nachbarn helfen. Da ihr Haus in einem bleichen Gelb-Beige gehalten war, würde sie die betroffenen Stellen wahrscheinlich mehrmals streichen müssen.

Doch auch das war nur eine befristete Ausbesserung, denn die Sprayfarbe enthielt chemische Bestandteile, die sich durch die des Hauses fraßen. Nach ein paar Wochen schimmerte jede Schmiererei wieder aufs neue durch – wie die Schrift eines Geistes auf der Tafel eines Mediums bei einer Séance, wie Botschaften von Seelen in der Hölle.

Trotz der Kritzeleien auf ihrem Haus legte ihre Wut sich. Sie hatte nicht die Kraft, sie aufrecht zu halten. Die letzten paar Monate hatten sie erschöpft. Sie war müde, furchtbar müde.

Humpelnd kehrte sie durch die Garagentür ins Haus zurück und verriegelte sie hinter sich. Sie schloß die Verbindungstür zwischen der Garage und der Küche ab und tippte den Code ein, um die Alarmanlage zu schärfen.

SICHER.

Eigentlich nicht. Niemals.

Sie ging nach oben, um nach Toby zu sehen. Er schlief noch immer tief und fest.

Als sie auf der Schwelle des Zimmers ihres Sohnes stand und seinem Schnarchen lauschte, wurde ihr klar, warum Anson Olivers Eltern nicht hatten akzeptieren können, daß ihr Sohn zu einem Massenmord fähig gewesen war. Er war ihr Baby gewesen, ihr kleiner Junge, ihr anständiger junger Mann, die Verkörperung der besten ihrer Eigenschaften, die Quelle von Stolz und Hoffnung, ihr liebster Schatz. Sie empfand Mitgefühl für sie, hatte Mitleid mit ihnen, betete darum, daß sie, Heather, nie einen Schmerz von der Endgültigkeit erfahren mußte, wie sie ihn erfahren hatten — aber sie wünschte auch, daß sie endlich die Klappe halten und verschwinden würden.

Olivers Eltern hatten eine wirksame Medienkampagne inszeniert, die ihren Sohn als freundlichen, talentierten Mann darstellte, der zu der Tat, die man ihm vorwarf, völlig unfähig war. Sie behaupteten, die Uzi, die man am Tatort gefunden hatte, habe nicht ihm gehört. Es ließ sich in der Tat nicht beweisen, daß er solch eine Waffe gekauft oder unter seinem Namen eingetragen hatte. Doch der Besitz einer vollautomatischen Micro Uzi war mittlerweile verboten, und Anson Oliver hatte sie zweifellos auf dem Schwarzmarkt gekauft und bar bezahlt. Es war nichts Geheimnisvolles daran, daß für die Waffe kein Kaufbeleg vorlag und sie nicht eingetragen war.

Heather verließ Tobys Zimmer und kehrte in ihr Schlafzimmer zurück. Sie setzte sich auf die Bettkante und schaltete die Lampe ein.

Sie legte den Revolver auf den Nachttisch und beschäftigte sich mit dem Inhalt der drei Portemonnaies. Aus den Führerscheinen erfuhr sie, daß einer der Jungen sechzehn und die beiden anderen siebzehn Jahre alt waren. Sie wohnten in der Tat in Beverly Hills.

In einem Portemonnaie fand sie neben Schnappschüssen, auf denen ein nettes, blondes Mädchen im High-School-Alter und ein grinsender Irish Setter abgebildet waren, einen Sticker mit einem Durchmesser von fünf Zentimetern, den sie einen Augenblick lang ungläubig anstarrte, bevor sie ihn dann aus dem Plastikfenster fischte. Solche Dinger wurden oft in speziellen Ständern an den Kassen von Schreibwarengeschäften, Drogerien, Schallplattenläden und Buchhandlungen feilgeboten; Kinder verzierten ihre Schulbücher und zahllose andere Gegenstände mit ihnen. Man zog eine Papierfolie ab und enthüllte darunter eine selbstklebende Oberfläche. Dieser Sticker war mit silbernen, geprägten Lettern auf einem leuchtend schwarzen Untergrund versehen: ANSON OLIVER LEBT.

Jemand wandelte seinen Tod bereits in klingende Münze um. Widerlich. Widerlich und krank. Am meisten war Heather jedoch darüber entsetzt, daß es anscheinend einen Markt gab, auf dem Anson Oliver als legendäre Gestalt, vielleicht sogar als Märtyrer dargestellt wurde.

Vielleicht hätte sie damit rechnen müssen. Olivers Eltern waren nicht die einzigen, die sein Image seit dem Schußwechsel emsig aufpolierten.

Die Verlobte des Regisseurs, die mit seinem Kind schwanger ging, behauptete, er habe schon lange keine Drogen mehr genommen. Er war zweimal wegen Fahrens unter dem Einfluß von Rauschmitteln verhaftet worden; doch man behauptete, diese kleinen Ausrutscher gehörten der Vergangenheit an. Die Verlobte war Schauspielerin; sie war nicht nur wunderschön, sondern hatte eine sensible, geradezu weltentrückte Aura, die ihr jede Menge Auftritte in den Fernsehnachrichten sicherte; ihre großen, entzückenden Augen schienen sich jeden Moment mit Tränen füllen zu wollen.

Mehrere Kollegen des Regisseurs hatten im *The Hollywood Reporter* und der *Daily Variety* ganzseitige Anzeigen geschaltet, in denen sie den Verlust eines so kreativen Talents betrauerten, ausführten, daß seine kontroversen Filme zahlreiche Personen in Machtpositionen aufgebracht hatten, und andeuteten, daß er für seine Kunst gelebt hatte und gestorben war.

Aus alledem mußte man den Schluß ziehen, daß man ihm die Uzi untergeschoben hatte, genau wie das Kokain und PCP. Da alle Passanten in der Nähe der Tankstelle der Arkadians sich in Deckung geworfen hatten, als die Schüsse erklungen waren, hatte niemand mit eigenen Augen gesehen, daß Anson Oliver eine Waffe in der Hand gehalten hatte – bis auf die Menschen, die er erschossen hatte, und bis auf Jack. Mrs. Arkadian hatte sich im Büro versteckt und den Schützen nicht gesehen; als sie das Gebäude mit Jack verlassen hatte, war sie praktisch blind gewesen, weil Rauch und Ruß ihre Kontaktlinsen verschmiert hatten.

Zwei Tage nach dem Schußwechsel hatte Heather eine neue, nicht eingetragene Telefonnummer beantragen müssen, da Fans von Anson Oliver pausenlos bei ihr anriefen. Viele davon hatten ihr eine düstere Verschwörung vorgeworfen, in der Jack als Mann am Abzug fungierte.

Es war völlig verrückt.

Um Gottes willen, der Bursche war nur ein Filmemacher gewesen und nicht etwa der Präsident der Vereinigten Staaten. Politiker, Konzernchefs, militärische Führer und Polizeibeamte zitterten nicht vor Angst und planten einen Mord, weil sie befürchteten, daß ein Regisseur aus Hollywood zu einem Kreuzzug aufrufen und sie in einem Film attackieren würde. Verdammt, wären sie so empfindlich, würde kaum noch ein Regisseur leben.

Und diese Leute glaubten tatsächlich, daß Jack auf der Tankstelle seinen eigenen Partner und drei andere Personen erschossen und sich dann mit drei Kugeln selbst verletzt hatte, und das alles am hellichten Tag, während es jederzeit Zeugen hätte geben können. Glaubten sie etwa, er hätte sich gewaltigen Schmerzen und einer mühsamen Rehabilitation ausgesetzt, nur damit seine Geschichte über Anson Olivers Tod glaubwürdiger klang?

Die Antwort lautete natürlich *ja*. Sie glaubten diesen Unsinn wirklich.

Unter einem anderen Plastikfensterchen desselben Portemonnaies fand Heather einen weiteren Beweis. Einen weiteren Sticker, ebenfalls rund und mit einem Durchmesser von fünf Zentimetern. Schwarzer Untergrund, rote Buchstaben, drei Namen untereinander: OSWALD, CHAPMAN, MCGARVEY?

Ekel überkam sie. Einen problembehafteten Regisseur, der drei mit Schwächen behaftete Filme geschaffen hatte, mit John F. Kennedy (Oswalds Opfer) oder auch nur mit John Lennon (Mark David Chapmans Opfer) zu vergleichen, war empörend. Aber Jack mit zwei schändlichen Mördern zu vergleichen ... das war ungeheuerlich.

Ihr erster Gedanke war, morgen früh einen Anwalt anzurufen, herauszufinden, wer diesen Schund herstellte, und ihn auf jeden Cent zu verklagen, den er besaß. Aber als sie den abscheulichen Sticker anstarrte, kam ihr der entmutigende

Gedanke, daß der Vertreiber dieses Drecks sich durch die Verwendung des Fragezeichens geschützt hatte.

OSWALD, CHAPMAN, MCGARVEY?

Spekulationen waren keine Vorwürfe. Das Fragezeichen ließ die Gedankenkette zur Spekulation werden und schützte den Hersteller damit wahrscheinlich gegen eine Anklage wegen Verleumdung oder übler Nachrede.

Plötzlich hatte sie wieder genug Energie, die ihren Zorn nähren konnte. Sie sammelte die Portemonnaies ein und warf sie gemeinsam mit den Stickern in die unterste Schublade des Nachttischchens. Dann knallte sie die Schublade zu — und hoffte, daß sie Toby nicht geweckt hatte.

Sie lebten in einer Zeit, in der sehr viele Leute lieber eine völlig absurde Verschwörungstheorie hinnehmen als sich die Mühe machen wollten, die Fakten zu untersuchen und eine einfache, eindeutige Wahrheit zu akzeptieren. Viele Bürger schienen das wirkliche Leben mit Romanen zu verwechseln und suchten eifrig nach byzantinischen Ränken und Intrigen verrückter Bösewichte, die den Büchern Robert Ludlums entsprungen zu sein schienen. Aber die Wirklichkeit war fast immer weit weniger dramatisch und unermeßlich weniger grell. Es handelte sich wahrscheinlich um einen Schutzmechanismus, um eine Möglichkeit, wie man Ordnung — und gewissermaßen auch Sinn — in eine High-Tech-Welt bringen konnte, in der das Tempo der sozialen und technologischen Veränderungen die Menschen verwirrte und erschreckte.

Schutzmechanismus hin oder her, es war krank und widerwärtig.

Und wenn sie schon den Begriff *krank* benutzte... sie hatte gerade zwei dieser Jungen verletzt. Einmal davon abgesehen, daß sie es verdient hatten. Sie hatte noch nie zuvor jemanden verletzt. Nun, da die Hitze des Augenblicks sich verflüchtigt hatte, empfand sie... nicht gerade Reue, denn sie hatten nur bekommen, was sie verdient hatten... wohl aber Bedauern, daß es notwendig gewesen war. Sie kam sich beschmutzt vor. Ihre Begeisterung war mit ihrem Adrenalinspiegel gesunken.

Sie untersuchte ihren rechten Fuß. Er schwoll allmählich an, doch der Schmerz war erträglich.

»Großer Gott, Heather«, ermahnte sie sich, »für wen hältst du dich — für einen der Ninja Turtles?«

Sie holte zwei Excedrin aus dem Medizinschrank im Badezimmer und spülte sie mit lauwarmem Wasser hinunter.

Dann kehrte sie ins Schlafzimmer zurück und schaltete das Licht aus.

Sie hatte keine Angst vor der Dunkelheit.

Aber sie fürchtete sich davor, was die Menschen einander in der Dunkelheit oder am hellichten Tag antun konnten.

ZEHNTES KAPITEL

Der zehnte Juni war kein Tag, an dem man in der Hütte hocken blieb. Der Himmel war von einem Delfter Blau, die Temperatur lag bei gut fünfundzwanzig Grad, und die Wiesen waren noch von einem satten Grün, da die Hitze des Sommers das Gras noch nicht versengt hatte.

Eduardo verbrachte den Großteil des milden Nachmittags in einem Wiener Schaukelstuhl auf der Veranda. Auf dem Boden neben dem Stuhl lag eine neue Videokamera mit einer leeren Kassette und frischen Batterien. Neben der Kamera lag eine Schrotflinte. Er stand ein paarmal auf, um sich eine neue Flasche Bier zu holen oder zur Toilette zu gehen. Und einmal machte er einen halbstündigen Spaziergang um das Haus. Die Kamera nahm er mit. Hauptsächlich jedoch saß er in dem Schaukelstuhl — und wartete.

Es war in den Wäldern.

Eduardo spürte tief in den Knochen, daß in jener ersten Stunde des dritten Mai, vor über fünf Wochen, etwas über die schwarze Schwelle gekommen war. Er wußte es, und er fühlte es. Er hatte nicht die geringste Ahnung, was es war oder wo es seine Reise angetreten hatte, doch er wußte, daß es von einer fremden Welt in die Nacht über Montana gekommen war.

Danach mußte es ein Versteck gefunden haben, in das es gekrochen war. Keine andere Analyse der Situation ergab einen logischen Sinn. Hätte es gewollt, daß man von seiner Anwesenheit erfährt, hätte es sich ihm in jener Nacht oder später offenbart. Die ausgedehnten und dichten Wälder boten eine unendliche Anzahl von Verstecken, in die man sich zurückziehen konnte.

Obwohl die Schwelle gewaltig gewesen war, mußte der Reisende — oder das Gefährt, das ihn beförderte, falls es ein solches gab — nicht unbedingt ebenfalls groß sein. Eduardo war einmal in New York City gewesen und durch den Holland Tunnel gefahren, der viel größer gewesen war als jeder Wagen, der ihn durchquert hatte. Was auch immer aus diesem todesschwarzen Portal gekommen war, mußte nicht unbedingt größer als ein Mensch sein, war vielleicht sogar kleiner und konnte sich fast überall in diesen bewaldeten Tälern und Hügeln verstecken.

Die Schwelle selbst verriet nichts über den Reisenden, abgesehen davon, daß er zweifellos intelligent war. Hinter der Schöpfung dieses Tors standen eine hochentwickelte Wissenschaft und technische Fertigkeiten.

Er hatte genug von Heinlein und Clarke gelesen — und einigen anderen Autoren ihres Genres —, um seine Phantasie anzuregen, und er hatte begriffen, daß der Eindringling eine Vielzahl von Ursprüngen haben konnte. Höchstwahrscheinlich handelte es sich um einen Außerirdischen. Doch er konnte auch aus einer anderen Dimension oder aus einer Parallelwelt stammen. Es mochte sich sogar um ein menschliches Wesen handeln, das aus der fernen Zukunft einen Durchgang in diese Epoche geöffnet hatte.

Die zahlreichen Möglichkeiten waren verwirrend, und er kam sich nicht mehr wie ein Narr vor, wenn er Spekulationen über sie anstellte. Es war ihm auch nicht mehr peinlich, sich in der Stadtbibliothek phantastische Literatur auszuleihen — obwohl die Bilder auf den Umschlägen oftmals der reinste

Schund waren, wenn auch gut gezeichnet –, und er hatte einen unersättlichen Appetit auf sie entwickelt.

Er hatte sogar feststellen müssen, daß er nicht mehr die Geduld besaß, die realistischen Schriftsteller zu lesen, die er sein Leben lang bevorzugt hatte. Ihr Werk war einfach nicht so realistisch, wie es zuvor den Anschein gehabt hatte. Verdammt, für ihn war es überhaupt nicht mehr realistisch. Wenn er sich jetzt ein paar Seiten in ein Buch oder eine Geschichte von ihnen eingelesen hatte, stellte sich bei ihm das entschiedene Gefühl ein, daß ihr Blickpunkt aus einer extrem schmalen Scheibe der Wirklichkeit bestand, als würden sie das Leben durch den Schlitz einer Schweißermaske betrachten. Sie schrieben gut, natürlich, aber sie schrieben nur über einen winzigen Splitter der menschlichen Erfahrungen auf einer großen Welt und in einem unendlichen Universum.

Nun zog er Autoren vor, die über diesen Horizont hinaus sehen konnten, die wußten, daß die Menschheit eines Tages das Ende der Kindheit erreichen würde, die glaubten, daß der Intellekt über Aberglaube und Unwissenheit triumphieren konnte, und die noch zu träumen wagten.

Er spielte des weiteren mit dem Gedanken, einen zweiten Discman zu kaufen und es noch einmal mit Musik von Wormheart zu versuchen.

Er trank die Flasche Bier aus, stellte sie neben dem Schaukelstuhl auf die Veranda und wünschte, er könnte glauben, daß das Ding, das über die Schwelle gekommen war, einfach eine Person aus der fernen Zukunft war, oder zumindest ein freundlich gesonnenes Wesen. Aber es hatte sich vor über fünf Wochen in ein Versteck zurückgezogen, und seine Geheimniskrämerei schien nicht auf freundliche Absichten zu deuten. Er versuchte, nicht xenophobisch zu reagieren. Doch der Instinkt verriet ihm daß er ein Scharmützel mit etwas gehabt hatte, das nicht nur anders als Menschen war, sondern ihnen auch eine angeborene Feindseligkeit entgegenbrachte.

Obwohl seine Aufmerksamkeit sich zumeist auf den Teil des Waldes unter dem Haus, im Osten, konzentrierte, auf die Stelle, an der die Schwelle sich geöffnet hatte, wagte Eduardo sich auch nicht mehr gern in den Wald im Norden und Westen des Hauses, denn auf diesen drei Seiten der Ranch dehnte die Wildnis der Nadelbäume sich praktisch in einem Stück aus und wurde nur von den Feldern im Süden unterbrochen. Was auch immer in den Wald unterhalb des Hauses eingedrungen war, es konnte sich im Schutz der Bäume problemlos in jeden anderen Teil des Nadelwaldes schleichen.

Er hielt es für möglich, daß der Reisende sich nicht unbedingt ein Versteck in der Nähe gesucht, sondern einen Kreis zu den Kiefern auf den Ausläufern der Hügel im Westen geschlagen hatte und von dort aus vielleicht zu den Bergen weitergezogen war. Vielleicht hatte es sich schon vor geraumer Zeit auf einen hohen Hügel, in eine abgelegene Schlucht oder Höhle in den fernen Ausläufern der Rocky Mountains zurückgezogen, viele Meilen von der Quartermass-Ranch entfernt.

Aber er nahm nicht an, daß dem tatsächlich so war.

Wenn er manchmal am Waldrand spazieren ging und die Schatten unter den Bäumen betrachtete, nach irgend etwas Außergewöhnlichem Ausschau hielt, nahm er eine ... eine Präsenz wahr. So einfach war das. So unerklärlich. Eine Präsenz. Bei einem dieser Spaziergänge sah oder hörte er zwar nichts Ungewöhnliches, wußte aber auf einmal, daß er nicht allein war.

Also wartete er.

Früher oder später würde sich etwas tun.

An den Tagen, an denen er ungeduldig wurde, rief er sich zweierlei in Erinnerung zurück. Zum einen war er das Warten gewohnt; seit Margarites Tod vor drei Jahren hatte er nichts anderes getan, als auf die Zeit zu warten, da er sich wieder zu ihr gesellen konnte. Zum anderen würde Eduardo sich, wenn tatsächlich etwas geschah, wenn der Reisende sich endlich entschloß, sich irgendwie zu offenbaren, wahrscheinlich wünschen, er wäre weiterhin in seinem Versteck geblieben.

Er griff nach der leeren Flasche und erhob sich aus dem Schaukelstuhl, um sich ein neues Bier zu holen — und sah den Waschbären. Er stand auf dem Hof, vielleicht zwei, drei Meter von der Veranda entfernt, und sah ihn an. Eduardo hatte ihn zuvor nicht bemerkt, weil er sich auf die fernen Bäume – jene, die einmal geleuchtet hatten – am Rand der Wiese konzentriert hatte.

In den Wäldern und auf den Feldern wimmelte es vor wildlebenden Tieren. Die häufigen Sichtungen von Eichhörnchen, Kaninchen, Füchsen, Opossums, Rehen, Dickhornschafen und anderen Tieren stellten einen der Reize des Lebens in solch ländlicher Zurückgezogenheit dar.

Waschbären, die vielleicht abenteuerlustigsten und interessantesten aller hier lebenden Tiere, waren hochintelligent und galten als niedlich und süß. Doch ihre Intelligenz und ihre aggressive Nahrungssuche machten sie zu einem Ärgernis, und ihre Gewandtheit ihrer fast handähnlichen Pfoten erleichterte es ihnen, beträchtlichen Schaden anzurichten. Als – vor Stanley Quartermass' Tod – noch Pferde in den Ställen gehalten wurden, hatten die Waschbären, obwohl sie eigentlich Fleischfresser waren, einen endlosen Erfindungsgeist an den Tag gelegt, um an Äpfel und anderes Viehfutter heranzukommen. Auch nachdem er die Mülleimer mit waschbärsicheren Deckeln ausgerüstet hatte, bliesen diese maskierten Banditen – genau wie zuvor – noch immer zu gelegentlichen Überfällen auf die Behälter, als hätten sie in ihren Höhlen gehockt, wochenlang über die Lage nachgedacht und dann eine neue Strategie ausgearbeitet, die sie nun ausprobieren wollten.

Bei dem Tier auf dem Hof handelte es sich um ein fettes, ausgewachsenes Exemplar mit einem leuchtenden Fell, das etwas dünner als der übliche Winterpelz war. Es hockte auf den Hinterläufen, hatte die Vorderpfoten vor die Brust gehoben, den Kopf hochgereckt und beobachtete Eduardo. Obwohl Waschbären Herdentiere waren und normalerweise zu zweit oder in Gruppen auftraten, war weder auf dem Hof noch am Rand der Wiese ein anderes Tier zu sehen.

Und sie waren Nachttiere. Am hellichten Tag ließen sie sich eigentlich nur selten sehen.

Da in den Ställen keine Pferde mehr untergebracht und die Mülltonnen gut gesichert waren, hatte Eduardo es schon lange aufgegeben, den Waschbären nachzusetzen – außer, wenn sie des Nachts auf das Dach stiegen. Wenn sie dort oben spielten oder Mäuse jagten, bekam man kein Auge mehr zu.

Er ging zum Kopf der Verandatreppe und nutzte die ungewohnte Gelegenheit, eins der Kerlchen in strahlendem Sonnenschein und aus so geringer Entfernung zu studieren.

Der Waschbär bewegte den Kopf und hielt den Rancher im Blick.

Die Natur hatte die Schlingel mit einem außergewöhnlich schönen Fell ausgestattet und sie zu ihrem tragischen Leidwesen damit wertvoll für die menschliche Rasse gemacht, die unaufhörlich mit der narzistischen Suche nach Materialien beschäftigt war, mit denen sie sich bedecken und schmücken konnte. Dieser hier hatte einen besonders buschigen, prächtigen, glänzenden Schwanz mit schwarzen Ringen.

»Was hast du an einem sonnigen Nachmittag draußen zu suchen?« fragte Eduardo.

Die anthrazitschwarzen Augen des Tieres betrachteten ihn mit fast spürbarer Neugier.

»Du mußt 'ne Persönlichkeitskrise haben und dich für ein Eichhörnchen oder so halten.«

Mit hektischen Bewegungen der Pfoten putzte der Waschbär sich vielleicht eine halbe Minute lang das Fell im Gesicht, erstarrte dann wieder und betrachtete Eduardo eindringlich.

Wilde Tiere — sogar so aggressive Spezies wie Waschbären — nahmen mit Menschen nur selten Blickkontakt auf, wie dieser Bursche es gerade tat. Normalerweise hielten sie Menschen nur verstohlen im Auge, aus den Winkeln oder mit schnellen Blicken. Einige behaupteten, dieses Zögern, einen direkten Blick länger als für ein paar Sekunden zu erwidern, sei ein Eingeständnis der menschlichen Überlegenheit; das Tier erniedrige sich damit, wie ein Bürgerlicher vor einem König. Andere hingegen behaupteten, daß Tiere — unschuldige Geschöpfe Gottes — in den Augen der Menschen den Makel der Sünde sähen und sich für die Menschheit schämten. Eduardo hatte seine eigene Theorie: Tiere hatten erkannt, daß Menschen die bösartigsten und erbarmungslosesten Wesen überhaupt waren, gewalttätig und unvorhersehbar, und vermieden daher einen direkten Blickkontakt, sozusagen aus Furcht und Klugheit.

Bis auf diesen Waschbären. Er schien in der Gegenwart eines Menschen nicht die geringste Furcht und Demut zu spüren.

»Zumindest nicht bei diesem traurigen alten Knacker, was?«

Der Waschbär beobachtete ihn einfach.

Schließlich unterlag das Interesse für das Tier seinem Durst, und Eduardo ging ins Haus, um sich noch ein Bier zu holen. Die Türscharniere quietschten, als er das Fliegengitter aufzog — er hatte es erst vor zwei Wochen, als es immer wärmer wurde angebracht —, und sie quietschten nochmals, als er es hinter sich zuzog.

Er rechnete damit, daß das unbekannte Geräusch den Waschbären aufschrecken und in die Flucht jagen würde, doch als er durch das Fliegengitter zurückschaute, sah er, daß der kleine Kerl vielleicht einen Meter näher zu der Veranda gekommen, nun genau hinter der Tür wartete und ihn weiterhin im Blick hielt.

»Komischer kleiner Kauz«, sagte er.

Er ging zur Küche am Ende der Diele und sah, da er die Armbanduhr nicht angelegt hatte, zuerst zu der Uhr über dem Herd auf. Zwanzig nach drei.

Er hatte angenehm einen in der Krone und war in der Stimmung, den Schwips bis zur Schlafenszeit auszudehnen. Aber er wollte sich auf keinen Fall schwer einen antrinken. Er entschloß sich, eine Stunde früher als üblich zu Abend zu essen, um sechs statt um sieben, um etwas in den Bauch zu bekommen. Vielleicht würde er dann ein Buch mit zu Bett nehmen und früh das Licht ausmachen.

Das Warten ging ihm allmählich auf die Nerven.

Er nahm ein Corona aus dem Kühlschrank. Die Flasche hatte zwar einen Drehverschluß, aber er hatte einen Anflug von Arthritis in den Fingern. Der Flaschenöffner lag auf der Arbeitsfläche neben der Spüle.

Als er die Flasche köpfte, sah er zufällig aus dem Fenster über dem Abfluß — und erblickte auf dem Hinterhof den

Waschbären. Er wartete drei oder vier Meter von der hinteren Veranda entfernt. Er saß auf den Hinterläufen, hatte die Vorderpfoten an die Brust gehoben und hielt den Kopf hoch. Da der Hof sich zu den Bäumen im Westen hob, konnte der Waschbär bequem über das Verandageländer zum Küchenfenster sehen.

Das Tier beobachtete ihn.

Eduardo ging zur Hintertür, schloß sie auf und öffnete sie.

Der Waschbär lief zu einer anderen Stelle, von der er ihn weiterhin beobachten konnte.

Eduardo stieß das Fliegengitter auf, das ähnlich ächzte wie das vor der Haustür. Er trat auf die Veranda, zögerte und ging dann die drei Stufen zum Hof hinab.

Die dunklen Augen des Tieres funkelten.

Als Eduardo die halbe Strecke zwischen ihnen zurückgelegt hatte, ließ der Waschbär sich auf alle viere fallen, drehte sich um und huschte sechs Meter höher den Hang hinauf. Dort blieb das Tier stehen, drehte sich wieder um, richtete sich auf den Hinterläufen auf und beobachtete ihn wie zuvor.

Bislang hatte Eduardo angenommen, es handelte sich um dasselbe Tier, das ihn von der vorderen Veranda aus beobachtet hatte. Doch plötzlich fragte er sich, ob es in Wirklichkeit nicht ein ganz anderes war.

Er ging schnell um das Haus und schlug dabei einen so weiten Kreis, daß er das Tier auf dem Hinterhof im Auge behalten konnte. Er gelangte zu einer Stelle — ein gutes Stück vom Haus entfernt —, von der aus er sowohl den Hinter- als auch den Vorhof sehen konnte — und zwei mit ringförmig gezeichneten Schwänzen ausgestattete Waschbären, die wie Wächter dasaßen.

Beide sahen ihn an.

Er ging zu dem Waschbären vor dem Haus weiter.

Das Tier drehte ihm den Schwanz zu und lief über den Hof. Als es eine Entfernung erreicht hatte, die es anscheinend für sicher hielt, blieb es stehen, drehte den Rücken dem höheren, noch nicht gemähten Gras der Wiese zu und beobachtete ihn weiterhin.

»Das gibt's doch nicht«, sagte Eduardo.

Er kehrte zur Veranda zurück und setzte sich wieder in den Schaukelstuhl.

Das Warten war vorbei. Nach über fünf Wochen würde jetzt etwas passieren.

Schließlich wurde ihm klar, daß er das geöffnete Bier neben dem Abfluß stehen gelassen hatte. Er ging hinein und holte es. Jetzt brauchte er es mehr denn je zuvor.

Er hatte die Hintertür offenstehen lassen, wenn auch die Fliegentür hinter ihm zugefallen war, als er hinausgegangen war. Er öffnete die Tür, holte sein Bier, blieb am Fenster stehen und beobachtete den Waschbär auf dem Hinterhof einen Augenblick lang und kehrte dann auf die Veranda zurück.

Der erste Waschbär hatte sich wieder vom Rand der Wiese vorgewagt und war nur noch drei Meter von der Veranda entfernt.

Eduardo hob die Videokamera auf und filmte den kleinen Burschen ein paar Minuten lang. Das Verhalten des Tieres war nicht so ungewöhnlich, daß er damit Skeptiker damit überzeugen könnte, daß sich in den frühen Morgenstunden des dritten Mai ein Übergang aus anderen Gefilden geöffnet hatte. Doch es war immerhin erstaunlich, daß sich ein Nagetier so lange im strahlenden Sonnenschein aufhielt und direkten Blickkontakt mit dem Bediener des Camcorders hielt. Vielleicht würde der Vorfall sich als erstes kleines Fragment in einer Beweiskette erweisen.

Nachdem er die Kamera wieder beiseite gelegt hatte, setzte er sich im Schaukelstuhl zurück, beobachtete den Waschbären, wie er ihn beobachtete, und wartete ab, was nun geschehen würde. Gelegentlich putzte der ringelschwanzbewehrte Wachtposten sich die Schnurrbarthaare, kämmte sich den Gesichtspelz, kratzte sich hinter den Ohren oder pflegte sich auf andere Art und Weise.

Um halb sechs ging Eduardo Fernandez ins Haus, um das Abendessen zuzubereiten. Die leere Bierflasche, den Camcorder und das Schrotgewehr nahm er mit. Er zog die Haustür zu und schloß sie ab.

Durch das ovale Glasfenster der Tür sah er, daß der Waschbär noch immer Wache hielt.

Am Küchentisch genoß Eduardo ein frühes Abendessen, bestehend aus Rigatoni, Salami und Weißbrot. Der Notizblock lag neben seinem Teller, und beim Essen schrieb er die faszinierenden Ereignisse des Nachmittags nieder. Er hatte seinen Bericht fast auf den neuesten Stand gebracht, als ihn ein seltsames Klicken ablenkte. Er sah zu dem elektrischen Herd und dann zu den Fenstern, um festzustellen, ob vielleicht etwas gegen das Glas schlug.

Als er sich auf dem Stuhl umdrehte, stellte er fest, daß sich hinter ihm in der Küche ein Waschbär befand. Das Tier saß auf den Hinterläufen und musterte ihn.

Eduardo schob den Stuhl vom Tisch zurück und erhob sich rasch.

Anscheinend war das Tier von der Diele aus in die Küche gekommen. Wie es überhaupt ins Haus gekommen war, blieb jedoch rätselhaft.

Das Klicken, das Eduardo gehört hatte, stammte vom Scharren der Klauen auf dem Eichenparkett. Jetzt kratzten sie über den Boden, obwohl der Waschbär sich nicht bewegt zu haben schien.

Eduardo bemerkte, daß ein heftiges Zittern das Tier durchlief. Zuerst dachte er, es fürchte sich hier im Haus, fühle sich bedroht und in die Enge getrieben.

Er trat ein paar Schritte zurück, um dem Tier Platz zu machen.

Der Waschbär gab ein hohes, wimmerndes Geräusch von sich, das weder eine Drohung noch ein Ausdruck von Furcht war, sondern unmißverständlich von Not kündete. Es hatte Schmerzen, war verletzt oder krank.

Eduardos erster Gedanke war: Tollwut.

Die Pistole lag auf dem Tisch; dieser Tage hielt er stets eine Waffe in Reichweite. Er ergriff sie, obwohl er das Tier nicht im Haus töten wollte.

Nun bemerkte er, daß die Augen des Tieres unnatürlich aus den Höhlen quollen und das Fell unter ihnen naß und verflochten vor Tränen war. Die kleinen Klauen zerfetzten die Luft, und der mit schwarzen Ringen gezeichnete Schwanz peitschte wütend auf den Eichenboden hin und her. Würgend fiel der Waschbär auf die Hinterbacken und dann auf die Seite. Er zuckte krampfhaft, und seine Flanken hoben sich, als hätte er Atemschwierigkeiten. Plötzlich sprudelte Blut aus den Nasenöffnungen und tropfte aus den Ohren. Nach einem letzten Krampf, bei dem es wieder mit den Klauen über den Boden scharrte, blieb das Tier ruhig liegen.

Es war tot.

»Großer Gott«, sagte Eduardo. Seine Hand zitterte, als es sich die Schweißtropfen von der Stirn und dem Haaransatz wegwischte.

Der tote Waschbär schien kleiner zu sein als seine Artgenossen draußen, die beiden Wachtposten. Vielleicht war er jünger als die beiden anderen; oder vielleicht handelte es sich bei denen um Männchen, während dies hier ein Weibchen war.

Er erinnerte sich, die Küchentür offenstehen gelassen zu haben, als er um das Haus gegangen war, um festzustellen, ob es sich bei den Wachtposten auf dem Vor- und Hinterhof um ein und dasselbe Tier gehandelt hatte. Die Fliegentür war geschlossen gewesen. Aber sie war nicht besonders schwer, nur ein schmaler Kiefernrahmen und das Gitter selbst. Vielleicht hatte der Waschbär sie so weit aufstoßen können, daß er die Schnauze, den Kopf und dann den gesamten Körper durch die Lücke schieben und sich ins Haus schleichen konnte, bevor er zurückgekommen war und die hintere Tür geschlossen hatte.

Aber wo im Haus hatte das Tier sich versteckt, während er den Spätnachmittag in dem Schaukelstuhl verbracht hatte? Was hatte es angestellt, als es das Abendessen zubereitet hatte?

Er ging zum Fenster neben der Spüle. Da er so früh gegessen hatte und die Sonne in diesen Monaten erst spät unterging, war die Dämmerung noch nicht angebrochen, und er konnte den sonderbaren Beobachter deutlich ausmachen: Der Waschbär saß auf den Hinterläufen im Hinterhof und beobachtete beflissen das Haus.

Eduardo trat vorsichtig um das bedauernswerte Geschöpf auf dem Boden, ging durch die Diele, schloß die Haustür auf und trat hinaus, um festzustellen, ob auch der andere Wachtposten noch an Ort und Stelle war. Der Waschbär befand sich nicht mehr auf dem Hof, wo er ihn zuletzt gesehen hatte, sondern auf der Veranda, nur ein paar Schritte von der Tür entfernt. Er lag auf der Seite, und Blut bildete ein Pfütze in dem Ohr, das Eduardo sehen konnte. Auch an den Nüstern klebte Blut, und die Augen des Tiers waren weit geöffnet und glasig.

Eduardo richtete seine Aufmerksamkeit jetzt auf den Wald unterhalb des Hauses, den Rand der Wiese. Die untergehende Sonne, die auf den Gipfeln der Berge im Westen balancierte, warf schräge gelbe Strahlen zwischen die Baumstämme, konnte die hartnäckigen Schatten aber nicht durchdringen.

Als Eduardo in die Küche zurückkehrte und wieder aus dem Fenster sah, lief das Tier auf dem Hinterhof hektisch im Kreis herum. Fernandez trat auf die Veranda hinaus und hörte das Tier vor Schmerzen quieken. Nach ein paar Sekunden brach es zusammen und wälzte sich auf dem Boden. Seine Seiten hoben sich noch einen Augenblick lang, dann lag es reglos da.

Eduardo sah den Hügel hinauf, an dem toten Waschbären auf dem Gras vorbei, zu den Bäumen, die das Steinhaus flankierten, in dem er gewohnt hatte, als er noch Hausmeister gewesen war. Da die Sonne bereits langsam hinter die Rockies glitt und nur noch die höchsten Äste erhellte, war die Dunkelheit zwischen diesen Bäumen tiefer als im Wald unterhalb des Hauses.

Irgend etwas war in der Luft.

Eduardo nahm nicht an, daß das seltsame Verhalten der Waschbären von Tollwut oder irgendeiner anderen Krankheit herrührte. Irgend etwas ... beherrschte sie. Vielleicht hatten die Mittel, durch die diese Kontrolle ausgeübt wurde, die armen Tiere körperlich so sehr beansprucht, daß sie zu ihrem plötzlichen, krampfartigen Tod geführt hatten. Oder das Wesen im Wald hatte sie vielleicht absichtlich getötet, um das Ausmaß seiner Kontrolle zu überprüfen, Eduardo mit seiner Macht zu beeindrucken und ihm klarzumachen, daß es ihn genauso problemlos ausschalten konnte, wie es die Waschbären getötet hatte.

Er kam sich beobachtet vor — und nicht nur durch die Augen weiterer Waschbären.

Wie eine Flutwelle aus Granit erhoben sich am Horizont die nackten Gipfel der höchsten Berge. Langsam versank die orangefarbene Sonne in diesem steinernen Meer.

Eine immer schwärzere Dunkelheit bildete sich unter den Ästen der Nadelbäume, aber Eduardo hatte den Eindruck, daß selbst das tiefste natürliche Schwarz nicht der Finsternis im Herzen dieses Beobachters im Wald gleichkam — falls er überhaupt ein Herz hatte.

Obwohl Eduardo überzeugt war, daß Krankheiten bei dem Verhalten und Tod der Waschbären keine Rolle gespielt hatten, konnte er sich seiner Diagnose nicht sicher sein, und so ergriff er Vorsichtsmaßnahmen, als er die Kadaver beiseitigte. Er band sich ein Tuch über Nase und Mund und streifte sich Gummihandschuhe über. Er berührte die Kadaver nicht, sondern nahm sie mit einer Schaufel auf und warf sie dann in Plastikmüllsäcke. Er band jeden Müllsack einzeln zu und legte sie dann auf die Ladefläche des Cherokee-Kombis in der Garage. Nachdem er die kleinen Blutflecke auf der Veranda entfernt hatte, schrubbte er den Küchenboden mit mehreren Baumwollappen und reinem Lysol. Schließlich warf er die Lappen in einen Eimer, zog die Handschuhe aus, ließ sie auf die Lappen fallen und stellte den Eimer auf die hintere Veranda, um sich später damit zu befassen.

Dann legte er ein geladenes Schrotgewehr und die Pistole in den Cherokee-Kombi. Er nahm auch die Videokamera mit, weil er nicht wußte, wann er sie wieder brauchen würde. Außerdem enthielt das Band, das sich jederzeit in der Kamera befand, die Aufnahmen von den Waschbären, und er wollte nicht, daß sie genauso verschwanden wie das Band, das er von den leuchtenden Bäumen und der schwarzen Türöffnung gemacht hatte. Aus demselben Grund nahm er auch den Notizblock mit, der zur Hälfte mit seinen handschriftlichen Berichten über die Ereignisse der jüngsten Zeit gefüllt war.

Nachdem er alles für die Fahrt nach Eagle's Roost vorbereitet hatte, wich die lange Dämmerung endlich der Nacht. Früher hatte er keine Angst vor der Finsternis gekannt, aber jetzt fürchtete er sich davor, in ein dunkles Haus zurückkehren zu müssen; deshalb schaltete er in der Küche und der Diele das Licht an. Nachdem er kurz darüber nachgedacht hatte, schaltete er auch die Lampen im Wohn- und Arbeitszimmer ein.

Er schloß ab, setzte den Cherokee aus der Garage — und fand, daß noch ein zu großer Teil des Hauses im Dunklen lag. Er ging wieder hinein und schaltete auch im Obergeschoß ein paar Lampen ein. Als er zum Cherokee zurückkehrte und die fast einen Kilometer lange Auffahrt zur südlich vom Haus gelegenen Landstraße hinabrollte, brannte auf beiden Stockwerken des Hauses hinter jeder Fensterscheibe Licht. Die Weite Montanas kam ihm leerer als sonst vor. Kilometer um Kilometer fuhr er an den schwarzen Hügeln auf der einen und den zeitlosen Ebenen auf der anderen Seite vorbei. Die wenigen Lichtballungen, die er ausmachte, waren stets weit entfernt. Sie schienen auf einem Meer zu treiben, als wären sie Lichter von Schiffen, die sich unerbittlich entfernten, dem einen oder anderen Horizont entgegen.

Obwohl der Mond noch nicht aufgegangen war, war Eduardo nicht der Ansicht, daß sein Schein die Nacht hätte weniger bedrohlich oder freundlicher wirken lassen. Das Gefühl der Absonderung, das ihm zusetzte, hatte mehr mit seiner inneren Landschaft als mit den Bergen Montanas zu tun.

Er war Witwer, hatte keine Kinder und befand sich wahrscheinlich im letzten Jahrzehnt seines Lebens. Von den meisten seiner Mitmenschen wurde er durch sein Alter, sein Schicksal und seine Neigungen getrennt. Außer Margarite und Tommy hatte er nie jemanden gebraucht. Nachdem er sie verloren hatte, hatte er sich damit abgefunden, seine letzten Jahre in fast mönchischer Abgeschiedenheit zu verbringen — und war zuversichtlich gewesen, daß ihm dies möglich war, ohne sich der Langeweile oder Verzweiflung hinzugeben. Nun jedoch wünschte er, er hätte versucht, sich Freunde zu machen, zumindest einen, und nicht so starrsinnig seinem Einsiedlerherz gehorcht.

Kilometer um einsamen Kilometer wartete er auf das Rascheln von Plastik auf der Ladefläche hinter dem Rücksitz.

Er war überzeugt, daß die Waschbären tot waren. Ihm war nicht klar, wieso er damit rechnete, daß sie wieder zum Leben erwachten und sich aus den Säcken befreiten, doch er kam nicht gegen dieses Gefühl an.

Aber da war noch etwas Schlimmeres. Wenn er jemals hören sollte, daß sie das Plastik zerfetzten, mit ihren kleinen, scharfen Krallen aufschnitten, dann würden sie nicht mehr die Waschbären sein, die er in die Säcke geschaufelt hatte. Sie würden nicht mehr wie früher sein. Sie würden sich *verändert* haben.

»Törichter alter Einfaltspinsel«, schalt er sich, um sich von so morbiden und eigenwilligen Gedanken abzubringen. Zwölf Kilometer nachdem er seine Auffahrt verlassen hatte, kam ihm auf der Landstraße endlich ein anderes Fahrzeug entgegen. Danach herrschte immer mehr Betrieb auf der zweispurigen Teerdecke, je näher er Eagle's Roost kam, wenngleich niemand sie mit der Zufahrtsstraße nach New York verwechselt hätte — oder auch nur mit der nach Missoula.

Er mußte die Stadt durchqueren, bis er vor der Praxis von Dr. Lester Yeats stand, der sein Haus auf einem Grundstück von fünf Morgen errichtet hatte, das schon an die Felder hinter der Stadt grenzte. Yeats war der Tierarzt, der sich jahrelang um Stanley Quartermass' Pferde gekümmert hatte — ein weißhaariger, weißbärtiger, fröhlicher Mann, der einen guten Nikolaus abgegeben hätte, wäre er nur etwa dicker gewesen. Das Haus war ein weitäufiges, graues Gebäude mit blauen Schlagläden und einem geschieferten Dach. Da auch in dem einstöckigen, scheunenähnlichen Gebäude, das Yeats' Praxisräume beherbergte, und in den daneben liegenden Ställchen, in denen die vierbeinigen Patienten untergebracht waren, Licht brannte, fuhr er fünfzig Meter weiter, am Haus vorbei bis zum Ende des Schotterweges.

Als Eduardo aus dem Cherokee stieg, wurde die Tür der Scheune geöffnet, und ein Mann kam in einer Flut fluoreszierenden Lichts heraus. Die Tür ließ er hinter sich offen stehen. Er war groß, Anfang Dreißig, hatte dichtes, braunes Haar und sah ziemlich schroff aus. Er hatte ein breites, freundliches Lächeln. »Hallo. Was kann ich für sie tun?«

»Ich suche Lester Yeats«, sagte Eduardo.

»Dr. Yeats?« Das Lächeln verblich. »Sind sie ein alter Freund von ihm?«

»Eine geschäftliche Sache«, sagte Eduardo. »Ich habe ein paar Tiere, die er sich mal ansehen soll.«

»Nun ja, Sir«, sagte der Fremde ziemlich verwirrt, »ich befürchte, Les Yeats kann Ihnen nicht mehr helfen.«

»Ach? Ist er in den Ruhestand gegangen?«

»Er ist tot«, sagte der junge Mann.

»Tot? Yeats?«

»Seit über sechs Jahren.«

Das schreckte Eduardo auf. »Tut mir leid, das zu hören.« Er hatte gar nicht mitbekommen, daß so viel Zeit vergangen war, seit er Yeats zum letzten Mal gesehen hatte.

Eine warme Brise kam auf und raschelte in den Lärchen, die die Gebäude an verschiedenen Stellen säumten.

»Mein Name ist Travis Potter«, sagte der Fremde. »Ich habe das Haus und die Praxis vom Mrs. Yeats gekauft. Sie ist in ein kleineres Haus in der Stadt gezogen.«

Sie wechselten einen Händedruck. »Dr. Yeats hat sich um die Pferde auf der Ranch gekümmert«, sagte Eduardo, statt sich vorzustellen.

»Und was für eine Ranch ist das?«

»Die Quartermass-Ranch.«

»Ach«, sagte Travis Potter, »dann müssen Sie der ... Mr. Fernandez, nicht wahr?«

»Oh, Entschuldigung, ja, Ed Fernandez«, erwiderte er und hatte das unbehagliche Gefühl, daß der Tierarzt ›der, über den die Leute sprechen‹ oder etwas in der Art hatte sagen wollen, als wäre er der Exzentriker des Ortes.

Eduardo vermutete sogar, daß dem in der Tat so war. Er hatte den großen Besitz von seinem reichen Arbeitgeber geerbt und lebte allein, ein Einsiedler, der kaum ein Wort für jemanden übrig hatte, wenn er sich bei seinen Einkäufen in die Stadt wagte. Vielleicht war er wirklich zu einem kleinen Rätsel geworden, über das die Stadtbewohner sich den Kopf zerbrachen. Dieser Gedanke ließ ihn zusammenzucken.

»Wie viele Jahre ist es her, daß Sie Pferde hatten?« fragte Potter.

»Acht. Bis zu Mr. Quartermass' Tod.«

Ihm wurde klar, wie seltsam es war — er hatte acht Jahre lang nicht mit Yeats gesprochen und tauchte dann sechs Jahre nach dessen Tod auf, als sei nur eine Woche vergangen.

»Na ja«, sagte Potter, »wo sind diese Tiere?«

»Tiere?«

»Sie haben doch gesagt, Sie hätten ein paar Tiere, die Dr. Yeats sich ansehen soll.«

»Oh. Ja.«

»Er war ein guter Tierarzt, aber ich versichere Ihnen, ich bin nicht schlechter.«

»Das glaube ich Ihnen gern, Dr. Potter. Aber diese Tiere sind schon tot.«

»Tot?«

»Waschbären.«

»Tote Waschbären?«

»Drei Stück.«

»Drei tote Waschbären.«

Eins wurde Eduardo klar — wenn er tatsächlich als Exzentriker verschrien war, tat er seinem Ruf jetzt alle Ehre. Er war so außer Übung, daß er bei einem Gespräch nicht mehr zur Sache kommen konnte.

Er atmete tief durch und erklärte, was unbedingt nötig war, ohne auf den Durchgang und die anderen Seltsamkeiten zu sprechen zu kommen. »Sie haben sich komisch benommen, liefen im hellen Tageslicht im Kreis herum. Dann kippten sie nacheinander um.« Er beschrieb knapp und bündig ihre Todeskämpfe, das Blut in ihren Nasen- und Ohröffnungen. »Ich frage mich, ob sie vielleicht Tollwut haben.«

»Sie wohnen da oben am Fuß dieser Hügel«, sagte Potter. »Da gibt es immer etwas Tollwut unter den Wildpopulationen. Das ist natürlich. Aber in letzter Zeit haben wir nichts mehr davon bemerkt. Blut in den Ohren? Kein Symptom für Tollwut. Hatten sie Schaum vor dem Mund?«

»Ich habe keinen gesehen.«

»Liefen sie schnurstracks geradeaus?«

»Nein, im Kreis herum.«

Auf dem Highway fuhr ein Pick-up vorbei. Aus seinem Radio drang so laute Countrymusik, daß sie bis zu Potters Besitz zu hören war. Ob nun laut oder nicht, es war ein trauriges Lied.

»Wo sind sie?« fragte Potter. »Ich habe sie in Plastiktüten eingepackt und mit dem Cherokee hergebracht.«

»Wurden Sie selbst von einem der Tiere gebissen?«

»Nein«, sagte .

»Gekratzt?«

»Nein.«

»Haben Sie irgendeinen Kontakt mit ihnen gehabt?«

Eduardo erklärte, welche Vorsichtsmaßnahmen er ergriffen hatte: die Schaufel, das Tuch, die Gummihandschuhe.

Travis Potter schüttelte den Kopf und schaute verwirrt drein. »Und haben Sie mir auch alles erzählt?«

»Ich glaube schon«, log Eduardo. »Ich meine, sie haben sich ziemlich seltsam verhalten, aber ich habe Ihnen alles Wichtige gesagt. Andere Symptome sind mir nicht aufgefallen.« Potters Blick war direkt und durchdringend, und einen Augenblick lang überlegte Eduardo, ob er auspacken und die gesamte bizarre Geschichte erzählen sollte.

»Wenn es keine Tollwut ist«, sagte er statt dessen, »könnte es vielleicht die Pest sein?«

Potter runzelte die Stirn. »Das bezweifle ich. Bluten aus den Ohren? Das ist ein ungewöhnliches Symptom. Sind Sie vielleicht von irgendwelchen Flöhen gestochen worden?«

»Mich juckt nichts.«

Die warme Brise pumpte sich zu einer Bö auf, raschelte in den Lärchen und verschreckte einen Nachtvogel aus den Ästen.

Er flog mit einem schrillen Schrei, der die beiden Männer zusammenfahren ließ, über sie hinweg.

»Warum lassen Sie mir diese Waschbären nicht da?« sagte Potter. »Ich sehe sie mir gern mal an.«

Sie holten die drei Plastiksäcke aus dem Kombi und trugen sie in die Scheune. Das Wartezimmer war leer; anscheinend hatte Potter in seinem Büro Papierkram erledigt. Sie gingen durch eine Tür und einen kurzen Gang entlang zu einem weißgefliesten OP, in dem sie die Tüten neben einem Untersuchungstisch aus rostfreiem Stahl auf den Boden legten.

Der Raum fühlte sich kalt an und sah kalt aus. Hartes weißes Licht fiel auf das Emaille, den Stahl und die Glasoberflächen. Alles funkelte wie Schnee und Eis.

»Was werden Sie mit ihnen anstellen?« fragte Eduardo.

»Ich habe nicht die nötigen Geräte, um hier einen Test auf Tollwut durchzuführen. Ich entnehme ihnen Gewebeproben und schicke sie zu einem staatlichen Labor, und nach ein paar Tagen haben wir dann die Ergebnisse.«

»Mehr nicht?«

»Was meinen Sie?«

Eduardo stieß eine der Tüten mit der Stiefelspitze an. »Wollen Sie nicht einen von ihnen sezieren?«

»Ich verstaue sie in einem Kühlfach und warte den Bericht des staatlichen Labors ab. Wenn Sie keine Tollwut aufweisen, dann, ja, werde ich bei einem von ihnen eine Autopsie vornehmen.«

»Lassen Sie mich wissen, was Sie finden?«

Potter bedachte ihn wieder mit einem durchdringenden Blick. »Wissen Sie genau, daß Sie nicht gebissen oder gekratzt wurden? Wenn Sie nämlich von ihnen verletzt wurden, und es besteht der geringste Verdacht auf Tollwut, sollten Sie jetzt zu einem Arzt fahren und sich sofort den Impfstoff verabreichen lassen, heute abend noch...«

»Ich bin kein Narr«, sagte Eduardo. »Wenn die geringste Möglichkeit bestünde, daß ich infiziert worden bin, hätte ich es Ihnen gesagt.«

Potter sah ihn weiterhin an.

Eduardo sah sich in dem OP um. »Sie haben die Praxis aber gewaltig modernisiert«, sagte er.

»Kommen Sie mit«, sagte der Arzt und ging zur Tür. »Ich will Ihnen etwas geben.«

Eduardo folgte ihm in den Korridor und durch eine andere Tür in sein Privatbüro. Der Tierarzt stöberte in den Schubladen eines weiß emaillierten Metallschranks und gab ihm zwei Broschüren — eine über Tollwut, eine über Beulenpest.

»Lesen Sie die Symptome beider Krankheiten nach«, sagte Potter. »Wenn Sie Ähnliches bei sich bemerken — auch etwas *entfernt* Ähnliches — fahren Sie zu Ihrem Arzt.«

»Ich mag Ärzte nicht besonders.«

»Das spielt keine Rolle. Sie haben doch einen Arzt?«

»Hab' nie einen gebraucht.«

»Dann rufen Sie mich an, und ich werde Ihnen einen besorgen, so oder so. Haben Sie mich verstanden?«

»Na schön.«

»Sie rufen mich wirklich an?«

»Sicher doch.«

»Sie haben doch ein Telefon da draußen?« fragte Potter.

»Natürlich. Wer hat heutzutage denn kein Telefon?«

Die Frage schien zu bestätigen, daß er als Einsiedler und Exzentriker galt. Dieses Image hatte er vielleicht verdient. Denn nun, da er darüber nachdachte, wurde ihm klar, daß er in den letzten fünf oder sechs Monaten keinen Anruf mehr getätigt oder empfangen hatte. Er bezweifelte, daß es im letzten Jahr mehr als dreimal geklingelt hatte, und einer dieser Anrufe war noch eine falsche Verbindung gewesen.

Potter ging zu seinem Schreibtisch, ergriff einen Kugelschreiber, zog einen Notizblock zu sich heran und schrieb die Nummer auf, die Eduardo ihm nannte. Dann riß er ein weiteres Blatt von dem Block ab und gab es Eduardo; es war mit der Adresse der Praxis und den Telefonnummern des Arztes bedruckt.

Eduardo faltete das Blatt zusammen und steckte es ein. »Was bin ich Ihnen schuldig?«

»Nichts«, sagte Potter. »Es waren ja schließlich keine Haustiere von Ihnen. Warum sollten Sie also die Rechnung bezahlen? Tollwut fällt in den Bereich der Kommune.«

Potter begleitete ihn zum Cherokee hinaus.

Die Lärchen raschelten in der warmen Brise, Grillen zirpten, und ein Frosch krächzte wie ein toter Mensch, der etwas sagen wollte.

Eduardo öffnete die Fahrertür und drehte sich noch einmal zu dem Arzt. »Wenn Sie diese Autopsie durchführen...«

»Ja?«

»Suchen Sie da nur nach Spuren bekannter Krankheiten?«

»Nach Krankheitserscheinungen, Traumata...«

»Mehr nicht?«

»Wonach sollte ich denn suchen?«

Eduardo zögerte, zuckte die Achseln und sagte: »Nach allem... was Ihnen seltsam vorkommt.«

Wieder dieser Blick. »Nun, Sir«, sagte Potter, »*jetzt* werde ich danach suchen.«

Auf dem gesamten Nachhauseweg durch dieses dunkle und verlassene Land fragte Eduardo sich, ob er das Richtige getan hatte. Soweit er es sah, gab es nur zwei Alternativen zu dem Weg, den er eingeschlagen hatte, und beide waren problematisch.

Er hätte die Waschbären auf der Ranch begraben und abwarten können, was nun geschehen würde. Aber damit hätte er vielleicht wichtige Beweise für die Tatsache vernichtet, daß sich etwas, das nicht von dieser Erde stammte, in den Wäldern Montanas versteckte.

Oder er hätte Potter von den leuchtenden Bäumen, dem Pochen, der Druckwelle und dem schwarzen Durchgang erzählen können. Er hätte ihm erklären können, daß die Waschbären ihn beobachtet hatten – und daß er das Gefühl hatte, daß sie dem unbekannten Beobachter im Wald als Ersatzaugen dienten. Doch da man ihn sowieso schon als den alten Einsiedler von der Quartermass-Ranch ansah, hätte der neue Tierarzt ihn nicht ernst genommen.

Dann hätte noch Schlimmeres geschehen können. Nachdem der Tierarzt erst einmal seine Geschichte erzählt hatte, hätte sich vielleicht ein dienstbeflissener öffentlicher Beamter in den Kopf gesetzt, daß der arme, alte Ed Fernandez senil oder sogar völlig verrückt und eine Gefahr für sich und andere war. Mit jeder Menge Mitleid, leiderfüllten Blicken, leisen Stimmen und traurigem Kopfschütteln hätten sie sich dann eingeredet, daß sie dies nur zu seinem Besten taten, und ihn vielleicht gegen seinen Willen zu einer medizinischen und psychiatrischen Untersuchung eingewiesen.

Er war nicht besonders scharf darauf, in ein Krankenhaus gekarrt und untersucht und getestet zu werden. Man hätte mit ihm gesprochen, als wäre er wieder in seine Kindheit zurückgefallen. Er kannte sich. Er würde mit Starrsinn und Verachtung darauf reagieren und seine Wohltäter so sehr gegen sich aufbringen, daß sie vielleicht einen Gerichtsbeschluß erwirkten, ihm einen Vormund vorzusetzen, der ihn dann für den Rest seiner Tage in ein Altenheim oder eine andere Anstalt einweisen ließ.

Er hatte ein langes Leben gehabt und gesehen, wie viele Menschen von Leuten ruiniert worden waren, die angeblich nur die besten Absichten hatten, in Wirklichkeit aber selbstgefällig und eiskalt waren. Man würde gar nicht bemerken, daß ein weiterer alter Mann vernichtet wurde, und er hatte keine Frau oder Kinder, keine Freunde oder Verwandte, die ihm gegen die mörderische Freundlichkeit des Staates beistehen würden.

Indem er die toten Tiere Potter für Tests und eine Autopsie zur Verfügung gestellt hatte, war er so weit gegangen, wie er es wagen konnte. Angesichts der unmenschlichen Natur des Wesens, das die Waschbären beherrschte, machte Eduardo sich jetzt allerdings Sorgen, Travis Potter irgendeinem Risiko auszusetzen, das er nicht vorhersehen konnte.

Eduardo hatte jedoch Andeutungen darüber gemacht, daß hier etwas nicht mit rechten Dingen zuging, und Potter schien einen gesunden Menschenverstand zu haben. Der Tierarzt wußte, welche Risiken eine unbekannte Krankheit mit sich bringen konnte. Er würde alle Vorsichtsmaßnahmen gegen eine

Ansteckung ergreifen, und sie würden wahrscheinlich auch wirksam gegen die nicht abschätzbaren und überirdischen Gefahren sein, die die Kadaver über eine mikrobiotische Infektion hinaus mit sich bringen könnten.

Weit vor dem Cherokee leuchteten im Meer der Nacht die Lichter in den Häusern einiger Familien, die er nicht kannte. Zum erstenmal in seinem Leben wünschte Eduardo, er würde sie kennen, ihre Namen und Gesichter, ihre Geschichten und Hoffnungen.

Er fragte sich, ob vielleicht irgendein Kind auf einer fernen Veranda oder hinter einem Fenster saß, auf die weite Ebene hinausschaute und die Scheinwerfer des Cherokees sah, der sich durch die Dunkelheit des Junis den Weg gen Westen bahnte. Ein Junge oder ein Mädchen, voller Pläne und Träume, fragte sich vielleicht, wer hinter diesen Lichtern in der Dunkelheit saß, was für ein Ziel er hatte, wie sein Leben aussah.

Der Gedanke an solch ein Kind draußen in der Nacht gab Eduardo ein seltsames Gefühl von Gemeinschaft, das völlig unerwartete Gefühl, daß er Teil einer Familie *war*, ob er es nun wollte oder nicht, der Familie der Menschheit, einer eher enttäuschenden und streitsüchtigen Sippe, voller Schwächen und oft zutiefst verwirrt, aber gelegentlich auch edel und bewundernswert, mit einem gemeinsamen Schicksal, das jedes Mitglied der Familie teilte.

Für ihn war das eine ungewöhnlich optimistische und philosophisch großzügige Sichtweise seiner Mitmenschen, die der Sentimentalität unangenehm nahe kam. Aber er war darüber mindestens genauso gerührt wie erstaunt.

Er war davon überzeugt, daß das, was über die Schwelle gekommen war, der Menschheit gegenüber feindselig eingestellt war, und sein Scharmützel mit ihm hatte ihn daran erinnert, daß dies eigentlich auch für die gesamte Natur zutraf. Das Universum war kalt und interessierte sich nicht für das Schicksal eines einzelnen, vielleicht, weil Gott es so geschaffen hatte, um gute Seelen von schlechten unterscheiden zu können. Niemand konnte in zivilisierter Behaglichkeit ohne die Kämpfe und schwer errungenen Erfolge sowohl jener Menschen überleben, die von ihm gekommen waren, als auch der, die seine Zeit auf Erden mit ihm teilten. Wenn ein neues Böses die Erde betreten hatte, das die Bösartigkeit, zu der manche Menschen fähig waren, in den Schatten stellte, würde die Menschheit dringender denn je zuvor auf ihrer langen und mühevollen Reise ein Gefühl von Gemeinschaft brauchen.

Das Haus kam in Sicht, als er ein Drittel der fast einen Kilometer langen Auffahrt zurückgelegt hatte, und er fuhr weiter hügelaufwärts und hatte sich dem Anwesen bis auf siebzig oder achtzig Meter genähert, als er bemerkte, daß etwas nicht stimmte. Er trat voll auf die Bremse.

Bevor er nach Eagle's Roost gefahren war, hatte er in jedem Zimmer das Licht eingeschaltet. Er erinnerte sich deutlich daran, daß alle Fenster erhellt waren, als er losgefahren war. Sein kindliches Zögern, in ein dunkles Haus zurückzukehren, hatte ihn peinlich berührt.

Nun... jetzt war das Haus dunkel. So schwarz wie die Eingeweide des Teufels.

Bevor er richtig mitbekam, was er tat, betätigte er die Zentralverriegelung und sicherte damit gleichzeitig alle Türen des Kombis.

Er blieb eine Weile sitzen und betrachtete das Haus. Die Tür war verschlossen, und alle Fenster, die er sehen konnte, waren unbeschädigt. Er bemerkte nichts Ungewöhnliches.

Abgesehen von der Tatsache, daß jedes Licht in jedem Zimmer des Hauses ausgeschaltet worden war. Von wem? Wovon?

Ein Stromausfall konnte dafür verantwortlich sein — aber daran glaubte er nicht. Manche Gewitter über Montana waren harte Brocken; im Winter konnten Schneestürme und das sich anhäufende Eis die Stromversorgung zusammenbrechen lassen. Aber heute abend hatte es keinen Sturm gegeben; es war kaum ein Lüftchen gegangen. Auf dem Nachhauseweg waren ihm keine zusammengebrochenen Stromleitungen aufgefallen.

Das Haus wartete.

Er konnte nicht die ganze Nacht im Wagen sitzen bleiben. Konnte nicht in ihm wohnen, um Gottes willen.

Er fuhr langsam das letzte Stück der Auffahrt entlang und blieb vor der Garage stehen. Er griff nach der Fernbedienung und drückte auf den einzigen Knopf darauf.

Das automatische Garagentor rollte hoch. In dem Raum, der Platz für drei Fahrzeuge bot, leuchtete die Lampe an der Decke auf, deren Schaltuhr auf drei Minuten eingestellt war, und verbreitete immerhin genug Licht, um zu enthüllen, daß in der Garage nichts fehlte.

Soviel zu der Theorie vom Stromausfall.

Er ergriff das Gewehr, das mit der Mündung nach unten auf dem Beifahrersitz lag, und stieg aus. Die Fahrertür ließ er offenstehen, die Scheinwerfer und den Motor ließ er eingeschaltet. Ihm gefiel der Gedanke nicht, daß er beim ersten Anzeichen von Ärger den Schwanz einziehen und abhauen würde. Aber wenn er die Wahl zwischen Flucht und dem Tod hatte, würde er schneller laufen als alles, was ihn verfolgte.

Obwohl das Schrotgewehr nur fünf Patronen enthielt — eine im Lauf und vier in der Kammer — machte er sich keine Vorwürfe, daß er keine Ersatzmunition mitgenommen hatte. Wenn er das Pech hatte, einem Wesen zu begegnen, das er auf kurze Reichweite nicht mit fünf Schüssen aufhalten konnte, würde ihm sowieso keine Zeit zum Nachladen mehr bleiben.

Er ging zum Haus, stieg die Verandatreppe hinauf und legte die Hand auf das Türschloß. Es war verriegelt.

Der Haustürschlüssel hing an einem anderen Bund. Er fischte ihn aus der Jeanstasche und schloß die Tür auf.

Er blieb draußen stehen, hielt die Schrotflinte in der rechten Hand, griff mit der linken quer durch die Türöffnung und suchte nach dem Lichtschalter. Er rechnete damit, daß etwas aus der Diele stürmte und ihn angriff — oder die Hand über die seine legte, während er die Wand nach dem Lichtschalter abtastete.

Er fand den Schalter und betätigte ihn, und Licht durchflutete die Diele und ergoß sich an ihm vorbei auf die Veranda. Er trat über die Schwelle, schob die Tür weiter auf und machte noch ein paar Schritte.

Im Haus war alles ruhig.

Dunkle Räume auf beiden Seiten der Diele. Links das Arbeits-, rechts das Wohnzimmer.

Es gefiel ihm nicht besonders, einem der Räume den Rücken zuzuwenden, doch schließlich trat er nach rechts, durch die gewölbte Türöffnung. Das Schrotgewehr hielt er in der ausgestreckten Hand. Als er die Deckenlampe einschaltete, stellte es sich heraus, daß das große Wohnzimmer verlassen war. Kein Eindringling. Nichts Außergewöhnliches.

Dann bemerkte er einen dunklen Klumpen, der auf den weißen Fransen des Orientteppichs lag. Auf den ersten Blick dachte er, es handele sich um Fäkalien; er nahm kurz an, daß ein Tier ins Haus eingedrungen war und hier sein Geschäft erledigt hatte. Doch als er näher trat und es genauer betrachtete, stellte er fest, daß es sich um einen zusammengepreßten Klumpen aus feuchter Erde handelte. Ein paar Grashalme ragten aus ihm hervor.

Er kehrte in die Diele zurück und sah nun auch auf dem Eichenparkett ein paar kleinere Erdklumpen.

Vorsichtig wagte er sich ins Arbeitszimmer, in dem es keine Deckenlampe gab. Der Lichteinfall aus der Diele zerstreute die Schatten so weit, daß er die Schreibtischlampe fand und einschalten konnte.

Mittlerweile eingetrocknete Erdkrumen und -flecken verschmierten die Schreibtischunterlage. Mehr davon fand er auf dem roten Lederpolster des Sessels.

»Was, zum Teufel...«, fragte er sich leise.

Vorsichtig rollte er die Spiegeltüren des Aktenschranks zur Seite, doch niemand versteckte sich darin.

Er überprüfte auch den Schrank in der Diele. Niemand.

Die Eingangstür stand noch immer offen. Er wußte nicht, was er tun sollte. Er hätte sie gern offenstehen lassen, weil er dann im Notfall schneller aus dem Haus käme. Doch wenn er andererseits das Haus von oben bis unten durchsuchte und niemanden darin fand, müßte er die Tür anschließend zusperren und noch einmal von vorn anfangen, weil die Möglichkeit bestand, daß sich jemand ins Haus schlich, während er ein Zimmer nach dem anderen absuchte. Zögernd schloß er die Tür und legte den Riegel vor.

Die beigefarbene Tapete, die er im gesamten Obergeschoß verwendet hatte, führte auch den Aufgang mit der Eichentreppe und ihrem schweren Geländer hinab. Auf einigen der unteren Stufen lagen trockene Erdbrocken. Sie waren ziemlich klein, gerade so groß, daß er sie bemerkte.

Er sah zum oberen Stockwerk hinauf.

Nein. Zuerst das Parterre.

Er fand nichts in der Toilette, in dem Schrank unter der Treppe, dem großen Eßzimmer, dem Wäscheraum und dem Bad. Aber in der Küche entdeckte er wieder Erde, mehr als überall sonst.

Die Reste seines Abendessens — Rigatoni, Salami und Weißbrot — standen auf dem Tisch, wie er sie hinterlassen hatte, als er von dem Waschbären — und seinem krampfartigen Tod — unterbrochen worden war. Flecken mittlerweile getrockneter Erde markierten den Rand der Fläche von der er gegessen hatte. Dort war der Tisch mit erbsengroßen, trockenen Lehmklumpen bedeckt. Ein pikförmiges Blatt hatte sich dort zusammengerollt, und daneben lag ein toter Käfer von der Größe eines Pennys.

Der Käfer lag auf dem Rücken und hatte seine sechs steifen Beine in die Luft gestreckt. Als Eduardo Fernandez ihn mit einem Finger anschnippte, sah er, daß sein Panzer blaugrün leuchtete.

Auf der Stuhlfläche klebten zwei flache Erdbrocken, dünn wie Pfannkuchen, groß wie Dollarstücke. Auf dem Eichenparkett neben dem Stuhl und vor dem Kühlschrank lag ebenfalls Erde. Alles wohl zwei, drei Eßlöffel voll Erde, außerdem ein paar Grashalme, ein weiteres totes Blatt und ein Wurm. Der Wurm lebte noch, hatte sich aber zusammengerollt und war schon fast ausgetrocknet.

Eine Gänsehaut am Nacken und die plötzliche Überzeugung, beobachtet zu werden, ließen ihn die Schrotflinte mit beiden

Händen packen. Er drehte sich erst zu dem einen, dann zu dem anderen Fenster um. In seiner Phantasie hatte er sich ausgemalt, wie sich ein bleiches, gespenstisches Gesicht gegen die Scheibe drückte, doch dem war nicht so.

Nur die Nacht.

Der Chromgriff des Kühlschranks war stumpf vor Dreck, und er faßte ihn nicht an. Er öffnete die Tür, indem er sie an der Kante aufzog. Die Lebensmittel und Getränke darin schienen unberührt zu sein, alles war genau so, wie er es hinterlassen hatte.

Die Doppeltüren des Herdes standen offen. Er schloß sie, ohne die Griffe zu berühren, die stellenweise ebenfalls mit nicht zu identifizierendem Schmutz verschmiert waren.

An einer scharfen Kante der Ofentür hing ein abgerissener Stoffetzen, vielleicht einen Zentimeter breit und nicht ganz einen lang. Er war hellblau und von einer geschwungenen Krümmung aus dunklerem Blau durchzogen, bei der es sich um den Teil eines sich wiederholenden Musters auf dem helleren Untergrund handeln mochte.

Eduardo starrte den Stoffetzen schier eine Ewigkeit lang an. Die Zeit schien stehenzubleiben, und das Universum verharrte wie das Pendel einer kaputten Standuhr — bis sich eisige Nadeln der Furcht in seinem Blut bildeten und ihn so heftig erzittern ließen, daß seine Zähne tatsächlich klapperten. *Der Friedhof...* Er fuhr erneut zu den beiden Fenstern herum, konnte draußen jedoch nichts ausmachen.

Nur die Nacht. Das blinde, leere, uninteressante Antlitz der Nacht.

Er suchte das Obergeschoß ab. In den meisten Zimmern fand er verräterische Erdklumpen, -brocken und -flecken, die allmählich trockneten. Ein weiteres Blatt. Noch zwei Käfer, so trocken wie uralter Papyrus. Ein Kieselstein von der Größe eines Kirschkerns, glatt und grau.

Er bemerkte, daß auch einige Steckdosen und Lichtschalter beschmutzt waren. Danach schaltete er das Licht an, indem er die Schalter mit dem Ellbogen oder dem Lauf der Schrotflinte betätigte.

Nachdem er alle Zimmer untersucht, alle Schränke durchstöbert, die Hohlräume unter und hinter allen Möbelstücken inspiziert hatte, die so groß waren, daß sich darin vielleicht ein sieben-oder achtjähriges Kind verstecken konnte, und überzeugt war, daß sich im Obergeschoß nichts verbarg, kehrte er zum Ende der Diele im ersten Stock zurück und zog an dem hinabbaumelnden Strick, mit dem man die Falltür zum Dachgeschoß öffnen konnte. Dann zog er die Leiter hinab, die an der Rückseite der Falltür befestigt war.

Das Licht auf dem Dachboden konnte er von der Diele aus einschalten, so daß er nicht in die Dunkelheit hinaufsteigen mußte. Er durchsuchte jede schattige Nische auf dem tiefen, verstaubten Speicher, auf dem Motten wie Eisklumpen in Netzen hingen und Spinnen so kalt und schwarz wie Winterschatten auf ihre Opfer warteten.

Er kehrte in die Küche zurück und schob den Messingriegel der Kellertür zurück, der sich nur von der Küche aus bewegen ließ. Es war unmöglich, daß jemand hinabgestiegen war und den Riegel dann wieder vorgeschoben hatte.

Andererseits waren auch Vorder- und Hintertür des Hauses verschlossen gewesen, als er in die Stadt gefahren war. Niemand hätte ohne einen Schlüssel ins Haus eindringen oder abschließen können, nachdem er es wieder verlassen hatte, und *er* hatte die einzigen Schlüssel, die es gab. Und doch waren die verdammten Türen verschlossen gewesen, als er nach Hause gekommen war; bei seiner Suche hatte er keine beschädigten oder unverschlossenen Fenster gefunden, und doch war eindeutig ein Eindringling im Haus gewesen und wieder gegangen.

Er ging in den Keller hinab und durchsuchte die beiden großen, fensterlosen Räume. Sie waren kühl und verlassen und rochen leicht moderig.

Im Augenblick war es im Haus sicher.

Er war der einzige Bewohner.

Er ging hinaus, schloß die Haustür hinter sich ab und fuhr den Cherokee in die Garage. Bevor er ausstieg, schloß er mit der Fernsteuerung das Tor.

In den nächsten Stunden ging er den Schmutz im Haus so

energisch und unermüdlich mit Schrubber und Staubsauger an, daß es fast schon einem Rausch gleichkam. Er benutzte Flüssigseife, Ammoniak und Lysolspray und säuberte die verschmutzten Flächen nicht nur, sondern desinfizierte sie auch, bis sie so steril waren, wie es außerhalb eines Operationssaals im Krankenhaus oder eines Labors nur möglich war. Ihm brach so stark der Schweiß aus, daß er sein Hemd durchnäßte und sein Haar an der Kopfhaut klebte. Die Muskulatur im Nacken, den Schultern und Armen begann aufgrund der gleichförmigen Bewegungen beim Putzen zu schmerzen. Die leichte Arthritis in seinen Händen flammte auf; seine Knöchel schwollen an und röteten sich, weil er die Schrubbtücher und Lappen mit fast manischer Wildheit packte, doch seine einzige Reaktion bestand darin, sie nur noch fester zu ergreifen, bis der Schmerz ihn benommen machte und ihm die Tränen in die Augen trieb.

Eduardo wußte, daß er nicht nur versuchte, das Haus zu reinigen, sondern auch, sich selbst von gewissen schrecklichen Vorstellungen zu reinigen, die er nicht hinnehmen, nicht erkunden konnte, einfach nicht erkunden *wollte*. Er verwandelte sich in eine Säuberungsmaschine, einen unermüdlichen Roboter, der sich so eindringlich und ausschließlich auf die niedrige Aufgabe konzentrierte, die es zu bewältigen galt, daß er von allen ungewollten Gedanken freigehalten wurde. Er atmete tief die Ammoniakdämpfe ein, als könnten sie seine Gedanken desinfizieren, und wollte bis zur Erschöpfung arbeiten, damit er danach schlafen – und vielleicht sogar vergessen – konnte.

Beim Putzen warf er alle benutzten Papiertücher, Lappen, Bürsten und Schwämme in einen großen Plastiksack. Als er fertig war, verknotete er den Sack und stellte ihn draußen in eine Mülltonne. Normalerweise hätte er die Schwämme und Bürsten abgespült, um sie später noch einmal zu verwenden, aber diesmal nicht.

Anstatt den Papierbeutel aus dem Vakuumstaubsauger zu nehmen, stellte er gleich das ganze Gerät zum Abfall hinaus. Er wollte nicht über die Herkunft der mikroskopischen Partikel nachdenken, die nun in den Bürsten hingen und auf der Innenseite des Saugschlauchs hingen. Die meisten davon waren sicherlich so winzig, daß er niemals sicher sein konnte, daß er sie tatsächlich entfernt hatte, wenn er den Staubsauger nicht auseinandernahm und jeden Zentimeter, jede noch so winzige Spalte, mit Bleiche abschrubbte, und vielleicht nicht einmal dann.

Er nahm alle Lebensmittel und Getränke aus dem Kühlschrank, die er ... der Eindringling berührt haben könnte. Alles, was in Klarsicht- oder Aluminiumfolie eingewickelt war, mußte weichen, auch wenn es unberührt schien: Schweizer Käse, Cheddarkäse, gekochter Schinken, eine halbe Gemüsezwiebel. Auch die verschließbaren Behälter warf er weg: eine Butterdose mit Plastikdeckel, Töpfe mit eingelegten Gurken, Oliven, Maraschinokirschen, Mayonnaise, Senf und noch einiges mehr; Gläser mit Drehverschlüssen — Salatdressing, Sojasoße, Ketchup. Eine geöffnete Büchse Rosinen, eine geöffnete Milchtüte. Der Gedanke, daß etwas seine Lippen berühren könnte, das zuvor von dem Eindringling berührt worden war, ließ ihn würgen und erschaudern. Als er mit dem Kühlschrank fertig war, enthielt er kaum mehr als noch verschlossene Limodosen und Bierflaschen.

Aber schließlich hatte er es hier mit einer Kontamination zu tun. Da konnte man nicht vorsichtig genug sein. Keine Maßnahme war zu überzogen.

Und es handelte sich nicht nur um eine bakterielle Verseuchung. Wenn es doch nur so einfach wäre. Großer Gott, wäre es doch nur so einfach. Eine geistige Verseuchung. Eine Dunkelheit, die sich im Herzen ausbreiten und tief in die Seele sickern konnte.

Denke nicht einmal daran. Nicht daran denken. Nein.

Zu müde, um zu denken. Zu alt, um zu denken. Zu erschöpft.

Aus der Garage holte er eine blaue Kühltasche, in die er den gesamten Inhalt des Tiefkühlfachs umfüllte. Er legte acht Flaschen Bier in das Eis und steckte einen Flaschenöffner ein.

Er ließ alle Lampen im Haus eingeschaltet und ging mit der Kühltasche und der Schrotflinte nach oben ins hintere Schlafzimmer, in dem er seit drei Jahren schlief. Er stellte das Bier und das Gewehr neben das Bett. Die Schlafzimmertür war nur mit einem primitiven Schloß gesichert. Ein kräftiger Tritt genügte, um sie aufzubrechen, und so stellte er einen Stuhl unter die Klinke und klemmte ihn fest.

Denk nicht darüber nach, was durch die Tür kommen könnte.

Stelle deine Gedanken ab. Konzentriere dich auf die Arthritis, die schmerzenden Muskeln, den überanstrengten Nacken. Sollen die Schmerzen alle anderen Gedanken ausstreichen.

Er ging unter die Dusche, schrubbte sich genauso gründlich ab wie die verschmutzten Teile des Hauses. Er hörte erst auf, als der Heißwasservorrat erschöpft war.

Er zog sich an, aber nicht fürs Bett. Socken, lange Unterhosen, ein T-Shirt. Er stellte seine Stiefel neben die Schrotflinte ans Bett.

Obwohl die Uhr auf dem Nachttisch und seine Armbanduhr übereinstimmend zehn vor drei anzeigten, war Eduardo nicht müde. Er setzte sich auf das Bett, lehnte sich gegen einen Stapel Kissen und das Kopfbett.

Mit der Fernbedienung schaltete er das Fernsehgerät ein und zappte durch anscheinend unendlich zahlreiche Kanäle, welche die Satellitenschüssel hinter den Ställen empfing. Schließlich verharrte er bei einem Actionfilm, Cops gegen Drogenhändler, jede Menge Verfolgungsjagden mit Autos und zu Fuß, Stunts und Schießereien, Prügeleien und Explosionen. Er schaltete den Ton ab, weil er hören wollte, wenn sich irgendwo im Haus etwas regte.

Er trank die erste Flasche Bier ziemlich schnell aus und starrte dabei auf den Bildschirm. Er versuchte nicht, der Handlung des Films zu folgen, ließ sich einfach vom abstrusen Strudel der Bewegungen und dem hellen Gekräusel der schnell wechselnden Farben mitziehen. Schrubbte an den dunklen Flecken seiner eigenen schrecklichen Gedanken. An diesen hartnäckigen Flecken.

Etwas schlug gegen das linke Fenster.

Er schaute zu den Vorhängen hinüber, die er zugezogen hatte.

Noch ein Klopfen. Als hätte jemand einen kleinen Stein gegen das Glas geworfen.

Sein Herz begann zu hämmern.

Eduardo Fernandez zwang sich, wieder zum Fernsehgerät zu sehen. Bewegungen. Farben. Er trank das Bier aus und öffnete eine zweite Flasche.

Klopf. Und noch einmal, fast gleichzeitig. *Klopf.*

Vielleicht war es nur eine Motte oder ein anderes Insekt, das versuchte, zu dem Licht zu gelangen, das die zugezogenen Vorhänge nicht ganz verbergen konnten.

Er konnte aufstehen, zum Fenster gehen, feststellen, daß nur ein Insekt gegen das Glas schlug, und sich erleichtert wieder aufs Bett setzen.

Lieber nicht! Denke nicht einmal darüber nach.

Er trank einen großen Schluck vom zweiten Bier.

Klopf.

Etwas stand draußen auf dem dunklen Rasen, sah zu dem Fenster hinauf. Etwas, das genau wußte, wo er war, und das mit ihm in Kontakt treten wollte.

Aber diesmal war es kein Waschbär.

Nein, nein, nein.

Diesmal kein süßes, pelziges Gesicht mit einer schwarzen Maske. Kein schönes Fell, kein mit schwarzen Ringen gemusterter Schwanz.

Bewegung, Farbe, Bier. Wisch die verseuchten Gedanken weg, beseitige die Kontamination.

Klopf.

Wenn er sich nicht von diesen monströsen Gedanken befreite, die sein Gehirn beschmutzten, würde er früher oder später den Verstand verlieren. Früher.

Klopf.

Wenn er zum Fenster ging, die Vorhänge aufzog und zu dem Ding auf dem Rasen hinabschaute, würde ihm selbst der Wahnsinn keine Zuflucht mehr bieten. Wenn er es erst einmal gesehen hatte, wenn er es erst einmal wußte, gab es nur noch einen Ausweg. Den Lauf der Schrotflinte in den Mund, mit dem Zeh den Abzug betätigen.

Klopf.
Er stellte den Ton des Fernsehgeräts an. Laut. Noch lauter. Er trank das zweite Bier aus. Stellte die Lautstärke noch höher, bis der barsche Soundtrack des an Gewaltszenen reichen Films das Zimmer anscheinend erbeben ließ. Er köpfte eine dritte Flasche Bier. Reinigte seine Gedanken. Vielleicht hatte er morgen früh die widerwärtigen, wahnsinnigen Überlegungen vergessen, die ihm heute nacht so beharrlich zusetzten, vergessen oder mit Alkoholfluten fortgespült. Vielleicht würde er aber auch im Schlaf sterben. Es war ihm beinahe gleichgültig. Er trank einen gewaltigen Schluck vom dritten Bier und suchte das Vergessen, in welcher Form auch immer es sich ihm bot.

ELFTES KAPITEL

Den März, April und Mai lag Jack in mit Filz ausgeschlagenem Gips, die Beine oft in der sogenannten Extension, ruhiggestellt und gestreckt. Er litt unter Schmerzen, Krämpfen, spastischem Muskelzucken, unkontrollierbaren Nerventicks und Juckreiz an Stellen unter dem Gips, an denen er sich nicht kratzen konnte. Er ertrug diese und andere Unannehmlichkeiten mit nur wenigen Beschwerden und dankte Gott, daß er überlebt hatte, seine Frau irgendwann wieder umarmen und seinen Sohn heranwachsen sehen konnte.

Seine gesundheitlichen Probleme waren noch zahlreicher als diese Unannehmlichkeiten. Obwohl der Körpergips mit großer Sorgfalt angefertigt worden war und die meisten Krankenschwestern besorgt, geschickt und erfahren waren, war das Risiko einer Wunde infolge Durchliegens allgegenwärtig. Sobald eine solche Wunde erst einmal eiterte, würde sie nicht mehr so schnell abheilen, und es konnte schnell zu einem Gangrän kommen. Da ihm regelmäßig ein Katheter gesetzt wurde, bestand die Gefahr einer Harnröhrenentzündung, die zu einem ernsthafteren Fall von Blasenkatarrh führen konnte. Bei jedem Patienten, der über einen längeren Zeitraum hinweg unbeweglich gehalten wurde, bestand die Gefahr, daß sich Blutklumpen entwickelten, die sich lösen, durch den Körper wandern und im Herz oder Gehirn steckenbleiben und ihn töten oder einen schweren Gehirnschaden verursachen konnten. Obwohl Jack regelmäßig Medikamente bekam, machte er sich über diese mögliche Komplikation die größten Sorgen.

Und er machte sich Sorgen um Heather und Toby. Sie waren allein, was ihn beunruhigte, obwohl Heather dank Alma Brysons tatkräftiger Hilfe mittlerweile imstande zu sein schien, mit allem fertig zu werden, von einem einzelnen Einbrecher bis hin zu einer Invasion. In der Tat störte ihn die Vorstellung, daß sich all diese Waffen in ihrem Haus befanden – und was dies über Heathers Geisteszustand besagte – fast genauso sehr wie die Angst vor Überfällen.

Das liebe Geld bereitete ihm mehr Kopfzerbrechen als die Möglichkeit einer Gehirnembolie. Er war dienstunfähig geschrieben und hatte keine Ahnung, wann er wieder voll einsatzfähig sein würde. Heather war noch immer arbeitslos, die Wirtschaft zeigte keinerlei Tendenzen, sich von der Rezession zu erholen, und ihre Ersparnisse waren praktisch erschöpft. Freunde aus seiner Abteilung hatten auf einer Zweigstelle der Wells Fargo Bank ein Konto für seine Familie eingerichtet, und die Spenden von Kollegen und der Öffentlichkeit beliefen sich mittlerweile auf über fünfundzwanzigtausend Dollar. Aber die Versicherung deckte die Kosten für den Krankenhausaufenthalt und die Rehabilitation nicht vollständig ab, und er befürchtete, daß selbst diese Spenden ihnen nicht jene bescheidene finanzielle Sicherheit zurückgeben würden, die sie vor dem Schußwechsel auf der Tankstelle der Arkadians genossen hatten. Ab September oder Oktober würden sie womöglich Schwierigkeiten bekommen, die monatliche Rate für das Haus zu zahlen.

Jack McGarvey war imstande, all diese Sorgen für sich zu behalten, zum Teil, weil er wußte, daß auch andere Menschen Probleme hatten, die bei einigen gewiß größer waren als bei ihm, aber auch, weil er Optimist war und an die Heilungskraft von Lachen und positivem Denken glaubte. Obwohl einige seiner Freunde nichts davon hielten, wie er auf ein Unglück reagierte, kam er nicht gegen diese Sichtweise an. Soweit er sich erinnern konnte, war er schon so geboren worden. Während ein Pessimist ein Weinglas betrachtete und es als halbleer ansah, sah Jack es nicht nur als halb voll an, er war auch noch der Überzeugung, daß die Flasche ebenfalls noch nicht geleert war. Er lag in einem Körpergips und war auf absehbare Zeit dienstunfähig, schätzte sich aber glücklich, nicht auf Dauer gelähmt oder gar tot zu sein. Klar, er hatte Schmerzen, aber es gab in demselben Krankenhaus Menschen, die stärkere Schmerzen als er hatten. Bis das Glas als auch die Flasche leer waren, würde er sich immer auf den nächsten Schluck Wein freuen, statt zu bedauern, daß nur noch so wenig übrig war.

Als Toby seinen Vater im März zum erstenmal im Krankenhaus besucht hatte, hatte es ihn entsetzt, Jack so unbeweglich zu sehen. Ihm waren die Tränen in die Augen geschossen, aber er hatte sich auf die Lippe gebissen, die Ohren steifgehalten und versucht, tapfer zu sein. Jack seinerseits hatte versucht, die Ernsthaftigkeit seiner Verletzungen herunterzuspielen, hatte darauf bestanden, daß es schlimmer aussah, als es war, und mit wachsender Verzweiflung versucht, seinem Sohn Mut zu machen. Schließlich hatte er den Jungen zum Lachen gebracht, indem er behauptete, gar nicht verletzt zu sein, sondern als Teilnehmer eines neuen Geheimprogramms der Polizei im Krankenhaus zu liegen. In ein paar Monaten würde er als Mitglied der neuen Teenage-Mutant-Ninja-Turtle-Sondereinheit entlassen werden.

»Doch«, sagte er, »bestimmt. Deshalb auch der Gips, das ist ein Panzer für meinen Rücken, wie bei einer Schildkröte. Wenn er erst getrocknet und mit Kevlar überzogen ist, werden die Kugeln einfach so von mir abprallen.«

Toby lächelte, obwohl ihm eigentlich gar nicht danach zumute war, und fuhr sich mit einer Hand über die Augen. »Das ist doch Blödsinn, Dad«, sagte er.

»Nein, es stimmt.«

»Du kannst doch gar kein Taekwondo.«

»Sobald der Panzer trocken ist, nehme ich Unterricht.«

»Ein Ninja muß auch wissen, wie man mit dem Schwert kämpft und mit allen möglichen anderen Waffen.«

»Na und? Das kann man alles lernen.«

»Aber da gibt es noch ein Problem, und zwar ein großes.«

»Was für eins?«

»Du bist keine Schildkröte.«

»Natürlich bin ich keine Schildkröte. Sei doch nicht dumm. Bei der Polizei dürfen nur Menschen arbeiten. Die Leute mögen es nicht, wenn sie von Mitgliedern anderer Rassen Strafzettel bekommen. Also müssen wir mit einer nachgemachten Teenage-Mutant-Ninja-Turtle-Sondereinheit auskommen. Na und? Ist Spider-Man wirklich eine Spinne? Ist Batman wirklich eine Fledermaus?«

»Das hat was für sich.«

»Und ob. Das kannst du laut sagen.«

»Aber.«

»Aber was?«

»Du bist kein Teenager«, sagte der Junge grinsend.

»Ich gehe doch problemlos als Teenager durch.«

»Nichts da. Du bist ein alter Knacker.«

»Ach was?«

»Ein wirklich alter Knacker.«

»Sobald ich aus diesem Bett herauskomme, kannst du was erleben, mein Sohn.«

»Ja, aber bis dein Panzer trocken ist, kann mir nichts passieren.«

Als Toby ihn das nächste Mal besuchte — Heather kam jeden Tag, aber Toby durfte sie nur ein- oder zweimal die Woche begleiten —, trug Jack ein farbenfrohes Stirnband. Heather hatte ihm ein rot und gelb gestreiftes Tuch mitgebracht, das er zusammengefaltet und sich um den Kopf gebunden hatte. Die Enden des Knotens hingen verwegen über sein rechtes Ohr.

»Der Rest der Uniform ist noch in Arbeit«, sagte er zu dem Jungen.

Ein paar Wochen später, an einem Tag Mitte April, zog Heather den Vorhang um Jacks Bett und wusch ihn mit Schwamm und Seife, um den Schwestern etwas Arbeit abzunehmen. »Ich weiß nicht genau, ob es mir gefällt«, sagte sie, »daß andere Frauen dich waschen. Ich werde allmählich eifersüchtig.«

»Ich schwöre dir«, sagte er, »ich kann dir erklären, wo ich letzte Nacht war.«

»Im ganzen Krankenhaus gibt es keine einzige Schwester, die mir nicht gesagt hat, daß du ihr Lieblingspatient bist.«

»Ach was, Schatz, das hat doch nichts zu bedeuten. Jeder könnte ihr Lieblingspatient sein. Das ist ganz einfach. Man darf ihnen nur nicht ständig sein Leid klagen und keine Witze über ihre kleinen Häubchen machen.«

»So einfach ist das?« sagte sie und wusch mit dem Schwamm seinen linken Arm.

»Na ja, man muß auch alles aufessen, was sie einem bringen, darf sie niemals drängen, einem ohne ausdrückliche Anweisung des Arztes eine Heroinspritze zu geben, und darf nie einen Herzanfall vortäuschen, nur um auf sich aufmerksam zu machen.«

»Sie sagen, du wärest so nett, tapfer und witzig.«

»Ist doch Quatsch!« sagte er mit übertriebener Scheu, aber er war wirklich peinlich berührt.

»Ein paar Schwestern haben mir gesagt, wie glücklich ich mich schätzen könnte, mit dir verheiratet zu sein.«

»Hast du sie verprügelt?«

»Es gelang mir gerade noch, mich zu beherrschen.«

»Gut. Sonst hätte ich drunter leiden müssen.«

»Ich kann *wirklich* von Glück reden«, sagte sie.

»Und einige dieser Schwestern sind ziemlich stark und haben einen verdammt harten rechten Haken.«

»Ich liebe dich, Jack«, sagte sie, beugte sich über das Bett und küßte ihn auf den Mund. Der Kuß verschlug ihm den Atem. Ihr Haar fiel über sein Gesicht; es roch nach Zitronenshampoo.

»Heather«, sagte er leise und legte eine Hand auf ihre Wange. »Heather, Heather.« Er wiederholte den Namen, als sei er ihm heilig, und das war er auch, nicht nur ein Name, sondern ein Gebet, das ihm Kraft gab. Der Name und ihr Gesicht machten seine Nächte weniger dunkel, ließen seine schmerzerfüllten Tage schneller vergehen.

»Ich schätze mich so glücklich«, wiederholte sie.

»Ich auch. Daß ich dich gefunden habe.«

»Du wirst bald wieder bei mir zu Hause sein.«

»Bald«, sagte er, obwohl er wußte, daß er noch wochenlang in diesem Bett liegen und weitere Wochen in einer Reha-Klinik sein würde.

»Keine einsamen Nächte mehr«, sagte sie.

»Keine einsamen Nächte.«

»Immer zusammen.«

»Immer.« Seine Kehle war wie zugeschnürt, und er befürchtete, gleich weinen zu müssen. Er hätte sich der Tränen nicht geschämt, war aber der Ansicht, daß sie es noch nicht wagen durften, jetzt schon zu weinen. Sie brauchten all ihre Kraft und Entschlossenheit für die Kämpfe, die noch vor ihnen lagen. Er schluckte heftig. »Wenn ich nach Hause komme...«, flüsterte er.

»Ja?«

»Und wir wieder ins Bett gehen können...«

Ihr Gesicht war ganz nah vor dem seinen. »Ja?« flüsterte sie.

»Tust du dann etwas ganz Besonderes für mich?«

»Natürlich, du Dummerchen.«

»Ziehst du dann eine Krankenschwesterntracht an? Das macht mich wirklich an.«

Sie blinzelte kurz vor Überraschung, brach dann in Gelächter aus und stieß ihm den kalten Schwamm ins Gesicht. »Du Biest.«

»Tja, und wie wäre es mit einer Nonnentracht?«

»Du Perverser.«

»Oder mit einer Pfadfinderinnenuniform?«

»Aber ein netter, tapferer und witziger Perverser.«

Ohne seinen Humor hätte er es auch nicht ertragen, Polizist zu sein. Humor, manchmal auch schwarzer Humor, war ein Schild, der es ihm ermöglichte, ohne sich dabei dreckig zu machen, durch den Schmutz und den Wahnsinn zu waten, in denen die meisten Cops heutzutage arbeiten mußten.

Sein Humor trug auch zu seiner Genesung bei und verhinderte, daß er von Schmerz und Sorgen verzehrt wurde, obwohl er über eine Sache nur schwer lachen konnte — seine Hilflosigkeit. Es war ihm peinlich, daß man ihm bei den grundlegenden Körperfunktionen helfen mußte und daß er sich regelmäßig Einläufen zu unterziehen hatte, um die Folgen der extremen Untätigkeit in den Griff zu bekommen. Von Woche zu Woche wurde ihm der Mangel an Privatsphäre immer peinlicher, womit er eigentlich nicht gerechnet hatte.

Noch schlimmer war es, in dem starren Zugriff des Gipses ans Bett gefesselt zu sein, nicht gehen oder auch nur kriechen zu können, sollte es plötzlich zu einer Katastrophe kommen. Gelegentlich stellte sich bei ihm die fixe Idee ein, das Krankenhaus würde durch einen Brand oder ein Erdbeben zerstört werden. Obwohl er wußte, daß das Personal für solche Notfälle gut ausgebildet war und man ihn nicht den Flammen oder dem tödlichen Gewicht der zusammenbrechenden Wände überlassen würde, befiel ihn gelegentlich eine irrationale Panik, oft mitten in der Nacht, ein blinder Schrecken, der ihm die Brust Stunde um Stunde enger zuschnürte und nur allmählich der Vernunft oder Erschöpfung wich.

Mitte Mai hatte er eine tiefe Anerkennung und grenzenlose Bewunderung für Querschnittgelähmte entwickelt, die sich vom Leben nicht unterkriegen ließen. Er konnte zumindest Arme und Hände benutzen und Gymnastik machen, indem er Gummibälle zusammendrückte und leichte Gewichte hob. Er konnte seine Stirn kratzen, wenn sie juckte, bis zu einem gewissen Ausmaß allein essen und sich die Nase putzen. Er empfand Ehrfurcht vor Menschen, die dauerhaft querschnittsgelähmt waren, aber Freude am Leben hatten und der Zukunft mit Hoffnung entgegensahen, weil er wußte, daß er weder ihren Mut noch ihre Charakterstärke hatte, ganz gleich, ob er als beliebtester Patient der Woche, des Monats oder Jahrhunderts galt.

Hätte man ihm drei Monate lang den Gebrauch seiner Beine *und* Hände entzogen, hätte Verzweiflung ihn niedergedrückt. Und hätte er nicht gewußt, daß er am Sommeranfang aus dem Bett kommen und wieder laufen lernen würde, wäre er angesichts der Aussicht auf eine langfristige Hilflosigkeit verrückt geworden.

Hinter dem Fenster seines Zimmers im zweiten Stock konnte er wenig mehr als die Kronen eine großen Palme sehen. Über die Wochen hinweg beobachtete er unzählige Stunden, wie die Palmwedel in der sanften Brise zitterten, von Sturmwinden geschüttelt wurden, sich hellgrün vom blauen Himmel und dunkelgrün von Regenwolken abhoben. Manchmal schossen Vögel durch diesen eingerahmten Teil des Himmels, und Jack freute sich jedesmal, wenn er einen kurzen Blick auf ihren Flug werfen konnte.

Er schwor sich, daß er, wenn er erst wieder auf den Beinen war, nie wieder hilflos sein würde. Er war sich der Hybris eines solchen Eids bewußt; ob er ihn einhalten konnte, hing von den Launen des Schicksals ab. Der Mensch denkt, Gott lenkt. Doch was dieses Thema betraf, konnte er nicht über sich selbst lachen. Er würde nie wieder hilflos sein. Niemals! Er forderte Gott heraus: Laß mich in Ruhe oder töte mich, aber lege mich nie wieder in diesen Schraubstock.

Der Captain von Jacks Abteilung, Lyle Crawford, besuchte ihn am Abend des dritten Juni zum drittenmal im Krankenhaus.

Crawford war ein unauffälliger Mann von durchschnittlicher Größe, braunen Augen und brauner Haut, sozusagen alles im gleichen Farbton. Er trug Hush Puppies, schokoladenbraune Freizeithosen, ein braunes Hemd und ein schokoladenbraunes Jackett, als wäre es sein größter Wunsch, *so* unauffällig zu sein, daß er mit jedem Hintergrund verschmelzen und vielleicht sogar unsichtbar werden könne. Er trug auch eine braune Mütze, die er abnahm und in beiden Händen hielt, als er neben dem Bett stand. Er sprach leise und lächelte gern, hatte aber auch doppelt so viele Tapferkeitsauszeichnungen wie jeder andere Cop in der Abteilung bekommen und war eine geborene Führungspersönlichkeit.

»Wie geht es Ihnen?« fragte Crawford.

»Mein Aufschlag ist besser geworden, aber meine Rückhand ist noch immer mies«, sagte Jack.

»Halten Sie den Schläger etwas schief.«

»Sie meinen, das ist mein Problem?«

»Das und die Tatsache, daß Sie nicht aufstehen können.«

Jack lachte. »Wie läuft's so in der Abteilung, Captain?«

»Wie immer. Heute morgen gingen zwei Burschen in ein Juweliergeschäft am Westwood Boulevard, direkt, nachdem der Laden aufgemacht hat, mit Schalldämpfern an den Pistolen. Sie erschießen den Besitzer und zwei Angestellte, knallen sie einfach über den Haufen, bevor jemand Alarm auslösen kann. Draußen hört keiner was. Schränke voller Schmuck, im Hinterraum steht der große Safe offen, in dem die schönsten Stücke liegen, im Wert von ein paar Millionen Dollar. Sieht jetzt wie das reinste Kinderspiel aus. Dann kriegen die beiden Typen Streit darüber, wer was als erster nehmen darf und ob sie Zeit haben, sämtliche Stücke mitzunehmen. Der eine läßt 'ne Bemerkung über die bessere Hälfte des anderen fallen, und bevor man sich versieht, ballern sie aufeinander los.«

»Großer Gott.«

»Ein paar Minuten später kommt ein Kunde herein. Vier Tote und ein halb bewußtloser Räuber auf dem Boden, der so schwer verletzt ist, daß er nicht mal aus dem Laden kriechen und abhauen kann. Der Kunde steht einfach da, ist völlig schockiert, wie gelähmt, überall Blut, die reinste Schweinerei. Der verletzte Räuber wartet darauf, daß der Kunde was unternimmt, und als der Typ einfach wie erstarrt dasteht und gafft, sagt der Räuber: ›Um Gottes willen, Mister, rufen Sie einen Krankenwagen!‹«

»›Um Gottes willen‹«, sagte Jack.

»›Um Gottes willen.‹ Als der Krankenwagen kommt, bittet der Gangster die Sanitäter zuallererst um eine Bibel.«

Jack drehte den Kopf auf dem Kissen ungläubig hin und her. »Schön zu wissen, daß nicht aller Abschaum auf den Straßen gottloser Abschaum ist, was?«

»Da wird einem richtig warm ums Herz.«

Jack war der einzige Patient im Zimmer. Sein letzter Zimmergenosse, ein fünfzigjähriger Architekt, der drei Tage hier gelegen hatte, war am Vortag nach Komplikationen bei einer eigentlich routinemäßigen Gallenblasenoperation gestorben.

Crawford setzte sich auf die Kante des leeren Bettes. »Ich habe gute Nachrichten für Sie.«

»Die kann ich auch brauchen.«

»Die Dienstaufsicht hat den Abschlußbericht über den Schußwechsel vorgelegt, und Ihnen ist ein einwandfreies Verhalten bescheinigt worden. Noch besser wird Ihnen gefallen, daß sowohl der Polizeichef als auch die Dienstaufsicht den Bericht als endgültiges Untersuchungsergebnis akzeptieren werden.«

»Warum ist mir nicht nach einem Jubelschrei zumute?«

»Wir beide wissen, daß die Forderung nach einer Untersuchung Blödsinn war. Aber wir beide wissen auch ... sobald sie diese Tür erst einmal geöffnet haben, schließen sie sie nicht immer, ohne einem armen, unschuldigen Arschloch die Finger einzuklemmen. Also können wir zufrieden sein.«

»Ist Luther auch freigesprochen worden?«

»Ja, natürlich.«

»Na schön.«

»Ich werde Sie zu einer Belobigung vorschlagen – und Luther auch, posthum. Beide werden gebilligt werden.«

»Vielen Dank, Captain.«

»Sie haben es sich verdient.«

»Die hohen Tiere von der Aufsicht sind mir scheißegal, und der Polizeichef kann meinetwegen auch zur Hölle fahren. Aber die Belobigung bedeutet mir etwas, weil *Sie* uns vorgeschlagen haben.«

Crawford sah zu seiner braunen Mütze hinab, die er unablässig mit seinen braunen Händen drehte. »Das weiß ich zu schätzen«, sagte er.

Beide schwiegen eine Weile. Jack dachte an Luther. Er vermutete, daß Crawford auch an ihn dachte.

Schließlich sah Crawford von seiner Mütze auf. »Und jetzt zu den schlechten Nachrichten«, sagte er.

»Es muß wohl immer welche geben.«

»Nicht direkt schlechte Nachrichten, nur ärgerliche. Haben sie von dem Anson-Oliver-Film gehört?«

»Von welchem? Er hat drei Stück gedreht.«

»Also haben Sie nicht davon gehört. Seine Eltern und seine schwangere Verlobte haben einen Vertrag mit Warner Brothers unterschrieben.«

»Einen Vertrag?«

»Sie haben die Rechte an Anson Olivers Lebensgeschichte für eine Million Dollar verkauft.«

Jack war sprachlos.

»Sie behaupten, sie hätten den Vertrag aus zwei Gründen geschlossen. Zuerst wollen sie für Olivers ungeborenen Sohn sorgen und die Zukunft des Jungen sichern.«

»Was ist mit der Zukunft meines Jungen?« fragte Jack wütend.

Crawford sah ihn an. »Sie sind ja stinksauer.«

»Allerdings!«

»Verdammt, Jack, seit wann interessieren sich Leute wie die für unsere Kinder?«

»Überhaupt nicht.«

»Genau. Sie und ich und unsere Kinder, wir sind dafür da, um ihnen zu applaudieren, wenn sie etwas Künstlerisches oder Hochgeistiges tun — und um hinter ihnen aufzuräumen, wenn sie eine Schweinerei machen.«

»Das ist nicht fair«, sagte Jack. Dann lachte er über seine eigenen Worte — als könne ein erfahrener Cop noch erwarten, daß das Leben fair sei, Tugend belohne, das Böse bestrafe. »Ach, zum Teufel, was soll's?«

»Sie dürfen sie deshalb nicht hassen. So sind sie nun mal, so denken sie. Sie werden sich nie ändern. Genausogut könnten Sie ein Gewitter hassen oder dem Eis übelnehmen, daß es kalt ist, oder dem Feuer, daß es heiß ist.«

Jack seufzte. Er spürte immer noch die Wut in sich, aber gedämpft. »Sie haben gesagt, sie hätten den Vertrag aus zwei Gründen geschlossen. Was ist der zweite?«

»Sie wollen einen Film drehen, der ›dem Genie Anson Olivers ein Denkmal setzt‹«, sagte Crawford. »So hat der Vater es ausgedrückt. ›Dem Genie Anson Olivers ein Denkmal setzen.‹«

»Um Gottes willen.«

Crawford lachte leise auf. »Ja, genau. Und die Verlobte, die Mutter des zukünftigen Erben, sagt, dieser Film werde Anson Olivers kontroverse Karriere und seinen Tod in die historische Perspektive setzen.«

»In was für eine historische Perspektive? Er hat Filme gedreht. Er war nicht der Führer der westlichen Welt — er hat nur Filme gemacht.«

Crawford zuckte die Achseln. »Tja, nachdem sie ihn erst mal aufs Podest gesetzt haben, wird er wohl als energischer Kämpfer gegen die Drogen gelten, als unermüdlicher Anwalt für die Obdachlosen...«

Jack nahm den Faden auf. »Als frommer Christ, der einmal in Erwägung zog, sein Leben der Missionsarbeit zu widmen...«

»... bis Mutter Theresa ihm sagte, er solle statt dessen Filme machen...«

»... und wegen seiner eindrucksvollen Erfolge im Namen der Gerechtigkeit wurde er aufgrund einer Verschwörung getötet, in die die CIA verwickelt war, das FBI...«

»... das englische Königshaus, die Internationale Bruderschaft der Boilerhersteller und Rohrleger...«

»... der verstorbene Stalin...«

»... Kermit der Frosch...«

»... und ein Geheimzirkel von Rabbis aus New Jersey, die zum katholischen Glauben übergetreten sind?«

Sie lachten, weil die Situation zu absurd war, um mit irgend etwas anderem als Gelächter zu reagieren — und weil sie sonst, hätten sie nicht gelacht, sich eingestanden hätten, daß es in der Macht dieser Leute lag, ihnen zu schaden.

»Die bauen mich besser nicht in ihren verdammten Film ein«, sagte Jack, nachdem sein Gelächter sich in einen Hustenanfall verwandelt hatte. »Sonst verklage ich sie bis auf den letzten Cent.«

»Sie werden Ihren Namen ändern, aus Ihnen einen chinesischen Cop namens Wong machen, zehn Jahre älter und fünfzehn Zentimeter kleiner, der mit einem Rotschopf namens Bertha verheiratet ist, und Sie werden keinen Penny aus ihnen herausholen können.«

»Die Leute werden trotzdem noch wissen, daß im wirklichen Leben ich es war.«

»Im wirklichen Leben? Was ist das? Wir leben im Lala-Land.«

»Mein Gott, wie können sie aus diesem Burschen einen *Helden* machen?«

»Sie haben auch aus Bonnie und Clyde Helden gemacht«, sagte Crawford.

»Antihelden.«

»Na schön, dann eben aus Butch Cassidy und Sundance Kid.«

»Trotzdem.«

»Sie haben aus Jimmy Hoffa und Bugsy Siegel Helden gemacht. Anson Oliver ist im Vergleich zu denen doch nur ein kleiner Fisch.«

In dieser Nacht, lange, nachdem Lyle Crawford gegangen war und Jack versuchte, seine tausend kleinen Beschwerden zu vergessen und einzuschlafen, mußte er immer wieder über den Film nachdenken, die Million Dollar, die Belästigungen, die Toby in der Schule hinnehmen mußte, die üblen Graffiti, mit denen ihr Haus beschmiert worden war, ihre unzureichenden Ersparnisse, das Gehalt, das er während seiner Dienstunfähigkeit bekam; er mußte an Luther denken, an die jetzt allein dastehende Alma mit ihrem Waffenarsenal und an Anson Oliver, der von einem jungen Schauspieler mit gemeißelten Gesichtszügen und melancholischen Augen dargestellt wurde und eine Aura des heiligen Mitleids und der edlen Absichten ausstrahlte, die nur von seinem Sex-Appeal übertroffen wurde.

Jack wurde vom Gefühl einer Hilflosigkeit überwältigt, das viel schlimmer war als alles, was er zuvor empfunden hatte. Seine Ursache bestand nur zum Teil aus der klaustrophobisch wirkenden Beschränkung durch Körpergips und Bett. Sie resultierte auch aus der Tatsache, daß er von einem Haus an diese

Stadt der Engel gefesselt wurde, dessen Wert gesunken war und sich zur Zeit auf dem Rezessionsmarkt nur schwer verkaufen ließ, und aus der Tatsache, daß er ein guter Cop in einem Zeitalter war, in dem die Helden Gangster waren, und aus der Tatsache, daß er sich nicht vorstellen konnte, sich auf eine andere Weise, also *nicht* als Cop, den Lebensunterhalt zu verdienen oder eine Bedeutung im Leben zu finden. Er war gefangen wie eine Ratte im riesigen Labyrinth eines Labors. Im Gegensatz zu der Ratte hatte er nicht einmal die Illusion, frei zu sein.

Am sechsten Juni kam der Körpergips ab. Die Rückgratfraktur war vollständig verheilt. Er hatte volles Gefühl in beiden Beinen. Zweifellos würde er wieder laufen lernen.

Anfangs jedoch konnte er sich nur mit einer mit Rädern versehenen Laufhilfe voranbewegen. Oder er stützte sich auf den Krankenschwestern ab. Seine Schenkel hatten sich zurückgebildet, seine Wadenmuskulatur war bis zu einem gewissen Grad verkümmert, trotz der Stärkungsmaßnahmen während der langen Liegezeit. Zum erstenmal in seinem Leben hatte er einen weichen, schlaffen Bauch, die einzige Stelle, an der er zugenommen hatte.

Ein einziger Gang durch das Zimmer bewirkte, daß ihm trotz der Unterstützung durch die Schwestern und die Gehhilfe der Schweiß ausbrach und seine Bauchmuskeln flatterten, als habe er versucht, zweihundertfünfzig Kilo zu stemmen. Nichtsdestoweniger war es ein Grund zum Feiern. Das Leben ging weiter. Er fühlte sich wie neugeboren.

Er blieb neben dem Fenster stehen, das die Krone der großen Palme umrahmte, und wie durch die Gnade eines bewußten und gütigen Universums erschienen drei Seemöwen am Himmel. Sie waren von der Küste Santa Monicas landeinwärts geflogen und schwebten vielleicht eine halbe Minute lang wie weiße Drachen auf aufsteigenden Thermalwinden. Dann wirbelten die Vögel plötzlich in einem Luftballett der Freiheit durch den blauen Himmel und verschwanden im Westen. Jack sah ihnen nach, bis er sie nicht mehr ausmachen konnte. Seine

Augen schimmerten feucht, und er wandte sich von dem Fenster ab, ohne den Blick auch nur einmal auf die Stadt unter und vor ihm zu senken.

Heather und Toby besuchten ihn an diesem Abend und brachten Erdnußbutter-und-Schokoladen-Eiscreme von Baskin-Robins mit. Trotz des Rettungsrings um seine Taille verputzte Jack seinen Anteil.

In der Nacht träumte er von Seemöwen. Drei Vögel. Mit herrlich breiten Flügeln. So weiß und leuchtend wie Engel. Sie flogen stetig gen Westen, stiegen höher und tauchten wieder hinab, drehten Kreise und Loopings, flogen aber immer nach Westen, und er lief unter ihnen über die Felder und versuchte, mit ihnen Schritt zu halten. Er war wieder ein Junge und breitete seine Arme aus, als wären sie Flügel, jagte Hügel hinauf, grasbewachsene Hänge hinab, Wildblumen peitschten gegen seine Beine, und er konnte sich problemlos vorstellen, jeden Augenblick abzuheben, frei von den Zwängen der Schwerkraft hoch oben in der Gesellschaft der Möwen zu fliegen. Dann endete die Wiese, während er zu den Möwen hinaufsah, und er trat mit den Füßen über einem Klippenrand hinaus in die Luft, und vielleicht hundert Meter tiefer sah er spitze, klingenförmige Felsen, und starke Wellen explodierten zwischen ihnen, weißer Gischt spritzte hoch in die Luft, und er fiel, fiel. Da wußte Jack McGarvey, daß es nur ein Traum war, doch er konnte nicht aufwachen, so sehr er es auch versuchte. Er fiel und fiel, kam dem Tod immer näher, aber nur fast, fiel und fiel dem schroffen, schwarzen Rachen der Felsen entgegen, fiel ...

Nach vier Tagen der zunehmend mühsameren Therapie im Westside General wurde Jack am elften Juni in die Phoenix-Rehabilitationsklinik verlegt. Obwohl die Rückgratfraktur geheilt war, hatte er einen Nervenschaden erlitten. Nichtsdestoweniger war seine Prognose ausgezeichnet.

Sein Zimmer hätte sich auch in einem Hotel befinden können. Teppich statt Vinylfliesen auf dem Boden, eine grün und weiß gestreifte Tapete, hübsch gerahmte Drucke, die idyllische

Landschaften zeigten, grell gemusterte, aber fröhliche Vorhänge vor den Fenstern. Nur die beiden Krankenhausbetten straften den Holiday-Inn-Eindruck Lügen.

Der Raum, in dem die physikalische Therapie stattfand und in den der Patient zum erstenmal am Morgen des zwölften Juni um sechs Uhr dreißig in einem Rollstuhl gefahren wurde, war mit zahlreichen Übungsmaschinen ausgestattet. Er roch mehr nach einem Krankenhaus als nach einer Turnhalle, was Jack als ganz angenehm fand. Da er nun zumindest eine bloße Vorstellung hatte, was ihn erwartete, sah der Raum für ihn wie eine Folterkammer aus.

Sein physikalischer Therapeut, Moshe Bloom, war Ende Zwanzig, einsneunzig groß und hatte einen so muskulösen und gut gebauten Körper, als befände er sich im Dauertraining für einen Nahkampf Mann gegen Panzer. Er hatte lockiges, schwarzes Haar, braune, mit Gold getupfte Augen und einen dunklen Teint, den die Sonne Kaliforniens zu einem schimmernden Bronzeton gebräunt hatte. In weißen Turnschuhen, weißen Baumwollhosen, einem weißen T-Shirt und einem ebensolchen Käppchen war er eine strahlende Erscheinung, die einen Zentimeter über dem Boden zu schweben schien und eine Botschaft Gottes überbrachte, die da lautete: ›Ohne Fleiß kein Preis‹.«

»So wie Sie es sagen, klingt es nicht nach einem Rat«, sagte Jack zu ihm.

»Ach?«

»Sondern eher wie eine Drohung.«

»Sie werden nach den ersten Sitzungen weinen wie ein Baby.«

»Wenn Sie es darauf anlegen, kann ich jetzt sofort wie ein Baby weinen, und wir können beide nach Hause gehen.«

»Sie werden die Schmerzen am Anfang fürchten.«

»Ich kenne die Therapie vom Westside General.«

»Das war nur ein kleines Spielchen für Waschlappen. Nichts im Vergleich zu der Hölle, durch die ich Sie jagen werde.«

»Das klingt ja sehr tröstlich.«

Bloom zuckte mit seinen gewaltigen Schultern. »Sie dürfen sich keine Illusion machen. So etwas wie eine leichte Rehabilitation gibt es nicht.«

»Ich habe mir noch nie Illusionen gemacht.«

»Gut. Sie werden den Schmerz zuerst fürchten, verabscheuen, sich vor ihm ducken, betteln, lieber halb verkrüppelt nach Hause geschickt zu werden, statt das Programm zu beenden...«

»Mein Gott, ich kann es kaum abwarten endlich anzufangen.«

»... aber ich werde Sie lehren, den Schmerz zu hassen, statt ihn zu fürchten...«

»Vielleicht sollte ich lieber ein paar Uni-Kurse belegen und statt dessen Spanisch lernen.«

»... und dann werde ich Sie lehren, den Schmerz zu lieben, weil er ein sicheres Zeichen ist, daß Sie Fortschritte machen.«

»Und Sie sollten einen Kurs belegen, der Ihnen erklärt, wie Sie Ihre Patienten ermutigen können.«

»Sie müssen sich schon selbst ermutigen, McGarvey. Meine Aufgabe ist es hauptsächlich, Sie herauszufordern.«

»Nennen Sie mich Jack.«

Der Therapeut schüttelte den Kopf. »Nein. Ich nenne Sie vorerst McGarvey, und Sie nennen mich Bloom. So eine Beziehung ist am Anfang immer gegnerisch. Sie müssen mich hassen, um einen Brennpunkt für ihren Zorn zu haben. Wenn es soweit ist, können sie mich leichter hassen, wenn wir uns nicht mit den Vornamen ansprechen.«

»Ich hasse Sie jetzt schon.«

Bloom lächelte. »Sie werden es schaffen, McGarvey.«

ZWÖLFTES KAPITEL

Nach der Nacht des zehnten Juni lebte Eduardo mit einer Lüge. Zum erstenmal in seinem Leben war er nicht bereit, der Wirklichkeit ins Auge zu sehen, obwohl er wußte, daß dies niemals wichtiger gewesen wäre als gerade jetzt. Es wäre gesünder für ihn gewesen, die eine Stelle auf der Ranch aufzusuchen, an der er einen Beweis finden würde — oder auch nicht —, der seine dunkelsten Vermutungen über die Natur des Eindringlings bestätigen konnte, der ins Haus gekommen war, als er in Travis Potters Praxis in Eagle's Roost gewesen war. Statt dessen war dies der einzige Ort, den er beflissen mied. Er sah nicht einmal zu dem Grashügel hinüber.

Er trank zu viel und scherte sich einen Dreck darum. Siebzig Jahre lang hatte er nach dem Motto ›mäßig aber regelmäßig‹ gelebt, und diese Lebensauffassung hatte nur zu der erniedrigenden Einsamkeit und dem Entsetzen geführt, die er jetzt ertragen mußte. Er wünschte, das Bier — zu dem er sich gelegentlich einen guten Bourbon gönnte — hätte eine betäubendere Wirkung auf ihn gehabt. Er schien Alkohol geradezu unheimlich gut vertragen zu können. Selbst wenn er so viel davon gekippt hatte, daß seine Beine und sein Rückgrat zu Gummi zu werden schienen, blieb sein Geist viel klarer, als ihm lieb war.

Er suchte Zuflucht in Büchern, las ausschließlich Werke des Genres, für das er in letzter Zeit eine Vorliebe entwickelt hatte. Heinlein, Clarke, Bradbury, Sturgon, Benford, Clement, Wyndham, Christopher, Niven, Zelazny. Hatte er zuerst zu seiner Überraschung herausgefunden, daß phantastische Literatur herausfordernd und bedeutungsvoll sein konnte, stellte er nun fest, daß sie auch betäubend sein konnte, eine bessere Droge als jedes Bier, die darüber hinaus die Blase weniger belastete. Die Wirkung — entweder Aufklärung und Erstaunen oder intellektuelle und gefühlsmäßige Anästhesie — blieb strikt der Vorliebe des Lesers überlassen. Raumschiffe, Zeitmaschinen, Transmitter, fremde Welten, kolonisierte Monde, Außerirdische, Mutanten, intelligente Pflanzen, Roboter, Androiden, Klone, lebendige Computer mit künstlicher Intelligenz, Telepathie, Flotten von Sternenschiffen, die in weit entfernten Bereichen der Galaxis in Kämpfe verstrickt waren, der Zusammenbruch des Universums, rückwärts fließende Zeit, das Ende aller Dinge! Um nicht das Undenkbare denken zu müssen, verlor Eduardo Fernandez sich in einem Nebel des Phantastischen, in einer Zukunft, die es niemals geben würde.

Der Reisende, der über die Schwelle gekommen war, wurde ruhig, grub sich im Wald ein, und die Tage verstrichen ohne neue Entwicklungen. Eduardo begriff nicht, warum es über Milliarden von Kilometern durch den Weltraum oder Tausende von Jahren durch die Zeit gekommen war, nur um sich im Schneckentempo an die Eroberung der Erde zu machen.

Natürlich lag es im Wesen eines wahrhaft und zutiefst *Fremden*, daß seine Motive und Taten geheimnisvoll und für einen Menschen vielleicht immer unbegreiflich sein würden. Vielleicht war das Ding, das aus dem Durchgang gekommen war, überhaupt nicht an der Eroberung der Erde interessiert, und sein Zeitbegriff mochte sich von dem Eduardos so radikal unterscheiden, daß für ihn Tage wie Minuten waren.

In Science-fiction-Romanen gab es im Prinzip drei verschiedene Arten von Außerirdischen. Die guten wollten der Menschheit im allgemeinen helfen, ihr volles Potential als intelligente Rasse zu erreichen und danach in Gemeinschaft mit anderen Spezies zu leben und bis in alle Ewigkeit Abenteuer zu erleben. Die bösen wollten die Menschen versklaven, sich an ihnen nähren, Eier in sie legen, sie zum Zeitvertreib jagen oder wegen eines tragischen Mißverständnisses oder reiner Boshaftigkeit auslöschen. Die dritte Art von Außerirdischen — der man am seltensten begegnete — war weder gut noch böse, sondern so völlig fremd, daß ihre Absichten und ihr Wesen für Menschen so rätselhaft war wie der Geist Gottes. Diese dritte Art von Außerirdischen fügte der menschlichen Rasse normalerweise einen guten Dienst oder ein schreckliches Übel zu, während sie durch den galaktischen Randbereich zog, wie die Insassen eines Busses, die auf einer Autobahn an einer Kolonne geschäftiger Ameisen vorbeikamen, und sich dieser Begegnung nie bewußt wurden, geschweige denn der Tatsache, daß diese Begegnung Auswirkungen auf das Leben *intelligenter* Wesen ausgeübt hatte.

Eduardo hatte nicht die geringste Ahnung, was der Beobachter im Wald in größerem Rahmen vorhatte, doch er wußte instinktiv, daß er ihm, Eduardo, auf einer persönlichen Ebene nichts Gutes zugedacht hatte. Er suchte nicht ewige Gemeinschaft und gemeinsame Abenteuer. Und er war sich Eduardos bewußt, so daß er auch nicht zur dritten Art der Fremden gehörte. Es war ein fremdes und bösartiges Wesen, und früher oder später würde es Eduardo töten.

In den Romanen gab es mehr gute als böse Außerirdische. Die Science-fiction war im Prinzip eine Literatur der Hoffnung.

Als die warmen Junitage verstrichen, gab es auf der Quartermass-Ranch weit weniger Hoffnung als auf den Seiten dieser Bücher.

Am Nachmittag des siebzehnten Juni saß Eduardo im Wohnzimmer, trank Bier und las einen Roman von Walter M. Miller, als das Telefon klingelte. Er legte das Buch aus der Hand, aber nicht das Bier, und ging in die Küche, um das Gespräch entgegenzunehmen.

»Mr. Fernandez«, sagte Travis Potter, »Sie brauchen sich keine Sorgen zu machen.«

»Ach nein?«

»Ich habe ein Fax vom staatlichen Labor mit den Untersuchungsergebnissen der Gewebeproben dieser Waschbären bekommen. Die Tiere sind nicht identifiziert.«

»Aber sie sind tot«, sagte Eduardo.

»Zumindest sind sie nicht an Tollwut gestorben. Und auch nicht an der Pest. Es scheint sich nicht um eine ansteckende Krankheit zu handeln, oder um eine, die durch Stiche oder Flöhe übertragbar ist.«

»Haben Sie eine Autopsie vorgenommen?«

»Ja, Sir, das habe ich.«

»Also sind die Tiere an reiner Langeweile gestorben?«

Potter zögerte. »Ich habe lediglich eine schwere Gehirnentzündung und -schwellung gefunden.«

»Ich dachte, Sie hätten gesagt, es läge keine Infektion vor?«

»Es liegt auch keine vor. Keine krankhaften Veränderungen, keine Abzesse, kein Eiter. Nur eine Entzündung und extreme Schwellung. Eine wirklich extreme.«

»Vielleicht sollte das staatliche Labor mal dieses Gehirngewebe untersuchen.«

»Ich habe auch Gehirngewebe eingeschickt.«

»Ich verstehe.«

»So etwas ist mir noch nie untergekommen«, gestand der Tierarzt ein.

Eduardo sagte nichts.

»Sehr seltsam«, sagte Potter. »Hat es noch mehr solcher Fälle gegeben?«

»Noch mehr tote Waschbären? Nein. Nur die drei.«

»Ich werde ein paar toxilogische Untersuchungen vornehmen. Vielleicht haben wir es hier mit einem Gift zu tun.«

»Ich habe kein Gift ausgelegt.«

»Könnte es ein Industriegift sein?«

»Ach? Hier in der Nähe gibt es keine verdammte Industrie.«

»Na ja... dann ein natürliches Toxin.«

»Als Sie es seziert haben...«, sagte Eduardo.

»Ja?«

»Sie haben den Schädel geöffnet und gesehen, daß das Gehirn entzündet und geschwollen war...«

»Ein gewaltiger Druck, selbst nach dem Tod, Blut und Rückenmarkflüssigkeit spritzten in dem Augenblick heraus, als die Knochensäge das Cranium durchtrennte.«

»Eine sehr lebhafte Schilderung.«

»Tut mir leid. Aber deshalb quollen auch ihre Augen hervor.«

»Haben Sie nur Proben der Gehirnmasse entnommen, oder...«

»Ja?«

»... das Gehirn tatsächlich zerlegt?«

»Ich habe bei zwei Tieren eine vollständige Zerebrotomie vorgenommen.«

»Sie haben ihre Gehirne völlig geöffnet?«

»Ja.«

»Und Sie haben nichts gefunden?«

»Nur das, was ich Ihnen gesagt habe.«

»Nichts... Ungewöhnliches?«

Die Verwirrung in Potters Schweigen war fast hörbar. Dann: »Was hätte ich denn finden sollen, Mr. Fernandez?«

Eduardo antwortete nicht.

»Mr. Fernadez?«

»Was ist mit dem Rückgrat der Tiere?« fragte Eduardo. »Haben Sie auch ihr Rückgrat über die volle Länge untersucht?«

»Ja, das habe ich.«

»Haben sie etwas gefunden, daß daran ... daran befestigt war?«

»Befestigt?« fragte Potter.

»Ja.«

»Was meinen Sie mit ›befestigt‹?«

»Es hat vielleicht ... wie ein Tumor ausgesehen.«

»Wie ein Tumor *ausgesehen*?«

»Sagen wir einfach, es war ein Tumor ... etwas in der Art?«

»Nein. Nichts dergleichen. Überhaupt nichts.«

Eduardo nahm den Hörer vom Mund und trank einen Schluck Bier.

Als er den Hörer wieder ans Ohr drückte, hörte er, wie Travis Potter sagte: »... etwas wissen, was Sie mir nicht gesagt haben?«

»Nicht, das ich wüßte«, log Eduardo.

Diesmal schwieg der Tierarzt. Vielleicht trank auch er ein Bier. Dann: »Rufen sie mich an, wenn Sie auf weitere solcher Tiere stoßen?«

»Ja.«

»Nicht nur Waschbären.«

»Sicher.«

»Ganz gleich, was für Tiere es sind.«

»Klar.«

»Fassen Sie sie nicht an«, sagte Potter.

»Werde ich nicht.«

»Ich will sie an Ort und Stelle sehen, dort, wo sie gestorben sind.«

»Wie Sie meinen.«

»Nun ja ...«

»Auf Wiederhören, Herr Doktor.«

Eduardo legte auf und ging zur Spüle. Er sah aus dem Fenster, hinauf zum Waldrand über dem Hinterhof, westlich vom Haus.

Er fragte sich, wie lange er noch warten mußte. Er war das Warten kotzleid.

»Komm schon«, sagte er leise zu dem verborgenen Beobachter im Wald.

Er war bereit. Bereit für die Hölle oder den Himmel oder das ewige Nichts, was auch immer kommen würde.

Er hatte keine Angst vor dem Sterben.

Ihm machte nur angst, *wie* er sterben würde. Was er vielleicht ertragen mußte. Was man ihm in den letzten Minuten oder Stunden seines Lebens antun würde. Was er vielleicht sehen würde.

Am Morgen des einundzwanzigsten Juni nahm Eduardo gerade das Frühstück ein und hörte sich im Radio die Weltnachrichten an, als er aufschaute und durch das Fenster in der nördlichen Mauer der Küche ein Eichhörnchen sah. Es hockte ganz still auf der Fensterbank und betrachtete ihn eindringlich durch das Glas. Genau, wie es zuvor bei den Waschbären der Fall gewesen war.

Er beobachtete das Tier eine Zeitlang und konzentrierte sich dann wieder auf sein Frühstück. Er sah mehrmals auf, doch das Eichhörnchen harrte auf seinem Posten aus.

Nachdem er den Abwasch erledigt hatte, ging der alte Mann zum Fenster, bückte sich und betrachtete das Tier aus nächster Nähe. Nur die Glasscheibe war zwischen ihnen. Das Eichhörnchen schien von der genauen Prüfung nicht sonderlich beeindruckt zu sein.

Eduardo schlug direkt vor seinem Gesicht mit dem Fingernagel gegen das Glas.

Das Eichhörnchen zuckte nicht einmal.

Er erhob sich, schob den Riegel zurück und stemmte die untere Hälfte des Doppelfensters hoch.

Das Eichhörnchen sprang von der Fensterbank und floh auf

den Hof, wo es sich umwandte und ihn erneut eindringlich betrachtete.

Er schloß und verriegelte das Fenster, trat hinaus und setzte sich auf die Veranda. Zwei Eichhörnchen warteten dort schon im Gras auf ihn. Als Eduardo in dem Schaukelstuhl Platz nahm, blieb eins der kleinen Tiere im Gras hocken, doch das andere huschte auf die oberste Verandastufe und beobachtete ihn von dort aus.

Als er in dieser Nacht in seinem verbarrikadierten Zimmer im Bett lag und Schlaf suchte, hörte er, daß die Eichhörnchen über das Dach hüpften. Kleine Krallen kratzten an den Schindeln.

Als er schließlich einschlief, träumte er von Nagetieren.

Am folgenden Tag, dem zweiundzwanzigsten Juni, blieben die Eichhörnchen bei ihm. Auf den Fensterbänken. Im Hof. Auf den Veranden. Als er einen Spaziergang unternahm, folgten sie ihm in einigem Abstand.

Am dreiundzwanzigsten Juni war es nicht anders, doch am Morgen des vierundzwanzigsten fand Eduardo Fernandez auf der hinteren Veranda ein totes Eichhörnchen. Blutklumpen in den Ohren. Getrocknetes Blut in den Nasenöffnungen. Aus den Höhlen quellende Augen. Er fand zwei weitere Tiere auf dem Hof und ein viertes auf der Treppe der vorderen Veranda, alle im gleichen Zustand.

Sie hatten die Kontrolle länger als die Waschbären überlebt.

Anscheinend lernte der Reisende.

Eduardo zog in Betracht, Dr. Potter anzurufen. Statt dessen sammelte er die vier Kadaver ein und trug sie auf die Wiese links vom Haus. Dort legte er sie ins Gras, wo Aasfresser sie finden und beseitigen würden.

Er dachte auch an das Kind in seiner Phantasie auf der fernen Ranch, das vielleicht die Scheinwerfer des Cherokee beobachtet hatte, als er vor zwei Wochen von dem Tierarzt zurückgefahren war. Er sagte sich, er sei es diesem Kind — oder anderen Kindern, die es wirklich gab — schuldig, Potter die ganze Geschichte zu erzählen. Er hätte auch versuchen sollen, die Behörden hinzuzuziehen, auch wenn es eine frustrierende und erniedrigende Aufgabe war, jemanden von seiner Geschichte zu überzeugen.

Vielleicht lag es am Bier, das er noch immer vom Morgen bis zum Abend trank, doch das Gemeinschaftsgefühl, das er in jener Nacht empfunden hatte, konnte er jetzt nicht mehr aufbringen. Er hatte sein ganzes Leben damit verbracht, den Menschen aus dem Weg zu gehen. Es war ihm unmöglich, sie nun plötzlich mit offenen Armen willkommen zu heißen.

Außerdem hatte sich für ihn alles geändert, als er nach Hause gekommen war und die Spuren des Eindringlings gefunden hatte: die bröckelnden Klümpchen Erde, die toten Käfer, den Wurm, der blaue Stoffetzen an der geöffneten Backofentür. Er wartete mit Schrecken auf den nächsten Zug in *diesem* Teil des Spiels und weigerte sich gleichzeitig, Spekulationen darüber anzustellen, verdrängte augenblicklich jeden verbotenen Gedanken, der sich in seinem gequälten Verstand bilden wollte. Wenn es am Ende wirklich zu einer fürchterlichen Konfrontation kommen sollte, konnte er keine Fremden daran teilhaben lassen. Dieser Schrecken war zu persönlich; er allein konnte ihn beobachten und ertragen.

Er führte noch immer Tagebuch und beschrieb auf den gelben Seiten das Verhalten der Eichhörnchen. Er hatte nicht den Willen oder die Kraft, seine Erlebnisse so detailliert festzuhalten, wie er es beim erstenmal getan hatte. Er schrieb so zusammenhängend wie möglich, ohne eine relevante Information auszulassen. Nachdem er es sein Leben lang zu lästig gefunden hatte, ein Tagebuch zu führen, konnte er nun nicht mehr damit aufhören.

Er versuchte, den Reisenden zu begreifen, indem er über ihn schrieb. Den Reisenden... und sich selbst.

Am letzten Junitag entschloß der alte Mann sich, nach Eagle's Roost zu fahren, um Lebensmittel und andere Vorräte zu kaufen. Da er nun tief im Schatten des Unbekannten und Phantastischen lebte, schien jede weltliche Handlung — eine Mahlzeit zu kochen, jeden Morgen das Bett zu machen, einzukaufen

— eine sinnlose Verschwendung von Zeit und Energie zu sein, der absurde Versuch, eine nun verzerrte und seltsame Existenz mit einer Fassade der Normalität zu tünchen. Aber das Leben ging weiter.

Als Eduardo den Cherokee-Kombi aus der Garage und auf die Auffahrt setzte, sprang eine große Krähe vom Verandageländer und flog mit kräftigen Schwingenschlägen über die Motorhaube des Kombis. Er trat auf die Bremse und würgte den Motor ab. Der Vogel stieg hoch in einen graugefleckten Himmel.

Als Eduardo später in der Stadt den Supermarkt verließ, ein Einkaufswägelchen mit Vorräten vor sich herschob, hockte eine Krähe auf der Motorhaubenverzierung des Kombis. Er vermutete, daß es sich um dasselbe Tier handelte, das ihm vor über zwei Stunden einen tiefen Schrecken eingejagt hatte.

Es blieb auf der Motorhaube hocken und beobachtete ihn durch die Windschutzscheibe, während er um den Cherokee ging und die Heckklappe öffnete. Während er die Tüten auf die Ladefläche hinter dem Rücksitz lud, wandte die Krähe nicht einen Augenblick den Blick von ihm ab. Sie beobachtete ihn auch, als er den leeren Einkaufswagen zum Supermarkt zurückbrachte, zum Wagen zurückkehrte und sich hinter das Lenkrad setzte.

Erst als er den Motor anließ, ergriff der Vogel die Flucht.

Die Krähe verfolgte ihn in der Luft fünfundzwanzig Kilometer durch die Landschaft von Montana. Eduardo konnte sie im Blick halten, indem er sich entweder vorbeugte und sich über das Lenkrad lehnte, um durch den oberen Teil der Windschutzscheibe zu sehen, oder indem er einfach aus dem Seitenfenster schaute, je nachdem, von wo aus das Tier ihn überwachte. Manchmal flog es neben dem Cherokee her und hielt Schritt mit ihm, manchmal flog es so weit voraus, daß es nur noch als kleiner Punkt auszumachen war, fast in den Wolken verschwunden wäre, nur, um sich dann zurückfallen zu lassen und wieder in der Nähe des Wagens zu bleiben. Es begleitete ihn bis nach Hause.

Als Eduardo zu Abend aß, hockte die Krähe auf der äußeren

Fensterbank, auf der Eduardo auch das Eichhörnchen zum erstenmal bemerkt hatte. Als er sich von seiner Mahlzeit erhob, um die untere Hälfte des Fensters zu öffnen, wich der Vogel zurück, genau wie das Eichhörnchen es getan hatte.

Er ließ das Fenster offenstehen, während er seine Mahlzeit beendete. Eine erfrischende Brise glitt über die in der Dämmerung liegenden Wiesen. Bevor Eduardo den letzten Bissen verzehrt hatte, kehrte die Krähe zurück.

Der Vogel blieb vor dem geöffneten Fenster hocken, während Eduardo das Geschirr spülte, abtrocknete und wegräumte. Mit seinen leuchtend schwarzen Augen verfolgte das Tier jede Bewegung des alten Mannes.

Er holte sich ein Bier aus dem Kühlschrank und kehrte an den Tisch zurück. Er setzte sich auf einen anderen Stuhl, näher zu der Krähe. Nur eine Armeslänge trennte sie voneinander.

»Was willst du?« fragte er, überrascht, daß er sich nicht töricht vorkam, mit einem verdammten Vogel zu sprechen.

Aber natürlich sprach er nicht mit dem Vogel. Er sprach das Wesen an, das dieses Tier beherrschte. Den Reisenden.

»Willst du mich nur beobachten?« fragte er.

Der Vogel starrte ihn an.

»Möchtest du gern mit mir kommunizieren?«

Der Vogel hob eine Schwinge, steckte den Kopf darunter und pickte nach seinen Federn, als würde er Läuse herauszupfen.

Eduardo trank noch einen Schluck Bier. »Oder möchtest du mich gern beherrschen«, sagte er dann, »wie du es mit diesen Tieren machst?«

Die Krähe hüpfte von einem Fuß auf den anderen, schüttelte sich und verlagerte den Kopf, um den Rancher mit einem Auge zu betrachten.

»Du kannst dich so lange wie ein verdammter Vogel benehmen, wie du willst, aber ich weiß, daß du keiner bist, jedenfalls nicht *nur* ein Vogel.«

Die Krähe verharrte wieder regungslos.

Hinter dem Fenster hatte die Dämmerung sich der Nacht ergeben.

»Kannst du mich kontrollieren? Vielleicht bist du auf einfachere Geschöpfe beschränkt, auf nicht so komplizierte neurologische Systeme.«

Die schwarzen Augen funkelten. Der scharfe gelbe Schnabel öffnete sich leicht. »Oder vielleicht willst du etwas über die hiesige Ökologie lernen, die Flora und Fauna, willst herausfinden, wie es hier so läuft, deine Fähigkeiten feinschleifen. Hmm? Vielleicht arbeitest du dich zu mir hinauf. Ist es das?«

Der Vogel beobachtete ihn.

»Ich weiß, daß nichts von dir in dem Vogel ist, nichts Körperliches jedenfalls. Genauso, wie du nicht in den Waschbären warst. Das hat die Autopsie ergeben. Ich habe angenommen, du müßtest etwas von dir in ein Tier eingeben, um es kontrollieren zu können, etwas Elektronisches, keine Ahnung, vielleicht sogar etwas Biologisches. Ich dachte, vielleicht gibt es eine Menge von euch im Wald, ein Schwarm, ein Nest, und vielleicht muß einer von euch tatsächlich in ein Tier eindringen, um es zu beherrschen. Ich habe halb damit gerechnet, daß Potter irgendeine komische Schnecke in dem Gehirn des Waschbären findet, einen verdammten Tausendfüßler, der sich an sein Rückgrat klammert. Ein Samenkorn, eine unheimlich aussehende Spinne, *irgend etwas*. Aber so läuft das bei dir nicht, was?«

Er trank einen Schluck von dem Bier.

»Ah. Schmeckt gut.«

Er hielt der Krähe das Bier hin.

Sie sah ihn über den Hals der Flasche an.

»Antialkoholiker, was? Ich erfahre immer mehr über dich. Wir sind ein neugieriger Haufen, wir Menschen. Wir lernen schnell und können umsetzen, was wir in Erfahrung gebracht haben, nehmen gern Herausforderungen an. Bereitet dir das nicht ein wenig Kopfzerbrechen?«

Die Krähe hob ihre Schwanzfeder und machte einen kleinen Satz.

»War das ein Kommentar«, fragte Eduardo sich, »oder gehörte das nur zu einer guten Vogelimitation?«

Der scharfe Schnabel öffnete und schloß sich, öffnete und schloß sich, doch der Vogel gab keinen Laut von sich.

»Irgendwie kontrollierst du diese Tiere aus der Ferne. Telepathie oder so? Aus einer ganz beträchtlichen Entfernung, zumindest bei diesem Vogel. Fünfundzwanzig Kilometer sind es bis nach Eagle's Roost. Na ja, für eine Krähe vielleicht zwanzig Kilometer. Luftlinie, verstehst du?«

Wenn der Reisende mitbekommen hatte, daß Eduardo einen schwachen Witz versucht hatte, ließ er es durch den Vogel jedenfalls nicht verlauten.

»Ziemlich clever, ob es nun Telepathie oder etwas anderes ist. Aber es fordert dem Unterworfenen verdammt viel ab, nicht wahr? Du wirst aber besser und lernst allmählich, welchen Beschränkungen die örtliche Sklavenpopulation unterworfen ist.«

Die Krähe pickte wieder nach Läusen.

»Hast du schon den Versuch unternommen, mich zu kontrollieren? Denn falls ja, habe ich nichts davon mitbekommen. Ich habe nicht gespürt, daß etwas in meinem Verstand herumstochert, habe keine fremden Bilder hinter meinen Augen gesehen, nichts von alledem, was man in den Romanen liest.«

Pick, pick, pick.

Eduardo trank die Flasche Bier aus und wischte sich den Mund am Hemdsärmel ab.

Nachdem der Vogel die Laus erwischt hatte, betrachtete er ihn ruhig, als wolle er die ganze Nacht dort sitzen bleiben und seinem weitschweifigen Unsinn zuhören, falls Eduardo nur weitersprach.

»Ich glaube, du gehst ganz langsam vor, tastest dich voran, experimentierst. Die Erde kommt allen, die hier geboren wurden, ganz normal vor, aber vielleicht ist sie für dich einer der unheimlichsten Orte, den du je gesehen hast. Vielleicht bist du nicht mehr so ganz überzeugt von dir.«

Er hatte das Gespräch nicht mit der Erwartung begonnen, daß die Krähe ihm antworten würde. Er spielte in keinem verdammten Disney-Film mit. Doch das permanente Schweigen frustrierte und ärgerte ihn allmählich, wahrscheinlich, weil er den ganzen Tag lang Bier getrunken und der Alkohol ihn etwas aggressiv gemacht hatte.

»Komm schon. Hören wir mit dem Blödsinn auf. Kommen wir zur Sache.«

Die Krähe sah ihn einfach nur an.

»Komm selbst vorbei, statte mir einen Besuch ab, zeige dein wahres Ich, schicke nicht einen Vogel, ein Eichhörnchen oder einen Waschbären vor. Komm als du selbst. Kein Kostüm. Na los. Bringen wir es hinter uns.«

Der Vogel flatterte wieder mit den Flügeln, öffnete sie halb, aber das war auch schon alles.

»Du bist schlimmer als Poes Rabe. Du sagst nicht mal ein einziges Wort, du sitzt einfach nur da. Taugst du zu gar nichts?«

Der Vogel sah ihn an, sah ihn nur an.

Und der Rabe rührt sich nimmer, sitzt noch immer, sitzt noch immer...

Obwohl Poe nie einer seiner Lieblingsschriftsteller gewesen war und er ihn vor langer Zeit gelesen hatte, in einer Zeit, da er noch herausfinden hatte müssen, was er wirklich schätzte, zitierte er nun laut die Sätze und erfüllte die Worte mit der Heftigkeit des gequälten Erzählers, den der Dichter geschaffen hatte: »Und in seinen Augenhöhlen eines Dämons Träume schwelen. Und das Licht wirft seinen scheelen Schatten auf den Estrich schwer...«

Plötzlich, aber zu spät, wurde ihm klar, daß der Vogel und das Gedicht und sein heimtückischer Verstand ihn zu einer Konfrontation mit dem schrecklichen Gedanken geführt hatten, den er unterdrückt hatte, seit er am zehnten Juni Erdklumpen, Tiere und Blätter aus dem Haus geräumt hatte. Im Mittelpunkt von Poes ›Der Rabe‹ standen ein junges Mädchen, Lenore, die dem Tod anheimgefallen war, und ein Erzähler mit dem morbiden Glauben, daß Lenore zurückgekehrt war, und zwar von...

Eduardo schlug vor dem Rest dieses Gedankens eine geistige Tür zu. Vor Wut schnaubend, warf er die leere Bierflasche. Sie traf den Vogel. Vogel und Flasche taumelten in die Nacht hinaus.

Der alte Mann sprang vom Stuhl auf und zum Fenster.

Der Vogel flatterte auf dem Rasen und erhob sich dann mit

einem wilden Flügelschlag in die Luft, in den dunklen Himmel.

Eduardo warf das Fenster so heftig zu, daß beinahe das Glas zerbrochen wäre, verriegelte es und drückte dann beide Hände an den Kopf, als wolle er den fürchterlichen Gedanken herausreißen, falls er ihn nicht mehr unterdrücken konnte.

An diesem Abend betrank er sich fürchterlich. Der Schlaf, den er schließlich fand, war dem Tod so ähnlich, wie er es sich nur vorstellen konnte.

Falls der Vogel, während Eduardo schlief, zum Schlafzimmerfenster kam oder über ihm auf dem Dachrand ging, bekam er nichts davon mit.

Am ersten Juli wachte er erst um zehn nach zwölf auf. Den Rest des Tages über versuchte er, die Nachwirkungen seines Bierrauschs zu lindern, was dazu beitrug, daß er nicht an die morbiden Verse eines schon lange toten Dichters denken mußte.

Die Krähe blieb den ersten, zweiten und dritten Juni über bei ihm, vom Morgen bis in die Nacht, ohne Unterlaß, aber er versuchte, sie zu ignorieren. Keine Blickduelle wie bei den anderen Wachtposten. Keine einseitigen Gespräche. Eduardo setzte sich nicht auf die Veranda. Wenn er im Haus war, sah er nicht zu den Fenstern. Sein beengtes Leben wurde noch mehr eingeschnürt.

Um drei Uhr am Nachmittag des vierten Juli erlitt er einen Anfall von Klaustrophobie, weil er das Haus zu lange nicht mehr verlassen hatte. Er holte das Schrotgewehr und brach zu einem kurzen Spaziergang auf. Er sah nicht in den Himmel über ihm, nur zu den fernen Horizonten. Zweimal jedoch sah er, wie vor ihm ein Schatten schnell über den Boden huschte, und wußte, daß er nicht allein war.

Er kehrte zum Haus zurück und war nur noch zwanzig Meter von der Veranda entfernt, als die Krähe aus dem Himmel stürzte. Sie schlug hilflos mit den Flügeln, als hätte sie vergessen, wie man fliegt, und schlug mit nur etwas mehr Anmut auf den Boden als ein Stein, den man aus einer ähnlichen Höhe fallen gelassen hatte. Sie schlug mit den Flügeln und schrie schrill auf dem Gras, doch als er sie erreichte, war sie schon tot.

Ohne die Krähe genauer zu betrachten, hob er sie an einer Flügelspitze auf. Er trug sie auf die Wiese und warf sie dorthin, wo er am vierundzwanzigsten Juni die vier Eichhörnchen fallen gelassen hatte.

Er erwartete, einen makabren Haufen von Überresten zu finden, Kadaver, die von Aasfressern abgenagt und verstümmelt worden waren, doch die Eichhörnchen waren verschwunden. Es hätte ihn nicht überrascht, wenn einer oder auch zwei der Kadaver fortgeschleppt worden wären, um anderswo gefressen zu werden. Doch die meisten Aasfresser hätten die Eichhörnchen dort ausgenommen, wo sie sie gefunden hätten, und zumindest einige Knochen, die unverzehrbaren Füße, Fetzen mit fellbedeckter Haut und einen abgenagten Schädel zurückgelassen.

Daß nicht die geringsten Überreste mehr vorhanden waren, konnte nur bedeuten, daß der Reisende — oder eines seiner wie durch Magie beherrschten Surrogate — die Eichhörnchen entfernt hatte.

Vielleicht wollte der Reisende sie untersuchen, nachdem er sie bis zu ihrem Tod benutzt hatte, um herauszufinden, warum sie versagt hatten — was ihm bei den Waschbären nicht möglich gewesen war, weil Eduardo eingeschritten und sie zum Tierarzt gebracht hatte. Oder das fremde Wesen war der Auffassung, daß sie, die Waschbären, Beweise für seine Anwesenheit waren. Vielleicht wollte es so wenig Spuren wie möglich hinterlassen, bis es seine Stellung auf dieser Welt gefestigt hatte.

Eduardo stand auf der Wiese, sah zu der Stelle hinüber, wo die toten Eichhörnchen gelegen hatten, und dachte nach.

Er hob die linke Hand, an der die zerschmetterte Krähe baumelte, und betrachtete die nun blicklosen Augen. So leuchtend wie poliertes Ebenholz und aus den Höhlen quellend.

»Komm schon«, flüsterte er.

Schließlich nahm er die Krähe mit ins Haus. Er hatte noch Verwendung für sie. Er hatte einen Plan.

Der Seiher aus Drahtgeflecht wurde oben und unten von robusten, rostfreien Stahlringen zusammengehalten und stand auf drei kurzen Stahlbeinen. Er mochte zwei oder drei Liter fassen. Eduardo benutzte ihn, um Nudeln abtropfen zu lassen, wenn er große Mengen davon kochte, um Salat zu machen oder für den nächsten Tag eine Portion übrig zu behalten. An dem oberen Ring waren zwei stählerne Griffe befestigt, an denen man das Sieb schütteln konnte, wenn es mit dampfenden Nudeln gefüllt war, die etwas Ermutigung brauchten, um vollständig abzutropfen. Eduardo drehte das Sieb in den Händen, dachte seinen Plan noch einmal durch — und setzte ihn dann in die Tat um.

Er ging zur Küchenzeile und faltete die Flügel der toten Krähe zusammen. Dann steckte er den Vogel in den Seiher.

Mit Nadel und Faden befestigte er die Krähe an drei Stellen an dem Drahtgeflecht. Damit wollte er verhindern, daß der schlaffe Kadaver aus dem Sieb rutschte, wenn er es umkippte.

Als er Nadel und Faden beiseite legte, bewegte der Vogel leicht den Kopf und erzitterte.

Eduardo trat vor Überraschung und Schreck einen Schritt zurück.

Die Krähe stieß einen schwachen, zittrigen Schrei aus.

Er wußte, daß sie tot gewesen war. Mausetot. Zum einen hatte sie sich den Hals gebrochen. Die geschwollenen Augen hatten praktisch aus den Höhlen gehangen. Anscheinend war sie mitten im Flug an einem starken Gehirnschlag gestorben; auch die Waschbären und Eichhörnchen waren ja daran gestorben. Die Krähe war aus großer Höhe hinabgestürzt und mit voller Wucht auf dem Boden aufgeschlagen, und dabei hatte sie sich weitere Verletzungen zugezogen. Sie war mausetot gewesen.

Nun war der wiederbelebte Vogel an dem Maschendraht des Siebs befestigt und konnte den Kopf nicht von der Brust heben, aber nicht, weil er von den Fäden behindert wurde, die ihn hielten, sondern weil sein Hals noch immer gebrochen war. Zerschmetterte Beine. Verkrüppelte Flügel, die nicht flattern konnten und von verwickelten Fäden gehalten wurden.

Eduardo überwand Furcht und Ekel und drückte eine Hand auf die Brust der Krähe. Er fühlte keinen Herzschlag.

Normalerweise schlug das Herz des kleinen Vogels extrem schnell, viel schneller als das eines Säugetiers, eine rasende kleine Pumpe, *ratta-ratta-ratta-ratta-ratta*. Es war immer leicht wahrzunehmen, weil der gesamte Körper von den Schlägen widerhallte.

Das Herz der Krähe schlug eindeutig nicht. Soweit Eduardo es sagen konnte, atmete der Vogel auch nicht. Und sein Hals war gebrochen.

Er hatte gehofft, die gewissermaßen wunderbare Fähigkeit des Reisenden beobachten zu können, ein totes Geschöpf wieder zum Leben zu erwecken. Doch die Wahrheit war dunkler als das.

Die Krähe war tot.

Trotzdem bewegte sie sich.

Vor Abscheu zitternd, nahm Eduardo die Hand von dem kleinen, zuckenden Kadaver.

Der Reisende konnte die Kontrolle über einen Kadaver wiederherstellen, ohne das Tier wiederzubeleben. Er hatte zu einem gewissen Ausmaß Macht über das Belebte wie über das Unbelebte.

Eduardo wollte verzweifelt den Gedanken an die Konsequenzen dieser Entdeckung ausweichen.

Aber er konnte seinen Verstand nicht einfach ausschalten. Er konnte diese Frage nicht länger ignorieren, auch wenn er sich vor ihr fürchtete. Wären die Waschbären auch von einem Zittern durchlaufen worden, wenn er sie nicht sofort zu dem Tierarzt gebracht hätte? Hätten sie sich wieder aufgerichtet, kalt, aber bewegungsfähig, tot, aber belebt?

In dem Sieb schwankte der Kopf der Krähe locker auf dem gebrochenen Hals, und mit einem schwachen Klicken öffnete und schloß sich ihr Schnabel.

Vielleicht waren die vier toten Eichhörnchen doch nicht von der Wiese fortgetragen worden. Vielleicht hatten diese Kadaver trotz der Leichenstarre auf den beharrlichen Ruf ihres Puppenspielers reagiert. Kalte Muskeln hatten sich unbeholfen gebogen und zusammengezogen, starre Gelenke hatten geknackt und waren eingeschnappt, als man sie plötzlich einer Belastung ausgesetzt hatte. Selbst als ihre Kadaver in ein frühes Stadium des Verfalls übergegangen waren, hatten sie vielleicht noch gezuckt und die Köpfe gehoben, waren losgekrochen und hatten sich von der Wiese geschleppt, in den Wald, in den Bau des Dings, das sie beherrschte.

Denke nicht darüber nach. Hör auf. Um Gottes willen, denke an etwas anderes. Egal was. Nicht daran, nicht daran.

Wenn er die Krähe aus dem Sieb nahm und nach draußen brachte ... würde sie dann mit den gebrochenen Flügeln schlagen und über den Boden kriechen, den Hügel hinauf, auf einer alptraumhaften Wallfahrt in die Finsternis der Wälder hinter dem Haus?

Würde er es wagen, ihr in dieses Herz der Dunkelheit zu folgen?

Nein. Nein, falls es zu einer letzten Konfrontation kommen sollte, mußte sie hier erfolgen, auf seinem Territorium, nicht in dem fremden Nest, das der Reisende sich geschaffen hatte.

Eduardo gefror das Blut in den Adern, als ihm der Gedanke kam, daß der Reisende vielleicht in einem so extremen Ausmaß fremdartig war, daß er die Wahrnehmung der Menschen von Leben und Tod gar nicht teilte, gar keine Linie zwischen den beiden Zuständen zog. Vielleicht waren die Mitglieder seiner Art unsterblich. Oder sie starben in einem biologischen Sinn, wurden aber aus ihren verfallenden Überresten in einer anderen Form wiedergeboren – und gingen einfach davon aus, daß dies auch für die Wesen dieser Welt galt. Die Natur ihrer Spezies – besonders ihre Beziehung zum Tod – mochte in der Tat sogar wesentlich bizarrer, perverser und abstoßender sein, als er es sich vorstellen konnte.

In einem unendlichen Universum war die mögliche Zahl intelligenter Lebensformen ebenfalls unendlich – wie er aus den Büchern erfahren hatte, die er in letzter Zeit gelesen hatte. Theoretisch mußte in einer unendlichen Weite alles existieren, was man sich nur vorstellen konnte. Wenn man sich auf außerirdische Lebensformen bezog, bedeutete fremd *wirklich* fremd, so fremd wie nur denkbar, eine Ungewöhnlichkeit um die andere gehüllt, niemals leicht erschließbar und eventuell jenseits allen menschlichen Begriffsvermögens.

Er hatte schon oft über diesen Themenkomplex nachgedacht, doch erst jetzt wurde ihm endgültig klar, daß er wahrscheinlich eine genauso große Chance hatte, diesen Reisenden zu verstehen, ihn *wirklich* zu verstehen, wie eine Maus die Chance hatte, die Komplexität menschlicher Erfahrungen und die Arbeitsweise des menschlichen Verstandes zu verstehen.

Die tote Krähe erzitterte, zuckte mit den gebrochenen Beinen. Aus ihrem verdrehten Hals kam ein feuchtes Krächzen, das eine groteske Parodie des Schreis einer lebendigen Krähe war. Eine geistige Dunkelheit füllte Eduardo aus, denn nun konnte er nicht mehr die Identität des Eindringlings bestreiten, der in der Nacht des zehnten Juli eine Schmutzspur im Haus hinterlassen hatte. Er hatte von Anfang an gewußt, welchen Gedanken er unterdrückte. Auch wenn er sich so sehr betrunken hatte, daß er alles um sich herum vergaß, hatte er es gewußt. Auch wenn er so getan hatte, als wisse er es nicht, hatte er es gewußt. Und er wußte es jetzt erst recht. Er wußte es, lieber Gott im Himmel.

Eduardo hatte keine Angst vor dem Sterben gehabt.

Er hatte den Tod fast willkommen geheißen.

Nun hatte er wieder Angst vor dem Sterben. Es ging über bloße Angst hinaus. Er war körperlich krank vor Entsetzen. Er zitterte und schwitzte.

Der Reisende hatte zwar durch nichts angedeutet, auch die Kontrolle über einen *lebenden* Menschen übernehmen zu können ... doch was war, wenn er, Eduardo, *tot* war?

Er nahm das Schrotgewehr vom Tisch, fischte die Autoschlüssel vom Schlüsselbrett und ging zu der Verbindungstür zwischen Küche und Garage. Er mußte sofort aufbrechen, durfte keine Sekunde zögern, mußte hier raus und weit weg. Zum Teufel mit seiner Absicht, mehr über den Reisenden zu erfahren — und eine Konfrontation zu erzwingen. Er würde einfach in den Cherokee steigen, das Gaspedal durchtreten, alles überfahren, was ihm in den Weg kam, und eine gewaltige Entfernung zwischen sich und das Ding bringen, das über die schwarze Schwelle in die Nacht über Montana gekommen war.

Er riß die Tür auf, blieb aber auf der Schwelle zwischen Küche und Garage stehen. Wohin sollte er denn? Er hatte keine Familie mehr. Keine Freunde. Er war zu alt, um ein neues Leben anzufangen.

Und ganz gleich, wohin er auch ging, der Reisende würde noch immer hier sein, mehr über die Welt in Erfahrung bringen, seine perversen Experimente durchführen, alles Heilige beschmutzen, ungeheuerliche Gewalttaten gegen alles begehen, das Eduardo je geschätzt hatte.

Er konnte nicht vor ihm davonlaufen. Er war noch nie in seinem Leben vor etwas davongelaufen; doch es war nicht der Stolz, der ihn innehalten ließ, bevor er auch nur einen Fuß in die Garage gesetzt hatte. Lediglich sein Verständnis für das Richtige und das Falsche, die grundlegenden Werte, die ihn durch ein langes Leben gebracht hatten, verhinderten, daß er floh. Wenn er diesen Werten den Rücken zuwandte und wie ein feiger Waschlappen davonlief, würde er sich nicht mehr im Spiegel ansehen können. Er war alt und allein, und das war schon schlimm genug. Alt und allein zu sein und von Abscheu vor sich selbst verzehrt zu werden... das wäre unerträglich. Er wäre zwar gern geflohen, doch diese Möglichkeit stand ihm nicht offen.

Er trat von der Schwelle zurück, schloß die Tür zur Garage und legte die Schrotflinte auf den Tisch.

Er kannte eine Finsternis der Seele, die vielleicht niemand außerhalb der Hölle je zuvor gekannt hatte.

Die tote Krähe zappelte, versuchte, sich aus dem Sieb loszureißen. Eduardo hatte dickes Garn benutzt und sichere Knoten genäht, und die Muskeln und Knochen des Vogels waren zu schwer beschädigt, als daß das Tier genug Kraft aufbringen konnte, um sich zu befreien.

Sein Plan kam ihm jetzt töricht vor. Ein Akt bedeutungsloser Tapferkeit — und des Wahnsinns. Eduardo Fernandez machte trotzdem damit weiter, weil er lieber etwas unternahm als demütig auf das Ende wartete.

Auf der hinteren Veranda hielt er das Sieb gegen die Rückseite der Küchentür. Die gefangene Krähe kratzte und warf sich gegen das Drahtgeflecht. Mit einem Bleistift markierte Eduardo die beiden Stellen, an denen die Öffnungen der Griffe das Holz berührten.

Er hämmerte zwei Nägel in diese Markierungen und hängte das Sieb an ihnen auf.

Die Krähe, die noch immer schwach kämpfte, aber an der Tür festhing, war durch das Drahtgeflecht deutlich auszumachen. Doch man hätte das Sieb zu einfach von den Nägeln heben können.

Mit zwei U-förmigen Nägeln pro Griff befestigte er das Sieb an der stabilen Eichentür. Das Hämmern hallte den langen Hang hinauf und wurde von der Kiefernmauer des Waldes zurückgewofen.

Um das Sieb zu entfernen und an die Krähe zu kommen, mußte der Reisende oder sein Surrogat die beiden U-förmigen Nägel an mindestens einem Griff herausziehen. Die einzige andere Möglichkeit bestünde darin, das Drahtgeflecht mit einer großen Schere aufzuschneiden und das tote Tier dann hinauszuziehen.

So oder so — man konnte den Vogel nun nicht mehr schnell und leise befreien. Eduardo würde früh genug mitbekommen, falls sich etwas an dem Inhalt des Siebs zu schaffen machte — vor allem, wenn er die ganze Nacht in der Küche verbrachte, wie er es vorhatte.

Er wußte nicht genau, ob der Reisende die tote Krähe holen würde. Vielleicht irrte er sich, und das fremde Wesen hatte gar kein Interesse an seinem Stellvertreter. Doch der Vogel hatte länger durchgehalten als die Eichhörnchen, und die wiederum hatten länger durchgehalten als die Waschbären, und der Puppenspieler würde es vielleicht ganz lehrreich finden, den Kadaver zu untersuchen, um den Grund dafür zu erfahren. Doch diesmal konnte er sich keines Eichhörnchens bedienen. Auch nicht eines cleveren Waschbären. Eduardo hatte dafür gesorgt, daß er sich eines Wesens bedienen mußte, das mehr Kraft und größere Gewandtheit hatte. Er betete, daß der Reisende sich der Aufgabe selbst stellen und zum erstenmal erscheinen würde.

Komm schon. Doch auch, wenn er das andere Ding schickte, das unaussprechliche, die verlorene Lenore, würde Eduardo diesen Schrecken ertragen.

Erstaunlich, was ein Mensch alles aushalten konnte. Erstaunlich, wie stark ein Mensch sein konnte, selbst im Schatten bedrückenden Entsetzens, selbst im Griff des Grauens, selbst, wenn er nur dunkelste Verzweiflung empfand.

Die Krähe war wieder bewegungslos. Stumm. Mausetot.

Eduardo drehte sich um und sah zum Wald hinauf.

Komm schon. Komm schon, du Arschloch. Zeig mir dein Gesicht, zeig mir dein stinkendes, häßliches Gesicht. Komm schon, krieche aus deinem Versteck, damit ich dich sehen kann. Sei nicht so feige, du verdammtes Ungetüm.

Eduardo ging ins Haus. Er schloß die Tür, verriegelte sie aber nicht.

Nachdem er die Rouleaus vor den Fenstern hinabgelassen hatte, damit nichts ihn beobachten konnte, ohne daß er es bemerkte, setzte er sich an den Küchentisch und versuchte, sein Tagebuch auf den neuesten Stand zu bringen. Er füllte mit seiner ordentlichen Schrift drei weitere Seiten und schloß dann seinen eventuell letzten Eintrag ab.

Er wollte, daß man den gelben Notizblock fand, falls ihm etwas zustieß — aber nicht zu leicht.

Er legte ihn in eine große Plastiktüte, wickelte sie mehrmals darum, um das Papier vor Kälte und Feuchtigkeit zu schützen, und legte die Tüte zwischen Packungen mit Tiefkühlkost in die Gefriertruhe, die mit dem Kühlschrank eine große Kombination bildete.

Draußen dämmerte es. Die Zeit der Wahrheit rückte schnell näher. Er hatte nicht damit gerechnet, daß das Wesen aus dem Wald bei Tageslicht erscheinen würde. Er spürte, daß es ein Geschöpf mit nächtlichen Gewohnheiten und Vorlieben war, von der Dunkelheit hervorgebracht.

Er nahm sich ein Bier aus dem Kühlschrank. War doch scheißegal. Es war sein erstes seit mehreren Stunden.

Obwohl er bei der bevorstehenden Konfrontation nüchtern sein wollte, lag ihm nicht daran, einen völlig klaren Kopf zu haben. Manchen Dingen konnte man besser die Stirn bieten, wenn das Empfindungsvermögen leicht betäubt war.

Die Sonne war kaum im Westen untergegangen, und er hatte das Bier noch nicht ausgetrunken, als er auf der hinteren Veranda ein Geräusch hörte. Ein dumpfer Schlag und ein Kratzen, dann noch ein dumpfer Schlag. Eindeutig nicht die sich bewegende Krähe. Geräusche eines schwereren Körpers. Irgendwie ein unbeholfenes Geräusch, als versuchte jemand ungeschickt, aber entschlossen, die drei Stufen vom Rasen zur Veranda hinaufzusteigen.

Eduardo erhob sich und griff nach dem Schrotgewehr. Seine Handflächen waren schweißfeucht, aber er konnte die Waffe noch halten.

Noch ein Schlag und ein körniges Kratzen.

Sein Herz schlug schnell wie das eines Vogels, schneller, als das der Krähe je geschlagen hatte.

Der Besucher — von welcher Welt auch immer er kam, wie auch immer er hieß, ob er nun tot oder lebendig war — hatte die oberste Stufe erreicht und kam über die Veranda zur Tür. Keine dumpfen Schläge mehr. Nur noch ein Schleppen und Schlurfen, ein Gleiten und Kratzen.

Dank der Bücher, die Eduardo in den letzten paar Monaten gelesen hatte, stiegen ihm sofort zahlreiche Bilder verschiedener unirdischer Geschöpfe in den Sinn, die statt normaler Schritte solch ein Geräusch hervorbringen konnten. Jedes dieser imaginären Geschöpfe hatte ein feindseligeres Äußeres als das vorherige, bis der Verstand des alten Mannes vor Ungeheuern überquoll. Eins davon war kein unirdisches, gehörte eher zu Poe als zu Heinlein, Sturgeon oder Bradbury, entstammte eher dem Schauerroman als der Science-fiction, kam nicht nur von, sondern *aus* der Erde.

Es näherte sich der Tür, kam noch näher und war schließlich *an* der Tür. Der unverschlossenen Tür.

Stille.

Eduardo mußte nur drei Schritte tun, die Hand auf die Klinke legen, die Tür nach innen aufziehen, und er würde dem Besucher von Angesicht zu Angesicht gegenüberstehen. Aber

Eduardo konnte sich nicht bewegen. Es war, als wäre er so fest in dem Boden verwurzelt wie die Bäume in dem Hügel hinter dem Haus. Obwohl er den Plan ausgearbeitet hatte, der die Konfrontation beschleunigt hatte, obwohl er nicht geflohen war, als er noch Gelegenheit dazu gehabt hatte, obwohl er überzeugt war, daß seine geistige Gesundheit davon abhing, daß er diesem äußersten Schrecken entgegentrat und die Begegnung hinter sich brachte, war er wie gelähmt. Ich wäre vielleicht besser doch geflohen, sagte er sich.

Das Ding war still. Es war da draußen, aber es war still. Nur ein paar Zentimeter von der anderen Seite der Tür entfernt.

Was machte es? Wartete es darauf, daß Eduardo den ersten Schritt unternahm? Oder studierte es die Krähe in dem Sieb? Die Veranda war dunkel, und durch die Rouleaus drang nur wenig Licht nach draußen. Konnte es die Krähe also wirklich sehen?

Ja. O ja, es konnte im Dunkeln sehen, darauf ging er jede Wette ein, es konnte besser sehen als jede verdammte Katze, weil es der Dunkelheit entstammte.

Der alte Mann nahm das Ticken der Küchenuhr mit durchdringender Schärfe wahr. Obwohl sie schon immer dort gestanden hatte, hatte er sie all die Jahre nicht gehört, weil das Geräusch ein Teil des Hintergrunds geworden war, weißer Lärm, doch jetzt vernahm er es lauter denn je, als wäre ein jeder ihrer langsamen Schläge ein Trommelwirbel bei einem Staatsbegräbnis.

Komm schon, komm schon, bring's hinter dich. Diesmal drängte er nicht den Reisenden, sein Versteck zu verlassen. Er spornte sich selbst an. *Komm schon, du Arschloch, du Feigling, du dummer, alter, törichter Narr, komm schon, komm schon, komm schon.*

Er ging zur Tür und blieb links von ihr stehen, um sie an sich vorbei aufziehen zu können.

Hätte er eine Hand auf die Klinke gelegt, hätte er die Schrotflinte nur noch mit der anderen Hand halten können, und das war ihm zu gefährlich. Nichts da.

Sein Herz hämmerte schmerzhaft gegen seine Rippen. Er spürte den pochenden Pulsschlag in seinen Schläfen.

Er roch das Ding durch die geschlossene Tür. Ein ekelerregender Gestank, sauer und faulig, ein Geruch, wie er ihn noch nie in seinem Leben wahrgenommen hatte.

Die Klinke vor ihm, die Klinke, die er nicht berühren konnte, schlank und poliert, silbern und glänzend, wurde millimeterweise hinabgedrückt. Ein funkelndes Licht, eine Reflexion der Küchenlampe, bewegte sich über den Griff, der mit aufreizender Langsamkeit hinabgedrückt wurde. Ganz langsam. Ein leises Knirschen erklang, Messing, das an Messing rieb.

Der Puls dröhnte und donnerte in seinen Schläfen. Das Herz schien in seiner Brust so stark anzuschwellen und so heftig zu schlagen, daß es gegen die Lungen drückte und das Atmen schwierig und schmerzhaft machte.

Plötzlich glitt die Klinke wieder hoch. Die Tür blieb geschlossen. Der Augenblick der Enthüllung wurde hinausgeschoben, würde vielleicht sogar völlig ausbleiben, falls der Besucher sich zurückzog...

Mit einem gequälten Schrei, der ihn selbst überraschte, ergriff Eduardo die Klinke und riß die Tür mit einer krampfhaften, heftigen Bewegung auf, um seiner schlimmsten Furcht entgegenzutreten. Das verlorene junge Mädchen, seit drei Jahren im Grab und jetzt zurückgekehrt: eine drahtige und verwickelte Masse von grauem Haar, von Erde verfilzt, augenlose Höhlen, die Haut trotz der Balsamierungsflüssigkeit scheußlich verfallen und dunkel, weiße Knochen, die stellenweise in dem ausgetrockneten und stinkenden Gewebe sichtbar wurden, die Lippen von den Zähnen zu einem breiten, aber humorlosen Grinsen zurückgezogen. Das verlorene Mädchen stand in ihrem zerfetzten und von Würmern zerfressenen Leichenhemd da, blau in blau gemustertes Gewebe, von den Flüssigkeiten des Zerfalls befleckt. Sie war auferstanden und zurückgekehrt, griff mit einer Hand nach ihm. Ihr Anblick erfüllte Eduardo Fernandez nicht nur mit Entsetzen und Ekel, sondern auch mit Verzweiflung, o Gott, er versank in einem Meer aus kalter, schwarzer Verzweiflung darüber, daß dies aus Margarite geworden, daß sie auf das unaussprechliche Schicksal aller Lebewesen herabgesetzt worden war ...

Es ist nicht Margarite, nicht dieses Ding, nicht dieses unreine Ding, Margarite ist an einem besseren Ort, im Himmel, bei Gott, muß bei Gott sein. Margarite hat verdient, bei Gott zu sein, nicht nur das, nicht so ein Ende, sie ist bei Gott, sie ist bei Gott, hat diesen Körper schon lange verlassen und ist bei Gott ...

...und nach dem ersten Augenblick der Konfrontation glaubte er, er würde wieder in Ordnung kommen, es würde ihm gelingen, bei Verstand zu bleiben und die Schrotflinte zu heben und auf dieses abscheuliche Ding zu schießen, bis es über die Veranda zurückflog, Salve um Salve in dieses Ding zu pumpen, bis es nicht mehr die geringste Ähnlichkeit mit seiner Margarite hatte, bis es nur noch ein Haufen aus Knochensplittern und organischem Abfall war, das nicht mehr die Macht hatte, ihn in die Verzweiflung zu stürzen.

Dann sah er, daß er nicht nur von diesem abscheulichen Surrogat besucht worden war, sondern von dem Reisenden selbst, zwei Konfrontationen auf einmal. Der Außerirdische war mit dem Leichnam verschlungen, hing auf seinem Rücken, war aber auch in Körperöffnungen eingedrungen, ritt auf und in der Toten. Sein Körper schien weich und für die Schwerkraft, mit der er es hier zu tun hatte, ungeeignet zu sein, so daß er vielleicht Halt brauchte, um sich unter diesen Bedingungen fortbewegen zu können. Schwarz war es, schwarz und glitschig und unregelmäßig mit roten Tupfern gefleckt, und es schien nur aus einer Masse ineinander verschlungener und zuckender Anhängsel zu bestehen, die im einen Augenblick so fließend und glatt wie Schlangen wirkten, im nächsten jedoch so hart und gegliedert wie die Füße einer Krabbe. Nicht muskulös, wie das Zusammenrollen einer Schlange, oder gepanzert, wie Krabben, sondern feucht und geliert. Eduardo sah keinen Kopf, keine Kopföffnungen, keine vertrauten Merkmale, anhand derer er das obere Ende vom unteren unterscheiden konnte, doch er konnte auch nur einen ganz kurzen Blick auf den Reisenden werfen, und ihm blieben auch nur ein paar Sekunden, um zu verarbeiten, was er sah. Der Anblick dieser leuchtend schwarzen Tentakel, die sich aus dem Brustkorb der Leiche schlängelten, führte ihn zu der Erkenntnis, daß der seit drei Jahren Toten weniger Fleisch geblieben war, als er anfangs angenommen hatte, und es sich bei dem Großteil der Erscheinung vor ihm um den Mitfahrer auf den Knochen handelte. Die verschlungenen Anhängsel quollen dort hervor, wo sich früher Herz und Lungen befunden hatten, und schlangen sich wie kleine Ranken um Schlüsselbein und Schulterblatt, um Oberarmknochen und Elle und Speiche, um Oberschenkelknochen und Schienbein, füllten sogar den leeren Schädel aus und brodelten wie verrückt hinter den Rändern der leeren Augenhöhlen. Dies war mehr, als er ertragen konnte, und auch die Bücher hatten ihn darauf nicht vorbereitet, es war zu fremd, eine Obszönität, die er nicht ertragen konnte. Er hörte, daß er schrie, hörte es, konnte aber nicht aufhören, und er konnte das Gewehr nicht heben, weil all seine Kraft in dem Schrei lag.

Obwohl es ihm wie eine Ewigkeit vorkam, verstrichen nur fünf Sekunden von dem Augenblick, da er die Tür aufriß, bis zu dem, da sein Herz sich in einem tödlichen Krampf zusammenzog. Trotz des Dings, das auf der Schwelle der Küchentür stand, trotz der Gedanken und des Entsetzens, die in diesem Zeitsplitter in seinem Gehirn explodierten, wußte Eduardo genau, daß es fünf Sekunden waren, weil ein Teil von ihm sich des Tickens der Uhr bewußt blieb, der düsteren Kadenz, fünf Schläge, fünf Sekunden. Dann flammte ein versengender Schmerz in ihm auf, der Ahnherr aller Schmerzen, nicht die Folge eines Angriffs des Reisenden, nein, er kam aus ihm selbst und wurde von einem weißen Licht begleitet, das so hell war wie vielleicht der Kern einer Atomexplosion, eine alles auslöschende Helligkeit, die den Reisenden aus seinem Blick radierte und alle Belange der Welt aus seiner Überlegung. Friede.

DREIZEHNTES
KAPITEL

Da Jack außer der Rückgratfraktur auch einige Nervenschäden erlitten hatte, mußte er sich in der Phoenix-Rehabilitationsklinik einer längeren Therapie unterziehen, als er eigentlich erwartet hatte. Wie versprochen, lehrte Moshe Bloom ihn, den Schmerz als Freund zu sehen, als Beweis für Fortschritte auf dem Weg zur Genesung. Anfang Juli, vier Monate nach dem Tag, an dem er angeschossen worden war, war der langsam abnehmende Schmerz schon solange sein Gefährte, daß es sich bei ihm nicht mehr nur um einen Freund, sondern um einen Bruder handelte.

Als er am siebzehnten Juli aus der Rehaklinik entlassen wurde, konnte er wieder laufen, wenngleich er dazu der Hilfe nicht nur einer, sondern zweier Krücken bedurfte. Allerdings benutzte er nur selten beide Krücken, manchmal gar keine; allerdings hatte er ohne Krücken ständig Angst, zu fallen, besonders auf Treppen. Obwohl er nur langsam vorankam, ging er den größten Teil der Zeit über sicher; doch ein unsteter Nervenimpuls konnte jederzeit dazu führen, daß er die Kontrolle über ein Bein verlor und am Knie einknickte. Diese unangenehmen Überraschungen erfolgten jedoch von einer Woche zur anderen seltener. Er hoffte, die eine Krücke im August und die andere im September endgültig loswerden zu können.

Moshe Bloom war zwar so massiv wie ein Fels, schien aber noch immer auf einem dünnen Luftkissen über dem Erdboden zu schweben, auch, als er Jack zum Haupteingang begleitete, während Heather den Wagen vom Parkplatz dorthin fuhr. Der Physiotherapeut war wie üblich ganz in Weiß gekleidet, doch am heutigen Tag war sein Käppchen gehäkelt und bunt. »Hören Sie, machen Sie ja Ihre täglichen Übungen.«

»Klar doch.«

»Auch, wenn Sie schon ohne die Krücken auskommen.«

»Werde ich.«

»Man neigt dazu, zu früh damit aufzuhören. Wenn der Patient die meisten Funktionen zurückerlangt und wieder an Selbstvertrauen gewinnt, kommt er zum Schluß, auf die Übungen verzichten zu können. Aber der Heilungsprozeß geht dank der Übungen weiter, auch wenn er es nicht merkt.«

»Ich bin doch nicht taub.«

Moshe hielt Jack die Tür auf. »Und eh man sich versieht, bekommt er wieder Probleme und muß zur ambulanten Behandlung zurückkehren, um den verlorenen Boden wiedergutzumachen.«

»Ich doch nicht«, versicherte Jack ihm und humpelte an Krücken in den herrlich warmen Sommertag hinaus.

»Nehmen Sie Ihre Medikamente, wenn Sie sie brauchen.«

»Werde ich.«

»Versuchen Sie nicht, den harten Burschen zu spielen.«

»Auf keinen Fall.«

»Und wenn Sie eine Entzündung bekommen, nehmen Sie ein heißes Bad mit Epsomer Bittersalz.«

Jack nickte ernst. »Und ich schwöre bei Gott, ich werde jeden Tag brav meine Hühnersuppe essen.«

»Ich will Sie nicht bemuttern«, sagte Moshe und lachte.

»Doch, das wollen Sie.«

»Nein, eigentlich nicht.«

»Sie bemuttern mich schon seit Wochen.«

»Wirklich? Ja, allerdings, ich *will* Sie bemuttern.«

Jack hängte eine Krücke an seinen Unterarm, damit er dem Therapeuten die Hand geben konnte. »Vielen Dank, Moshe.«

Der Therapeut gab ihm die Hand und umarmte ihn dann. »Sie haben ein tolles Comeback geschafft. Ich bin stolz auf Sie.«

»Und Sie sind verdammt gut in diesem Job, mein Freund.«

Als Heather und Toby in dem Wagen heranfuhren, grinste Moshe. »Natürlich bin ich das. Wir Juden kennen uns mit dem Leiden aus.«

Ein paar Tage lang war es eine solche Freude, einfach in seinem eigenen Haus zu sein und seinem eigenen Bett zu schlafen, daß Jack von ganz allein in optimistische Stimmung kam. Er saß in seinem Lieblingssessel, aß, wann immer er wollte (und nicht dann, wann ein starrer Krankenhausplan es von ihm verlangte), half Heather beim Kochen, las Toby Gutenachtgeschichten vor, sah nach zehn Uhr abends fern, ohne Kopfhörer tragen zu müssen – diese Dinge erfreuten ihn mehr als jeder Luxus und alle Vergnügungen, die ein saudiarabischer Prinz kennen möchte.

Was die Finanzlage der Familie betraf, so blieb er besorgt, faßte aber auch in dieser Hinsicht neue Hoffnung. Er rechnete damit, im August wieder arbeitsfähig zu sein, zumindest wieder sein normales Gehalt zu bekommen. Bevor er jedoch den Streifendienst wieder aufnehmen konnte, mußte er sich harter körperlicher und psychologischer Untersuchungen und Tests unterziehen, mit denen man feststellen wollte, ob er irgendein Trauma erlitten hatte, das seine Leistung beeinträchtigen würde; demzufolge würde er ein paar Wochen lang Schreibtischdienst verrichten müssen.

Während die Rezession sich mit wenig Zeichen der Erholung dahinschleppte und jede Initiative der Regierung einzig und allein darin zu bestehen schien, weitere Arbeitsplätze zu vernichten, hatte Heather es aufgegeben, darauf zu warten, daß ihre zahlreichen Bewerbungsschreiben Früchte trugen. Als Jack in der Rehaklinik war, war Heather Unternehmerin geworden – »Howard Hughes ohne den Wahnsinn«, scherzte sie – und sich unter der Bezeichnung McGarvey Associates selbständig gemacht. Zehn Jahre als Software-Designerin bei IBM verliehen ihren Glaubwürdigkeit. Als Jack nach Hause kam, hatte Heather einen Vertrag mit dem Besitzer einer Kette von acht Bars unterschrieben, für ihn maßgeschneiderte Inventar- und Buchhaltungsprogramme zu schreiben. Eine der wenigen Branchen, die während der derzeitigen Wirtschaftslage gediehen, waren Etablissements, die Schnaps und eine angenehme Atmosphäre verkauften, in der man ihn trinken konnte, und Heathers erster Kunde war nicht imstande, seine ständig beliebter werdenden Kneipen zu überwachen.

Der Gewinn aus ihrem ersten Vertrag würde nicht einmal annähernd den Verlust ausgleichen, den sie erlitten hatte, seit man ihr im Oktober gekündigt hatte. Doch sie war überzeugt, daß die Mundpropaganda ihr weitere Kunden bescheren würde, wenn sie für den Kneipenbesitzer eine erstklassige Arbeit zustande brachte. Jack freute sich, sie wieder zufrieden an der Arbeit zu sehen. Ihren Computer hatte sie auf zwei großen Klapptischen im Gästeschlafzimmer aufgebaut; die Matratze und das Bettgestell standen nun hochkant an einer Wand. Sie war immer am glücklichsten gewesen, wenn sie viel zu tun gehabt hatte, und sein Respekt vor ihrer Intelligenz und ihrem Fleiß war so groß, daß es ihn nicht überrascht hätte, wenn das bescheidene Büro der Firma McGarvey Associates schon bald auf die Größe der Zentrale des Konzerns Microsoft angewachsen wäre.

Als er ihr das am vierten Tag nach der Entlassung aus dem Krankenhaus auch sagte, lehnte sie sich auf ihrem Bürostuhl zurück und blies sich auf, als schwelle ihr vor Stolz die Brust. »Jawoll, genau das bin ich. Bill Gates ohne den Ruf als Mistkerl.«

Jack lehnte sich gegen den Türrahmen; er kam bereits mit einer Krücke aus. »Ich sehe dich lieber als Bill Gates mit tollen Beinen.«

»Sexist.«

»Schuldig.«

»Woher willst du außerdem wissen, daß Bill Gates nicht bessere Beine hat, als ich sie habe? Hast du seine Beine schon mal gesehen?«

»Na schön, ich nehme alles zurück. Ich hätte sagen sollen: ›Was mich betrifft, bist du ein genauso großes Miststück, wie man es Bill Gates nachsagt.‹«

»Vielen Dank.«

»Gern geschehen.«

»Sind sie wirklich so toll?«

»Was?«

»Meine Beine.«

»Hast du überhaupt welche?«

Obwohl er bezweifelte, daß die Mundpropaganda ihrem ›Unternehmen‹ so schnell Auftrieb geben würde, daß sie die

Rechnungen und die Raten fürs Haus bezahlen konnten, machte Jack sich nicht allzu große Sorgen – bis zum vierundzwanzigsten Juli, als er die erste Woche zu Hause hinter sich gebracht hatte. Seine Stimmung begann sich zu verschlechtern. Sein charakteristischer Optimismus zerbröckelte nicht einfach Stück für Stück, sondern brach mitten durch und war auf einen Schlag ganz verschwunden.

Er konnte nicht schlafen, ohne zu träumen, und die Träume wurden von Nacht zu Nacht blutiger. Er erwachte normalerweise drei oder vier Stunden nachdem er zu Bett gegangen war, mitten in einem Panikanfall, und konnte danach nicht mehr einschlafen, ganz gleich, wie müde er war.

Bald setzte ein allgemeines Unwohlsein ein. Das Essen schien einen Großteil seines Geschmacks zu verlieren. Er blieb im Haus, weil die Sommersonne unangenehm hell wurde, und die trockene Wärme Kaliforniens, die er immer gemocht hatte, trocknete ihn nun aus und machte ihn gereizt. Obwohl er immer gern gelesen hatte und eine große Sammlung Bücher besaß, fand er keinen Schriftsteller mehr – auch nicht unter denen, die er zuvor geschätzt hatte –, der ihm noch zusagte. Keine Geschichte konnte ihn mehr fesseln, ganz gleich, mit wieviel Kritikerlob sie vorher bedacht worden war, und er mußte oft einen Absatz drei- oder viermal lesen, bis die Bedeutung den Dunst in seinem Geist durchdrang.

Am achtundzwanzigsten Juni, ganze elf Tage nachdem er aus der Rehabilitation entlassen worden war, steigerte sich das allgemeine Unwohlsein zu einer glatten Depression. Er ertappte sich, daß er öfter denn je über die Zukunft nachdachte – und was er voraussah gefiel ihm nicht. Aus dem ausgelassenen Schwimmer im Meer des Optimismus war ein geducktes, verängstigtes Geschöpf in einem toten Gewässer der Verzweiflung geworden.

Er las die Tageszeitung viel zu genau, brütete zu lange über die aktuellen Ereignisse nach und verbrachte viel zu viel Zeit vor den Fernsehnachrichten. Kriege, Völkermorde, Aufstände, Überfälle von Terroristen, politisch begründete Bombenattentate, Bandenkriege, ziellose Schüsse aus vorbeifahrenden

Autos, Kinderschändungen, frei herumlaufende Massenmörder, Räuber, die Autobesitzer mit vorgehaltener Waffe zwangen, ihnen ihr Fahrzeug zu überlassen, ökologische Weltuntergangsszenarien, ein junger Drogist, dem man wegen lausigen fünfzig Dollar und dem Wechselgeld in seiner Registrierkasse in den Kopf geschossen hatte, Vergewaltigungen, Messermorde, Strangulationen. Er wußte, daß das moderne Leben aus mehr als nur alledem bestand. Es gab noch Menschen mit gutem Willen, und es gab noch gute Taten. Aber die Medien konzentrierten sich auf den grimmigsten Aspekt eines jeden Themas, und Jack tat es ihnen gleich. Obwohl er versuchte, die Zeitung nicht aufzuschlagen und das Fernsehgerät nicht einzuschalten, zogen ihn die lebhaften Berichte über die neuesten Tragödien an wie die Flasche den Alkoholiker oder den leidenschaftlichen Spieler die Aufregung der Rennbahn.

Die Verzweiflung, die diese Nachrichten auslösten, war ein abwärts rasender Fahrstuhl, aus dem es kein Entrinnen zu geben schien. Und der Fahrstuhl wurde immer schneller.

Als Heather beiläufig erwähnte, daß Toby in einem Monat ins dritte Schuljahr kommen würde, begann Jack, sich Sorgen über den Drogenhandel und die Gewalt zu machen, die so viele Schulen in Los Angeles umgaben. Er entwickelte die Überzeugung, Toby würde ums Leben kommen, wenn es trotz ihrer finanziellen Probleme nicht irgendwie gelingen sollte, genug Geld aufzutreiben, um ihn auf eine Privatschule zu schicken. Die Überzeugung, daß ein früher so sicherer Ort wie ein Klassenzimmer heute so gefährlich wie ein Schlachtfeld war, führte ihn unausweichlich und schnell zu der Schlußfolgerung, daß sein Sohn heutzutage *nirgendwo* mehr sicher war. Wenn Toby in der Schule ums Leben kommen konnte, dann doch auch auf ihrer Straße, während er vor ihrem eigenen Haus spielte? Jack wurde zu einem übermäßig vorsichtigen Vater, was er nie zuvor gewesen war, und zögerte, den Jungen aus den Augen zu lassen.

Am fünften August, zwei Tage vor der geplanten Wiederaufnahme seines Dienstes, war seine Stimmung immer noch auf dem Nullpunkt. Die Vorstellung, sich zum Dienstantritt wieder in der Abteilung zu melden, trieb den Schweiß auf seine Handflächen, wenngleich es noch mindestens einen Monat lang dauern würde, bis er seinen Schreibtischposten aufgeben und wieder Streife fahren würde.

Er war der Ansicht, seine Ängste und Depressionen vor jedem verborgen zu haben. In dieser Nacht erfuhr er, daß dem nicht so war.

Nachdem er zu Bett gegangen war und die Lampe ausgeschaltet hatte, brachte er den Mut auf, das in die Dunkelheit zu sagen, was er am Tage nicht gesagt hätte, weil es ihm peinlich gewesen wäre: »Ich gehe nicht wieder auf die Straße zurück.«

»Ich weiß«, sagte Heather, die neben ihm im Bett lag.

»Ich meine nicht, daß ich nicht sofort wieder zum Streifendienst eingeteilt werde. Nie mehr, meine ich.«

»Ich weiß, Baby«, sagte sie leise, suchte mit ihrer Hand nach der seinen und ergriff sie.

»Ist das offensichtlich?« fragte er.

»Es sind ein paar schlimme Wochen gewesen.«

»Es tut mir leid.«

»Du mußt das durchstehen.«

»Ich dachte, ich würde auf der Straße sein, bis ich in Rente gehe. Etwas anderes habe ich nie gewollt.«

»Manche Dinge ändern sich eben«, sagte sie.

»Ich kann es nicht mehr riskieren. Ich habe mein Selbstvertrauen verloren.«

»Du wirst es schon zurückbekommen.«

»Vielleicht.«

»Bestimmt«, beharrte sie. »Aber du wirst trotzdem nicht mehr Streife fahren. Du kannst es nicht mehr. Du hast deine Aufgabe erfüllt, du hast dein Glück so weit ausgereizt, wie man es von einem Polizisten erwarten kann. Soll doch jemand anders die Welt retten.«

»Ich fühle mich...«

»Ich weiß.«

»... leer...«

»Das wird schon besser werden. Alles wird einmal besser.«

»... wie ein elender Drückeberger.«

»Du bist kein Drückeberger.« Sie rutschte näher an ihn heran und legte die Hand auf seine Brust. »Du bist ein guter Mensch, und du bist tapfer — viel zu tapfer, wenn du mich fragst. Hättest du diesen Entschluß nicht getroffen, hätte ich ihn für dich getroffen. So oder so. Ich hätte dich dazu gezwungen, denn es ist sehr wahrscheinlich, daß beim nächstenmal ich Alma Bryson sein werde und die Frau deines Partners zu mir kommen wird, um *mich* zu trösten und *meine* Hand zu halten. Verdammt noch mal, das werde ich nicht zulassen. In einem Jahr wurden zwei Partner in deiner Gegenwart erschossen, und seit Januar sind sieben Cops getötet worden. Sieben. Ich will dich nicht verlieren, Jack.«

Er legte den Arm um sie, zog sie zu sich heran, war zutiefst dankbar, in einer harten Welt, in der so vieles vom bloßen Zufall abzuhängen schien, diese Frau gefunden zu haben. Eine Zeitlang konnte er nicht sprechen; seine Stimme wäre zu heiser vor Gefühlen gewesen.

»Also werde ich von jetzt an meinen Hintern auf einem Stuhl parken und zu einem Schreibtischhengst werden.«

»Ich werde dir einen ganzen Karton mit Hämorrhoidensalbe kaufen«, erklärte Heather.

»Ich brauche einen Kaffeebecher mit meinem Namen drauf.«

»Und Notizblöcke mit dem Aufdruck: ›Von Jack McGarveys Schreibtisch‹.«

»Das bedeutet eine Gehaltskürzung. Schreibtischleute bekommen weniger als Steifenpolizisten.«

»Wir kommen schon durch.«

»Ach ja? Da bin ich mir nicht so sicher. Es wird verdammt eng werden.«

»Du vergißt die McGarvey Associates«, sagte sie. »Erfinderische und flexible Programme, auf jeden Kunden eigens zugeschnitten. Vernünftige Preise. Pünktliche Lieferung. Bessere Beine als Bill Gates.«

Und in dieser Nacht, in der Dunkelheit ihres Schlafzimmers, hatte es tatsächlich den Anschein, daß es doch noch möglich war, in der Stadt der Engel Sicherheit und Glück zu finden.

Doch in den nächsten zehn Tagen wurden sie mit mehreren Ereignissen konfrontiert, die es ihnen unmöglich machten, die alten Phantasievorstellungen von L. A. aufrecht zu erhalten. Eine weitere Verschlechterung der städtischen Finanzlage führte zu einer fünfprozentigen Reduzierung des Gehalts der Cops, die auf der Straße Dienst taten – das Schreibtischpersonal mußte Einbußen von zwölf Prozent hinnehmen; für eine Tätigkeit, die bereits geringer entlohnt wurde als seine frühere Position, bekam Jack nun *entschieden* weniger. Einen Tag später zeigten die von der Regierung veröffentlichten Statistiken einen weiteren Produktivitätsverlust der Wirtschaft auf; und ein neuer Kunde, der kurz vor einer Vertragsunterzeichnung mit McGarvey Associates stand, wurde von diesen Zahlen so entmutigt, daß er sich entschloß, die Investition in ein neues Computerprogramm um ein paar Monate zurückzustellen. Die Inflation stieg. Die Steuern stiegen gewaltig. Den verschuldeten Stadtwerken wurde eine Preiserhöhung zugestanden, um den Bankrott abzuwenden, was zu einer Erhöhung des Strompreises führen würde. Der Wasserpreis war bereits gestiegen, der für Gas würde demnächst an die Reihe kommen. An demselben Tag, da Anson Olivers erster Film, der bei der Uraufführung nicht gerade ein überwältigender Erfolg gewesen war, vom Paramount-Verleih neu in die Kinos gebracht wurde, was das Medieninteresse an der Schießerei und an Jack wieder aufleben ließ, versetzte ihnen eine Rechnung von sechshundert Dollar für die Reparatur ihres Autos einen weiteren Tiefschlag. Und Richie Tendero, der Gatte der überall auffallenden und unerschütterlichen Gina Tendero mit der schwarzen Lederkleidung und der chemischen Keule, wurde vom Schuß einer Schrotflinte getroffen, während er einen Ehestreit zu schlichten versuchte, was zur Amputation seines linken Arms und zu plastischen Operationen an seiner linken Gesichtshälfte führte.

Am fünfzehnten August geriet ein elfjähriges Mädchen einen Häuserblock von der Grundschule entfernt, auf die Toby bald gehen würde, in eine Schießerei zwischen Bandenmitgliedern. Es war auf der Stelle tot.

Manchmal scheint das Leben eine höhere Bedeutung zu haben. Die Ereignisse entwickeln sich in geradezu unheimlicher Aufeinanderfolge. Längst vergessene Bekannte tauchen wieder mit Nachrichten auf, die das ganze Leben verändern. Ein Fremder erscheint und gibt ein paar kluge Worte von sich, löst ein zuvor unlösbares Problem, oder Ereignisse aus einem kürzlichen Traum werden Wirklichkeit. Plötzlich scheint die Existenz Gottes bestätigt.

Als Heather am Nachmittag des achtzehnten August in der Küche stand und die Post durchsah, während die Kaffeemaschine eine neue Kanne aufbrühte, stieß sie auf den Brief eines gewissen Paul Youngblood, eines Rechtsanwalts aus Eagle's Roost in Montana. Der Umschlag war schwer, als enthielte er nicht nur ein Schreiben, sondern ein Dokument. Dem Poststempel zufolge war er am sechsten des Monats abgeschickt worden, was sie zu Spekulationen über die verschlungenen Wege veranlaßte, auf denen die Post den Brief befördert hatte.

Sie hatte schon einmal von Eagle's Roost gehört, konnte sich aber nicht daran erinnern, in welchem Zusammenhang.

Da sie Anwälten eine grundlegende Abneigung entgegenbrachte und sämtliche Schreiben von Antwaltskanzleien als potentielle Bedrohungen auffaßte, schob sie den Brief ganz nach unten, um sich zum Schluß mit ihm zu befassen. Nachdem sie die Reklame weggeworfen hatte, stellte sie fest, daß es sich bei den vier restlichen Briefen um Rechnungen handelte. Als sie schließlich den Brief von Paul Youngblood las, war sie so überrascht über seinen Inhalt, daß sie sofort, nachdem sie ihn gelesen hatte, an den Küchentisch setzte und ihn noch einmal von oben bis unten las.

Eduardo Fernandez, ein Klient Youngbloods, war am vierten oder fünften Juli gestorben. Er war der Vater des verstorbenen Thomas Fernandez gewesen, jenes Tommy also, der elf Monate vor den Ereignissen auf Hassan Arkadians Tankstelle in Jacks Beisein ermordet worden war. Eduardo Fernandez hatte Jack McGarvey aus Los Angeles, Kalifornien, als seinen Alleinerben eingesetzt. Als Nachlaßverwalter von Mr. Fernandez hatte

Youngblood versucht, Jack telefonisch zu benachrichtigen, aber feststellen müssen, daß seine Nummer nicht mehr eingetragen war. Der Nachlaß schloß eine Versicherungspolice ein, die die Erbschaftssteuer von fünfundfünfzig Prozent abdeckte, so daß Jack ohne weitere Belastungen die sechshundert Morgen große Quartermass-Ranch, das Haupthaus mitsamt der Einrichtung, den Hausmeisterbungalow, den Stall, verschiedene Werkzeuge und Geräte sowie ›eine beträchtliche Geldsumme‹ erben würde.

Statt des Erbscheins lagen dem einseitigen Brief sechs Fotos bei. Mit zitternden Händen breitete Heather sie auf dem Tisch vor ihr in zwei Reihen aus. Das im viktorianischen Stil gehaltene Haupthaus war bezaubernd und verfügte über gerade so viele Verzierungen, daß es nicht der gotischen Bedrücktheit anheimfiel. Es schien doppelt so groß zu sein wie das Haus, in dem sie zur Zeit wohnten. Die auf allen Seiten ungehinderte Sicht auf die Berge und Täler war atemberaubend.

Heather hatte noch nie so gemischte Gefühle empfunden wie in diesem Augenblick.

In der Stunde ihrer größten Niedergeschlagenheit waren sie errettet worden, hatte man ihnen einen Weg aus der Dunkelheit, der Verzweiflung gezeigt. Sie hatte nicht die geringste Ahnung, was ein Anwalt aus Montana als ›beträchtliche Geldsumme‹ bezeichnen würde, doch sie rechnete damit, daß schon allein die Ranch, so man sie verkaufte, einen Ertrag bringen mußte, mit dem sie all ihre Rechnungen bezahlen und die Hypotheken auf das Haus ablösen konnten, und es würde noch eine Menge Geld übrig bleiben, das sie dann anlegen konnten. Ihr war ganz benommen vor einer Überschwenglichkeit der Gefühle, die sie nicht mehr erlebt hatte, seit sie ein kleines Kind gewesen war und noch an Märchen und Wunder geglaubt hatte.

Andererseits wäre ihr Glück Tommy Fernandez' Glück gewesen, wäre er nicht ermordet worden. Diese dunkle und unvermeidliche Tatsache befleckte das Geschenk und trübte ihre Freude daran.

Sie brütete eine Zeitlang vor sich hin und schwankte zwischen Freude und Schuld, doch dann gelangte sie zu dem

Schluß, daß sie zu sehr wie eine Beckerman und zu wenig wie eine McGarvey dachte. Sie hätte alles getan, um Tommy Fernandez ins Leben zurückzuholen, selbst wenn dies bedeutete, daß sie und Jack diese Erbschaft dann niemals bekommen würden; aber die kalte Wahrheit war nun einmal, daß Tommy tot und schon seit über sechzehn Monaten beerdigt war und niemand ihm mehr helfen konnte. Das Schicksal war oft boshaft und viel zu selten großzügig. Es wäre töricht, diese überwältigende Gabe mit einem Stirnrunzeln zu betrachten.

Ihr erster Gedanke war, Jack auf der Arbeit anzurufen. Sie ging zum Telefon und wählte die Nummer, legte dann jedoch wieder auf.

So eine Nachricht überbrachte man nur einmal im Leben. Sie würde nie wieder die Gelegenheit erhalten, ihm so etwas unglaublich Wunderbares zu sagen, und sie durfte es nicht verderben. Sie wollte unbedingt sein Gesicht sehen, wenn er von der Erbschaft hörte.

Sie nahm den Notizblock und Kugelschreiber vom Halter unter dem Wandtelefon und kehrte zum Tisch zurück, wo sie den Brief noch einmal las. Sie schrieb sich eine Reihe von Fragen auf, die sie Paul Youngblood stellen wollte, kehrte dann zum Telefon zurück und rief in Eagle's Roost in Montana an.

Als Heather zuerst der Sekretärin und dann dem Anwalt selbst ihren Namen nannte, zitterte ihre Stimme, weil sie befürchtete, er würde ihr sagen, es läge ein Irrtum vor. Vielleicht hatte jemand das Testament angefochten. Oder vielleicht war ein neueres Testament gefunden worden, in dem nicht mehr Jack, sondern ein anderer als Alleinerbe genannt war. Es gab tausend Möglichkeiten.

Der Stoßverkehr war noch schlimmer als üblich. Das Abendessen verzögerte sich, weil Jack sich über eine halbe Stunde verspätete. Er traf müde und erschöpft zu Hause ein, machte aber gute Miene zum bösen Spiel und tat so, als würde er seinen neuen Job lieben und wäre mit seinem Leben zufrieden.

In dem Augenblick, da Toby mit dem Essen fertig war, bat

er, aufstehen und sich eine seiner Lieblingssendungen im Fernsehen ansehen zu dürfen, und Heather erlaubte es ihm. Sie wollte die Nachricht zuerst Jack allein mitteilen, unter vier Augen, und Toby erst später informieren.

Wie üblich half Jack ihr, den Tisch abzuräumen und das Geschirr in die Spülmaschine zu füllen. »Ich glaube«, sagte er, als sie fertig waren, »ich gehe noch etwas spazieren, damit meine alten Beine noch etwas Übung bekommen.«

»Hast du Schmerzen?«

»Sie sind nur etwas verkrampft.«

Obwohl er auf die Krücken mittlerweile verzichten konnte, befürchtete sie, er würde es ihr nicht sagen, wenn er Muskel- und Gleichgewichtsprobleme hatte. »Bist du wirklich in Ordnung?«

»Bestimmt.« Er küßte sie auf die Wange. »Du und Moshe Bloom, ihr könntet niemals heiraten. Ihr würdet euch ständig streiten, wer nun wen bemuttern muß.«

»Setz dich einen Augenblick«, sagte sie, führte ihn zum Tisch und drückte ihn auf einen Stuhl hinab. »Wir müssen etwas besprechen.«

»Wenn Toby wieder zum Zahnarzt muß, mache ich es selbst.«

»Kein Zahnarzt.«

»Hast du gesehen, wie hoch die letzte Rechnung war?«

»Ja, habe ich gesehen.«

»Wer braucht schon Zähne? Muscheln haben auch keine Zähne und kommen prima zurecht. Austern haben keine Zähne. Würmer haben keine Zähne. Viele Geschöpfe haben keine Zähne und sind vollkommen zufrieden.«

»Vergiß das mit den Zähnen mal«, sagte sie und holte Youngbloods Brief und die Fotos vom Kühlschrank, auf den sie die Post gelegt hatte.

Als sie ihm den Umschlag hinhielt, griff er danach. »Was grinst du so? Was hat das zu bedeuten?«

»Lies selbst.«

Heather nahm ihm gegenüber Platz, plazierte die Ellbogen auf den Tisch, stützte das Gesicht in die Hände und beobachtete ihn aufmerksam und versuchte, anhand seines Gesichtsausdrucks zu deuten, welche Stelle des Briefes er gerade las. Bei seinem Anblick wurde ihr so froh ums Herz wie schon lange nicht mehr.

»Das ist ... ich ... aber warum, zum Teufel ...« Er sah von dem Brief auf und gaffte sie an. »Ist das ein Scherz?«

Sie kicherte. Sie hatte seit Ewigkeiten nicht mehr gekichert. »Nein. Nein! Es ist die reine Wahrheit, jedes unglaubliche Wort davon. Ich habe Paul Youngblood angerufen. Er scheint ein sehr netter Mann zu sein. Er war nicht nur Eduardos Anwalt, sondern auch sein Nachbar. Sein nächster Nachbar, aber trotzdem noch drei Kilometer entfernt. Er hat alles bestätigt, was in dem Brief steht, alles. Frag mich mal, wie viel ›eine beträchtliche Geldsumme‹ ist.«

Jack blinzelte sie einfältig an, als wäre der Brief eine stumpfe Waffe gewesen, mit der man ihn niedergeschlagen hatte. »Wie viel ist es?«

»Er weiß es noch nicht ganz genau, muß erst die neuesten Schätzungen vorliegen haben, aber nach allem, was er bislang herausgefunden hat, werden es zwischen ... dreihundertfünfzig- und vierhunderttausend Dollar sein.«

Jack wurde ganz blaß.

»Das kann doch nicht stimmen.«

»Das hat er mir gesagt.«

»Und dazu die Ranch?«

»Dazu die Ranch.«

»Tommy hat öfter von dem Anwesen in Montana gesprochen, hat gesagt, sein Dad würde es lieben, aber er könne es nicht ausstehen. Langweilig, hat Tommy gesagt, da passiert nie was, der Arsch der Welt. Er hat seinen Dad geliebt, hat lustige Geschichten über ihn erzählt, aber er hat nie gesagt, daß er reich ist.« Erneut griff er nach dem Brief, der in seiner Hand raschelte. »Warum, um Gottes willen, sollte Tommys Dad ausgerechnet mir alles hinterlassen?«

»Das war eine der Fragen, die ich Paul Youngblood gestellt habe. Er hat gesagt, Tommy habe seinem Dad von dir geschrieben, was für ein toller Kerl du bist. Hat von dir gesprochen wie von einem Bruder. Nachdem Tommy dann starb, wollte sein Dad, daß du alles bekommst.«

»Was haben die anderen Verwandten dazu zu sagen?«

»Es gibt keine anderen Verwandten.«

Jack schüttelte den Kopf. »Aber ich habe« — er warf einen Blick auf den Brief — »Eduardo nicht mal gekannt. Das ist doch verrückt. Ich meine, mein Gott, es ist wunderbar, aber es ist verrückt. Er vererbt seinen gesamten Besitz jemandem, den er gar nicht gekannt hat?«

Heather war nicht imstande, sitzen zu bleiben, die Aufregung war zu groß, und so erhob sie sich und ging zum Kühlschrank. »Paul Youngblood meint, die Idee habe Eduardo gefallen, weil er selbst vor acht Jahren alles von seinem ehemaligen Boß geerbt hat, was für ihn eine absolute Überraschung war.«

»Der Teufel soll mich holen!« sagte Jack verwundert.

Sie nahm die Flasche Sekt heraus, die sie im Gemüsefach versteckt hatte, wo Jack sie nicht finden würde, bevor er die Nachricht von ihr erfuhr. Er hatte nicht vorzeitig wissen sollen, daß sie einen Grund zum Feiern hatten.

»Youngblood zufolge wollte Eduardo dich damit überraschen, weil... na ja, er schien es als einzige Möglichkeit anzusehen, die Freundlichkeit seines Bosses zu vergelten.«

Als sie zum Tisch zurückkehrte, bedachte Jack die Sektflasche mit einem Stirnrunzeln. »Ich weiß nicht, wo mir der Kopf steht, ich springe vor Freude bald unter die Decke, aber...«

»Tommy«, sagte sie.

Er nickte.

Sie zog die Folie von der Sektflasche ab. »Wir können ihn nicht zurückholen«, sagte sie.

»Nein, aber...«

»Er würde wollen, daß wir uns darüber freuen.«

»Ja, ich weiß. Tommy war ein toller Bursche.«

»Also freuen wir uns.«

Er sagte nichts.

Sie löste den Drahtverschluß, der den Korken hielt. »Wir wären verrückt, wenn wir uns nicht freuen würden.«

»Ich weiß.«

»Es ist ein Wunder, und es kam genau in dem Augenblick, als wir es gebraucht haben.«

Er starrte den Sekt an.

»Es geht nicht nur um unsere Zukunft«, sagte sie, »sondern auch um Tobys.«

»Jetzt kann er seine Zähne behalten.«

Heather lachte. »Jack, es ist ein Wunder«, sagte sie.

Endlich war sein Lächeln breit und ohne Vorbehalte. »Das kannst du laut sagen — jetzt müssen wir uns nicht ständig seine Beschwerden anhören, daß er auf den Felgen kauen muß.«

Sie entfernte den Draht von dem Korken. »Auch wenn wir so viel Glück nicht verdient haben — Toby hat es verdient.«

»Wir alle haben es verdient.« Er stand auf, ging zum Schrank und nahm ein sauberes Abtrocktuch heraus. »Warte, laß mich das machen.« Heather gab ihm die Flasche, und er legte das Tuch darüber. »Könnte in die Luft gehen.« Er drehte den Korken, und es knallte, aber der Sekt sprudelte nicht aus dem Flaschenhals.

Sie holte zwei Gläser, und er füllte sie.

»Auf Eduardo Fernandez«, sagte sie als Trinkspruch.

»Auf Tommy.«

Sie standen neben dem Tisch und tranken, und dann küßte er sie leicht. Ihre schnelle Zunge war süß vor Sekt. »Mein Gott, Heather, weißt du, was das bedeutet?«

Sie setzten sich wieder. »Zum Beispiel«, sagte sie, »daß wir beim nächstenmal in ein Restaurant gehen können, in dem sie das Essen auf Tellern und nicht in Pappbehältern servieren.«

Seine Augen leuchteten, und sie freute sich, ihn so glücklich zu sehen. »Wir können die Hypotheken ablösen, alle Rechnungen bezahlen, Geld für Toby zurücklegen, wenn er eines Tages aufs College geht, vielleicht sogar Urlaub machen — und das alles nur von dem Bargeld. Wenn wir die Ranch verkaufen...«

»Sieh dir die Fotos an«, drängte sie, griff nach ihnen und breitete sie vor ihm auf dem Tisch aus.

»Sehr schön«, sagte er.

»Besser als schön. Es ist wunderbar, Jack. Sieh dir die Berge an! Und sieh dir dieses Foto an — hier, aus diesem Winkel aufgenommen. Wenn man vor dem Haus steht, kann man unendlich weit sehen!«

Er sah von den Schnappschüssen auf und begegnete ihrem Blick. »Was höre ich da?«

»Wir müssen es nicht unbedingt verkaufen.«

»Willst du dort wohnen?« fragte Jack.

»Warum nicht?«

»Wir sind Stadtmenschen.«

»Und wir hassen die Stadt.«

»Sind unser ganzes Leben Angelenos gewesen«, wandte Jack ein.

»L. A. ist auch nicht mehr das, was es einmal war.«

Sie merkte, daß die Idee ihn faszinierte, und ihre eigene Aufregung wurde noch größer, als ihre Sichtweisen sich anzunähern begannen.

»Wir wünschen uns schon seit geraumer Zeit eine Veränderung«, sagte er. »Aber an eine so große Veränderung habe ich nie gedacht.«

»Sieh dir die Fotos an.«

»Ja, sicher, es ist ganz toll da. Aber was sollen wir da machen? Es ist viel Geld, aber es wird nicht ewig reichen. Außerdem sind wir jung — wir können uns nicht einfach zur Ruhe setzen, wir müssen etwas zu tun haben.«

»Vielleicht kann ich in Eagle's Roost ein Geschäft aufmachen.«

»Was für eins?«

»Keine Ahnung. Irgendwas«, sagte sie. »Wir können doch hinfahren und uns die Stadt einfach mal ansehen, und vielleicht fällt uns auf Anhieb was ein. Und wenn nicht ... na ja, wir müssen doch nicht ewig dort leben. Ein, zwei Jahre, und wenn es uns nicht gefällt, können wir die Ranch verkaufen.«

Er trank sein Glas aus und schenkte sich und seiner Frau nach. »Toby muß in zwei Wochen wieder in die Schule...«

»Auch in Montana gibt es Schulen«, sagte sie, obwohl sie wußte, daß er sich nicht darüber den Kopf zerbrach.

Er dachte zweifellos an das elfjährige Mädchen, das einen Häuserblock von der Grundschule entfernt erschossen worden war, auf die Toby gehen würde.

»Er hat dann sechshundert Morgen, auf denen er spielen kann, Jack«, bedrängte sie ihn. »Wie lange will er schon einen Hund haben, einen Golden Retriever? Aber dieses Haus kam uns dafür immer zu klein vor...«

Jack betrachtete einen der Schnappschüsse. »Auf der Arbeit haben wir uns heute über all die Namen unterhalten, die diese Stadt hat.«, sagte er. »Viel mehr Namen als andere Städte. New York ist der Big Apple, und damit hat es sich. Aber L. A. hat viele Namen – und keiner paßt mehr zu der Stadt, keiner hat mehr eine Bedeutung. Big Orange zum Beispiel. Aber hier gibt es keine Orangenhaine mehr. Die mußten schon vor geraumer Zeit Eigentumswohnungen und Einkaufszentren weichen. Man nennt L. A. die Stadt der Engel, aber hier passieren schon lange keine engelhaften Dinge mehr, jedenfalls nicht wie früher. Dafür gibt es zu viele Teufel auf den Straßen.«

»Die Stadt, in der Stars geboren werden«, sagte sie.

»Und neunhundertneunundneunzig von tausend Kindern, die hierherkommen, um Filmstar zu werden – was passiert mit denen? Wie viele davon enden mißbraucht, zerbrochen und drogenabhängig?«

»Die Stadt, in der die Sonne untergeht.«

»Na ja, die geht noch immer im Westen unter«, sagte er und griff nach einem anderen Foto von Montana. »Die Stadt, in der die Sonne untergeht... Da denkt man an die dreißiger und vierziger Jahre, an den Swing, an Männer, die zur Begrüßung den Finger an die Hutkrempe legen und Damen in langen schwarzen Cocktailkleidern die Tür aufhalten, an elegante Nachtklubs mit Blick auf den Ozean, an Bogart und Bacall, Gable und Lombard, Leute, die Martinis trinken und goldene Sonnenuntergänge beobachten. Das alles gibt es nicht mehr. Oder kaum mehr. Heute nennt man L. A. die Stadt des sterbenden Tages.«

Er verstummte. Legte die Fotos nebeneinander und betrachtete sie.

Sie wartete.

Schließlich sah er auf. »Machen wir es«, sagte er.

ZWEITER TEIL

DAS LAND DES WINTERMONDS

Im hellen Licht vom Wintermond,
ein Schrei hallt, völlig ungewohnt,
durch die kalte Sternennacht
von der Berge weißer Pracht
bis hin zum Meer. Über grünen Feldern,
Stadtstraßen und einsamen Wäldern,
schreit das gequälte Menschenherz,
sucht Trost, Erlösung vom Schmerz,
etwas, das ihm seine Not erklärt,
die unterm Licht des Mondes ewig währt.
Die Dämmerung kann die Nacht nicht verdrängen.
Müssen wir leben mit diesen Klängen,
unter dem kalten Licht vom Wintermond,
das uns mit Einsamkeit, Haß und Angst entlohnt,
gestern, heute, morgen, altgewohnt,
unter dem trüben Licht vom Wintermond?

—Das Buch der gezählten Leiden

VIERZEHNTES
KAPITEL

Im weit zurückliegenden Zeitalter der Dinosaurier waren so fürchterliche und mächtige Geschöpfe wie der Tyrannosaurus rex in verräterischen Teergruben zugrunde gegangen, auf denen die weitsichtigen Erbauer von Los Angeles später Autobahnen, Einkaufszentren, Häuser, Bürogebäude, Theater, Oben-ohne-Bars, wie Hot dogs und Filzhüte gestaltete Restaurants, Kirchen, Autowaschanlagen und so weiter gebaut hatten. Tief unter einigen Teilen der Metropole lagen diese versteinerten Ungeheuer in ewigem Schlaf.

Den September und Oktober über hatte Jack das Gefühl, die Stadt sei noch immer eine Teergrube, in die *er* gestürzt war. Er war der Ansicht, es Lyle Crawford schuldig zu sein, eine Kündigungsfrist von dreißig Tagen einzuhalten. Und auf den Rat ihres Maklers hatten sie das Haus, bevor sie es zum Verkauf anboten, innen und außen gestrichen, einen neuen Teppichboden verlegt und kleinere Reparaturen vorgenommen. In dem Augenblick, da Jack den Entschluß gefaßt hatte, die Stadt zu verlassen, hatte er im Geiste gepackt und die Zelte abgebrochen. Nun war er mit dem Herzen im Hochland von Montana, östlich von den Rockies, während er gleichzeitig noch immer versuchte, die Füße aus dem Sumpf von L. A. zu ziehen.

Da sie nicht mehr jeden Dollar brauchten, den das Haus wert war, hatten sie es unter dem Marktwert angeboten. Trotz der schlechten wirtschaftlichen Bedingungen wurden sie es schnell los. Am achtundzwanzigsten Oktober unterschrieben sie mit einem solventen Interessenten einen Kaufvertrag mit einem Zahlungsziel von sechzig Tagen, und sie hatten genug Vertrauen zu ihrem Makler, ihm den Abschluß des Kaufes zu überlassen und endlich ihr neues Leben zu beginnen.

Am vierten November brachen sie in einem Ford Explorer,

den sie von einem Teil der Erbschaft erstanden hatten, zu ihrem neuen Heim auf. Jack bestand darauf, morgens um sechs Uhr loszufahren, denn er wollte nicht noch an seinem letzten Tag in der Stadt wieder in einen frustrierenden Verkehrsstau geraten.

Sie nahmen nur ein paar Koffer und Kisten mit persönlichen Besitztümern mit, Jacks Büchersammlung hatten sie als Fracht aufgegeben. Weitere Fotos, die Paul Youngblood geschickt hatte, hatten ihnen gezeigt, daß das Haus in einem Stil eingerichtet war, dem sie sich problemlos anpassen konnten. Sie mußten vielleicht ein paar der gepolsterten Möbelstücke ersetzen, aber viele Einrichtungsgegenstände waren Antiquitäten von hoher Qualität und beträchtlicher Schönheit.

Sie verließen die Stadt auf der Interstate 5 und sahen kein einziges Mal zurück, als sie über die Hügel Hollywoods und dann in nördliche Richtung fuhren, vorbei an Burbank, San Fernando, Valencia, Castaic und den letzten Vororten, in den Angeles National Forest, vorbei am Pyramid Lake und zwischen der Sierra Madre und den Tehachapi-Bergen durch den Tejon-Paß.

Jack fühlte, wie er sich Kilometer um Kilometer von einer gefühlsmäßigen und geistigen Dunkelheit befreite. Er kam sich vor wie ein Schwimmer, den eiserne Fesseln und Klötze hinabgezogen hatten und der fast in den Tiefen des Ozeans ertrunken wäre, sich nun aber befreit hatte und der Oberfläche entgegenstrebte, dem Licht, der Luft.

Toby wurde von dem riesigen Ackerland neben dem Highway in Erstaunen versetzt, und Heather fütterte ihn mit Informationen aus einem Reiseführer. Das San Joaquin Valley war über zweihundertdreißig Kilometer lang und wurde im Westen von der Diablo-Bergkette und im fernen Osten von den Ausläufern der Sierras begrenzt. Diese Tausende von Quadratkilometern zählten zum fruchtbarsten Ackerboden auf der ganzen Welt und erzeugten achtzig Prozent der Landesproduktion an Gemüse und Melonen, fünfzig Prozent der Produktion von Obst und Mandeln und vieles mehr.

Sie hielten an einem Verkaufsstand am Straßenrand und kauften ein Pfund geröstete Mandeln für ein Viertel dessen, was sie in einem Supermarkt bezahlt hätten. Jack stand neben dem Wagen, verzehrte eine Handvoll Mandeln und betrachtete die Felder und Obstbaumhaine. Der Tag war gesegnet ruhig, die Luft sauber.

Wenn man in der Stadt wohnte, vergaß man schnell, daß es auch andere Lebensweisen gab, andere Welten als die der brodelnden Straßen des menschlichen Bienenstockes. Jack McGarvey war ein Schläfer, der aufwachte und sich in einer echten Welt wiederfand, die vielfältiger und interessanter war als die Träume, die er fälschlicherweise für die Wirklichkeit gehalten hatte.

Auf dem Weg zu ihrem neuen Leben erreichten sie an diesem Abend Reno, am nächsten Salt Lake City und Eagle's Roost in Montana am Nachmittag des sechsten November.

Wer die Nachtigall stört war einer von Jacks Lieblingsromanen, und Atticus Finch, der mutige Anwalt aus diesem Buch, hätte sich in Paul Youngbloods Kanzlei im oberen Stock des lediglich zweistöckigen Gebäudes in Eagle's Roost wohl gefühlt. Die hölzernen Jalousien stammten aus der Mitte des Jahrhunderts. Die Wandtäfelung, Bücherregale und Schränke aus Mahagoni waren von jahrzehntelangem Polieren spiegelblank. Der Raum strahlte eine Aura der Vornehmheit aus, der gebildeten Ruhe, und die Regale enthielten nicht nur Fachbücher über Jura, sondern auch Geschichts- und Philosophiewerke.

Der Anwalt begrüßte sie tatsächlich mit einem: »Howdy, Nachbarn! Was für eine Freude das ist, eine echte Freude.« Er hatte einen festen Händedruck und ein Lächeln wie weicher Sonnenschein auf Bergwipfeln.

Paul Youngblood wäre in L. A. niemals als Anwalt erkannt worden, und wenn er die protzigen Büros der bekannten Kanzleien in Century City betreten hätte, hätte man ihn diskret, aber mit sanfter Gewalt hinausgeworfen. Er war fünfzig Jahre alt, groß, schlank und hatte kurzgeschnittenes, eisengraues Haar. Sein Gesicht war faltig und gerötet — er hielt sich anscheinend oft unter freiem Himmel auf —, und seine großen, ledrigen

Hände waren von körperlicher Arbeit vernarbt. Er trug ausgetretene Stiefel, braune Jeans, ein weißes Hemd und eine Westernkrawatte mit silberner Schnalle, die einem bockenden Wildpferd nachgebildet war. In L. A. wären Leute in so einer Ausstattung Zahnärzte, Buchhalter oder leitende Angestellte gewesen, die sich für einen Abend in einer Country-Western-Bar kostümiert hätten, ohne ihre wahre Existenzform verbergen zu können. Aber Youngblood sah aus, als wäre er in Western-Kleidung auf die Welt gekommen, geboren zwischen einem Kaktus und einem Lagerfeuer, und aufgewachsen auf einem Pferderücken.

Obwohl der Anwalt hart genug zu sein schien, um in die Stammkneipe von Motorradrockern zu gehen und es dort mit jedem aufzunehmen, sprach er leise und so höflich, daß Jack sich bewußt wurde, wir schlecht seine Manieren unter dem ständigen Verschleiß des täglichen Lebens in der Stadt geworden waren.

Den kleinen Toby nahm Youngblood für sich ein, indem er ihn ›Scout‹ nannte und ihm anbot, das Reiten beizubringen: »Im kommenden Frühling, wir fangen natürlich mit einem Pony an ... und vorausgesetzt, deine Eltern haben nichts dagegen.« Als der Anwalt eine Wildlederjacke anzog und einen Cowboyhut aufsetzte, bevor er sie zur Quartermass-Ranch brachte, betrachtete Toby ihn mit großen, erstaunten Augen.

Sie folgten Youngbloods weißem Bronco fünfundzwanzig Kilometer durch eine Landschaft, die noch schöner war, als es auf den Fotos den Anschein gehabt hatte. Zwei Steinsäulen, die von einem verwitterten Holzbogen überspannt wurden, markierten die Auffahrt zum Besitz. In den Bogen war in einer rustikalen Schrift QUARTERMASS RANCH eingebrannt worden. Sie bogen von der Landstraße ab, fuhren unter dem Schild her und hügelaufwärts.

»Mann! Das alles gehört uns?« fragte Toby vom Rücksitz. Er war von den weiten Feldern und Wäldern ganz hingerissen. Bevor Jack oder Heather antworten konnten, stellte er die Frage, die er zweifellos schon seit einigen Wochen hatte stellen wollen: »Kann ich einen Hund haben?«

»Nur einen Hund?« fragte Jack.

»Was?«

»Bei so viel Land könntest du dir auch eine Kuh als Haustier halten.«

Toby lachte. »Kühe sind keine Haustiere.«

»Da irrst du dich aber«, sagte Jack und bemühte sich um einen ernsthaften Tonfall. »Kühe sind verdammt gute Haustiere.«

»Kühe?« wiederholte Toby ungläubig.

»Nein, wirklich. Du kannst einer Kuh beibringen, ein Stöckchen zu holen, sich auf den Rücken zu rollen, um etwas zu fressen zu betteln, Pfötchen zu geben, alles, was Hunde auch können — und sie gibt noch Milch für deine Cornflakes zum Frühstück.«

»Jetzt willst du mich reinlegen. Mom, stimmt das?«

»Das einzige Problem ist nur«, sagte Heather, »wehe, wenn die Kuh gern Autos hinterherläuft. In diesem Fall könnte sie viel mehr Schaden anrichten als ein Hund.«

»Das ist doch Unsinn«, sagte der Junge und kicherte.

»Nicht, wenn du in dem Wagen sitzt, der von der Kuh verfolgt wird«, versicherte Heather ihm.

»Dann bekommst du's ganz schnell mit der Angst zu tun«, pflichtete Jack ihr bei.

»Dann hätte ich lieber einen Hund.«

»Na ja, wenn du wirklich einen haben willst«, sagte Jack.

»Ist das dein Ernst? Bekomme ich einen Hund?«

»Ich wüßte nicht, warum nicht«, sagte Heather.

Toby jauchzte vor Freude.

Die Privatstraße führte zum Haupthaus, das hinter einer Wiese mit goldbraunem Gras lag. Die Sonne erhellte den Besitz im Westen, und das Haus warf einen langen, purpurnen Schatten. Sie parkten neben Paul Youngbloods Bronco.

Sie begannen die Besichtigungstour im Keller. Obwohl er fensterlos war und völlig unter der Erde lag, war er kalt. Der erste Raum enthielt eine Waschmaschine, einen Trockner, einen

Doppelabfluß und ein paar Kiefernschränke. Die Ecken der Decke wurden von der Baukunst der Spinnen und ein paar eingesponnener Motten geschmückt. Im zweiten Raum standen ein Heizungsbrenner und ein Wasserboiler.

Des weiteren befand sich dort ein japanischer Stromgenerator, der etwa so groß war wie eine Waschmaschine. Er sah aus, als könne er genug Energie erzeugen, um eine ganze Kleinstadt mit Licht zu versorgen.

»Warum brauchen wir den?« fragte Jack und deutete auf den Generator.

»In einigen dieser ländlichen Gegenden kann ein schlimmer Sturm schon mal die Stromversorgung für ein paar Tage unterbrechen«, sagte Paul Youngblood. »Da wir hier nicht mit Gas versorgt werden und der Preis für Heizöl in dieser Gegend ziemlich hoch ist, müssen wir elektrisch heizen, kochen und so weiter. Und wenn auch damit Schluß ist, bleiben uns noch die Kamine, aber das ist nicht ideal. Und Stan Quartermass war ein Mann, der auf die Annehmlichkeiten der Zivilisation Wert legte.«

»Aber das ist doch ein wahres Ungeheuer«, sagte Jack und klopfte auf den staubüberzogenen Generator.

»Er liefert den Strom für das Haupthaus, das Gebäude des Hausmeisters und die Ställe. Das ist nicht so ein billiges Ding, mit dem man nur ein paar Lampen betreiben kann. Solange Sie Benzin haben, brauchen Sie auf keine Annehmlichkeiten zu verzichten, genau, als wären Sie noch an die öffentliche Stromversorgung angeschlossen.«

»Wäre doch vielleicht ganz lustig, mal ein paar Tage lang primitiv und anspruchslos zu leben«, sagte Jack.

Der Anwalt runzelte die Stirn und schüttelte den Kopf. »Nicht wenn die Temperatur draußen auf minus zwanzig Grad oder gar minus vierzig Grad absinkt und ein eisiger Wind weht.«

»Autsch«, sagte Heather. Der bloße Gedanke an diese arktische Kälte ließ sie die Arme vor die Brust drücken.

»Das würde ich nicht mehr ›primitiv leben‹ nennen«, sagte Youngblood.

Jack pflichtete ihm bei. »Ich würde es ›Selbstmord‹ nennen. Ich sorge dafür, daß wir immer einen ausreichenden Benzinvorrat haben.«

Der Thermostat war heruntergestellt worden, und in den beiden Hauptetagen des unbewohnten Hauses hatte sich wie der eisige Überrest einer Flutwelle eine beharrliche Kälte ausgebreitet. Sie wich allmählich der Wärme, da Paul die Heizung eingeschaltet hatte, nachdem sie den Keller verlassen und die Hälfte des Erdgeschosses inspiziert hatten. Trotz ihrer gepolsterten Skijacke hatte Heather während der Besichtigung die ganze Zeit gefroren.

Das Haus hatte Stil und bot auch Komfort. Sich hier einzuleben, würde den McGarveys leichter fallen, als sie ursprünglich gedacht hatten. Allerdings waren die persönlichen Besitztümer und Kleidung von Eduardo Fernandez noch nicht weggeschafft worden; also mußten sie zuerst die Schränke ausräumen, um Platz für ihre eigenen Sachen zu schaffen. In den vier Monaten seit dem plötzlichen Tod des alten Mannes hatte sich niemand um das Haus gekümmert; alle Möbel waren von einer dünnen Staubschicht überzogen. Aber Eduardo hatte ein ordentliches und sauberes Leben geführt; die McGarveys würden nicht viel aufräumen und putzen müssen. Im letzten Zimmer des Obergeschosses, ganz hinten im Haus, fiel das kupferne Licht des Spätnachmittags schräg durch die Fenster der Westseite, und die Luft leuchtete wie vor einer offenen Ofentür. Es war hell, ohne warm zu sein, und trotzdem erschauderte Heather.

»Das ist klasse«, sagte Toby, »das ist toll!«

Dieses Zimmer war mehr als zweimal so groß wie sein Kinderzimmer in Los Angeles, aber Heather wußte, daß ihn weniger die Ausmaße begeisterten als die fast wunderliche Architektur, die die Phantasie eines jeden Kindes angeregt hätte. Die dreieinhalb Meter hohe Decke bestand aus vier Kreuzgewölben, und die Schatten, die auf diesen konkaven Oberflächen lagen, waren vielschichtig und faszinierend.

»Toll«, sagte Toby, der noch immer zur Decke hinaufsah. »Als hinge man unter einem Fallschirm.«

In die Wand links von der Korridortür war eine einen Meter und zwanzig tiefe und einen Meter und achtzig breite, gewölbte Nische eingelassen, in der ein nach Kundenangaben gefertigtes Bett stand. Hinter dem Kopfbrett und an der Rückseite der Nische befanden sich eingelassene Regale und tiefe Schränke, in denen man Modellraumschiffe, Actionfiguren, Spiele und alles, wofür ein Junge sich sonst noch begeisterte, verstauen konnte. An beiden Seiten der Nische hingen Vorhänge, und wenn man sie zuzog, konnte man den Alkoven vor Blicken verbergen wie die Koje in einem altmodischen Eisenbahn-Schlafwagen.

»Kann das mein Zimmer sein?« fragte Toby. »Ja? Bitte!«

»Sieht so aus, als wäre es eigens für dich geschaffen worden«, sagte Jack.

»Klasse!«

Paul öffnete eine der beiden anderen Türen im Zimmer. »Dieser begehbare Schrank ist so tief«, sagte er, »daß man ihn fast schon als eigenes Zimmer bezeichnen könnte.«

Die letzte Tür enthüllte das obere Ende einer Wendeltreppe, die so eng gekrümmt war wie die in einem Leuchtturm. Die hölzernen Stufen waren nicht von Teppich bedeckt und knarrten, als die vier sie hinabstiegen.

Heather empfand augenblicklich Abneigung gegen die Treppe. Vielleicht reagierte sie in dem engen fensterlosen Raum etwas klaustrophobisch, als sie Paul Youngblood und Toby hinabfolgte, während Jack die Nachhut bildete. Vielleicht war ihr wegen der unzureichenden Beleuchtung unbehaglich — zwei weit auseinander hängende nackte Glühbirnen an der Decke. Ein leicht moderiger Geruch tat das seine hinzu. Genau wie die Spinnweben, an denen tote Motten und andere Insekten hingen. Aus welchem Grund auch immer, ihr Herz begann zu hämmern, als würden sie die Treppe hinauf- und nicht hinabsteigen. Wie der namenlose Schrecken in einem Alptraum übermannte sie die bizarre Furcht, daß unten etwas Feindseliges und unendlich Fremdes auf sie wartete.

Die letzte Stufe führte in einen fensterlosen Verbindungsgang, und Paul mußte einen Schlüssel hervorholen, um die erste von zwei unteren Türen zu öffnen.

»Die Küche«, sagte er.

Hier erwartete Heather nichts, wovor sie Angst haben mußten, nur ein nüchterner Raum.

»Wir gehen hier entlang«, sagte der Anwalt und drehte sich zu der zweiten Tür um, die er ohne Schlüssel öffnen konnte.

Aber als der Riegel des Schlosses klemmte, da er nur selten benutzt worden war, erwiesen die paar Sekunden Verzögerung sich fast als mehr, als Heather ertragen konnte. Nun war sie davon überzeugt, daß *hinter* ihnen etwas die Treppe hinabkam, das mörderische Phantom eines bösen Traums. Sie wollte sofort aus diesem engen Raum hinaus, unbedingt — hinaus.

Ächzend schwang die Tür auf.

Sie folgten Paul durch den zweiten Ausgang auf die hintere Veranda. Sie standen dreieinhalb Meter links von dem hinteren Hautpteingang des Hauses, der in die Küche führte.

Heather atmete mehrmals tief durch und säuberte ihre Lungen von der vergifteten Luft des Treppenhauses. Ihre Furcht ließ schnell nach, und ihr Herz schlug wieder normal. Sie sah in das Vestibül zurück, in dem die Stufen der Wendeltreppe sich außer Sicht hoben. Natürlich tauchte kein Bewohner eines Alptraums auf, und die Panik, die sie kurz zuvor ergriffen hatte, kam Heather jetzt töricht und unerklärlich vor.

Jack, der von dem inneren Aufruhr seiner Frau nichts ahnte, legte eine Hand auf Tobys Kopf. »Tja, wenn das dein Zimmer sein wird, möchte ich dich nicht erwischen, wie du Mädchen die Hintertreppe hinaufschmuggelst.«

»Mädchen?« fragte Toby erstaunt. »Igitt. Warum sollte ich denn was mit Mädchen zu tun haben?«

»Da wirst du mit der Zeit wohl von allein drauf kommen«, sagte der Anwalt amüsiert.

»Und es wird gar nicht mehr lange dauern«, erklärte Jack. »In fünf Jahren werden wir diese Treppe mit Beton füllen und für immer verschließen müssen.«

Heather fand die Willenskraft, der Tür den Rücken zuzudrehen, als der Anwalt sie schloß. Sie war immer noch von ihrem Angstanfall überrascht, empfand aber gleichzeitig Erleichterung, daß niemand ihre seltsame Reaktion mitbekommen hatte.

Der große L. A.-Bammel! Sie hatte die Stadt noch nicht abgeschüttelt. Sie befand sich im ländlichen Montana, wo es wahrscheinlich seit zehn Jahren keinen Mord mehr gegeben hatte und die meisten Leute die Türen weder am Tag noch in der Nacht abschlossen – doch psychisch hielt sie sich noch im Schatten der Big Orange auf, lebte mit der unterbewußten Erwartung einer plötzlichen, sinnlosen Gewalt. Nur ein verzögerter Fall vom großen L. A.-Bammel.

»Ich zeige Ihnen lieber den Rest des Anwesens«, sagte Paul. »Uns bleibt nur noch eine halbe Stunde Tageslicht.«

Sie folgten ihm die Verandatreppe hinab und einen rasenbedeckten Hang hinauf zu einem kleineren Steinhaus, das zwischen Nadelbäumen versteckt am Waldrand lag. Heather erkannte es von den Fotos, die Paul ihnen geschickt hatte: Die Wohnstätte des Hausmeisters.

Die Dämmerung brach herein, und im Osten färbte sich der Himmel saphirblau. Im Westen, wo die Sonne den Bergen entgegeneilte, verblich er zu einem helleren Blau.

Die Temperatur war unter zehn Grad gefallen. Heather stopfte die Hände in die Jackentaschen und zog die Schultern ein.

Sie stellte erfreut fest, daß Jack den Hügel energisch hinaufstieg und nicht mehr humpelte. Gelegentlich tat ihm das linke Bein weh, und er schonte es, aber nicht an diesem Tag. Sie konnte kaum glauben, daß ihr Leben erst vor acht Monaten auf ewig eine Wendung zum Schlimmeren genommen zu haben schien. Kein Wunder, daß sie noch immer nervös war. Es waren schreckliche acht Monate gewesen. Aber jetzt war alles in Ordnung. Wirklich prima.

Der Rasen hinter dem Haus war nach Eduardos Tod nicht mehr gepflegt worden. Das Gras war zwanzig oder fünfundzwanzig Zentimeter hoch gewachsen, bevor die Dürre des Sommers und die Kälte des Frühherbstes es braun gefärbt und sein

Wachstum bis zum Frühling unterbrochen hatten. Es knisterte schwach unter ihren Schritten.

»Als Ed und Margarite die Ranch vor acht Jahren geerbt haben, sind sie aus dem Gebäude des Hausmeisters gezogen«, sagte Paul, während sie sich dem steinernen Bungalow näherten. »Er hat die Möbel verkauft und die Fenster mit Sperrholz vernagelt. Glaube nicht, daß seitdem jemand hier gewesen ist. Wenn Sie keinen Hausmeister einstellen wollen, werden Sie wohl keine Verwendung für das Häuschen haben. Aber Sie sollten es sich trotzdem ansehen.«

Kiefern drängten sich um die Mauern des kleinen Gebäudes. Der Wald war so dicht, daß große Teile von ihm schon vor dem Sonnenuntergang von der Dunkelheit vereinnahmt worden waren. Das sich sträubende Grün der schweren Äste, das von purpurschwarzen Schatten umhüllt wurde, bot einen wundervollen Anblick – allerdings wirkten diese Bäume irgendwie geheimnisvoll, und das fand Heather verwirrend, ja sogar ein wenig bedrohlich.

Zum erstenmal fragte sie sich, welche Tiere sich hier wohl von Zeit zu Zeit aus dem Wald auf den Hof wagten. Wölfe? Bären? Berglöwen? War Toby hier wirklich in Sicherheit?

Ach, um Gottes willen, Heather.

Sie dachte wie eine Stadtbewohnerin, vermutete immer eine Gefahr, sah überall Drohungen. In Wirklichkeit mieden wilde Tiere die Menschen und flohen, wenn man sich ihnen näherte. Was erwartest du? fragte sie sich sarkastisch. Daß du dich im Haus verbarrikadierst, während draußen Bärenhorden an die Türen hämmern und Rudel schnaubender Wölfe sich gegen die Fenster werfen, wie in einem schlechten Fernsehfilm über eine ökologische Katastrophe?

Statt einer Veranda befand sich vor der Tür des Hausmeisterwohnsitzes eine gefliese Terrasse. Heather hielt hier inne, während Paul den richtigen Schlüssel an dem Bund suchte.

Das Panorama im Norden, Osten und Süden hinter den hohen Bäumen war atemberaubend und noch schöner als vom Haupthaus betrachtet. Wie eine Landschaft auf einem Gemälde von Maxfield Parrish zogen die Wiesen und Wälder sich unter dem saphirblau leuchtenden Himmel in einen fernen violetten Dunst zurück.

Es ging kein Wind an diesem frühen Abend, und die Stille war so tief, daß Heather sich für taub gehalten hätte — wäre da nicht das Klimpern der Schlüssel des Anwalts gewesen. Nach dem Leben in der Stadt war so eine Stille unheimlich.

Die Tür öffnete sich unter lautem Ächzen und Knarren, als wäre ein uraltes Siegel gebrochen worden. Paul trat über die Schwelle in das dunkle Wohnzimmer und drückte auf den Lichtschalter.

Heather hörte, daß er ihn mehrmals betätigte, doch es blieb dunkel.

Paul trat wieder hinaus. »Hab' ich mir schon gedacht«, sagte er. »Ed muß am Sicherungskasten den Strom abgestellt haben. Ich weiß, wo der ist. Warten Sie hier, ich bin sofort wieder da.«

Sie standen an der Haustür und starrten in die Finsternis hinter der Schwelle, während der Anwalt um die Hausecke verschwand. Daß Paul Youngblood nun nicht mehr bei ihnen stand, beunruhigte Heather, wenngleich sie nicht wußte, warum. Vielleicht, weil er allein gegangen war.

»Wenn ich einen Hund bekomme«, fragte Toby, »darf er dann in meinem Zimmer schlafen?«

»Klar«, sagte Jack, »aber nicht auf dem Bett.«

»Nicht auf dem Bett? Wo soll er dann schlafen?«

»Hunde geben sich normalerweise mit dem Fußboden zufrieden.«

»Das ist nicht fair.«

»Hast du schon mal gehört, daß ein Hund sich beschwert hat?«

»Aber warum denn nicht auf dem Bett?«

»Flöhe.«

»Ich kümmere mich gut um ihn. Er wird keine Flöhe haben.«

»Hundehaare auf den Laken.«

»Das wird kein Problem geben, Dad.«

»Was — willst du ihn scheren, willst du einen kahlen Hund haben?«

»Ich bürste ihn einfach jeden Tag.«

Während Heather den beiden zuhörte, beobachtete sie die Ecke des Hauses. Plötzlich und aus unerklärlichen Gründen war sie überzeugt, daß Paul Youngblood nie mehr zurückkommen würde. Etwas Schreckliches war ihm zugestoßen. Etwas...

Der Anwalt kam zurück. »Alle Sicherungen waren ausgeschaltet. Jetzt dürften wir keine Probleme mehr haben.«

Was ist nur los mit mir? fragte sie sich. Ich muß dieses verdammte L. A.-Gehabe loswerden.

Paul trat in die Türöffnung und betätigte wiederholt den Lichtschalter, jedoch ohne Erfolg. Die schwach sichtbare Deckenbeleuchtung im leeren Wohnzimmer blieb dunkel. Auch die Außenlampe neben der Tür ging nicht an.

»Vielleicht hat er den Strom abstellen lassen«, sagte Jack.

Der Anwalt schüttelte den Kopf. »Wüßte nicht, wie das möglich wäre. Das Nebengebäude hängt an derselben Leitung wie das Haupthaus und die Ställe.«

»Vielleicht sind die Glühbirnen kaputt oder die Fassungen nach dieser langen Zeit verrostet.«

Paul schob den Cowboyhut zurück, runzelte die Stirn und kratzte sich. »Es sieht Ed gar nicht ähnlich, die Dinge einfach so verkommen zu lassen. Nein, er wird regelmäßig nach dem Rechten gesehen und alles in Ordnung gehalten haben, damit der nächste Besitzer sich nicht großartig darum kümmern muß. So war Ed nun mal. Ein guter Mann. Er pflegte nicht gerade viel Umgang mit den Leuten, war aber ein guter Mann.«

»Na ja«, sagte Heather, »wir können uns in ein paar Tagen mit dem Problem befassen, nachdem wir uns im Haupthaus häuslich eingerichtet haben.«

Paul trat aus dem Haus, zog die Tür zu und schloß sie ab. »Vielleicht sollten Sie einen Elektriker kommen lassen, der sich die Leitungen mal ansieht.«

Statt auf dem Weg zurückzukehren, den sie gekommen waren, gingen sie über den geneigten Hof zum Stall, der auf einer Höhe mit dem Haupthaus stand. Toby lief voraus; er streckte beide Arme aus und machte laut *brrrrrrrr*. Er spielte ›Flugzeug‹.

Heather sah ein paarmal zu dem Bungalow des Hausmeisters und dem Wald zurück, der ihn auf beiden Seiten umgab, und spürte ein eigentümliches Kribbeln auf ihrem Nacken.

»Ziemlich kalt für Anfang November«, sagte Jack.

Der Anwalt lachte. »Ich fürchte, das hier ist nicht Südkalifornien. Eigentlich war es heute tagsüber sogar noch ziemlich mild. Aber in der Nacht wird die Temperatur wahrscheinlich unter den Gefrierpunkt fallen.«

»Gibt es hier oben viel Schnee?«

»Gibt es in der Hölle viele Sünder?«

»Wann müssen wir mit dem ersten Schnee rechnen — noch vor Weihnachten?«

»Weit vor Weihnachten, Jack. Wenn es morgen einen gewaltigen Schneesturm gäbe, würde hier niemand meinen, der Winter käme dieses Jahr früh.«

»Deshalb haben wir den Explorer gekauft«, sagte Heather. »Vierradantrieb. Damit müßten wir durch den Winter kommen, nicht wahr?«

»Größtenteils«, sagte Paul und zog die Krempe seines Huts hinab, den er zuvor hochgeschoben hatte, um sich die Stirn zu kratzen.

Toby hatte den Stall erreicht. Er wurde auf seinen kurzen Beinen nicht langsamer und verschwand hinter der Seite des Hauses, bevor Heather ihm zurufen konnte, er solle warten.

»Aber in jedem Winter werden Sie zwei- oder dreimal ein paar Tage lang eingeschneit sein«, sagte Paul. »Manchmal bedecken die Schneeverwehungen das halbe Haus.«

»Eingeschneit? Das halbe Haus?« sagte Jack und klang dabei selbst ein wenig wie ein kleiner Junge. »Wirklich?«

»Wenn so ein Blizzard aus den Rockies kommt, können an einem Tag siebzig, achtzig Zentimeter Schnee fallen. Der Wind bläst dann so heftig, daß man glaubt, er reißt einem die Haut ab. Die Leute vom Fuhramt können nicht alle Straßen gleichzeitig freihalten. Haben Sie Ketten für den Explorer?«

»Sogar mehrere Sätze«, sagte Jack.

Heather ging zum Stall, in der Hoffnung, die Männer würden ihr dorthin folgen, was sie dann auch taten.

Toby war noch immer nicht zu sehen.

»Und Sie sollten sich so schnell wie möglich einen guten Schneepflug für den Explorer kaufen«, riet Paul ihnen. »Selbst wenn die Jungs vom Fuhramt die Straßen freihalten, müssen Sie sich noch immer um fast einen Kilometer Privatweg kümmern.«

Wenn der Junge nur mit ausgebreiteten Armen um den Stall ›flog‹, hätte er mittlerweile schon wieder auftauchen müssen.

»Lex Parkers Werkstatt in der Stadt«, fuhr Paul fort, »kann Ihren Wagen mit den Armaturen ausstatten und den Pflug und die Hydraulikarme anbringen, mit denen Sie ihn auf- und absetzen können, einen schönen kleinen Turm. Lassen Sie ihn einfach den Winter über drauf und bauen Sie ihn im Frühling ab, und Sie sind auf alles vorbereitet, was Mutter Natur für uns in petto hat.«

Keine Spur von Toby.

Heathers Herz hämmerte schon wieder. Die Sonne würde jeden Augenblick untergehen. Wenn Toby ... wenn er sich verirrt hatte oder so ... würden sie ihn in der Dunkelheit suchen müssen, und das wäre nicht so einfach. Sie mußte sich zwingen, nicht einfach loszulaufen.

»Im letzten Winter«, fuhr Paul ruhig fort, ohne ihre Beklemmung zu bemerken, »gab es verhältnismäßig wenig Schnee, was wahrscheinlich bedeutet, daß es in diesem Jahr um so dicker kommt.«

Als sie den Stall erreichten und Heather ihren Sohn gerade rufen wollte, tauchte Toby wieder auf. Er spielte nicht mehr ›Flugzeug‹. Er lief durch das ungemähte Gras zu ihr und grinste aufgeregt. »Mom, hier ist es toll, einfach toll. Vielleicht kann ich auch ein Pony haben?«

»Vielleicht«, sagte Heather und schluckte schwer, bevor sie ihn ausschimpfen konnte. »Lauf nicht einfach so davon, ja?«

»Warum nicht?«

»Einfach nur so.«

»Klar, sicher«, sagte Toby. Er war ein braver Junge. Sie sah zu dem Gebäude des Hausmeisters und der Wildnis dahinter zurück. Die Sonne schien von den schroffen Berggipfeln aufgespießt zu werden und zu zittern wie ein rohes Eigelb, bevor es sich um die Zinken einer zustechenden Gabel auflöste. Die höchsten Bergspitzen leuchteten im feurigen Licht des ausklingenden Tages grau und schwarz und rosa. Hinter dem steinernen Gebäude dehnte der dichte Wald sich kilometerweit aus.

Alles war still und friedlich.

Der Stall war ein einstöckiges Steingebäude mit einem geschieferten Dach. Die langen Seitenwände verfügten über keine separaten Türen für die einzelnen Boxen, nur über kleine Fenster hoch unter der Dachrinne. Am einen Ende befand sich eine weiße Scheunentür, die sich sofort öffnete, als Paul daran zog, und die elektrischen Lampen flammten beim ersten Umlegen des Schalters auf.

»Wie Sie sehen«, sagte der Anwalt, als er sie hineinführte, »handelt es sich bei jedem Zoll um die Ranch eines Gentlemans und nicht um ein Unternehmen, das irgendeinen Gewinn abwerfen müßte.«

Hinter der ebenerdigen Betonschwelle bestand der Boden des Stalls aus weicher, festgetretener Erde, die so hell wie Sand war. Auf jeder Seite des breiten Mittelganges befanden sich fünf leere Boxen mit halbhohen Toren, die wesentlich geräumiger als normale Stallboxen waren. Auf den dicken Holzpfosten zwischen den Boxen waren Leuchtkörper aus Gußbronze angebracht, die ihr bernsteinfarbenes Licht sowohl zur Decke als auch zum Boden warfen. Sie waren nötig, weil die hohen Fenster so klein waren — etwa je zwanzig Zentimeter hoch und vierzig lang —, daß selbst am Mittag nur spärliches Sonnenlicht hereinfiel.

»Stan Quartermass ließ den Stall im Winter heizen und im Sommer kühlen«, erklärte Paul Youngblood. Er deutete zu den Ventilatorgittern in dem spitz zulaufenden abgehängten Dach. »Es roch hier auch nur selten nach Stall. Er ließ ihn ständig belüften und frische Luft hineinpumpen. Und alle Rohre wurden gründlich isoliert, so daß das Geräusch der Ventilatoren zu leise ist, um die Pferde stören zu können.«

Links hinter dem eigentlichen Stall befand sich ein großer Geräteraum, in dem Sättel, Zaumzeug und andere Gegenstände aufbewahrt worden waren. Er war leer bis auf einen eingebauten Abfluß, der so groß und breit wie ein Trog war.

Rechts, gegenüber vom Geräteraum, befanden sich oben offene Behälter, in denen Hafer, Äpfel und anderes Futter gelagert worden war, doch sie waren jetzt ebenfalls leer. An der Wand neben den Trögen hingen mehrere Werkzeuge an einem Gestell: eine Mistgabel, zwei Schaufeln und ein Rechen.

»Ein Rauchsensor«, sagte Paul und deutete auf ein Gerät an der Wand über der großen Tür, die gegenüber von der lag, durch die sie die Scheune betreten hatten. »Ist mit dem Stromkreis verbunden. Sie müssen bloß daran denken, die Batterien rechtzeitig aufzuladen. Der Alarm ertönt im Haus, so daß Stan ihn nicht überhören konnte.«

»Der Bursche hat seine Pferde aber geliebt«, sagte Jack.

»Das können Sie laut sagen, und er hatte so viel Hollywood-Geld, daß er nicht wußte, was er damit anfangen sollte. Nach Stans Tod hat Ed besonders darauf geachtet, daß die Leute, die die Tiere kauften, sie auch gut behandeln würden. Stan war ein netter Mann. Er hätte gewollt, daß die Pferde in gute Hände kommen.«

»Ich könnte zehn Ponies haben«, sagte Toby.

»Falsch«, sagte Heather. »Welches Geschäft auch immer wir hier gründen werden, es wird keine Misthandlung sein.«

»Na ja, ich meine doch nur, es wäre Platz dafür«, sagte der Junge.

»Ein Hund, zehn Ponies«, sagte Jack. »Du wirst noch zu einem richtigen Farmerjungen. Was kommt danach? Hühner?«

»Eine Kuh«, sagte Toby. »Ich habe darüber nachgedacht, was du über Kühe gesagt hast, und du hast mich überredet.«

»Klugscheißer«, sagte Jack und schlug verspielt nach dem Jungen.

Toby wich dem Knuff aus und lachte. »Wie der Vater, so der Sohn. Mr. Youngblood, haben Sie gewußt, daß mein Vater behauptet, man könne Kühen alle Tricks beibringen, die auch Hunde beherrschen -- Männchen machen, sich totstellen und so weiter?«

»Na ja«, erwiderte der Anwalt und führte sie durch den Stall zur Tür, durch die sie hereingekommen waren, »ich kenne einen Stier, der auf den Hinterbeinen laufen kann.«

»Wirklich?«

»Und nicht nur das. Er kann genauso gut im Kopf rechnen wie du oder ich.«

Der Anwalt sprach diese Behauptung mit ruhiger Überzeugung aus, so daß Toby mit großen Augen zu ihm hochsah. »Sie meinen, man stellt ihm eine Aufgabe, und er klopft die Lösung mit dem Huf?«

»Klar könnte er das. Oder er sagt dir die Lösung einfach.«

»Was?«

»Dieser Stier kann sprechen.«

»Unmöglich«, sagte Toby und folgte Jack und Heather hinaus.

»Klar doch. Er kann sprechen, tanzen, Auto fahren und geht jeden Sonntag in die Kirche«, sagte Paul und schaltete das Licht im Stall aus. »Er heißt Lester Stier, und ihm gehört das Lokal in der Hauptstraße in der Stadt.«

»Das ist ein Mann!«

»Natürlich ist es ein Mann«, sagte Paul und zog die große Tür zu. »Ich hab nie was anderes behauptet.« Der Anwalt blinzelte Heather zu, und ihr wurde klar, wie sehr sie ihn in so kurzer Zeit schätzen gelernt hatte.

»Ach, sind Sie gewitzt«, sagte Toby zu Paul. »Dad, er ist gewitzt.«

»Ich doch nicht«, sagte Paul. »Ich habe dir nur die Wahrheit gesagt, Scout. Du hast dich selbst ausgetrickst.«

»Paul ist Anwalt, mein Sohn«, sagte Jack. »Du mußt vor Anwälten immer auf der Hut sein, oder du stehst am Ende ohne Ponies oder Kühe da.«

Paul lachte. »Hör auf deinen Dad. Er ist klug. Sehr klug.«

Draußen war von der Sonne nur noch eine orangenfarbene Scheibe zu sehen, und innerhalb von ein paar Sekunden hatte die unregelmäßig geformte Klinge der Berggipfel sie abgeschält. Die Schatten wuchsen zusammen. Das trübe Zwielicht — überall dunkelblaue und purpurne Schattierungen — deutete darauf hin, wie erbarmungslos dunkel die Nacht in dieser größtenteils unbewohnten Weite sein würde.

Paul sah den Hang hinauf, der hinter dem Stall begann, zu einem Grashügel am Rand des Waldes im Westen. »Hat bei dem schlechten Licht keinen Zweck, Ihnen den Friedhof zu zeigen«, sagte er. »Da ist aber selbst am Mittag nicht viel zu sehen.«

»Ein Friedhof?« sagte Jack stirnrunzelnd.

»Sie haben die staatliche Genehmigung, einen Privatfriedhof auf Ihrem Besitz anzulegen«, sagte der Anwalt. »Zwölf Grabstellen, aber nur vier wurden angelegt.«

Heather sah zu dem Grashügel hinauf, auf dem sie in der Dunkelheit undeutlich einen Teil einer niedrigen Steinmauer und zwei Torpfosten ausmachen konnte. »Wer liegt da begraben?« fragte sie.

»Stan Quartermass, Ed Fernandez, Margarite und Tommy.«

»Tommy, mein alter Partner, liegt da oben begraben?« fragte Jack.

»Ein Privatfriedhof«, sagte Heather. Sie redete sich ein, sie zittere nur, weil die Luft von Minute zu Minute kälter wurde. »Das ist etwas makaber.«

»Hier in dieser Gegend ist das gar nicht so seltsam«, versicherte Paul ihr. »Viele dieser Ranchen befinden sich schon seit Generationen im Familienbesitz. So eine Ranch ist nicht nur das Heim der Menschen, sie ist ihre Heimatstadt, der einzige Ort, den sie lieben. Eagle's Roost ist nur ein Kaff, in dem man einkaufen geht. Wenn es um die ewige Ruhe geht, wollen sie Teil des Landes sein, dem sie ihr Leben gewidmet haben.«

»Mann«, sagte Toby. »Das ist ja richtig cool. Wir wohnen auf einem Friedhof.«

»Das wohl kaum«, sagte Paul. »Meine Großeltern und Eltern liegen drüben auf unserem Besitz begraben, und daran ist wirklich nichts Unheimliches. Es ist eher ein Trost. Gibt einem das Gefühl, hier herzukommen und auch dazuzugehören. Carolyn und ich wollen auch mal dort begraben werden, wenngleich ich nicht sagen kann, was unsere Kinder mal vorhaben. Sie studieren Medizin und Jura und bauen sich jeder ein ganz neues Leben auf, das nichts mehr mit der Ranch zu tun hat.«

»So'n Mist, wir haben gerade Halloween verpaßt«, sagte Toby, aber eher zu sich selbst als zu den Erwachsenen. Er sah zu dem Friedhof hinauf und stellte sich gerade die Herausforderung vor, am Abend vor Allerheiligen zwischen den Gräbern entlangzugehen.

Einen Augenblick lang standen sie schweigend da.

Die Dämmerung war schwer, still und ruhig.

Oben auf dem Hügel schien der Friedhof das schwächer werdende Licht abzustoßen und die Nacht wie ein Leichentuch hinabzuziehen, sich selbst schneller als das umliegende Land mit Dunkelheit zu bedecken.

Heather warf Jack einen Blick zu, um festzustellen, ob es ihm Probleme bereitete, daß die sterblichen Überreste von Tommy Fernandez in der Nähe bestattet waren. Schließlich war Tommy an seiner Seite gestorben, elf Monate bevor Luther Bryson niedergeschossen worden war. Wenn Tommys Grab ganz in der Nähe lag, würde Jack sich zwangsweise — und vielleicht zu lebhaft — an Gewalttaten erinnern, die am besten für immer den tieferen Grüften der Erinnerung verborgen blieben.

Jack lächelte, als spüre er ihre Besorgnis. »Ich fühle mich wirklich besser, nun, da ich weiß, daß Tommy an einem so schönen Ort seine letzte Ruhe gefunden hat.«

Als sie zum Haus zurückkehrten, lud der Anwalt sie ein, bei ihm und seiner Frau zu Abend zu essen und zu übernachten. »Erstens sind Sie zu spät gekommen, um das Haus noch zu putzen und wohnlich einzurichten. Zweitens haben Sie keine frischen Lebensmittel hier, nur das, was vielleicht noch in der Tiefkühltruhe ist. Und drittens wollen Sie bestimmt nicht mehr kochen, nachdem Sie so lange unterwegs gewesen sind. Warum entspannen Sie sich heute abend nicht und fangen morgen ganz früh an, nachdem Sie sich erholt haben?«

Heather war dankbar für die Einladung, nicht nur wegen der Gründe, die Paul genannt hatte, sondern auch, weil ihr wegen des Hauses und der Einsamkeit, in der es sich befand, noch immer unbehaglich zumute war. Sie war zu dem Schluß gelangt, daß ihre Nervosität nichts weiter war als die erste Reaktion eines Stadtmenschen auf eine offene Landschaft und weite

Flächen. Eine leicht phobische Reaktion. Befristete Agoraphobie. Das würde vorbeigehen. Sie brauchte nur einen oder zwei Tage — oder vielleicht auch nur ein paar Stunden —, um sich dieser neuen Landschaft und der neuen Lebensweise anzupassen. Ein Abend mit Paul Youngblood und seiner Frau wäre vielleicht genau die richtige Medizin.

Nachdem sie im ganzen Haus, sogar im Keller, die Thermostate höhergestellt hatten, damit es morgen früh schön warm war, schlossen sie ab, stiegen in den Explorer und folgten Pauls Bronco zur Landstraße hinab. Er wandte sich in östliche Richtung, der Stadt entgegen, und sie blieben hinter ihm.

Die kurze Dämmerung war unter der sich senkenden Mauer der Nacht zusammengebrochen. Der Mond war noch nicht aufgegangen. Die Dunkelheit war auf allen Seiten so tief, daß es den Anschein hatte, sie würde sich nie wieder vertreiben lassen, auch nicht durch den Sonnenaufgang.

Die Ranch der Youngbloods war nach den vorherrschenden Bäumen auf ihrem Gebiet benannt worden. Scheinwerfer an beiden Enden des Schildes über dem Tor waren nach innen gerichtet und enthüllten grüne Buchstaben auf einem weißen Untergrund: PONDEROSA PINES — Goldkiefern. Unter dem Namen in kleineren Buchstaben: Paul und Carolyn Youngblood.

Der Besitz des Anwalts, eine Ranch, die auch bewirtschaftet wurde, war beträchtlich größer als die der McGarveys. Auf beiden Seiten des Zufahrtweges, der noch länger war als der der Quartermass-Ranch, lagen weitläufige Komplexe mit rot und weiß gestrichenen Ställen, Reitgehegen, Pferchen und eingezäunten Weiden. Die Gebäude wurden vom matten Glanz schwacher Nachtlampen erhellt. Weiße Zäune trennten die ansteigenden Wiesen voneinander: schwach phosphoreszierende geometrische Muster, die sich in die Dunkelheit erstreckten, wie die Linien unergründlicher Hieroglyphen auf Grabmauern.

Das Haupthaus, vor dem sie parkten, war ein großes, niedriges Gebäude im Ranch-Stil, errichtet aus Flußsteinen und dunkel gebeizter Kiefer. Es schien eine fast organische Ausweitung des Lands zu sein.

Als er mit ihnen ins Haus ging, beantwortete Paul Jacks Fragen nach der Bewirtschaftung von Ponderosa Pines. »Wir haben uns eigentlich auf zwei Dinge konzentriert. Wir züchten Pferde mit guten Reiteigenschaften, eine sehr beliebte Sache im Westen, von New Mexico bis zur kanadischen Grenze. Und dann züchten wir verschiedene Rassen von Zirkuspferden, die nie aus der Mode kommen, hauptsächlich Araber. Wir haben eine der besten Araber-Blutlinien im ganzen Land, so schöne und perfekte Tiere, daß sie einem das Herz brechen — oder einen arm machen können, wenn man von dieser Rasse fasziniert ist.«

»Keine Kühe?« fragte Toby, als sie den Kopf der Treppe erreichten, die zu der langen, tiefen Veranda vor dem Haus hinaufführte.

»Tut mir leid, Scout, keine Kühe«, sagte der Anwalt. »Ziemlich viele Ranchen in der Nähe haben Kühe, aber wir nicht. Doch wir haben immerhin Cowboys.« Er deutete auf ein paar Bungalows, hinter deren Fenstern Licht brannte. Sie lagen vielleicht hundertzwanzig Meter östlich vom Haus. »Zur Zeit leben achtzehn Viehhirten hier auf der Ranch, mit ihren Frauen, falls sie verheiratet sind. Gewissermaßen eine kleine Stadt für sich.«

»Cowboys«, sagte Toby mit dem ehrfürchtigen Tonfall, mit dem er auch von dem Privatfriedhof und der Aussicht, ein Pony zu bekommen, gesprochen hatte. Montana war für ihn so exotisch wie ein ferner Planet in den Comics und Science-fiction-Filmen, die er gern las und sah. »Echte Cowboys.«

Carolyn Youngblood begrüßte die Gäste an der Tür und hieß sie herzlich willkommen. Wenn sie die Mutter von Pauls Kindern war, mußte sie in seinem Alter sein, um die fünfzig Jahre, aber sie sah viel jünger aus und benahm sich auch so. Sie trug enge Jeans und ein dekorativ besticktes, rot-weißes Hemd im Westernstil. Die Kleidung enthüllte die schlanke, straffe Figur einer sportlichen Dreißigjährigen. Ihr schneeweißes Haar war zu einem pflegeleichten Bubikopf geschnitten und keineswegs spröde, wie es bei weißem Haar so oft der Fall war, sondern dicht und weich und glänzend. Ihr Gesicht war bei weitem nicht so faltig wie das von Paul, und ihre Haut war seidenglatt.

Wenn das Leben auf einer ländlichen Ranch in Monatana so etwas für eine Frau bewerkstelligen konnte, dachte Heather bei sich, dann konnte sie jede Abneigung gegen die entnervend weiten offenen Flächen überwinden, und gegen die überwältigende Nacht, gegen die Unheimlichkeit der Wälder und sogar gegen die neue Erfahrung, daß in einer entlegenen Ecke ihres Hinterhofs vier Leichen lagen.

Als Jack und Paul nach dem Essen ein paar Minuten lang im Arbeitszimmer allein waren, jeder mit einem Glas Portwein gewappnet, und die vielen eingerahmten Fotos der mit Preisen bedachten Pferde betrachteten, die eine der knorrigen Kiefernwände fast völlig bedeckten, wechselte der Anwalt plötzlich das Thema von Pferdeblutlinien und Rennchampions auf die Quartermass-Ranch. »Ich bin sicher, ihr werdet dort glücklich sein, Jack.«

»Das denke ich auch.«

»Ein wunderbarer Ort für einen Jungen wie Toby, um dort aufzuwachsen.«

»Ein Hund, ein Pony — als wäre für ihn ein Traum wahr geworden.«

»Wunderschönes Land.«

»Und so friedlich im Vergleich zu L. A. Verdammt, daß kann man einfach nicht vergleichen.«

Paul machte den Mund auf, um etwas zu sagen, zögerte und betrachtete statt dessen das Foto des Pferdes, bei dem er seine farbige Schilderung der Triumphe, die die Pferde der Ponderosa auf der Rennbahn errungen hatten, abgebrochen hatte. Als der Anwalt dann fortfuhr, hatte Jack den Eindruck, daß er nicht das sagte, was er vor dem kurzen Zögern hatte sagen wollen.

»Und obwohl wir nicht gerade Tür an Tür wohnen, Jack, hoffe ich, daß wir uns doch oft genug sehen, um uns richtig kennenzulernen.«

»Das hoffe ich auch.«

Der Anwalt zögerte erneut und nippte an seinem Glas, um seine Unentschlossenheit zu überspielen.

Nachdem Jack ebenfalls einen Schluck getrunken hatte, sagte er: »Ist etwas nicht in Ordnung, Paul?«

»Nein, das nicht gerade, nur... wie kommen Sie darauf?«

»Ich bin ziemlich lange Polizist gewesen. Ich habe eine Art sechsten Sinn dafür, wenn jemand etwas zurückhält.«

»Ja, den Eindruck habe ich auch. Wären Sie ein Geschäftsmann, würde Ihnen das wohl helfen, sich nicht auf einen faulen Handel einzulassen.«

»Was ist also los?«

Seufzend setzte Paul sich auf eine Ecke seines großen Schreibtisches. »Ich weiß nicht, ob ich das überhaupt erwähnen soll, denn ich will nicht, daß Sie sich darüber Sorgen machen, ich glaube nicht, daß dazu überhaupt Grund besteht.«

»Ja?«

»Ed Fernandez ist an einem Herzanfall gestorben, wie ich es Ihnen geschrieben habe. Ein starker Anfall, er starb so plötzlich und so schnell, als hätte man ihm eine Kugel in den Kopf geschossen. Der Leichenbeschauer hat nichts anderes gefunden, nur das Herz.«

»Leichenbeschauer? Wollen Sie damit sagen, daß eine Autopsie vorgenommen wurde?«

»Ja, sicher«, sagte Paul und nippte an seinem Port.

Jack war überzeugt, daß in Montana ebensowenig wie in Kalifornien bei jedem Todesfall eine Autopsie durchgeführt wurde, besonders dann nicht, wenn es sich bei dem Verstorbenen um einen Mann in Eduardo Fernandez' Alter handelte und man von einer natürlichen Todesursache ausgehen konnte. Man hätte den alten Mann nur unter besonderen Umständen aufgeschnitten, etwa, wenn sichtbare Traumata auf die Möglichkeit eines Todes durch Fremdeinwirkung hinweisen.

»Aber Sie haben gesagt, der Leichenbeschauer hätte nichts gefunden, von dem schwachen Herz mal abgesehen. Jedenfalls keine Verletzungen oder so.«

Der Anwalt betrachtete die schimmernde Oberfläche des

Ports in seinem Glas. »Eds Leiche wurde auf der Schwelle zwischen Küche und hinterer Veranda gefunden«, sagte er. »Er lag auf der rechten Seite, in der Türöffnung, und umklammerte mit beiden Händen eine Schrotflinte.«

»Aha. Das ist verdächtig. Ein ausreichender Grund, um eine Autopsie zu rechtfertigen. Oder wollte er vielleicht nur auf die Jagd gehen?«

»War keine Jagdzeit.«

»Wollen Sie mir allen Ernstes erzählen, daß Wildern hier unbekannt ist, daß hier niemals jemand außerhalb der Jagdzeit auf seinem eigenen Grund und Boden auf die Pirsch geht?«

Der Anwalt schüttelte den Kopf. »Keineswegs. Aber Ed war kein Jäger. Ist nie einer gewesen.«

»Wissen Sie das genau?«

»Ja. Stan Quartermass war der Jäger, und Ed hat die Gewehre nur geerbt. Und noch etwas ist seltsam — nicht nur in der Kammer steckte eine Patrone, er hatte auch eine in den Lauf gesteckt. Kein Jäger, der noch bei Verstand ist, würde so herumlaufen. Er stolpert und fällt und schießt sich den Kopf ab.«

»Und es ist auch nicht logisch, eine geladene Waffe im Haus zu haben.«

»Außer«, sagte Paul, »es bestand eine unmittelbare Bedrohung.«

»Sie meinen, ein Einbrecher oder Landstreicher.«

»Vielleicht. Obwohl die hier in der Gegend seltener als Hackfleisch sind.«

»Deuten Spuren auf einen Einbruch hin? Wurde das Haus durchwühlt?«

»Nein. Nichts dergleichen.«

»Wer hat die Leiche gefunden?«

»Travis Potter, der Tierarzt von Eagle's Roost. Womit wir bei einer weiteren Seltsamkeit wären. Am zehnten Juni, mehr als drei Wochen vor seinem Tod, hat Ed ihm ein paar tote Waschbären gebracht und ihn gebeten, sie zu untersuchen.«

Der Anwalt erzählte Jack in etwa so viel über die Waschbären, wie Ed dem Tierarzt erzählt hatte, und berichtete dann, was Potter herausgefunden hatte.

»Eine Gehirnschwellung?« fragte Jack unbehaglich.

»Aber kein Zeichen einer Infektion oder Krankheit«, versicherte Paul ihm. »Travis hat Ed gebeten, auf andere Tiere zu achten, die sich seltsam benehmen. Dann... als sie am siebzehnten Juni noch einmal miteinander sprachen, hatte er das Gefühl, daß Ed mehr wußte, es ihm aber nicht verraten wollte.«

»Warum, zum Teufel, sollte er Potter etwas verschweigen? Fernandez hat Potter doch überhaupt erst auf die Sache gebracht.«

Der Anwalt zuckte die Achseln. »Auf jeden Fall war Potter am Morgen des sechsten Juni noch immer neugierig und fuhr deshalb zur Quartermass-Ranch, um noch einmal mit Ed zu sprechen — und fand statt dessen seine Leiche. Der Leichenbeschauer stellte fest, daß Ed schon mindestens seit vierundzwanzig, wahrscheinlich aber höchstens seit sechsunddreißig Stunden tot war.«

Jack schritt an der Wand mit den Fotos von den Pferden und dann an einer weiteren mit Regalen entlang und wieder zurück und drehte langsam das Glas Portwein in seinen Händen. »Und was vermuten Sie nun? Daß Fernandez irgendein Tier beobachtet hat, das sich wirklich seltsam benahm und etwas getan hat, das ihn veranlaßte, seine Schrotflinte zu laden?«

»Vielleicht.«

»Könnte er hinaus gegangen sein, um dieses Tier zu erschießen, weil es die Tollwut hatte oder sich in irgendeiner anderen Hinsicht verrückt benahm?«

»Ja, das ist uns auch in den Sinn gekommen. Und vielleicht war er so aufgeregt, hat sich so in Rage gearbeitet, daß dadurch der Herzanfall ausgelöst wurde.«

Am Fenster des Arbeitszimmers sah Jack zu den Lichtern der Bungalows der Cowboys hinaus, die die tiefe Nacht nicht zurückdrängen konnten. Er trank den letzten Schluck Portwein. »Aus allem, was Sie gesagt haben, schließe ich, daß Fernandez kein leicht erregbarer Mann war, kein Hysteriker.«

»Ganz im Gegenteil. Ed war in etwa so leicht erregbar wie ein Baumstumpf.«

»Was hat er also gesehen«, sagte Jack und wandte sich vom

Fenster ab, »das seinem Herzen einen solchen Schlag hätte versetzen können? Wie bizarr müßte ein Tier sich benehmen — welche Bedrohung müßte es darstellen —, daß Fernandez sich in einen Herzanfall hineinsteigert?«

»Das ist des Pudels Kern«, sagte der Anwalt und trank sein Glas ebenfalls aus. »Es ergibt einfach keinen Sinn.«

»Anscheinend liegt hier ein kleines Geheimnis vor.«

»Was für ein Glück, daß Sie Detective waren.«

»War ich nicht. Ich bin Streife gefahren.«

»Na ja, jetzt haben die Umstände Ihnen zu einer Beförderung verholfen.« Paul erhob sich von seiner Schreibtischecke. »Hören Sie, Sie müssen sich bestimmt keine Sorgen machen. Wir wissen, daß diese Waschbären an keiner Krankheit litten. Und es gibt bestimmt eine logische Erklärung dafür, was Ed mit diesem Gewehr vorhatte. Das ist eine friedliche Gegend. Ich kann mir einfach nicht vorstellen, daß da draußen irgendeine Gefahr lauert.«

»Sie haben wahrscheinlich recht«, pflichtete Jack ihm bei.

»Ich habe die Sache nur zur Sprache gebracht, weil... »Na ja, sie kommt mir komisch vor. Ich dachte nur, wenn *Sie* irgend etwas Ungewöhnliches sehen, sollten Sie es nicht einfach abtun. Rufen Sie Travis an. Oder mich.«

Jack stellte das leere Glas auf den Schreibtisch neben Pauls. »Das werde ich. Mittlerweile... Ich wüßte es zu schätzen, wenn Sie Heather nichts davon erzählten. Wir haben in L. A. ein wirklich schlimmes Jahr gehabt. Das ist in vielerlei Hinsicht ein neuer Anfang für uns, und ich möchte nicht, daß ein Schatten darauf fällt. Wir sind etwas nervös. Wir müssen darüber hinwegkommen, müssen positiv denken.«

»Deshalb habe ich ja diesen Augenblick ausgewählt, um es Ihnen zu sagen.«

»Danke, Paul.«

»Und machen *Sie* sich auch keine Sorgen darüber.«

»Werde ich nicht.«

»Denn es steckt bestimmt nichts dahinter. Nur eins der vielen kleinen Geheimnisse des Lebens. Leute, die neu in dieser Gegend sind, kriegen manchmal das große Zittern, weil das

Land so weit und wild ist. Ich wollte Ihnen keine Angst einjagen.«

»Machen Sie sich da mal keine Sorgen«, beruhigte Jack ihn. »Nachdem man mit ein paar der Verrückten, die in L. A. rumlaufen, Kugelbillard gespielt hat, kann ein Waschbär einem nicht die Stimmung verderben.«

FÜNFZEHNTES
KAPITEL

Während ihrer ersten vier Tage auf der Quartermass-Ranch – von Dienstag bis Freitag – putzten Heather, Jack und Toby das Haus von oben bis unten. Sie rieben die Wände und das Holzwerk ab, gingen mit dem Staubsauger über die Teppiche und die Polstermöbel, spülten das gesamte Geschirr und sämtliche Haushaltsgeräte, tauschten das Auslegepapier in den Küchenschränken aus, schenkten Eduardos Kleider einer Kirche in der Stadt, die sie an die Bedürftigen verteilte, und richteten sich ganz allgemein häuslich ein.

Sie wollten Toby erst in der folgenden Woche in der Schule anmelden, damit er Zeit hatte, sich an die neue Umgebung zu gewöhnen. Er hatte seine helle Freude daran, spielen zu können, während andere Jungs seines Alters in Klassenzimmern gefangen waren.

Am Mittwoch traf die Umzugsspedition mit der kleinen Lieferung aus Los Angeles ein: der Rest ihrer Kleidung, ihre Bücher, Heathers Computer mitsamt Zubehör, Tobys Spielzeug und die anderen Gegenstände, die sie nicht hatten verkaufen oder verschenken wollen. Da sie nun viele ihrer vertrauten Besitztümer hatten, fühlten sie sich schon recht heimisch in Montana.

Obwohl die Tage im Lauf der Woche immer kühler und bewölkter wurden, blieb Heathers Stimmung gut und fröhlich. Angstanfälle, wie Heather sie am Montagabend während der

Besichtigung erlebt hatte, blieben ihr in der Folge erspart. Von einem Tag zum anderen verblich diese paranoide Episode immer mehr aus ihren Gedanken.

Sie wischte Spinnweben weg und legte auf der Hintertreppe Fliegenfänger aus, putzte die Wendeltreppe mit scharfem Ammoniakwasser und beseitigte den schwachen Geruch von Moder und Verfall. Sie wurde nicht mehr von unheimlichen Gefühlen überwältigt und konnte kaum glauben, daß sie eine abergläubische Furcht vor der Treppe empfunden hatte, als sie diese zum erstenmal hinter Paul und Toby hinabgestiegen war.

Von einigen Fenstern im Obergeschoß aus konnte sie den Friedhof auf dem Grashügel sehen. Er kam ihr nicht mehr makaber vor; zu deutlich waren ihr Pauls Worte über die Verbundenheit der Rancher mit dem Land, das ihre Familien seit Generationen ernährt hatte, in Erinnerung geblieben. In der gestörten Familie, in der sie aufgewachsen war, und in Los Angeles hatte es so wenig Traditionen und so ein schwaches Gemeinschaftsgefühl gegeben, daß ihr die Liebe dieser Rancher zu ihrer Heimat nun eher anrührend -- und vielleicht sogar geistig erbauend -- vorkam als morbid oder seltsam.

Heather säuberte auch den Kühlschrank und füllte ihn mit gesunden Lebensmitteln für ein schnelles Frühstück oder Mittagessen wieder auf. Das Tiefkühlfach war noch halb gefüllt, aber sie verzichtete vorerst auf eine Bestandsaufnahme, weil sie sich um dringendere Aufgaben kümmern mußte.

Da Heather von ihrer Hausarbeit zu müde war, um noch zu kochen, fuhren sie vier Abende hintereinander nach Eagle's Roost, wo sie in dem Restaurant an der Hauptstraße aßen, dessen Besitzer und Betreiber der ›Stier‹ war, der Auto fahren und kopfrechnen und tanzen konnte. Das Essen war erstklassige Hausmannskost.

Die Fahrt von fünfundzwanzig Kilometern war keine Strapaze. Im südlichen Kalifornien wurde eine Fahrt nicht nur an der Entfernung, sondern auch an der Zeit gemessen, die man benötigte, um die Strecke zurückzulegen, und selbst ein kleiner Abstecher zum Supermarkt konnte in der Hauptverkehrszeit eine halbe Stunde dauern. Eine Fahrt von fünfundzwanzig Kilometern von einem Punkt in L. A. zu einem anderen dauerte womöglich eine Stunde, zwei Stunden oder eine Ewigkeit, je nach Verkehrslage und der gewalttätigen Neigungen anderer Verkehrsteilnehmer. Wer konnte das schon sagen? Die Fahrt nach Eagle's Roost jedoch dauerte zwanzig, vielleicht fünfundzwanzig Minuten, was ihnen wie *nichts* vorkam. Endlich einmal leere Straßen!

Am Freitagabend — wie an jedem Abend seit ihrer Ankunft in Montana — schlief Heather ohne Schwierigkeiten ein. Zum erstenmal schlief sie jedoch nicht ungestört.

In ihrem Traum war sie an einem kalten Ort, der dunkler war als eine mondlose und bewölkte Nacht, dunkler als ein fensterloses Zimmer. Sie ertastete sich den Weg, als wäre sie blind geworden, neugierig, aber zuerst furchtlos. Sie lächelte sogar, weil sie davon überzeugt war, daß sie an einem warmen, gut erhellten Ort hinter der Dunkelheit etwas Wunderbares erwartete. Ein Schatz. Vergnügen. Erhellung, Friede, Freude und etwas Transzendentes warteten auf sie, vorausgesetzt, sie fand den Weg dorthin. Süßer Frieden, Befreiung von der Furcht, ewige Freiheit, Erhellung, Freude, ein intensiveres Vergnügen, als sie es je gekannt hatte. Das alles wartete auf sie, wartete ... Doch sie stolperte durch die undurchdringliche Dunkelheit, streckte beide Hände aus und tastete, bewegte sich aber immer in die falsche Richtung, schlug diesen Weg und jenen ein, diesen und jenen.

Die Neugier wurde zu einem überwältigenden Drang. Sie wollte haben, was auch immer hinter dem Wall der Nacht lag, mehr als alles andere in ihrem Leben, mehr als Nahrung oder Liebe oder Reichtum oder Glück, denn es war dies alles zugleich, und noch mehr. Suche die Tür und das Licht dahinter, das wunderschöne Licht, Friede und Freude, Freiheit und Vergnügen, die Erlösung vom Übel, die Verwandlung, so nah, so schmerzlich nah, greife danach, greife. Aus dem Wollen wurde Notwendigkeit, aus dem Zwang Besessenheit. Sie *mußte* haben, was auch immer sie erwartete — Freude, Friede, Freiheit —, und so *lief* sie in die geballte Dunkelheit, jede Gefahr mißachtend, stürzte sich vorwärts, versuchte hektisch, den Weg zu finden, den Pfad, die Wahrheit, die Tür, ewige Freude, keine Furcht vor dem Tod mehr, keine Furcht mehr vor irgend etwas, das Paradies, sie suchte es mit wachsender Verzweiflung, lief statt dessen aber stets vor ihm davon.

Nun rief eine Stimme sie, fremd und wortlos, erschreckend, aber verlockend, versuchte ihr den Weg zu zeigen, Freude und Friede und das Ende aller Trauer. Akzeptiere sie einfach. Akzeptiere einfach. Akzeptiere. Sie griff nach ihr, hätte sie nur den richtigen Weg eingeschlagen, sie gefunden, berührt, umarmt.

Sie blieb stehen. Abrupt wurde ihr klar, daß sie dieses Geschenk gar nicht suchen mußte, denn sie stand neben ihm, im Haus der Freude, dem Palast des Friedens, dem Königreich der Erhellung. Sie mußte es nur hereinlassen, eine Tür *in ihr selbst* öffnen und es hereinlassen, sich der unvorstellbaren Freude öffnen, dem Paradies, dem Paradies, dem Paradies, sich dem Vergnügen und Glück ausliefern. Sie wollte es haben, sie wollte es wirklich unbedingt haben, denn das Leben war so schwer, wenn sie ohne es auskommen mußte.

Doch irgendein starrköpfiger Teil von ihr wies das Geschenk zurück, ein verhaßter und stolzer Teil ihres komplizierten Ichs. Sie spürte die Frustration dessen, der dieses Geschenk machen wollte, des Gebers in der Dunkelheit, spürte Frustration und vielleicht Zorn, und deshalb sagte sie: Es tut mir leid, es tut mir leid.

Nun wurde ihr das Geschenk – Freude, Friede, Liebe, Vergnügen – mit ungeheurer Gewalt, brutalem und unnachgiebigem Druck aufgedrängt, bis sie glaubte, sie würde davon zerquetscht werden. Die Dunkelheit um sie herum nahm Gewicht an, als läge sie tief in einem unergründlichen Meer gefangen, wenngleich die Finsternis, die sie umgab, viel schwerer und dicker als Wasser war und sie erstickte und erdrückte. Muß nachgeben, Widerstand ist sinnlos, laß es ein, Unterwerfung ist Friede, Unterwerfung ist Freude, das Paradies, das Paradies. Wenn sie sich nicht unterwarf, würde sie Schmerzen kennenlernen, die über alles hinausgingen, was sie sich vorstellen konnte, Verzweiflung und Qualen, wie nur die in der Hölle sie kannten, also mußte sie sich unterwerfen, die Tür in sich öffnen, es hereinlassen, akzeptieren, Frieden finden. Es hämmerte auf ihre Seele, stampfte und trommelte, ein wildes und unwiderstehliches Hämmern: *Laß es ein, laß es herein, herein, herein. LASS... ES... HEREIN.*

Plötzlich fand die die geheime Tür in ihr, den Pfad zur Freude, das Tor zum ewigen Frieden. Sie ergriff die Klinke, drückte sie, hörte, wie das Schloß klickte, und zog die Tür auf, während sie vor Erwartung erschauderte. Durch den langsam größer werdenden Spalt: ein Blick auf den Geber. Glänzend und dunkel. Kälte auf der Schwelle. *Schlag die Tür zu, schlag die Tür zu, schlag die Tür zu, schlagdietürzu...*

Heather explodierte aus dem Schlaf, warf die Bettdecke zurück und rollte sich mit einer fließenden und hektischen Bewegung aus dem Bett. Ihr hämmerndes Herz trieb ihr weiterhin die Luft aus den Lungen, während sie einzuatmen versuchte.

Ein Traum. Nur ein Traum. Doch noch nie hatte sie einen so intensiven Traum gehabt.

Vielleicht war das Ding hinter der Tür ihr aus dem Schlaf in die wirkliche Welt gefolgt. Ein verrückter Gedanke. Sie konnte ihn nicht abschütteln.

Leicht schnaufend, tastete sie nach der Lampe auf dem Nachttisch und fand schließlich den Schalter. Das Licht enthüllte keine alptraumhaften Geschöpfe. Nur Jack. Er lag auf dem Bauch, den Kopf von ihr abgewandt, und schnarchte leise.

Es gelang ihr, einmal tief durchzuatmen, obwohl ihr Herz noch immer raste. Sie war schweißgebadet und konnte einfach nicht aufhören zu zittern.

Mein Gott.

Da sie Jack nicht wecken wollte, schaltete sie die Lampe wieder aus — und zuckte zusammen, als die Dunkelheit sich über sie senkte.

Sie saß auf der Bettkante, wollte dort hocken bleiben, bis ihr Herz nicht mehr so hämmerte und das Zittern aufgehört hatte, dann einen Bademantel über ihren Schlafanzug anziehen und nach unten gehen, um bis morgen früh zu lesen. Den grünen

Leuchtziffern auf dem Digitalwecker zufolge war es 3 Uhr 09, doch sie würde nicht wieder einschlafen können. Unmöglich. Vielleicht würde sie auch *morgen nacht* nicht schlafen können.

Sie erinnerte sich an die glänzende, sich krümmende, nur halb auszumachende Präsenz auf der Schwelle und die bittere Kälte, die von ihr ausging. Sie spürte noch immer deren Berührung, eine anhaltendes Frösteln. Widerlich. Sie fühlte sich verseucht, innerlich schmutzig, und wußte nicht, ob sie diese Verderbtheit jemals würde abwaschen können. Sie kam zum Schluß, daß sie eine heiße Dusche brauchte, und erhob sich vom Bett.

Der Ekel verwandelte sich augenblicklich in Übelkeit.

In dem dunklen Badezimmer mußte sie würgen, konnte sich jedoch nicht übergeben; nur ein bitterer Geschmack blieb in ihrem Mund zurück. Nachdem sie das Licht gerade so lange eingeschaltet hatte, daß sie die Flasche mit dem Mundwasser fand, spülte sie den bitteren Geschmack fort. Sie löschte das Licht wieder und spritzte sich mehrmals kaltes Wasser ins Gesicht.

Dann setzte sie sich auf den Rand der Badewanne und trocknete sich das Gesicht mit einem Handtuch ab. Während sie darauf wartete, daß sie sich etwas beruhigte, versuchte sie zu ergründen, wieso ein bloßer Traum eine so starke Wirkung auf sie haben konnte, doch sie kam einfach nicht dahinter.

Als sie nach ein paar Minuten ihre Fassung zurückgewonnen hatte, kehrte sie leise ins Schlafzimmer zurück. Jack schnarchte noch immer.

Ihr Bademantel lag auf der Lehne eines Queen-Anne-Stuhls. Sie nahm ihn, schlüpfte aus dem Zimmer und zog leise die Tür hinter sich zu. Auf dem Korridor zog sie den Bademantel an und band den Gürtel zu. Obwohl sie eigentlich nach unten gehen, eine Kanne Kaffee kochen und lesen wollte, wandte sie sich statt dessen zu Tobys Zimmer am Ende des Ganges. So sehr sie sich auch bemühte, sie kam nicht gegen die Furcht an, die der Alptraum ausgelöst hatte, und ihre Besorgnis konzentrierte sich nun auf ihren Sohn.

Die Tür von Tobys Zimmer stand einen Spalt offen, und der

Raum war nicht völlig dunkel. Seit sie auf die Ranch gezogen waren, hatte er sich wieder angewöhnt, bei gedämpftem Licht zu schlafen. Heather und Jack hatte dieser Verlust an Selbstvertrauen überrascht, aber nicht unbedingt mit Besorgnis erfüllt. Sie gingen davon aus, daß er die Dunkelheit wieder dem roten Leuchten der schwachen Lampe, die sie in eine Steckdose über dem Boden gestöpselt hatten, vorziehen würde, sobald er sich erst an die neue Umgebung gewöhnt hatte.

Toby steckte bis zum Hals unter der Bettdecke; nur der Kopf auf dem Kissen war von ihm zu sehen. Sein Atem ging so flach, daß Heather sich hinabbeugen mußte, um ihn zu hören.

Nichts in dem Zimmer war anders, als es sein sollte, aber sie verharrte trotzdem einen Augenblick bei ihrem Sohn. Irgend etwas machte ihr Sorgen.

Als Heather sich schließlich zögernd zur geöffneten Zimmertür umdrehte, hörte sie ein leises Kratzen, das sie innehalten ließ. Sie kehrte zum Bett zurück. Toby war nicht erwacht und hatte sich auch nicht bewegt.

Doch noch während sie ihren Sohn betrachtete, wurde ihr klar, daß das Geräusch von der Hintertreppe gekommen war. Es war das heimliche, verstohlene Scharren von einem harten Gegenstand gewesen, vielleicht einem Stiefelabsatz, der über eine hölzerne Stufe gezogen wurde — die Luft unter jeder Treppenstufe verlieh dem Geräusch eine entschieden hohle Beschaffenheit.

Heather wurde augenblicklich von derselben Beunruhigung erfaßt, die sie an jenem Montag gespürt hatte, da sie Paul Youngblood und Toby die Wendeltreppe hinab gefolgt war. Die paranoide Überzeugung, daß irgend jemand — irgend etwas? — hinter der nächsten Biegung wartete. Oder über ihnen hinwegstieg. Ein Feind, der von einer einzigartigen Wut besessen und zu extremer Gewalt fähig war.

Heather starrte die geschlossene Tür am Kopf dieser Treppe an. Sie war weiß gestrichen, reflektierte aber den roten Schein der Nachtlampe und schimmerte beinahe wie ein Portal aus Feuer.

Heather wartete auf ein weiteres Geräusch.

Toby seufzte im Schlaf. Nur ein Seufzen. Sonst nichts. Alles war ruhig.

Heather sagte sich, daß sie sich vielleicht geirrt, ein harmloses Geräusch von draußen gehört — vielleicht einen Nachtvogel, der sich mit raschelndem Gefieder und dem Scharren von Klauen auf den Schindeln des Dachs niedergelassen hatte — und dieses Geräusch irrtümlich auf die Treppe verlagert hatte. Der Alptraum hatte sie nervös gemacht. Ihre Wahrnehmungen mochten nicht mehr ganz vertrauenswürdig sein. Sie hoffte, daß sie sich geirrt hatte.

Knarr-knarr.

Diesmal gab es keinen Zweifel. Dieses Geräusch war zwar leiser als das erste, war aber eindeutig hinter der Tür zur Hintertreppe erklungen. Heather fiel ein, daß ein paar der hölzernen Stufen geknarrt hatten, als sie sie am Montag hinabgestiegen waren, und daß sie geradezu geächzt und geklagt hatten, als sie sie am Mittwoch geputzt hatte.

Sie wollte Toby aus dem Bett reißen, ihn aus dem Zimmer bringen, schnell zum Elternschlafzimmer laufen und Jack wecken. Doch sie war noch nie in ihrem Leben vor etwas davongelaufen. Während der Krise der letzten acht Monate hatte sie beträchtliches Selbstvertrauen entwickelt. Obwohl sie auf dem Nacken eine Gänsehaut hatte, als würden haarige Spinnen darüber krabbeln, errötete sie tatsächlich, als sie sich vorstellte, sie würde wie die ängstliche Maid aus einem schlechten Roman fliehen, halb verrückt vor Angst, obwohl sie nichts Bedrohlicheres als ein seltsames Geräusch wahrgenommen hatte.

Statt dessen ging sie zu der Tür. Der Sicherheitsriegel lag vor.

Sie drückte das linke Ohr gegen den Spalt zwischen Tür und Pfosten. Ein schwacher Zug kalter Luft sickerte von der anderen Seite durch, doch sie nahm kein Geräusch wahr.

Als sie lauschte, stellte sie sich vor, daß der Eindringling auf der obersten Treppenstufe stand, direkt hinter der Tür, nur ein paar Zentimeter von ihr entfernt. Sie konnte ihn sich genau vorstellen, eine dunkle und fremde Gestalt, die den Kopf gegen die Tür drückte, das Ohr an den Spalt hielt und auf ein Geräusch von *ihr* lauschte.

Unsinn. Das Scharren und Ächzen waren nur Geräusche des arbeitenden Holzes gewesen. Auch alte Häuser senkten sich noch unter dem unendlichen Druck der Schwerkraft. Dieser verdammte Traum hatte sie wirklich völlig durcheinandergebracht.

Toby murmelte wortlos im Schlaf. Sie drehte sich um und betrachtete ihn. Er bewegte sich nicht, und nach ein paar Sekunden hörte sein Murmeln auf. Heather trat einen Schritt zurück und sah wieder zu der Tür. Sie wollte Toby nicht in Gefahr bringen, kam sich allmählich jedoch eher lächerlich vor, als daß sie wirklich Angst empfand. Nur eine Tür. Nur eine Treppe an der Hinterwand eines Hauses. Nur eine ganz normale Nacht, ein Traum, ein schlimmer Anfall von Nervosität.

Sie legte die eine Hand auf die Klinke und die andere auf den Drehverschluß des Sicherheitsriegels. Das Messing fühlte sich unter ihren Fingern kühl an.

Sie erinnerte sich an das dringende Bedürfnis, das sie in ihrem Traum überkommen hatte: *Laß es herein, laß es herein, laß es herein.*

Das war ein Traum gewesen. Dies war die Wirklichkeit. Menschen, die einen Traum nicht von der Wirklichkeit unterscheiden konnten, wurden in Zimmern mit gummiverkleideten Wänden untergebracht und von Krankenschwestern mit einstudiertem Lächeln und leiser, aber fester Stimme betreut.

Laß es herein.

Sie drehte den Riegel, drückte die Klinke hinab und zögerte.

Laß es herein.

Wütend auf sich selbst, riß sie die Tür auf.

Sie hatte vergessen, daß das Treppenhauslicht nicht eingeschaltet sein würde. Der schmale Schacht war fensterlos; von draußen fiel kein Licht hinein. Das rote Leuchten im Kinderzimmer war zu schwach, um über die Schwelle zu dringen. Sie stand vor einer Wand der Dunkelheit und konnte nicht einmal sagen, ob sich etwas auf den oberen Stufen oder sogar der Brüstung direkt vor ihr befand. Aus der Finsternis wehte der widerliche Gestank, den sie vor zwei Tagen mit harter Arbeit und Ammoniakwasser vertrieben hatte, zwar nicht so stark wie vorher, aber trotzdem: der üble Geruch verfaulenden Fleisches.

Vielleicht hatte sie nur geträumt, daß sie erwacht war, und befand sich noch immer im Griff des Alptraums.

Ihr Herz hämmerte gegen das Brustbein, ihr Atem stockte in der Kehle, und sie griff nach dem Lichtschalter, der sich auf ihrer Seite der Tür befand. Hätte er auf der anderen Seite gelegen, hätte sie vielleicht nicht den Mut aufgebracht, in diese sich zusammengerollte Dunkelheit zu greifen und danach zu tasten. Sie verfehlte ihn beim ersten und zweiten Versuch, wagte es nicht, den Blick von der Finsternis vor ihr zu wenden, griff blindlings nach der Stelle, an der der Schalter eigentlich sein mußte; hätte beinah Toby angeschrien, er solle aufwachen und davonlaufen, fand den Schalter endlich – *Gott sei Dank* – und drückte ihn.

Licht. Die leere Brüstung. Da war nichts. Natürlich nicht. Was sonst? Leere Treppenstufen, die sich hinab und außer Sicht erstreckten.

Unten knackte eine Treppenstufe.

O Gott.

Sie trat auf die Brüstung. Sie trug keine Hausschuhe. Das Holz unter ihren nackten Füßen war kalt und rauh.

Noch ein Knacken, diesmal leiser als zuvor.

Arbeitendes Holz. Vielleicht.

Sie trat von der Brüstung und ließ die linke Hand an der konkaven Biegung der Außenwand entlanggleiten, um Halt zu finden. Bei jedem Schritt, den sie tat, kam vor ihr eine neue Stufe in Sicht.

Sobald sie jemanden sah, würde sie sich umdrehen und die Treppe hinauflaufen, in Tobys Zimmer, die Tür zuwerfen und den Riegel vorlegen. Er konnte von der Treppe aus nicht geöffnet werden, nur von dem Zimmer aus, also konnte ihr nichts passieren.

Von unten kam ein verstohlenes Klicken, ein schwacher,

dumpfer Schlag – als würde eine Tür so leise wie möglich zugezogen werden.

Plötzlich bereitete ihr die Aussicht auf eine Konfrontation weniger Sorgen als die Möglichkeit, daß die Episode ergebnislos enden würde. Heather *mußte* es wissen, so oder so, und schüttelte ihre Furchtsamkeit ab. Sie *lief* die Stufen hinunter, machte mehr als genug Lärm, um ihre Anwesenheit zu enthüllen, die konvexe Biegung der Innenwand entlang, herum, herum, hinab zum Vorraum am Fuß der Treppe.

Er war leer.

Sie legte die Hand auf die Klinke der Küchentür. Sie war verschlossen, und man benötigte einen Schlüssel, wollte man sie von dieser Seite öffnen. Sie hatte keinen Schlüssel. Vermutlich würde ein Eindringling auch keinen haben.

Die andere Tür führte auf die hintere Veranda. Auf dieser Seite wurde sie von einem Riegel mit Schnappverschluß gesichert. Er lag vor. Sie öffnete ihn, zog die Tür auf und trat auf die Veranda.

Verlassen. Soweit sie sehen konnte, lief auch niemand über den Hinterhof.

Außerdem hätte ein Eindringling zwar keinen Schlüssel gebraucht, um durch diese Tür hinauszugelangen, aber einen, um hinter sich abzuschließen, denn von außen ließ sie sich nur mit einem Schlüssel auf- und zusperren.

Irgendwo stieß eine Eule einen traurigen, fragenden Schrei aus. Die Luft war windlos, kalt und feucht; es schien sich nicht um die der Nacht draußen zu handeln, sondern um die feuchte, kalte und immer leicht muffig riechende eines Kellers. Sie war allein. Aber irgendwo *fühlte* sie sich nicht allein. Sie fühlte sich ... beobachtet.

»Um Gottes willen, Heth«, sagte sie, »was ist nur los mit dir?«

Sie trat in den Vorraum zurück und schloß die Tür ab. Sie betrachtete den glänzenden Messingriegel und fragte sich, ob ihre Phantasie nur ein paar ganz normale Geräusche vereinnahmt und aus ihnen eine Bedrohung heraufbeschworen hatte, die noch weniger Substanz als ein Geist hatte.

Der Fäulnisgeruch blieb.

Na ja, vielleicht war das Ammoniakwasser nicht geeignet, den Geruch länger als einen oder zwei Tage zu vertreiben. Vielleicht lag in irgendeiner Mauer eine Ratte oder ein anderes kleines Tier und faulte vor sich hin.

Als sie sich zur Treppe umdrehte, trat sie in etwas. Sie hob den linken Fuß und betrachtete den Boden. Ein Klumpen trockener Erde, etwa so groß wie eine Pflaume, war unter ihrer nackten Ferse teilweise zerbröckelt.

Als sie zum Obergeschoß hinaufging, bemerkte sie auf einigen Stufen weitere trockene Erdklumpen, die sie bei ihrem schnellen Abstieg übersehen hatte. Der Schmutz hatte nicht dort gelegen, als sie am Mittwoch mit dem Putzen der Treppe fertig gewesen war. Sie wollte glauben, daß es sich bei dem Dreck um einen Beweis für die Existenz des Eindringlings handelte. Wahrscheinlicher war jedoch, daß Toby etwas Schmutz vom Hinterhof hineingetragen hatte. Er war normalerweise ein rücksichtsvoller Junge und von Natur aus freundlich, aber er war schließlich erst acht Jahre alt.

Heather kehrte in Tobys Zimmer zurück, verschloß die Tür und schaltete das Licht im Treppenhaus aus.

Ihr Sohn schlief fest.

Sie kam sich genauso töricht wie verwirrt vor, als sie die vordere Treppe hinab und direkt in die Küche ging. Falls der widerwärtige Geruch tatsächlich ein Beweis für die Anwesenheit des Eindringlings war und auch nur die geringste Spur davon in der Küche hing, bedeutete dies, daß er einen Schlüssel hatte, mit dessen Hilfe er über die Hintertreppe hinaufgegangen war. In diesem Fall würde sie sofort Jack wecken und darauf bestehen, das Haus von oben bis unten zu durchsuchen — mit geladenen Waffen.

Die Küche roch frisch und sauber. Und es lagen auch keine Erdbrocken auf dem Boden.

Sie war fast etwas enttäuscht. Sie konnte die Vorstellung nicht ausstehen, daß sie sich alles nur eingebildet hatte, doch die Fakten ließen keine andere Schlußfolgerung zu.

Ob ihr nun die Phantasie einen Streich gespielt hatte oder

nicht, sie wurde das Gefühl nicht los, unter Beobachtung zu stehen. Sie ließ die Jalousien der Küchenfenster hinab. Reiß dich zusammen, dachte Heather. Du bist noch fünfzehn Jahre von den Wechseljahren entfernt, Lady; es gibt keine Entschuldigung für diese seltsamen Stimmungsschwankungen.

Sie hatte vorgehabt, die Nacht über zu lesen, war aber zu aufgeregt, um sich auf ein Buch konzentrieren zu können. Sie mußte sich irgendwie beschäftigen.

Nachdem sie eine Kanne Kaffee aufgesetzt hatte, nahm sie sich den Inhalt des Gefrierfachs der Kühlkombination vor. Sie fand ein Dutzend Fertiggerichte, ein Päckchen Wiener Würstchen, zwei Tüten Mais der Firma Green Giant, eine Tüte grüne Bohnen, zwei Tüten Möhren und eine Schachtel Blaubeeren aus Oregon. Eduardo Fernandez hatte keine einzige dieser Verpackungen geöffnet, und sie konnten alle Vorräte noch verbrauchen.

In einem unteren Fach fand sie unter einer Schachtel Eggo-Waffeln und einem Pfund Speck eine durchsichtige Plastiktüte, die einen Notizblock zu enthalten schien. Das Plastik war aufgrund des Frosts fast undurchsichtig geworden, doch sie konnte undeutlich ausmachen, daß handschriftliche Eintragungen die Linien der ersten Seite füllten.

Sie öffnete die Plastiktüte – und zögerte dann. Wenn Fernandez den Notizblock an einem so seltsamen Ort verstaut hatte, mußte man davon ausgehen, daß er ihn hatte *verstecken* wollen. Fernandez mußte den Inhalt als wichtig und äußerst persönlich erachten, und Heather wollte nicht in seine Privatsphäre eindringen. Auch wenn er tot war, war er doch immerhin ein Wohltäter, der ihr Leben radikal verändert hatte; er verdiente ihren Respekt und ihre Verschwiegenheit.

Sie las die ersten paar Worte auf der obersten Seite – *Mein Name ist Eduardo Fernandez* – und blätterte die restlichen Seiten durch, um zu bestätigen, daß sie von Fernandez geschrieben worden waren und es sich um eine längere Aufzeichnung handelte. Mehr als zwei Drittel des Blocks waren mit der ordentlichen Handschrift gefüllt.

Heather unterdrückte ihre Neugier und legte den Block auf

den Kühlschrank, um ihn beim nächstenmal, wenn sie ihn sah, Paul Youngblood zu geben. Der Anwalt kam dem am nächsten, was man als Freund Fernandez' bezeichnen konnte, und hatte sich beruflich um die Angelegenheiten des alten Mannes gekümmert. Falls der Inhalt des Notizblocks wichtig und privat war, hatte nur Paul das Recht, ihn zu lesen.

Nachdem sie die Bestandsaufanhme der Tiefkühlkost abgeschlossen hatte, schenkte sie sich eine Tasse frischen Kaffee ein, setzte sich an den Küchentisch und machte eine Liste der Lebensmittel und Haushaltswaren, die sie benötigten. Morgen früh würden sie nach Eagle's Roost fahren und nicht nur den Kühlschrank, sondern auch die halbleeren Regale der Speisekammer wieder auffüllen. Sie wollte vorbereitet sein, wenn sie im Winter vom tiefen Schnee länger von der Außenwelt abgeschnitten wurden.

Sie hielt bei der Liste inne, um sich eine Notiz zu machen. Jack mußte nächste Woche einen Termin bei Parkers Werkstatt machen, damit der Explorer mit einem Schneeflug ausgestattet wurde.

Als sie dann ihre Liste fortsetzte und am Kaffee nippte, lauschte sie auf jedes ungewöhnliche Geräusch. Aber die vor ihr liegende Aufgabe war so alltäglich, daß sie beruhigend wirkte. Nach einer Weile war Heather nicht mehr im geringsten unheimlich zumute.

Toby stöhnte leicht im Schlaf.

»Geh weg...« sagte er. »Geh... geh weg...«

Nachdem er eine Weile verstummt war, schlug er die Bettdecke zurück und stand auf. Im rötlichen Schein des Nachtlichts schien sein blaßgelber Schlafanzug blutbefleckt zu sein.

Er blieb neben dem Bett stehen und wiegte sich hin und her, als hielte er Takt mit einer Musik, die nur er hören konnte.

»Nein«, flüsterte er, nicht beunruhigt, sondern mit leiser, regungsloser Stimme. »Nein... nein... nein...«

Er verstummte wieder, ging zum Fenster und sah in die Nacht hinaus.

Hinter dem Hof, an die Kiefern des Waldrands geschmiegt, war die Wohnung des Hausmeisters nicht mehr dunkel und verlassen. Ein seltsames Licht, von so reinem Blau wie eine Gasflamme, schoß aus Ritzen zwischen den Sperrholzplatten, die die Fenster bedeckten, unter der Tür und sogar aus dem Schornstein des Kamins in die Nacht hinaus.

»Ah«, sagte Toby.

Das Licht blieb nicht konstant intensiv, sondern flackerte und pochte mitunter. Gelegentlich waren selbst die schmalsten der aus dem Haus dringenden Strahlen so hell, daß es in den Augen schmerzte, sie zu betrachten, und manchmal wurden sie so schwach, daß sie erloschen zu sein schienen. Selbst wenn das Licht am hellsten war, war es kalt und vermittelte nicht den geringsten Eindruck von Wärme.

Toby beobachtete das Licht sehr lange.

Schließlich verblich es. Das Hausmeistergebäude wurde wieder dunkel.

Der Junge kehrte ins Bett zurück.

Die Nacht verstrich.

SECHZEHNTES KAPITEL

Der Samstagmorgen begann mit Sonnenschein. Eine kalte Brise fegte aus dem Nordwesten heran, und gelegentlich schoß eine Schar dunkler Vögel von den bewaldeten Rockies zu dem flacheren Land im Osten durch den Himmel, als würden sie vor einem räuberischen Artgenossen fliehen.

Der Wetterbericht eines Senders in Butte — den Heather und Jack eingeschaltet hatten, während sie duschten und sich anzogen — sagte Schnee voraus. Dies war, erklärte der Sprecher, einer der frühesten Stürme seit Jahren, und der Niederschlag würde sich bis zu fünfundzwanzig Zentimetern belaufen.

Dem Tonfall des Sprechers zufolge galt ein Schneefall von

fünfundzwanzig Zentimetern in diesem nördlichen Klima nicht als Blizzard. Es war nicht die Rede von Straßensperrungen oder Gegenden, die von der Außenwelt abgeschnitten werden würden. Im Kielwasser des ersten rollte ein zweiter, schwächerer Sturm auf sie zu; er würde am Montagmorgen eintreffen.

Heather saß auf der Bettkante und bückte sich, um die Schnürsenkel ihrer Nikes zuzubinden. »He«, sagte sie, »wir müssen ein paar Schlitten kaufen.«

Jack stand vor seinem geöffneten Schrank und nahm ein rot und braun gemustertes Flanellhemd von einem Bügel. »Du hörst dich an wie ein kleines Kind.«

»Na ja, es ist mein erster Schnee.«

»Richtig. Das hatte ich vergessen.«

Wenn in Los Angeles im Winter der Smog einmal aufklarte, enthüllte er Berge mit weißen Gipfeln im fernen Hintergrund der Stadt, und das war die engste Bekanntschaft, die Heather je mit Schnee gemacht hatte. Sie fuhr nicht Ski. Sie war nur im Sommer in Arrowhead oder Big Bear gewesen und freute sich wie ein kleines Kind auf den aufziehenden Schneesturm.

»Wir müssen einen Termin bei Parkers Werkstatt machen«, sagte sie, als sie mit den Schnürsenkeln fertig war, »um diesen Pflug auf den Explorer zu kriegen, bevor der Winter *richtig* kommt.«

»Schon erledigt«, sagte Jack. »Donnerstag morgen um zehn Uhr.« Als er sein Hemd zuknöpfte, ging er zum Schlafzimmerfenster und sah zu dem Wald im Osten und dem Flachland im Süden hinaus. »Dieser Blick hypnotisiert mich immer wieder. Ich tue gerade etwas, bin sehr beschäftigt, und dann schaue ich auf, sehe durch ein Fenster oder von der Veranda und stehe einfach da und starre.«

Heather trat hinter ihn, legte die Arme um ihn und sah an ihm vorbei zu dem atemberaubenden Panorama der Wälder und Wiesen und des weiten, blauen Himmels. »Wird es gutgehen?« fragte sie nach einer Weile.

»Es wird toll werden. Hierher gehören wir. Empfindest du nicht auch so?«

»Ja«, sagte sie nach einem ganz kurzen Zögern. Bei Tageslicht kamen ihr die Ereignisse der vergangenen Nacht unermeßlich weniger bedrohlich vor, als seien sie bloß das Werk einer überregen Phantasie. Sie hatte schließlich überhaupt nichts gesehen und wußte nicht einmal genau, was zu sehen sie *erwartet* hatte. Eine anhaltende Stadtnervosität, die durch einen Alptraum verschlimmert worden war. Sonst nichts.

»Hierher gehören wir.«

Er drehte sich um und umarmte sie, und sie küßten sich. Sie fuhr mit den Händen in gemächlichen Kreisen über seinen Rücken und massierte sanft seine Muskeln, die das Übungsprogramm gestärkt und wieder aufgebaut hatte. Er fühlte sich so gut an. Erschöpft von der Reise und der Eingewöhnung, hatten sie seit dem Abend, bevor sie Los Angeles verlassen hatten, nicht mehr miteinander geschlafen. Sobald sie das Haus auf *diese* Weise zu dem ihren gemacht hatten, würde es ihnen ganz und gar gehören, und ihr eigentümliches Unbehagen würde sich wohl legen.

Er ließ seine starken Hände ihre Seiten hinab zu ihren Hüften gleiten und zog sie an sich. Seine geflüsterten Worte mit sanften Küssen auf ihren Hals, die Wangen, Augen und Mundwinkel unterstreichend, sagte er: »Wie wäre es mit heute abend... wenn der Schnee fällt... nachdem wir ein... oder zwei Glas Wein... getrunken haben... am Kamin... romantische Musik... im Radio... wenn wir ganz... entspannt sind...«

»... entspannt...« sagte sie verträumt.

»Dann könnten wir beide doch...«

»Hmmm... wir beide...«

»... und wir machen eine wirklich wunderbare... wunderbare...«

»... wunderbare...«

»Schneeballschlacht.«

Sie schlug spielerisch mit den Fäusten gegen seine Brust. »Du Biest. Ich werfe nicht mit Schneebällen, sondern mit Steinen.«

»Oder wir könnten miteinander schlafen.«

»Willst du wirklich nicht raus und einen Schneemann bauen?«

»Wenn ich so richtig drüber nachdenke... lieber nicht.«
»Zieh dich an, du Klugscheißer. Wir müssen einkaufen fahren.«

Heather fand Toby — schon fertig angezogen — im Wohnzimmer. Er saß vor dem Fernsehgerät auf dem Boden und sah sich mit abgeschaltetem Ton eine Sendung an.

»Heute abend kommt ein gewaltiger Schneesturm«, sagte sie vom Türbogen aus mit der Erwartung, daß seine Aufregung die ihre übertreffen würde, weil es auch seine erste Erfahrung mit einem weißen Winter sein würde.

Er antwortete nicht.

»In der Stadt kaufen wir ein paar Schlitten. Wir wollen doch auf alles vorbereitet sein.«

Er war still wie ein Stein. Seine Aufmerksamkeit war völlig auf den Fernseher gerichtet.

Von ihrem Standort aus konnte Heather nicht sehen, was ihn dermaßen in den Bann geschlagen hatte. »Toby?« Sie trat durch die Tür und ins Wohnzimmer. »He, Junge, was siehst du dir da an?«

Als sie näher kam, nahm er sie endlich zur Kenntnis. »Keine Ahnung, was es ist.« Seine Augen wirkten leer, als würde er sie gar nicht sehen, und er schaute wieder zum Fernsehgerät.

Der Bildschirm war mit einem sich ständig verändernden Fluß amöbischer Formen gefüllt, die sie an eine dieser Lava-Lampen erinnerten, die irgendwann mal so beliebt gewesen waren. Die Lampen hatten jedoch nur zwei Farben aufweisen können, während diese Darstellung alle erdenklichen Variationen der Grundfarben umfaßte und im einen Augenblick hell und im nächsten dunkel war. Sich ständig veränderte Formen verschmolzen, kräuselten und bogen sich, flossen und sprudelten, tropften und perlten und pochten in einer unaufhörlichen Zurschaustellung eines amorphen Chaos, schossen ein paar Sekunden lang mit einem wahnwitzigen Tempo dahin, sickerten dann träge, nur um kurz darauf wieder schneller zu werden.

»Was ist das?« fragte Heather.

Toby zuckte die Achseln.

Die bunten, abstrakten Kurven und Linien setzten sich endlos immer neu wieder zusammen. Das Schauspiel war interessant und gelegentlich wunderschön. Doch je länger Heather es betrachtete, desto beunruhigender wurde es, wenngleich ihr dafür kein Grund in den Sinn kam. Nichts an den Mustern war irgendwie unheilvoll oder bedrohlich. Eigentlich hätte die fließende und verträumte Vermischung der Formen beruhigend wirken müssen.

»Warum hast du den Ton ausgeschaltet?«

»Hab ich nicht.«

Sie kauerte sich neben ihm nieder, nahm die Fernbedienung vom Teppich auf und drückte auf den Lautstärke-Knopf. Das einzige Geräusch war das schwache, statische Rauschen der Lautsprecher.

Sie schaltete auf den nächsten Kanal weiter, und die dröhnende Stimme eines aufgeregten Sportkommentators und der Jubel der Zuschauer eines Football-Spiels explodierten im Wohnzimmer. Sie schaltete die Lautstärke sofort wieder niedriger.

Als sie auf den vorherigen Kanal zurückschaltete, war die Lava-Lampe in Technicolor verschwunden. Statt dessen füllte ein Daffy-Duck-Zeichentrickfilm den Bildschirm, und der frenetischen Schnelligkeit der Handlung nach zu urteilen, näherte er sich einem pyrotechnischen Höhepunkt.

»Das war aber komisch«, sagte sie.

»Mir hat's gefallen«, sagte Toby.

Sie schaltete die Kanäle zuerst nach oben und dann nach unten durch, fand die seltsame Darstellung jedoch nicht mehr. Sie drückte auf den Ausschaltknopf, und der Bildschirm wurde dunkel.

»Ist sowieso egal«, sagte sie. »Wir müssen frühstücken, damit wir endlich aufbrechen können. Haben in der Stadt jede Menge zu erledigen. Ich will nicht unter Zeitdruck stehen, wenn wir diese Schlitten kaufen.«

»Diese was?« fragte der Junge, als er aufstand.

»Hast du mich gerade nicht gehört?«

Er zuckte die Achseln.

»Was ich über den Schnee gesagt habe?«

Sein kleines Gesicht heiterte sich auf. »Es wird schneien?«

»Du mußt genug Wachs in den Ohren haben, um die größte Kerze der Welt zu machen«, sagte sie und ging zur Küche.

Toby folgte ihr. »Wann?« fragte er. »Wann wird es schneien, Mom? Heute noch?«

»Wir könnten Dochte in deine Ohren stecken, ein Streichholz dranhalten und den Rest des Jahrzehnts über jeden Abend bei Kerzenschein essen.«

»Wieviel Schnee?«

»Wahrscheinlich sind auch tote Schnecken in den Ohren.«

»Nur ein paar Flocken oder ein schwerer Sturm?«

»Und vielleicht zwei oder drei tote Mäuse.«

»*Mom*?« sagte er wütend, als er hinter ihr die Küche betrat. Sie drehte sich um, kauerte vor ihm nieder und hielt die Hand über sein Knie. »Bis hierher, vielleicht noch mehr.«

»Wirklich?«

»Wir werden Schlitten fahren.«

»Mann.«

»Einen Schneemann bauen.«

»Eine Schneeballschlacht!« forderte er sie heraus.

»Na schön, Dad und ich gegen dich.«

»Das ist nicht fair!« Er lief zum Fenster und drückte das Gesicht gegen die Scheibe. »Der Himmel ist ganz blau.«

»Wird er nicht mehr lange bleiben. Versprochen«, sagte sie und ging zur Speisekammer. »Willst du Weizenkleie oder Cornflakes zum Frühstück?«

»Doughnuts und Schokomilch.«

»Ich glaub', dir geht's nicht gut.«

»War doch einen Versuch wert. Weizenkleie.«

»Braver Junge.«

»He!« sagte er überrascht und trat einen Schritt vom Fenster zurück. »Mom, sieh dir das an.«

»Was ist denn?«

»Sieh doch, schnell, sieh dir diesen Vogel an. Er ist direkt vor mir gelandet.«

Heather trat ebenfalls zum Fenster und sah auf der anderen Seite der Scheibe eine Krähe hocken. Sie hielt den Kopf aufgerichtet und musterte sie neugierig mit einem Auge. »Der ist direkt auf mich zugeflogen«, sagte Toby, »*wusch!* ich dachte schon, er würde durch die Scheibe knallen. Was macht er da?«

»Vielleicht sucht er Würmer oder zarte kleine Käfer.«

»Ich seh' doch nicht aus wie ein Käfer.«

»Vielleicht hat er die Schnecken in deinen Ohren gesehen«, sagte sie und kehrte zur Speisekammer zurück.

Während Toby seiner Mutter half, den Tisch zum Frühstück zu decken, blieb die Krähe am Fenster sitzen und beobachtete sie.

»Der muß doch blöd sein«, sagte Toby, »wenn er glaubt, daß wir hier drin Würmer und Käfer haben.«

»Vielleicht ist er vornehm und zivilisiert und hat gehört, daß ich ›Cornflakes‹ gesagt habe.«

Während sie die Cornflakes in Schüsseln füllte, blieb die große Krähe am Fenster, putzte sich gelegentlich das Gefieder und beobachtete die beiden aus pechschwarzen Augen.

Jack kam pfeifend die Treppe hinab, durch die Diele und in die Küche. »Ich bin so hungrig«, sagte er, »daß ich ein Pferd essen könnte. Kriegen wir Eier und Pferd zum Frühstück?«

»Wie wär's mit Eier und Krähe?« fragte Toby und zeigte auf den Besucher.

»Das ist aber ein fettes Prachtexemplar, was?« sagte Jack, ging zum Fenster und bückte sich, um den Vogel genauer in Augenschein zu nehmen.

»Mom, sieh doch! Dad macht einen Starr-Wettbewerb mit einem Vogel«, sagte Toby amüsiert.

Jacks Gesicht war keine drei Zentimeter von der Fensterscheibe entfernt, und der Vogel fixierte ihn mit einem tintenschwarzen Auge. Heather nahm vier Scheiben Brot aus dem Beutel, ließ sie in den großen Toaster fallen, stellte die Zeit ein, sah auf und stellte fest, daß Jack und die Krähe sich noch immer anstarrten.

»Ich glaube, Dad wird verlieren«, sagte Toby.

Jack klopfte direkt vor der Krähe mit der Fingerspitze gegen die Fensterscheibe, doch der Vogel zuckte nicht einmal.

»Frecher kleiner Teufel«, sagte Jack.

Mit einem blitzschnellen Zustoßen des Kopfes schlug der Vogel den Schnabel direkt vor Jacks Gesicht so hart gegen das Glas, daß der Knall Jack erschreckte und er einen Rückwärtsschritt machte, der ihn in seiner Hockstellung aus dem Gleichgewicht brachte. Er fiel mit dem Hintern auf den Küchenboden. Der Vogel sprang mit einem kräftigen Flügelschlag von der Scheibe zurück und verschwand im Himmel.

Toby lachte schallend auf.

Jack kroch auf Händen und Knien hinter ihm her. »Das war lustig, was? Ich werd' dir zeigen, was lustig ist, ich zeig' dir jetzt die berüchtigte chinesische Kitzelfolter.«

Heather lachte ebenfalls.

Toby jagte zur Küchentür hinaus, drehte sich um, sah, daß Jack ihm folgte, und lief kichernd und vor Freude kreischend in ein anderes Zimmer.

»Hab' ich's hier mit einem kleinen Jungen zu tun oder mit zweien?« rief Heather ihrem Mann nach, als er in der Diele verschwand.

»Mit zweien!« erwiderte er.

Der Toast sprang hoch. Sie legte die vier knusprigen Scheiben auf einen Teller und steckte vier weitere in den Toaster. Aus dem vorderen Teil des Hauses kam lautes Gekicher und verrücktes Geschnatter.

Heather ging zum Fenster. Der Knall, mit dem der Schnabel des Tieres auf das Glas geschlagen hatte, war so laut gewesen, daß sie halbwegs damit rechnete, einen Sprung in der Scheibe zu sehen. Doch das Glas war unversehrt geblieben. Auf der Fensterbank lag eine einzelne schwarze Feder und schaukelte sanft in einer Brise, die sie nicht ganz aus ihrer geschützten Nische pflücken und davonwehen konnte.

Sie drückte das Gesicht gegen die Scheibe und sah zum Himmel hinauf. Hoch in dem blauen Gewölbe zog ein einsamer dunkler Vogel einen engen Kreis, immer und immer wieder. Er war zu weit weg, daß Heather hätte sagen können, ob es sich um dieselbe Krähe oder einen anderen Vogel handelte.

SIEBZEHNTES
KAPITEL

Sie hielten am Sportgeschäft Mountain High an und kauften zwei Schlitten (breit, flache Kufen, Kiefernholz mit Polyurethan-Lack; über die Mittelteile verliefen rote Blitze) und gepolsterte Skianzüge, Stiefel und Handschuhe für alle. Toby sah einen großen Frisbee, der so lackiert war, daß er wie ein gelbes UFO aussah, mit Luken am Rand und einer niedrigen roten Kuppel auf dem Oberteil, und sie kauften auch den. An der Union 76 tankten sie den Wagen auf, und dann machten sie sich an eine Marathon-Einkaufsexpedition in den Supermarkt.

Als sie um Viertel nach eins zur Quartermass-Ranch zurückkehrten, war nur noch das östliche Drittel des Himmels blau. Graue Wolkenmassen drängten sich über den Bergen, getrieben von einem scharfen Höhenwind — wenngleich auf dem Boden nur eine gelegentliche Brise in den Nadelbäumen und dem braunen Gras raschelte. Die Temperatur war unter den Gefrierpunkt gefallen, und die Genauigkeit des Wetterberichts offenbarte sich durch die kalte, feuchte Luft.

Toby ging augenblicklich auf sein Zimmer, zog den neuen, roten und schwarzen Skianzug und die Stiefel und Handschuhe an. Er kehrte mit dem Frisbee in die Küche zurück und erklärte, daß er draußen spielen und darauf warten wollte, daß es zu schneien begann.

Heather und Jack packten noch immer Lebensmittel aus und räumten die Vorräte in die Speisekammer. »Toby, Schatz«, sagte sie, »du hast noch nichts gegessen.«

»Ich hab' keinen Hunger. Ich nehm' einfach ein Rosinenbrötchen mit.«

Sie unterbrach ihre Tätigkeit, um die Kapuze von Tobys Jacke hochzuziehen und unter seinem Kinn zu verknoten. »Na schön, aber bleib nicht zu lange an einem Stück draußen. Wenn dir kalt wird, kommst du rein und wärmst dich auf, und dann gehst du wieder raus. Wir wollen doch nicht, daß dir die Nase abfriert und vom Gesicht fällt.« Sie kniff zärtlich in sein Näschen. Er sah so süß aus. Wie ein Gartenzwerg.

»Wirf den Frisbee nicht auf das Haus«, warnte Jack ihn. »Wenn du eine Fensterscheibe zerbrichst, zeigen wir keine Gnade. Wir rufen die Polizei und lassen dich in das Staatsgefängnis von Montana für geistesgestörte Verbrecher einweisen.«

»Und geh nicht in den Wald«, sagte Heather, als sie Toby das Rosinenbrötchen gab.

»Klar.«

»Bleib auf dem Hof.«

»Mach ich.«

»Ich meine es ernst.« Der Wald beunruhigte sie. Das hatte nichts mit ihren kürzlichen irrationalen Paranoiaanfällen zu tun. Es gab gute Gründe, vor dem Wald auf der Hut zu sein. Wilde Tiere zum Beispiel. Und Stadtmenschen wie sie konnten schon nach dreißig, vierzig Metern im Wald die Orientierung verlieren und sich verlaufen. »Im Staatsgefängnis von Montana für geistesgestörte Verbrecher gibt es kein Fernsehen, keine Schokomilch und keine Kekse.«

»Okay, okay. Herrje, ich bin doch kein Baby.«

»Nein«, sagte Jack, während er Dosen aus einer Einkaufstüte nahm. »Aber für einen Bären bist du eine leckere Zwischenmahlzeit.«

»Gibt es Bären im Wald?« fragte Toby.

»Gibt es Vögel im Himmel?« fragte Jack. »Fische im Meer?«

»Also bleib auf dem Hof«, ermahnte Heather ihn. »Wo ich dich sehen und sofort rufen kann.«

Als sie die Hintertür öffnete, drehte Toby sich zu seinem Vater um. »Du bist besser auch vorsichtig.«

»Ich?«

»Wenn dieser Vogel zurückkommt, setzt du dich vielleicht wieder auf den Hintern.«

Jack tat so, als wolle er ihm die Dose Bohnen an den Kopf werfen, die er in der Hand hielt, und Toby lief kichernd aus dem Haus. Die Tür fiel hinter ihm um.

Nachdem sie ihre Einkäufe verstaut hatten, ging Jack ins Arbeitszimmer, um sich Eduardos Büchersammlung anzusehen und sich einen Roman zum Lesen auszusuchen, während Heather nach oben ins Gästezimmer ging, um ihre Computer aufzubauen. Sie hatten das Gästebett auseinander genommen und in den Keller gebracht. Die beiden Zwei-Meter-Klapptische, die zu den Gegenständen gehörten, die die Spedition gebracht hatte, standen nun in diesem Zimmer und bildeten eine L-förmige Arbeitsfläche. Sie hatte ihre drei Computer, die beiden Drucker, den Laserscanner und das weitere Zubehör bereits ausgepackt, bislang aber noch keine Gelegenheit gefunden, sie miteinander zu verbinden und einzustöpseln.

Im Augenblick hatte Heather für diese hochwertige Computer-Power wirklich keine Verwendung. Sie hatte jedoch praktisch ihr gesamtes Berufsleben an Software und Programmen gearbeitet und kam sich wie unvollständig vor, wenn die Geräte noch in ihrer Verpackung herumstanden und nicht miteinander verkabelt waren, ob sie nun ein Projekt, bei dem sie die Computer benötigte, in Aussicht hatte oder nicht. Sie machte sich an die Arbeit, stellte die Geräte auf, verband die Monitore mit den Prozessoren, die Prozessoren mit dem Scanner, während sie zufrieden Elton-John-Songs mitsummte.

Irgendwann würden sie und Jack die geschäftliche Möglichkeit erkunden und entscheiden, was sie mit dem Rest ihres Lebens anfangen wollten. Bis dahin würde die Telefongesellschaft eine zweite Leitung gelegt haben, und sie konnte ein Modem anschließen. Sie konnte Datennetzwerke nutzen, um herauszufinden, welche potentielle Kundenzahl und Kapitaldecke die Firma, die sie gründen wollte, zum Erfolg benötigte, und Antworten auf Hunderte, wenn nicht gar Tausende Fragen finden, die ihre Entscheidung beeinflussen und ihre Erfolgschancen in der von ihnen auserwählten Branche verbessern würden.

Das ländliche Montana bot einen genauso umfassenden Zugriff auf Wissen wie Los Angeles oder Manhattan oder die Oxford-Universität. Man brauchte nur eine Telefonleitung, ein Modem und Zugriff auf ein paar gute Datenbanken.

Gegen drei Uhr, nachdem sie etwa eine Stunde lang gearbeitet hatte — die Geräte waren miteinander verbunden, und alles funktionierte —, erhob Heather sich von ihrem Stuhl und streckte sich. Sie dehnte die Rückenmuskulatur und ging zum Fenster, um herauszufinden, ob es schon frühzeitig zu schneien angefangen hatte.

Die Wolken hingen tief im Novemberhimmel, ein einförmiges Bleigrau, wie eine gewaltige Plastikverschalung, hinter der trübe Leuchtstoffröhren brannten. Da braucht man keinen Wetterbericht, um zu sehen, daß es bald schneit, sagte Heather sich. Der Himmel sah so kalt wie Eis aus.

In dem schwachen Licht wirkten die höherstehenden Bäume eher grau als grün. Der Hinterhof und die braunen Wiesen im Süden schienen verdorrt zu sein und keinesfalls auf den Frühlingsbeginn zu warten. Einfarbig wie eine Holzkohlezeichnung, war die Landschaft doch wunderschön. Eine andere Schönheit als die, die sich unter der warmen Liebkosung der Sonne eröffnete. Starr, düster, trüb-majestätisch.

Sie sah im Süden einen kleinen Farbsprenkel, auf dem Grashügel nicht weit vom Waldrand, auf dem der Friedhof lag. Leuchtend rot. Es war Toby in seinem neuen Skianzug. Er stand innerhalb der dreißig Zentimeter hohen Steinmauer.

Ich hätte ihm sagen sollen, nicht dorthin zu gehen, dachte Heather mit einem Anflug von Besorgnis.

Dann wunderte sie sich über ihr Unbehagen. Warum kam ihr der Friedhof gefährlicher vor als der Hof direkt an seiner Grenze? Sie glaubte doch sonst nicht an Geister oder verwunschene Orte.

Der Junge stand völlig bewegungslos vor einem Grabstein. Heather beobachtete ihn eine, zwei Minuten lang, aber er rührte sich nicht. Für einen Achtjährigen, der normalerweise mehr Energie hatte als ein Atomkraftwerk, war das ein außergewöhnlich langer Zeitraum der Untätigkeit.

Der graue Himmel schien sich zu senken, während sie Toby beobachtete.

Das Land schien immer dunkler zu werden. Toby stand bewegungslos da.

Die arktische Luft machte Jack nichts aus, belebte ihn sogar, einmal davon abgesehen, daß sie tief in die Knochen und das Narbengewebe seines linken Beins eindrang. Aber er konnte ohne zu humpeln den Hügel zum Privatfriedhof hinaufsteigen.

Er trat zwischen den beiden einen Meter hohen Steinpfosten hindurch, die — auch ohne Tor — den Eingang zu der Begräbnisstätte markierten. In der Kälte kondensierte sein Atem vor dem Mund zu Federbüschen.

Toby stand am Fuß des vierten und letzten Grabes der Reihe. Seine Arme hingen hinab, der Kopf war gesenkt, und er hatte den Blick auf den Grabstein gerichtet. Der Frisbee lag neben ihm auf dem Boden. Er atmete flach, daß nur wenig Feuchtigkeit vor seinem Mund kondensierte.

»Was ist los?« fragte Jack.

Der Junge antwortete nicht.

Der Grabstein, den Toby anstarrte, war mit dem Namen THOMAS FERNANDEZ und dem Geburts- und Todestag graviert. Jack brauchte den Grabstein nicht anzusehen, um den Todestag zu erfahren; der war viel tiefer in sein Gedächtnis gemeißelt, als die Ziffern in den Stein vor ihm geschlagen waren.

Seit sie am Dienstag morgen angekommen waren und die erste Nacht bei Paul und Carolyn Youngblood geschlafen hatten, hatte Jack noch keine Zeit gehabt, um sich den Privatfriedhof näher anzusehen. Auch war er nicht gerade versessen darauf gewesen, vor Tommys Grab zu stehen, weil er befürchtet hatte, daß dort Erinnerungen an Blut und Tod geweckt und ihn in die Verzweiflung treiben würden.

Links von Tommy befand sich ein Doppelgrab. Auf dem Stein standen die Namen seiner Eltern — EDUARDO und MARGARITE.

Obwohl Eduardo schon seit ein paar Monaten hier lag, Tommy seit einem Jahr und Margarite seit drei Jahren, sahen alle Gräber so aus, als wären sie erst vor kurzem ausgehoben worden. Die Erde bedeckte sie ungleichmäßig, und auf dieser Erde wuchs kein Gras, was Jack seltsam vorkam, da das vierte Grab flach und mit seidigem braunem Gras bedeckt war. Ihm war klar, daß die Totengräber die Oberfläche von Margarites Grabstätte beschädigt hatten, um Eduardos Sarg neben dem ihren zu bestatten, aber das erklärte keineswegs den Zustand vom Tommys Grab. Jack nahm sich vor, sich bei Paul Youngblood danach zu erkundigen.

Der letzte Grabstein, der am Kopf der einzigen grasbewachsenen Parzelle stand, gehörte Stanley Quartermass, dem sie alle viel zu verdanken hatten. Die Inschrift auf dem verwitterten schwarzen Stein entlockte Jack ein Kichern. *Hier liegt Stanley Quartermass / vor seiner Zeit gestorben / weil er mit / so verdammt vielen / Schauspielern und Drehbuchautoren / arbeiten mußte.* Toby hatte sich nicht bewegt.

»Was soll das?« fragte Jack.

Keine Antwort.

Er legte eine Hand auf Tobys Schultern. »Junge?«

»Was machen sie da unten?« sagte Toby, ohne den Blick vom Grabstein zu nehmen.

»Wer? Wo?«

»In der Erde.«

»Du meinst, Tommy und seine Eltern und Mr. Quartermass?«

»Was machen sie da unten?«

Es war nichts Seltsames daran, daß ein Kind den Tod verstehen lernen wollte. Er war für die Jungen nicht weniger geheimnisvoll als für die Alten. Jack kam nur seltsam vor, wie die Frage gestellt worden war.

»Na ja«, sagte er, »Tommy, seine Eltern und Stanley Quartermass ... sie liegen eigentlich nicht in Wirklichkeit dort.«

»Doch, tun sie.«

»Nein, nur ihre Körper liegen hier«, sagte Jack und massierte sanft die Schultern des Jungen.«

»Warum?«

»Weil sie keine Verwendung mehr für sie hatten.«

Der Junge schwieg betroffen. Dachte er darüber nach, wie knapp sein Vater dem Schicksal entgangen war, ebenfalls unter solch einem Stein zu liegen? Vielleicht war seit der Schießerei nun genug Zeit verstrichen, daß Toby sich Gefühlen stellen konnte, die er bislang unterdrückt hatte.

Die milde Brise aus dem Nordwesten frischte leicht auf.

Jacks Hände waren kalt. Er steckte sie in die Jackentaschen. »Sie haben nicht nur aus ihren Körpern bestanden«, sagte er, »jedenfalls nicht ausschließlich.«

Das Gespräch nahm eine noch seltsamere Wendung: »Du meinst, das waren nicht ihre richtigen Körper?« fragte Toby. »Das waren nur Marionetten?«

Stirnrunzelnd ließ Jack sich neben dem Jungen auf ein Knie hinab. »Marionetten? Das ist aber ein seltsamer Ausdruck.«

Wie in Trance starrte der Junge auf Tommys Grabstein. Seine graublauen Augen blinzelten nicht einmal. »Toby, bist du in Ordnung?«

Der Junge sah seinen Vater noch immer nicht an. Statt dessen sagte er: »Surrogate?«

Jack blinzelte überrascht. »Surrogate?«

»Waren sie das?«

»Das ist aber ein schweres Wort. Wo hast du das gehört?«

»Warum brauchen sie diese Körper nicht mehr?« sagte Toby, statt die Frage zu beantworten.

Jack zögerte und zuckte dann die Achseln. »Na ja, mein Sohn, weißt du... sie haben ihre Aufgabe in dieser Welt erfüllt.«

»In dieser Welt?«

»Sie sind jetzt in einer anderen.«

»In welcher?«

»Du warst doch auf der Sonntagsschule. Das mußt du doch wissen.«

»Nein.«

»Sicher weißt du es.«

»Nein.«

»Sie sind jetzt im Himmel.«

»Sie sind in den Himmel gekommen?«

»Ja.«

»In welchen Körpern?«

Jack nahm die rechte Hand aus der Hosentasche und legte sie seinem Sohn unter das Kinn. Er drehte das Gesicht des Jungen von den Grabsteinen fort, bis sie sich in die Augen sahen. »Was ist los, Toby?«

Sie sahen sich an und waren nur Zentimeter voneinander entfernt, und doch schien Toby in die Ferne zu starren, durch Jack hindurch zu einem fernen Horizont.

»Toby?«

»In welchen Körpern?«

Jack ließ das Kinn des Jungen los und bewegte die Hand vor dessen Gesicht auf und ab. Der Junge blinzelte nicht. Seine Augen folgten den Bewegungen der Hand nicht.

»In welchen Körpern?« wiederholte Toby ungeduldig. Etwas stimmte mit dem Jungen nicht. Ein plötzlich auftretendes psychologisches Leiden. Von einer Katatonie begleitet.

»In welchen Körpern?« sagte Toby.

Jacks Herz begann heftiger und schneller zu schlagen, als er in die leeren teilnahmslosen Augen seines Sohnes sah, die keine Fenster seiner Seele mehr waren, sondern Spiegel, die die Welt draußen halten sollten. Falls es sich um ein psychologisches Problem handelte, bestand über die *Ursache* kein Zweifel. Sie hatten ein traumatisches Jahr hinter sich und genug durchgemacht, daß ein Erwachsener — ganz zu schweigen von einem Kind — daran zerbrechen konnte. Aber was war der Auslöser, warum jetzt, warum hier, warum nach all diesen Monaten, in denen der arme Junge so gut mit dem Schock fertiggeworden zu sein schien?

»In welchen Körpern?« fragte Toby scharf.

»Komm«, sagte Jack und ergriff die behandschuhte Hand des Jungen. »Gehen wir zum Haus zurück.«

»In welchen Körpern sind sie in den Himmel gekommen?«

»Toby, hör damit auf.«

»Ich muß es wissen. Sag es mir. Sofort.«

Lieber Gott, laß es nicht dazu kommen.

»Hör zu«, sagte Jack, der noch immer neben seinem Sohn kniete, »komm mit mir ins Haus zurück, und da können wir dann...«

Toby wand die Hand aus dem Griff seines Vaters und ließ Jack mit dem leeren Handschuh zurück. »*In welchen Körpern?*«

Das kleine Gesicht war ausdruckslos, so sanft wie ein stehendes Gewässer, und doch brachen die Worte mit dem Tonfall eiskalter Wut hervor. Jack hatte das unheimliche Gefühl, sich mit der Puppe eines Bauchredners zu unterhalten, die ihre hölzernen Gesichtszüge nicht dem Klang ihrer Worte anpassen konnte.
»In welchen Körpern?«
Das war kein Zusammenbruch. Ein geistiger Zusammenbruch kam nicht so plötzlich, so vollständig, ohne Warnzeichen.
»In welchen Körpern?«
Das war nicht Toby. Nicht Toby stellte diese Frage.
Lächerlich. Natürlich war es Toby. Wer sonst?
Jemand sprach *durch* Toby.
Ein verrückter, unheimlicher Gedanke. *Durch* Toby?
Nichtsdestoweniger sah Jack, als er dort auf dem Friedhof kniete und seinem Sohn in die Augen sah, nicht mehr die Leere eines Spiegels, wenngleich er in der doppelten Reflexion sein eigenes erschrecktes Gesicht ausmachte. Er sah auch nicht die Unschuld eines Kindes, sah gar keine vertraute Eigenschaft mehr. Er nahm eine andere Gegenwart wahr — oder bildete es sich zumindest ein —, etwas, das zugleich weniger als auch mehr als ein Mensch war, eine seltsame, unbegreifliche Präsenz, die ihn aus Toby ansah.
»In welchen Körpern?«
Jack konnte nicht schlucken. Die Zunge klebte an seinem Gaumen. Er produzierte keinen Speichel mehr. Ihm war kälter, als es sich eigentlich durch den Wintertag erklären ließ. Ganz plötzlich war ihm viel kälter. Es ging über bloßes Frieren hinaus.
Er hatte so etwas noch nie empfunden. Ein zynischer Teil von ihm wollte ihm einreden, er benähme sich lächerlich, hysterisch, ließe sich von einem primitiven Aberglauben überwältigen — und das alles, weil er nicht die Vorstellung verkraftete, daß Toby eine psychotische Episode erlebte und in ein geistiges Chaos stürzte. Andererseits war es genau die primitive Natur dieser Wahrnehmung, die ihn überzeugte, daß eine andere Prä-

senz Tobys Körper mit seinem Sohn teilte: Er *spürte* etwas auf einer grundlegenden Ebene, tiefer, als er je zuvor gespürt hatte; es war ein verläßlicheres Wissen, als sein Intellekt es ihm hätte vermitteln können, als habe er den Geruch der Pheromone eines Feindes aufgenommen; seine Haut prickelte vor den Vibrationen einer unmenschlichen Aura.

Sein Magen verkrampfte sich vor Furcht. Schweiß brach auf seiner Stirn aus, und auf seinem Nacken bildete sich eine Gänsehaut.

Er wollte aufspringen, Toby hochnehmen und mit ihm den Hügel zum Haus hinablaufen, um ihn aus dem Einfluß der Wesenheit zu bringen, die ihn in ihren Bann geschlagen hatte. Ein Gespenst, ein Dämon, der Geist eines alten Indianers? Nein, lächerlich. Aber irgend etwas war es, verdammt. Irgend etwas. Er zögerte, zum Teil, weil er von dem wie versteinert war, das er in den Augen des Jungen zu sehen glaubte, zum Teil, weil er befürchtete, daß er dem Jungen irgendwie Schaden zufügen, ihn vielleicht geistig schädigen würde, wenn er die Verbindung zwischen Toby und dem, was auch immer in ihm steckte, gewaltsam unterbrach.

Was keinen Sinn ergab, nicht den geringsten. Aber andererseits ergab *nichts* davon Sinn. Eine träumerische Eigenschaft charakterisierte den Augenblick und den Ort.

Es war Tobys Stimme, ja, aber nicht sein übliches Sprachmuster: »*In welchen Körpern sind sie in den Himmel gekommen?*«

Jack entschloß sich, die Frage zu beantworten. Während er Tobys leeren Handschuh in der Hand hielt, stieg das schreckliche Gefühl in ihm empor, daß er mitspielen mußte oder einen Sohn bekommen würde, der so schlaff und hohl wie der Handschuh war, die entleerte Hülle eines Jungen, ein Äußeres ohne Inhalt. Diese geliebten Augen würden dann auf ewig leer bleiben.

Und wie verrückt war das? Seine Gedanken rasten. Jack hatte das Gefühl, am Rand eines Abgrunds zu schweben, er drohte jeden Augenblick das Gleichgewicht zu verlieren. Vielleicht erlitt *er* den Zusammenbruch.

»S-Sie brauchen keine Körper, Skipper«, sagte er. »Das weißt du doch. Im Himmel hat niemand Verwendung für einen Körper.«

»Sie sind Körper«, sagte das Toby-Ding rätselhaft. »Ihre Körper sind.«

»Nicht mehr. Sie sind jetzt Geister.«

»Verstehe nicht.«

»Sicher verstehst du. Seelen. Ihre Seelen sind in den Himmel gefahren.«

»Körper sind.«

»Sind jetzt bei Gott im Himmel.«

Toby sah durch ihn hindurch. Doch tief in Tobys Augen bewegte sich etwas, wie ein sich zusammenrollender Rauchfaden. Jack hatte das Gefühl, daß etwas ihn eindringlich musterte.

»Körper sind. Puppen sind. Was noch?«

Jack wußte nicht, was er darauf antworten sollte.

Die Brise, die über die Flanke des abschüssigen Hofs wehte, war so kalt, als wäre sie auf dem Weg hierher über einen Gletscher geglitten.

Das Toby-Ding wandte sich wieder der ersten Frage zu, die es gestellt hatte. »Was machen sie da unten?«

Jack sah zu den Gräbern, dann in die Augen des Jungen und entschloß sich, offen und ehrlich zu sein. Er sprach in Wirklichkeit nicht mit einem kleinen Jungen, also konnte er auf Euphemismen verzichten. Oder war er verrückt und bildete er sich das ganze Gespräch wie auch die unmenschliche Präsenz nur ein? So oder so, es spielte keine Rolle, was er sagte. »Sie sind tot.«

»Was ist tot?«

»Sie sind es. Diese vier Leute, die hier begraben liegen.«

»Was *ist* tot?«

»Leblos.«

»Was ist leblos?«

»Ohne Leben.«

»Was ist Leben?«

»Der Gegensatz von Tod.«

»Was ist Tod?«

»Leer, hohl, vermodert«, sagte Jack verzweifelt.
»Leichen verfaulen.«
»Nicht auf ewig.«
»Leichen vermodern.«
»Nichts währt ewig.«
»Alles währt ewig.«
»Nichts.«
»Alles wird.«
»Wird zu was?« fragte Jack. Er war nun nicht mehr imstande, Antworten zu geben, er war selbst voller Fragen.
»Alles wird«, wiederholte das Toby-Ding.
»Wird zu was?«
»Zu mir. Alles wird zu mir.«

Jack fragte sich, womit, zum Teufel, er sprach und ob die Worte für diese Wesenheit mehr Sinn ergaben als für ihn. Er bezweifelte allmählich, daß er selbst überhaupt wach war. Vielleicht hielt er gerade ein Mittagsschläfchen. Wenn er nicht verrückt war, schlief er vielleicht. Er schnarchte im Sessel im Arbeitszimmer vor sich hin, mit einem Buch auf dem Schoß.

Vielleicht war Heather niemals zu ihm gekommen, um ihm zu sagen, daß Toby auf dem Friedhof war, und in diesem Fall mußte er nur aufwachen.

Der Wind fühlte sich allerdings wirklich an. Nicht wie ein Traumwind. Kalt und stechend. Und er war so kräftig geworden, daß er nun eine Stimme hatte. Er flüsterte im Gras, rauschte in den Bäumen am Waldrand und raschelte leise.

»In der Schwebe«, sagte das Toby-Ding.
»Was?«
»Anderer Schlaf.«
Jack sah zu den Gräbern. »Nein.«
»Sie warten.«
»Nein.«
»Puppen warten.«
»Nein. Tot.«
»Sag mir ihr Geheimnis.«
»Tot.«
»Das Geheimnis.«

»Sie sind einfach tot.«

»Sag es mir.«

»Da gibt es nichts zu sagen.«

Der Gesichtsausdruck des Jungen war noch immer ruhig, doch die Haut hatte sich gerötet. Die Arterien pochten deutlich sichtbar in seinen Schläfen, als wäre sein Blutdruck gerade gewaltig in die Höhe geschossen.

»*Sag es mir!*«

Jack zitterte unbeherrscht, und die rätselhafte Natur ihres Wortwechsels jagte ihm immer mehr Angst ein. Er befürchtete, daß er die Situation noch weniger durchschaute, als er vermutete, und seine Unwissenheit ihn vielleicht dazu brachte, das Falsche zu sagen und Toby in noch größere Gefahr zu bringen, als er sowieso schon ausgesetzt war.

»*Sag es mir!*«

Überwältigt vor Furcht, Verwirrung und Frustration, packte Jack seinen Sohn an den Schultern und starrte in seine fremden Augen. »Wer bist du?«

Keine Antwort.

»Was ist mit meinem Toby passiert?«

Nach einem langen Schweigen: »Was ist los, Dad?«

Jacks Kopfhaut prickelte. Von diesem Ding, diesem verhaßten Eindringling, »Dad« genannt zu werden, war die bislang schwerste Beleidigung.

»Dad?«

»Hör auf damit.«

»Daddy, was ist los?«

Aber das war nicht Toby. Auf keinen Fall. Die Stimme hatte noch immer nicht die natürliche Betonung, das Gesicht war schlaff, und die Augen waren auch nicht richtig.

»Dad, was machst du?«

Das Ding, das von Toby Besitz ergriffen hatte, hatte anscheinend nicht erkannt, daß seine Maskerade durchschaut worden war.

Bis jetzt hatte es angenommen, Jack glaubte, mit seinem Sohn zu sprechen. Der Parasit versuchte, seine Vorstellung zu verbessern.

»Dad, was habe ich getan? Bist du böse auf mich? Ich habe doch nichts gemacht, Dad, wirklich nicht.«

»Was bist du?« fragte Jack.

Tränen flossen aus den Augen des Jungen. Doch hinter diesen Tränen steckte das nebulöse *Etwas*, ein arroganter Puppenspieler, der zuversichtlich war, ihn täuschen zu können.

»Wo ist Toby? Du Dreckskerl, was auch immer du bist, gib ihn mir zurück.«

Die Haare fielen Jack über seine Augen. Schweiß glänzte auf seinem Gesicht. Wäre in diesem Moment jemand vorbeigekommen, hätte seine extreme Furcht wie Wahnsinn gewirkt. Vielleicht war sie das auch. Entweder sprach er mit einem feindseligen Geist, der die Herrschaft über seinen Sohn ergriffen hatte, oder er war wahnsinnig. Was war wahrscheinlicher?

»Gib ihn mir — ich will ihn zurückhaben!«

»Dad, du machst mir angst«, sagte das Toby-Ding und versuchte, sich von ihm loszureißen.

»Du bist nicht mein Sohn!«

»Dad, bitte!«

»Hör auf damit! Mach mir nichts vor — du legst mich nicht rein, um Gottes willen!«

Das Ding wand sich los, drehte sich um, stolperte zu Tommys Grabstein und lehnte sich gegen den Granit.

Die Kraft, mit der der Junge sich losgerissen hatte, riß Jack zu Boden. »Laß ihn gehen!« sagte er scharf.

Der Junge schrie auf, machte einen Satz, als hätte er sich erschreckt, und fuhr zu Jack herum. »Dad! Was machst du da!« Er klang wieder wie Toby. »Puh, hast du mich erschreckt! Was schleichst du da auf einem Friedhof rum? Mann, das ist gar nicht lustig!« Sie waren ein Stück weiter voneinander entfernt als gerade eben noch, doch Jack war der Ansicht, daß die Augen des Kindes nicht mehr seltsam wirkten; Toby schien wieder er selbst zu sein. »Heiliger Strohsack, du kriechst auf Händen und Knien auf einem Friedhof rum!«

Ja, der Junge war wieder Toby. Das Ding, das ihn beherrscht hatte, was als Schauspieler nicht gut genug, um so überzeugend zu wirken.

289

Oder vielleicht war er immer Toby gewesen. Jack mußte wieder der entnervenden Möglichkeit von Täuschung und Wahnsinn ins Auge sehen.

»Bist du in Ordnung?« fragte er, erhob sich wieder auf die Knie und wischte seine Handflächen an den Jeans ab.

»Hätte mir fast in die Hose gepupst«, sagte Toby und kicherte.

Was für ein wunderschönes Geräusch. Dieses Kichern. Süße Musik.

Jack legte die Hände auf die Schenkel, drückte sie fest zusammen und versuchte, sein Zittern zu unterbinden. »Was hast du...« Seine Stimme zitterte. Er räusperte sich. »Was hast du hier oben gemacht?«

Der Junge zeigte auf den Frisbee auf dem toten Gras. »Der Wind hat das UFO hier rausgeweht.«

Jack blieb auf den Knien. »Komm her«, sagte er.

Toby hatte eindeutig seine Zweifel. »Warum?«

»Komm her, Skipper, komm einfach her.«

»Willst du mir in den Hals beißen?«

»Was?«

»Du willst so tun, als wolltest du mir in den Hals beißen oder machst irgendeinen Blödsinn, um mir wieder Angst einzujagen, willst mich erschrecken oder so.«

Offensichtlich erinnerte der Junge sich nicht an das Gespräch, das sie während seiner... Besessenheit geführt hatten. Er war sich erst Jacks Anwesenheit auf dem Friedhof bewußt geworden, als er sich erschrocken von dem Grabstein umgedreht hatte.

Jack streckte die Arme aus. »Nein«, sagte er, »ich mache nichts dergleichen. Komm einfach her.«

Skeptisch und vorsichtig, das verwirrte Gesicht von der Kapuze des roten Skianzugs eingerahmt, kam Toby zu ihm.

Jack ergriff den Jungen an den Schultern und sah ihm in die Augen. Blaugrau. Klar. Keine Rauchspirale darunter.

»Was ist los?« fragte Toby stirnrunzelnd.

»Nichts. Alles in Ordnung.«

Impulsiv zog er den Jungen zu sich heran und umarmte ihn.

»Dad?«

»Du erinnerst dich nicht daran, oder?«

»Woran?«

»Gut.«

»Dein Herz hämmert richtig laut«, sagte Toby.

»Schon gut, ich bin in Ordnung, alles ist in Ordnung.«

»Du hast *mir* doch einen Schrecken eingejagt. Junge, das zahle ich dir heim.«

Jack ließ seinen Sohn los und rappelte sich auf. Der Schweiß auf seinem Gesicht fühlte sich wie eine Maske aus Eis an. Er strich mit den Fingern sein Haar zurück, fuhr mit beiden Händen über sein Gesicht und trocknete die Handflächen an den Jeans. »Gehen wir ins Haus und trinken einen Kakao.«

Toby hob den Frisbee auf. »Können wir vorher nicht noch was spielen, wir beide? Mit dem Frisbee kann man besser zu zweit spielen.«

Frisbeewerfen, heißer Kakao. Die Normalität war nicht nur einfach zurückgekehrt; sie war wie ein Tonnengewicht über ihnen zusammengebrochen. Jack bezweifelte, jemanden davon überzeugen zu können, daß er und Toby sich noch vor so kurzer Zeit im schlammigen Fluß des Übersinnlichen befunden hatten. Seine Furcht und seine Wahrnehmung unheimlicher Mächte waren so schnell verblichen, daß er sich nicht einmal mehr deutlich an die Kraft erinnern konnte, die er wahrgenommen hatte. Ein harter grauer Himmel, aus dem sämtliche blaue Fetzen hinter den Horizont verschwunden waren, Bäume, die im kalten Wind zitterten, braunes Gras, samtene Schatten, Frisbeewerfen, heiße Schokolade: Die ganze Welt wartete auf die ersten Schneeflocken des Winters, und nichts an diesem Novembertag gemahnte an die Möglichkeit, daß es Geister gab, entkörperte Wesenheiten, Besessenheit oder irgendein anderes übernatürliches Phänomen.

»Spielen wir noch etwas, Dad?« fragte Toby und schwang den Frisbee.

»Na schön, noch ein paar Minuten. Aber nicht hier. Nicht auf diesem...«

Es hätte so dumm geklungen, *nicht auf diesem Friedhof* zu

sagen. Da hätte er gleich wieder den Affen machen und eine dieser Überblendungen aus den alten Filmen nachspielen können: »*Beine, laßt mich nicht jetzt im Stich!*«

»Nicht so nah am Wald«, sagte er statt dessen. »Vielleicht gehen wir lieber zu den Ställen runter.«

Toby hob die Hand mit dem UFO-Frisbee, lief zwischen den torlosen Pfosten hindurch und vom Friedhof. »Der Letzte ist ein Esel!«

Jack lief seinem Sohn nicht nach.

Er zog die Schultern gegen den kalten Wind ein, stieß die Hände in die Anoraktaschen und betrachtete die vier Gräber. Erneut fiel ihm auf, daß lediglich Quartermass' Grabstätte flach und grasbedeckt war. Monströse Gedanken stiegen in ihm empor. Szenen aus alten Filmen mit Boris Karloff. Grabräuber und Ghoule. Entweihung. Satanische Rituale bei Mondschein auf dem Friedhof. Selbst in Anbetracht des Erlebnisses, das er gerade mit Toby gehabt hatte, kamen ihm seine dunkelsten Gedanken zu phantastisch vor, um eine Erklärung zu bieten, warum nur eins der vier Gräber unberührt zu sein schien. Doch er redete sich ein, daß die Erklärung, wenn er sie dann erfuhr, völlig logisch und nicht im geringsten unheimlich sein würde.

Bruchstücke des Gesprächs, das er mit Toby geführt hatte, hallten verkürzt in seiner Erinnerung:

Was machen sie da unten? Was ist tot? Was ist Leben?
Nichts währt ewig.
Alles währt ewig.
Nichts.
Alles wird.
Wird zu was?
Zu mir. Alles wird zu mir.

Jack spürte, daß er genug Stücke hatte, um zumindest einen Teil des Puzzles zusammenzusetzen. Er verstand nur nicht, wie sie zusammenpaßten. Oder wollte er es nicht verstehen? Vielleicht weigerte er sich, sie zusammenzusetzen, weil sogar die wenigen Stücke, die ihm zur Verfügung standen, eine Alptraumfratze enthüllen würden, der man besser nicht begegnete.

Er wollte es wissen oder glaubte es zumindest, doch sein Unterbewußtsein überstimmte ihn.

Als er den Blick von der übel zugerichteten Erde zu den drei Grabsteinen hob, erregte ein flatternder Gegenstand auf Tommys Grabstein seine Aufmerksamkeit. Er klemmte in einem schmalen Spalt zwischen dem horizontalen Sockel und dem vertikalen Stein selbst: eine schwarze Feder, sieben, acht Zentimeter lang, die sich im Wind bewegte.

Jack legte den Kopf zurück und blinzelte unbehaglich in das winterliche Gewölbe direkt über ihm. Die Wolken hingen tief. Grau und tot. Wie Asche. Ein Krematoriumshimmel. Doch abgesehen von den Wolkenmassen bewegte sich nichts dabei.

Ein schwerer Sturm zog auf.

Er wandte sich der einzigen Öffnung in der niedrigen Steinmauer zu, ging zu den Pfosten und sah zu den Ställen hinab.

Toby hatte das lange, rechteckige Gebäude fast erreicht. Er kam schlitternd zum Stehen, sah zu seinem saumseligen Vater zurück und winkte. Er warf den Frisbee hoch in die Luft.

Die Scheibe hob sich auf ihrer Kante hoch in den Himmel, schwenkte dann nach Süden und wurde von einer Luftströmung erfaßt. Wie ein Raumschiff aus einer anderen Welt wirbelte sie durch den düsteren Himmel.

Viel höher, als der Frisbee je aufsteigen würde, kreiste unter den tiefhängenden Wolken ein einsamer Vogel über dem Jungen, wie ein Falke, der nach möglicher Beute Ausschau hielt, obwohl es sich eher um eine Krähe als um einen Falken zu handeln schien. Er kreiste und kreiste. Ein Puzzlestück in Gestalt einer schwarzen Krähe. Sie glitt auf thermischen Winden dahin. Stumm wie ein Pirschjäger in einem Traum, geduldig und geheimnisvoll.

ACHTZEHNTES
KAPITEL

Nachdem Heather ihren Mann gebeten hatte, nachzusehen, was Toby auf dem Friedhof machte, kehrte sie in das Gästezimmer zurück, in dem sie ihre Computer aufgebaut hatte. Sie schaute aus dem Fenster und sah, daß Jack den Hügel zum Friedhof erklomm. Er blieb eine Minute lang neben dem Jungen stehen und kniete dann nieder. Aus der Ferne schien alles in Ordnung zu sein; nichts deutete auf Probleme hin.

Offensichtlich hatte sie sich grundlos Sorgen gemacht. Wie sie es in letzter Zeit so häufig tat.

Sie nahm auf ihrem Bürostuhl Platz, seufzte über ihre übermäßige mütterliche Besorgnis und konzentrierte sich auf ihre Computer. Sie überprüfte die Festplatten der Geräte, nahm ein paar Tests vor und vergewisserte sich, daß alle Programme an Ort und Stelle waren und während des Transports nichts beschädigt worden war.

Später wurde sie durstig, und bevor sie in die Küche ging, um sich eine Pepsi zu holen, trat sie ans Fenster, um nach Jack und Toby zu sehen. Sie befanden sich jetzt fast außerhalb ihres Blickfelds, bei den Ställen, und warfen sich gegenseitig den Frisbee zu.

Dem bewölkten Himmel und der Kälte zufolge, die das Fenster ausstrahlte, als Heather es berührte, würde es bald zu schneien anfangen. Sie konnte es kaum abwarten.

Vielleicht würde der Wetterwechsel auch eine Veränderung ihrer Stimmung herbeiführen und ihr helfen, die Stadtnervosität abzuschütteln, die ihr noch immer zu schaffen machte. Es dürfte gar nicht so einfach werden, sich an diese alten, paranoiagetränkten Ansichten über das Stadtleben in Los Angeles zu klammern, wenn sie sich in einer weißen Wunderwelt befand, die funkelte und jungfräulich war wie eine Szene auf einer Weihnachtskarte.

Als sie in der Küche eine Dose Pepsi öffnete und den Inhalt in ein Glas goß, hörte sie ein lautes Motorengeräusch. Da sie dachte, Paul Youngblood würde ihnen einen unerwarteten Besuch abstatten, nahm sie die Plastiktüte vom Kühlschrank und legte sie auf den Küchentisch, damit sie nicht vergaß, sie ihm zu geben, wenn er wieder nach Hause fuhr.

Als sie in die Diele gegangen war, die Tür geöffnet hatte und auf die Veranda getreten war, hielt das Fahrzeug vor den Garagentüren an. Es war nicht Pauls weißer Bronco, sondern ein ähnlicher, metallic-blauer Wagen, so groß wie der Bronco, größer als ihr Explorer, aber doch ein anderes Modell, das sie nicht kannte.

Sie fragte sich, ob in dieser Gegend überhaupt jemand ein normales Auto fuhr. Aber sie hatte in der Stadt und vor dem Supermarkt natürlich jede Menge ›normale‹ Wagen gesehen. Doch selbst dort waren Lieferwagen und Jeeps mit Allradantrieb gegenüber gewöhnlichen Personenwagen weit in der Überzahl gewesen.

Sie ging die Treppe hinab und über den Hof, um den Besucher zu begrüßen, und wünschte sich, sie hätte eine Jacke angezogen. Die bitterkalte Luft drang sogar durch ihr dickes Flanellhemd.

Der Mann, der aus dem Wagen stieg, war etwa dreißig Jahre alt, hatte einen widerspenstigen braunen Haarschopf, schroffe Gesichtszüge und hellbraune Augen, die freundlicher waren als sein zerklüftetes Äußeres. Er schlug die Wagentür hinter sich zu und lächelte. »Guten Tag«, sagte er. »Sie müssen Mrs. McGarvey sein.«

»Das stimmt«, sagte sie und schüttelte die Hand, die er ihr hinhielt.

»Travis Potter. Freut mich, Sie kennenzulernen. Ich bin der Tierarzt von Eagle's Roost. Einer der Tierärzte. Man könnte ans Ende der Welt fahren, und die Konkurrenz wäre schon da.«

Auf der Ladefläche des Kombis stand ein großer Golden Retriever. Er wedelte ununterbrochen mit dem buschigen Schwanz und grinste sie durch das Seitenfenster an.

Als Potter sah, daß Heather zu dem Tier hinüberschaute, sagte er: »Ein Prachtkerl, was?«

»Das sind wunderbare Hunde. Ist er reinrassig?«

»So reinrassig, wie er nur sein kann.«

Jack und Toby kamen um die Ecke des Hauses. Weiße Atemwolken standen vor ihren Mündern; sie waren anscheinend vom Hügel neben den Ställen, wo sie gespielt hatten, hierhergelaufen. Heather stellte die beiden dem Tierarzt vor. Jack ließ den Frisbee fallen und gab ihm die Hand. Doch Toby war so begeistert vom Anblick des Hundes, daß er seine Manieren vergaß, direkt zu dem Kombi lief und den einzigen Insassen verzückt durch die Scheibe betrachtete.

»Dr. Potter....«, sagte Heather zitternd.

»Sagen Sie bitte Travis.«

»Travis, trinken Sie eine Tasse Kaffee mit uns?«

»Ja, kommen Sie rein und bleiben Sie ein Weilchen«, sagte Jack, als habe er schon immer auf dem Land gelebt und kenne die Gepflogenheiten in Montana genau. »Bleiben Sie doch zum Abendessen.«

»Tut mir leid, das geht nicht«, sagte Travis. »Aber vielen Dank für die Einladung. Ich komme später gern darauf zurück, wenn Sie nichts dagegen haben. Jetzt muß ich dringend ein paar Hausbesuche machen — ein paar kranke Pferde, um die ich mich kümmern muß, eine Kuh mit einem entzündeten Huf. Bei dem bevorstehenden Sturm will ich so schnell wie möglich wieder zu Hause sein.« Er sah auf seine Uhr. »Fast schon vier.«

»Fünfundzwanzig Zentimeter Schnee, haben wir gehört.«

»Da kennen Sie die neuesten Nachrichten noch nicht. Der erste Sturm ist stärker geworden, und der zweite ist nicht mehr einen Tag hinter ihm, sondern nur noch ein paar Stunden. Insgesamt werden wohl sechzig Zentimeter fallen.«

Heather war froh, daß sie heute morgen einkaufen gefahren waren und ihre Vorräte aufgefüllt hatten.

»Aber wie dem auch sei«, sagte Travis und zeigte auf den Hund, »wegen diesem Burschen bin ich vorbeigekommen.« Er folgte Toby zu dem Kombi.

Jack legte einen Arm um Heather, um sie zu wärmen, und sie traten hinter den Jungen.

Travis legte zwei Finger auf die Scheibe, und der Hund leckte begeistert die andere Seite des Glases, winselte und wedelte noch heftiger als zuvor mit dem Schwanz. »Ein gutmütiger Bursche. Nicht wahr, Falstaff? Er heißt Falstaff.«

»Wirklich?« sagte Heather.

»Nicht unbedingt ein passender Name, was? Aber er ist zwei Jahr alt und hat sich daran gewöhnt. Paul Youngblood hat mir gesagt, daß Sie genau so ein Tier wie Falstaff suchen.«

Toby schnappte nach Luft und sah Travis an.

»Wenn du deinen Mund so weit aufreißt«, warnte Travis ihn, »wird irgendein Tier reinfliegen und sich ein Nest bauen.« Er lächelte Heather und Jack zu. »So was in der Art hatten Sie doch im Sinn?«

»Ganz genau so was«, sagte Jack.

»Aber wir wollten eigentlich einen Welpen haben...«, sagte Heather.

»Mit Falstaff haben Sie alle Vorzüge eines guten Hundes und müssen sich nicht mit den Kinderkrankheiten herumschlagen. Er ist zwei Jahre alt, ausgewachsen, stubenrein und gut erzogen. Wird nicht auf den Teppich machen oder die Möbel zernagen. Aber er ist noch immer ein junger Hund und hat noch viele Jahre vor sich. Sind Sie interessiert?«

Toby schaute besorgt auf, als wäre es unvorstellbar, daß ihm so etwas Gutes widerfahren könne, ohne daß seine Eltern Einwände erheben könnten oder der Erdboden sich unter ihm auftun und ihn lebendig verschlucken würde.

Heather sah Jack an, und der sagte: »Warum nicht?«

Dann sah sie Travis an und sagte: »Warum nicht?«

»*Ja!*« Toby machte aus dem Wort einen Ausdruck explosiver Freude.

Sie gingen zum Heck des Wagens, und Travis öffnete die Ladeklappe.

Falstaff sprang hinaus, schnüffelte augenblicklich aufgeregt an ihren Füßen, umkreiste sie zuerst in der einen und dann der anderen Richtung, schlug mit dem Schwanz gegen ihre Beine und leckte überglücklich ihre Hände, als sie ihn streicheln wollten. Er schien nur aus Fell und warmer Zunge und kalter Nase und herzerweichenden braunen Augen zu bestehen. Nachdem er sich beruhigt hatte, nahm er vor Toby Platz und hielt ihm seine Pfote hin.

»Er gibt sogar Pfötchen!« jubelte der Junge, ergriff die Pfote und schüttelte sie heftig.

»Er hat jede Menge Tricks drauf«, sagte Travis.

»Woher kommt er?« fragte Jack.

»Von einem Ehepaar hier aus der Stadt, Leona und Harry Seaquist. Sie hatten ihr ganzes leben lang Golden Retriever. Falstaff hier war ihr letztes Tier.«

»Er ist viel zu schön, als daß man ihn einfach weggeben würde.«

Travis nickte. »Ein trauriger Fall. Vor einem Jahr bekam Leona Krebs und war nach drei Monaten tot. Und vor ein paar Wochen hatte Harry einen Schlaganfall. Sein linker Arm blieb gelähmt, er kann nur noch undeutlich sprechen, und sein Gedächtnis hat stark nachgelassen. Er mußte nach Denver ziehen und wohnt jetzt bei seinem Sohn, aber sie wollten keine Hunde haben. Harry hat wie ein Baby geweint, als er sich von Falstaff verabschieden mußte. Ich habe ihm versprochen, daß ich ein gutes Zuhause für den Burschen finde.«

Toby kniete nieder und schlang die Arme um den Hals des Retrievers, und das Tier leckte ihm das Gesicht. »Wir geben ihm das beste Zuhause, das ein Hund je gehabt hat, nicht wahr, Mom, nicht wahr, Dad?«

»Wie nett von Paul Youngblood«, sagte Heather zu Travis, »Sie wegen uns anzurufen.«

»Tja, er hat mitbekommen, daß Ihr Junge einen Hund haben möchte. Und das hier ist nicht die große Stadt, wo jeder nur dem Geld hinterherhetzt. Wir haben hier jede Menge Zeit, um uns in anderer Leute Angelegenheiten zu mischen.« Er hatte ein breites, einnehmendes Lächeln.

Die kühle Brise war während ihres Gesprächs kälter geworden. Plötzlich frischte sie zu einem pfeifenden Wind auf, der das braune Gras peitschte, Heathers Haar in ihr Gesicht wehte und eisige Nadeln in ihre Haut trieb.

»Travis«, sagte sie und gab ihm erneut die Hand, »wann *können* Sie denn mal zum Abendessen kommen?«

»Na ja, vielleicht nächste Woche Sonntag.«

»Also Sonntag in einer Woche«, sagte sie. »Sechs Uhr.« Zu Toby gewandt, fuhr sie fort: »Komm, Kleiner, gehen wir ins Haus.«

»Ich will mit Falstaff spielen.«

»Du kannst ihn im Haus kennenlernen«, beharrte sie. »Hier draußen ist es zu kalt.«

»Er hat doch ein Fell«, protestierte Toby.

»Um *dich* mache ich mir Sorgen, du Dummerchen. Dir erfriert die Nase, und dann ist sie so schwarz wie die von Falstaff.«

Der Hund trottete zwischen Heather und Toby einher, doch auf halbem Weg zum Haus blieb er stehen und drehte sich zu Travis Potter um. Der Tierarzt winkte mit einer Hand, und das schien für Falstaff die erwartete Erlaubnis zu sein. Er begleitete sie die Stufen hinauf und in die warme Diele.

Travis Potter hatte einen Fünfzig-Pfund-Sack Trockenfutter mitgebracht. Er hob ihn aus dem Range Rover und lehnte ihn gegen das Hinterrad. »Ich nehme an, Sie haben kein Hundefutter da, nur für den Fall, daß zufällig jemand mit einem Golden Retriever vorbeikommt.« Er erklärte Jack, was und wie viel ein Hund von Falstaffs Größe zu fressen bekam.

»Was sind wir Ihnen schuldig?« fragte Jack.

»Nichts. Er hat mich auch nichts gekostet. Ich tue nur dem armen Harry einen Gefallen.«

»Das ist nett von Ihnen. Danke. Aber was ist mit dem Hundefutter?«

»Zerbrechen Sie sich darüber nicht den Kopf. Falstaff wird im Lauf der Jahre seine Spritzen und Routineuntersuchungen brauchen. Wenn Sie ihn zu mir bringen, werde ich Sie schon genug schröpfen.« Grinsend schlug er die Heckklappe zu.

Sie gingen auf die andere Seite des Rovers, um etwas Schutz vor dem scharfen Wind zu haben.

»Wie ich gehört habe, hat Paul Ihnen unter vier Augen von

Eduardo und seinen Waschbären erzählt«, sagte Travis. »Er wollte Ihre Frau nicht beunruhigen.«

»Sie läßt sich nicht so schnell beunruhigen.«

»Dann haben Sie es ihr also gesagt?«

»Nein. Ich weiß selbst nicht, warum ich das unterlassen habe. Außer... wir haben viel um die Ohren gehabt, ein schweres Jahr, viele Veränderungen. Außerdem hat Paul mir nicht so viel erzählt. Nur, daß die Waschbären sich seltsam verhalten haben, bei hellichtem Tag herauskamen, im Kreis herumliefen und dann einfach tot umkippten.«

»Ich glaube nicht, daß das alles war.« Travis zögerte. Er lehnte sich gegen die Seite des Rovers, winkelte das Knie ab und zog den Kopf etwas ein, um sich vor dem Wind zu schützen. »Ich glaube, Eduardo hat mir etwas verschwiegen. Diese Waschbären haben sich seltsamer verhalten, als er es mir erzählt hat.«

»Warum sollte er Ihnen etwas verschweigen?«

»Schwer zu sagen. Er war ein schrulliger alter Mann. Vielleicht... Keine Ahnung, vielleicht hat er etwas gesehen, worüber er nicht sprechen wollte. Vielleicht hat er gedacht, ich würde ihn auslachen. Er war ziemlich stolz. Er hätte nie etwas gesagt, weshalb man ihn ausgelacht hätte.«

»Haben Sie irgendwelche Vermutungen, worum es sich dabei handeln könnte?«

»Nicht die geringste.«

Jack überragte das Autodach um Haupteslänge, und der Wind ließ sein Gesicht nicht nur taub werden, sondern schien eine Hautschicht nach der anderen abzuschälen. Er lehnte sich gegen den Wagen und beugte jetzt ebenfalls wie der Tierarzt die Knie. Die beiden Männer schauten sich nicht an, sondern ließen den Blick jeweils über das abschüssige Land im Süden hinausschweifen, während sie sich unterhielten. »Glauben Sie, wie Paul wohl auch«, sagte Jack, »daß Eduardo irgend etwas gesehen hat, das dann seinen Herzanfall auslöste? Etwas, das mit den Waschbären zu tun hat?«

»Und das ihn dazu gebracht hat, eine Schrotflinte durchzuladen, meinen Sie. Das würde ich nicht ausschließen. Gut zwei

Wochen vor seinem Tod habe ich noch mit ihm telefoniert. Ein interessantes Gespräch. Ich habe ihn angerufen, um ihm die Testergebnisse über die Waschbären mitzuteilen. Es wurde keine bekannte Krankheit entdeckt...«

»Die Gehirnschwellung.«

»Richtig. Aber keine sichtbare Ursache. Er wollte wissen, ob ich nur Proben des Gehirngewebes zur Untersuchung eingeschickt oder eine volle Autopsie vorgenommen hatte.«

»Eine Autopsie des Gehirns?«

»Ja. Er hat mich gefragt, ob ich ihre Gehirne geöffnet habe. Eduardo schien damit zu rechnen, daß ich in diesem Fall außer der Schwellung noch etwas anderes gefunden hätte. Aber dem war nicht so. Dann hat er mich nach den Wirbelsäulen der Tiere gefragt, als wäre daran irgend etwas befestigt.«

»Befestigt?«

»Das klingt noch seltsamer, was? Er hat mich gefragt, ob ich ihr gesamtes Rückgrat untersucht und daran etwas gefunden hätte. Als ich ihn fragte, was er meinte, sagte er, es sähe vielleicht wie ein Tumor aus.«

»›Sähe aus.‹«

Der Tierarzt wandte den Kopf nach rechts, um Jack in die Augen zu sehen, doch der betrachtete weiterhin die Landschaft Montanas. »Genauso hat er es gesagt. Eine komische Ausdrucksweise, was? Kein Tumor. Sieht vielleicht wie einer aus, ist aber kein richtiger Tumor.« Travis schaute wieder auf die Wiese hinaus. »Ich habe ihn gefragt, ob er mir etwas verschweige, aber er hat mir versichert, er hätte mir alles gesagt. Ich habe ihn gebeten, mich sofort anzurufen, wenn er noch einmal beobachtet, daß sich irgendein Tier – Eichhörnchen, Kaninchen, was auch immer – so seltsam wie diese Waschbären benimmt, aber das hat er nicht getan. Keine drei Wochen später war er tot.«

»Sie haben ihn gefunden.«

»Er ging nicht ans Telefon. Ich bin zu ihm gefahren, um nach ihm zu sehen. Da lag er, auf der Schwelle, und hielt die Schrotflinte noch umklammert.«

»Er hatte nicht damit geschossen.«

»Nein. Der Herzanfall hat ihn getötet.«

Der Wind fuhr durch die Wiese, und das lange Gras kräuselte sich in braunen Wellen. Die Wiese erinnerte an eine unruhige, schmutzige See.

Jack überlegte, ob er Travis erzählen sollte, was vor kurzem auf dem Friedhof passiert war. Aber es war schwierig, diese Erfahrung zu beschreiben. Er konnte die bloßen Ereignisse umreißen und den bizarren Wortwechsel zwischen ihm und dem Toby-Ding wiedergeben. Aber ihm fehlten die Worte — vielleicht gab es gar keine dafür —, die angemessen beschreiben könnten, was er *gefühlt* hatte, und diese Gefühle waren der Kern dieses verstörenden Erlebnisses. Er könnte nicht einmal einen Bruchteil der im wesentlichen übersinnlichen Natur der Begegnung klarmachen.

»Irgendwelche Theorien?« fragte Jack, um sich Zeit zu verschaffen.

»Ich vermute, daß vielleicht eine toxische Substanz damit zu tun hat. Ja, ich weiß, in dieser Gegend wird Industriemüll nicht gerade zuhauf abgekippt. Aber es gibt auch natürliche Gifte, die bei wilden Tieren Dementia auslösen können, und die Tiere benehmen sich dann fast so seltsam wie Menschen. Wie ist es mit Ihnen? Haben Sie irgend etwas Unheimliches gesehen, seit Sie hier sind?«

»Ja, allerdings.« Jack war erleichtert, daß sie beide den Kopf so gegen den Wind hingezogen hatten, daß er dem Blick des Tierarztes ausweichen konnte, ohne dessen Argwohn zu erregen. Er erzählte Travis von der Krähe, die an diesem Morgen erst auf der Fensterbank gehockt und später über ihm und Toby gekreist hatte, während sie mit dem Frisbee gespielt hatten.

»Seltsam«, sagte Travis. »Das könnte durchaus damit zusammenhängen. Andererseits ist dieses Verhalten nicht unbedingt bizarr, nicht einmal das Hacken gegen das Glas. Krähen sind manchmal verdammt dreist. Ist sie noch hier?«

Sie stießen sich beide vom Rover ab und sahen in den Himmel. Die Krähe war verschwunden.

»Bei diesem Wind«, sagte Travis, »suchen Vögel Schutz.« Er drehte sich zu Jack um. »Sonst noch etwas?«

Diese Sache mit den toxischen Substanzen hielt Jack davon ab, Travis Potter etwas von dem Friedhof zu erzählen. Sie sprachen von zwei völlig verschiedenen Arten des Verderbens: Gift oder das Übernatürliche; toxische Substanzen oder Geister und Dämonen, die einem nachts eine Gänsehaut einjagten. Der Zwischenfall auf dem Friedhof war ein subjektives Erlebnis gewesen, mit dem sich rein gar nichts nachweisen ließ. Das galt um so mehr für das Verhalten der Krähe, das keinen Beweis für die Behauptung darstellte, daß auf der Quartermass-Ranch etwas unaussprechlich Seltsames vor sich ging. Jack hatte keinen Beweis dafür, daß der Zwischenfall auf dem Friedhof sich wirklich zugetragen hatte. Toby erinnerte sich nicht mehr daran und würde Jacks Geschichte nicht bestätigen können. Falls Eduardo Fernandez tatsächlich etwas Eigentümliches gesehen und es dem Tierarzt verschwiegen hatte, konnte Jack den alten Mann durchaus verstehen. Wegen der Gehirnschwellungen, die er bei der Obduktion der Waschbären gefunden hatte, war Travis Potter zwar der Vorstellung gegenüber aufgeschlossen, daß hier etwas Ungewöhnliches geschehen war, doch Andeutungen über Geister, Besessenheit und unheimliche Gespräche auf einem Friedhof mit einer Wesenheit aus dem Jenseits würde er bestimmt nicht ernst nehmen.

Sonst noch etwas? hatte Travis gefragt.

Jack schüttelte den Kopf. »Das ist alles.«

»Na ja, woran auch immer diese Waschbären gestorben sind... vielleicht ist es jetzt vorbei, und wir werden es nie erfahren. Die Natur hat jede Menge seltsame kleine Tricks in petto.«

Um dem Blick des Tierarztes auszuweichen, zog Jack den Jackenärmel zurück und sah auf seine Uhr. »Wenn Sie mit Ihrer Runde fertig sein wollen, bevor es zu schneien anfängt, habe ich Sie schon zu lange aufgehalten.«

»Konnte sowieso nicht hoffen, daß mir das gelingt«, sagte Travis. »Aber ich müßte wieder zu Hause sein, bevor die Schneeverwehungen so hoch sind, daß der Rover nicht mehr mit ihnen klarkommt.«

Sie wechselten einen Händedruck. »Vergessen Sie nicht«,

sagte Jack, »morgen in einer Woche, um sechs Uhr zum Abendessen. Und wenn Sie eine Freundin haben, bringen Sie sie mit.«

Travis grinste. »Wenn Sie meine Visage betrachten, halten Sie es für unmöglich, aber es gibt wirklich eine junge Dame, die bereit ist, sich mit mir sehen zu lassen. Sie heißt Janet.«

»Wir freuen uns, sie kennenzulernen«, sagte Jack.

Er schleppte den Fünfzig-Pfund-Sack Hundefutter vom Rover, blieb neben der Auffahrt stehen und beobachtete, wie der Tierarzt umdrehte und davonfuhr.

Travis Potter sah in den Rückspiegel und winkte.

Jack winkte ebenfalls und blickte ihm nach, bis der Rover um die Kurve und über den niedrigen Hügel direkt vor der Landstraße verschwunden war.

Der Himmel war von einem tieferen Grau als um die Stunde, da der Tierarzt gekommen war. Eisen statt Asche. Grau wie ein Verlies. Die tiefhängenden Wolken und die schwarz-grüne Phalanx der Bäume kamen Jack jetzt so bedrohlich einengend vor wie Mauern aus Beton und Stein.

Vom Nordwesten blies ein bitterkalter Wind, der von Kiefernduft und dem schwachen Ozongeruch von hohen Bergpässen versüßt wurde. Dieser stürmische Luftstrom erzeugte ein leises, klagendes Geräusch in den Ästen der Nadelbäume; die Wiesen verschworen sich mit ihm und gaben ein flüsterndes Pfeifen von sich; und die Dachrinnen des Hauses fielen ebenfalls in diesen schaurigen Chor ein und gaben leise, heulende Geräusche von sich, die wie die schwachen Klageschreie sterbender Eulen klangen, die mit gebrochenen Schwingen in der Dunkelheit auf den gleichgültigen Wiesen lagen.

Die Landschaft war selbst in der Schwermut des aufziehenden Sturms wunderschön, und vielleicht war sie so friedlich und ruhig, wie er sie wahrgenommen hatte, als sie von Utah hierhergefahren waren. In diesem Augenblick schien Jack jedoch kein einziges der üblichen Adjektive aus den Reiseführern zutreffend zu sein. Nur ein Wort war jetzt angemessen: *einsam.* Es war der einsamste Ort, den Jack McGarvey je gesehen hatte, auf Kilometer hinweg unbewohnt, weit entfernt von jedweden Nachbarn oder menschlichen Ansiedlungen.

Er lud den Sack Hundefutter auf seine Schulter.

Der schwere Sturm zog auf. Jack ging ins Haus.

Er schloß die Haustür hinter sich ab.

Er hörte Gelächter in der Küche und ging hinein. Falstaff saß auf den Hinterläufen, hatte die Vorderpfoten angehoben und sah sehnsüchtig zu einem Stück Wurst hoch, das Toby ihm hinhielt.

»Dad, sieh doch, er macht Männchen.«

Der Retriever leckte sich das Maul.

Toby ließ die Wurst fallen.

Der Hund schnappte sie noch in der Luft, verschlang sie und bettelte um mehr.

»Ist er nicht toll?« sagte Toby.

»Er ist toll«, pflichtete Jack ihm bei.

»Toby hat größeren Hunger als der Hund«, sagte Heather und nahm einen großen Topf aus dem Schrank. »Er hat nichts zu Mittag gegessen, nicht mal das Rosinenbrötchen, das ich ihm mitgegeben habe, als er spielen ging. Ich mache das Abendessen heute früher.«

»Prima«, sagte Jack und stellte den Beutel Hundefutter in einer Ecke ab, um ihn später in einem Schrank zu verstauen.

»Spaghetti?«

»Ausgezeichnet.«

»Wir haben einen Laib Weißbrot. Machst du den Salat?«

»Klar«, sagte Jack, als Toby dem Hund noch ein Stück Wurst gab.

Heather ließ Wasser in den Topf fließen. »Travis Potter scheint wirklich nett zu sein«, sagte sie.

»Ja, ich mag ihn auch. Nächsten Sonntag bringt er eine Freundin zum Essen mit. Sie heißt Janet.«

Heather lächelte und schien glücklicher zu sein als je zuvor, seit sie auf die Ranch gekommen waren. »Wir machen uns erste Freunde.«

»Scheint so«, sagte er.

Als er Sellerie, Tomaten und einen Kopfsalat aus dem Kühlschrank holte, stellte er erleichtert fest, daß keins der Küchenfenster einen Blick auf den Friedhof bot.

Das gedämpfte Zwielicht neigte sich der Dunkelheit zu, als Toby mit dem bellenden Hund auf den Fersen in die Küche stürmte und atemlos »Schnee!« rief. Heather sah von dem Topf mit dem sprudelnden Wasser und den garenden Spaghetti auf, drehte sich zum Fenster über dem Abfluß um und sah, wie im Halbdunkel die ersten Flocken fielen. Sie waren groß und flaumig. Der Wind hatte kurz nachgelassen, und die gewaltigen Schneeflocken senkten sich in gemächlichen Spiralen.

Toby lief zum anderen Fenster. Der Hund folgte ihm, richtete sich neben ihm auf, legte die Pfoten auf die Fensterbank und beobachtete die wundersame Verwandlung draußen.

Jack legte das Messer weg, mit dem er Tomaten schnitt, und trat ebenfalls ans Fenster. Er blieb hinter Toby stehen und legte dem Jungen die Hände auf die Schultern. »Dein erster Schnee.«

»Aber nicht mein letzter!« rief Toby begeistert.

Heather rührte die Soße in dem kleineren Topf um, damit sie nicht anbrannte, und gesellte sich dann zu ihrer Familie ans Fenster. Sie legte den rechten Arm um Jack und kraulte mit der linken Hand beiläufig Falstaffs Kopf.

Zum erstenmal seit längerer Zeit kam sie sich völlig sicher vor. Sie hatten keine finanziellen Sorgen mehr, hatten sich in kaum einer Woche in ihrem neuen Haus eingelebt, Jack hatte sich vollständig erholt, und die Gefahren der städtischen Schulen und Straßen stellten für Toby keine Bedrohung mehr dar. Endlich konnte Heather Los Angeles mit allen seinen Schattenseiten hinter sich lassen. Sie hatten einen Hund. Sie schlossen neue Freundschaften. Und Heather war zuversichtlich, daß die eigentümlichen Anfälle von Nervosität, die ihr seit der Ankunft auf der Quartermass-Ranch zu schaffen machten, nicht wiederkehren würden.

Sie hatte so lange voller Angst in der Stadt gelebt, daß diese Furcht fast schon zur Sucht geworden war. Im ländlichen Montana mußte sie sich keine Sorgen mehr machen über Schießereien zwischen verfeindeten Bandenmitgliedern, über Gangster, die einem einfach mit vorgehaltener Waffe das Auto stahlen, über Raubüberfälle, bei denen die Täter ihre Opfer immer häufiger geradezu beiläufig umbrachten, über Drogenhändler, die an jeder Ecke Crack verkauften, über Einbrüche — oder über Kinderschänder, die von den Autobahnen abfuhren, durch Wohnviertel streiften und nach Opfern suchten, mit denen sie dann wieder in der anonymen Großstadt verschwanden. So hatte ihre Gewohnheit, sich immer vor *irgend etwas* zu fürchten, zu der allgemeinen Unruhe und den eingebildeten Feinden geführt, die ihre ersten Tage in dieser friedlicheren Gegend bestimmt hatten.

Das war jetzt vorbei. Das Kapitel war abgeschlossen.

Schwere, nasse Schneeflocken fielen nieder, ganze Armeen von ihnen bedeckten schnell den dunklen Boden, und gelegentlich verirrte sich eine auf die Glasscheibe und schmolz. In der Küche war es behaglich warm, und es roch nach Nudeln und Tomatensoße. Nichts war so geeignet, Gefühle der Zufriedenheit und des Glücks hervorzurufen, als in einem gut geheizten und behaglichen Zimmer zu sitzen, während die Welt hinter den Fenstern sich im frostigen Griff des Winters befand. »Wunderschön«, sagte sie. Der losbrechende Sturm verzauberte Heather geradezu.

»Mann«, sagte Toby. »Schnee. Das ist wirklich Schnee.«

Sie waren eine Familie. Frau, Mann, Kind und Hund. Zusammen und in Sicherheit.

Von nun an würde sie nur noch wie eine McGarvey und nie mehr wie eine Beckerman denken. Sie würde immer das Positive sehen und den Pessimismus vermeiden, der sowohl ein Erbe ihrer Familie als auch ein giftiger Rückstand des Lebens in der Großstadt war.

Sie fühlte sich endlich frei.

Das Leben war schön.

Nach dem Essen ließ Heather Wasser in die Badewanne einlaufen, um sich bei einem heißen Bad zu entspannen, während Toby sich mit Falstaff im Wohnzimmer niederließ, um sich *Ein Hund namens Beethoven* auf Video anzusehen.

Jack ging direkt ins Arbeitszimmer und begutachtete die Waffen, die ihnen zur Verfügung standen. Abgesehen von denen, die sie aus Los Angeles mitgebracht hatten — eine Sammlung, die Heather nach der Schießerei auf der Tankstelle der Arkadians beträchtlich vergrößert hatte —, befanden sich in einem Eckschrank Jagdgewehre, eine Schrotflinte, eine Pistole vom Kaliber .22, ein Revolver — ein Colt .45 — und Munition.

Er wählte jedoch drei Waffen aus ihrem eigenen Bestand aus: einen wunderschönen Korth .38; eine Mossberg-Schrotflinte vom Kaliber 12 mit Pistolengriff; und eine Micro Uzi wie die, die Anson Oliver benutzt hatte. Allerdings handelte es sich bei diesem Modell um die vollautomatische Version. Die Uzi hatte Heather auf dem Schwarzmarkt erworben. Es kam ihm seltsam vor, daß die Frau eines Polizisten das Bedürfnis verspürte, eine illegale Waffe zu erwerben — und noch seltsamer, daß ihr dies so problemlos möglich gewesen war.

Er schloß die Tür des Arbeitszimmers und lud die drei Waffen schnell durch, solange er noch allein war. Er wollte diese Vorsichtsmaßnahme nicht mit Heathers Wissen treffen, denn dann hätte er ihr erklären müssen, wieso er der Ansicht war, daß sie Schutz brauchten.

Sie war so glücklich, wie schon lange nicht mehr, und er wollte ihr die Stimmung nicht verderben, bis es — falls überhaupt — unumgänglich wurde. Der Zwischenfall auf dem Friedhof war erschreckend gewesen; doch obwohl er sich bedroht gefühlt hatte, war ihm kein wirklicher Schaden zugefügt worden. Er hatte größere Angst um Toby als um sich selbst gehabt, aber auch dem Jungen war nichts geschehen, und es ging ihm nicht schlechter als zuvor.

Und was war überhaupt passiert? Er konnte kaum erklären, was er eher gespürt denn wirklich gesehen hatte: eine gespenstische und rätselhafte Präsenz, die nicht handfester als der Wind gewesen war. Von Stunde zu Stunde wurde der Eindruck immer stärker, diese Begegnung wäre nicht in Wirklichkeit, sondern nur in einem Traum erfolgt.

Er lud den .38er und legte ihn auf den Schreibtisch.

Er könnte Heather natürlich von den Waschbären erzählen, obwohl er selbst keinen gesehen hatte und sie niemandem Schaden zugefügt hatten. Er konnte ihr von der Schrotflinte erzählen, die Eduardo Fernandez im Tod umklammert hatte.

Aber der alte Mann war nicht von einem Feind zur Strecke gebracht worden, den man mit einer Ladung Schrot hätte verletzen können; ein Herzanfall hatte seinem Leben ein Ende gemacht. Ein Infarkt war eine schlimme Sache, aber kein Mörder, den man mit Feuerwaffen abschrecken konnte.

Er lud die Mossberg durch, legte eine Patrone in den Lauf und eine weitere in die Kammer. Ein zweiter Schuß. Eduardo hatte seine Waffe kurz vor seinem Tod ähnlich vorbereitet...

Wenn er jetzt versuchte, Heather alles zu erklären, würde er sie nur beunruhigen, aber nichts damit erreichen. Vielleicht gab es ja gar keinen Ärger. Vielleicht würde er der Wesenheit, die er auf dem Friedhof gespürt hatte, nie wieder begegnen. Eine solche Episode im Leben war mehr Kontakt mit dem Übersinnlichen, als die meisten Menschen je erfuhren. Warte die Entwicklungen ab, sagte er sich. Hoffe, daß es keine Wiederholung gibt. Aber sollte sich doch etwas tun und sollte er doch einen konkreten Beweis für eine Gefahr erlangen, würde er Heather dann vielleicht – und nur vielleicht – wissen lassen, daß ihr Jahr der stürmischen Ereignisse noch nicht vorüber war.

Die Micro Uzi verfügte über zwei Magazine, die im rechten Winkel zueinander angebracht waren und gemeinsam vierzig Schuß enthielten. Die Durchschlagkraft der Waffe war beruhigend. Über zwei Kilo Tod warteten darauf, ausgeteilt zu werden. Er konnte sich keinen Feind vorstellen – ob nun wildes Tier oder Mensch –, mit dem die Uzi nicht fertig würde.

Er legte den Korth in die obere rechte Schreibtischschublade. Er schob die Schublade zu und verließ das Arbeitszimmer mit den beiden anderen Waffen.

Bevor Jack am Wohnzimmer vorbeischlüpfte, wartete er, bis er Toby lachen hörte, und warf dann einen Blick um den gewölbten Türpfosten. Der Junge konzentrierte sich auf das Fernsehgerät, und Fallstaff saß neben ihm. Jack eilte in die Küche am Ende der Diele und versteckte die Uzi in der Speisekammer hinter Packungen mit Cornflakes, Weizenkleie und

Haferflocken, die sie in dieser Woche noch nicht öffnen würden.

Oben, im Schlafzimmer, erklang hinter der geschlossenen Tür des benachbarten Badezimmers unbeschwerte Musik. Heather lag in der Wanne und hatte im Radio einen Sender eingeschaltet, der Oldies spielte. ›Dreamin'‹ von Johnny Burnette endete gerade.

Jack schob die Mossberg unter das Bett, so tief, daß sie die Waffe nicht bemerken würde, wenn sie morgens das Bett machte, aber nicht so tief, daß er nicht schnell an sie herankam.

»Poetry in Motion.« Johnny Tillotson. Musik aus einer unschuldigen Epoche. Jack war noch nicht mal geboren, als diese Platte aufgenommen worden war.

Er setzte sich auf die Bettkante, lauschte der Musik und verspürte ein leichtes Schuldgefühl, daß er seine Ängste nicht mit Heather teilte. Aber er wollte sie nicht grundlos aufregen. Sie hatte so viel durchgemacht. In gewisser Hinsicht war seine Verletzung und der lange Krankenhausaufenthalt für sie schlimmer gewesen als für ihn, denn sie hatte allein mit den Belastungen des Alltags klarkommen müssen, während er sich erholt hatte. Sie mußte sich von ihrer Anspannung erholen.

Wahrscheinlich bestand sowieso nicht der geringste Grund, sich Sorgen zu machen.

Ein paar kranke Waschbären. Eine freche Krähe. Ein seltsames Erlebnis auf einem Friedhof — ein unheimliches Erlebnis, der richtige Stoff für eine Fernsehsendung wie *Ungelöste Geheimnisse*, aber keineswegs die Gefahr für Leib und Leben, die ein ganz gewöhnlicher Polizeibeamter während seines Arbeitstages hundertfach überstehen mußte.

Wahrscheinlich würde das Laden und Verstecken der Waffen sich als Überreaktion erweisen.

Na ja, er hatte getan, was jeder Cop tun würde. Er hatte alle Vorbereitungen zu seinem Schutz getroffen.

Im Radio im Badezimmer sang Bobby Vee ›The Night Has a Thousand Eyes‹.

Hinter den Schlafzimmerfenstern fiel der Schnee stärker als

zuvor. Die vormals flauschigen und nassen Flocken waren nun klein, zahlreicher und trocken. Der Wind hatte noch einmal aufgefrischt. Schiere Schneevorhänge wogten und kräuselten sich durch die schwarze Nacht.

Nachdem seine Mutter ihm verboten hatte, Falstaff auf dem Bett schlafen zu lassen, und nach den Gute-Nacht-Küssen, und nachdem sein Vater ihm eingeschärft hatte, der Hund solle auf dem Boden schlafen, und nachdem seine Eltern die Lampen ausgeschaltet hatten − bis auf das rote Nachtlicht − und seine Mutter ihm noch einmal Anweisungen bezüglich Falstaff gegeben hatte, und nachdem die Tür zugezogen worden und so viel Zeit verstrichen war, daß er sicher sein konnte, daß weder Mom noch Dad zurückkommen und nach dem Retriever sehen würden, setzte Toby sich im Bett in seiner Nische auf, schlug einladend auf die Matratze und flüsterte: »Komm her, Falstaff. Komm schon, Junge.«

Der Hund schnüffelte an der Tür zur Hintertreppe. Er jaulte leise und unglücklich.

»Falstaff«, sagte Toby lauter als zuvor. »Hierher, Junge. Komm her, schnell.«

Falstaff sah ihn an, drückte die Schnauze dann wieder gegen die Tür und schnüffelte und jaulte gleichzeitig.

»Komm her − wir spielen Planwagen oder Raumschiff«, lockte Toby ihn.

Als hätte der Hund plötzlich einen unangenehmen Geruch aufgenommen, nieste er zweimal, schüttelte den Kopf so heftig, daß seine langen Ohren laut klatschten, und wich von der Tür zurück.

»Falstaff!« zischte Toby.

Schließlich trottete der Hund durch das Licht zu ihm − ein Licht, wie man es im Maschinenraum eines Raumschiffs fand, oder an einem einsamen Lagerfeuer mitten in der Prärie, wo der Wagentreck Halt gemacht hatte, oder in einem unheimlichen Tempel in Indien, wo man mit Indiana Jones herumschnüffelte und versuchte, ein paar seltsamen Burschen zu entkommen, die

die Todesgöttin Kali verehrten. Nach einer weiteren Ermunterung sprang Falstaff auf das Bett.

»Braver Hund.« Toby umarmte ihn. Dann, im leisen Verschwörerton: »Also, wie fliegen in einem Rebellen-Starfighter am Rande des Krebs-Nebels. Ich bin der Captain und Kanonier. Du bist ein super-superintelligenter Außerirdischer von einem Planeten, der den Hundestern umkreist, und du bist Telepath, du kannst also die Gedanken der bösen Außerirdischen in den anderen Starfightern lesen, die uns abschießen wollen, aber das wissen sie nicht. *Sie wissen es nicht.* Es sind große Krabben, die Hände statt Scheren haben, verstehst du, Krabbenhände, ritsch-ratsch, ritsch-ratsch, und sie sind echt gemein, richtig böse. Ihre Mutter bekommt zum Beispiel acht oder neun Junge auf einmal, und dann fallen sie über sie her und fressen sie bei lebendigem Leib auf! Verstehst du? Sie brechen sie auf und *fressen* sie. Sind beschissen gemein, diese Aliens. Hast du mich verstanden?«

Falstaff hatte ihn während der Unterweisung angesehen und leckte ihn nun vom Kinn bis zur Nase ab.

»Alles klar, du weißt Bescheid! Na schön, dann gucken wir mal, ob wir diesen Krabbenekel eins auswischen können, indem wir in den Hyperraum stürzen — wir springen durch die halbe Galaxis und lassen sie einfach zurück. Was müssen wir also zuerst machen? Ja, genau, wir müssen die Schilde heben, damit die kosmische Strahlung uns nicht durchbohrt, wenn wir schneller fliegen als die subatomaren Partikel, die wir durchdringen.«

Er schaltete die Leselampe über dem Kopfbrett ein, griff nach der Vorhangschnur — »Schilde hoch!« — und zog die Vorhänge auf. Augenblicklich wurde aus der Nische ein abgeschlossener Raum, bei dem es sich um jedes beliebige Fahrzeug handeln konnte, uralt oder futuristisch, das so langsam wie eine Sänfte oder überlichtschnell durch jeden Teil der Welt oder durchs Weltall reisen konnte.

»Lieutenant Falstaff, sind wir bereit?« fragte Toby.

Bevor das Spiel beginnen konnte, sprang der Retriever vom Bett und durch die Vorhänge, die hinter ihm wieder zufielen.

Toby griff nach der Schnur und zog die Vorhänge wieder auf. »Was ist los mit dir?«

Der Hund stand an der Tür zur Treppe und schnüffelte. »He, Lieutenant, das könnte man als Meuterei betrachten.«

Falstaff warf einen Blick zu ihm zurück und untersuchte weiterhin den Geruch, der ihn so faszinierte.

»Die Krabulonen sind hinter uns her, und du willst Hund spielen.« Toby stieg aus dem Bett und ging zu dem Retriever an der Tür. »Ich weiß, daß du nicht Pipi machen mußt. Dad hat dich schon rausgelassen, und du hast schon in den Schnee gepinkelt, und ich noch nicht.«

Der Hund winselte leise, gab ein angewidertes Geräusch von sich, lief dann von der Tür zurück und knurrte.

»Da ist doch nichts, nur ein paar Stufen, mehr nicht.«

Falstaff zog die schwarzen Lippen von den Zähnen zurück. Er senkte den Kopf, als wolle er eine Horde Krabulonen anfallen, die jeden Augenblick durch die Tür kommen würden, *ritschratsch, ritsch-ratsch*, mit Stielaugen, die fünfzig Zentimeter über ihren Köpfen wackelten.

»Dummer Hund. Komm, ich zeig's dir.«

Toby schob den Riegel zurück und drückte die Klinke hinab. Der Hund jaulte und wich zurück.

Toby öffnete die Tür. Die Treppe war dunkel. Er schaltete das Licht ein und trat auf die Brüstung.

Falstaff zögerte und sah zu der halbgeöffneten Dielentür, als wolle er wie ein Blitz aus dem Schlafzimmer rasen.

»Du hast dich doch so für die Treppe interessiert«, erinnerte Toby ihn. »Jetzt komm, ich zeig's dir – das ist nur eine Treppe.«

Als würde er sich schämen, lief der Hund zu Toby auf die Brüstung. Er hielt den Schwanz so tief, daß das Ende sich um einen Hinterlauf schlängelte.

Toby trat drei Stufen hinab und zuckte zusammen, als die erste und dann die dritte knirschte. Wenn Mom und Dad unten in der Küche waren, würden sie ihn hören, und dann würden sie glauben, er wolle sich aus dem Haus schleichen, um hinauszugehen – mit nackten Füßen! – und Schnee in sein Zimmer zu holen, um ihm beim Schmelzen zuzusehen. Was eigentlich gar keine schlechte Idee war. Er fragte sich, wie Schnee wohl schmeckte. Drei Schritte, zwei knarrende Stufen, und er blieb stehen und sah zu dem Hund zurück.

»Nun?«

Zögernd lief Falstaff an seine Seite. Gemeinsam schlichen sie die enge Wendeltreppe hinab. Sie versuchten, so leise wie möglich zu sein. Na ja, zumindest einer von ihnen versuchte es, hielt sich dicht an der Wand, weil die Stufen dort nicht so laut knarren würden, aber der andere hatte Krallen, die auf dem Holz schepperten und scharrten.

»Treppe«, flüsterte Toby. »Stufen. Siehst du? Man kann runtergehen. Man kann raufgehen. Tolle Sache. Hast du gedacht, es wäre was hinter der Tür? Was denn? Vielleicht die Hundehölle?«

Mit jeder Stufe, die sie hinabgingen, veränderte sich die Sicht. Da es sich um eine Wendeltreppe handelte, konnte man nicht weit voraussehen, und auch den Boden sah man nicht, nur ein paar Stufen, von denen teilweise die Farbe abblätterte. Überall lauerten tiefe Schatten, da die Glühbirnen an der Decke offenbar altersschwach waren. Das Ende der Treppe konnte zwei Stufen oder hundert entfernt sein, oder fünfhundert, oder man ging *hunderttausend* Stufen herum und hinab, herum und hinab, und wenn man unten ankam, war man im Mittelpunkt der Erde, wo Dinosaurier und untergegangene Städte warteten.

»In der Hundehölle«, sagte er zu Falstaff, »ist der Teufel eine Katze. Hast du das gewußt? Eine große Katze, riesengroß, sie steht auf den Hinterbeinen und hat rasiermesserscharfe Krallen...«

Hinab und herum, ein langsamer Schritt nach dem anderen.

»... diese große Teufelskatze, sie trägt einen Umhang aus Hundefell, eine Halskette aus Hundezähnen...«

Hinab und herum.

»... und wenn sie mit den Murmeln spielt...«

Holz knarrte unter seinen Füßen.

»... nimmt sie dafür Hundeaugen! Ja, wirklich...«

Falstaff jaulte.

». . . eine ganz gemeine Katze, groß und gemein, ein echtes Miststück.«

Sie hatten die unterste Stufe erreicht. Der Vorraum. Die beiden Türen.

»Die Küche«, flüsterte Toby und zeigte auf die eine Tür. Dann auf die andere. »Die hintere Veranda.«

Er konnte wahrscheinlich den Riegel zurückschieben, auf die Veranda schlüpfen, zwei, drei Handvoll Schnee einsammeln, selbst wenn er dazu auf den Hof gehen mußte, und es trotzdem wieder zurück ins Haus und auf sein Zimmer schaffen, ohne daß seine Eltern je davon erfahren würden. Dann konnte er einen richtigen Schneeball machen, seinen ersten. Daran lecken. Wenn er zu schmelzen anfing, konnte er ihn einfach in eine Ecke seines Zimmers legen, und am Morgen würde es keinen Beweis mehr geben. Nur Wasser. Falls jemand es bemerken sollte, konnte er ja Fallstaff die Schuld in die Schuhe schieben.

Toby griff mit der rechten Hand nach der Klinke und mit der linken nach dem Riegel.

Der Retriever sprang hoch, legte beide Pfoten an die Wand neben der Tür, und schlug die Zähne um Tobys linkes Handgelenk.

Toby unterdrückte einen Schrei der Überraschung.

Falstaff hielt das Gelenk fest umschlossen, biß aber nicht richtig zu, es tat nicht weh. Er hielt Toby einfach gepackt und rollte mit den Augen, als wolle er sagen: *Nein, diese Tür darfst du nicht aufmachen, das ist nicht drin, vergiß es, auf keinen Fall!*

»Was soll das?« flüsterte Toby. »Laß mich los.«

Falstaff ließ ihn nicht los.

»Du sabberst mich voll«, sagte Toby, als dicker Speichel sein Handgelenk hinab- und unter den Ärmel seines Schlafanzugs tropfte.

Der Retriever bewegte leicht die Zähne, tat seinem Herrn noch immer nicht weh, machte ihm aber klar, daß er ihm jederzeit Schmerzen zufügen konnte, wenn er wollte.

»He, hat Mom dich *bestochen?*«

Toby nahm die rechte Hand von der Klinke.

Der Hund rollte mit den Augen und lockerte seinen Griff, ließ das linke Gelenk aber erst los, als Toby die Hand vom Riegel nahm und hinabbaumeln ließ. Falstaff stieß sich von der Wand ab und fiel wieder auf alle viere hinab.

Toby starrte die Tür an und fragte sich, ob er schnell genug sei, sie zu öffnen, bevor der Hund hochspringen und wieder nach seinem Gelenk schnappen konnte.

Der Retriever beobachtete ihn genau.

Dann fragte Toby sich, warum Falstaff nicht wollte, daß er hinausging. Hunde spürten Gefahren. Vielleicht strich ein Bär draußen herum, einer der Bären, von denen Dad behauptet hatte, daß sie im Wald lebten. Ein Bär konnte einem den Kopf abbeißen, bevor man auch nur einen einzigen Schrei ausstoßen konnte. Und dann riß er einen auf und fraß einen, und am Morgen würde man von ihm nur noch einen blutigen Fetzen vom Schlafanzug und vielleicht einen Zeh finden, den der Bär übersehen hatte.

Plötzlich bekam er es mit der Angst zu tun.

Er überprüfte den Spalt zwischen Tür und Pfosten, um sich zu überzeugen, daß der Riegel tatsächlich vorlag, und sah den dunklen Schein des Messings. Gut. Sie waren in Sicherheit.

Natürlich hatte Falstaff vor der Tür oben auch Angst gespürt. Er war zwar neugierig gewesen, hatte aber auch Angst empfunden. Er hatte nicht gewollt, daß diese Tür geöffnet wurde. Er hatte auch nicht hier herunterkommen wollen. Aber auf der Treppe hatte niemand auf sie gewartet. Ganz bestimmt kein Bär. Vielleicht war der Hund ein Hasenfuß.

»Mein Dad ist ein Held«, flüsterte Toby.

Falstaff richtete den Kopf auf.

»Er ist Polizist und ein Held. Er hat vor nichts Angst, und ich hab' auch vor nichts Angst.«

Der Hund musterte ihn, als wolle er ›Ach ja? Und was jetzt?‹ sagen.

Toby sah wieder zu der Tür vor ihm. Er könnte sie ja nur einen Spaltbreit öffnen und schnell mal raussehen. Wenn ein Bär auf der Veranda war, würde er sie sofort wieder zuschlagen.

»Wenn ich rausgehen und einen Bären streicheln wollte, würd' ich es tun.«

Falstaff wartete.

»Aber es ist schon spät. Ich bin müde. Wenn da draußen ein Bär ist, muß er bis morgen warten.«

Gemeinsam stiegen er und Falstaff wieder zu seinem Zimmer hinauf. Auf einigen Stufen lag Dreck. Er hatte ihn unter seinen nackten Füßen gespürt, als sie hinabgegangen waren, und spürte ihn jetzt wieder. Auf der Brüstung stellte er sich auf das rechte Bein und wischte den linken Fuß ab. Dann stellte er sich auf das linke Bein und wischte den rechten Fuß ab. Ging über die Schwelle. Drückte die Tür zu und schloß sie ab. Schaltete das Treppenlicht aus.

Falstaff war am Fenster und sah auf den Hinterhof hinaus, und Toby ging zu ihm.

Der Schnee fiel in solchen Massen, daß er morgen wahrscheinlich drei Meter hoch liegen würde, vielleicht sogar fünf. Das Dach der Veranda unter ihnen war weiß. Der Boden war überall völlig weiß, so weit er blicken konnte, aber sehr weit konnte er gar nicht sehen, weil wirklich jede Menge Schnee runterkam. Toby konnte nicht einmal mehr den Wald erkennen. Das Gebäude des Hausmeisters wurde von peitschenden weißen Schneewolken verschluckt.

Der Hund ließ sich zu Boden fallen und trottete davon, während Toby noch eine Weile den Schnee beobachtete. Als er müde wurde, drehte er sich um und sah, daß Fallstaff im Bett saß und auf ihn wartete.

Toby glitt unter die Decke, was der Retriever jedoch nicht durfte. Wenn er den Hund *unter* die Decke ließ, würde er einen Schritt zu weit gehen. Das verriet Toby der unfehlbare Instinkt eines Achtjährigen. Wenn Mom oder Dad sie so fanden — der Kopf des Jungen auf dem einen Kissen, der des Hundes auf dem anderen, die Decke bis zu den Hälsen hochgezogen — würde es gewaltigen Ärger geben.

Er griff nach der Schnur, um die Vorhänge zuzuziehen, damit er und Falstaff an Bord eines Zuges schlafen konnten, der im tiefsten Winter durch Alaska fuhr. Er wollte ins Land des Goldrausches, um sich dort einen Claim zu sichern. Danach würde er Falstaff in Wolfsblut umbenennen. Doch als die Vorhänge sich schlossen, sprang der Hund hoch.

»Herrgott, ist schon in Ordnung«, sagte Toby und zog die Vorhänge wieder auf.

Der Retriever legte sich neben ihn, und zwar so, daß er die Tür der Hintertreppe im Auge behielt.

»Dummer Hund«, murmelte Toby schon im Halbschlaf. »Bären haben doch keinen Türschlüssel...«

Als Heather sich in der Dunkelheit an ihn schmiegte, von ihrem heißen Bad noch schwach nach Seife duftend, wußte Jack, daß er sie enttäuschen mußte. Er wollte sie, brauchte sie, weiß Gott, aber sein Erlebnis auf dem Friedhof ging ihm nicht aus dem Kopf. Da die Erinnerung schnell verblaßte, wurde es zunehmend schwieriger, sich an die Intensität der Gefühle zu erinnern, die Teil der unheimlichen Begegnung gewesen waren. Er drehte die Sache im Geiste immer wieder hin und her, untersuchte sie wiederholt aus jedem Blickwinkel, versuchte, eine plötzliche Erhellung zu finden, bevor sie, wie alle Erinnerungen, ein trockener und schwacher Abklatsch der wirklichen Erfahrung wurde. Inhalt des Gesprächs mit dem Ding, das durch Toby kommuniziert hatte, war der Tod gewesen — rätselhaft, vielleicht sogar unergründlich, aber mit Sicherheit der Tod. Und nichts dämpfte das Begehren so sicher wie Gedanken an Tod, Gräber und zerfallene Leichen alter Freunde.

Das dachte er zumindest, als sie ihn berührte, ihn küßte, Liebkosungen murmelte. Statt dessen stellte er zu seiner Überraschung fest, daß er nicht nur bereit, sondern geradezu zügellos, daß er nicht nur dazu fähig, sondern von einer Kraft und Stärke war, wie er sie schon lange vor dem Schußwechsel, damals im März, nicht mehr gekannt hatte. Heather war so gebend und doch so fordernd, abwechselnd unterwürfig und aggressiv, schüchtern und doch erfahren — und so begeistert wie eine Braut, die in einen neuen Ehehafen einlief, süß und seiden und lebendig, so wunderbar lebendig.

Als er später auf der Seite lag und sie neben ihm einschlief, die Brüste gegen seinen Rücken gedrückt, wurde ihm klar, daß er, indem er mit ihr geschlafen hatte, die fürchterliche und doch dunkel verlockende Präsenz auf dem Friedhof zurückgewiesen hatte. Der Tag des düsteren Nachdenkens über den Tod hatte sich als perverses Aphrodisiakum erwiesen.

Er lag mit dem Gesicht zu den Fenstern. Die Vorhänge waren geöffnet. Geister aus Schnee wirbelten an dem Glas vorbei, tanzende weiße Phantome, die sich zur Musik des flötenden Windes drehten, Walzer tanzende Geister, bleich und kalt, kalt und wirbelnd, wirbelnd ...

...in sich zusammenballender Dunkelheit, sich blindlings den Weg zum Geber ertastend, einem Angebot von Friede und Liebe entgegen, von Vergnügen und Freude, einem Ende aller Furcht, ultimativer Freiheit, die er ergreifen konnte, wenn er nur den Weg fand, den Pfad, die Wahrheit. Die Tür. Jack wußte, daß er nur die Tür finden und öffnen mußte, und hinter ihr würde eine Welt der Wunder und Schönheit liegen. Dann wurde ihm klar, daß die Tür in ihm selbst war. Er würde sie nicht finden, wenn er durch die ewige Dunkelheit stolperte.

Welch eine aufregende Enthüllung! In sich selbst das Paradies zu wissen. Ewige Freude. Er mußte nur die Tür in sich öffnen und sie hereinlassen, sie hereinlassen, so einfach war das. Er wollte es akzeptieren, sich unterwerfen, denn das Leben war schwer, obwohl es das nicht sein mußte. Aber irgendein sturer Teil von ihm widersetzte sich, und er spürte die Frustration des Gebers hinter der Tür, Frustration und unmenschliche Wut. *Ich kann nicht, nein, kann nicht, will nicht, nein,* sagte er. Abrupt erhielt die Dunkelheit Gewicht, verdichtete sich um ihn mit der Unausweichlichkeit von Stein, der sich über Jahrtausende hinweg um ein Fossil bildet, ein zermalmender und unnachgiebiger Druck, und mit diesem Druck kam die wütende Versicherung des Gebers: *Alles wird, alles wird zu mir, alles, alles wird zu mir, zu mir, zu mir.* Muß mich unterwerfen ... Widerstand ist sinnlos ... laß es hinein ... Paradies, Paradies, ewige

Freude... laß es herein. Es hämmerte auf seine Seele ein. *Alles wird zu mir.* Er versetzte seinem tiefsten Ich erschütternde Schläge, rammte, stieß, kolossale Schläge, welche die tiefste Grundlage seines Wesens erzittern ließen: Laß es herein, laß es herein, laß es herein, LASS ES HEREIN, LASS ES HEREIN, *LASS ES HEREIN, LASS ES HEREINEINEINEINEIN...*

Ein kurzes, inneres Zischen und Knistern, wie das harte, schnelle Geräusch einer aufflammenden elektrischen Bogenlampe, schoß durch seinen Verstand, und Jack erwachte. Er riß die Augen auf. Zuerst lag er ganz starr und still da, so entsetzt, daß er sich nicht bewegen konnte.

Leichen sind.

Alles wird zu mir.

Puppen, Marionetten.

Surrogate.

Jack war nie zuvor so abrupt aufgewacht oder so unmittelbar hellwach gewesen. In der einen Sekunde noch im Traum, in der nächsten hellwach und bewußt und wild denkend.

Er lauschte seinem hektischen Herzschlag und wußte, daß der Traum in Wirklichkeit gar kein Traum gewesen war, nicht im üblichen Sinne des Wortes, sondern... ein Eindringen. Kommunikation. Kontakt. Ein Versuch, seinen Willen zu unterwerfen, während er schlief.

Alles wird zu mir.

Diese drei Worte waren jetzt nicht mehr so rätselhaft, wie sie ihm anfänglich vorgekommen waren, sondern eine arrogante Erklärung der Überlegenheit und ein Anspruch auf Herrschaft. Sie waren sowohl von dem ungesehenen Geber im Traum als auch von der haßerfüllten Wesenheit gesprochen worden, die gestern auf dem Friedhof durch Toby kommuniziert hatte. Bei beiden Vorfällen, wach und im Schlaf, hatte Jack die Anwesenheit von etwas Unmenschlichem, Herrscherischem, Feindseligem und Gewalttätigem gespürt, von etwas, das Unschuldige ohne Reue töten würde, es aber vorzog, sie zu unterwerfen und zu beherrschen.

Eine schmierige Übelkeit ließ Jack würgen. Er kam sich innerlich kalt und schmutzig vor. Verdorben durch den Versuch des Gebers, die Kontrolle über ihn zu ergreifen und sich in ihm niederzulassen, selbst wenn es ihm nicht gelungen war.

Er wußte es sicher, wie er nur je in seinem Leben etwas gewußt hatte, daß dieser Feind wirklich war: kein Geist, kein Dämon, sondern ein Geschöpf aus Fleisch und Blut. Zweifellos von unvorstellbar fremdartigem Fleisch. Und von Blut, das vielleicht von keinem Arzt, der heute lebte, als solches erkannt werden würde. Aber trotzdem aus Fleisch und Blut.

Er wußte nicht, was das Ding war, woher es kam oder woraus es geboren war; er wußte nur, daß es existierte. Und daß es irgendwo auf der Quartermass-Ranch war.

Jack lag auf der Seite, doch Heather schmiegte sich nicht mehr an ihn. Sie hatte sich schon früher in der Nacht umgedreht.

Schneekristalle schlugen leise, aber regelmäßig gegen die Wand, wie ein gut geeichtes astronomisches Uhrwerk, das jede hundertste Sekunde anzeige. Der Wind, der den Schnee brachte, erzeugte ein leises, schwirrendes Geräusch. Jack kam sich vor, als lausche er einer bislang stummen und geheimen kosmischen Maschinerie, die das Universum durch seine endlosen Zyklen trieb.

Zitternd warf er die Decke zurück, setzte sich auf und erhob sich dann.

Heather wurde nicht wach.

Draußen herrschte noch die Nacht, doch ein schwaches, graues Licht im Osten deutete die Heraufkunft eines neuen Tages an.

Jack versuchte, seine Übelkeit zu unterdrücken und stand nur in der Unterwäsche da. Schlimmer noch als der Brechreiz war für ihn, daß er am ganzen Körper zitterte. Im Schlafzimmer war es warm. Die Kälte kam aus seinem Inneren. Dennoch ging er an den Kleiderschrank, zog Jeans von einem Bügel und schlüpfte hinein. Dann zog er ein Hemd an.

Nun, da er wach war, verblaßte der explosive Schrecken allmählich, der ihn aus dem Schlaf gerissen hatte, doch Jack zitterte noch immer, spürte Angst — und war um Toby besorgt. Er verließ das Schlafzimmer, um nach seinem Sohn zu sehen.

Falstaff war in dem oberen Korridor und starrte eindringlich durch die Türöffnung des Raums neben Tobys Zimmer, das Heather mit ihrem Computer belegt hatte. Ein seltsames, schwaches Licht fiel über die Schwelle und schimmerte auf dem Fell des Hundes. Er stand still wie eine Statue, wirkte irgendwie verkrampft. Er hielt den Kopf tief und wedelte nicht mit dem Schwanz.

Als Jack näher kam, sah der Retriever ihn an und stieß ein gedämpftes, beunruhigtes Winseln aus.

Aus dem Zimmer drang das leise Klicken einer Computertastatur. Schnelles Tippen. Stille. Dann wieder das explosive Klicken.

In Heathers behelfsmäßigem Büro saß Toby vor einem der Computer. Das Leuchten des übergroßen Monitors war die einzige Lichtquelle in dem ehemaligen Schlafzimmer und viel heller als die Reflexion, die den Korridor erreichte; es badete den Jungen in sich schnell verändernde blaue, grüne und violette Farbtöne, dazwischen ein plötzlicher Spritzer Rot und Gelb, dann wieder Blau und Grün.

Hinter dem Fenster blieb die Nacht undurchdringlich. Von dieser Seite des Hauses aus war noch nichts von der Dämmerung zu sehen. Ein Sperrfeuer aus kleinen Schneeflocken schlug gegen das Glas und wurde von dem Licht des Monitors kurz in blaue und grüne Ziermünzen verwandelt.

Jack trat über die Schwelle. »Toby?« sagte er.

Der Junge sah nicht von dem Bildschirm auf. Seine kleinen Hände flogen über die Tastatur und erzeugten das gedämpfte, wahnsinnig schnelle Klicken. Kein anderes Geräusch war zu vernehmen, auch nicht das übliche Piepsen oder Gurgeln des Computers.

Konnte Toby tippen? Nein, eigentlich nicht mit dieser Leichtigkeit und Schnelligkeit.

Auf den Augen des Jungen schimmerten verzerrte Abbilder des Displays vor ihm: violett, smaragdgrün, ein gelegentliches rotes Flackern.

»He, Junge, was machst du da?«

Er reagierte nicht auf die Frage.

Gelb, golden, gelb, orange, golden, gelb – das Licht schimmerte nicht, als strahlte es von einem Computerbildschirm aus, sondern funkelte wie die Reflexion des Sonnenlichts, das im Hochsommer von der gekräuselten Oberfläche eines Teiches zurückgeworfen wurde. Es flitterte auf Tobys Gesicht. Gelb, orange, umbrabraun, bernsteinfarben, gelb ...

Am Fenster funkelten die fallenden Schneeflocken wie Goldstaub, glühende Funken, Leuchtkäfer.

Als Jack durch das Zimmer ging, verspürte er Beklommenheit. Ihm war klar, daß die Normalität nicht zurückgekehrt war, als er aus dem Alptraum erwacht war. Der Hund folgte ihm auf leisen Sohlen. Gemeinsam gingen sie um das eine Ende der L-förmigen Arbeitsfläche und traten hinter Toby.

Ein Tumult sich ständig ändernder Farben strömte von links nach rechts über den Computerbildschirm, verschmolz mit- und durcheinander, verblich, wurde wieder stärker, war mal hell, dann dunkel, kräuselte sich und pulsierte, ein elektronisches Kaleidoskop, bei dem keins der sich unablässig verändernden Muster deutlich auszumachende Ränder hatte.

Es war ein Farbmotiv. Dennoch hatte Jack so etwas noch nie gesehen.

Er legte eine Hand auf die Schulter seines Sohnes.

Toby erzitterte. Er sah nicht auf und sprach nicht, doch eine feine Veränderung in seiner Haltung verriet, daß er nicht mehr so ausschließlich von der Darstellung auf dem Monitor in den Bann geschlagen wurde wie gerade eben noch, als Jack ihm von der Schwelle aus eine Frage gestellt hatte.

Seine Finger klapperten wieder über die Tastatur.

»Was machst du da?« fragte Jack.

»Ich unterhalte mich.«

NEUNZEHNTES
KAPITEL

Gelbe und rosa Ansammlungen, grüne Spiralflächen, purpurne und blaue, sich kräuselnde Bänder.

Die Formen, Muster und Rhythmen der Veränderung wirkten hypnotisierend, wenn sie sich schön und grazil zusammenfügten — aber auch, wenn sie häßlich und chaotisch waren. Jack spürte eine Bewegung im Raum, mußte sich aber anstrengen, um von den zwingenden protoplasmischen Bildern auf dem Schirm aufzusehen.

Heather stand auf der Schwelle. Sie trug ihren gesteppten roten Bademantel, ihr Haar war zerzaust. Sie fragte nicht, was los war. Als wüßte sie es bereits. Ihr Blick richtete sich weder auf Jack oder Toby, sondern auf die Fenster hinter den beiden.

Jack drehte sich um und sah eine Fülle von Schneeflocken, die wiederholt ihre Farbe veränderten, als das Display auf dem Monitor seine schnelle und fließende Metamorphose fortsetzte.

»Mit wem unterhältst du dich?« fragte er Toby.

»Kein Name«, sagte der Junge nach kurzem Zögern. Seine Stimme klang nicht so schal und seelenlos wie auf dem Friedhof, aber auch nicht ganz normal.

»Wo ist er?« fragte Jack.

»Kein Er.«

»Wo ist sie?«

»Keine Sie.«

»Was denn?« fragte Jack stirnrunzelnd.

Der Junge sagte nichts und starrte, ohne zu blinzeln, auf den Monitor.

»Es?« fragte Jack.

»In Ordnung«, sagte Toby.

Heather kam zu ihnen und betrachtete Jack mit einem seltsamen Blick. »Es?«

»Was ist es?« sagte Jack zu Toby.

»Was auch immer es sein will.«

»Wo ist es?«

»Wo immer es sein will«, sagte der Junge rätselhaft.
»Was macht es hier?«
»Es wird.«
Heather trat um den Tisch, baute sich auf Tobys anderer Seite auf und betrachtete den Monitor. »Das habe ich schon mal gesehen.«
Jack nahm mit Erleichterung auf, daß das bizarre Display offenbar doch nichts Einzigartiges war und daher nicht notwendigerweise in einem Zusammenhang mit den Ereignissen auf dem Friedhof stand. »Wann hast du es schon mal gesehen?« fragte Jack seine Frau.
»Gestern morgen, bevor wir in die Stadt fuhren. Auf dem Fernsehgerät im Wohnzimmer. Toby hat es sich angesehen ... und war genauso hingerissen wie jetzt auch.« Sie erschauderte und griff nach dem Ein/Aus-Schalter. »Schalte es aus.«
»Nein«, sagte Jack, griff an Toby vorbei und hielt ihre Hand fest. »Warte. Ich will wissen, was passiert.«
»Schatz«, sagte sie zu Toby, »was geht hier vor, was für ein Spiel ist das?«
»Kein Spiel. Ich habe es geträumt, und in dem Traum kam ich hierher, und dann wachte ich auf und war hier, und dann haben wir uns unterhalten.«
»Ergibt das für dich den geringsten Sinn?« fragte sie Jack.
»Ja. Einen gewissen.«
»Was geht hier vor, Jack?«
»Später.«
»Kriege ich hier irgendwas nicht mit? Was hat das alles zu bedeuten?« Als ihr Mann nicht antwortete, fuhr sie fort: »Das gefällt mir nicht.«
»Mir auch nicht«, sagte Jack. »Aber sehen wir doch mal, wohin es führt, ob wir es herausfinden können.«
»*Was* herausfinden?«
Die Finger des Jungen huschten geschäftig über die Tastatur. Obwohl auf dem Bildschirm keine Worte erschienen, hatte es den Anschein, daß neue Farben und Muster auftauchten und sich in dem Rhythmus von Tobys Anschlägen auf der Tastatur veränderten.

»Gestern, auf dem Fernseher... ich habe Toby gefragt, was es war«, sagte Heather. »Er hat es nicht gewußt. Aber er hat gesagt... es gefalle ihm.«

Toby hörte auf zu tippen.

Die Farben wurden schwächer, dann plötzlich wieder stärker und zerflossen zu völlig neuen Mustern und Schattierungen.

»Nein«, sagte der Junge.

»Was?« fragte Jack.

»Spreche nicht mit euch. Spreche mit... ihm.« Und zum Bildschirm sagte er: »Nein. Geh weg.«

Verbitterte grüne Wellen. Blutrote Blüten erschienen an mehreren Stellen des Bildschirms, wurden schwarz, blühten wieder rot auf, verwelkten und zerflossen zu einem zähflüssigen Eitergelb.

Die endlose mutagene Darstellung machte Jack schwindlig, wenn er sie zu lange betrachtete, und ihm wurde nun klar, daß sie den unreifen Geist eines Achtjährigen völlig vereinnahmen und ihn hypnotisieren konnte.

Als Toby wieder auf die Tastatur einhämmerte, verblichen die Farben auf dem Bildschirm — und wurden abrupt wieder heller, wenn auch in neuen Schattierungen und noch mannigfaltigeren und flüssigeren Formen.

»Es ist eine Sprache«, rief Heather leise aus.

Einen Augenblick lang starrte Jack sie verständnislos an.

»Die Farben, die Muster«, sagte sie. »Eine Sprache.«

Er sah auf den Monitor. »Wie kann das eine Sprache sein?«

»Es ist eine«, beharrte sie.

»Da werden keine Muster wiederholt, und ich sehe keine Buchstaben oder Worte.«

»Unterhalten«, bestätigte Toby. Er hämmerte auf die Tastatur. Wie zuvor nahmen die Muster und Farben den Rhythmus seiner Anschläge auf der Tastatur an.

»Eine überaus komplizierte und ausdrucksreiche Sprache«, sagte Heather, »neben der Englisch, Französisch oder Chinesisch geradezu primitiv wirken.«

Toby hörte auf zu tippen, und die Reflexion des anderen

Gesprächsteilnehmers war dunkel und aufgewühlt, schwarz und giftgrün, durchsetzt von roten Punkten.

»Nein«, sagte der Junge zu dem Bildschirm.

Die Farben wurden mürrischer, der Rhythmus vehementer.

»Nein«, wiederholte Toby.

Aufgewühlte, kochende, sich drehende Rottöne.

Ein drittes Mal: »Nein.«

»Was beantwortest du immer mit ›nein‹?« fragte Jack.

»Was es will«, erklärte Toby.

»Und was will es?«

»Es will, daß ich es hereinlasse, einfach hereinlasse.«

»O Gott«, sagte Heather und griff wieder nach dem Hauptschalter.

Jack hielt ihre Hand fest. Ihre Finger waren bleich und kalt. »Was ist los?« fragte er, obwohl er insgeheim fürchtete, die Antwort schon zu kennen. Das Wort ›hereinlassen‹ hatte ihm einen Schock versetzt, der fast so heftig war wie der von Anson Olivers Kugeln.

»Letzte Nacht«, sagte Heather und betrachtete entsetzt den Schirm. »In einem Traum.« Vielleicht war auch seine Hand kalt geworden. Oder sie hatte gemerkt, daß er zitterte. Sie blinzelte. »Du hast den Traum auch gehabt!«

»Gerade eben. Bin deshalb wach geworden.«

»Die Tür«, sagte sie. »Es will, daß du eine Tür in dir findest, sie öffnest und es hereinläßt. Jack, verdammt, was geht hier vor, was, zum Teufel, geht hier vor?«

Er wünschte, er wüßte es. Oder war Unwissenheit in diesem Fall besser? Er hatte größere Angst vor diesem Ding, als er in seiner Zeit als Cop jemals vor irgendwelchen Verbrechern verspürt hatte.

Er hatte Anson Oliver getötet, aber er wußte nicht, ob er diesen Feind berühren konnte, wußte nicht, ob er ihn überhaupt finden oder sehen konnte.

»Nein«, sagte Toby zum Bildschirm.

Falstaff winselte und zog sich in eine Ecke zurück, blieb dort stehen, verkrampft und wachsam.

»Nein. Nein.«

Jack kniete neben seinem Sohn nieder.

»Toby, im Augenblick kannst du uns beide hören, es und mich?«

»Ja.«

»Du stehst nicht völlig unter seinem Einfluß.«

»Nur ein wenig.«

»Du bist... irgendwo dazwischen.«

»Dazwischen«, bestätigte der Junge.

»Erinnerst du dich an gestern? Auf dem Friedhof?«

»Ja.«

»Erinnerst du dich, daß dieses Ding... durch dich gesprochen hat?«

»Was?« fragte Heather überrascht. »Was ist auf dem Friedhof passiert?«

Auf dem Monitor: wogendes Schwarz, aufplatzende Punkte aus kochendem Gelb, sickernde nierenrote Flecke.

»Jack«, sagte Heather wütend, »du hast gesagt, auf dem Friedhof wäre nichts passiert. Toby hätte einen Tagtraum gehabt — hätte einfach da gestanden und geträumt.«

»Aber unmittelbar, nachdem es passiert ist«, sagte Jack zu Toby, »konntest du dich an nichts mehr erinnern.«

»Nein.«

»Woran erinnern?« fragte Heather. »Woran, zum Teufel, soll er sich erinnern?«

»Toby«, sagte Jack, »kannst du dich jetzt daran erinnern, weil... weil du halb unter seinem Bann stehst, aber nur halb... weil du weder hier noch dort bist?«

»Dazwischen«, bestätigte der Junge.

»Erzähl mir von diesen ›Es‹, mit dem du sprichst.«

»Hör auf, Jack«, sagte Heather.

Sie sah heimgesucht aus. Er wußte, wie sie sich fühlte. Aber er sagte: »Wir müssen etwas darüber erfahren.«

»Warum?«

»Vielleicht, um zu überleben.«

Er mußte es ihr nicht erklären. Sie wußte, was er meinte. Sie hatte im Schlaf ebenfalls einen gewissen Kontakt ertragen. Die Feindseligkeit des Dings. Die unmenschliche Wut.

»Erzähl mir darüber«, sagte er zu Toby.
»Was willst du wissen?«
Auf dem Bildschirm: Blau in allen Schattierungen. Es breitete sich aus wie ein Fächer, aber ohne die scharfen Ränder, ein Blau über und unter dem anderen.
»Woher kommt es, Toby?«
»Von draußen.«
»Was meinst du damit?«
»Jenseits.«
»Jenseits wovon?«
»Dieser Welt.«
»Ist es ... außerirdisch?«
»O mein Gott«, sagte Heather.
»Ja«, sagte Toby. »Nein.«
»Was denn nun, Toby.«
»Nicht so einfach wie ... E. T. Ja. Und nein.«
»Was macht es hier?«
»Es wird.«
»Wird wozu?«
»Zu allem.«
Jack schüttelte den Kopf. »Das verstehe ich nicht.«
»Ich auch nicht«, sagte der Junge und richtete den Blick auf die Darstellung auf dem Computermonitor.
Heather ballte die Hände zu Fäusten und drückte sie an ihre Brust.
»Toby«, sagte Jack, »gestern auf dem Friedhof warst du nicht dazwischen, wie jetzt.«
»Weg.«
»Ja, du warst ganz weg.«
»Weg.«
»Ich konnte dich nicht erreichen.«
»Scheiße«, sagte Heather wütend, und Jack sah nicht zu ihr hoch, weil er wußte, daß sie ihn anfunkelte. »Was ist gestern passiert, Jack? Warum hast du mir nichts erzählt, um Gottes willen? Warum hast du mir nichts davon erzählt?«
»Ich erzähle es dir ja«, sagte er, ohne sie anzusehen, »gleich, laß mich das nur noch zu Ende führen.«

»Was sonst hast du mir verschwiegen?« fragte sie. »Was in Gottes Namen passiert hier, Jack?«

»Als du gestern weg warst, Junge«, sagte er zu Toby, »wo warst du da?«

»Weg.«

»Aber wo?«

»Unter.«

»Unter? Unter was?«

»Unter ihm.«

»Unter...?«

»Kontrolliert.«

»Unter diesem Ding? Unter seinem Verstand?«

»Ja. An einem dunklen Ort.« Tobys Stimme bebte angesichts der Erinnerung vor Furcht. »Ein dunkler Ort, kalt, in einen dunklen Ort gequetscht, es tat weh.«

»Schalte den Computer aus, schalte ihn aus!« verlangte Heather.

Jack sah zu ihr hoch. Ja, sie funkelte ihn an, war ganz rot im Gesicht und ebenso aufgebracht wie verängstigt.

»Wir können den Computer ausschalten«, sagte er und betete, daß sie Geduld haben würde, »aber wir können dieses Ding damit nicht ausschalten. Denk darüber nach, Heather. Es kann uns auf verschiedenen Wegen erreichen – durch Träume, durch das Fernsehgerät. Anscheinend sogar irgendwie, wenn wir wach sind. Toby war gestern wach, als es ihn geschnappt hat.«

»Ich ließ es herein«, sagte der Junge.

Jack zögerte, die Frage zu stellen, die vielleicht die heikelste von allen war. »Toby, hör zu... wenn es die Kontrolle über dich hat... muß es dann tatsächlich in dir sein? Körperlich? Irgendwo ein Teil von dir?«

Etwas im Gehirn, das bei einer Autopsie zum Vorschein kam. Oder etwas, das am Rückgrat hing. Etwas, wonach zu suchen Eduardo den Tierarzt gebeten hatte.

»Nein«, sagte der Junge.

»Keine Saat... kein Ei... keine Schnecke... es legt nichts in einem ab?«

Das war gut, sehr gut, Gott und allen Engeln sei gedankt, das war sehr gut. Denn wenn es irgend etwas in einem Menschen ablegen sollte, wie holte man es aus seinem Kind heraus, wie befreite man seinen Sohn davon, wie konnte man sein Gehirn öffnen und es herausreißen?

»Nur... Gedanken«, sagte Toby. »Nichts in einem, nur Gedanken.«

»Du meinst, es verfügt über eine telepathische Kontrolle?«

»Ja.«

Wie leicht einen plötzlich das Unmögliche einleuchten konnte! Telepathische Kontrolle. Etwas aus einer anderen Welt, feindselig und fremd, imstande, andere Spezies telepathisch zu beherrschen. Verrückt, direkt aus einem Science-Fiction-Roman, und doch kam es einem wirklich und wahr vor.

»Und jetzt will es wieder hinein?« fragte Heather ihren Sohn.

»Ja.«

»Aber du läßt es nicht herein?«

»Nein.«

»Du kannst es wirklich draußen halten?« sagte Jack.

»Ja.«

Es gab noch Hoffnung. Sie waren noch nicht erledigt.

»Warum hat es dich gestern verlassen?«

»Hab es gestoßen.«

»Du hast es rausgestoßen?«

»Ja. Rausgestoßen. Es haßt mich.«

»Weil du es rausgestoßen hast?«

»Ja«. Seine Stimme wurde zu einem Flüstern. »Aber es ist... es... es haßt... haßt alles.«

»Warum?«

»Weil...«, flüsterte der Junge, während scharlachrote und gelbe Farbtöne wie verrückt über sein Gesicht wirbelten und in seinen Augen blitzten. »Weil es so ist.«

»Es ist Haß?«

»Das macht es.«

»Aber warum?«

»Weil es so ist.«

»Warum?« wiederholte Jack geduldig.

»Weil es weiß.«

»Was weiß es?«

»Nichts spielt eine Rolle.«

»Es weiß ... daß nichts eine Rolle spielt?«

»Ja.«

»Was bedeutet das?«

»Nichts spielt eine Rolle.«

»Das verstehe ich nicht«, sagte Jack völlig verwirrt von dem nur halb zusammenhängenden Wortwechsel.

Mit einem noch leiseren Flüstern: »Alles kann *verstanden* werden, aber nichts kann *verstanden* werden.«

»Ich *will* es verstehen.«

»Alles kann verstanden werden, aber nichts kann verstanden werden.«

Heathers Hände waren noch immer zu Fäusten geballt, doch nun drückte sie sie auf die Augen, als könne sie nicht mehr ertragen, ihren Sohn länger in dieser Halb-Trance zu betrachten.

»Nichts kann verstanden werden«, murmelte Toby erneut.

»Aber es versteht uns«, sagte Jack verärgert.

»Nein.«

»Was versteht es an uns nicht?«

»Vieles. Hauptsächlich ... daß wir Widerstand leisten.«

»Widerstand?«

»Wir widerstehen ihm.«

»Und das ist neu für ihn?«

»Ja. War noch nie da.«

»Alles andere läßt es herein«, sagte Heather.

Toby nickte. »Nur Menschen nicht.«

Ein Sieg der menschlichen Rasse, dachte Jack. Guter alter Homo sapiens, stur bis zum letzten Augenblick. Wir sind einfach nicht so unbekümmert, daß der Puppenspieler uns an den Fäden tanzen lassen kann, wie er will, zu nervös, zu verdammt starrköpfig, um Gefallen daran zu finden, Sklaven zu sein.

»Oh«, sagte Toby leise, eher zu sich selbst als zu ihnen oder der Wesenheit, die den Computer kontrollierte. »Ich verstehe.«

»Was verstehst du?« fragte Jack.

»Interressant.«

»Was ist interessant?«

»Das Wie.«

Jack sah Heather an, aber sie schien das rätselhafte Gespräch nicht besser zu verstehen, als es bei ihm der Fall war.

»Es spürt«, sagte Toby.

»Toby?«

»Sprechen wir nicht davon«, sagte der Junge und sah kurz von dem Bildschirm auf, um Jack einen flehenden oder warnenden Blick zuzuwerfen.

»Wovon sprechen?«

»Schon gut«, sagte Toby und sah wieder auf den Bildschirm.

»Was ist schon gut?«

»Ich bin lieber brav. Hier, hör zu, es will etwas wissen.« Dann, mit einer Stimme, die so erstickt war wie ein Nieser in einem Taschentuch und Jack zwang, sich tiefer zu ihm hinabzubeugen, wechselte Toby das Thema. »Was haben sie da unten gemacht?«

»Auf dem Friedhof, meinst du?« fragte Jack.

»Ja.«

»Das weißt du doch.«

»Aber es weiß es nicht. Es will es wissen.«

»Es versteht den Tod nicht«, sagte Jack.

»Nein.«

»Wie ist das möglich?«

»Leben ist«, sagte der Junge und gab nun eindeutig eine Auffassung des Geschöpfs wieder, mit dem er in Kontakt stand. »Keine Bedeutung. Kein Anfang. Kein Ende. Nichts spielt eine Rolle. Es *ist*.«

»Das ist doch bestimmt nicht die erste Welt, die es gefunden hat, auf der Lebewesen sterben«, sagte Heather.

Toby begann zu zittern, und seine Stimme wurde lauter, aber nur ein wenig. »Sie widerstehen auch, die unter der Erde. Es kann sie benutzen, aber es kann sie nicht erkennen.«

Es kann sie benutzen, aber es kann sie nicht erkennen.

Ein paar Teile des Puzzles paßten plötzlich zusammen. Sie

enthüllten nur einen winzigen Aspekt der Wahrheit. Einen monströsen, unerträglichen Aspekt der Wahrheit.

Jack kniete in benommenem Schweigen neben dem Jungen.

»Sie benutzen?« fragte er schließlich leise.

»Aber es kann sie nicht erkennen.«

»Wie benutzt es sie?«

»Puppen.«

Heather stöhnte auf. »Der Geruch. Großer Gott. Der Geruch auf der hinteren Treppe.«

Obwohl Jack nicht genau wußte, wovon sie sprach, war ihm klar, daß sie begriffen hatte, was dort draußen auf der Quartermass-Ranch war. Nicht nur dieses Ding aus dem Jenseits, dieses Ding, das ihnen beiden denselben Traum schicken konnte, dieses unergründlich fremde Ding, dessen Daseinszweck es war, zu werden und zu hassen. Da draußen waren noch andere Dinge.

»Aber man kann sie nicht kennen«, flüsterte Toby. »Nicht einmal so wenig, wie es uns kennen kann. Es kann sie besser benutzen. Besser, als es uns benutzen kann. Aber es will sie kennen. Zu ihnen werden. Und sie leisten Widerstand.«

Jack hatte genug gehört. Viel zuviel. Erschüttert erhob er sich. Er schaltete das Gerät aus, und der Bildschirm wurde dunkel.

»Es wird uns holen«, sagte Toby, und dann erwachte er langsam aus seiner Halbtrance.

Ein bitterkalter Sturm kreischte am Fenster hinter ihnen, doch selbst, wenn er ins Zimmer hätte eindringen können, hätte Jack nicht noch mehr frieren können, als er es jetzt schon tat.

Toby drehte sich mit dem Bürostuhl und sah zuerst seine Mutter, dann seinen Vater verwirrt an.

Der Hund kam aus der Ecke.

Obwohl niemand den Hauptschalter des Computers berührte, sprang dieser von der AUS- in die EIN-Position.

Alle zuckten überrascht zusammen, sogar der Hund.

Über den Bildschirm strömten abscheuliche, zuckende Farben.

Heather bückte sich, griff nach dem Stecker und zog ihn aus der Steckdose.

Der Monitor wurde wieder dunkel und blieb es auch.

»Es hört nicht auf«, sagte Toby und stand auf.

Jack drehte sich zum Fenster um und sah, daß die Dämmerung angebrochen war, trüb und grau, und eine Landschaft enthüllte, die von einem gewaltigen Blizzard heimgesucht wurde. In den letzten zwölf Stunden waren dreißig bis vierzig Zentimeter Schnee gefallen; an manchen Stellen hatte der Wind ihn zu doppelter Höhe aufgeweht. Entweder war der erste Schneesturm über ihnen hängengeblieben, statt weiter nach Osten zu ziehen, oder der zweite war früher als erwartet gekommen und hatte sich nahtlos an den ersten angeschlossen.

»Es hört nicht auf«, wiederholte Toby ernst. Er meinte nicht den Schnee.

Heather nahm ihn in die Arme, hob ihn hoch und drückte ihn schützend an sich, als wäre er noch ein Baby.

Alles wird zu mir.

Jack hatte keine Ahnung, was diese Worte bedeuten, welche Schrecken sie mit sich bringen mochten, doch er wußte, daß Toby recht hatte. Das Ding würde nicht aufhören, bis es zu ihnen und sie zu einem Teil von ihm geworden waren.

Auf der Innenseite des Fensters war Schwitzwasser gefroren. Jack berührte den glitzernden Film mit den Fingerspitzen, doch ihm war so kalt vor Furcht, daß das Eis sich nicht kälter anfühlte als seine Haut.

Hinter den Küchenfenstern war die weiße Welt mit kalter Bewegung erfüllt, dem unaufhörlichen Fallen des vom Wind getriebenen Schnees.

Rastlos schritt Heather zwischen den beiden Fenstern auf und ab; nervös erwartete sie das Erscheinen eines monströs verderbten Eindringlings in dieser ansonsten sterilen Landschaft.

Sie hatten die neuen Skianzüge angelegt, die sie am Morgen des Vortags gekauft hatten, und sich darauf vorbereitet, das

Haus schnell zu verlassen, falls sie angegriffen werden sollten und ihre Lage sich als unhaltbar erweisen sollte.

Die geladene Mossberg-Schrotflinte lag auf dem Tisch. Jack konnte den gelben Notizblock fallen lassen und sofort nach dem Gewehr greifen, falls etwas — denke nicht einmal darüber nach, *was* es sein könnte! — einen Angriff auf das Haus unternehmen sollte. Die Micro Uzi und der .38er Korth lagen auf der Arbeitsplatte neben dem Abfluß.

Toby saß am Tisch und nippte aus einem Becher heiße Schokolade, und der Hund lag zu seinen Füßen. Der Junge war nicht mehr im Trancestadium, hatte sich völlig von dem geheimnisvollen Eindringling in die Träume gelöst; und doch war er ungewohnt ruhig.

Obwohl es Toby am gestrigen Nachmittag und Abend — nach dem anscheinend weit intensiveren Angriff, den er auf dem Friedhof über sich hatte ergehen lassen müssen — gut gegangen war, machte Heather sich um ihn Sorgen. Er hatte diese erste Begegnung ohne jede bewußte Erinnerung überstanden, doch das Trauma der völligen geistigen Versklavung mußte tief in seinem Geist Narben hinterlassen haben, deren Auswirkungen vielleicht erst nach ein paar Wochen oder Monaten augenscheinlich wurden. Und er erinnerte sich an den zweiten Versuch, die Kontrolle über ihn zu ergreifen, weil es dem Puppenspieler diesmal nicht gelungen war, ihn vollständig zu unterwerfen oder die Erinnerung an das telepathische Eindringen zu unterdrücken. Die Begegnung, die sie selbst eine Nacht zuvor in einem Traum mit dem Geschöpf erlebt hatte, war so erschreckend und widerlich gewesen, daß ihr davon körperlich übel geworden war. Tobys Erlebnis war viel eindringlicher als das ihre gewesen und mußte daher auch ungleich entsetzlicher und folgenreicher sein.

Heather ging widerstrebend von einem Fenster zum anderen, blieb dann hinter Tobys Stuhl stehen, legte die Hände auf seine schmalen Schultern, drückte sie, strich sein Haar zurück und küßte ihn auf den Kopf. Ihm durfte nichts zustoßen. Der Gedanke, daß dieses Ding, was auch immer es war oder wie auch immer es aussehen mochte, oder eine seiner Puppen ihn berührte, war unerträglich. Sie würde alles tun, um dies zu verhindern. Alles. Sie würde ihr Leben dafür geben, es zu verhindern.

Nachdem Jack die ersten drei oder vier Seiten überflogen hatte, sah er von dem Notizblock auf. Sein Gesicht war so weiß wie die schneebedeckte Landschaft. »Warum hast du mir nicht davon erzählt, als du ihn gefunden hast?«

»Weil er den Notizblock im Tiefkühlfach versteckt hat, dachte ich, es wäre ein persönliches, ganz privates Tagebuch und ginge uns nichts an. Ich wollte es Paul Youngblood geben.«

»Du hättest es mir zeigen sollen.«

»He, du hast mir auch nicht erzählt, was auf dem Friedhof passiert ist«, sagte sie, »und das war ein viel größeres Geheimnis.«

»Es tut mir leid.«

»Und du hast mir nicht gesagt, was du von Paul und Travis erfahren hast.«

»Das war falsch. Aber... jetzt weißt du alles.«

»Ja, *jetzt* endlich.«

Sie war wütend gewesen, daß er ihr diese Dinge verschwiegen hatte, doch irgendwann hatte ihr Zorn sich gelegt, und nun konnte sie ihn nicht wieder aufflammen lassen. Außerdem hatte sie sich ähnlich schuldig gemacht. Sie hatte ihm nicht von dem Unbehagen erzählt, das sie während der gesamten Besichtigung des Besitzes am Montag nachmittag empfunden hatte. Von den Vorahnungen von Gewalt und Tod. Und von der Gewißheit, daß etwas auf der Hintertreppe gelauert hatte, als sie am vorletzten Abend in Tobys Zimmer gegangen war.

In all den Jahren, die sie miteinander verheiratet waren, hatte es noch nie solche Löcher in ihren Gesprächen gegeben wie seit den paar Tagen, die sie auf der Quartermass-Ranch lebten. Für ihr neues Leben in Montana hatten sie sich Harmonie und Frieden ersehnt, und daher waren sie nicht bereit gewesen, Zweifel oder Vorbehalte zu äußern. Obwohl hinter diesen Versäumnissen die besten Absichten gesteckt hatten, mußten sie nun vielleicht mit ihrem Leben dafür bezahlen.

Heather deutete auf den Notizblock. »Steht was Wichtiges drin?« fragte sie.

»Alles, glaube ich. Der Anfang. Seine Schilderung, was er gesehen hat.«

Er las Eduardo Fernandez' Schilderung der fühlbaren Tonwellen vor, die ihn mitten in der Nacht geweckt hatten, und dann die Beschreibung des gespenstischen Lichts im Wald.

»Ich hatte gedacht, es wäre mit einem Schiff aus dem Himmel gekommen«, sagte sie. »Man sollte doch meinen... nach all den Filmen, all den Büchern, erwartet man doch, daß sie mit einem großen Raumschiff kommen.«

»Wenn man von Außerirdischen spricht, bedeutet *fremd* wirklich *anders*, zutiefst unbekannt«, las Jack. »Eduardo weist schon auf der ersten Seite darauf hin. Zutiefst seltsam, nicht leicht zu verstehen. Nichts, was wir uns vorstellen können — einschließlich der Raumschiffe.«

»Ich habe Angst davor, was vielleicht geschehen wird, was ich vielleicht tun muß«, sagte Toby.

Ein Windstoß fegte unter dem Dach der hinteren Veranda hindurch, so schrill wie ein elektronisches Kreischen, so fragend und beharrlich wie ein Lebewesen.

Heather ging neben Toby in die Hocke. »Uns wird schon nichts passieren, Schatz. Nun, da wir wissen, daß etwas dort draußen ist, und da wir auch ein wenig darüber wissen, *was* es ist, kommen wir schon damit klar.« Sie wünschte sich, sie wäre nur halb so zuversichtlich, wie sie klang.

»Aber ich sollte keine Angst haben.«

Jack sah von dem Notizblock auf. »Man muß sich nicht schämen, weil man Angst hat, Kleiner«, sagte er.

»Du hast nie Angst.«

»Falsch. Ich habe in diesem Augenblick eine fürchterliche Angst.«

Diese Enthüllung erstaunte Toby. »Wirklich? Aber du bist doch ein Held.«

»Vielleicht bin ich das, vielleicht auch nicht. Aber es ist gar nicht so ungewöhnlich, ein Held zu sein«, sagte Jack. »Deine Mom ist einer, und du bist auch einer.«

»Ich?«

»Klar. Weil du so gut mit dem letzten Jahr klargekommen bist. Es ist schon jede Menge Mut erforderlich, um damit fertig zu werden.«

»Ich bin mir aber nicht besonders tapfer vorgekommen.«

»Das ist bei den meisten wirklich tapferen Leuten so.«

»Viele Leute sind Helden«, sagte Heather, »selbst wenn sie nie Kugeln ausweichen müssen oder Verbrecher verfolgen.«

»Menschen, die jeden Tag zur Arbeit gehen, Opfer bringen, damit ihre Familien durchkommen, und durch das Leben gehen, ohne andere Menschen zu verletzen, falls sie es verhindern können — das sind die wirklichen Helden«, erklärte Jack ihm. »Und es gibt viele davon. Und manchmal haben sie alle Angst.«

»Dann ist es in Ordnung, daß ich Angst habe?« fragte Toby.

»Mehr als nur in Ordnung«, sagte Jack. »Wenn man nie vor etwas Angst hat, ist man entweder dumm oder verrückt. Und dumm kannst du nicht sein, denn du bist ja mein Sohn. Was hingegen den Wahnsinn betrifft, bin ich mir nicht so sicher, denn der kommt in der Familie deiner Mutter häufiger vor.« Jack lächelte.

»Dann schaffe ich es vielleicht«, sagte Toby.

»Wir stehen das schon durch«, versicherte Jack ihm.

Heather begegnete Jacks Blick und lächelte, als wolle sie sagen: *Du hast das so gut gemacht, daß man dich zum Vater des Jahres wählen sollte.* Er blinzelte ihr zu. Mein Gott, wie sehr sie ihn liebte.

»Dann ist es verrückt«, sagte der Junge.

»Was?« sagte die Mutter stirnrunzelnd.

»Das außerirdische Wesen. Dumm kann es nicht sein. Es ist klüger als wir, es kann Sachen, die wir nicht können. Also muß es verrückt sein. Es hat *niemals* Angst.«

Heather und Jack sahen einander an. Diesmal lächelten sie nicht.

»Niemals«, wiederholte Toby und umklammerte den Becher mit heißer Schokolade fest mit beiden Händen.

Heather kehrte ans Fenster zurück und starrte hinaus.

Jack blätterte die Seiten durch, die er noch nicht gelesen hatte, fand eine Passage über den Durchgang und las sie laut vor. Sie stand auf der Kante, wie eine riesige Münze aus Dunkelheit. So dünn wie ein Blatt Papier. Groß genug, daß ein Zug hätte hindurchfahren können. Schwärze von außergewöhnlicher Reinheit. Eduardo hatte es gewagt, die Hand hineinzustecken. Er hatte gespürt, daß etwas aus dieser fürchterlichen Finsternis gekommen war.

Jack schob den Notizblock zur Seite und stand auf. »Das reicht für den Augenblick«, sagte er. »Den Rest können wir später lesen. Eduardos Bericht bestätigt unsere Erfahrungen. Das ist wichtig. Ihn hätten sie vielleicht als verrückten alten Einsiedler abgetan und uns als exzentrische Stadtmenschen, die hier in diesem weiten Land einen schlimmen Rappel gekriegt haben, aber es ist nicht so einfach, uns alle als Spinner abzutun.«

»Wen rufen wir also an?« fragte Heather. »Den hiesigen Sheriff?«

»Zuerst Paul Youngblood, dann Travis Potter. Sie ahnen schon, daß hier draußen etwas nicht stimmt — aber bei Gott, keiner von ihnen wird vermuten, daß es so schlimm ist. Wenn uns ein paar Einheimische zur Seite stehen, nehmen die Deputies des Sheriffs uns vielleicht ernster.«

Jack nahm das Schrotgewehr mit, als er zum Telefon an der Wand ging. Er nahm den Hörer ab, lauschte, drückte ein paarmal auf die Gabel, tippte ein paar Ziffern ein und legte dann auf. »Die Leitung ist tot.«

Heather hatte schon etwas in der Art vermutet, als er zum Telefon gegangen war. Nach dem Zwischenfall mit dem Computer war ihr klar geworden, daß es nicht leicht werden würde, Hilfe zu holen, wenngleich sie nicht an die Möglichkeit hatte denken wollen, daß sie hier in der Falle saßen.

»Vielleicht hat der Sturm die Leitungen beschädigt«, sagte Jack.

»Hängen die Telefonleitungen nicht an denselben Masten wie die Stromkabel?«

»Ja, und Strom haben wir, also war es nicht der Sturm.« Er nahm die Schlüssel des Explorers und von Eduardos Cherokee vom Brett. »Na schön, verschwinden wir von hier. Wir fahren zu Paul und Carolyn hinüber und rufen Travis von dort aus an.«

Heather steckte den gelben Notizblock vor dem Bauch in den Hosenbund und zog die Skijacke darüber zu. Sie nahm die Mikro Uzi und den .38er Korth von der Arbeitsfläche und hielt nun in jeder Hand eine Waffe.

Als Toby von seinem Stuhl aufstand, schoß Falstaff unter dem Tisch hervor und lief direkt zur Verbindungstür zwischen Küche und Garage. Der Hund schien zu verstehen, daß sie das Haus verlassen wollten, und war mit ihrer Entscheidung mehr als nur einverstanden.

Jack schloß die Tür auf, öffnete sie schnell, aber vorsichtig, und trat mit der schußbereiten Schrotflinte in der Hand über die Schwelle, als rechne er damit, daß ihr Feind sich in der Garage befinde. Er drückte den Lichtschalter herunter, sah nach links und rechts und sagte dann: »Alles klar.«

Toby folgte seinem Vater, Falstaff an seiner Seite.

Heather ging als letzte und warf noch einen Blick zum Fenster. Schnee. Nichts als kalte Schneemassen.

Selbst mit eingeschaltetem Licht war es in der Garage nicht richtig hell. Und es war so kalt wie in einem Gefrierraum. Das große Garagentor klapperte im Wind, aber Heather drückte nicht auf den Knopf, um es hochfahren zu lassen; es war sicherer, wenn sie es mit der Fernbedienung öffneten, sobald sie in dem Explorer saßen.

Sie erinnerte sich der düster und nur kurz wahrgenommenen Präsenz auf der anderen Seite der Schwelle, als sie Freitag nacht in ihrem Traum die Tür einen Spaltbreit geöffnet hatte. Funkelnd und dunkel. Sich krümmend und schnell. Eine festumrissene Gestalt hatte sie nicht ausmachen können, wenngleich sie etwas Großes mit entfernt schlangenähnlichen Windungen gesehen hatte.

Aber sie konnte sich deutlich an das kalte, triumphierende Zischen erinnern, das sie gehört hatte, bevor sie die Tür zugeschlagen hatte und aus dem Alptraum erwacht war.

Aber nichts glitt unter einem der Fahrzeuge hervor und griff nach ihr, und sie nahm unbeschadet auf dem Beifahrersitz des Explorers Platz und legte die schwere Uzi auf den Boden zwischen ihre Füße. Den Revolver hielt sie weiterhin in der Hand.

»Vielleicht ist der Schnee zu hoch«, sagte sie, als Jack sich durch die Fahrertür beugte und ihr die Schrotflinte gab. Sie klemmte sie zwischen den Knien ein, den Griff auf dem Boden, die Mündung auf den Himmel des Wagens gerichtet. »Der Sturm ist viel schlimmer, als sie vorhergesagt haben.

Jack rutschte hinter das Lenkrad und zog die Tür zu. »Das schaffen wir schon«, sagte er. »Vielleicht schieben wir hier und da mit der Stoßstange etwas Schnee beiseite, aber er liegt kaum so hoch, daß er uns Probleme machen wird.«

Jack schob den Schlüssel in die Zündung und drehte ihn, wurde aber nur mit Stille entlohnt. Der Anlasser drehte sich nicht einmal. Er versuchte es erneut. Nichts. Er überzeugte sich, daß er nicht etwa den Gang eingelegt hatte, und versuchte es dann ein drittes Mal ohne Erfolg.

Heathers Überraschung hielt sich in Grenzen, war es doch schon ähnlich mit dem Telefon gewesen. Obwohl Jack nichts sagte und ihrem Blick auswich, wußte sie, daß er auch damit gerechnet hatte; deshalb hatte er auch den Schlüssel des Chirokees mitgenommen.

Während Heather, Toby und Falstaff aus dem Explorer stiegen, glitt Jack hinter das Lenkrad des anderen Wagens. Dessen Motor sprang jedoch auch nicht an.

Jack öffnete die Motorhaube des Jeeps und dann die des Explorers. Er konnte jedoch nichts Ungewöhnliches entdecken.

Sie kehrten wieder ins Haus zurück.

Heather schloß die Verbindungstür zur Garage. Sie bezweifelte zwar, daß Schlösser dazu beitragen konnten, das, was jetzt die Herrschaft über die Quartermass-Ranch ergriffen hatte, fernzuhalten. Nach allem, was sie wußte, konnte es durch Wände gehen, wenn es das wollte, doch sie legte trotzdem den Riegel vor.

Jack schaute grimmig drein. »Bereiten wir uns auf das Schlimmste vor.«

ZWANZIGSTES
KAPITEL

Der Schnee drückte gegen die Fenster des ebenerdigen Arbeitszimmers.

Obwohl die Außenwelt weißgewaschen und grell leuchtete, drang nur wenig Tageslicht in das Zimmer. Die Lampen mit ihren Pergamentschirmen warfen einen bernsteinfarbenen Glanz.

Sie begutachteten ihre Waffen und die, welche Eduardo hinterlassen hatte, doch Jack entschied sich, nur noch eine weitere durchzuladen: einen Colt-.45er-Revolver.

»Ich nehme die Mossberg und den Colt«, sagte er zu Heather. »Du behältst die Mikro Uzi und den Achtunddreißiger. Benutze den Revolver nur, wenn du die Uzi leergeschossen hast.

»Auf die anderen Waffen verzichten wir?« fragte sie.

Er sah sie traurig an. »Wenn wir mit dieser Feuerkraft nicht aufhalten können, was auf uns zukommt, wird uns eine dritte Waffe verdammt wenig nutzen.«

In einer der beiden Schubladen unten im Waffenschrank fand er neben weiterem Zubehör drei Sporthalfter, die sie um die Hüften legen konnten. Einer bestand aus Nylon oder Reyon — auf jeden Fall aus irgendeinem Kunststoff —, und die beiden anderen aus Leder. Wurden die Halfter längere Zeit Temperaturen unter dem Gefrierpunkt ausgesetzt, blieb das Nylon noch lange geschmeidig, nachdem das Leder starr und steif geworden war; eine Handfeuerwaffe klemmte vielleicht etwas oder blieb an der stumpfen Lederoberfläche haften. Da er beabsichtigte, hinauszugehen, während Heather im Haus blieb, gab er ihr das geschmeidigere der beiden Lederhalfter und legte das aus Nylon selbst um.

Ihre Skianzüge waren mit Taschen versehen, die sie nun mit Ersatzmunition füllten, wenngleich die Hoffnung, die Waffen nach Beginn des Angriffs noch einmal neu laden zu können, etwas vermessen war.

Jack hatte nicht den geringsten Zweifel daran, daß es zu solch einem Angriff kommen würde. Er wußte nicht, wie er ausfallen würde — eine rein körperliche Attacke oder eine Mischung aus körperlichen und geistigen Schlägen. Er wußte nicht, ob das verdammte Ding selbst kommen würde oder durch Surrogate, weder wann, noch aus welcher Richtung es zuschlagen würde, aber er wußte, daß der Angriff erfolgen würde. Das Ding brachte ihrem Widerstand Ungeduld entgegen und war versessen darauf, sie zu beherrschen. Es war nur wenig Phantasie erforderlich, um sich denken zu können, daß es sie jetzt aus viel geringerer Entfernung studieren, sie vielleicht sezieren und ihre Gehirne und Nervensysteme untersuchen wollte, um das Geheimnis ihrer Widerstandskraft in Erfahrung zu bringen.

Jack McGarvey machte sich keine Hoffnungen, daß das Ding sie töten oder betäuben würde, bevor es mit dem chirurgischen Eingriff begann.

Jack legte die Schrotflinte wieder auf den Küchentisch. Aus einem der Schränke nahm er eine runde, galvanisierte Blechdose, schraubte den Deckel ab und holte eine Schachtel Streichhölzer daraus hervor, die er auf den Tisch legte.

Während Heather an einem Fenster und Toby und Falstaff am anderen Wache hielten, ging Jack in den Keller. Im zweiten der beiden Räume standen — an der Wand neben dem nicht eingeschalteten Generator — acht Zwanzigliterbehälter Benzin, ein Vorrat, den sie sich auf Paul Youngbloods Rat zugelegt hatten. Er trug zwei der Behälter nach oben und stellte sie neben dem Tisch auf den Küchenboden.

»Wenn die Gewehre und Pistolen es nicht aufhalten können«, sagte er, »wenn es ins Haus kommt und dich in die Ecke drängt, mußt du vielleicht das Risiko eines Feuers eingehen.«

»Willst du das Haus abbrennen?« fragte Heather ungläubig.

»Es ist nur ein Haus. Man kann es wieder aufbauen. Wenn du keine andere Wahl hast, dann zum Teufel mit dem Haus. Wenn Kugeln es nicht aufhalten...« Er sah nacktes Entsetzen in ihren Augen. »Sie werden es aufhalten, da bin ich mir sicher, die Waffen werden es aufhalten, besonders diese Uzi. Aber wenn sie es durch irgendeinen Zufall, einen Zufall von eins zu einer Million, *nicht* aufhalten sollten, wird das Feuer es ganz bestimmt erwischen. Oder zumindest zurücktreiben. Vielleicht brauchst du ein Feuer, um die Zeit zu bekommen, das Ding abzulenken, in Schach zu halten und aus dem Haus zu kommen, bevor du hier in der Falle sitzt.«

Sie sah ihn zweifelnd an. »Jack, warum sagst du immer ›du‹ statt ›wir‹?«

Er zögerte. Ihr würde das nicht gefallen. Es gefiel ihm selbst nicht besonders. Aber es gab keine Alternative. »Du wirst mit Toby und dem Hund hier warten, während ich...«

»Auf keinen Fall.«

»... während ich versuche, mich zur Ranch der Youngbloods durchzuschlagen und Hilfe zu holen.«

»Nein, wir sollten uns nicht trennen.«

»Wir haben keine Wahl, Heather.«

»Wenn wir uns trennen, kann es leichter an uns ran.«

»Das wird wahrscheinlich gar keine Rolle spielen.«

»Ich bin anderer Ansicht.«

»Diese Schrotflinte ist im Vergleich zu der Uzi nur ein Spielzeug.« Er deutete auf die weiße Landschaft hinter dem Fenster. »Und zusammen schaffen wir es bei dem Wetter nicht.«

Sie starrte verdrossen auf den Wall aus wehendem Schnee. Dagegen konnte sie kein Argument anführen.

»Ich schaffe es schon«, sagte Toby. Er war klug genug, um zu wissen, daß er das schwache Glied war. »Ich schaffe es wirklich.« Der Hund spürte die Besorgnis des Jungen, lief zu ihm und rieb sich an seinem Bein. »Bitte, Daddy, gib mir eine Chance.«

Drei Kilometer waren an einem warmen Frühlingstag keine große Entfernung, ein bequemer Spaziergang, aber sie hatten es mit einer scharfen Kälte zu tun, gegen die selbst ihre Skianzüge keinen perfekten Schutz boten. Des weiteren arbeitete die Stärke des Windes in dreierlei Hinsicht gegen sie: Er reduzierte die subjektive Lufttemperatur um mindestens zehn Grad gegenüber der objektiven, würde ihnen die Kraft rauben, wenn sie dagegen anzukämpfen versuchten, und ihnen den gewünschten

Weg mit wirbelnden Schneewolken verdunkeln, die die Sichtweite auf praktisch Null reduzierten.

Jack vermutete, daß er und Heather vielleicht die Kraft und Ausdauer hatten, die erforderlichen drei Kilometer unter diesen Umständen zurückzulegen, während der Schnee ihnen bis zu den Knien reichte und stellenweise noch höher lag, aber er war überzeugt davon, daß Toby nicht einmal ein Viertel des Weges schaffen würde, auch dann nicht, wenn er in ihrer Spur blieb und sie ihm den Weg bahnten. Schon nach wenigen Metern würden sie ihn abwechselnd tragen müssen. Das würde sie schnell schwächen, und sie würden in der weißen Einöde den Tod finden.

»Ich will nicht hierbleiben«, sagte Toby. »Ich will nicht tun, was ich vielleicht tun muß, wenn ich hierbleibe.«

»Und ich will nicht, daß du hier weggehst.« Jack schlug mit der Hand auf den Tisch. »Ich lasse dich nicht im Stich, Toby. Du weißt doch, daß ich das nie tun würde, oder?«

Toby nickte ernst.

»Und du kannst dich auf deine Mom verlassen. Sie ist zäh. Sie wird nicht zulassen, daß dir was passiert.«

»Ich weiß«, sagte Toby. Jetzt war er wieder ganz der tapfere Soldat.

»Gut. Okay. Ich muß noch einige Vorbereitungen treffen, und dann breche ich auf. Ich komme so schnell wie möglich zurück — ich gehe direkt zur Ponderosa Pines, trommle Hilfe zusammen und komme mit der Kavallerie zurück. Ihr habt doch diese alten Filme gesehen. Die Kavallerie trifft immer noch gerade rechtzeitig ein, nicht wahr? Euch wird nichts passieren. Keinem von uns wird etwas passieren.«

Der Junge sah ihn an.

Er begegnete dem Blick seines Sohnes mit einem unechten, beruhigenden Lächeln und kam sich wie der verlogenste Mistkerl aller Zeiten vor. Er war keineswegs so zuversichtlich, wie er sich gab. Nicht einmal halb so zuversichtlich. Und er hatte tatsächlich das Gefühl, seine Familie im Stich zu lassen. Was, wenn es ihm tatsächlich gelang, Hilfe zu holen — und sie tot waren, wenn er zur Quartermass-Ranch zurückkehrte?

Dann würde er sich umbringen. Das Leben ohne sie wäre sinnlos.

Aber in Wirklichkeit würde es nicht so enden, sondern genau andersherum. Er hatte bestenfalls eine Chance von fünfzig Prozent, es bis zur Ponderosa Pines zu schaffen. Wenn der Sturm ihn nicht zur Strecke brachte, dann vielleicht ... etwas anderes. Er wußte nicht, wie genau sie beobachtet wurden und ob ihr Widersacher von seinem Aufbruch erfahren würde. Falls es sah, daß er ging, würde es ihn nicht weit kommen lassen.

Dann waren Heather und Toby auf sich gestellt.

Aber er konnte nichts anderes tun. Kein anderer Plan wäre im geringsten aussichtsreich gewesen. Null Möglichkeiten. Und die Zeit wurde knapp.

Hammerschläge dröhnten durch das Haus. Harte, hohle, furchtbare Geräusche.

Jack benutzte Stahlnägel von drei Zoll, die größten, die er im Werkzeugschrank in der Garage hatte finden können. Er stand im Vorraum am Fuß der Hintertreppe und trieb diese Nägel quer durch die Außentür und in den Rahmen. Zwei über, zwei unter der Klinke. Die Tür bestand aus stabiler Eiche, und er konnte die Nägel nur unter großer Mühe ins Holz schlagen.

Die Türangeln befanden sich an der Innenseite. Von der Veranda aus konnte man sie nicht ausheben.

Nichtsdestoweniger entschloß er sich, die Tür auch auf dieser Seite mit dem Rahmen zu verbinden, wenn auch nur mit zwei Nägeln statt mir vier. Um ganz sicher zu gehen, trieb er zwei weitere durch den oberen Rand der Tür und in den Kopfbalken.

Jeder Eindringling, der das Haus von hinten betreten wollte, hatte zwei Möglichkeiten, statt nur einer, wie es bei der Vordertür der Fall war. Er konnte die Küche betreten und Heather angreifen – oder die Treppe nehmen und schnell zu Tobys Zimmer hinaufsteigen. Jack wollte verhindern, daß das feindliche Wesen das Obergeschoß des Hauses erreichte, denn dort konnte es in mehrere Zimmer schlüpfen, einen Frontalangriff vermeiden und Heather zwingen, nach ihm zu suchen, bis es die Gelegenheit bekam, sie von hinten anzugreifen.

Nachdem er den letzten Nagel ins Holz getrieben hatte, schob er den Riegel auf und versuchte, die Tür zu öffnen. Er konnte sie um keinen Zentimeter bewegen, so sehr er sich auch anstrengte. Hier kam kein Eindringling mehr in aller Stille durch: Er mußte die Tür aufbrechen, und das würde Heather hören, ganz gleich, wo sie sich gerade aufhielt.

Jack drehte den Riegel wieder zurück und hörte, wie er einschnappte.

Die Tür war gesichert.

Während Jack die Hintertür des Hauses vernagelte, half Toby seiner Mutter, Töpfe, Pfannen, Tassen, Teller und Gläser vor der Tür zwischen der Küche und der hinteren Veranda aufzustapeln. Dieser vorsichtig ausbalancierte Turm würde mit einem lauten Krachen einstürzen, auch wenn man versuchte, die Tür nur langsam aufzuschieben, und Heather und Toby warnen, falls sie dann noch im Haus waren.

Falstaff hielt sich von dem wackeligen Gebilde fern, als begreife er, daß er großen Ärger bekommen würde, wenn *er* es umkippen sollte.

»Was ist mit der Kellertür?« fragte Toby.

»Die stellt kein Problem dar«, versicherte Heather ihm. »Von außen kann man nicht in den Keller hinein.«

Während Falstaff sie interessiert beobachtete, errichteten sie einen ähnlichen Turm vor der Tür zwischen der Küche und der Garage. Toby krönte ihn mit einem Glas voller Löffel auf einer verkehrt herum aufgestellten Metallschüssel.

Dann trugen sie Schalen, Geschirr, Töpfe, Pfannen und Gabeln in die Diele. Nachdem Jack gegangen war, würden sie einen dritten Turm vor der Eingangstür errichten.

Heather wurde das Gefühl nicht los, daß diese ›Alarmanlagen‹ unzureichend waren. Eigentlich sogar armselig.

Aber sie konnten nicht alle Türen im Erdgeschoß vernageln, weil sie vielleicht durch eine fliehen mußten — und in diesem

Fall konnten sie nun einfach die aufgetürmten Haushaltswaren beiseite schieben, die Tür öffnen und verschwinden. Und es blieb ihnen keine Zeit, das Haus in eine abgeriegelte Festung zu verwandeln.

Außerdem konnten Festungen unter Umständen zu Gefängnissen werden.

Auch wenn Jack das Gefühl gehabt hätte, es bliebe ihm noch etwas Zeit, das Haus besser zu sichern, hätte er es wahrscheinlich nicht versucht. Ganz gleich, welche Maßnahmen sie ergriffen, aufgrund der großen Zahl der Fenster war das Haus nur schlecht zu verteidigen.

Er konnte lediglich oben von einem Fenster zum anderen eilen — während Heather die im Erdgeschoß überprüfte — und sich vergewissern, daß sie verschlossen waren. Viele von ihnen schienen zu klemmen und nicht leicht zu öffnen zu sein.

Eine Scheibe nach der andern enthüllte das elende Treiben von Schnee und Wind. Er konnte nichts Unheimliches sehen.

In Heathers Schrank im Schlafzimmer wühlte Jack ihre Wollschals durch und suchte einen grobmaschig gestrickten aus.

In einer Kommodenschublade fand er seine Sonnenbrille. Er wünschte, er hätte eine Skibrille, doch die Sonnenbrille mußte reichen. Er konnte die drei Kilometer bis Ponderosa Pines in diesem grellen Licht nicht mit ungeschützten Augen zurücklegen, oder er riskierte eine Schneeblindheit.

Als er in die Küche zurückkehrte, in der Heather die Schlösser der letzten Fenster überprüfte, hob er erneut das Telefon ab, in der Hoffnung auf ein Freizeichen. Vergebens. Die Leitung war tot.

»Ich muß los«, sagte er.

Ihnen blieben vielleicht nur Stunden oder wertvolle Minuten, bevor ihr rätselhafter Feind sich zu einem Angriff entschloß. Er wußte nicht, ob das Ding schnell oder gemächlich reagieren würde; er kannte seine Gedankenprozesse nicht und konnte einfach nicht ahnen, ob die Zeit eine Bedeutung für das Wesen hatte.

Außerirdisch. Eduardo hatte recht gehabt. Völlig fremd. Rätselhaft. Unendlich seltsam.

Heather und Toby begleiteten ihn zur Haustür. Er umarmte Heather kurz, aber heftig. Er küßte sie nur einmal und verabschiedete sich genauso kurz von Toby.

Er wagte keine weitere Verzögerung, denn er war innerlich hin- und hergerissen. Aber Ponderosa Pines war die einzige Hoffnung, die sie hatten. *Nicht* zu gehen war mit dem Eingeständnis gleichbedeutend, daß sie verloren waren. Doch seine Frau und seinen Sohn allein in diesem Haus zurückzulassen — das fiel ihm so schwer wie noch nie zuvor etwas im Leben. Das war schwerer, als Tommy Fernandez und Luther Bryson an seiner Seite sterben zu sehen, schwerer, als Anson Oliver auf dieser brennenden Tankstelle entgegenzutreten, schwerer als die Erholung von einer Rückgratverletzung. Er redete sich ein, daß es genauso mutig von ihm war, Hilfe zu holen, wie von den beiden, im Haus auszuharren, nicht wegen der schweren Prüfung, die der Sturm vielleicht war; sondern weil seine Trauer und Schuld und Selbstverachtung das Leben dunkler als den Tod machen würden, falls sie starben und er überlebte.

Er band sich den Schal um das Gesicht, wickelte ihn vom Kinn bis dicht unter die Augen. Obwohl er zweimal um sein Gesicht ging, war der Stoff so locker gewoben, daß er durch ihn atmen konnte. Er zog die Kapuze hoch und verknotete sie unter dem Kinn, um dem Schal Halt zu geben. Er kam sich vor wie ein Ritter, der sich für die Schlacht rüstet.

Toby beobachtete ihn und nagte dabei nervös an seiner Unterlippe. Tränen schimmerten in seinen Augen, doch er bemühte sich, sie nicht zu vergießen. Er war eben ein kleiner Held.

Jack setzte die Sonnenbrille auf, damit er die Tränen des Jungen nicht so deutlich sah und sie seinen Entschluß, auf jeden Fall aufzubrechen, nicht unterspülen konnten.

Er zog die Handschuhe an und nahm die Mossberg. Der .45er Colt steckte im Hüfthalter.

Der Augenblick war da.

Heather wirkte betroffen.

Er konnte es kaum ertragen, sie anzusehen.

Sie öffnete die Tür. Klagender Wind trieb Schnee über die Veranda und ins Haus.

Jack trat hinaus und wandte sich zögernd von allem ab, was er liebte. Er trat sich den Weg durch den Pulverschnee auf der Veranda frei.

Er hörte, daß sie noch etwas zu ihm sagte: »Ich liebe dich.« Der Wind verzerrte die Worte, aber ihre Bedeutung war unmißverständlich.

Am Kopf der Verandatreppe zögerte er, drehte sich zu seiner Frau um, sah, daß sie einen Schritt aus dem Haus getreten war, sagte: »Ich liebe dich, Heather!« und ging dann in den Sturm hinaus. Er war sich nicht sicher, ob sie ihn gehört hatte, wußte nicht, ob er je wieder mit ihr sprechen, sie je wieder in den Armen halten, je wieder die Liebe in ihren Augen oder das Lächeln sehen würde, das für ihn mehr wert war als ein Platz im Himmel und die Erlösung seiner Seele.

Der Schnee auf dem Hof war kniehoch. Er kämpfte sich hindurch.

Er wagte nicht zurückzusehen.

Er wußte, es war von ausschlaggebender Bedeutung, daß er sie verließ. Es war mutig. Es war klug und vernünftig, ihre beste Überlebenschance.

Trotzdem kam es ihm wie Verrat vor. Es kam ihm vor, als würde er sie im Stich lassen..

EINUNDZWANZIGSTES KAPITEL

Wind zischte an den Fenstern, als besäße er ein eigenes Bewußtsein und beobachtete sie. Er rüttelte und klapperte an der Küchentür, als wolle er das Schloß auf die Probe stellen, und fuhr kreischend und schnüffelnd an den Seiten des Hauses entlang, als suche er nach einer Schwachstelle in ihrer Verteidigung.

Heather zögerte, die schwere Uzi abzulegen, hielt eine Weile am nördlichen Küchenfenster Wache und ging dann zum westlichen, dem über der Spüle. Gelegentlich hob sie den Kopf und lauschte auf jene Geräusche, die ihr zu auffällig vorkamen, als daß es sich nur um Stimmen des Sturms handeln konnte.

Toby saß am Tisch. Er hatte einen Kopfhörer übergestülpt und spielte mit einem Game Boy. Seine Körpersprache war anders als die, die er normalerweise zeigte, wenn er mit einem elektronischen Spiel beschäftigt war – kein Zucken, Vorbeugen, Schaukeln von einer Seite zur anderen, kein Aufspringen. Er spielte nur, um die Zeit totzuschlagen.

Der Hund lag in der Ecke, die von beiden Fenstern am weitesten entfernt war, der wärmsten Stelle des Raums. Gelegentlich hob er den edlen Kopf, sog die Luft ein oder lauschte; meistens lag er jedoch auf der Seite, schaute auf Bodenhöhe durch den Raum und gähnte.

Die Zeit schritt nur langsam voran. Heather sah wiederholt auf die Wanduhr, überzeugt, daß mindestens zehn Minuten verstrichen sein mußten, nur um herauszufinden, daß seit ihrem letzten Blick dorthin nur zwei Minuten vergangen waren.

Die drei Kilometer zur Ponderosa Pines würde man bei schönem Wetter vielleicht in fünfundzwanzig Minuten zurücklegen können. In diesem Sturm jedoch würde Jack eine Stunde brauchen, vielleicht sogar anderthalb, wenn er durch den kniehohen Schnee stapfen, Umwege um höhere Verwehungen einlegen und den unaufhörlichen Widerstand der Böen überwinden mußte. Wenn er die Ranch erreicht hatte, benötigte er vielleicht eine halbe Stunde, um die Situation zu erklären und eine Rettungsmannschaft zusammenzutrommeln. Zurück würde er keine fünfzehn Minuten brauchen, selbst wenn sie einige verschneite Stellen der Straße und der Auffahrt freipflügen mußten. Er müßte in spätestens zwei Stunden und fünfzehn Minuten wieder zurück sein, vielleicht sogar eine halbe Stunde früher.

Der Hund gähnte.

Toby war so ruhig, daß er im Sitzen hätte schlafen können.

Sie hatten den Thermostat heruntergedreht, damit sie ihre Skianzüge tragen und das Haus, wenn erforderlich, jederzeit verlassen konnten, und doch war es noch warm im Haus. Ihre Hände und das Gesicht waren kühl, doch der Schweiß tröpfelte das Rückgrat und die Seiten ihrer Unterarme hinab. Heather öffnete den Reißverschluß der Jacke, obwohl diese ihr bei dem Halfter in die Quere kommen konnte, wenn sie offenstand.

Als fünfzehn Minuten ereignislos verstrichen waren, hoffte Heather allmählich, ihr unberechenbarer Widersacher würde nichts gegen sie unternehmen. Entweder begriff er nicht, daß sie ohne Jack zur Zeit verwundbarer waren, oder es war ihm gleichgültig. Nach allem, was Toby gesagt hatte, war das Ding die Verkörperung von Arroganz — es hatte *nie* Angst — und ging vielleicht stets nach seinem eigenen Rhythmus vor, nach seinen Plänen und Begierden.

Ihre Zuversicht wuchs, doch dann begann Toby leise zu sprechen. »Nein, ich glaube nicht.« Die Worte waren nicht an seine Mutter gerichtet.

Heather trat vom Fenster weg.

»Na ja...« murmelte er. »Vielleicht.«

»Toby?« sagte sie.

Er achtete gar nicht auf sie und starrte auf den Bildschirm des Game Boys. Seine Finger bewegten die Kontrollen nicht. Es fand auch kein Spiel statt: Formen und grelle Farben, ähnlich denen, die sie schon zweimal gesehen hatte, huschten über den Miniaturmonitor.

»Warum?« fragte er.

Sie legte eine Hand auf seine Schulter.

»Vielleicht«, sagte er zu den wirbelnden Farben auf dem Bildschirm.

Als er zuvor mit dieser Wesenheit gesprochen hatte, hatte er immer ›nein‹ gesagt. Das ›Vielleicht‹ beunruhigte Heather.

»Könnte sein, vielleicht«, sagte er.

Sie nahm ihm den Kopfhörer ab, und endlich sah er zu ihr auf. »Was tust du da, Toby?«

»Ich unterhalte mich«, sagte er mit halbbenommener Stimme.

»Zu wem hast du ›vielleicht‹ gesagt?«

»Zum Geber«, erklärte er.

Sie erinnerte sich aus ihrem Traum an diesen Namen, an den Versuch des abscheulichen Dings, sich als Quelle großer Erleichterung, des Friedens und Vergnügens darzustellen. »Es ist kein Geber. Das ist eine Lüge. Es ist ein Nehmer. Du mußt immer ›nein‹ zu ihm sagen.«

Toby sah zu ihr hoch.

Sie zitterte. »Hast du mich verstanden, Schatz?«

Er nickte.

Sie war noch immer nicht sicher, daß er ihr überhaupt zuhörte. »Du sagst ›nein‹, immer nur ›nein‹.«

»Na schön.«

Sie warf den Game Boy in den Mülleimer. Nach kurzem Zögern holte sie ihn wieder heraus, legte ihn auf den Boden und trat mit dem Stiefel darauf, einmal, zweimal. Dann rammte sie noch den Absatz hindurch, obwohl das Gerät nach zwei Tritten schon völlig zerquetscht war, dann noch einmal, um sicherzugehen, dann noch einmal, weil es ihr Spaß machte, bis ihr klar wurde, daß sie die Kontrolle verloren hatte und überzogene Maßnahmen gegen den Game Boy ergriff, weil sie an den Geber nicht herankam, den sie in Wirklichkeit zerquetschen wollte.

Ein paar Sekunden lang stand sie schwer atmend da und starrte die Plastiktrümmer an. Sie bückte sich, um sie einzusammeln, sagte sich dann aber *Zum Teufel damit!* und trat die größeren Teile gegen die Wand.

Falstaff fand so viel Interesse an den Vorgängen, daß er sich erhob. Als Heather zu dem Fenster an der Spüle zurückkehrte, betrachtete der Retriever sie neugierig und lief dann zum zertrümmerten Game Boy und schnüffelte daran, als wolle er feststellen, womit der ihren Wutanfall ausgelöst hatte.

Hinter dem Fenster hatte sich nichts verändert. Eine vom Wind getriebene Schneelawine verdunkelte den Tag fast so gründlich, wie ein vom Pazifik kommender Nebel die Straßen einer kalifornischen Stadt am Meer verdunkeln konnte.

Sie sah Toby an. »Bist du in Ordnung?«

»Ja.«

»Laß es nicht herein.«

»Ich will es ja nicht hereinlassen.«

»Dann laß es auch nicht herein. Sei stark. Du schaffst es.«

Auf der Küchenzeile sprang unter dem Mikrowellenherd das Radio aus eigenem Antrieb an, als hätte man einen eingebauten Wecker auf ein paar Minuten Musik vor dem Summton programmiert. Es war ein riesiger Breitband-Empfänger, so groß wie zwei Schachteln Cornflakes, der sowohl inländische Kurz- als auch Langwellensender hereinbekommen konnte; doch es war kein Wecker, den man darauf programmieren konnte, sich zu einer bestimmten Zeit einzuschalten. Und doch leuchtete die Senderskala mit grünem Licht, und seltsame Musik drang aus den Lautsprechern.

Aber die Tonfolgen und die sich überlappenden Rhythmen waren eigentlich gar keine Musik, sondern nur die Elemente davon, in dem Sinne, wie ein Stapel Bretter und ein Haufen Schrauben Elemente eines Schrankes bilden. Sie konnte die verschiedenen Instrumente unterscheiden − Flöten, Oboen, Klarinetten, alle möglichen Hörner, Geigen, Pauken, Trommeln −, vernahm jedoch keine Melodie, keine identifizierbare zusammenhängende Struktur, nur die *Ahnung* einer solchen, die zu schwach war, um sie deutlich herauszuhören, Tonwellen, die manchmal angenehm und manchmal kreischend mißtönend waren, mal laut, mal leise, abnehmend und fließend.

»Vielleicht«, sagte Toby.

Heathers Aufmerksamkeit hatte dem Radio gegolten. Überrascht drehte sie sich zu ihrem Sohn um.

Toby hatte sich erhoben. Er stand neben dem Tisch, schaute durch den Raum aufs Radio und schwankte wie ein schlankes Schilfrohr in einer Brise, die nur er wahrnehmen konnte. Seine Augen waren glasig. »Na ja ... ja, vielleicht ... vielleicht ...«

Das unmelodische Klanggewebe aus dem Radio war das musikalische Gegenstück zu den sich ständig verändernden Farben, die über die Bildschirme des Fernsehgeräts, des Computers und des Game Boys geflutet waren: eine Sprache, die sich anscheinend direkt an das Unterbewußtsein wandte. Heather spürte den hypnotischen Sog ebenfalls, obwohl er bei ihr nicht annähernd so stark war wie bei Toby.

Toby war der Verletzbare. Kinder waren immer die leichteste Beute, natürliche Opfer in einer grausamen Welt.

»Das würde mir gefallen... schön... hübsch«, sagte der Junge verträumt und seufzte dann.

Wenn er ›ja‹ sagte, wenn er die innere Tür öffnete, würde er diesmal vielleicht nicht imstande sein, das Ding gewaltsam zu vertreiben. Vielleicht war er dann für immer verloren.

»Nein!« sagte Heather.

Sie griff nach dem Stecker des Radios und zog ihn so heftig aus der Steckdose an der Wand, daß die Zinken sich verbogen. Gelbe Funken sprühten aus der Öffnung und regneten auf die Arbeitsfläche.

Trotz des herausgezogenen Steckers drangen weiterhin die hypnotisierenden Tonwellen aus dem Gerät.

Entsetzt und fassungslos starrte sie das Radio an.

Toby war immer noch in Trance und sprach mit der unsichtbaren Wesenheit, wie er mit einem eingebildeten Freund gesprochen hätte. »Kann ich? Hm... Kann ich... wirst du? Wirklich?«

Das verdammte Ding war unbarmherziger als die Drogenhändler in der Stadt, die die Kinder an Schulhöfen, Straßenecken, in Spielhallen, vor Kinos oder in den Einkaufszentren anlockten, überall, wo sie ein Opfer finden konnten, unermüdlich, so schwer auszurotten wie Läuse.

Batterien. Natürlich. Das Radio verfügte auch noch über einen Satz Batterien.

»Vielleicht... vielleicht...«

Sie legte die Uzi auf den Tisch, griff nach dem Radio, öffnete die Plastikverschalung auf der Hinterseite und riß die beiden aufladbaren Batterien heraus. Sie warf sie in die Spüle, wo sie klapperten wie Würfel auf dem Boden eines Knobelbechers. Der Schwanengesang des Radios war verstummt, bevor Toby eingewilligt hatte; also ging diese Runde an Heather. Tobys geistige Freiheit hatte auf dem Spiel gestanden, doch sie hatte eine Sieben geworfen und den Einsatz gewonnen. Er war für den Augenblick in Sicherheit.

»Toby? Toby, sieh mich an.«

Er gehorchte. Er schwankte nicht mehr, seine Augen waren klar, und er schien in die Wirklichkeit zurückgefunden zu haben.

Falstaff bellte, und Heather dachte, der Lärm habe ihn aufgeregt, oder vielleicht die starke Furcht, die er in ihr wahrgenommen hatte, doch dann sah sie, daß seine Aufmerksamkeit sich auf das Fenster über der Spüle richtete. Er stieß ein hartes, böses, warnendes Bellen aus, das einen Feind vertreiben sollte.

Sie drehte sich gerade noch rechtzeitig um, so daß sie etwas auf der Veranda ausmachte, was vom Fenster wegschlüpfte. Es war dunkel und groß. Sie hatte es nur aus den Augenwinkeln gesehen, und es war zu schnell verschwunden, als daß sie es hätte erkennen können.

Etwas rüttelte an der Türklinke.

Das Radio war nur eine Ablenkung gewesen.

Als Heather die Mikro Uzi von der Arbeitsfläche nahm, stürmte der Retriever an ihr vorbei und baute sich vor den Töpfen und Pfannen und Tellern auf, die sie vor der Hintertür aufgestapelt hatten. Er bellte die Messingklinke wütend an, die sich schnell auf und ab bewegte, auf und ab.

Heather packte Toby an der Schulter und zog ihn zur Dielentür. »In die Diele, aber bleib dicht hinter mir — schnell!«

Die Streichhölzer befanden sich bereits in ihrer Jackentasche. Sie legte die Hand um den Griff des nächsten Zwanzigliterbenzinbehälters. Sie konnte nur einen Kanister ergreifen, da sie die Uzi nicht beiseite legen wollte.

Falstaff gebärdete sich wie verrückt, knurrte so heftig, daß Speichel von seinen Lefzen flog. Die Haare auf seinem Nacken sträubten sich, er hatte den Schwanz angelegt und stand geduckt und straff da, als wolle er die Tür anspringen, bevor das Ding draußen überhaupt hindurchgekommen war.

Das Schloß öffnete sich mit einem lauten Klicken.

Der Eindringling hatte einen Schlüssel. Oder brauchte er vielleicht gar keinen? Heather erinnerte sich daran, wie das Radio von allein angesprungen war.

Sie wich bis zur Schwelle zwischen Küche und Diele zurück.

Reflexionen des Lichts der Lampe funkelten auf der Klinge, als sie langsam hinabgedrückt wurde.

Sie stellte den Benzinbehälter auf den Boden und hielt die Uzi mit beiden Händen fest. »Falstaff, komm her! Falstaff!«

Als die Tür aufgeschoben wurde, schwankte der Geschirrturm.

Der Hund wich zurück, nachdem sie ihn noch mehrmals gerufen hatte.

Ihre ›Alarmanlage‹ schwankte stärker, kippte um und brach in sich zusammen: Töpfe, Pfannen und Geschirr schepperten über den Küchenboden, Gabeln und Messer schlugen wie Glocken gegeneinander, und Gläser zerbrachen.

Der Hund lief zu Heather, bellte aber weiterhin, fletschte die Zähne und schaute wütend zur Tür.

Heather hielt die Uzi fest in beiden Händen, hatte den Sicherungshebel zurückgeschoben und einen Finger leicht auf den Abzug gelegt. Was, wenn die Waffe Ladehemmung hatte? Denk nicht daran; sie würde nicht klemmen. Sie hatte traumhaft funktioniert, als Heather sie vor einigen Monaten in einem Cañon in einer abgelegenen Gegend oberhalb von Malibu ausprobiert hatte: automatisches Feuer, das an den Wänden dieses schmalen Engpasses hallte, leere Patronenhülsen, die durch die Luft flogen, zerfetzte Dornenbüsche, der Geruch von heißem Messing und verbranntem Pulver, Kugeln, die in einem strafenden Strom aus der Mündung schossen, so glatt und problemlos wie Wasser aus einem Schlauch. Die Waffe würde nicht klemmen, nicht in einer Million Jahren. *Aber, großer Gott... was, wenn sie doch blockierte?*

Die Tür wurde weiter aufgeschoben. Ein schmaler Spalt. Drei Zentimeter. Dann fünf.

Etwas schlängelte sich ein paar Zentimeter über der Klinke durch die Lücke. In diesem Augenblick wurde der Alptraum bestätigt, das Unwirkliche wirklich, das Unmögliche plötzlich wahr, denn es handelte sich um einen Tentakel, der hauptsächlich schwarz, aber mit einigen roten Punkten gesprenkelt war, so leuchtend und glänzend wie nasse Seide, an der dicksten Stelle, die sie sehen konnte, einen Durchmesser von vielleicht fünf Zentimetern hatte und an der Spitze so dünn wie ein Regenwurm war. Er tastete sich in die warme Luft der Küche, zog sich fließend zusammen und streckte sich obszön wieder aus.

Das genügte. Sie mußte nicht mehr sehen, wollte nicht mehr sehen, und eröffnete das Feuer. *Ratata-ratata-ratata.* Der kurze Druck auf den Abzug ließ sechs oder sieben Kugeln aus der Waffe schießen, die Löcher in die Eichentür rissen und ihren Rand zerfetzten. Die ohrenbetäubenden Detonationen hallten in der Küche von einer Wand zur anderen, scharfe Echos, die sofort wieder von neuen Echos überlagert wurden.

Der Tentakel zuckte mit der Bereitwilligkeit einer geschmeidigen Peitsche zurück.

Heather hörte keinen Ruf, keinen überirdischen Schrei. Sie wußte nicht, ob sie das Ding verletzt hatte oder nicht.

Sie würde ihm nicht folgen und auf die Veranda sehen, auf keinen Fall, und sie würde nicht abwarten, ob es ein zweitesmal — und dann vielleicht aggressiver — in die Küche stürmte. Da sie nicht wußte, wie schnell das Geschöpf sich bewegen konnte, mußte sie eine größere Distanz zwischen sich und die Hintertür bringen.

Sie griff nach dem Benzinbehälter neben sich, hielt die Uzi mit einer Hand und ging rückwärts in die Diele hinaus, wäre dabei fast über den Hund gestolpert, der sich mit ihr zurückzog. Sie ging zum Fuß der Treppe, wo Toby auf sie wartete.

»Mom?« sagte er. Seine Stimme war angespannt vor Furcht.

Wenn sie durch Diele und Küche sah, konnte sie die Hintertür im Blick halten, weil sie sich in einer direkten Linie mit ihr befand. Sie blieb geöffnet, doch noch erzwang sich niemand Einlaß. Sie wußte, daß der Eindringling sich noch auf der hinteren Veranda befinden und die Klinke festhalten mußte, weil sonst der Sturm die Tür ganz aufgestoßen hätte.

Worauf wartete das Ding? Hatte es Angst vor ihr? Nein. Toby hatte gesagt, daß es nie Angst hatte.

Ein anderer Gedanke ließ sie erzittern: Wenn es den Begriff des Todes nicht verstand, bedeutete dies, daß es nicht sterben, nicht getötet werden konnte. In diesem Fall wären Waffen nutzlos.

Und doch wartete und zögerte es. Vielleicht hatte es Toby belogen, und vielleicht war es genauso verletzlich wie sie, oder sogar noch verletzbarer. Wunschdenken. Aber etwas anderes blieb ihr nicht.

Sie befand sich nicht ganz auf halber Höhe der Diele. Zwei weitere Schritte würden sie dorthin bringen, zwischen die geschwungenen Türöffnungen zum Eß- und Wohnzimmer. Aber sie war weit genug von der Hintertür zurückgewichen, um das Ding zu erwischen, falls es mit unnatürlicher Schnelligkeit und Kraft in das Haus stürmen sollte. Sie blieb stehen, stellte den Benzinbehälter neben dem Treppenpfosten auf den Boden und nahm die Uzi wieder in beide Hände.

»Mom?«

»Psst.«

»Was machen wir jetzt?« fragte er.

»Psst. Laß mich nachdenken.«

Offensichtlich waren gewisse Bestandteile des Eindringlings schlangenähnlich, wenngleich sie nicht wissen konnte, ob sein gesamter Körper oder lediglich einzelne Anhängsel so beschaffen waren. Die meisten Schlangen konnten sich schnell bewegen – oder sich zusammenrollen und mit tödlicher Genauigkeit beträchtliche Entfernungen springend zurücklegen.

Die Tür stand weiterhin offen. Nichts rührte sich. Schneeflocken trieben durch den schmalen Spalt zwischen Tür und Rahmen ins Haus, senkten sich und blieben funkelnd auf dem gefliesten Boden liegen.

Ob das Ding auf der Veranda nun schnell war oder nicht, auf jeden Fall war es riesig. Sie hatte seine beträchtliche Größe geahnt, als es von dem Fenster zurückgewichen war und sie einen kurzen Blick auf seine Masse geworfen hatte. Es war größer als sie.

»Komm schon«, murmelte sie, während sie ihre gesamte Aufmerksamkeit auf die Hintertür richtete. »Komm schon, wenn du nie Angst hat, komm schon.«

Doch sie und Toby schrien vor Überraschung auf, als im

Wohnzimmer mit voll aufgedrehter Lautstärke das Fernsehgerät ansprang.

Hektische, donnernde Musik. Ein Zeichentrickfilm. Kreischende Bremsen, ein Knall und ein Scheppern, dazu die komische Begleitung einer Flöte. Dann die Stimme des frustrierten Elmer Fudd, der durchs Haus brüllte: »OOOHHH, ICH KANN DIESES KANINCHEN EINFACH NICHT AUSSTEHEN!«

Heather konzentrierte sich weiterhin auf die fünfzehn Meter entfernte Hintertür.

Bugs Bunny sprach mit einer solchen Lautstärke, daß jedes Wort die Fensterscheiben vibrieren ließ: »HE, IS WAS, DOC?« Und dann ein lauter Aufprall: BOING, BOING, BOING, BOING, BOING.

»HÖR AUF DAMIT, HÖR AUF DAMIT, DU VERRÜCKTES KANINCHEN!« Falstaff lief ins Wohnzimmer, bellte das Fernsehgerät an und kehrte dann wieder in die Diele zurück, sah an Heather vorbei, dorthin, wo noch immer der wirkliche Feind wartete.

Zur Hintertür.

Schnee trieb durch die schmale Öffnung.

Im Wohnzimmer verstummte der Fernseher inmitten eines langgezogenen Posaunenglissandos, das selbst unter diesen Umständen ein Bild des unglücklichen Elmer Fudd hervorrief, der unausweichlich von einem Verderben ins nächste schlitterte. Dann Stille. Nur der heulende Wind draußen.

Eine Sekunde. Zwei. Drei.

Dann plärrte das Fernsehgerät wieder los, aber diesmal nicht mit Bugs Bunnys und Elmers Stimmen. Der Apparat spuckte vielmehr dieselben unheimlichen, unmelodischen Tonwellen aus, die auch aus dem Radio in der Küche gedrungen waren.

»Wehre dich!« sagte Heather scharf zu Toby.

Die Hintertür. Schneeflocken wirbelten durch den Spalt.

Komm schon, komm schon.

Sie hielt den Blick auf die Hintertür gerichtet, auf die gegenüberliegende Seite der erhellten Küche. »Hör nicht darauf, Schatz«, sagte sie, »sag ihm einfach, es soll verschwinden, sag nein, nein, nein, nein.«

Die Musik, die abwechselnd wütend und besänftigend, aber nie melodiös klang, drang mit scheinbar körperlicher Gewalt auf Heather ein, wenn sie lauter wurde, zog an ihr, wenn sie wieder leiser wurde, stieß und zog, bis Heather klar wurde, daß sie genauso schwankte, wie Toby unter dem Bann des Radios in der Küche geschwankt hatte.

Bei einer der leiseren Stellen hörte sie ein Murmeln. Tobys Stimme. Die Worte konnte sie nicht verstehen.

Sie sah ihn an. Er wies wieder diesen benommenen Gesichtsausdruck auf. Entrückt. Er bewegte die Lippen. Vielleicht sagte er »Ja, ja!«, aber sie war sich nicht ganz sicher.

Die Küchentür. Sie stand noch immer fünf Zentimeter weit offen, wie die ganze Zeit schon. Irgend etwas wartete noch immer auf der Veranda.

Sie wußte es.

Der Junge flüsterte mit seinem unsichtbaren Verführer, leise, drängende Worte, bei denen es sich um die ersten stockenden Schritte der Einwilligung oder völligen Unterwerfung handeln konnte.

»Scheiße!« sagte sie.

Sie trat zwei Schritte zurück, drehte sich zum Türbogen des Wohnzimmers um und eröffnete das Feuer auf das Fernsehgerät. Eine kurze Salve, sechs oder acht Schuß, die in den Bildschirm schlugen. Die Bildröhre explodierte, dünne, weiße Rauchstreifen hoben sich von den zerschmetterten elektronischen Teilen in die Luft, und der dunkle, verlockende Sirenengesang war von dem Rattern der Uzi endgültig zum Schweigen gebracht worden.

Ein starker, kalter Wind wehte durch die Diele, und Heather wirbelte zur Rückseite des Hauses herum. Die Hintertür stand nicht mehr einen Spaltbreit, sondern völlig offen. Sie sah die schneebedeckte Veranda und dahinter den aufgewühlten weißen Tag.

Der Geber war zuerst aus einem Traum gekommen. Nun war er aus dem Sturm gekommen. Er lauerte irgendwo in der Küche, rechts oder links von der Tür, und Heather hatte die Gelegenheit verpaßt, ihn beim Betreten des Hauses niederzumähen.

Wenn er sich direkt auf der anderen Seite der Schwelle zwischen Diele und Küche befand, war er bis auf siebeneinhalb Meter herangekommen. Er war wieder gefährlich nah.

Toby stand auf der ersten Treppenstufe. Sein Blick war wieder klar, aber er zitterte und war bleich vor Schrecken. Der Hund stand hinter ihm und sog wachsam die Luft ein.

Hinter ihr brach mit einem lauten Scheppern und Klirren ein anderer Turm aus Töpfen, Pfannen, Schüsseln, Gläsern und Tellern zusammen. Toby schrie auf, Falstaff bellte wieder wie verrückt, und Heather fuhr herum. Ihr Herz hämmerte so heftig, daß ihre Arme zitterten und die Waffe sich hob und senkte. Die Haustür bog sich nach innen. Ein Dschungel aus langen, rotgefleckten, schwarzen Tentakeln brach funkelnd und zuckend durch den Spalt zwischen Türblatt und Rahmen. Also gab es zwei von ihnen, eins vor und eins hinter dem Haus. Die Uzi hämmerte. Sechs Schuß, vielleicht acht. Die Tür schloß sich wieder. Aber eine geheimnisvolle, dunkle Gestalt kauerte sich gegen sie; ein kleiner Teil davon war durch das abgeschrägte Glasfenster oben in der Tür zu sehen.

Ohne abzuwarten, ob sie das Arschloch tatsächlich getroffen oder nur die Tür und Wand versengt hatte, wirbelte Heather wieder zur Küchentür herum und gab aus der Drehung drei oder vier Schüsse durch die leere Diele ab.

Da war aber nichts.

Sie war der festen Überzeugung gewesen, daß das erste Ungetüm sie von hinten angreifen würde. Falsch gedacht. Im Magazin der Uzi waren vielleicht noch zwanzig Schuß. Vielleicht auch nur fünfzehn.

Sie konnten nicht in der Diele bleiben. Nicht wenn eins der verdammten Dinger in der Küche und ein anderes auf der vorderen Veranda lauerten.

Warum war sie immer davon ausgegangen, es nur mit einem Monster zu tun zu haben? Weil es in dem Traum nur eins gegeben hatte? Weil Toby nur von einem Verführer gesprochen hatte? Vielleicht waren es mehr als zwei. Hunderte.

Sie stand zwischen dem Wohn- und dem Eßzimmer. Beide Räume konnten letztlich zu einer Falle für sie werden.

In verschiedenen Zimmern im Erdgeschoß brachen gleichzeitig die Fenster ein.

Das Klirren von zerspringendem Glas und das Kreischen des Windes hinter allen Fensteröffnungen halfen ihr, eine Entscheidung zu treffen. Hinauf! Sie und Toby würden nach oben gehen. Da konnte sie sich leichter verteidigen.

Sie griff nach dem Benzinkanister.

Die Haustür hinter ihr sprang wieder auf und knallte gegen die verstreuten Gegenstände, mit denen sie den Alarmturm gebaut hatten. Sie vermutete, daß etwas anderes als der Wind die Tür aufgestoßen hatte, drehte sich aber nicht um. Der Geber zischte. Wie in dem Traum.

Sie sprang zu der Treppe, und das Benzin schwappte in dem Kanister hoch. »Geh, geh!« schrie sie Toby an.

Der Junge und der Hund liefen vor ihr zum Obergeschoß hinauf.

»Wartet oben!« rief sie ihnen nach, als sie außer Sicht verschwanden.

Am Kopf der ersten Treppenflucht blieb Heather auf der Brüstung stehen und sah einen Toten, der auf sie zukam. Eduardo Fernandez. Sie erkannte ihn anhand der Fotos, die sie gefunden hatten, als sie seine Besitztümer durchsahen. Seit über vier Monaten tot und begraben. Trotzdem bewegte er sich watschelnd und steifgliedrig, stapfte durch die Schüsseln und Pfannen und Gläser und hielt auf den Fuß der Treppe zu, während Schneeflocken um ihn wirbelten wie Asche von den Feuern der Hölle.

Es konnten keine Empfindungen mehr in der Leiche sein, nicht mehr die geringste Spur von Ed Fernandez' Bewußtsein, denn der Verstand und die Seele des Mannes waren an einen besseren Ort übergewechselt, bevor der Geber seine Leiche requiriert hatte. Der mit Erde beschmutzte Kadaver wurde offensichtlich von derselben Kraft beherrscht, die auch über eine beträchtliche Entfernung hinweg das Radio und das Fernsehgerät eingeschaltet, die Riegel und Schlösser ohne Schlüssel geöffnet und die Fensterscheiben eingedrückt hatte. Vielleicht Telekinese, die Herrschaft des Geistes über die Materie. Eines außerirdischen Geistes über irdische Materie. In diesem Fall handelte es sich um zersetzende organische Materie von der ungefähren Gestalt eines Menschen.

Die Leiche blieb am Fuß der Treppe stehen und blickte zu Heather empor. Ihr Gesicht war nur leicht angeschwollen, wenn auch dunkel verfärbt, purpurn, mit ein paar gelben Tupfern hier und da und einer grünen Kruste unter den verstopften Nasenlöchern. Ein Auge fehlte. Das andere war mit einem gelben Film bedeckt und wölbte sich gegen ein halb geschlossenes Lid, das zwar von einem Leichenbestatter zugenäht worden war, sich aber wieder teilweise geöffnet hatte, da die verrottenden Fäden nicht hielten.

Heather hörte, daß sie schnell und rhythmisch etwas vor sich hinmurmelte. Nach einem Augenblick begriff sie, daß sie fieberhaft ein langes Gebet aufsagte, das sie als Kind auswendig gelernt, aber seit achtzehn oder zwanzig Jahren nicht mehr wiederholt hatte. Hätte sie sich unter anderen Umständen bewußt bemüht, sich an die Worte zu erinnern, wäre es ihr nicht mal mehr zur Hälfte eingefallen, doch nun sprudelte es aus ihr heraus wie damals, als sie als junges Mädchen in der Kirche gekniet hatte.

Der wandelnde Leichnam war jedoch nur zum Teil der Grund für die Furcht und den Ekel, die ihren Magen zusammenzogen, ihr das Atmen unmöglich machten und ihren Würgereflex auslösten. Es war ein abscheulicher Anblick, aber das verfärbte Fleisch löste sich noch nicht von den Knochen. Der Tote roch mehr nach Einbalsamierungsflüssigkeit als nach Verwesung, ein beißender Gestank, der mit einem kalten Windzug die Treppe hinaufwehte und Heather augenblicklich an den Biologieunterricht auf der High-School und schlüpfrige Frösche erinnerte, die sie aus Behältern mit Formaldehyd fischten, um sie zu sezieren.

Weitaus widerwärtiger und abstoßender war der Geber, der auf der Leiche ritt wie auf einem Lasttier. Obwohl das Licht in der Diele so hell war, daß sie den Außerirdischen deutlich ausmachen konnte, und obwohl sie gewünscht hätte, *weniger* statt mehr von ihm zu sehen, war sie nichtsdestoweniger nicht imstande, seine körperliche Gestalt genau zu beschreiben. Der Großteil des Dings schien am Rücken des Toten zu hängen, gehalten von peitschenähnlichen Tentakeln — manche so dünn wie Bleistifte, andere wiederum so dick wie ihr Unterarm —, die sich fest um die Schenkel, Hüften, Brust und den Hals des Reittieres schlangen. Der Geber war größtenteils schwarz, und zwar von einem so tiefen Schwarz, daß es sie in den Augen schmerzte, ihn anzusehen, obwohl an manchen Stellen der Kohlenglanz von blutroten Tupfen erhellt wurde.

Hätte sie nicht Toby beschützen müssen, wäre es Heather vielleicht nicht möglich gewesen, das Ding anzusehen, denn es war zu fremd, unbegreiflich, einfach zu viel. Bei seinem Anblick wurde ihr schwindlig, als hätte sie Lachgas eingeatmet, und sie stand tatsächlich am Rand eines verzweifelten, albernen Gelächters, einer verzweifelten Fröhlichkeit, die dem Wahnsinn gefährlich nahekam.

In ihrer Angst, das unheimliche Wesen könnte jeden Augenblick zu ihr aufschließen, wagte Heather es nicht, den Blick von der Leiche oder dem schrecklichen Reiter abzuwenden. Langsam stellte sie den Benzinkanister auf dem Boden der Brüstung ab.

Am Rücken der Leiche, im Zentrum der brodelnden Tentakelmasse, mochte sich ein Hauptkörper befinden, ähnlich dem eines Tintenfisches, mit funkelnden, unmenschlichen Augen und einem verzerrten Mund — doch falls es ihn gab, konnte sie ihn nicht sehen. Statt dessen schien das Ding nur aus tauähnlichen Extremitäten zu bestehen, die unaufhörlich zuckten, sich zusammenzogen und kräuselten und wieder entfalteten. Obwohl der Geber unter seiner Haut schlammig und gelatineartig zu sein schien, bildete er manchmal dornige Ausläufer, die sie an Hummer, Krabben oder Flußkrebse erinnerten — auch wenn sie mit einem Wimpernschlag wieder verschwanden und nur flüssiges Gleiten blieb.

Als Heather auf dem College gewesen war, hatte man bei einer ihrer Freundinnen — Wendi Felzer — Leberkrebs festgestellt, und Wendi hatte sich entschlossen, die Behandlung durch ihre Ärzte mit einem Kursus in Selbstheilung durch Gedankentherapie zu unterstützen. Wendi hatte sich ihre weißen Blutkörperchen als Ritter in leuchtenden Rüstungen mit magischen Schwertern vorgestellt, den Krebs als Drachen, und hatte zwei Stunden täglich meditiert, bis sie in ihrer Vorstellung sah, wie diese vielen Ritter das Ungeheuer töteten. Der Geber war die Urgestalt einer jeden Vorstellung, die man sich von Krebs machen konnte, die gleitende Verkörperung von Boshaftigkeit. Bei Wendi hatte der Drache gewonnen. Es war nicht hilfreich, daß Heather sich ausgerechnet jetzt daran erinnerte, ganz und gar nicht.

Das Ding stieg die Treppe zu ihr hinauf.

Sie hob die Uzi.

Der abscheulichste Aspekt der Verbindung des Gebers mit der Leiche war das Ausmaß der Intimität. Die Knöpfe waren von dem weißen, weit offenstehenden Totenhemd abgesprungen, und ein paar Tentakel hatten den Thoraxschnitt aufgestemmt, den der Leichenbeschauer bei seiner Obduktion vorgenommen hatte; diese rotgesprenkelten Anhängsel verschwanden in dem Kadaver, drängten sich tief in unbekannte Bereiche seines kalten Gewebes. Das Geschöpf schien in seiner Verbindung mit dem toten Fleisch zu schwelgen, eine Umarmung, die genauso unerklärlich wie obszön war.

Schon seine bloße Existenz war anstößig. Daß es so etwas überhaupt *gab*, schien ein Beweis dafür zu sein, daß das Universum ein Irrenhaus war, voller Welten ohne Bedeutung und heller Galaxien ohne Muster oder Sinn.

Es stieg zwei Stufen hinauf, der Brüstung entgegen.

Drei. Vier.

Heather wartete noch eine Stufe ab.

Jetzt war es auf der fünften Stufe, sieben unter ihr.

Eine sich sträubende Masse von Tentakeln erschien zwischen den Lippen des Toten, wie eine Handvoll schwarzer, blutgesprenkelter Zungen.

Heather eröffnete das Feuer, drückte aber zu lange auf den Abzug, verbrauchte zu viel Munition, zehn oder zwölf Schuß, vielleicht sogar vierzehn, obwohl es schon überraschend war — wenn man ihren Geisteszustand berücksichtigte —, daß sie nicht beide Magazine leerte. Die Neunmillimeterkugeln steppten eine blutlose, diagonale Linie über die Brust des Toten, durch die Leiche und die zuckenden Tentakel.

Parasit und toter Gastkörper wurden auf den Boden der Diele unter ihnen zurückgeworfen. Auf der Treppe blieben zwei abgetrennte Tentakel zurück, der eine vielleicht vierzig, der andere sechzig Zentimeter lang. Die amputierten Gliedmaßen bluteten nicht, doch beide bewegten sich weiterhin, zuckten und peitschten, wie der Körper einer Schlange sich noch krümmen mochte, nachdem er schon lange vom Kopf abgetrennt worden war.

Heather wurde von dem abscheulichen Anblick in den Bann geschlagen, denn plötzlich handelte es sich bei den Bewegungen nicht mehr um das Resultat fehlzündender Nerven und sich zufällig verkrampfender Muskeln; sie waren nun zielgeleitet, zweckbestimmt. Beide Stücke schienen sich des jeweils anderen bewußt zu sein und krochen aufeinander zu. Das erste schlängelte sich eine Treppenstufe hinab, und das zweite hob sich ihm grazil entgegen, wie eine von einer Flöte bezauberte Schlange. Als sie sich berührten, vollzog sich eine Verwandlung, bei der es sich um Schwarze Magie zu handeln schien und die völlig über Heathers Verständnis hinausging, obwohl sie sie ganz deutlich sah. Die beiden Tentakel wurden zu einem, verschlangen sich nicht nur ineinander, sondern verschmolzen, flossen zusammen, als wäre die pechschwarze, glänzende Hautumhüllung nur eine Oberflächenspannung, die dem schleimigen Protoplasma darunter nun nachgab. Als die beiden Tentakel sich vereinten, sproßen sofort acht kleinere aus der Masse hervor; mit einem Schimmern wie von schnellen Schattenspielen auf einer Wasserpfütze wandelte der neue Organismus sich zu einer entfernt krabbenähnlichen – aber noch immer augenlosen – Gestalt, wenngleich er dabei so weich und biegsam wie zuvor blieb. Zitternd, als verlange der Versuch, eine auch nur marginal ausgeprägtere Gestalt aufrecht zu halten, eine gewaltige Anstrengung, glitt er die Treppe hinab zu der Muttermasse, von der er abgetrennt worden war.

Kaum eine halbe Minute war seit dem Augenblick verstrichen, da die beiden abgetrennten Anhängsel einander gesucht hatten.

Körper sind.

Unter anderem diese Worte hatte der Geber, Jack zufolge, auf dem Friedhof zu Toby gesagt.

Eine damals rätselhafte Aussage. Jetzt war sie nur allzu deutlich. Körper sind — jetzt und auf ewig, Fleisch ohne Ende. Körper sind — wenn nötig ersetzbar, überaus anpassungsfähig, abtrennbar, ohne daß es zu einem Verlust an Intellekt oder Erinnerungen kommt, und daher standen sie in unendlicher Zahl zur Verfügung.

Die Öde ihrer plötzlichen Einsicht, die Erkenntnis, daß sie nicht gewinnen konnten, ganz gleich, wie tapfer sie kämpften oder wieviel Mut sie hatten, traf Heather einen Augenblick lang unterhalb der Gürtellinie der geistigen Vernunft, stieß, auch wenn nur sehr kurz, in absoluten Wahnsinn. Statt sich — wie es jeder vernünftige Mensch getan hätte — vor der monströs fremden Kreatur zurückzuziehen, die entschlossen die Treppe hinabkroch, um sich wieder mit ihrer Muttermasse zu vereinen, setzte Heather ihr nach und sprang mit einem erstickten Schrei, der wie das dünne und bittere Klagen eines sterbenden Tieres klang, das sich in einer zahnbewehrten Falle gefangen hatte, die Stufen hinab, die Mikro Uzi mit beiden Händen umfassend.

Obwohl sie wußte, daß sie sich in eine schreckliche Gefahr brachte, da sie Toby am Kopf der Treppe allein ließ, konnte Heather nicht innehalten. Sie sprang in der Zeit, da das krabbenähnliche Ding zwei Stufen zurücklegte, eine, zwei, drei, vier, fünf hinab. Sie waren noch vier Stufen voneinander getrennt, als das Ding plötzlich die Richtung umkehrte, ohne sich umzudrehen, als wären vor, zurück und seitwärts eins für es. Heather blieb so schnell stehen, daß sie fast das Gleichgewicht verloren hätte, und die Krabbe stieg viel schneller zu ihr hinauf, als sie hinabgestiegen war.

Drei Stufen zwischen ihnen.

Zwei.

Sie drückte auf den Abzug, leerte die letzten Kugeln der Uzi in die huschende Gestalt, zerfetzte sie in vier, fünf, sechs blutleere Stücke, die ein paar Stufen hinabstürzten und -rutschten und dann zuckend liegenblieben. Nun waren sie wieder geschmeidig und schlangenähnlich. Eifrig und stumm darauf bedacht, zueinander zu fließen.

Die Stille war fast das Schlimmste daran. Keine Schmerzensschreie, wenn es getroffen wurde. Kein Wutschnauben. Die geduldige und stumme Erholung sowie die bedachte Fortsetzung des Angriffs verhöhnten den Triumph, den Heather kurzzeitig verspürt hatte.

Am Fuß der Treppe hatte die Erscheinung sich aufgerichtet. Der Geber, der noch immer auf schreckliche Art und Weise mit der Leiche verbunden war, kam wieder die Treppe hinauf.

Heathers Anfall von Wahnsinn ließ nach. Sie floh zur Brüstung hinauf, schnappte sich den Benzinbehälter und lief weiter zum Obergeschoß, wo Toby und Falstaff warteten.

Der Retriever zitterte. Er winselte eher, als daß er bellte, und schien damit auszudrücken, daß er dasselbe wie Heather spürte: Eine wirksame Verteidigung war unmöglich. Diesen Feind konnte man mit Zähnen oder Krallen genausowenig zur Strecke bringen wie mit Gewehren.

»Muß ich es tun?« sagte Toby. »Ich will es nicht.«

Sie wußte nicht, was er meinte, und hatte keine Zeit, sich danach zu erkundigen. »Hab keine Angst, Schatz, wir schaffen es schon.«

Von der ersten Treppenflucht, die von der Brüstung aus nicht einsehbar war, kam der Klang schwerer, heraufsteigender Schritte. Ein Zischen. Wie das pfeifende Austreten von Dampf aus einem winzigen Loch in einem Rohr — aber ein kaltes Geräusch.

Heather legte die Uzi beiseite und fummelte an dem Verschluß des Benzinkanisters herum.

Vielleicht funktionierte ja Feuer. Sie mußte einfach daran glauben. Wenn das Ding brannte, würde nichts mehr übrigbleiben, woraus es sich neu erschaffen konnte. Körper sind. Aber Körper, die zu Asche reduziert werden, verlieren ihre Form und Funktion und bekommen sie nicht mehr zurück, ganz gleich, wie fremdartig ihr Fleisch und ihre ständigen Metabolien waren. Verdammt, Feuer *mußte* einfach funktionieren.

»Es hat nie Angst«, sagte Toby mit einer Stimme, welche die bodenlosen Tiefen seiner eigenen Furcht enthüllte.

»Verschwinde von hier, Baby! Geh! Geh ins Schlafzimmer! Schnell!«

Der Junge lief los, und der Hund folgte ihm.

Manchmal kam Jack sich vor, als sei er ein Schwimmer in einem weißen Meer unter einem weißen Himmel auf einer Welt, die genauso fremd war wie der Planet, von dem der Eindringling auf die Quartermass-Ranch hinabgestiegen war. Obwohl er den Boden unter den Füßen spürte, als er sich den knappen Kilometer zur Landstraße hinabkämpfte, sah er ihn kein einziges Mal unter den weißen Sturzbächen, die der Sturm über ihn ausschüttete, und er kam ihm so unwirklich vor, wie der Grund des Pazifiks einem Schwimmer vorkommen mochte, der sich tausend Faden über ihm befand. Der Schnee rundete alle Formen ab, und die Landschaft dehnte sich wogend aus wie die Dünung eines Schiffes mitten auf dem Ozean, wenngleich an manchen Stellen der Wind Skulpturen in ausgebogene Ränder gemeißelt hatte, die wie die gefrorenen Kämme von Wellen aussahen, die sich gerade auf einem Strand brachen. Der Wald, der einen Kontrast zu dem Weiß hätte bieten können, das sein Blickfeld ausfüllte, war größtenteils von fallendem und wehendem Schnee verborgen, der so undurchsichtig war wie Nebel auf dem Meer.

In diesem ausgebleichten Land lag die größte Gefahr darin, die Orientierung zu verlieren. Er kam zweimal vom Weg ab, während er sich noch auf seinem eigenen Besitz befand, und erkannte seinen Irrtum nur, weil das Gras der Wiesen unter dem Schnee eine schwammigere Oberfläche hatte als die planierte Auffahrt.

Bei jedem hart erkämpften Schritt befürchtete Jack, daß etwas aus den Schneevorhängen treten oder sich aus einer Verwehung erheben würde, in der es sich versteckt hatte, entweder

der Geber selbst oder eins der Surrogate, die er sich vom Friedhof geholt hatte. Er sah ständig nach rechts und links und war jederzeit bereit, die Schrotflinte zu leeren und alles niederzumachen, was ihn angreifen sollte.

Er war froh, daß er die Sonnenbrille aufgesetzt hatte. Selbst mit deren Schutz war die ungebrochene Helligkeit hinderlich. Er bemühte sich, durch die winterliche Einförmigkeit zu sehen, um einen etwaigen Angriff zu bemerken und vertraute Details des Terrains auszumachen, die ihm halfen, sich nicht zu verirren.

Er wagte es nicht, an Heather und Toby zu denken. Denn wenn er an sie dachte, überwältigte ihn fast die Versuchung, zu ihnen zurückzukehren und Ponderosa Pines zu vergessen. Um ihret- und seinetwegen verdrängte er sie aus seinen Gedanken und konzentrierte sich ausschließlich darauf, Tempo zu machen, bis er praktisch zu einer Laufmaschine wurde.

Der unheimliche Wind kreischte ohne Unterlaß, blies Schnee in sein Gesicht und zwang ihn, den Kopf zu senken. Er riß ihn zweimal von den Füßen — und einmal mußte er dabei die Schrotflinte loslassen und danach hektisch in einer Schneeverwehung nach ihr graben — und wurde fast zu einem Feind, der nicht weniger wirklich war als alle anderen, gegen die er je angetreten war. Als er das Ende der Privatstraße erreicht hatte und zwischen den beiden großen steinernen Pfosten und unter dem gebogenen Holzschild, das den Eingang zur Quartermass-Ranch markierte, innehielt, um Atem zu schöpfen, verfluchte er den Wind. Als würde dieser ihn hören.

Jack fuhr mit einer behandschuhten Hand über die Sonnenbrille, um den Schnee von den Gläsern zu wischen, der auf ihnen kleben geblieben war. Seine Augen brannten, wie sie es manchmal taten, wenn ein Optiker Tropfen in sie gab, um vor einer Untersuchung die Pupillen zu erweitern. Ohne die Sonnenbrille wäre er wahrscheinlich bereits schneeblind.

Er konnte den Geruch und Geschmack der nassen Wolle nicht mehr ertragen, der die Luft würzte, wenn er sie durch den Mund einzog. Die Luft, die er ausatmete, hatte das Gewebe völlig durchnäßt, und das Kondensat war gefroren. Er rieb mit einer Hand über den Schal, zerbrach das dünne, spröde Eis und zerbröckelte die dichtere, kompakte Schneeschicht darüber, wischte alles weg, damit er leichter atmen konnte.

Obwohl er einfach nicht glauben konnte, daß der Geber nicht wußte, daß er das Haus verlassen hatte, hatte Jack den Rand der Ranch erreicht, ohne von ihm angegriffen worden zu sein. Noch lag ein beträchtlicher Weg vor ihm, doch die Gefahr eines Angriffs war auf der Strecke am größten gewesen, die er bereits ohne Zwischenfall zurückgelegt hatte.

Vielleicht war der Puppenspieler doch nicht so allwissend, wie er zu sein schien.

An der Wand hinter der Brüstung erhob sich ein aufgeblähter und bedrohlicher Schatten, so mißgestaltet wie der einer Schreckensgestalt in einer Geisterbahn: Der Puppenspieler und seine verwesende Marionette arbeiteten sich steifgliedrig, aber hartnäckig zum Kopf der ersten Treppenflucht hinauf. Während das Ding zu ihnen hochkam, absorbierte es zweifellos die Fragmente des seltsamen Fleisches, die die Kugeln ihm abgerissen hatten, blieb dabei jedoch nicht stehen.

Obwohl das Ding nicht schnell war, war es für Heathers Geschmack viel zu schnell. Es schien die verdammten Stufen heraufzurasen.

Trotz ihrer zitternden Hände gelang es ihr endlich, den verdammten Verschluß des Benzinkanisters abzuschrauben. Sie hielt den Behälter am Griff fest und drückte mit der anderen Hand die Seite mit dem Ausguß hinab. Ein bleicher Schwall Benzin schoß heraus. Sie schwang den Kanister nach rechts und links, bis der Teppich über die gesamte Breite der Stufe mit Benzin getränkt war, und schüttete das Zeug dann die gesamte Treppe hinab.

Auf der ersten Stufe unter der Brüstung erschien der Geber im Kielwasser seines Schattens, ein wahnsinniges Gebilde aus Erde und gleitenden Windungen.

Heather schraubte den Benzinkanister schnell wieder zu. Sie

trug ihn zum Ende des Korridors, stellte ihn ab und lief zur Treppe zurück.

Der Geber hatte die Brüstung erreicht und wandte sich der zweiten Treppenflucht zu.

Heather fummelte in der Jackentasche, in der sie die Streichhölzer wähnte, fand Ersatzmunition für die Uzi und den Korth, aber keine Zündhölzer. Sie öffnete einen anderen Reißverschluß, wühlte in der Tasche — mehr Patronen, aber keine Streichhölzer, keine Streichhölzer.

Auf der Brüstung hob der Tote den Kopf und sah sie an, was bedeutete, daß auch der Geber sie ansah, mit Augen, die sie nicht ausmachen konnte.

Roch das Ding das Benzin? Begriff es, daß Benzin brennbar war? Es war intelligent. Anscheinend hochintelligent. Erkannte es die Möglichkeit seiner Vernichtung?

Eine dritte Tasche. Weitere Patronen. Um Gottes willen, sie war ein wandelndes Munitionsdepot.

Das eine Auge des Kadavers wurde noch immer von einem dünnen, gelblichen Film bedeckt und schaute zwischen halb zugenähten Lidern hervor.

Die Luft roch nach Benzin. Heather hatte Schwierigkeiten, tief durchzuatmen; sie keuchte. Dem Geber schien es nichts auszumachen, und die Leiche atmete nicht.

Zu viele Taschen, mein Gott, vier außen auf der Jacke, drei innen, Taschen und noch mehr Taschen, zwei auf jedem Hosenbein, und alle mit zugezogenen Reißverschlüssen.

Die andere Augenhöhle war leer und wurde teilweise von dem zerfetzten Lid und den hinabbaumelnden Fäden des Leichenbeschauers bedeckt. Plötzlich schoß die Spitze eines Tentakels aus dem Schädelinneren hervor.

Mit heftigen Bewegungen der Anhängsel — es sah aus, als würden die Ranken einer schwarzen Seeanemone von einer heftigen Strömung gepeitscht — trat das Ding die nächste Stufe herauf.

Streichhölzer.

Eine kleine Schachtel, darin Streichhölzer. Sie hatte sie gefunden.

Der Geber trat auf die zweite Stufe und zischte leise.

Heather schob die Schachtel auf und hätte ihren Inhalt fast verschüttet. Sie schlugen gegeneinander und gegen den Karton.

Das Ding stieg die nächste Stufe herauf.

Als seine Mutter ihm sagte, er solle ins Schlafzimmer gehen, wußte Toby nicht, ob sie das ihre oder das seine meinte. Er wollte so weit wie möglich weg von dem Ding, das die vordere Treppe heraufstieg, und so lief er zu seinem Zimmer am Ende des Ganges, wenngleich er dabei mehrmals stehenblieb, zu ihr zurückschaute und fast zurückgelaufen wäre.

Er wollte sie dort nicht allein lassen. Sie war seine *Mom*. Er hatte nicht alles vom Geber gesehen, nur das Gewirr der Tentakel, das sich um den Rahmen der Haustür gewunden hatte, doch ihm war klar, daß sie damit nicht fertigwerden konnte.

Auch er würde nicht damit fertig werden, und so durfte er nicht einmal daran denken, etwas zu unternehmen. Er wußte, was er zu tun hatte, doch er hatte zu viel Angst, um es zu tun, was aber nicht schlimm war, weil selbst Helden Angst hatten, weil nur Verrückte nie Angst hatten. Und in diesem Augenblick wußte er genau, daß er nicht verrückt war, nicht einmal ein klein bißchen, denn er hatte eine fürchterliche Angst, solche Angst, daß er glaubte, er würde sich gleich in die Hosen machen. Dieses Ding war wie der Terminator und der Predator und der Außerirdische aus *Alien* und der Hai aus *Der weiße Hai* und die Velociraptoren aus *Jurassic Park* und ein Haufen anderer Ungeheuer zusammen – und *er*, Toby, war nur ein Junge. Vielleicht war er doch auch ein Held, wie sein Dad es gesagt hatte, obwohl er sich gar nicht wie einer vorkam, nicht die Bohne; aber *falls* er ein Held war, konnte er nicht tun, was er eigentlich tun mußte.

Er erreichte das Ende des Korridors, an dem Falstaff zitternd und jaulend wartete.

»Komm schon, Junge«, sagte Toby.

Er lief an dem Hund vorbei in sein Zimmer, wo die Lampen schon brannten, weil er und Mom so ziemlich jede Lampe im

Haus eingeschaltet hatten, bevor Dad gegangen war, obwohl draußen hellichter Tag war.

»Komm vom Korridor weg, Falstaff. Mom will nicht, daß wir auf dem Gang warten. Komm schon!«

Als er sich von dem Hund abwandte, fiel ihm sofort auf, daß die Tür zur Hintertreppe offenstand. Sie hätte eigentlich verschlossen sein müssen. Sie hatten aus dem Haus eine Festung gemacht. Dad hatte die Tür unten vernagelt, aber die hier hätte auch verschlossen sein müssen. Toby lief zu ihr, drückte sie zu, schob den Riegel vor und fühlte sich schon gleich besser.

Falstaff war noch immer auf dem Gang, hatte das Zimmer noch immer nicht betreten. Aber er jaulte nicht mehr.

Er knurrte.

Jack stand am Ausgang der Ranch. Er legte nur eine kurze Pause ein, um sich vom ersten und mühsamsten Stück des Weges zu erholen.

Statt in Form von weichen Flocken fiel der Schnee nun in Kristallen mit scharfen Rändern, die fast an Salzkörner erinnerten. Der Wind trieb sie so stark an, daß sie auf Jacks Stirn brannten.

Der Räumwagen war schon mindestens einmal hier vorbeigekommen, denn eine über einen Meter hohe Schneewand blockierte das Ende der Auffahrt. Er kletterte über sie hinweg auf die Straße.

Eine Flamme flackerte am Streichholzkopf auf.

Einen Augenblick lang rechnete Heather damit, daß die Dämpfe explodierten, doch sie hatten sich anscheinend noch nicht genügend zusammengezogen, um bereits brennbar zu sein.

Der Parasit und sein toter Gastkörper stiegen eine weitere Stufe herauf. Anscheinend bemerkten sie die Gefahr nicht — oder waren überzeugt, daß gar keine vorhanden war.

Heather trat zurück, vom verschütteten Benzin weg, und warf das Streichholz.

Während sie rückwärts die Treppe hinaufging, bis sie gegen die Wand der Diele prallte, und beobachtete, wie die Flamme in einem Bogen zur Treppe schoß, kamen ihr manische Gedanken, die ein fast zwanghaftes, bellendes, verrücktes Gelächter auslösten, einen dunklen Schrei, der fast zu einem lauten Schluchzen geworden wäre: *Ich brenne mein eigenes Haus nieder, willkommen in Montana, wunderschöne Landschaft und wandelnde Tote und Dinge aus einer anderen Welt, und jetzt geht's rund, die Flamme schießt hinab, schmore in der Hölle, ich brenne mein eigenes Haus nieder, in Los Angeles hätte ich das nicht tun müssen, da erledigen das andere Leute für einen.*

WUSCH!

Aus dem benzingetränkten Teppich schossen Flammen hoch, die bis zur Decke leckten. Das Feuer breitete sich nicht durch das Treppenhaus aus; es war einfach überall gleichzeitig. Die Tapeten und Vorhänge wurden von ihm genauso befallen wie die Teppiche und Läufer.

Eine stechende Hitzewelle schlug auf Heather ein, zwang sie, die Augen kurz zu schließen. Sie hätte sich sofort weiter von den Flammen zurückziehen sollen, weil die Luft bereits so heiß war, daß sie ihre Haut versengte, doch sie mußte sehen, was mit dem Geber geschah.

Das Treppenhaus war das reinste Inferno. Kein Mensch hätte länger als ein paar Sekunden darin überleben können.

In dieser sich ausbreitenden Glut waren der Tote und das lebende Ungeheuer eine einzige dunkle Masse, die eine weitere Stufe heraufkam. Und noch eine. Kein Kreischen, keine Schmerzensschreie begleiteten den Aufstieg, nur das Tosen und Knistern der wütenden Flamme, die nun vom Treppenhaus auf die Diele im Obergeschoß übergriff.

Als Toby die Tür der Hintertreppe verschloß und sich von ihr abwandte, und als Falstaff auf der Schwelle der anderen Tür knurrte, blitzte hinter dem Hund orangerotes Licht durch den Korridor auf. Sein Knurren wurde zu einem überraschten Jaulen. Dem Blitz folgten flackernde Lichtgestalten, die dort hinten auf den Wänden tanzten: Reflexionen des Feuers.

Toby wußte, daß seine Mom den Außerirdischen in Brand gesteckt hatte — sie war zäh, und sie war klug —, und Hoffnung durchflutete ihn.

Dann fiel ihm auf, daß in seinem Zimmer noch etwas nicht stimmte: die Vorhänge über der Nische, in der sich sein Bett befand, waren geschlossen.

Er hatte sie aufgelassen, auf beide Seiten der Nische zurückgezogen. Er schloß sie nur des Nachts, oder wenn er spielte. Er hatte sie diesen Morgen geöffnet, und zum Spielen hatte er seitdem keine Zeit gehabt.

Die Luft roch schlecht. Er hatte es nicht sofort bemerkt, weil sein Herz pochte und er durch den Mund atmete.

Er trat zum Bett. Einen Schritt, zwei.

Je näher er dem Alkoven kam, desto schlimmer wurde der Geruch. Er ähnelte dem auf der Hintertreppe, als sie zum erstenmal im Haus gewesen waren, war aber viel schlimmer.

Er blieb ein paar Schritte vor dem Bett stehen. Er sagte sich, daß er ein Held war. Es war nicht schlimm, daß Helden Angst hatten, aber selbst wenn sie Angst hatten, mußten sie etwas *tun*.

An der Zimmertür drehte Falstaff fast durch.

An einigen wenigen Stellen hatte der stöbende Wind die Teerdecke freigefegt, doch der größte Teil der Straße war von fünf Zentimeter frischem Pulverschnee bedeckt. An den Schneewällen, die der Pflug aufgeworfen hatte, hatten sich zahlreiche Verwehungen gebildet.

Den Spuren zufolge war der Schneepflug vor etwa zwei Stunden hier entlanggefahren, spätestens vor anderthalb. Ein neuerlicher Einsatz war eigentlich längst überfällig.

Jack wandte sich gen Osten und eilte der Youngblood-Ranch entgegen, in der Hoffnung, schon bald diesem Fahrzeug zu begegnen. Ob es sich nun um einen großen Straßenräumer oder um einen Laster mit einem Pflug vorn und einer Salzstreu-

Anlage hinten handelte — oder beides —, der Wagen würde auf jeden Fall mit einem Funksprechgerät ausgestattet sein. Wenn er die Arbeiter überzeugen konnte, daß seine Geschichte nicht nur das irre Gerede eines Verrückten war, würde er sie vielleicht dazu überreden können, mit ihm zum Haus zurückzukehren, um Heather und Toby herauszuholen.

Würde er sie *vielleicht* überreden können? Verdammt, er hatte eine Schrotflinte dabei. Er würde sie auf jeden Fall überzeugen. Herrgott, wenn er es wollte, würden sie die nicht ganz einen Kilometer lange Auffahrt bis zur Haustür der Quartermass-Ranch so frei pflügen wie das Gewissen einer Nonne, vom ersten bis zum letzten Augenblick mit einem freundlichen Lächeln auf den Gesichtern, und wie die kleinen Beschützer von Schneewittchen ein fröhliches kleines Liedchen singend: »Juppheidi, Juppheida, der Schnee, der ist zum Pflügen da!«

So unmöglich es auch erschien, das Geschöpf auf der Treppe wirkte in der obskuren Umarmung des Feuers noch grotesker und erschreckender als gerade eben, als sie es noch deutlich hatte ausmachen können. Rauch sickerte aus ihm heraus. Und doch stieg es die nächste Stufe hinauf. Völlig stumm. Und dann noch eine. Es kam mit der Erhabenheit Seiner Satanischen Majestät, die einen Tagesausflug aus der Hölle unternahm, aus den Flammen herauf.

Das Monstrum brannte, oder zumindest der Teil von ihm, der Eduardo Fernandez war, wurde von den Flammen verzehrt, und doch stieg das dämonische Ding noch eine Stufe hinauf. Es war jetzt fast oben.

Heather konnte nicht mehr länger zögern. Die Hitze war unerträglich. Sie hatte ihr das Gesicht bereits zu lange ausgesetzt und wahrscheinlich ein paar leichte Verbrennungen davongetragen. Das hungrige Feuer leckte an dem Verputz und fraß sich die Dielendecke entlang, und ihre Lage wurde immer gefährlicher.

Außerdem brach der Geber nicht zusammen und stürzte in den Glutofen zurück, wie sie es gehofft hatte. Er würde das

Obergeschoß erreichen, die Arme ausbreiten, die vielen feurigen Arme, und versuchen, sie zu umschlingen und eins mit ihr zu werden.

Mit heftig hämmerndem Herzen lief Heather ein paar Schritte durch den Korridor zum roten Benzinkanister. Sie hob ihn mit einer Hand hoch. Er war wesentlich leichter geworden. Sie mußte zwölf oder fünfzehn der zwanzig Liter ausgeschüttet haben.

Sie warf einen Blick zurück.

Ihr Verfolger trat von der Treppenbrüstung in den Gang. Sowohl der Leichnam als auch der Geber standen in Flammen. Es handelte sich bei ihnen nicht nur um schwelende, verkohlte Organismen, sondern um eine blendende, ungestüme Flammensäule, als bestünden ihre ineinander verschlungenen Körper aus trockenem Zunder. Einige der längeren Tentakel rollten sich zusammen und entfalteten sich dann wieder wie Peitschen oder schleuderten Feuerbäche und -klumpen hinaus, die gegen die Wände und den Boden spritzten und den Teppich und die Tapeten in Brand setzten.

Als Toby noch einen Schritt zu dem verhangenen Alkoven machte, stürmte Falstaff endlich in das Zimmer. Der Hund lief ihm in den Weg, bellte ihn an und versuchte, ihn zurückzudrängen.

Etwas bewegte sich auf dem Bett hinter den Vorhängen, streifte an ihnen entlang, und jede einzelne der nächsten paar Sekunden kam Toby wie eine Stunde vor, als wäre er in eine Super-Zeitlupe gestürzt. Die Bettnische war wie die Bühne eines Puppentheaters unmittelbar vor der Vorstellung, doch dort warteten nicht Kasperle und Gretel auf ihn, oder Robertus von Petzingen, oder einer der Muppets, nichts, was man je in der *Sesamstraße* sehen würde, und es war auch kein lustiges Programm, bei dieser unheimlichen Vorstellung gab es keine Lacher. Er wollte die Augen schließen und es einfach vertreiben. Wenn man einfach nicht daran *glaubte*, würde das Ding vielleicht verschwinden. Es bewegte sich wieder hinter den Vorhängen, drückte sich gegen sie, als wolle es *Hallo, liebe Kinder!* sagen. Vielleicht war es so wie mit dem Osterhasen; wenn er weiterleben sollte, mußte man an ihn glauben. Wenn Toby also die Augen schloß und ganz stark an ein leeres Bett dachte, an Luft, die nach frisch gebackenen Keksen roch, dann würde das Ding einfach nicht mehr da sein, und der Gestank auch nicht. Es war kein perfekter Plan, vielleicht war es sogar ein dummer Plan, aber zumindest würde er dann etwas tun. Und er mußte etwas tun, oder er würde verrückt werden, aber er konnte einfach keinen einzigen Schritt in Richtung Bett machen, auch wenn der Retriever sich nicht vor ihm aufgebaut hätte, weil er einfach zu viel Angst hatte. Toby war wie gelähmt. Dad hatte nichts davon gesagt, daß Helden manchmal wie gelähmt waren. Oder sich übergeben mußten. Übergaben Helden sich manchmal? Denn er hatte das Gefühl, daß er gleich brechen mußte. Er konnte auch nicht davonlaufen, denn dann hätte er dem Bett den Rücken zuwenden müssen. Das wollte er nicht, das konnte er nicht. Was also bedeutete, daß der einzige und beste Plan, den er hatte, darin bestand, die Augen zu schließen und das Ding einfach wegzuwünschen — einmal abgesehen davon, daß er nicht in einer Million Jahren die Augen geschlossen hätte.

Falstaff blieb zwischen Toby und dem Alkoven, drehte sich aber zu dem um, was auch immer dort warten mochte. Er bellte nicht mehr. Knurrte und jaulte auch nicht. Er wartete einfach, hatte die Zähne gefletscht, zitterte vor Furcht, war aber bereit, den Kampf aufzunehmen.

Eine Hand glitt zwischen den Vorhängen hindurch und griff aus der Nische. Sie bestand hauptsächlich aus Knochen unter einem zerfetzten Handschuh aus zerknitterter, lederartiger Haut, die mit Humus bedeckt war. So ein Ding konnte ganz bestimmt nur lebendig sein, wenn man daran glaubte, denn diese Hand war viel unmöglicher als der Osterhase, hundert Millionen mal unmöglicher. An der verfallenden Hand hingen noch ein paar Fingernägel, doch sie waren schwarz geworden, sahen aus wie funkelnde Schalen fetter Käfer. Wenn er nicht die Augen schließen und das Ding wegwünschen und wenn er auch nicht davonlaufen konnte, dann mußte er wenigstens nach seiner Mutter schreien, so erniedrigend das für einen Jungen von fast neun Jahren auch sein mochte. Aber *sie* hatte schließlich die Maschinenpistole und nicht er. Ein Handgelenk wurde sichtbar, ein Unterarm mit etwas mehr Fleisch darauf, der zerrissene und schmutzige Ärmel einer blauen Bluse oder eines Kleides. *Mom!* Er rief das Wort, hörte es aber nur in seinem Kopf, denn kein Ton kam über seine Lippen. Ein rotgesprenkeltes schwarzes Armband lag um das verfallene Handgelenk. Es leuchtete. Es schien neu zu sein. Dann bewegte es sich, und es war kein Armband mehr, sondern ein schleimiger Wurm, nein, ein Tentakel, der sich um das Gelenk schlang und unter dem schmutzigen blauen Ärmel im verfaulenden Unterarm verschwand. *Mom, hilf mir!*

Elternschlafzimmer. Kein Toby. Unter dem Bett? Im Schrank, im Bad? Nein, verschwende gar nicht erst die Zeit, nach ihm zu suchen. Der Junge würde sich vielleicht verstecken, aber der Hund nicht. Er muß auf sein Zimmer gegangen sein.

Zurück in die Diele. Hitzewellen. Wild zuckendes Licht und Schatten. Das Knistern, Zischen, Knurren und Heulen des Feuers.

Sie hustete, weil der dünne, aber bittere Rauch in ihre Lungen drang, und lief zum hinteren Teil des Hauses. Der Kanister schwang in ihrer linken Hand. Das Benzin schwappte. Die rechte Hand war leer. Sollte eigentlich nicht leer sein.

Verdammt!

Sie blieb kurz vor Tobys Zimmer stehen, drehte sich um und schaute in das Feuer und den Rauch zurück. Sie hatte die Uzi auf dem Boden am Kopf der Treppe vergessen. Das Doppelmagazin war zwar leer gewesen, aber die Taschen ihres Skianzuges quollen vor Ersatzmunition über. Dumm.

Nicht daß Waffen gegen das unheimliche Ding geholfen hätten. Kugeln machten ihm nichts aus, hielten es nur auf. Aber zumindest war die Uzi eine gewisse Stütze gewesen und hatte mehr Feuerkraft als der .38er an ihrer Hüfte.

Sie konnte sie nicht holen. Konnte kaum noch atmen. Es fiel ihr immer schwerer. Das Feuer verzehrte den gesamten Sauerstoff. Und die brennende, peitschende Erscheinung stand bereits zwischen ihr und der Uzi.

Sie wußte nicht, wieso, aber in diesem Augenblick mußte sie an Alma Bryson mit ihrem Waffenarsenal denken: die hübsche schwarze Lady, klug und freundlich, Polizistenwitwe, und ein verdammt zähes Miststück, das mit allem fertig wurde. Und an Gina Tendero mit ihrem schwarzen Lederanzug und der chemischen Keule und vielleicht einer illegal erworbenen Handfeuerwaffe in der Handtasche. Wären sie jetzt doch nur hier, an ihrer Seite. Aber sie waren unten in der Stadt der Engel, warteten auf das Ende der Welt, bereiteten sich darauf vor, während das Ende der Welt ausgerechnet hier in Montana eingeläutet wurde.

Plötzlich schossen Rauchwolken aus den Flammen, von einer Wand zur anderen, vom Boden bis zur Decke. Dunkel und wirbelnd. Der Geber verschwand. In ein paar Sekunden würde Heather gar nichts mehr sehen können.

Sie hielt die Luft an und taumelte an der Wand entlang zu Tobys Zimmer. Sie fand die Tür und trat über die Schwelle, hinaus aus dem schlimmsten Rauch. In genau diesem Augenblick schrie er auf.

ZWEIUNDZWANZIGSTES KAPITEL

Die Mossberg-Schrotflinte mit beiden Händen haltend, trottete Jack in einem leichten Laufschritt daher wie ein Infanterist auf einem Schlachtfeld. Er hatte nicht damit gerechnet, daß die Landstraße bereits geräumt sein würde, und kam daher viel schneller voran als erwartet.

Bei jedem Schritt bog er die Zehen. Trotz der zwei Paar dicker Socken und der isolierten Stiefel waren seine Füße kalt und wurden immer kälter. Er mußte darauf achten, daß sie nicht erfroren.

Das Narbengewebe und die gerade erst zusammengewachsenen Knochen in seinem linken Bein taten vor Erschöpfung weh; doch die leichten, stumpfen Schmerzen behinderten ihn nicht. Er war sogar in einem besseren körperlichen Zustand, als er angenommen hatte.

Obwohl der grellweiße Schnee seine Sichtweite noch immer auf weniger als dreißig Meter begrenzte, manchmal sogar auf einiges weniger, lief er nicht mehr Gefahr, die Orientierung zu verlieren und sich zu verlaufen. Die aufgepflügten Schneemauern markierten deutlich die Straße. Die hohen Pfosten auf der einen Straßenseite trugen Telefon- und Stromleitungen und stellten eine weitere Orientierungshilfe dar.

Er vermutete, etwa die halbe Strecke nach Ponderosa Pines zurückgelegt zu haben, doch seine Geschwindigkeit ließ nach. Er verfluchte sich, riß sich zusammen und lief schneller.

Da er wegen des heftigen Windes die Schultern gekrümmt und den Kopf gesenkt hatte, um sich vor den dicken Schneeflocken zu schützen, und so nur die Straße unmittelbar vor sich sah, machte er zuerst gar nicht das goldene Licht selbst aus, sondern nur dessen Reflexion auf den dicht fallenden Schneeflocken. Zuerst war es nur ein Hauch von Gelb, und dann hätte er plötzlich durch einen Sturm laufen können, der Goldstaub statt Schnee vor sich hertrieb.

Als er den Kopf hob, sah er vor sich ein helles, in seinem Zentrum intensives, gelbes Leuchten. Es pochte geheimnisvoll in den alles verhüllenden Schleiern des Blizzards. Die Quelle konnte er nicht genau ausmachen, doch er erinnerte sich an das Licht zwischen den Bäumen, das Eduardo auf dem Notizblock beschrieben hatte. Es hatte so ähnlich pulsiert, ein unheimliches Strahlen, das die Öffnung des Durchgangs und die Ankunft des Reisenden ankündigte.

Als er schlitternd zum Stehen kam und dabei fast ausgerutscht wäre, wurde das pulsierende Licht schnell heller, und er fragte sich, ob er sich hinter den Schneemauern auf der einen oder anderen Straßenseite verstecken konnte. Es war kein pochendes Baßgeräusch zu vernehmen, wie Eduardo es gehört und gespürt hatte, nur das schrille Heulen des Windes. Doch das unheimliche Licht war überall und blendete ihn während des sonnenlosen Tages: Jack stand in knöcheltiefem Goldstaub, geschmolzenes Gold floß durch die Luft, und auch der stählerne Lauf der Mossberg funkelte, als würde er sich gleich in Gold verwandeln. Er sah jetzt verschiedene Quellen, nicht nur ein Licht, sondern mehrere, die asynchron pulsierten und einander mit gelben Blitzen überlappten. Ein Geräusch über dem Wind. Ein leises Poltern. Das sich schnell zu einem Tosen aufbaute. Ein schwerer Motor. Eine gewaltige Maschine kam durch das wogende Weiß und zerriß die verdunkelnden Schneeschleier. Nun sah er, daß er vor einer Planierraupe stand, die zu einem Schneepflug umgebaut worden war, ein voluminöses Stahlskelett mit einem kleinen Fahrerhaus oben in der Mitte, das eine geschwungene Stahlschaufel schob, die größer war als er selbst.

Als Heather die sauberere Luft von Tobys Zimmer betrat und die Tränen aus ihren Augen blinzelte, die der ätzende Rauch hervorgerufen hatte, sah sie zwei verschwommene Gestalten, eine kleine und eine große. Mit der freien Hand rieb sie verzweifelt ihre Augen, kniff sie zusammen und begriff dann, wieso Toby schrie.

Über ihm türmte sich eine grotesk zerfallene Leiche auf. Sie war in Fetzen eines verrotteten blauen Kleidungsstückes gehüllt und trug einen weiteren Geber, der hektisch die schwarzen Anhängsel schüttelte.

Falstaff sprang den Alptraum an, doch die zuckenden Tentakel waren schneller als gerade eben noch, fast schneller, als das Auge ihnen folgen konnte. Sie holten aus, trafen den Hund mitten im Sprung und fegten ihn so beiläufig und wirksam beiseite, wie der Schwanz einer Kuh eine lästige Fliege verscheucht. Vor Schrecken aufheulend, flog Falstaff durch das Zimmer, prallte neben dem Fenster gegen die Wand und fiel mit einem gequälten Jaulen zu Boden.

Der .38er Korth war in Heathers Hand, obwohl sie sich nicht erinnerte, ihn gezogen zu haben.

Bevor sie den Abzug betätigen konnte, umfing der Geber — oder die neue Ausprägung des einzigen Gebers, je nachdem, ob es sich nur um eine Wesenheit mit vielen Körpern oder um mehrere Individuen handelte — Toby mit drei öligschwarzen Tentakeln. Er hob den Jungen hoch und zog ihn zu dem lüsternen Grinsen der schon lange toten Frau heran, als wolle er, daß Toby sie küßte.

Mit einem Schrei, in dem gleichermaßen Empörung, Wut und Entsetzen hallten, stürmte Heather auf das Ding zu. Schießen konnte sie nicht, weil sie befürchten mußte, selbst aus dieser geringen Entfernung Toby zu treffen. Sie warf sich gegen das Ungetüm. Spürte, wie sich ein schlangenähnlicher Arm — kalt selbst durch den Skianzug — um ihre Hüfte schlang. Der Gestank der Leiche. Großer Gott. Die Innenorgane waren schon längst verrottet, und in der Körperhöhle wimmelten Tentakel des Außerirdischen. Der Kopf drehte sich zu ihr um, sah sie an, rotgefleckte schwarze Ranken mit spachtelähnlichen Spitzen. Tentakel zuckten wie zahlreiche Zungen in dem offenen Mund, quollen aus den knochigen Nasenöffnungen und den Augenhöhlen hervor. Der kalte Tentakel hatte sich jetzt um ihre gesamte Taille gelegt. Sie rammte den .38er unter das knochige Kinn, das mit Friedhofsmoos bewachsen war. Sie zielte auf den Kopf, als würde der noch eine Rolle spielen, als säße noch ein Gehirn im Schädel des Kadavers; aber ihr fiel nichts Besseres ein. Toby schrie, der Geber zischte, der Revolver dröhnte, dröhnte, dröhnte, alte Knochen zersplitterten zu Staub, der grinsende Totenschädel wurde vom knotigen Rückgrat gerissen und baumelte an einer Seite herab, der Revolver dröhnte erneut auf — sie wußte nicht mehr, wie oft sie schon geschossen hatte — und klickte dann, das verrückt machende Klicken des Hammers auf die leere Kammer.

Als das Geschöpf sie losließ, wäre Heather fast auf den Hintern gefallen, weil sie sich schon so sehr bemüht hatte, von ihm loszukommen. Sie ließ den Revolver fallen, und er schepperte über den Teppich.

Der Geber brach vor ihr zusammen, nicht, weil er tot war, sondern weil seine Puppe aufgrund der Schüsse an mehreren wichtigen Stellen auseinandergebrochen war und nun zu wenig Halt bot, um ihren weichen, schweren Herrn noch zu tragen.

Toby war ebenfalls frei. Im Augenblick jedenfalls.

Sein Gesicht war weiß, seine Augen waren groß. Er hatte sich auf die Lippe gebissen. Sie blutete. Aber ansonsten schien er in Ordnung zu sein.

Rauch quoll in den Raum, nicht viel, aber sie wußte, wie schnell er so dicht wurde, daß man nichts mehr sehen konnte.

»Geh!« sagte sie und schob Toby zu der Hintertreppe. »Geh, geh, geh!«

Er rutschte auf Händen und Füßen über den Boden, und sie tat es ihm gleich. Das Entsetzen und die Zweckmäßigkeit hatten sie auf die Fortbewegungsweise von Kleinkindern reduziert. Sie mußte die Tür erreichen. Sie aufziehen. Toby stand neben ihr.

Hinter ihr spielte sich eine Szene aus dem Alptraum eines Verrückten ab: Der Geber lag flach auf dem Boden und erinnerte im Augenblick hauptsächlich an einen riesigen Tintenfisch mit wahnsinnig vielen Saugnäpfen, wenngleich er fremder und böser war als alles, was je in den Meeren der Erde gelebt hatte. Er war nur noch ein Gewirr aus zuckenden, tauartigen Armen. Statt nach ihr und Toby zu greifen, kämpfte er mit den voneinander getrennten Knochen, versuchte, den zerfallenden Leichnam zusammenzuhalten und sich auf dem beschädigten Skelett aufzurichten.

Sie drückte die Klinke herab, zerrte daran.

Die Tür ließ sich nicht öffnen.

Verschlossen.

Aus dem Regal hinter dem Bett in dem Alkoven sprang Tobys Radiowecker von allein an, und eine oder zwei Sekunden lang hämmerte ihnen mit voller Lautstärke Rapmusik entgegen. Dann diese *andere* Musik. Ohne Melodie, fremd, aber hypnotisch.

»Nein!« sagte sie zu Toby, während sie mit dem Riegel kämpfte. Er ließ sich nicht bewegen. »Nein! Antworte mit

›nein‹!« Der Riegel hatte doch zuvor nicht geklemmt, verdammt.

An der anderen Tür torkelte der erste Geber aus dem brennenden Korridor und durch den Rauch ins Zimmer. Er umschlang noch immer das, was von Eduardos verkohlter Leiche übrig war. Brannte immer noch. Sein dunkler Körper war kleiner geworden. Das Feuer hatte einen Teil von ihm verzehrt.

Der Riegel gab langsam nach, als wäre das Schloß eingerostet. Langsam. Langsam. Dann: *klick*.

Aber der Riegel schnappte wieder in den Pfosten zurück, bevor sie die Tür aufreißen konnte.

Toby murmelte etwas. Sprach. Aber nicht zu ihr.

»Nein!« schrie sie. »Nein, nein! Sag ihm ›nein‹!«

Vor Anstrengung keuchend, drehte Heather den Riegel wieder zurück und hielt ihn fest. Aber sie spürte, wie er gegen ihren Willen wieder zuschnappte. Das leuchtende Messing bewegte sich auf unerklärliche Art und Weise zwischen ihrem Daumen und Zeigefinger. Der Geber. Das war dieselbe Kraft, die ein Radio einschalten konnte. Oder eine Leiche wiederbeleben. Sie versuchte, den Riegel mit der anderen Hand zu öffnen, doch nun ließ er sich gar nicht mehr bewegen. Sie gab auf.

Sie schob Toby hinter sich, drehte sich mit dem Rücken zur Tür und stand den beiden Geschöpfen gegenüber. Waffenlos.

Der Schneepflug war von einem Ende bis zum anderen gelb lackiert. Der Großteil des massiven Stahlgerüsts lag frei, und nur der starke Dieselmotor und das Führerhäuschen waren umschlossen. Dieses schmucklose Fahrzeug sah aus wie ein riesiges exotisches Insekt.

Die Planierraupe wurde langsamer, als der Fahrer mitbekam, daß jemand mitten auf der Straße stand, doch Jack befürchtete, daß der Bursche wieder beschleunigen würde, sobald er das Schrotgewehr sah. Er bereitete sich darauf vor, neben dem Fahrzeug herzulaufen und während der Fahrt aufzuspringen.

Doch der Fahrer hielt trotz der Waffe an. Jack lief auf die

Seite, wo er etwa drei Meter über dem Boden die Tür des Fahrerhäuschens sah.

Die Reifen des Schneepflugs waren etwa anderthalb Meter hoch, und ihr Profil sah schwerer und härter aus als das von Panzerketten. Der Bursche oben würde wohl kaum die Tür öffnen und zu einem Pläuschchen herabsteigen. Er würde wahrscheinlich nur das Fenster herunterkurbeln, eine gewisse Distanz bewahren und ein Gespräch führen, bei dem sie den kreischenden Wind übertönen mußten – und wenn er etwas hörte, das ihm nicht gefiel, würde er aufs Gaspedal treten und zusehen, daß er Land gewann. Falls der Fahrer keinem vernünftigen Argument zugänglich sein oder zu viel Zeit mit Fragen verschwenden sollte, würde Jack zur Tür hinaufklettern und tun, was er tun mußte, um die Herrschaft über das Fahrzeug zu gewinnen, wenn er den Burschen nicht gerade umbringen mußte.

Zu seiner Überraschung öffnete der Fahrer die Tür vollständig, lehnte sich heraus und sah herab. Er war ein rundlicher Kerl mit einem Vollbart und langem Haar, das unter einer John-Deere-Kappe hervorquoll. Er übertönte das gemeinsame Tosen des Motors und des Sturms: »Haben Sie Probleme?«

»Meine Familie braucht Hilfe!«

»Was für Hilfe?«

Jack wollte nicht einmal versuchen, dem Fahrer zu erklären, daß es sich um die Begegnung mit einem Außerirdischen handelte. »Um Himmels willen, sie könnten sterben!«

»Sterben? Wo?«

»Auf der Quartermass-Ranch!«

»Sind Sie der Neue?«

»Ja!«

»Kommen Sie hoch!«

Der Typ hatte ihn nicht einmal gefragt, warum er ein Schrotgewehr dabeihatte, als würden alle Bewohner Montanas mit so einem Ding herumlaufen. Zum Teufel, vielleicht war dem ja auch so.

Die Schrotflinte in der rechten Hand, zog Jack sich zum Führerhäuschen hoch. Dabei achtete er genau darauf, wohin er trat. Er war nicht so töricht zu versuchen, wie ein Affe hinaufzuklettern. Schmutziges Eis verkrustete stellenweise das Gerippe. Jack rutschte ein paarmal ab, fiel aber nicht.

Als Jack die offene Tür erreicht hatte, griff der Fahrer nach der Schrotflinte, um sie im Führerhäuschen zu verstauen. Jack gab sie dem Mann, obwohl er einen Augenblick lang befürchtete, einen Tritt vor die Brust zu bekommen und wieder auf die Straße geworfen zu werden, sobald er die Mossberg aus der Hand gegeben hatte.

Doch der Fahrer blieb ein guter Samariter. Er verstaute die Waffe. »Das hier ist keine Limousine«, sagte er dann, »nur ein Sitz, ziemlich eng. Sie müssen hinter mir auf dem Boden Platz nehmen.«

Die Nische zwischen dem Fahrersitz und der Rückwand des Führerhäuschens war gut einen halben Meter breit und anderthalb Meter tief. Die Decke war niedrig. Auf dem Boden standen ein paar rechteckige Werkzeugkisten, und er mußte den zur Verfügung stehenden Platz mit ihnen teilen. Als der Fahrer sich vorbeugte, kroch Jack mit dem Kopf zuerst in diesen engen Lagerraum und zog die Beine nach, so daß er halb auf der Seite lag und halb saß.

Der Fahrer schloß die Tür. Das Poltern des Motors war noch immer ziemlich laut, und das Pfeifen des Windes ebenfalls.

Jacks angezogene Knie befanden sich hinter dem Fahrer, und sein Körper krümmte sich in einer Linie mit der Gangschaltung und den anderen Kontrollen rechts von dem Mann. Wenn er sich nur ein paar Zentimeter vorbeugte, konnte er direkt ins Ohr seines Retters sprechen.

»Alles klar?« fragte der Fahrer.

»Ja.«

Sie mußten im Führerhäuschen nicht schreien, aber doch laut sprechen.

»Dann machen Sie es sich bequem«, sagte der Fahrer. »Wir kennen uns zwar noch nicht, aber wenn wir da oben ankommen, können wir das Aufgebot bestellen.« Er legte den Gang ein. »Die Quartermass-Ranch, ganz hoch bis zum Haupthaus?«

»Genau.«

Der Schneepflug machte einen Satz und rollte dann glatt vorwärts. Die Stahlschaufel erzeugte ein kaltes, schepperndes Geräusch, während sie über den Asphaltbelag scharrte. Die Vibrationen glitten durch den Rahmen und den Boden des Führerhäuschens hinauf bis in Jacks Knochen.

Waffenlos. Mit dem Rücken zur Tür der Hintertreppe.

Durch den Rauch an der vorderen Tür war Feuer zu sehen. Schnee an den Fenstern. Kalter Schnee. Ein Ausweg. Sicherheit. Spring durchs Fenster, keine Zeit, es zu öffnen, spring einfach hinaus, auf das Dach der Veranda, roll dich auf den Rasen ab. Gefährlich. Könnte aber funktionieren. Einmal abgesehen davon, daß sie es nicht zum Fenster schaffen würden, ohne vorher zu Boden gezogen zu werden.

Die vulkanische Klangeruption aus dem Radio war ohrenbetäubend. Heather konnte nicht denken.

Der Retriever erzitterte neben ihr, schnaubte und schnappte nach den dämonischen Gestalten, die sie bedrohten, obwohl er genausogut wie sie wußte, daß er sie nicht retten konnte.

Als sie gesehen hatte, wie der Geber den Hund packte und zur Seite warf, um sich dann Toby zu greifen, hatte Heather den .38er in ihrer Hand gefunden, ohne sich zu erinnern, ihn gezogen zu haben. Gleichzeitig hatte sie, ebenfalls ohne es mitzubekommen, den Benzinkanister fallen lassen; nun stand er auf der anderen Seite des Zimmers, außerhalb ihrer Reichweite.

Benzin wäre sowieso nicht die Lösung gewesen. Eins der Geschöpfe brannte bereits, ohne sich aufhalten zu lassen.

Körper sind.

Eduardos brennende Leiche bestand nur noch aus verkohlten Knochen und blasenschlagendem Fett. Die Kleidung und das Haar waren zu Asche zerfallen. Und von dem Geber war kaum noch so viel übrig, daß er die Knochen zusammenhalten konnte. Trotzdem näherte die makabre Zusammenfügung sich ihr weiterhin. Solange anscheinend auch nur ein Bruchstück des Körpers des Außerirdischen lebte, konnte sein Bewußtsein Einfluß auf diesen letzten zitternden Fleischklumpen nehmen.

Wahnsinn. Chaos.

Der Geber *war* das Chaos, die Verkörperung von Bedeutungslosigkeit, Hoffnungslosigkeit, Boshaftigkeit, Wahnsinn. Fleischgewordenes Chaos, wahnsinnig und so fremd, daß man es einfach nicht verstehen konnte. *Weil es nichts zu verstehen gab.* Das nahm sie jetzt von ihm an. Sein Dasein hatte außer der Existenz keinen Sinn. Er lebte nur, um zu leben. Keine Bestrebungen. Keine Bedeutung, vom Haß einmal abgesehen. Getrieben vom Drang, zu werden und zu vernichten, das Chaos hinter sich zurückzulassen.

Ein Windzug drängte mehr Rauch in das Zimmer.

Der Hund gab ein trockenes Geräusch von sich, und hinter ihr hustete Toby. »Zieh die Jacke über die Nase«, sagte sie zu ihm, »atme durch deine Jacke!«

Aber was für eine Rolle spielte es schon, ob sie durch das Feuer starben – oder auf eine weniger saubere Art und Weise? Vielleicht war der Tod durch Feuer vorzuziehen.

Der andere Geber, der auf dem Schlafzimmerboden zwischen den Überresten der Toten hin und her rutschte, schoß plötzlich einen gewundenen Tentakel in Heathers Richtung und umklammerte ihren Knöchel.

Sie schrie.

Das Eduardo-Ding torkelte zischend näher.

Hinter ihr, zwischen ihr und der Tür, rief Toby: »Ja! Meinetwegen, ja!«

Zu spät warnte sie ihn: »Nein!«

Der Fahrer des Schneepflugs hieß Harlan Moffit und wohnte mit seiner Frau Cindi und seinen Töchtern Luci und Nanci in Eagle's Roost. Seine Frau arbeitete für die Vieh-Genossenschaft, was auch immer das sein mochte. Sie wohnten schon ihr Leben lang in Montana und wollten nirgendwo anders wohnen. Doch es hatte ihnen gut gefallen, als sie vor ein paar Jahren mal Urlaub in Los Angeles gemacht hatten. Sie hatten Disneyland gesehen, die Universal Studios und einen alten, abgerissenen Obdachlosen, der an einer Straßenecke von zwei Teenagern verprügelt worden war, während sie an einer Ampel halten mußten. Dort Urlaub machen, ja; dort leben, nein. Das alles hatte er Jack irgendwie erzählt, als sie die Abzweigung zur Quartermass-Ranch erreichten, als fühle er sich verpflichtet, bei Jack in dieser Zeit der Not und Probleme das Gefühl zu erwecken, sich unter Freunden und Nachbarn zu befinden, ganz gleich, um welche Probleme es sich handeln mochte.

Sie fuhren mit einer höheren Geschwindigkeit auf der Privatstraße, als Jack es angesichts der Höhe des Schnees, der sich in den letzten sechzehn Stunden angesammelt hatte, für möglich gehalten hätte.

Harlan hob die riedige Schaufel um ein paar Zentimeter an, um diese Geschwindigkeit zu ermöglichen. »Wir müssen hier nicht alles bis auf die nackte Erde abtragen. Dabei würden wir riskieren, gegen einen gewaltigen Wackerstein zu fahren.« Doch die oberen drei Viertel des Schnees pflügte der Räumer beiseite.

»Woher wissen Sie eigentlich, wo die Straße ist?« fragte Jack besorgt, denn er konnte sie in der weißen Einöde nicht ausmachen.

»Bin hier schon mal gewesen. Und dann hab' ich schließlich meinen Instinkt.«

»Instinkt?«

»Den muß jeder gute Fahrer eines Schneepflugs haben.«

»Bleiben wir nicht stecken?«

»Mit diesen Reifen? Diesem Motor?« Harlan war stolz auf sein Fahrzeug, und es kam wirklich gut voran, arbeitete sich durch den jungfräulichen Schnee, als schnitte es nur durch Luft. »Dieses Baby ist noch nie steckengeblieben, nicht, wenn ich hinter dem Steuer sitze. Wenn es sein muß, fahr' ich mit ihm sogar durch die Hölle, pflüg' den geschmolzenen Schwefel beiseite und dreh' dem Teufel 'ne lange Nase. Was ist denn nun mit Ihrer Familie los?«

»Sie sitzt in der Falle«, sagte Jack ausweichend.

»Im Schnee, meinen Sie?«

»Ja.«

»Aber hier ist es nicht so steil, daß es 'ne Lawine geben könnte.«

»Keine Lawine«, bestätigte Jack.

Sie erreichten den Hügel und fuhren zu der Kurve bei den Bäumen unter dem Haus weiter. Das Ranchgebäude mußte jeden Augenblick zu sehen sein.

»Im Schnee in der Falle?« sagte Harlan kopfschüttelnd. Er nahm den Blick nicht von der Straße, runzelte aber die Stirn, als hätte er Jack gern in die Augen gesehen.

Das Haus kam in Sicht. Es wurde fast vom Schneetreiben bedeckt, war aber verschwommen auszumachen. Ihr neues Haus. Neues Leben. Neue Zukunft. Es brannte.

Als Toby zuvor, am Computer, mit dem Geber geistig verbunden gewesen, aber seiner Macht nicht vollständig ausgeliefert war, hatte er das Geschöpf kennengelernt. Er war neugierig gewesen und hatte zugelassen, daß die Gedanken des Gebers durch seinen Verstand glitten, während er immer wieder »Nein!« gesagt hatte, und auf diese Weise hatte er immer mehr über das Geschöpf erfahren. Unter anderem auch, daß es noch nie einer Spezies begegnet war, die in *seinen* Geist eindringen konnte, wie es selbst sich gewaltsam Zutritt in den Geist anderer Wesen verschaffen konnte. So bekam der Geber gar nicht mit, daß Toby in ihm war, spürte ihn nicht, dachte, es handelte sich um eine einseitige Kommunikation. Es war schwer zu erklären; besser konnte er es nicht ausdrücken. Er glitt einfach im Geist des Gebers hin und her und betrachtete Dinge, schreckliche Dinge, und dieser Geist war kein guter Ort, sondern dunkel und erschreckend. Toby war sich damals nicht besonders tapfer vorgekommen, er hatte nur getan, was getan werden mußte, was Captain Kirk oder Mr. Spock oder Luke Skywalker oder jeder andere dieser Burschen an seiner Stelle auch getan hätte, wenn er einer neuen und feindseligen intelligenten Spezies aus dem galaktischen Randbereich begegnet wäre. Sie hätten jede Möglichkeit genutzt, ihr Wissen über den Gegenspieler zu vergrößern.

Und das hatte auch er getan.

Keine große Sache.

Und als nun der Lärm aus dem Radio kam und ihn drängte, die Tür zu öffnen — *öffne einfach die Tür und laß es hinein, laß es hinein, akzeptiere das Vergnügen und den Frieden, laß es hinein —,* tat er wie geheißen, aber er ließ es nicht *ganz* hinein, nicht einmal halb so weit, wie *er* in das *Ding* vorgestoßen war. Wie an diesem Morgen am Computer befand er sich nun irgendwo zwischen völliger Freiheit und Versklavung, wandelte am Rand eines Abgrundes und achtete sorgsam darauf, dem Geber seine Anwesenheit nicht zu verraten, bis er zum Zuschlagen bereit war. Während der Geber in seinen Geist strömte, zuversichtlich, ihn überwältigen zu können, drehte Toby den Spieß um. Er stellte sich vor, daß *sein* Verstand ein enormes Gewicht hatte, eine Milliarde, Billionen Tonnen, sogar noch schwerer als das, schwerer als das Gewicht aller Planeten im Sonnensystem zusammen, eine millionmal schwerer, als man es sich vorstellen konnte, und er drückte die Gedanken des Gebers zusammen, zerquetschte sie mit diesem ungeheuren Gewicht, bis sie so flach wie ein dünner Pfannkuchen waren, und hielt sie dort fest, so daß der Geber schnell und wütend denken, aber seine Gedanken nicht in die Tat umsetzen konnte.

Das Ding ließ Heathers Knöchel los. Alle schlangenähnlichen und hektisch peitschenden Anhängsel zogen sich zurück und rollten sich zusammen, und es blieb still liegen wie ein großer Ball aus glänzenden Eingeweiden von nicht ganz anderthalb Metern Durchmesser.

Das andere Ding verlor die Kontrolle über den brennenden Leichnam, mit dem es verbunden war. Parasit und toter Gastkörper brachen zusammen und blieben ebenfalls reglos liegen.

Heather stand in verblüfftem Unglauben da, kapierte einfach nicht, was geschehen war.

Rauch quoll in das Zimmer.

Toby hatte den Riegel aufgeschoben und die Tür zur Hintertreppe geöffnet. Er zerrte an ihr. »Schnell, Mom«, sagte er.

Völlig verwirrt folgte sie ihrem Sohn und dem Hund auf die

dunkle Treppe und zog die Tür hinter sich zu, versperrte dem Rauch den Weg, bevor er sie erreichen konnte.

Toby eilte die Wendeltreppe hinab, den Hund auf seinen Fersen, und Heather folgte ihm, während er die Treppe hinablief und außer Sicht verschwand.

»Schatz, warte!«

»Keine Zeit«, rief er zu ihr hoch.

»Toby!«

Sie hatte schreckliche Angst, die Treppe so schnell hinabzustürmen, weil sie nicht wußte, was sie vielleicht erwartete, einmal angenommen, noch eins dieser Dinger befand sich in der Nähe. Auf dem Friedhof waren *drei* Gräber entweiht worden.

Im unteren Vorraum war die Tür zur hinteren Veranda noch immer zugenagelt. Die Tür zur Küche stand weit offen, und Toby wartete mit dem Hund auf sie.

Sie hätte gedacht, ihr Herz hätte nicht schneller oder härter schlagen können als auf dem Weg diese Treppe hinab; doch als sie dann Tobys Gesicht sah, ging ihr Puls noch schneller, und jeder Herzschlag war so kräftig, daß er einen dumpfen, pochenden Schmerz durch ihre Brust schickte.

War er gerade noch bleich vor Furcht gewesen, so war er nun geradezu leichenblaß. Sein Gesicht sah weniger wie das eines lebenden Jungen als wie eine Totenmaske aus, die das Antlitz in kaltem, hartem Gips festhielt, der so farblos wie zerriebener Kalk war. Das Weiße seiner Augen war grau, die eine Pupille war riesig, die andere nur stecknadelkopfgroß, und seine Lippen waren blau angelaufen. Das Entsetzen hatte ihn fest im Griff, aber nicht nur dieses Entsetzen trieb ihn an. Er kam ihr fremd vor, heimgesucht — und dann erkannte sie dieselbe übersinnliche Eigenschaft, die er an diesem Morgen gezeigt hatte, als er vor dem Computer saß — nicht im Griff des Gebers, aber auch nicht völlig frei. *Dazwischen*, hatte er es genannt.

»Wir können es kriegen«, sagte er.

Nun, da sie seinen Zustand erkannte, hörte sie denselben schalen Tonfall aus seiner Stimme heraus, den sie auch an diesem Morgen gehört hatte, als er im Bann des Farbensturms auf dem IBM-Monitor gewesen war.

»Toby, was ist los?«
»Ich habe es.«
»Du hast was?«
»*Es.*«
»Wo hast du es?«
»Unter.«
Ihr Herz schien zu explodieren. »Unter?«
»Unter mir.«
Dann fiel es ihr wieder ein, und sie blinzelte erstaunt.
»Es ist unter *dir*?«
Er nickte. So bleich.
»Du kontrollierst es?«
»Im Augenblick.«
»Wie ist das möglich?« fragte sie.
»Keine Zeit. Es will sich befreien. Sehr stark. Drängt kräftig.«
Schimmernder Schweiß perlte auf seiner Stirn. Er nagte an seiner sowieso schon blutigen Unterlippe.

Heather hob eine Hand, um ihn zu berühren, aufzuhalten, und zögerte dann, weil sie nicht wußte, ob er nicht die Kontrolle verlieren würde, wenn sie ihn berührte.

»Wir können es kriegen«, wiederholte er.

Harlan fuhr den Schneepflug bis fast vor die Haustür, hielt ein paar Zentimeter vor dem Geländer an und warf dabei eine in sich zusammenbrechende Schneewelle auf die Veranda.

Er beugte sich auf seinem Sitz vor, damit Jack sich auf die Ladefläche hinter ihm zwängen konnte. »Sie kümmern sich um ihre Familie, und ich rufe über Funk die Feuerwehr und sorge dafür, daß sie einen Wagen herschickt.«

Als Jack durch die hohe Tür ausstieg und von dem Schneeräumer hinabkletterte, hörte er, daß Harlan Moffit ins Funkgerät sprach und bei seiner Einsatzzentrale Alarm schlug.

Er hatte noch nie eine solche Furcht gekannt, nicht einmal, als Anson Oliver auf Arkadians Tankstelle das Feuer auf ihn eröffnet hatte, nicht einmal, als er am gestrigen Tag auf dem Friedhof begriffen hatte, daß etwas durch Toby sprach. Bei diesen Gelegenheiten war seine Angst höchstens halb so intensiv gewesen; nun zog sie seinen Magen so eng zusammen, daß es schmerzte, und drängte eine Woge bitterer Galle in seinen Mund hinauf. Auf der ganzen Welt gab es kein Geräusch mehr außer dem hämmernden Donnern seines Herzens. Denn nicht nur sein Leben stand auf dem Spiel. Es ging hier um wichtigere Menschen. Um seine Frau, in der sich seine Vergangenheit und Zukunft verkörperten, die Trägerin all seiner Hoffnungen. Um seinen Sohn, geboren aus seinem Herzen, den er mehr liebte als sich selbst, unermeßlich mehr.

Zumindest von draußen hatte man den Eindruck, daß das Feuer sich auf das Obergeschoß beschränkte. Er betete, daß Heather und Toby nicht dort oben waren, sondern im Parterre oder ganz außerhalb des Hauses.

Er sprang auf die Veranda und kämpfte sich durch den Schnee, den der Pflug an der Wand aufgehäuft hatte. Die Tür stand im Wind offen. Als er über die Schwelle trat, bemerkte er, daß sich zwischen den Töpfen und Pfannen und dem Geschirr, das in der Diele verstreut lag, winzige Schneeverwehungen gebildet hatten.

Kein Gewehr. Er hatte kein Gewehr. Er hatte es in dem Schneeräumer zurückgelassen. Egal. Wenn Toby und Heather tot waren, war er auch tot.

Das Feuer hüllte die Treppe von der ersten Brüstung aufwärts vollständig ein und breitete sich schnell von Sprosse zu Sprosse zur Diele aus, sickerte fast wie eine leuchtende Flüssigkeit hinab. Da Strömungen fast den gesamten Rauch nach oben und zum Dach hinauf zogen, konnte er gut sehen: keine Flammen im Arbeitszimmer, und auch keine hinter den Türbogen zum Wohn- und Eßzimmer.

»Heather! Toby!«

Keine Antwort.

»*Heather!*« Er stieß die Tür zum Arbeitszimmer ganz auf und sah hinein, um sich zu vergewissern. »*Heather!*« Von der Türöffnung aus konnte er das gesamte Wohnzimmer sehen. Nichts. Der Türbogen zum Eßzimmer. »*Heather!*« Auch dort nicht. Er lief durch die Diele zurück in die Küche. Die Hintertür war geschlossen, aber sie mußte irgendwann geöffnet worden sein, denn der Geschirrturm war umgestürzt. »*Heather!*«

»Jack!«

Er wirbelte herum, als er ihre Stimme hörte, konnte aber nicht feststellen, woher sie gekommen war. »*HEATHER!*«

»Hier unten — wir brauchen Hilfe!«

Die Kellertür stand halb offen. Er zog sie ganz auf und sah hinab.

Heather stand auf der Brüstung, in jeder Hand einen Benzinkanister. »Wir brauchen noch mehr, Jack.«

»Was macht ihr da? Das Haus steht in Flammen! Kommt aus dem Keller!«

»Wir brauchen das Benzin, um ihn fertigzumachen.«

»Wovon sprichst du?«

»Toby hat es.«

»Hat was?« fragte er und ging die Stufen zu ihr hinab.

»Den Geber. Er hat *ihn*. Unter sich«, sagte sie atemlos.

»Unter sich?« fragte er und nahm ihr die Kanister aus den Händen.

»Genau, wie *Toby* auf dem Friedhof unter dem *Geber* war.«

Jack kam sich vor, als wäre er wieder angeschossen worden, nicht derselbe Schmerz, aber derselbe Stoß wie von einer Kugel in die Brust. »Er ist ein Junge, ein kleiner Junge, er ist nur ein kleiner Junge, um Gottes willen!«

»Er hat es gelähmt, das Ding selbst und all seine Surrogate. Du hättest es sehen müssen! Er sagte, daß nicht mehr viel Zeit bleibt. Das gottverdammte Ding ist stark, Jack, sehr mächtig. Toby kann es nicht mehr lange unter sich halten, und wenn es die Oberhand gewinnt, wird es ihn nie wieder loslassen. Es wird ihm weh tun, Jack. Es wird dafür bezahlen, Jack. Aber wir müssen es zuerst erwischen. Wir haben keine Zeit, um ihm Fragen zu stellen, alles mit ihm zu besprechen, wir müssen einfach tun, was er sagt.« Sie drehte sich von ihm um, lief den unteren Teil der Treppe hinab. »Ich hole die anderen Kanister!«

»Das Haus steht in Flammen!« protestierte er.

»Oben. Hier unten noch nicht.«

Wahnsinn.

»Wo ist Toby?« rief er, als sie außer Sicht verschwand.

»Auf der hinteren Veranda!«

»Beeil dich! Wir müssen schnell hier raus!« rief er, während er vierzig Liter Benzin die Kellertreppe eines brennenden Hauses hinaufschleppte, unfähig, die Erinnerungen an die brennenden Benzinbäche vor Arkadians Tankstelle zu unterdrücken.

Er ging auf die Veranda. Hier brannte es noch nicht. Es waren auch noch keine Reflexionen des Feuers im Obergeschoß auf dem Schnee zu sehen. Der Brand war im Augenblick noch auf den vorderen Teil des Hauses beschränkt.

Toby stand in seinem roten und schwarzen Skianzug auf der obersten Stufe der Verandatreppe und hatte der Tür den Rücken zugewandt. Schnee wirbelte um ihn. Die kleine Spitze der Kapuze ließ ihn wie einen Gartenzwerg aussehen.

Der Hund war an Tobys Seite. Er drehte den struppigen Kopf zu Jack um und wedelte einmal mit dem Schwanz.

Jack setzte die Benzinkanister ab und kauerte neben seinem Sohn nieder. Wenn sein Herz nicht zerriß, als er das Gesicht des Jungen sah, fühlte es sich zumindest so an.

Toby sah aus wie der Tod.

»Skipper?«

»Hallo, Dad.«

Seine Stimme war kaum moduliert. Er schien benommen zu sein, wie er es an diesem Morgen vor dem Computer gewesen war. Er sah Jack nicht an, sondern hielt den Blick auf den Bungalow des Hausmeisters gerichtet, der nur sichtbar war, wenn der launische Wind die dichten Schneewolken einmal zerriß.

»Bist du dazwischen?« fragte Jack. Das Zittern in seiner Stimme entsetzte ihn.

»Ja. Dazwischen.«

»Ist das eine gute Idee?«

»Ja.«

»Hast du keine Angst davor?«

»Doch. Aber das ist schon in Ordnung.«

»Was starrst du so an?«

»Das blaue Licht.«

»Ich sehe kein blaues Licht.«

»Als ich geschlafen habe.«
»Du hast in deinem Schlaf ein blaues Licht gesehen?«
»Im Bungalow des Hausmeisters.«
»Ein blaues Licht in einem Traum?«
»War vielleicht mehr als ein Traum.«
»Da ist das Ding also?«
»Ja. Und auch ein Teil von mir.«
»Ein Teil von dir ist im Bungalow des Hausmeisters?«
»Ja. Hält es unter mir.«
»Wir können es tatsächlich verbrennen?«
»Ja. Aber wir müssen alles von ihm erwischen.«

Harlan Moffit trampelte auf die Veranda; er trug zwei Benzinkanister. »Die Lady im Haus hat sie mir gegeben. Sie hat gesagt, ich solle sie hinausbringen. Ist das Ihre Frau?«

Jack erhob sich wieder. »Ja. Heather. Wo ist sie?«

»Ging in den Keller, um noch zwei zu holen. Hat sie nicht mitbekommen, daß das Haus schon brennt?«

Auf dem Hinterhof waren jetzt auf dem Schnee Reflexionen des Feuers zu sehen, wahrscheinlich vom Dach oder von Tobys Zimmer. Obwohl die Flammen noch nicht das Treppenhaus hinabgedrungen waren, würde es bald auf das ganze Haus übergreifen, wenn das Dach auf den Boden des Obergeschosses zusammenbrach und das Obergeschoß daraufhin in die darunterliegenden Räume fiel.

Jack wollte in die Küche laufen, doch Harlan Moffit stellte die Benzinkanister ab und hielt ihn am Arm fest. »Was, zum Teufel, ist hier los?«

Jack versuchte sich loszureißen, doch der rundliche, bärtige Mann war stärker, als er aussah.

»Sie sagen mir, Ihre Familie ist in Gefahr, kann jeden Augenblick sterben, sitzt irgendwie in der Falle, und dann kommen wir hier an, und ich sehe, daß Ihre Familie die Gefahr *ist*, daß sie ihr eigenes Haus anzündet, wie es aussieht.«

Aus dem Obergeschoß kam ein lautes Knarren und dann ein donnernder Knall, als wäre etwas eingestürzt, eine Wand oder Decke.

»Heather!« rief Jack.

Er riß sich von Moffit los und lief in die Küche. In diesem Augenblick kam Heather mit zwei weiteren Kanistern aus dem Keller. Er nahm ihr einen ab und zog sie zur Hintertür.

»Wir müssen sofort aus dem Haus!« befahl er.

»Das war's«, sagte sie. »Im Keller sind keine Kanister mehr.«

Jack blieb am Brett stehen, um die Schlüssel für den Bungalow des Hausmeisters an sich zu nehmen, und folgte Heather dann hinaus.

Toby hatte sich bereits angeschickt, den langen Hügel zu erklimmen, trottete durch Schnee, der an manchen Stellen kniehoch war und an anderen ihm kaum bis an die Knöchel reichte. Er war dort nirgendwo so tief wie auf der Wiese, denn der Wind fegte unablässig den Hang zwischen dem Haus und dem Wald darüber hinauf und hatte an einigen Stellen sogar den bloßen Erdboden freigelegt.

Falstaff begleitete ihn. Sie hatten den Hund erst seit kurzer Zeit, doch er war ihnen so treu ergeben, als wäre er schon sein ganzes Leben lang bei ihnen. Seltsam. Die besten Charaktereigenschaften — die bei Menschen ganz selten vorkamen, und vielleicht noch seltener bei den anderen intelligenten Spezies, die das Universum bevölkern mochten — fand man bei fast allen Hunden. Manchmal fragte Jack sich, ob die Wesen, die nach Gottes Ebenbild geschaffen waren, tatsächlich aufrecht gingen, oder ob es sich dabei um diejenigen handelte, die auf vier Beinen liefen und einen Schwanz hatten.

Heather hob einen der Kanister auf der Veranda auf und lief in den Schnee. »Komm schon!«

»Jetzt wollen Sie das Haus da oben abbrennen?« fragte Harlan Moffit trocken, der das andere Gebäude anscheinend durch das Schneegestöber entdeckt hatte.

»Und wir brauchen Ihre Hilfe.« Jack trug zwei der restlichen vier Kanister zur Treppe. Ihm war klar, daß Moffit sie alle für verrückt halten mußte.

Der Bärtige war offensichtlich fasziniert, aber auch verwirrt und vorsichtig. »Seid ihr einfach völlig plemplem, oder wißt ihr nicht, daß es bessere Möglichkeiten gibt, Termiten loszuwerden?«

Jack konnte ihm die Lage unmöglich vernünftig und methodisch erklären, besonders nicht, da es auf jede Sekunde ankam. Also riskierte er es, mit der Brechstange vorzugehen, und sagte: »Da Sie gewußt haben, daß ich der Neue hier bin, wissen Sie vielleicht auch, daß ich in L. A. Cop war und kein verrückter Drehbuchautor mit irren Ideen — nur ein Cop, der genauso hart arbeitet wie Sie. Es klingt zwar verrückt, aber wir kämpfen hier gegen etwas, das nicht von dieser Welt stammt, etwas, das bereits hierher gekommen ist, als Ed...«

»Sie meinen *Außerirdische*?« unterbrach Moffit ihn.

Jack fiel keine Umschreibung ein, die weniger absurd war. »Ja. Außerirdische. Sie...«

»Das gibt's doch nicht!« sagte Harlan Moffit und schlug mit einer fleischigen Faust auf die andere Handfläche. Ein Wortschwall brach aus ihm hervor: »Ich hab' *gewußt*, daß ich früher oder später einen sehen würde! Ich les' ständig im *Enquirer* von ihnen. Und in Büchern. Manche sind gute Außerirdische, manche sind böse, und manche versteht man einfach nicht, zumindest so lange nicht, bis Ostern und Weihnachten auf einen Tag fallen, genau wie bei den Menschen. Das sind wirklich miese Mistkerle, was? Kamen sie mit ihren Raumschiffen runtergejagt? Du grüne Neune! Und *ich* bin dabei!« Er schnappte sich die beiden letzten Benzinkanister und stürmte von der Veranda und durch die hellen Reflexionen der Flammen, die sich auf dem Schnee wie Phantomflaggen kräuselten. »Kommen Sie, kommen Sie — machen wir die Arschlöcher fertig!«

Jack hätte gelacht, würden die geistige Gesundheit und das Leben seines Sohnes nicht an einem seidenen Faden hängen. Trotzdem hätte er sich fast auf die schneebedeckte Verandatreppe gesetzt und das Kichern und schallende Gelächter herausgelassen. Humor und Tod waren miteinander verwandt. Das wußte jeder Cop. Und das Leben war bis in seine tiefsten Grundmauern absurd; ganz gleich, welche Hölle gerade um einen explodierte, immer war etwas komisch daran. Nicht Atlas trug die Welt auf seinen Schultern, kein sperriger, ungeschlachter Klotz mit Verantwortungsgefühl; die Welt balancierte auf einer Pyramide aus Clowns, die stets Trompete spielten und watschelten und einander verarschten. Doch obwohl das Leben absurd war, obwohl es gleichzeitig katastrophal und lustig sein konnte, starben die Menschen trotzdem. Vielleicht würde auch Toby sterben. Heather. Sie alle. Luther Bryson hatte Witze gerissen und gelacht, und Sekunden später waren die Kugeln in seine Brust geschlagen und hatten ihn umgebracht.

Jack eilte Harlan Moffit hinterher.
Der Wind war kalt.
Der Hügel war glatt.
Der Tag war hart und grau.

Als Toby den Hof hinauflief, stellte er sich vor, er säße auf einem kalten, schwarzen Meer in einem grünen Boot. Grün deshalb, weil dies seine Lieblingsfarbe war. Nirgendwo Land in Sicht. Nur das kleine grüne Boot mit ihm darin. Das Meer war kalt, uralt, älter als uralt, so alt, daß es irgendwie lebendig geworden war, denken und sich etwas wünschen konnte und versuchte, seinen Willen zu bekommen. Das Meer wollte über alle Seiten des kleinen grünen Bootes schwappen, es vollaufen lassen, tausend Faden tief in das pechschwarze Wasser ziehen, mit Toby darin, zehntausend, zwanzigtausend Faden tief, tief hinab zu einem Ort, wo es kein Licht, aber seltsame Musik gab. In dem Boot hatte Toby Säcke mit Beruhigungsstaub, den er von einer wichtigen Person bekommen hatte, vielleicht von Indiana Jones, vielleicht von E. T., vielleicht von Aladin – wahrscheinlich von Aladin, und der hatte ihn wiederum von dem Flaschengeist bekommen. Er streute den Beruhigungsstaub auf dem Meer aus, während sein kleines grünes Boot dahindümpelte, und obwohl der Staub in seinen Händen leicht und silbrig zu sein schien, leichter als Federn, wurde er gewaltig schwer, wenn er auf das Wasser traf, aber auf eine komische Art und Weise, denn er versank nicht, nein, dieser magische Beruhigungsstaub machte das Wasser flach, machte es so glatt und wellenfrei wie einen Spiegel. Das uralte Meer wollte sich erheben, das Boot überfluten, doch der Beruhigungsstaub beschwerte es, bis es schwerer als Eisen, schwerer als Blei war, zog es hinab und beruhigte es, besiegte es. Tief in den dunkelsten und kältesten Schluchten unter seiner Oberfläche tobte das Meer, war es wütend auf Toby, wollte es ihn dringender denn je umbringen, ihn ertränken, seinen Körper auf den Felsen am Ufer zerschmettern und ihn dann mit seinen Fluten wegspülen, bis er nur noch Sand war. Aber es konnte sich nicht erheben, konnte sich nicht erheben; auf der Oberfläche war alles ruhig, friedlich und ruhig, ruhig.

Vielleicht, weil Toby sich so stark darauf konzentrierte, den Geber unter sich zu halten, brachte er nicht die Kraft auf, den gesamten Hügel zu erklimmen, obwohl der Schnee auf diesem Gelände, über das ununterbrochen der Wind fegte, nicht so entmutigend hoch war. Nachdem Jack zwei Drittel der Strecke zum Wald über dem Haus zurückgelegt hatte, setzte er die Benzinkanister ab, trug Toby zu dem Steingebäude, gab Heather die Schlüssel und kehrte zurück, um die Benzinbehälter zu holen.

Als Jack den Hausmeister-Bungalow schließlich wieder erreichte, hatte Heather die Tür bereits geöffnet. Die Räume in dem Haus waren dunkel. Er hatte noch nicht die Zeit gehabt, sich darum zu kümmern, wieso die Lampen nicht funktionierten. Trotzdem wußte er, weshalb es Paul Youngblood am Montag nicht möglich gewesen war, die Stromversorgung des Hauses wiederherzustellen. Dessen Bewohner hatte nicht gewollt, daß sie es betraten.

Die Räume waren noch immer dunkel, weil die Fenster mit Brettern vernagelt waren, und ihnen blieb nicht die Zeit, das Sperrholz über dem Glas aufzustemmen. Zum Glück war Heather eingefallen, daß es dort oben keinen Strom gab. Sie hatte die entsprechenden Maßnahmen getroffen. Aus zwei Taschen ihres Skianzugs zog sie statt Munition Taschenlampen hervor.

Es schien immer darauf hinauszulaufen, dachte Jack: einen dunklen Ort zu betreten. Keller, Gassen, leerstehende Häuser, Heizungsräume, zerfallende Lagerhallen. Selbst wenn ein Cop am hellichten Tag einen Verdächtigen verfolgte und die Jagd nur nach draußen führte, stand man sich letztlich, wenn man dem Bösen Auge in Auge gegenübertreten mußte, immer an einem dunklen Ort gegenüber, als könne die Sonne dieses Fleckchen Erde, auf dem man sich seinem möglichen Mörder stellte und das Schicksal herausforderte, einfach nicht finden.

Toby ging vor ihnen in das Haus, entweder weil er sich vor dem Dunkel nicht fürchtete, oder weil er es hinter sich bringen wollte.

Heather und Jack nahmen je eine Taschenlampe und einen Benzinkanister; zwei Kanister ließen sie vor der Tür stehen.

Harlan Moffit bildete mit den beiden letzten Kanistern die Nachhut. »Wie sehen diese Scheißkerle aus? Sind sie ganz haarlos und haben große Augen wie die Drecksäcke, die Whitley Strieber entführt haben?«

In dem unmöblierten und dunklen Wohnzimmer stand Toby vor einer dunklen Gestalt, und als das Licht ihrer Taschenlampen fand, was der Junge vor ihnen gefunden hatte, bekam Harlan Moffit seine Antwort. Nicht haarlos und glupschäugig. Nicht die süßen kleinen Burschen aus einem Film von Spielberg. Ein zerfallener Körper stand mit gespreizten Beinen da, schwankend, aber nicht in unmittelbarer Gefahr, in sich zusammenzubrechen. Ein einzigartig widerwärtiges Geschöpf hing auf dem Rücken des Kadavers, hielt sich mit mehreren schleimigen Tentakeln an ihm fest, die zum Teil in den verfaulten Körper eindrangen, als habe das Wesen versucht, eins mit dem toten Fleisch zu werden. Es bewegte sich kaum, lebte aber eindeutig; ein seltsamer Pulsschlag war unter der seidennassen Haut zu sehen, und die Spitzen einiger Tentakel zitterten.

Der Tote, mit dem der Außerirdische sich zusammengetan hatte, war Jacks alter Freund und Partner Tommy Fernandez.

Heather begriff zu spät, daß Jack nie einen der wandelnden Toten mit dem Puppenspieler im Sattel gesehen hatte. Allein der Anblick genügte, um viele seiner Annahmen über den wohlwollenden — oder zumindest neutralen — Charakter des

Universums und die Macht der Gerechtigkeit zu untergraben. An dem, was mit Tommy Fernandez' Überresten geschehen war, war nichts Wohlwollendes, und auch an dem nicht, was der Geber mit ihr, Jack, Toby und dem Rest der Menschheit — solange sie noch lebten — machen würde, vorausgesetzt, er bekam die Gelegenheit dazu. Die Enthüllung war um so schlimmer, weil Tommys Überreste und nicht die eines Fremden so ungeheuerlich geschändet und entweiht worden waren.

Sie wandte die Taschenlampe von Tommy ab und war erleichtert, als Jack auch die seine senkte. Es hätte ihm nicht ähnlich gesehen, bei so einem entsetzlichen Anblick zu verweilen. Sie hätte gern geglaubt, daß er trotz allem, was er ertragen mußte, immer den Optimismus und die Liebe zum Leben behalten würde, die ihn zu einem einzigartigen Menschen machten.

»Dieses Ding muß sterben«, sagte Harlan kalt. Er hatte seine natürliche Überschwenglichkeit verloren. Er war nicht mehr Richard Dreyfuss, der begeistert eine unheimliche Begegnung der dritten Art herbeisehnte. Die bedrohlichsten Phantasien über böse Außerirdische, die die billigen Revolverblättchen und Science-fiction-Filme anzubieten hatten, erwiesen sich angesichts dieses grotesken Geschöpfs, das im Gebäude des Hausmeisters stand, nicht nur als töricht, sondern auch als naiv, denn ihre Darstellungen außerirdischer Bosheit waren ein schäbiger Geisterbahn-Spuk im Vergleich zu den endlos einfallsreichen Abscheulichkeiten und Foltern, die ein dunkles, kaltes Universum in petto hatte. »Es muß sofort sterben.«

Toby trat von Tommy Fernandez' Leiche zurück in die Schatten.

Heather richtete den Strahl ihrer Taschenlampe auf ihn. »Schatz?«

»Keine Zeit«, sagte er.

»Wohin gehst du?«

Sie folgten ihm in den hinteren Teil des lichtlosen Hauses, durch die Küche in das, was früher vielleicht mal ein kleines Bügelzimmer gewesen, nun aber nur noch ein Gewölbe aus Staub und Spinnweben war. In einer Ecke lag der vertrocknete

Kadaver einer Ratte, den dünnen Schwanz zu einem Fragezeichen gekräuselt.

Toby zeigte auf eine fleckige gelbe Tür, die zweifellos einmal weiß gewesen war. »In den Keller«, sagte er. »Es ist im Keller.«

Bevor sie zu dem hinabstiegen, was auch immer sie dort unten erwarten mochte, brachten sie Falstaff in die Küche und zogen die Tür zum Bügelzimmer zu, damit er ihnen nicht folgen konnte.

Dem Hund gefiel das nicht.

Als Jack die gelbe Tür öffnete und in eine undurchdringliche Dunkelheit sah, erfüllte das hektische Scharren der Krallen des Hundes das Zimmer hinter ihnen.

Toby folgte seinem Dad die durchgebogene Kellertreppe hinab und konzentrierte sich intensiv auf dieses kleine grüne Boot in seinem Verstand, das wirklich gut gebaut war, überhaupt keine Lecks, unsinkbar. Auf seinem Deck stapelten sich hoch die Säcke mit dem silbernen Beruhigungsstaub; es war genug davon da, um die Oberfläche des wütenden Meeres tausend Jahre lang glatt und ruhig zu halten, ganz gleich, was das Meer wollte, ganz gleich, wie sehr es in seinen tiefsten Schluchten zürnte und tobte. Er segelte auf dem wellenlosen Ozean immer weiter und verstreute sein Zauberpulver, und über ihm hing die Sonne im Himmel, und alles war so, wie er es haben wollte, warm und sicher. Das uralte Meer zeigte ihm auf der glänzendschwarzen Oberfläche Bilder von ihm selbst, Bilder, die ihn erschrecken sollten, damit er vergaß, den Staub zu verstreuen — seine Mutter wurde bei lebendigem Leib von Ratten gefressen, der Kopf seines Vaters war in der Mitte gespalten, und es wimmelte darin vor Küchenschaben, sein eigener Körper wurde von den Tentakeln eines Gebers durchbohrt, der auf seinem Rücken ritt —, aber Toby wandte den Blick schnell von diesen Zerrbildern ab, sah statt dessen zum blauen Himmel hoch und ließ nicht zu, daß die Furcht einen Feigling aus ihm machte.

Der Keller bestand aus einem großen Raum, in dem sich ein

kaputter Heizkessel, ein verrosteter Wassererhitzer – und der echte Geber befanden, von dem die anderen, kleineren Geber sich abgesondert hatten. Er füllte die Hälfte des Raumes aus, bis zur Decke, war größer als zwei Elefanten.

Er machte Toby angst.

Das war schon in Ordnung.

Aber lauf nicht davon. Nicht davonlaufen.

Er sah fast genauso aus wie die kleineren Versionen, überall Tentakel, aber er hatte hundert oder mehr spitze Mäuler, keine Lippen, nur Schlitze, und alle bewegten sich, obwohl der Geber zur Zeit ruhiggestellt war. Toby wußte, was er ihm mit diesen Mäulern sagen wollte. Der Geber wollte ihn. Er wollte ihn aufreißen, seine Eingeweide herausholen und sich in ihn zwängen.

Toby fing an zu zittern; er versuchte, es zu unterdrücken, konnte es aber nicht.

Ein kleines grünes Boot. Jede Menge Beruhigungsstaub. Dümple dahin und streue ihn aus, dümple dahin und streue ihn aus.

Als die Strahlen der Taschenlampen über ihn hinwegglitten, sah er Schlünde von der Farbe rohen Fleisches hinter diesen Mäulern. Büschel roter Drüsen sonderten eine klare, sirupartige Flüssigkeit ab. Hier und da hatte das Ding Stacheln, die so scharf waren wie die auf einem Kaktus. Es gab bei ihm kein oben oder unten, kein vorn oder hinten, es hatte auch keinen Kopf; nur alles auf einmal, alles überall, alles durcheinander. Und überall auf dem Ding wollten die Mäuler ihm sagen, wie gern es Tentakel in Tobys Ohren gestoßen, auch *ihn* durcheinandergebracht, sein Gehirn aufgewühlt hätte, damit er zu ihm wurde und ihn benutzen konnte, damit Toby zu einem Ding wurde, das benutzt werden konnte, das nicht mehr war, nur noch Fleisch, nur Fleisch, das benutzt werden konnte.

Kleines grünes Boot.

Jede Menge Beruhigungsstaub.

Dümple dahin und streue ihn aus, dümple dahin und streue ihn aus.

In der tiefen Höhle der Bestie, deren monströse Körpermasse sich weit über ihn erhob, schüttete Jack Benzin über die paralysierten, pythonähnlichen Anhängsel und anderen widerwärtigen und überladenen Merkmale, die er nicht anzusehen wagte, wollte er darauf hoffen, je wieder schlafen zu können.

Er zitterte bei dem Gedanken, daß dieser Dämon nur von einem kleinen Jungen und dessen lebhafter Phantasie in Schach gehalten wurde.

Vielleicht war, wenn alles gesagt und getan war, die Phantasie die mächtigste aller Waffen. Die Phantasie hatte der menschlichen Rasse ermöglicht, von einem Leben außerhalb kalter Höhlen und von einer möglichen Zukunft zwischen den Sternen zu träumen.

Er sah zu Toby hinüber. So bleich im zurückgeworfenen Licht der Taschenlampen. Als wäre sein kleines Gesicht aus reinem weißen Marmor gemeißelt. Er mußte sich in einem gefühlsmäßigen Aufruhr befinden, Todesangst haben, und doch blieb er äußerlich ruhig, losgelöst. Seine unbewegte Miene und die marmorweiße Haut erinnerten Jack an den seligen Gesichtsausdruck heiliger Männer und Frauen, deren Statuen in Kirchen gezeigt wurden, und Toby stellte in der Tat ihre einzige Hoffnung auf Erlösung dar.

Plötzlich eine hektische Aktivität des Gebers. Durch die Tentakel kräuselte sich eine Bewegung.

Heather schnappte nach Luft, und Harlan Moffit ließ seinen halbleeren Benzinkanister fallen.

Noch ein Kräuseln, stärker als das erste. Die schrecklichen Mäuler öffneten sich weit, als wollten sie schreien. Eine träge, nasse, widerliche *Verschiebung*.

Jack drehte sich zu Toby um.

Entsetzen störte den friedlichen Gesichtsausdruck des Jungen, wie der Schatten eines Kriegsflugzeugs, der über eine Sommerwiese glitt. Aber es flackerte auf und war schon wieder verschwunden. Sein Gesicht entspannte sich.

Der Geber wurde noch einmal ruhig.

»Schnell«, sagte Heather.

Harlan bestand darauf, als letzter hinauszugehen. Er verschüttete die Benzinspur, an die sie, sobald sie in der Sicherheit des Hofes waren, ein Streichholz halten würden. Im vorderen Raum lief er schnell an dem Leichnam und seinem Sklavenhalter vorbei.

Er hatte noch nie im Leben solche Angst gehabt. Er hatte ein so schreckliches Gefühl in den Därmen, daß er befürchtete, ein gutes Paar Kordjeans ruiniert zu haben. Keine Ahnung, warum er darauf bestanden hatte, als letzter zu gehen. Er hätte es dem Cop überlassen können. Aber dieses Ding da unten...

Er nahm an, daß er die Zündschnur anbrennen wollte, weil es Cindi und Luci und Nanci gab, und all seine Nachbarn in Eagle's Rost. Beim Anblick dieses Dings war ihm klar geworden, wie sehr er sie liebte, mehr, als er je gedacht hätte. Er wollte selbst die Leute, die er eigentlich nicht besonders gut leiden konnte — Mrs. Kerry im Restaurant, Bob Falkenberg von der Futtermittelhandlung — gern wiedersehen, weil er plötzlich den Eindruck hatte, daß er eine *Welt* mit ihnen teilte und es so viel gab, worüber sie sprechen konnten. Es war schon eine verdammte Scheiße, wenn man so ein Erlebnis haben, wenn man so etwas *sehen* mußte, um daran erinnert zu werden, daß man ein Mensch war und was es bedeutete, einer zu sein.

Sein Dad zündete das Streichholz an. Der Schnee brannte. Eine Feuerlinie raste durch die offene Tür des Hausmeisterbungalows.

Das schwarze Meer wogte und rollte.

Kleines grünes Boot. Dümple dahin und streue aus: Dümple dahin und streue aus.

Die Explosion zerschmetterte die Fenster und ließ sogar einige der großen Bretter durch die Luft fliegen, die sie bedeckt hatten. Flammen knisterten die Steinwände hinauf.

Das Meer war schwarz und dick wie Schlamm, brodelte und wogte und war voller Haß, wollte ihn herunterziehen, rief ihm zu, das Boot zu verlassen und in die Dunkelheit darunter zu gleiten, und ein Teil von ihm wäre dem Ruf fast gefolgt, aber er blieb in dem kleinen grünen Boot, hielt sich am Schanzkleid fest, hielt sich fest, weil er nicht sterben wollte, und verstreute den Beruhigungsstaub mit der anderen Hand, beschwerte das kalte Meer, hielt sich fest und tat, was getan werden mußte.

Als die Deputies des Sheriffs später in den Streifenwagen Heathers und Harlans Aussagen aufnahmen, während andere Deputies und Feuerwehrmänner in den Trümmern des Haupthauses nach Beweisen suchten, stand Jack mit Toby im Stall, in dem die elektrische Heizung noch funktionierte. Eine Zeitlang betrachteten sie einfach durch die halb geöffnete Tür den fallenden Schnee und streichelten abwechselnd Falstaff, der sich an ihren Beinen rieb.

Schließlich fragte Jack: »Ist es vorbei?«
»Vielleicht.«
»Du weißt es nicht genau?«
»Fast am Schluß«, sagte der Junge, »als es verbrannte, machte es einen Teil von sich zu kleinen Bohrwürmern, bösen Dingern, und sie gruben sich in die Kellerwände und versuchten, vom Feuer fortzukommen. Aber vielleicht sind sie trotzdem alle verbrannt.«
»Wir können nach ihnen suchen. Oder vielmehr die richtigen Leute können das, das Militär und die Wissenschaftler, die bald hier eintreffen werden. Wir müssen versuchen, sie alle zu finden.«
»Denn es kann wieder wachsen«, sagte der Junge.
Der Schnee fiel nicht mehr so stark wie die Nacht und den Morgen hindurch. Der Wind erstarb ebenfalls.
»Wirst du wieder in Ordnung kommen?« fragte Jack.
»Ja.«
»Bestimmt?«
»Ich werde nie wieder derselbe sein«, sagte Toby ernst. »Nie wieder derselbe ... aber ich komme in Ordnung.«
So ist das Leben, dachte Jack. Der Schrecken verändert uns, denn wir können ihn nie vergessen. Unser Gedächtnis ist ein Fluch. Es fängt an, wenn wir alt genug sind, um zu wissen, was

der Tod ist, und wenn wir begreifen, daß wir früher oder später alle verlieren werden, die wir lieben. Wir sind nie wieder dieselben. Aber irgendwie kommen wir wieder in Ordnung. Wir machen weiter.

Elf Tage vor Weihnachten fuhren sie über die Hügel Hollywoods und nach Los Angeles hinab. Der Tag war sonnig, die Luft ungewöhnlich sauber, und die Palmen waren majestätisch.

Auf der Ladefläche des Explorers lief Falstaff von einem Fenster zum anderen und inspizierte die Stadt. Er gab leise, schnüffelnde Geräusche von sich, als sei er mit dem Ort einverstanden.

Heather freute sich, Gina Tendero zu sehen, Alma Bryson und so viele andere Freunde und alte Nachbarn. Sie hatte das Gefühl, nach Jahren in einem anderen Land nach Hause zu kommen, und ihr wurde leicht ums Herz.

Ihre Heimat war kein perfekter Ort. Aber es war die einzige, die sie hatten, und sie konnten darauf hoffen, sie zu einem besseren Ort zu machen.

In dieser Nacht schwebte ein voller Wintermond durch den Himmel und sprenkelte den Ozean mit Silber.

ENDE

Band 13 508
Graham Joyce
Bellas Tagebuch
Deutsche
Erstveröffentlichung

Bei der Renovierung ihres Kamins entdecken Alex und Maggie Sanders ein Tagebuch mit geheimnisvollen Eintragungen. Fortan geschehen unerklärliche Dinge: Maggies Kinder fühlen sich von einer unheimlichen alten Frau bedroht, die Konturen eines Gesichts erscheinen auf den Dielen des Kellerbodens, und Alex macht auf einer nahegelegenen Grabungsstätte einen schauerlichen Fund, der mit dem Tagebuch auf mysteriöse Weise in Verbindung zu stehen scheint. Maggie selbst verfällt mehr und mehr dem Bann der rätselhaften Aufzeichnungen aus einer dunklen Vergangenheit, die nach ihr greift und sie in den Wahnsinn zu treiben droht.

Sie erhalten diesen Band im Buchhandel, bei Ihrem Zeitschriftenhändler sowie im Bahnhofsbuchhandel.

Band 13 615
Graham Joyce

**Haus der
verlorenen Träume**
Deutsche
Erstveröffentlichung

Eine idyllisches Haus auf einer griechischen Insel – Mike und Kim Hanson haben sich ihren Traum vom anderen Leben erfüllt. Doch als sie Besuch von einem befreundeten Pärchen aus England erhalten, beginnt die Fassade des Aussteigerglücks zu bröckeln: Ein Ehekrieg nimmt seinen Lauf, der die Neugierde der Inselbewohner auf verhängnisvolle Weise weckt.

Nach *Bellas Tagebuch* ein neuer Psycho-Thriller des mehrfach mit Literaturpreisen ausgezeichneten britischen Autors. GRAHAM JOYCE versteht es meisterhaft, in den Schlupfwinkeln des Alltags das Unheimliche aufzuspüren.

Sie erhalten diesen Band
im Buchhandel, bei Ihrem
Zeitschriftenhändler sowie
im Bahnhofsbuchhandel.

Band 13 594
Tanith Lee

Unheimliche Ferne
Deutsche
Erstveröffentlichung

Sie ist siebzehn Jahre jung, hat das Gesicht eines Engels und die Seele eines Teufels: Ruth, das Kind einer verbotenen Liebesnacht, einer ungeheuren Grenzübertretung. Jetzt zieht sie die britische Südküste entlang, schleicht sich in fremde Häuser ein, betört die Männer und verbreitet unvorstellbares Leiden.
Ihre Mutter, Rachaela, lebt abgeschottet von der übrigen Welt bei den Scarabaes, den morbide-stilvollen Vampiren. Sie weiß um die dämonischen Kräfte in Ruths Seele. Erst als die alterslosen und geheimnisumwitterten Malach und Athene in das neu errichtete Haus der Scarabaes einziehen, schöpft Rachaela wieder Hoffnung, daß sie ihre entflohene Tochter doch noch aufspüren kann.

Sie erhalten diesen Band
im Buchhandel, bei Ihrem
Zeitschriftenhändler sowie
im Bahnhofsbuchhandel.

Band 13 469
Michael Cadnum
**Die schwarze Katze
von La Guadana**
Deutsche
Erstveröffentlichung

Alkohol, Abenteuerreisen und schräge Einfälle – es waren wilde Jahre, die Hamilton und Timothy gemeinsam auskosteten. Und es waren die Jahre, aus denen Hamilton auch heute noch, nachdem ein Jahrzehnt verstrichen ist, seine künstlerischen Ideen schöpft: Ideen für die Musicals, mit denen er ein ständig wachsendes Publikum in den Bann zieht. Sein neuestes Werk soll den geheimnisvollen Titel ›Die schwarze Katze von La Guadana‹ tragen. Es ist eine Hommage an den verschollenen Freund aus alten Tagen und gleichzeitig die Geschichte ihrer Trennung.
Aber Timothy, der Totgeglaubte, kehrt zurück, zornig, verbittert und unberechenbar. Er fühlt sich von Hamilton ausgebeutet, erkennt er doch in dessen Versen und Liedern seine ureigensten Ideen wieder. Als Wiedergutmachung verlangt Timothy mehr als bloß ein Honorar – er fordert das Leben des früheren Freundes, der sich bald in einen Strudel von Bedrohungen und raffinierten Täuschungsmanövern hineingezogen sieht ...

**Sie erhalten diesen Band
im Buchhandel, bei Ihrem
Zeitschriftenhändler sowie
im Bahnhofsbuchhandel.**

MICHAEL CLYNES

MORD UND MYSTERIEN IM ZEITALTER HEINRICHS VIII.

MICHAEL CLYNES ist das Pseudonym eines der erfolgreichsten Autoren historischer Kriminalromane. Der lebenskluge Abenteurer Roger Shallot ist seine faszinierendste Gestalt.

Bisher erschienene Titel:
Band 13470
Im Zeichen der weißen Rose
Band 13515
Das Mysterium des vergifteten Kelches
Band 13568
Die Morde des heiligen Grals
Band 13631
Die Verschwörung von Florenz

Sie erhalten diese Bände im Buchhandel, bei Ihrem Zeitschriftenhändler sowie im Bahnhofsbuchhandel.

Gefährliche Gefühle

Anspruchsvolle Krimis um Beziehungen voll Lust und Schmerz, voll Wehmut und Leidenschaft...

Diese Titel der Reihe sind bereits erschienen:
Band 13525
Sean Hardie:
Wenn die fette Lady singt
Band 13526
Michelle Spring:
Frauenhaus
Band 13550
Clare Francis:
Lügen
Band 13570
William Gill:
Augen aus Jade
Band 13598
K.S. Haddock:
Die verlorene Ariadne
Band 13632
Barry Maitland
Die Marx-Schwestern

Sie erhalten diese Bände im Buchhandel, bei Ihrem Zeitschriftenhändler sowie im Bahnhofsbuchhandel.